Bryan Camp
Die Gehilfin des Todes
Die Götter von New Orleans

BRYAN CAMP

DIE GEHILFIN DES TODES

Die Götter von New Orleans

Roman

Ins Deutsche übertragen
von Wolfgang Thon

blanvalet

Die Originalausgabe erschien unter dem Titel
»Gather the Fortunes«
bei John Joseph Adams/Houghton Mifflin Harcourt,
New York 2019.

MIX
Papier aus verantwortungsvollen Quellen
FSC® C014496

Klimaneutral*
Druckprodukt
ClimatePartner.com/14044-1912-1001

Penguin Random House Verlagsgruppe FSC® N001967

1. Auflage 2022

Redaktion: Angela Kuepper
Umschlaggestaltung und -illustration: © Max Meinzold,
www.meinzold.de unter Verwendung
von Motiven von Shutterstock.com
LO · Herstellung: sam
Satz: Vornehm Mediengestaltung GmbH, München
Druck und Bindung: GGP Media GmbH, Pößneck
Printed in Germany
ISBN: 978-3-7341-6270-1

www.blanvalet.de

Für Harold H., Gwen S., Michael, Richard und Betty B.,
Richard C., Bruce I., Mary R., Judy O. und
all die anderen, die diese Reise vor uns gemacht haben

TEIL EINS

DIESE WELT

KAPITEL EINS

Wenn der Tod kommt, hat er die Sense des Schnitters geschultert, und seine skelettartige Gestalt wird von einem weiten schwarzen Mantel verhüllt. Sie hingegen steigt vom Himmel herab, rittlings auf einem prächtigen Pferd, die blutbefleckte Rüstung funkelt im Licht des Sonnenuntergangs auf dem Schlachtfeld, während sie einen gefallenen Krieger zum ewigen Festmahl trägt. Er wiederum geht voraus zur Waage der Gerechtigkeit, die menschlichen Arme einladend ausgebreitet, während sein gieriger Blick abwägend und hungrig über seine Schakalschnauze schweift. Und sie wartet – entweder abscheulich hässlich oder unsagbar schön, je nachdem, wie man sein Leben gelebt hat – auf der anderen Seite einer Brücke, die ein Regenbogen sein mag oder die Milchstraße oder beides, eine Brücke, die entweder tückisch und schmal ist wie ein einzelnes Brett oder breit, stabil und sicher, je nachdem, was man verdient hat. Es gibt Spatzen und Eulen, Delfine und Bienen, Hunde und Raben und Flattermänner. Es sind die vertrauten Gesichter von Vorfahren, die zuvor gegangen sind, leuchtende Wesen, unmöglich zu beschreiben: Sie sind die willkürlichen Zündungen der Synapsen, wenn der Funke des

Lebens erlischt. Er ist ein Moment, den alle erleben müssen. Sie ist eine Gestalt, die sowohl gefürchtet als auch angenommen werden muss. Und beide sind das Konzept, das alle anderen beherrscht; eine Konstante, wie Entropie, wie Lichtgeschwindigkeit. Der Tod ist sowohl Ende als auch Übergang. Gleichzeitig ein Hinübergehen und ein Wegweiser auf dieser Reise, die für jedes Individuum einzigartig und doch für alle gleich ist. Der Tod ist in der Lage, all dies und mehr zu sein – alles auf einmal, ohne Konflikt oder Widerspruch, denn der Tod ist das Ende aller Konflikte, steht jenseits jeglicher Widersprüche. Er ist sowohl nichts als auch alles.

Nur eines ist der Tod nie gewesen – einsam.

Einer dieser vielen Widersprüche, eine junge Frau namens Renaissance Raines, wartete in einer Spelunke namens Pal's auf ebendiesen Tod, während sie mit dem Daumennagel das Etikett einer lauwarmen, zur Hälfte geleerten Flasche Abita abkratzte, unbemerkt, nüchtern und gelangweilt. Sie saß auf einem der hochlehnigen Drehstühle an der langen Bar, die den größten Teil des Hauptraums einnahm, und blickte auf den indirekt beleuchteten Altar aus Schnapsflaschen unter ein paar Flachbildfernsehern und Kreidetafeln mit speziellen Getränkeangeboten. An der Wand hinter ihr reihten sich mehrere kleine Tische für zwei Personen. Jetzt, am frühen Nachmittag, waren sie noch frei, aber das würde nicht mehr lange so bleiben. Die hellblauen Wände ragten hoch auf bis zur orangefarbenen Decke, die von Lampen erhellt wurde, die sich nach unten hin verjüngten und Renai an Kreisel erinnerten. Das Leben in der Bar brandete um sie herum auf – das elektronische Klimpern der digitalen Jukebox in der Ecke, das schrille, zu laute Lachen der Handvoll meist weißer Collegekids, die im hinteren Teil Airhockey spielten, die freundlichen, gedämpften Gespräche eines Quartetts Einheimischer, ein älteres schwarzes Paar, eine weiße Frau mit einem zitternden Hündchen und ein Mann mittleren Alters, ein Ureinwohner, der seinen Bauch gegen die Bar quetschte. Zigarettenrauch waberte in der Luft, die Deckenventilatoren über ihr surrten leise – und obwohl sie atmete und Blut in ihren Adern pulsierte, wirkte sie in alldem wie ein Geist. Sie sprach mit niemandem, teilte kein kameradschaftliches Schweigen, schickte keine Nachricht, um sich nach dem Verbleib von jemandem zu erkundigen, versuchte nicht, den Blick eines Fremden aufzufangen. Falls jemand Renai lange genug ansah, um sie wirklich wahrzunehmen, hätte er sich gefragt, ob sie alt genug war, um schon Bier zu trinken. Mit ihrer dunkelbraunen, jugendlich straffen Haut, die weder Lach- noch Zornesfalten aufwies, den vollen Wangen, in denen sich Grübchen bildeten, wenn sie lächelte, dem kinnlangen Haar, das sie normalerweise offen trug, nur heute nicht, wo sie es zu beiden Seiten ihres Kopfes zu je einem Knoten zusammengefasst hatte, und mit ihrer schlanken sportlichen Figur, die sich in der viel zu großen, schweren Lederjacke verlor, welche sie trotz der Hitze angezogen hatte. Einer Hitze, die selbst jetzt, Ende Oktober, noch nicht nachgelassen hatte. Aber sie wusste, dass niemand sie wahrnehmen würde.

Die meisten Leute schienen sie zurzeit überhaupt nicht zu bemerken. Sie war nicht kontrolliert worden, als sie hereingekommen war, und niemand hatte sie aufgehalten, als sie hinter den Tresen getreten war und sich ein Bier aus dem Kühlschrank genommen hatte. Stellte sie die Flasche auf dem Tresen ab, nahm der Barkeeper sie und warf sie in den Glascontainer. Wechselte sie den Stuhl und setzte sich neben die Einheimischen oder drängte sich zwischen sie, redeten sie weiter, als ob sie nicht da wäre, solange sie sie nicht berührte. Unterbrach sie die Leute, tippte jemandem auf die Schulter, zertrümmerte einen Fernseher mit einem Glas oder kreischte aus Leibeskräften, sahen die Gäste sie kurz an und warfen ihr den verwirrten Blick eines gerade wachgerüttelten Menschen zu. Verstummte sie jedoch oder nahm die Hand weg, wandten sie sich wieder ihrer ursprünglichen Beschäftigung zu, vielleicht verunsichert, aber bereits dabei, Renai zu vergessen.

Das Leben war einfach nicht mehr dasselbe seit ihrer Auferstehung.

Die Details ihres vorzeitigen Endes und ihrer ungewöhnlichen Rückkehr waren für sie immer noch frustrierend verschwommen, obwohl sie etliche Jahre Zeit gehabt hatte, sich zu erinnern. Aber sie konnte nur eine Reihe von unzusammenhängenden, lebhaften und schwer zu glaubenden Erinnerungsblitzen heraufbeschwören, die sie zusammenzufügen versuchte. Ein Moment der Gewalt in einem vertrauten Raum. Eine schwierige Reise durch einen Ort, der irgendwie sowohl New Orleans als auch ein anderer war. Eine unheimliche schwarze Straßenbahn, die es in der Welt der Lebenden nicht gab. Der Moment der Entscheidung – aber ohne genauere Einzelheiten, die sie vor einem Paar riesiger leerer Stühle getroffen hatte: die Throne, die den Tod verkörperten. Ein Wiederauftauchen in einer Betongruft mit einer anderen Stimme in ihrem Kopf: der eines Straßenmagiers namens Jude. Sein Körper, der kopfüber an einem Baum im Audubon Park hing. Eine rote Tür, die sie mit Furcht erfüllte. Nichts davon ergab einen Sinn, der für sie logisch klang.

Sicher wusste sie nur, dass sie eines späten Abends im August 2011 gestorben und an irgendeinem Septembermorgen in einem fremden Bett aufgewacht war, mit dem Gefühl, dass in der Zwischenzeit etliche Tage vergangen sein mussten, als hätte sie sich durch eine schwere Krankheit gekämpft, deren Fieber gerade nachließ. In den darauffolgenden Tagen, Wochen, Monaten und Jahren hatte sie entdeckt, dass ihre neue Existenz gewisse Konsequenzen mit sich brachte – zum Beispiel diese von ihr so empfundene Aura des Desinteresses, die Momentaufnahmen ihrer Erlebnisse in der Unterwelt, die sich in ihr Gedächtnis eingebrannt hatten, und eine seltsame, tiefe Distanz zur Welt um sie herum. Sie war noch nicht lange tot gewesen, nicht einmal eine Woche, aber das genügte, um alles zu zerstören, was sie gewesen war. Familie und Freunde hatten sie beerdigt. Urkunden waren unterzeichnet worden. Man hatte um sie getrauert. Und dann, noch bevor sie die Chance gehabt hatte, in ihre Welt zurückzukehren, hatte die sich weiterbewegt.

Sie war ins Leben zurückgeholt worden, nur nicht in ihr eigenes.

Renai nahm ein paar Schlucke Bier, als ob ihre Gedanken einen schlechten Geschmack in ihrem Mund hinterlassen hätten. Sie verzog angesichts des lauwarmen Biers das Gesicht und spielte mit dem Gedanken, sich ein kaltes zu holen. Aber eigentlich wollte sie Wärme. Kaffee, Tee, brennendes Benzin; irgendetwas, das die Kälte linderte, die seit ihrer Auferstehung tief in ihrem Inneren saß.

»Wenigstens hat sie so etwas wie Gerechtigkeit bekommen«, sagte der Ureinwohner. Er hatte einen Akzent, den Renai nicht einordnen konnte, der aber verriet, dass er nicht von hier war. »Zu wenig und zu spät, aber besser als nichts.«

Einen Moment lang glaubte Renai, er spreche von ihr, aber das konnte natürlich nicht sein. Er wusste ja nicht einmal, dass sie im Raum war. Sie hatte das Gespräch der Leute am Rande mitgehört, während sie gegrübelt hatte, deshalb wurde ihr schnell klar, dass sie immer noch über die junge Frau sprachen, die vor ein paar Jahren in ebendieser Bar ermordet und deren Mörder gerade verurteilt worden war. Die gefühlsduselige Diskussion bewegte sich zu den letzten Worten des ermordeten Mädchens, und Renai drehte sich mit ihrem Hocker von ihnen weg. Sie brauchte nicht mitzuhören, um zu wissen, was sie sagen würden. Die letzten Worte, die über die Lippen der meisten Menschen kamen, waren entweder eine Bitte um mehr Zeit oder eine Frage, auf die sie niemals eine Antwort bekommen würden.

Beides hatte Renai in den letzten fünf Jahren oft gehört.

Sie wollte gerade Geld für das Bier auf den Tresen legen – sie hatte keine Angst, erwischt zu werden, aber ihre Mama hatte schließlich keine Diebin großgezogen – und sich auf den Weg quer durch die Stadt machen, als die Tür zur Herrentoilette aufschwang und einer der Collegetypen herausstürmte. »Pah!«, rief er seinen Freunden zu. »Den Scheiß müsst ihr euch ansehen! Da sind überall obszöne Siebzigerjahre-Sprüche an den Wänden!«

»Warte nur, bis deine Süße Burt im Damenklo sieht«, murmelte Renai, die an das Poster des nackten Burt Reynolds auf dem Bärenfell denken musste, das über dem Waschbecken in der Damentoilette hing.

Wie als Antwort auf ihr Gemurmel hörte Renai ein glucksendes Lachen von dem Mann hinter der Bar. Sie blickte in die Richtung des Geräuschs und sah einen braunhäutigen älteren Mann, der, vorsichtig ausgedrückt, unvorteilhaft aussah. Er hatte eine große knollige Nase, die ganz den Eindruck erweckte, als wäre sie mehrfach gebrochen worden, und sonderbare Ohren, die zu breit, zu lang und seltsam flach an der Spitze waren. Seine Augen waren entweder zu klein für sein Gesicht oder wurden von der Kombination aus Nase und Ohren einfach verdrängt. Er trug ein dunkelblaues Button-down-Arbeitshemd, auf dessen Brusttasche mit Goldfaden der Name Seth eingestickt war. Geschickt wischte er mit einem Lappen das Innere eines Pintglases aus, als hätte er jahrelange Übung darin.

Zu ihrer Überraschung schien er sie tatsächlich zu sehen, denn er grinste sie an. »Dahastdurecht.« Es klang wie ein einziges Wort. Er sprach, als wäre er in New Orleans geboren worden. »Mr. Reynolds hat im Laufe der Jahre mehr als eine Dame dazu bewegt, die Wahl ihres Begleiters zu hinterfragen.« Er stellte das Glas ab und stützte die Hände auf die Theke, beugte sich näher zu ihr und sprach leise und verschwörerisch weiter. »Aber ein hübsches junges Ding wie du könnte ihn vielleicht überreden, von der Mauer zu hüpfen und dir einen Drink zu spendieren.«

Renai wollte antworten, zögerte jedoch. Er wirkte irgendwie sonderbar. Unecht. Nicht Schnapp-dir-dein-Zeug-und-renn-weg-sonderbar, aber dennoch veranlasste er sie, ihre Worte mit Bedacht zu wählen. Vielleicht fühlte sie dieses alarmierende Kribbeln ja nur, weil er sie überhaupt bemerkt hatte, dennoch war sie beunruhigt. Möglicherweise hatte er ein hochempfindliches Gehör. Der Tod hatte dafür gesorgt, dass sie sehr unauffällig war, aber sie war nicht völlig unsichtbar. Es waren auch nicht seine ekligen Worte, obwohl dumme Anmachsprüche von Barkeepern immer unangenehm waren. Ebenso wie die tätowierten Muster auf seinen straffen Unterarmen, deren Schlichtheit auf Gefängnistattoos verwies. Nein. Renai ließ den Blick über seine Arme bis zum Tresen schweifen. Es waren seine Hände, die sie aus der Fassung gebracht hatten.

Seth' Hände waren dreckig.

Er hatte Schmutzränder unter den viel zu langen Nägeln, und irgendeine rote Substanz verkrustete seine Nagelhaut und die Hautfalten seiner Knöchel. Renais Herz verkrampfte sich bei diesem Anblick, und sie stellte sich vor, wie Seth bis zu den Handgelenken in einer Blutlache wühlte – aber nein, getrocknetes Blut hatte doch einen dunkleren, bräunlicheren Farbton als die Substanz, die Seth' Hände befleckte. Das war Erde: dicker roter Lehm. Ihre Vorstellungskraft beschwor ein Horrorfilm-Szenario herauf, in dem Seth sich in die Erde grub.

Oder aus einem Grab heraus.

Ihre Fantasien und seine Fähigkeit, sie überhaupt zu sehen, ließen sie vermuten, dass Seth mehr war, als er schien. »Was bist du?«, fragte sie. Das war keine sonderlich höfliche Frage in der Welt der Mythen und Götter, in die sie wiederauferstanden war, aber sie hatte keine Zeit für Spielchen. Außerdem hätte er sie nicht »Ding« nennen sollen.

»Wie du hier lesen kannst«, er tippte mit einem spitzen Fingernagel auf den eingestickten Namen an seinem Hemd, »nennt man mich Seth.«

Sie zog überheblich eine Braue hoch. »Pah, ich kann lesen, aber du hast wohl Probleme mit deinem Gehör.« Sie legte ein wenig Ninth Ward in ihre Stimme, da sie wusste, dass die Leute dazu neigten, jemanden mit einem bestimmten Dialekt zu unterschätzen. »Sprachwechsel« nannte das Internet es. »Den Narren spielen«, hätte ihre Mutter missbilligend gezischt. »Wir wissen beide, dass du mit diesen dreckigen Händen kein Barkeeper bist, und da uns hier drin niemand reden sieht, bist du wohl auch kein Mensch. Also was dann? Ein Psychopomp? Ein Zombie? Jiang Shi? Bist du aus eigenem Antrieb hier, oder haben die Throne dich geschickt?«

Seth lächelte. Er hatte viele unregelmäßige Zähne, und

jeder Anschein von Menschlichkeit fiel jetzt von ihm ab. Er hatte nicht die Reißzähne eines Vampirs oder die obszöne Zunge eines Ghouls oder den fauligen Atem eines Wendigos, ja, sein Lächeln wirkte nicht einmal bedrohlich. Aber in seinem gerissenen und zugleich beiläufigen Selbstbewusstsein erkannte Renai die Art von Wissen und Macht, über die kein Sterblicher verfügen konnte.

»Du«, sagte er, »bist genau die Person, die ich erwartet habe.« Auch seine Stimme hatte sich nun verändert, der lang gezogene Akzent eines Einheimischen wich der klaren akzentfreien Sprache von jemandem, der so gebildet war, dass sämtliche regionalen Merkmale aus seiner Artikulation verschwunden waren.

Da siehst du, was passiert, wenn du einen Aufreißer blöd anredest, dachte sie.

Seth griff in die Brusttasche seines Arbeitshemds und zog einen langen dünnen Papierstreifen heraus, der eng zusammengerollt war, als hätte er in einem kleinen Zylinder gesteckt. Er legte ihn auf die Theke neben ihre Bierflasche, hielt ihn aber mit einem schmutzigen Finger fest. »Ich möchte dich um eine Gefälligkeit bitten.«

Als er das Wort »Gefälligkeit« betonte, hielt sie unwillkürlich den Atem an. In dieser neuen Realität, in der sie sich wiedergefunden hatte, in der Mythen die Straßen von New Orleans bevölkerten und Magie möglich war, hatte Renai gelernt, dass Dinge wie Reichtum und Macht wenig mit der Anhäufung von materiellen Besitztümern oder dem Horten von Geld zu tun hatten, sondern viel mehr mit dem Willen – oder der Fähigkeit –, die Welt zu manipulieren. Eine Gefälligkeit gegen eine andere einzutauschen, war die Währung dieses Reiches. Und dass er wie selbstverständlich davon ausging, dass sie wollte, was er im Gegenzug anzubieten hatte, sagte ihr, dass sie es nicht mit einem bedauernswerten Untoten zu tun hatte, der gerade eben genug Magie zusammengekratzt hatte, um dem Griff des Todes zu widerstehen. Nein, sie hatte das Gefühl, dass Seth von göttlicher Gunst sprach.

Denn wie auch immer er sich nannte, Renai war sich ziemlich sicher, dass dieser hässliche, schmuddelige Barkeeper ein Gott war.

Sie nagte an ihrer Unterlippe, bis es ihr selbst auffiel und sie sich zwang, damit aufzuhören. »Ich bin ganz Ohr«, sagte sie.

»Darauf steht der Name von jemand, an dessen Wohlergehen mir sehr viel liegt«, sagte Seth. »Jemand, der bald in deine Zuständigkeit fallen wird.«

»Ich habe nicht die Befugnis …«

Seth unterbrach sie, bevor sie den Satz beenden konnte, indem er die Augen schloss und den Kopf schüttelte. Dann senkte er langsam besagten Kopf und presste die Lippen zu einer schmalen Linie zusammen. Sie konnte die Geste nicht genau genug deuten, um sagen zu können, ob er über ihre voreilige Schlussfolgerung enttäuscht oder vielmehr beleidigt war, weil sie ihm ins Wort gefallen war. Aber sie erkannte, dass sie irgendwie einen Fehltritt begangen hatte, und das ließ sie für den Moment verstummen.

Als er die Augen wieder öffnete, wiesen sie die schmalen, horizontal geschlitzten Pupillen einer Ziege auf.

»Würde ich annehmen, dass du deine Pflicht vernachlässigst, um dich persönlich zu bereichern, hätte ich dich nicht angesprochen. Ich bitte dich nur, die Situation sorgfältig abzuwägen und dein Bestes zu tun, damit man sich gut um ihn kümmert. Mehr nicht.«

Renai setzte an zu schlucken, aber ihr Mund war plötzlich trocken. Sie steckte in einer Zwickmühle; Seth' kryptischer Vorschlag weckte ihren Argwohn, aber gleichzeitig war sie nicht bereit, einem Gott etwas abzuschlagen, schon gar nicht einem, der sich die Mühe gemacht hatte, sie zu finden. Und außerdem flüsterte ihr eine kleine, kaum zu verleugnende Stimme zu, dass es verdammt verlockend wäre, wenn ein echter Deus ex Machina ihr etwas schuldig wäre. Es gab ungefähr ein Dutzend Fragen, die ihr im Kopf herumschwirrten, aber lediglich zwei waren wirklich wichtig. Sie hatte nur den Mut, eine zu stellen.

»Warum ich?«

Seth runzelte die Stirn, als wäre die Antwort offensichtlich. »Weil du, Renai – wenn ich dich Renai nennen darf –, unter all deinen Kollegen eine einzigartige Sichtweise hast.« Er hatte ihren Spitznamen richtig ausgesprochen, wie »Renée«. Also hatte er vermutlich gehört, wie jemand ihn erwähnt hatte, und ihn nicht einfach irgendwo gelesen. Die meisten Leute sprachen das »ai« in ihrem Namen zweisilbig aus. Sie fragte sich, wer ihm wohl ihren Namen genannt und was er sonst noch gesagt hatte.

»Du hast dir die Fähigkeit bewahrt«, fuhr er fort, »Befehle infrage zu stellen. Du bist noch in der Lage, Mitgefühl zu empfinden. Einfach ausgedrückt, ich spreche mit dir, weil von allen anderen, die ich hätte fragen können, nur du noch am Leben bist.«

Oh, dachte Renai. *Als du sagtest, ich wäre genau die Person, die du erwartet hast, meintest du also, ich wäre der kleine Fehler des Todes.* Verärgerung stieg in ihr auf, und sie stellte die Frage, die sie eigentlich nicht stellen wollte.

»Und wenn ich nach sorgfältiger Prüfung meiner Optionen eine Entscheidung treffe, die dir nicht gefällt?«

Seth' Miene verfinsterte sich, aber er nickte, als ob er auf diese Frage gewartet hatte. »Dann hast du mir keine Gefälligkeit erwiesen, und ich schulde dir keine Gegenleistung. Ich könnte dir ein kleines Unterpfand meiner Dankbarkeit für deine Zeit geben, falls ich den Eindruck habe, dass deine Überlegungen aufrichtig waren, aber ich versichere dir, dass ich keinen Groll gegen dich hegen würde. Mir ist klar, dass du bestimmten Verpflichtungen gehorchen musst.«

Ich frage mich, wie klein das Unterpfand ist, über das wir hier reden, dachte sie, und dann hörte sie die Stimme ihrer Großmutter: *In jeder Mausefalle gibt es Käse umsonst, aber ich habe noch nie eine Maus gesehen, die glücklich darüber gewesen wäre, ihn gefunden zu haben.* Sie sah auf seine Hand hinunter, als ob sie den Namen durch das Papier hindurch lesen könnte, als ob es eine Rolle spielte, wenn sie es könnte. Seth hatte die fünf Punkte eines Quinkunx auf die weiche Haut seiner Daumenwurzel tätowiert: vier bläuliche Nadelstiche in einem Quadrat, ein fünfter in der Mitte. Auch ein Knast-Tattoo, wobei der Punkt in der Mitte den von vier Mauern umgebenen Gefangenen symbolisierte. Waren die Tätowierungen Teil der Maske, die

Seth trug, um seine wahre Gestalt zu verschleiern, oder sagten sie etwas Tiefgründigeres über ihn aus? Sie hatte keine Ahnung und war sich auch nicht sicher, was sie für schlimmer hielt. Aber welche Wahl hatte sie schon?

Als sie die Hand nach seiner ausstreckte, spannte sich jeder Muskel in ihrem Bauch an, aber sie nahm ihm den Zettel trotzdem aus der schmutzigen Hand. Er zwang sie, ihn unter seinem Finger hervorzuziehen, wobei er gerade so viel Druck ausübte, dass das Papier zerreißen würde, wenn sie zu schnell zog. »Das ist kein Ja«, antwortete sie, »und auch kein Nein. Ich sage nur, ich ziehe es in Betracht.«

Der hässliche Gott lächelte, herzlich, fröhlich und aufrichtig. »Ausgezeichnet! Ich bin sicher, wenn du siehst …« Er unterbrach sich und hob abwehrend die Hand. »Nein, ich habe mein Sprüchlein schon aufgesagt. Du musst entscheiden.«

Ihr Telefon trillerte, und das Display leuchtete auf der Bar auf, wo sie es hatte liegen lassen. Es war der Alarm, der ihr sagte, dass es für sie Zeit war zu gehen. Als sie aufblickte, war Seth verschwunden. Das Papier lag in ihrer Hand. Sie rollte den Zettel auf: RAMSES ST. CYR. Der Name löste etwas in ihrem Hinterkopf aus, als sollte sie ihn wiedererkennen. Sie schaltete den Timer aus, schob ihr Telefon und den Zettel in ihre Jackentasche und beschloss, dieses ganze Gespräch unter »Zeug, worum man sich später kümmern muss« abzulegen.

Der Tod wartete schließlich auf niemanden.

Dafür wartete draußen ihr edles Ross auf dem Bordstein, schwarz, glänzend und kraftvoll. Mord und Wiederauferstehung hatten Renai so ziemlich alles genommen, aber manchmal nahmen die Götter mit der einen Hand, während sie mit der anderen gaben. Die Throne jedenfalls taten das; sie hatten ihr die Lederjacke gegeben, die weit mehr war als das einfache Kleidungsstück, das sie zu sein schien. Nachdem ihr klar geworden war, dass Busse an ihr vorbeifuhren, wenn sie allein an der Haltestelle stand, hatten sie ihr auch ein Fortbewegungsmittel geschenkt. Es war kein »Ross« im wörtlichen Sinne. Obgleich Renai nicht wahrgenommen wurde, wäre es wahrscheinlich schon aufgefallen, wenn da ein Pferd durch die Stadt galoppiert wäre. Also war das Geschenk der Throne in Form eines Motorrads gekommen: eine Honda Valkyrie. Anders als ein echtes Motorrad erwachte diese Maschine rumpelnd zum Leben, sobald Renai ihr Bein über den Sitz schwang, schien immer genau zu wissen, wohin sie fahren wollte, sobald sie den Lenker berührte, und ihr ging auch nie das Benzin aus. Renai nannte sie Kyrie. Sie wusste nicht, wie intelligent Kyrie war oder ob sie tatsächlich einen eigenen Namen hatte oder warum sich das Motorrad so klar nach einer »Sie« anfühlte. Sie wollte außerdem nicht darüber nachdenken, welche Art von Treibstoff ein Motorrad aus der Unterwelt antrieb.

Als Kyrie mit einem Gebrüll, das man nur als gierig bezeichnen konnte, von Pal's wegbrauste, wurde Renai klar, dass es derzeit etliches gab, worüber sie lieber nicht nachdachte. Über ihr altes Leben oder ihre Pflichten in diesem neuen. Über die Toten, die Throne und die anderen Götter, denen sie – wenn auch nur kurz – begegnet war. Über die Veränderungen, die sie seit ihrer Wiederauferstehung durchgemacht hatte. Sie hatte sich angewöhnt, all das in dem kalten Brunnen tief in ihr zu versenken, weit genug von ihrer Gegenwart entfernt. Jetzt dachte sie kaum noch an irgendetwas und ließ einfach einen Tag in den nächsten übergehen. Jahre waren so vergangen, in denen sie fast nichts Neues über die Welt gelernt hatte, in der sie sich befand, sondern nur tat, was man ihr sagte. Sie befolgte die Regeln, die man ihr auferlegt hatte.

Unter dem nachmittäglichen Himmel legte sie sich in die Kurve, als Kyrie von der Orleans Avenue auf die Broad abbog und den grün wuchernden Baldachin der Lebenseichen für ein breites Stück Asphalt zurückließ. Sie klopfte abwesend auf ihre Jackentasche und vergewisserte sich, dass sie den Zettel, den Seth ihr gegeben hatte, noch hatte.

Seth hatte eine ganz andere Person beschrieben als die, die Renai im Spiegel sah. Er schien zu glauben, dass sie zu Trotz fähig sei, obwohl sie sich nicht einmal die Mühe machte, etwas zu hinterfragen. Aber war es wirklich Apathie, die ihr Handeln diktierte? Oder Angst?

Kyries Reifen rumpelten über die Straßenbahnschienen, die die Canal Street hinunterführten, und vertrieben Renais Gedanken. Das Geräusch verriet ihr, dass sie fast am Ziel war, also war es an der Zeit, ihr Pokerface aufzusetzen. Sie öffnete eine kleine, ungünstig platzierte Tasche an der Vorderseite ihrer Jacke, die sie für gewöhnlich nie benutzte, schob die Papierrolle hinein und zog den Reißverschluss wieder zu. Sie wollte den Zettel nicht verlieren, und der Gedanke, er könnte nicht sicher verwahrt sein, hatte sie gestört.

Sie tat ihr Bestes, um sämtliche Zweifel und auch die Fragen aus ihrem Kopf zu vertreiben, alle bis auf die nach ihrem wahren Zweck auf dieser Welt. Ein paar Minuten später fuhr Kyrie an der Kreuzung Tulane und Broad vorbei, wendete und holperte auf den Bürgersteig der Gravier Street, gegenüber von einem hässlichen, gedrungenen Schlackenklotz, wo der Motor grummelnd zum Stillstand kam. Renai drückte die Fingerspitzen an die Lippen und klopfte dann damit auf Kyries Chassis, während sie ihr Bein hinunterschwang. Das Metall fühlte sich kalt an, obwohl sie in der späten Oktoberwärme mit Vollgas gefahren war. Was sie in dem Gebäude erwartete, war ein weiterer Gedanke, dem sie lieber auswich, eine Aufgabe, die sie abstrakt betrachten wollte, bis sie es nicht länger konnte. Die Hände in den Jackentaschen zu Fäusten geballt, zwang Renai sich, auf die andere Straßenseite zu blicken.

In seiner Nüchternheit hätte das Gebäude, über das sie nicht nachdenken wollte, ein billig gestalteter Bürokomplex oder ein Parkhaus sein können, wären da nicht die winzigen Fenster und die Stacheldrahtspiralen über dem Zaun gewesen. Aber als sie sich einen zweiten Blick erlaubte, entsprach die Ästhetik des Bauwerks genau dem, was es war.

Kyrie hatte sie zum Orleans Parish Prison gebracht, und Renai war hierhergekommen, um einem Mann das Leben zu nehmen.

KAPITEL ZWEI

Eine halbe Stunde später marschierte Renai auf dem Bürgersteig gegenüber dem Gefängnis auf und ab, gelangweilt und genervt, und begann sich zu fragen, ob sie sich in der Zeit geirrt hatte. In ihren Earbuds sang Destiny's Child davon, dass sie Sturm und Regen überstanden hätten, Überlebende seien. Da die Toten nicht wirklich auf SMS reagierten, war Musik so ziemlich der einzige Nutzen, den sie aus ihrem Telefon zog, so smart es auch sein mochte. Sie hatte jede Menge Nummern einprogrammiert, als sie es bekommen hatte – die vom Krankenhaus, in dem ihre Mutter arbeitete, die ihres Cousins in Houston, die von dem Haus in Uptown, das sie immer noch als ihr Zuhause betrachtete –, aber nachdem sie ihre Mutter einmal fast angerufen hätte, hatte sie alle gelöscht. Sie war sich immer noch nicht sicher, ob sie den Anrufknopf wirklich aus Versehen gedrückt hatte oder ob es ein unterbewusster Wunsch gewesen war. Das hastige Beenden des Telefonats war ihr noch schwerer gefallen, als zum ersten Mal ein Leben zu nehmen. Sie wusste nicht, ob sie es über sich bringen würde, der Versuchung zu widerstehen, noch einmal die Stimme ihrer Mutter zu hören.

Der Gedanke, ein Leben nehmen zu müssen, richtete ihre Aufmerksamkeit auf das Gebäude auf der anderen Straßenseite, bevor sie sich wieder auf den unerwartet glatten Bürgersteig unter ihren Sneakers konzentrierte. Sie marschierte weiter auf und ab. Ein Streifenwagen des New Orleans Police Departments fuhr an den Bordstein heran, so nah, dass sie das Vibrieren des Motors spürte. Renai lächelte unwillkürlich nervös und unterwürfig, dann ärgerte sie sich über ihre überflüssige Reaktion. Natürlich würde der weiße Polizist hinter dem Steuer sie genauso wenig bemerken wie die Leute im Pal's, weil sie so gut wie unsichtbar war. Tatsächlich, er studierte den Computerbildschirm am Beifahrersitz, als ob sie gar nicht da wäre. Sie hätte nie gedacht, dass sie sich von dem Misstrauen, das ihre Hautfarbe bei anderen auslöste, jemals befreien könnte. Doch jetzt, wo es verschwunden war, fand sie es merkwürdig nervtötend. Sie war sich ziemlich sicher, dass es ein französisches Wort für das Gefühl gab, in einem fremden Land zu sein.

Mädchen, hörte Renai ihre Mutter sagen, *du konntest schon immer Schatten an einem sonnigen Tag finden.* Offenbar musste sie ihre Mutter gar nicht anrufen, um mit ihr sprechen zu können.

Gerade als »Survivor« endete und Lorde sang, sie hätte noch nie einen echten Diamanten gesehen, sank ein Rabe vom Himmel – umrahmt von den leuchtend roten Buchstaben des Falstaff-Turms – und landete mit einem kleinen Hüpfer auf der Blaulichtschiene des Polizeiwagens. *Wurde auch Zeit!* Renai schaltete die Musik aus und zerrte ihre Ohrstöpsel heraus.

»Du bist aber früh dran.« Der Rabe legte den Kopf schief. »Hast du noch ein heißes Date?«

Renai hob eine Braue. »Ich bin nicht früh, sondern du kommst mal wieder auf den letzten Drücker, Salvatore.« Und da war wieder die Stimme von Renais Mutter mit dem Ja-ich-habe-gerade-deinen-vollständigen-Namen-gesagt-Ton.

Der Vogel senkte den Kopf und hob den Schnabel, eine Geste, die auf Renai wirkte, als würde jemand die Augen verdrehen. »Das läuft bei mir noch unter pünktlich, Renaissance.« Der Rabe sprach mit einem Akzent, der irgendwo zwischen dem alten New Orleans und einem Brooklyn-Gangster aus dem Fernsehen lag. Ein Akzent aus Chalmette – einem dieser Orte am Rand von New Orleans, der kein richtiges Viertel und noch keine eigene Stadt war. Nicht weit von der Bywater-Gegend entfernt, aus der Renais große Familie stammte. Sal und Renai waren beide Psychopomps, Führer, die die Toten ihrer gerechten Belohnung zuführten.

Hier jedoch endete die Ähnlichkeit zwischen ihnen auch schon. Sal war, wie jeder andere Psychopomp, den Renai getroffen hatte, ein Geist, der in einen physischen Körper gestopft worden war. Insofern hatte er mehr mit ihrem Motorrad gemein als mit ihr. Renai hingegen war ein lebender, atmender Mensch und hatte nach ihrer Wiederauferstehung die Rolle einer Psychopomp übernommen. Was Sal definierte, war für sie bloß ein Titel. Soweit sie wusste, war sie die Einzige ihrer Art. Manche würden sagen, das machte sie einzigartig. Andere nannten es einen Makel.

»Außerdem«, fuhr Sal fort, »ist es ja nicht so, als würde er irgendwohin gehen.« Er putzte sich unter dem Flügel und knabberte an einer Feder. »Jedenfalls nicht allein.«

Renai seufzte und streckte den Arm einladend aus, damit der Rabe sich darauf niederließ. Federn raschelten, und dann gruben sich Krallen in ihre Schulter. Sal wog erheblich mehr, als er angesichts seiner Größe auf die Waage bringen sollte. Sie wusste nicht, ob er einst eine menschliche Seele gewesen war, die jetzt die Gestalt eines Raben hatte, oder eine Tierseele, die die menschliche Sprache erlernt hatte – oder ob er etwas noch Seltsameres war. Aber er hatte ihr alles beigebracht, was sie über das Dasein eines Psychopomps wusste, und war in diesem seltsamen neuen Leben ihr engster Freund. Also war es ihr ziemlich gleichgültig, was genau er war, solange er nur auftauchte.

»Hast du den Namen?« Sal senkte seine Stimme nicht, obwohl sein Schnabel sich direkt neben ihrem Ohr befand.

»Miguel Flores«, sagte Renai. »17:12 Uhr.« Sie wusste noch mehr: seinen genauen Aufenthaltsort im Gefängnis, die Umstände seines Todes und all die anderen Details, die sie brauchte, um ihn zu finden. Alles, was Sal zu benötigen schien, war ein Name.

Er zeigte mit einem Flügel auf das Gefängnis. »Dann lass es uns erledigen, Raines.«

Der Polizist stellte den Motor ab und stieg aus dem Streifenwagen, wobei er in das Mikro an seiner Schulter sprach. Obwohl Renai ihm ausweichen musste, als er an ihr vorbei und die Treppe zum NOPD-Bürogebäude hinaufging, schenkte er weder ihr noch Sal einen Blick. Normalerweise konnte sich Renai, wenn sie ihre Toten einsammelte, auf ihre persönliche Aura des Desinteresses verlassen, um sich unbemerkt zu bewegen. Sie hatte in Krankenhauszimmern neben trauernden Angehörigen gestanden, in Schlafzimmern neben schlafenden Ehepartnern, in Pflegeheimen neben Hospizschwestern und an Straßenrändern neben Sanitätern, so unbemerkt wie zuvor im Pal's. In ein Gefängnis zu gehen, erforderte allerdings etwas mehr Aufwand.

Sie setzte die Jersey-Kapuze ihrer Jacke auf und sprach das Wort, das die Throne sie gelehrt hatten, als sie ihr die Jacke schenkten. Es war eine schwer verständliche Abfolge zischender Silben und bedeutete vieles auf einmal: ungesehen, ungehört, unerkannt, unberührt. Renai nannte es »das Geisterwort«. Sie gebrauchte es nur sehr ungern.

Sobald der Zauber wirkte, verschwand alle Farbe aus ihrem Blickfeld und verwandelte sich in verschiedene Schattierungen eines dunklen schattenhaften Violett. Ihre Haut kam ihr plötzlich zu eng vor, war extrem empfindlich, und sie fühlte sich, als hätte sie eine Molly-Pille geschluckt, nur ohne die Euphorie. Die Luft um sie herum kühlte ab und wurde eiskalt, als ob der leere Brunnen in ihr die Wärme aus ihrer Umgebung saugte. Ein Wimmern regte sich am Rand der Hörschwelle, wie ein Tinnitus oder das Rauschen uralter Computermonitore in ihrer Grundschule. Die Stromleitungen über ihr leuchteten wie Glühbirnen, knisternd und knackend wie offenes Feuer. Sals pechschwarze Federn wurden weiß wie Knochen.

Renai knirschte mit den Zähnen angesichts dieser Attacke auf ihre Sinne und überquerte rasch die Straße und den kleinen, nahezu leeren Besucherparkplatz bis zum Zaun. Sie stopfte die Hände tief in die Jackentaschen, damit Sal nicht sah, dass sie sie zu Fäusten geballt hatte, und senkte den Kopf, damit die Kapuze ihr Blinzeln verbarg, als sie durch den Maschendraht trat.

Einmal, bei einer Mutprobe, hatte Renai ihre Zungenspitze an die Pole einer Neun-Volt-Batterie gelegt. Der Schmerz war kurz, stark und betäubend gewesen. Die Magie der Jacke, die durch das Geisterwort aktiviert worden war, erlaubte es ihr, sich durch physische Objekte wie durch Nebel zu bewegen, aber es fühlte sich an, als bestünde die ganze Welt aus Batterien, und sie wäre eine Zunge. Der Zaun hinterließ stechende schraffierte Linien auf ihrem Körper. Bei Mauern und Türen war es noch schlimmer. Sie zwang sich zu atmen und bewegte sich weiter.

Als sie das Gefängnis betrat, überwältigte sie für einen kurzen Moment der Gestank nach antiseptischen Reinigungsmitteln und Körperausdünstungen und vertrieb den Schmerz des Durchschreitens der Außenwand. Sie gewöhnte sich jedoch bald an den Geruch, und der Schmerz rückte wieder in den Vordergrund ihrer Aufmerksamkeit. Zum Glück übertönte das dumpfe Dröhnen von Hunderten von Menschen, die redeten und stampften und stritten und alberten, das eindringliche Wimmern, das ihre Ohren plagte. Mit Signalen seiner Krallen und der Schnabelspitze führte der Rabe sie weiter. Jeder Mensch, den sie sah – weiß, schwarz oder braun, Wächter oder Gefangener, Teenager oder Älterer –, glühte von dem Feuer, dem Leben, das in ihm brannte. Renai wusste aus Erfahrung, dass sie Abstand halten musste, und tat alles, was sie konnte, um sicherzustellen, dass sie niemanden auch nur leicht berührte.

Sie folgte Sals Richtungsanweisungen durch zwei Betonwände, eine Treppe hinauf und durch so viele Sicherheitstüren aus Stahl, dass sie sie nicht mehr zählen konnte. Der Schmerz, den es ihr bereitete, all die feste Materie zu durchdringen, verstärkte sich, bis Renai keuchte und ihr Tränen aus den Augen liefen. Sal ließ sich nicht anmerken, ob er sich unwohl fühlte. *Liegt das daran, dass er ein Todesgeist ist und ich noch lebe,* fragte sie sich, *oder dass ich das erst seit fünf Jahren mache und er älter ist als der Staub in Gottes Garten?*

Zwei Häftlinge, ein jüngerer Schwarzer mit hochgesteckten gelockten Haaren und ein älterer Weißer mit einem fliehenden Kinn, das ihm das Aussehen einer Schildkröte verlieh, standen mitten im Flur neben ein paar Reinigungswagen. Einer war für den Müll und der andere zum Wischen der Böden gedacht. Sie standen zu dicht beieinander, als dass Renai sich an ihnen hätte vorbeidrängen können, ohne einen zu berühren. Sie blieb stehen, nagte mit den Zähnen an ihrer Unterlippe und kämpfte gegen den Drang an, aus dem Fenster zu springen oder den Bann zu brechen und sich zu offenbaren. Sie würde alles tun, das Geisterwort nicht erneut sagen zu müssen.

»Hattest du nicht auch mal Dreads?«, erkundigte sich Sal.

»Was?« Das Wort kam ihr über die Lippen, bevor sie begriff, was er meinte. Sie hatte Schmerzen und war verwirrt.

Sal richtete den Schnabel auf die beiden Hausmeister. »Wie er da. Versteh mich nicht falsch, mir gefällt dein Haar, so wie es ist. Es steht dir. Ich bin nur bisher nicht dazu gekommen zu fragen, warum du die Dreads abgeschnitten hast.«

Renai fragte sich, ob er gegen die Wand klatschen würde, wenn sie ihn dagegen warf, oder ob er sie einfach durchdringen würde. »Hältst du das hier wirklich für einen geeigneten Zeitpunkt, mich nach meiner Frisur zu fragen?«

»Sie können uns ja nicht hören«, erwiderte Sal. »Ich wollte nur höfliche Konversation betreiben, das ist alles.«

Von wegen! Du willst mich ablenken, damit ich ruhig bleibe, dachte Renai. Er war süß, auf eine dumme, unsensible Art. »New Orleans ist verwaltungstechnisch gesehen eine Stadt, aber eigentlich ist es eine Kleinstadt«, sagte sie. »Ich dachte mir, dass ich bestimmt irgendwann auf jemanden treffen würde, der Renaissance Raines gekannt hat. Und vor allem auf jemanden, der wüsste, dass ich tot sein sollte. Deshalb hielt ich es für besser, wenn ich nicht wie sie aussehe, sondern wie jemand anders.« Das stimmte zwar, war aber auch eine Lüge. Sie hatte sich die Locken selbst abgeschnitten und sich mit dem unordentlichen, wirren Durcheinander auf ihrem Kopf abgefunden, bis sie selbst mit ihrem Haar zurechtkäme. Sie konnte den Gedanken nicht ertragen, zu einem anderen Friseur zu gehen als zu dem, bei dem sie schon ihr ganzes Leben lang gewesen war. Nicht, dass Sal das jemals erfahren musste.

Er schnaubte spöttisch. »Die Leute müssten dich erst mal bemerken, bevor sie dich wiedererkennen können.«

Sie erlaubte sich ein Grinsen. »Du bist wirklich gut darin, Informationen weiterzugeben, die ich längst kenne, Vogel. Wo warst du mit diesen Perlen der Weisheit, als ich frisch zurückgekommen bin?« Sie zuckte mit der Schulter, auf der Sal hockte, und gab ihm einen spielerischen Stups. Bevor sie ihn weiter necken konnte, beendeten die Männer ihr Gespräch und gingen in entgegengesetzte Richtungen davon. Renai trat mit dem Rücken gegen die Flurwand – und teilweise durch sie hindurch –, um den Weißen vorbeizulassen. Es fühlte sich an, als würde sie von einer Horde beißender Feuerameisen überfallen werden. Sie konnte wirklich nicht mehr viel davon ertragen.

»Fast geschafft«, sagte Sal, als sie sich wieder in Bewegung setzte.

»Also, mein Haar haben wir durch, was kommt als Nächstes? Meine Freundin, mein Liebesleben?«

»Hast du denn überhaupt eines, über das zu tratschen sich lohnt?« Er deutete mit dem Schnabel auf eine Linkskurve am Ende des Flurs.

»Ich habe nicht mal genug, um darüber zu fantasieren.«

»Zu schade«, sagte Sal. »Ich habe wirklich erwartet, du würdest bei unserem alten Kumpel Jude landen.«

Bei dem Gedanken an Jude Dubuisson zog sich Renais Magen angenehm zusammen, und etwas von der Kälte in ihrem Innern verschwand. Egal, wie verschwommen ihre Erinnerungen an ihre Zeit auf der anderen Seite waren, sie hatte nicht vergessen, wie gut dieser Mann aussah. Sie lachte und schüttelte den Kopf. »Als ob daraus etwas hätte werden können. Hast du jemals einen Betrüger getroffen, den du mit nach Hause nehmen könntest …«

Sie brach ab, als sie den überfüllten Raum durch das verstärkte Plexiglasfenster der nächsten Tür sah. Ein Gemeinschaftsraum, zwei Stockwerke hoch, mit einer Reihe von Zellen an der Rückwand, einer Handvoll runder Tische und Stühlen, die am Boden festgeschraubt waren, sowie einer Treppe, die zu einem Absatz und einer weiteren Zellenreihe hinaufführte. Fernseher hingen hoch oben an der Wand, außerhalb der Reichweite, und brummten und knisterten in einem Licht, das für Renais vom Geisterwort berührte Augen schmerzhaft grell war. Die eisenbeschlagenen Türen der Zellen standen offen, denn ihre Insassen hielten sich im Gemeinschaftsraum auf. Sie saßen auf den Tischen, die Füße auf den Sitzen, lehnten mit verschränkten Armen an den Zellentüren, gingen auf und ab oder standen in kleinen Gruppen zusammen, starrten auf die Fernseher oder redeten oder beides. Ein sanftes, wohliges Leuchten ging von einer der Zellen im oberen Stockwerk aus: Miguel Flores. »Ich kann das nicht«, sagte sie, und erst als Sal ihr mit einem Schnalzen widersprach, wurde ihr bewusst, dass sie ihren Gedanken laut ausgesprochen hatte.

»Sicher kannst du das«, sagte er. »Seine Zeit ist gekommen.«

»Nicht das.« Sie deutete mit der Hand auf die Männer,

die sich zwischen ihr und der Treppe befanden. »Wie soll ich da unbemerkt hochkommen? Wir haben nicht alle Flügel, Sal.«

»Ich vertraue dir. Beeil dich einfach. Es ist gleich so weit.« Und damit stieß er sich von ihrer Schulter ab und schwang sich mit ein paar Flügelschlägen zum Geländer im zweiten Stock hinauf.

So viel zum Thema süß, dachte Renai. Sie holte tief Luft und checkte das Gelände, versuchte sich zu konzentrieren, trotz des Klingelns in ihren Ohren und der Magie, die sich prickelnd auf ihrer Haut ausbreitete. Sie hoffte, einen Weg zu finden, auf dem sie niemanden berühren musste. Es sollte eigentlich nicht so schwer sein, einen Raum zu durchqueren. Unter normalen Umständen gingen einem die Leute aus dem Weg, selbst wenn sie nicht wirklich aufpassten. Es hatte Renai mehr als ein paar gequetschte Zehen gekostet, bevor sie gelernt hatte, dass diese Regel für sie nicht mehr galt. Und unter dem Einfluss des Geisterwortes war es noch schlimmer.

Viel schlimmer.

Renai stieß ein angewidertes Schnauben aus. »Zum Teufel damit«, sagte sie. Sie ließ die Knöchel knacken, schüttelte Arme und Beine aus. »Denk nicht darüber nach, Mädchen, beweg dich einfach.« Sie rannte auf die Tür zu, sprang mit einem Schmerzensschrei hindurch – und bewegte sich weiter. Im Gegensatz zu allem anderen waren lebende Menschen für sie, wenn sie unter dem Schleier des Geisterwortes stand, nicht kalt, sondern heiß wie Feuer. Die Luft im Gemeinschaftsraum traf sie wie der Gluthauch eines Ofens. Sie schaffte es ohne

Probleme, um die Gruppe herumzutanzen, die dem Eingang am nächsten war, aber das brachte sie zu dicht an einen älteren schwarzen Mann, der einer Handvoll Insassen eine Geschichte erzählte, wobei er mit den Händen herumfuchtelte, während er seiner Erzählung Details hinzufügte. Sie tat ihr Bestes, drehte sich zur Seite und zog den Bauch ein, aber seine Hand strich über ihre Haut. Wärme erfüllte sie, begann in ihrem Innersten und raste durch ihre Adern wie ein Schuss Alkohol. Das war das Schlimmste daran; es fühlte sich großartig an.

Der ältere Mann erzitterte sichtlich und grinste dann. »Wow«, sagte er zu seinen Zuhörern. »Da ist wohl gerade jemand über mein Grab spaziert.«

Das ist näher an der Wahrheit, als du denkst, dachte Renai.

Als sie nach ein paar weiteren zaghaften Schritten gegen einen anderen Häftling prallte und der Kontakt sie mit Hitze überflutete, gab sie es auf und rannte los. Sie stürmte wie ein Luftzug durch die Menge der ahnungslosen Männer und raubte ihnen mit jeder Berührung Minuten oder Stunden oder Tage ihrer Lebensspanne. Ein paar Sekunden später erreichte sie die Treppe voller Energie und gleichzeitig mit einem flauen Gefühl im Magen. Sal wollte etwas sagen, als sie oben an der Treppe ankam, hielt aber den Schnabel, als er ihren Seitenblick auffing. Mit gesenktem Kopf hüpfte er vom Geländer zurück auf ihre Schulter. Renai folgte dem Leuchten zu Miguels Zelle und bereitete sich auf das vor, was als Nächstes kam.

Miguel Flores lag auf einer dünnen an der Wand verschraubten Pritsche und atmete flach und kaum hörbar. Er lag im Sterben.

Miguel war ein kleiner, kompakt gebauter junger Mann mit hellbrauner Haut und dichtem schweißnassem schwarzen Haar. Er drückte eine Wolldecke an seine Brust, Tätowierungen überzogen seine Arme, sowohl die glatten, zierlichen Linien professioneller Tattoos als auch die gröberen, einfacheren Muster von Gefängnistinte. In der Koje über ihm lag niemand. »Unser Mann hat ein Privatzimmer«, stellte Sal fest, als sie eintraten. »Ein Glücksfall, richtig?«

Renai runzelte die Stirn. »Niemand sollte allein sterben, Sal.«

»Ich meine nur, du musst dir keine Sorgen machen, dass du hier drin noch jemanden anrempelst, das ist alles.« Er hüpfte von ihrer Schulter auf die obere Koje, wobei er unwillkürlich krächzte wie ein alter Mann, der stöhnt, wenn er zu schnell aufsteht. »Außerdem ist er nicht allein. Wir sind hier.«

Wie die anderen Männer strahlte auch Miguel Hitze aus, aber sein Feuer brannte schwach, seine Lebensspanne war nur mehr schwelende Glut. Dafür strahlte er wie ein Leuchtfeuer für jeden, der Augen dafür hatte, dass er nicht mehr lange auf dieser Welt sein würde. Renai beugte sich zu ihm hinunter und lächelte, falls er sie trotz der Magie der Jacke sehen konnte. Sterbende waren manchmal dazu in der Lage. Er flüsterte etwas, das sie nicht ganz verstehen konnte, etwas auf Spanisch vielleicht, und dann: »Katrina.« Merkwürdigerweise grinste er ein wenig, als er es sagte.

»Nein«, sagte sie, »das ist schon Jahre her. Dieser Moment ist nur dir vorbehalten.« Sie hasste es, wie ihre Stimme in ihren eigenen Ohren klang, rau und kalt. Aber sie musste in diesem Moment so sein. Wenn sie sich Sorgen machte und Gefühle zuließ, war sie nicht in der Lage zu tun, was getan werden musste.

Miguels Augen weiteten sich vor Angst, und trotz des Asthmas, das seine Lungen mit Schleim füllte und ihm den Atem raubte, schaffte er es, genug Luft zu holen, um vier Worte auf Englisch auszusprechen. »Ich will nicht«, keuchte er, »sterben.«

Renai versuchte, teilnahmslos zu bleiben, aber ihre Mundwinkel verzogen sich leicht. »Das will niemand«, sagte sie, »und doch tut es jeder.« Dann griff sie in sein Inneres und riss ihm die Seele heraus.

KAPITEL DREI

Oft sind es Felder der ungezähmten Natur: Aaru, das friedliche Land des Schilfs und der reichen Jagd, das als Seele des Nils gilt; Elysium, das stets sonnendurchflutete Tal der unendlichen Glückseligkeit, und Asphodel, die hübsche Wiese der unerbittlichen Banalität; Fólkvangr, wo die gefallenen, von Freya auserwählten Krieger inmitten ihrer Steinschiffe feiern, kämpfen und auf Ragnarök warten. Und manchmal sind es Gärten: Eden und Firdaws und Fiddler's Green und der Obstgarten, in dem die Pfirsiche des Jadekaisers gedeihen. Es ist ein euphorischer Tunnel aus Licht, der durch Hyperaktivität des Gehirns aufgrund von Blutverlust entsteht. Es sind die Länder auf und über dem Berg Meru, wo die Tugendhaften auf ihre nächste Chance warten, Moksha zu erlangen. Es ist die Insel Magh Meall, das Sommerland, das Haus des Liedes. Der Himmel. Das Paradies. Ein Ort der Belohnung für ein rechtschaffenes Leben.

Es ist nicht das Ende, das uns alle erwartet.

Eine der ersten irrigen Vorstellungen über die Menschheit und das Leben, die Renai aufgeben musste, nachdem sie die Rolle der Psychopomp übernommen hatte, war die Idee, dass die menschliche Seele ein einzelnes Objekt sei. Seit sie als Kind Zeichentrickfilme gesehen hatte, war ihr beigebracht worden, dass, wenn jemand starb, eine leuchtende körperlose Version dieser Person aus dem Körper aufstieg, gewöhnlich gekrönt mit einem Heiligenschein und einer Harfe in den Armen. Als sie älter geworden war, hatten Filme und Darstellungen des Himmels dieses Konzept verstärkt, bis sie zu der Überzeugung gelangt war, dass eine Seele ein wie eine Person geformtes Licht war, gefangen im Körper – so wie sie auch überzeugt davon war, dass ihre Zunge unterschiedliche Stellen für Süß und Salzig hatte oder dass Stiere die Farbe Rot hassten: Was sie glaubte, wurde nie hinterfragt, nie infrage gestellt und war völlig falsch.

Unter ihr stieß der Sterbende einen letzten erstickten Seufzer aus und wurde still. Renai hielt in ihrem Griff ein geflochtenes Band aus Licht, Quecksilber und Schatten, die Summe all dessen, was Miguel Flores einzigartig machte: seine Identität, sein Schicksal von seiner Geburt bis zu diesem Moment, seine Fähigkeit, die Welt um ihn herum zu beeinflussen. Ein ganzes Menschenleben – in ihren Händen.

Und es war ihre Aufgabe, es zu zerlegen.

Während sie sich daranmachte, die Seele zu entflechten, erinnerte sie sich, wie Sal es ihr beigebracht hatte. Seine Worte erklangen so klar in ihrem Gedächtnis, dass sie zu ihm aufblicken musste, um sich zu vergewissern, dass er seine Anweisungen nicht noch einmal wiederholte.

Du beginnst, sagte Sal, *mit dem wichtigsten Teil deiner Toten, ihrem Glück.* Sie packte den Strang von Miguels Seele, der aus Licht bestand, zwischen Daumen und Zeigefinger und wickelte ihn von den anderen beiden ab. Der Rest des Zopfes erschlaffte in ihrer Faust, als das erste Stück herausglitt. Während es sich löste, dehnte es sich und quoll auf wie warmes Toffee. Renai sammelte es in ihrer Handfläche und rollte es zu einem Ball zusammen. Ihre Finger bewegten sich schnell und sicher in einer erschreckend genauen Nachahmung der Beine einer Spinne, die ihr Netz um ihre Beute spann. Als sie alles zu einer etwa faustgroßen Kugel gerollt hatte, legte sie es zur Seite.

Du bringst das Glück der Toten in die Unterwelt, hatte Sal viele, viele Male wiederholt, *ganz gleich, was passiert. Das ist Regel Nummer eins.*

Als Nächstes kam die Fähigkeit der verstorbenen Person, die Welt um sie herum zu beeinflussen. Es gab viele Namen hierfür: Ka, Geist, Medizin, Juju. Sal nannte es *Stimme.* Sie trennte den schattigen und den silbernen Faden voneinander, ließ den Schattenfaden in einer Spule auf Miguels Bauch fallen und sammelte das flüssige Silber seiner Stimme in einer Lache in ihren beiden Händen. *Nichts von diesem Mist gelangt in die Unterwelt. Kein Tröpfchen. Das ist Regel Nummer zwei.* Miguels Stimme kräuselte sich in ihren Handflächen, zog sich wie ein Quecksilbertropfen zu einer Perle zusammen und verfestigte sich unter ihrem Blick. Sie veränderte Farbe und Form, wurde zuerst eine Traube, dann ein Apfel und schließlich ein Pfirsich. Renai biss hinein, und ihr Mund füllte sich mit säuerlich-süßem Saft und einem Rausch wie von einem Adrenalinstoß. Das gleiche Gefühl von Wärme und Vitalität, das sie von den Insassen bezogen hatte, gegen die sie unten gestoßen war, erfüllte sie, als sie den Bissen hinunterschluckte. In der Vergangenheit hatte sie Sal etwas davon angeboten, aber er schüttelte immer seinen Rabenkopf und sagte, wenn er es essen sollte, hätte die Stimme eine Form angenommen, die er vertragen könnte.

Renai verschlang den Rest des Pfirsichs mit ein paar schlürfenden Bissen, so voller Energie, dass sie fast erwartete, ihre Haut würde glühen, als sie fertig war. Sie wischte sich den Mund am Ärmel ab, ein wenig verärgert über ihre eigene Gier. Die Stimme war der Teil der Seele, der einem Menschen erlaubte, Magie auszuüben, falls er die Ausbildung, den Willen oder den Glauben hatte. Erlaubte man den Toten, auch nur einen Bruchteil von dem, was sie im Leben besessen hatten, in die Unterwelt mitzunehmen, fanden sie womöglich ihren Weg zurück ins Leben. Sie legte den Pfirsichkern in Miguels Kehle, während sie gegen den Drang ankämpfte, die letzten Tautropfen von seiner rauen genarbten Oberfläche zu lecken. Ein winziger Teil der Stimme blieb immer beim Körper zurück, um diesen Funken Erinnerung und Nostalgie zu nähren, dieses Flüstern von Führung und Unterstützung, all die subtilen Wege, mit denen die Toten die Welt der Lebenden immer noch beeinflussten, lange nachdem sie gegangen waren. Als sie Sal gefragt hatte, warum sie das meiste der Stimme aßen, anstatt alles beim Körper zu lassen, hatte er geantwortet: »Es gibt zwei Arten von Scheiße, die passiert, wenn wir es nicht tun: schlechte Scheiße und hässliche Scheiße.«

Der Teil einer Person, den die meisten Menschen als Seele bezeichnen würden – ihre Identität, ihr Geist, was Sal Essenz nannte –, war das, was nach dem Tod übrig blieb. Und das führten die Psychopomps in die Unterwelt. Renai biss sich auf die Lippe und wartete. Dieser Teil verlief nicht immer so, wie sie es wollte. Manchmal waren die Toten einfach nur … tot.

Nach einem angespannten Moment erhob sich der schattenhafte Faden auf Miguels Bauch wabernd wie eine Rauchfahne. Daraus wuchsen übergroße wulstige Augen, ein Gesicht, das nur noch vage an den Mann erinnerte, der er einmal gewesen war, und lange dürre Arme, die in großen Händen endeten. Der Rest, ein Irrlicht, verkümmerte zu einer fadendünnen Ranke, die in Miguels Bauch verschwand. Renai nahm die goldene Kugel von Miguels Glück von der Pritsche, wo sie sie hingelegt hatte, und zerdrückte sie zwischen ihren Handflächen, bis sie eine flache runde Scheibe bildete. Als sie sie gegen das Licht hielt, war sie zu einer Münze geworden. Miguel würde damit seinen Weg auf die andere Seite bezahlen.

Wenn du jemals zwischen dem Glück und der Essenz wählen musst, hatte Sal gesagt, *dann wähle immer das Glück. Nenn das Regel Nummer drei.*

»Nicht schlecht«, sagte Sal, diesmal wirklich und nicht nur als Stimme in ihrer Erinnerung. »Noch ein paar Jahrzehnte Übung, und du bist gut genug, um deine Toten allein einzusammeln.« Sein Schnabel klaffte auf in einer rabenartigen Version eines Grinsens. »Natürlich wirst du dann mein hübsches Ich nicht mehr zu sehen bekommen.«

Renai lachte. »Jedenfalls zu hübsch fürs Gefängnis«, erwiderte sie. »Lass uns verschwinden.«

Anstatt sich dem Spießrutenlauf der Menge unter ihr zu stellen, stürzte sich Renai durch die Gefängnismauer. Nach einem scharfen stechenden Schmerz und einem rasenden Fall landete sie bis zu den Oberschenkeln im Basketballfeld unter ihr. Nach einigen weiteren schmerzhaften gereizten Minuten schaffte sie es aus dem Gefängnis und konnte endlich die Kapuze ihrer Jacke herunterziehen, was den Bann des Geisterwortes brach und sie in die Welt des natürlichen Lichts, der physischen Objekte und der Verkehrsgeräusche zurückbrachte. Vor Erleichterung stöhnte sie laut auf. Sal saß wieder auf ihrer Schulter und warf ihr einen Blick zu, sagte aber nichts.

Die Straßenlaternen über ihr erwachten flackernd zum Leben. Die Dämmerung war hereingebrochen, während sie sich einen Weg durch das Gefängnis gebahnt und ihren Toten eingesammelt hatte. Sie ging auf die Straßenseite, wo sie Kyrie geparkt hatte, die Essenz von Miguel in einer Hand und die Münze seines Glücks in der anderen. Miguel war ein wenig definierter geworden, sein Oberkörper hatte sich verfestigt, und sein Gesicht war glatter, zeigte die vollere, gesündere Version des Mannes, den sie in der Zelle gesehen hatte. Er trug jetzt ein dunkelblaues Hemd, dessen Knöpfe bis zum Hals geschlossen waren. Der Kragen war gebügelt. An der Taille verjüngte seine Gestalt sich zu einer Nebelfahne wie bei einem Zeichentrick-Dschinn. Der Nebel verdünnte sich zu einem haarfeinen Faden, der den ganzen Weg zurückreichte, den sie gekommen waren. Sie steckte Miguels Münze in eine Jackentasche, trat neben Kyrie und ermunterte Miguel, sich vor sie auf den Sattel zu setzen.

Am Anfang hatte sie in einer monotonen beruhigenden Litanei auf ihre Toten eingeredet, aus Sorge, sie wären verängstigt oder in Panik. Wie sich herausstellte, verschwendete sie damit nur ihren Atem. Sie waren immer wie Miguel, der mit ruhigem, verträumtem Gesichtsausdruck neben ihr herschwebte. Der dünne Faden verband ihn mit seinem Körper und erlaubte ihm, die Teile von sich selbst zu beanspruchen, die er behalten wollte: sein Aussehen, seine schönen Erinnerungen, seinen Sinn für Humor, falls er welchen hatte. Gleichzeitig konnte er zurücklassen, was er nicht wollte: seine ständig überbeanspruchte Lunge, sein Bedauern, die Verbrechen, die er vielleicht begangen hatte. Ohne Ausnahme hatten all ihre Toten ihre letzten Momente zurückgelassen. Wie sie festgestellt hatte, war das Schönste am Tod, dass man sich nicht an ihn erinnerte.

Sie beneidete sie um diesen Luxus.

Renai stand noch mit den Füßen auf dem Bürgersteig, während Kyrie unter ihr schlief, als alles in ihr wieder emporstieg. Eines der schwierigsten Dinge an ihrem neuen Leben war die Tatsache, dass ihr ausgerechnet diese Erinnerung geblieben war, während sie so viele andere verloren hatte. Sie hatte gerade den Voodoo-Laden ihrer Tante abgeschlossen, eine Touristenfalle im Quartier Latin, als sie plötzlich und voller Schrecken bemerkt hatte, dass sie nicht allein war. Eben noch hatte sie Zimt gerochen, im nächsten Moment war sie zu Boden gestoßen worden. Eine dünne Spur aus Eis hatte sich über ihre Kehle gezogen von einer Klinge, die so scharf war, dass ihr Schnitt nicht schmerzte. Angst, dann Panik und dann der vergebliche Versuch zu atmen und …

»He, Raines, hast du nicht was vergessen?« Sals Stimme klang sehr laut, als wiederholte er sich.

Renai wurde klar, dass sie ins Nichts geglotzt hatte. Ihre Brust schmerzte, sie hatte die Luft angehalten, und ihr Herz pochte. Sie ließ sich mit ihrem ganzen Gewicht auf Kyries Sitz fallen, der Ständer klappte hoch, und das Motorrad kippte fast um. Sie erholte sich und packte den Lenker. Kyrie erwachte mit einem beruhigenden Grollen zum Leben, wie das Schnurren einer Großkatze. Sal krallte sich an ihrer Schulter fest. Sie gab Gas und ließ sich von der dröhnenden Kyrie davontragen.

»Alles okay?«, erkundigte sich Sal nach einer Minute. Er musste die Stimme gegen den Fahrtwind erheben.

Sie tat, als hörte sie ihn nicht, sodass er es noch einmal sagte.

»War ein langer Tag«, erwiderte sie.

Nur war sie gar nicht erschöpft. Mit der Macht von Miguels Stimme in ihren Adern fühlte sie sich, als könnte sie meilenweit sprinten, ohne langsamer zu werden oder auch nur ins Schwitzen zu kommen. Aber sosehr sie sich auch nach Antworten bezüglich der Zeitlücken in ihrer Erinnerung sehnte, so wenig wollte sie über ihren eigenen Tod sprechen. Also ignorierte sie das Pochen ihres

Herzens, ihren Instinkt, der schrie: *Schnell-schnell-schnell*, und zwang sich, langsam zu fahren, das Tempolimit und die Ampeln zu beachten, auch wenn sie das normalerweise nicht tat. Auf dieser Etappe der Reise ging es mehr darum, dem Toten Zeit zu geben, sich zu akklimatisieren und zu der Erkenntnis zu kommen, dass all das hier wirklich passierte. Sie durfte das Ganze nicht einfach überstürzen, nur weil sie einen Haufen übles Juju im Kopf hatte.

Als sie nach unten blickte, sah sie, dass Miguel Beine ausgebildet hatte, wie eine Kaulquappe, die ihren Schwanz abstreift. Er drehte ständig den Kopf, während er die Stadt vorbeiziehen sah, und sie hatte den Eindruck, als wäre sein leerer Ausdruck verschwunden, und er nähme seine Umgebung bewusster wahr. Wahrscheinlich fragte er sich, wie er es aus dem Gefängnis geschafft hatte, und kam gerade zu der Erkenntnis, dass dies kein seltsamer Traum war.

»Bald«, sagte sie zu ihm und vergewisserte sich, dass sie seine Geisterhand fest im Griff hatte, »bald sind wir da.«

Ein paar Minuten später bogen sie von der Canal auf die Basin Street ab und fuhren am Rande des Viertels entlang. Renai tat ihr Bestes, um Kyrie an den Rissen im Asphalt und den Schlaglöchern vorbeizulenken, die die Straßen pockennarbig übersäten, obwohl das Motorrad bisher alles gemeistert hatte, was New Orleans' vernachlässigte Infrastruktur ihm zugemutet hatte. Miguel rutschte auf dem Sitz hin und her. Er wurde allmählich unruhig. Sie konnte die Schwere von etwas Unausgesprochenem in der Luft spüren, aber sie hatte ihm die Fähigkeit zu sprechen im Gefängnis genommen.

»Entspann dich, Chico«, sagte Sal, als sie an einer roten Ampel hielten. »Du bekommst alle Antworten, die du willst, versprochen.«

»Pass besser auf, Sal.« Renai versetzte dem Raben einen Stoß, den er mit einem Schnabelhieb auf ihren Knöchel quittierte. »Du willst doch keine Versprechungen machen, die du nicht halten kannst.«

Bevor Sal etwas erwidern konnte, waren sie schon wieder unterwegs. Kyrie trug sie an den unheimlich stillen Iberville Projects vorbei, die seit dem Hurrikan geschlossen waren und gerade abgerissen wurden, und holperte dann über den kurzen Bordstein des neutralen Bodens, als sie den St. Louis Cemetery Nr. 1 erreichten und auf dem frisch gemähten Gras zum Stehen kamen. Die hohe Backsteinmauer zur Rampart Street war mit rissigem weißen Putz überzogen, und darüber lugten die kastenförmigen oberirdischen Gräber, wie sie auf älteren Friedhöfen in New Orleans üblich waren. Die Bäume auf dem Friedhof wiegten sich in der Brise. Ein schmiedeeisernes Tor, gekrönt von einem filigranen Kreuz, versperrte den Eingang. Miguel verkrampfte sich bei diesem Anblick, jedenfalls soweit ein körperloser Geist das konnte. Allerdings war er keineswegs der erste ihrer Toten, der Zurückhaltung an den Tag legte, als ihm das Ziel der Fahrt klar wurde. Sie zog ihn vom Motorrad und schob ihn ebenso sanft wie unerbittlich vorwärts.

Ein junger braunhäutiger Mann mit einer Kutte im hellen Violett eines fast verheilten Blutergusses saß zusammengesunken an der Wand neben dem Eingang. Sein Kopf wackelte schlaff, und er hatte eine Flasche weißen Rum im Schoß. Er trug eine Lederjacke in der gleichen Farbe wie seine Kutte, deren Ärmel mit weißen Kreuzen verziert waren. Renai räusperte sich, und als das nicht funktionierte, trat sie ihm gegen den Oberschenkel, sodass er fast umkippte.

»Was zum Teufel …?« Seine Stimme klang nicht zornig, sondern schläfrig, wie die eines Kindes, das um ein paar Minuten mehr Schlaf bettelte. Er blinzelte zu ihnen hoch und musterte nacheinander Renai, den Raben auf ihrer Schulter und den toten Mann neben ihr. »Masaka hat jetzt Dienst«, sagte er dann. »Er lässt dich rein.«

Renai sog zischend die Luft zwischen die Zähne. »Dein Zwilling bewacht tagsüber die Pforte, Oussou.«

Der Betrunkene grinste zu ihr hoch. »Wenn wir Zwillinge sind, wie kannst du dann sicher sein, dass ich der bin, für den du mich hältst?«

Renai verzog das Gesicht und wollte antworten, aber Sal fluchte leise und kam ihr zuvor.

»Weil du der Einzige bist, der besoffen genug ist, so eine hässliche Jacke zu tragen«, sagte er. Er klang erheblich bitterer, als er je ihr gegenüber gewesen war. »Und jetzt spiel nicht länger den Wichser und mach gefälligst deinen Job.«

Oussous Grinsen erlosch nicht, wie Renai es erwartet hatte, sondern verstärkte sich. »Bist du das, Salutation?«, fragte er. Er erhob sich taumelnd und unsicher, drohte jeden Moment umzufallen, stöhnte, furzte und verschüttete Rum. Als er mehr oder weniger aufrecht stand, nahm er einen gierigen Schluck aus der Flasche, bevor er Sal mit blutunterlaufenen Augen anglotzte. »Hab dich nicht in einer Gestalt erwartet, die sich nicht selbst die Eier lecken kann. Was war los? Haben die Throne dich gezwungen, dein Hundefell abzugeben, damit sie die Flöhe herausklopfen können?«

»Nachts trage ich dieses Gefieder, weil der Hund deinen Gestank nicht ertragen kann«, sagte Sal. Ein empörtes Krächzen schwang in seiner Stimme mit. »Warum ist die Pforte verschlossen? Hast du den Schlüssel wieder mal gegen eine Flasche billigen Fusel eingetauscht?«

»Eingetauscht, sagt er.« Oussou kramte mit der freien Hand in seiner Jackentasche. »Ich hab den Schlüssel hier, siehst du?« Er zog seine Hand heraus, den Mittelfinger ausgestreckt.

»Kinder!« Renai schrie laut genug, dass ein Paar, das den halben Block hinaufging, sich umdrehte und sie ansah. Sowohl der Psychopomp auf ihrer Schulter als auch der Loa vor ihr verstummten. Sie griff in ihre eigene Tasche und kramte Miguels Glücksmünze hervor. »Wir sind gerade ziemlich beschäftigt, Oussou. Würde es dir also etwas ausmachen …?« Sie lächelte ihn an und spürte, wie ihr Gesicht die typische Miene ihrer Mutter spiegelte … Das Lächeln, das verhieß: *Wenn du dieses Spiel wirklich spielen willst, bringe ich dir gern erst einmal die Regeln bei.*

Oussou runzelte die Stirn, nickte aber. Er nahm die Flasche in die andere Hand, wobei er Sal damit immer noch den Stinkefinger zeigte, griff in seine Tasche und holte einen antiken schwarzen Eisenschlüssel heraus. Er war in der Form des Veves der Marassa-Zwillinge gegossen: drei in einer Reihe angeordnete Kreise, aus denen jeweils vier verschiedene verzierte symmetrische Speichen ragten wie drei zusammenhängende Kompasse. Oussou starrte Sal unverwandt an, als er hinter sich griff, den Schlüssel in die Gipswand des Friedhofs drückte und ihn drehte.

Ein senkrechter Riss schoss über die Wand hinauf in den Nachthimmel, ein Strahl aus gleißendem Licht, drei Stockwerke hoch. Oussou legte eine Hand gegen die Wand, schob, und alles – die Friedhofsmauer, die darüber aufragende Palme, die wenigen Sterne, die trotz der hell erleuchteten Innenstadt von New Orleans zu sehen waren, und der Nachthimmel selbst – schwang auf einem geschmeidigen Scharnier nach innen. Enthüllt wurden ein von Nebel verdeckter Himmel, hellgrünes Gras und eine warme balsamgleiche Brise. Das Licht schien von überallher zu kommen. Neben Renai hatte Miguel vor lauter Verblüffung den Mund aufgerissen.

Der erste Blick in die nächste Welt beeindruckte immer wieder aufs Neue.

KAPITEL VIER

Die Welt auf der anderen Seite der Pforte war nicht New Orleans, war aber auch nicht ganz das Jenseits. Die Gräber des Friedhofs zeigten verschiedene Stadien des Zerfalls: Einige wiesen das rötliche Braun bröckelnder Ziegel auf, andere das glänzende Weiß frisch aufgetragenen Putzes. Dichter Nebel war aufgezogen, verdunkelte das Licht und verwandelte den weiten Himmel in die Decke einer großen Höhle. In der Welt der Lebenden war der Boden des Friedhofs fast vollständig gepflastert, aber an diesem Ort bedeckte ein üppiger grüner Teppich aus taufrischem Gras die Erde.

Ein tiefes Schweigen lag in der Luft. In New Orleans herrschte gewöhnlich zu jeder Stunde des Tages die Kakofonie des Verkehrs; darüber lagen das Trillern der Vögel, Freudenrufe und Wutschreie der Menschen, das kehlige Wehklagen der Blechbläser und die hämmernden Bässe aus den Lautsprecherboxen. An diesem Ort jedoch, in der Unterwelt, sagte niemand ein Wort, sang niemand, atmete niemand. Die Stille sprach zu Renai, schenkte ihr eine Ruhe, die sie in der Welt der Lebenden nicht hatte finden können.

Nur ein einziges Mal hatte sie den Mut aufgebracht,

hierhin zu gehen, dabei aber feststellen müssen, dass die Schwelle der Pforte für ihren lebenden Körper so diffus war wie Staubmotten, die in einem Sonnenstrahl tanzen. In der Welt der Lebenden war sie auf den Friedhof gelangt, ohne die Pforte überhaupt zu berühren, als wäre sie nur ein Bild, ein Hologramm. Und manchmal fragte sie sich, ob das Geisterwort sie auf die andere Seite gehen ließe, aber sie hatte, wie Sal es ausdrücken würde, bislang nicht die Eier gehabt, um das herauszufinden. Sie fürchtete den Tod nicht, da sie wusste, was danach kam, aber jede Zelle in ihr sehnte sich nach Leben. Auf das zu schauen, was auf der anderen Seite der Pforte wartete, war wie ein verstohlener Blick über den Rand eines hohen Gebäudes: Ihre Zehen verkrampften sich in den Turnschuhen, um besseren Halt zu finden, ihre Bauchmuskeln spannten sich an, als sie zurückwich, ihr schwindelte, und eine leise Stimme flüsterte: *Spring!*

Sal hüpfte von ihrer Schulter auf die von Miguel. Obwohl der Tote eigentlich keinen Körper hatte, auf dem der Rabe hocken konnte, packten die Krallen des Psychopomps seinen Geist genauso fest wie ihre Lederjacke. Miguel schien es nicht zu bemerken. Er konnte den Blick nicht von der Pforte losreißen. Jeder brauchte eine Weile, bis er über den ersten Blick auf die andere Seite hinwegkam. Teilweise deshalb, vermutete Renai, weil die Toten an diesem Punkt ihrer Reise wirklich zu begreifen schienen, dass sie gestorben waren.

Es war keine Angst, die sie in diesem Moment erlebten. Vielleicht eher Ehrfurcht und Verwunderung? Oder Epiphanie oder kosmische Unbedeutsamkeit? Alles war möglich. Aber Angst konnten sie nicht wirklich haben. Echte Angst war ein Produkt chemischer Reaktionen, die von einem Teil des Gehirns erzeugt wurden, das in dem Körper verrottete, den die Toten zurückgelassen hatten. Die gerade Verstorbenen waren normalerweise genauso unfähig, Angst zu haben, wie zu sprechen. Manchmal trugen sie jedoch noch Erinnerungen an Angst in sich, und der Blick in den sprichwörtlichen Abgrund konnte sie dazu bringen, sich an dieses Gefühl zu erinnern. Gerade deutlich genug, um etwas Dummes zu versuchen. Aus diesem Grund hielt Renai Miguels Geisterhand fest in ihrer.

Man wusste nie, ob nicht jemand vielleicht zu fliehen versuchte.

Der andere Teil von Miguels Gedanken war mit etwas ganz anderem beschäftigt, weil diese Welt für die Toten nicht so aussah wie für Psychopomps wie Sal und Renai. Konnte man Sal glauben, sah sie nicht einmal für alle Toten gleich aus. Was auf die Psychopomps wie eine graue friedliche Vorhölle des »Nichthier« und »Nichtdort« wirkte, nahmen die Toten als eine Reihe von Prüfungen wahr, in denen jede Pforte ein Hindernis oder eine Herausforderung darstellte, die sie überwinden mussten, um ihre Reise zu ihrer gerechten Belohnung zu vollenden. Was immer sie im Leben geglaubt hatten, welche Götter sie auch angebetet hatten – mit dem Herzen und den Taten, wenn nicht sogar mit ihren Zungen –, ihre Handlungen, ihre Reue und ihre Sünden, all das bestimmte, welcher Art von Herausforderungen sie sich hier stellen mussten. Feuerseen, messerschneidendünne Brücken über tiefe Abgründe, Flüsse voller Blut oder Skorpione oder verlorene Seelen. So etwas in der Art. Oussous und Masakas Pforte war nur die erste von insgesamt sieben.

Renai konnte sich nicht an das erinnern, was sie auf der anderen Seite gesehen hatte, als sie gestorben war, was ihr bevorgestanden hatte – eine der wenigen Barmherzigkeiten ihres eigenen Todes und ihrer Wiederauferstehung. Sie wusste, dass sie ihre Prüfungen gemeistert, wusste, dass sie vor dem Gericht der Throne gestanden hatte. Sie erinnerte sich an einen kalten dunklen Ort, daran, dass ihr Kleid ein blutiger Fetzen gewesen war, dort, wo man ihr das Herz aus der Brust gerissen hatte, und an den Obsidianspiegel in ihren Händen, der es ihr ermöglicht hatte, in die dualen Gesichter der Götter zu schauen, die auf den Thronen saßen, und ihre Stimmen zu hören. Sie versuchte, nicht daran zu denken. Schließlich würde sie das alles eines Tages wieder erblicken.

Sals Räuspern riss sie zurück in die Gegenwart. Der Rabe warf ihr einen ungeduldigen Blick zu, der einen deutlichen Mangel an Vertrauen in sie verriet. Ziemlich beeindruckend, wenn man bedachte, dass er nur ein einziges dunkles Auge auf sie gerichtet hatte. *Verdammt, Mädchen,* dachte sie, *krieg endlich deinen Kram auf die Reihe!* Ohne ein Wort zu sagen, hielt sie ihm die Münze von Miguels Glück hin, die er mit dem Schnabel packte und unter einen glänzend schwarzen Flügel schob.

Miguels Blick begegnete Renais, seine Miene drückte Fragen, Vertrauen und eine Verletzlichkeit aus, gegen die sie ihr Herz abhärten musste. »Weiter komme ich nicht mit«, erklärte sie. »Ich zeige dir nur die Pforte. Hindurchtreten musst du allein.« Die Lippen des Toten pressten sich zu einem grimmigen Strich zusammen. Er blickte zu dem zurück, was er auf der anderen Seite sah, und obwohl er weder eine Lunge noch das Bedürfnis zu atmen hatte, holte er tief Luft.

»Los geht's, Chef.« Sal klopfte dem Geist zweimal mit der Kralle auf die Schulter. »Nichts ist schöner als die Gegenwart.« Er schwang sich in die Luft und flog in einem anmutigen Bogen durch die Pforte.

Miguel verstärkte den Griff um Renais Hand, aber sie zog sich zurück. Seine Geisterhand wehte wie Rauch über ihr Fleisch, wenn sie sie nicht festhielt. »Geh weiter«, sagte sie. »Du bist schon dein ganzes Leben auf diesem Weg. Dies ist nur der nächste Schritt.« Renai beobachtete ihn, während er hindurchtrat, und für den Fall, dass er sich umsah, zwang sie sich, einen ruhigen Gesichtsausdruck beizubehalten. Gelassen, als ob sie alle Antworten parat hätte. Das tat sie natürlich nicht; nach allem, was sie wusste, würde Miguel es nicht einmal bis zur nächsten Pforte schaffen, geschweige denn, dass er alle sieben durchquerte. Vielleicht würde er für unwürdig befunden werden, in das nächste Leben zu gehen, und seine Essenz würde verschlungen werden. Sie wusste nie, ob sie ihre Toten in die ewige Glückseligkeit oder in die Vergessenheit führte.

Aber zu richten war die Aufgabe von jemand anderem. Sie war nur die Führerin.

Finsternis senkte sich herab, als Oussou die Pforte zuzog und sie verriegelte. Als ob eine Wolke sich vor die Sonne geschoben hätte. Er warf Renai einen schrägen Blick zu, als sähe er sie zum ersten Mal, als wäre das nicht Teil ihrer Routine.

»Willst du bleiben und einen Schluck trinken?«, fragte er.

»Sieht aus, als hättest du schon genug für uns beide gehabt«, sagte Renai über ihre Schulter hinweg, als sie zu ihrem Motorrad zurückging. Sie verstand nicht, was er antwortete, ließ ihm aber das letzte Wort. Dann überlegte sie kurz, ob sie sein eigentliches Angebot annehmen sollte. Er sah gut aus, auf diese Art, die sie zu einem Fehler verleiten würde, den sie zweifellos bereuen würde. Sie hatte so viel von Miguels Stimme verzehrt, dass sie immer noch vor Energie förmlich vibrierte.

Wenn sie ihn mit nach Hause nähme, wäre es nicht das erste Mal, dass sie gleich nach der Übergabe einer Seele an der Pforte Sex hätte. Oussou schien nicht der Typ zu sein, der besitzergreifend wurde, sobald es vorbei war, wie einige der Kerle, mit denen sie vor ihrem Tod geschlafen hatte. Und er würde sie auch nicht sofort vergessen, sobald er aus ihrem Bett stieg, wie die sterblichen Männer, mit denen sie seit ihrer Wiederauferstehung zusammen gewesen war. Seine Fähigkeit, sich an sie zu erinnern, während die meisten anderen das nicht konnten, war jedoch genau der Grund, warum Oussou trotz der verlockenden Aussicht keine Chance bei ihr hatte. Weil er kein Psychopomp wie Sal oder ein lebender Mensch war, auch wenn er wie einer aussah. Oussou und sein Zwillingsbruder waren Loa der Ghede-Familie, Voodoo-Ahnengeister, die über das Reich der Toten herrschten. Also mehr oder weniger Götter. Selbst wenn er nüchtern genug war, um seine Angelegenheiten auf die Reihe zu kriegen, aussah wie Will Smith – der schlaksige *Prinz von Bel-Air*-Will aus den frühen Neunzigern, nicht der aufgeblähte Actionfilm-Will – und er ihre letzte Option auf dieser Erde gewesen wäre, hätte sie ihn trotzdem abgewiesen. Renai hütete sich davor, mit Göttern herumzuvögeln.

Außerdem: Was sollte aus den Toten werden, wenn Oussou nicht da war, um die Pforte zu öffnen?

Der Gedanke verfolgte Renai, als sie mit Kyrie zu ihrer neuen Wohnung fuhr, einem asketisch eingerichteten Einzimmerapartment am Rande des Garden Districts. Das Gebäude war einmal eine Schule gewesen und bestand jetzt aus Eigentumswohnungen. Er nagte noch an ihr, als sie ihre Kleidung gegen eine Trainingshose, ein langärmeliges Saints-Shirt und ein Paar Nikes tauschte. Er folgte ihr auf den Fersen, als sie zum Audubon Park und zurück lief – eine vier Meilen lange Runde auf dem breiten grasbewachsenen Abschnitt des neutralen Bodens von St. Charles, auf dem sich die Straßenbahngleise befanden. Sie absolvierte die Strecke ohne Pause, ihre Lunge brannte, als sie die kalte Luft einatmete. Der Gedanke bedrückte sie, als sie in der Wohnung Liegestütze, Crunches und Klimmzüge machte, weil der Lauf nicht genug von der überschüssigen Energie in ihrem Körper verbraucht hatte. Ihre Muskeln schmerzten. Er verfolgte sie während ihrer kurzen heißen Dusche und gesellte sich zu ihr auf die blanke Matratze auf dem Boden – ihre Version eines Bettes, auf der sie sich unter die Decken verkroch und in die Dunkelheit starrte.

Renai wusste natürlich, dass nicht jeder, der starb, es durch alle Sieben Pforten schaffte. Bei ihren kurzen Blicken durch die erste hatte sie manchmal sehen können, wie die Toten durch den Nebel dieses Zwischenortes wanderten. Es gab andere, von denen Sal annahm, dass sie nicht nur verloren, sondern gänzlich verschwunden waren. Es kam auch vor, dass sich eine Person in seltenen Fällen weigerte, die Erste Pforte zu durchschreiten, entweder weil sie zu sehr an dieser Welt hing, um weiterzugehen, oder weil sie einfach nicht glauben konnte, dass sie tatsächlich gestorben war. Seit ihrer Rückkehr hatte Renai schon einige von ihnen auf den Straßen von New Orleans gesehen, aber sie flüchteten meist, sobald sie erkannten, was sie war. Letztendlich war es aber für das System egal, was mit einer einzelnen Identität geschah. Es war die Münze des Glücks, über die sie unaufhörlich nachdenken musste.

Stimme, Leben, Magie – wie auch immer man es nannte –, der Teil der Seele, den Psychopomps verzehrten, wenn eine Person starb, war eine erneuerbare Ressource. Er wuchs in allem, was lebte, und regenerierte sich, wenn er entzogen wurde, selbst aus der kleinsten Menge. Seine vollkommene Abwesenheit auf der anderen Seite war Teil dessen, was ebendiese Seite definierte. Wären die menschlichen Seelen nur diese eine Sache, würde sich nichts ändern, wenn sich die Pforten nicht mehr öffneten. Aber mit dem Schicksal, der Münze des Glücks, verhielt sich das ganz anders. Dein Glück konnte dich verlassen. Dein Schicksal war besiegelt. Wie der erste Hauptsatz der Thermodynamik konnte das Schicksal weder erschaffen noch zerstört werden, und das machte es so kostbar. Egal, was mit der Stimme und der Essenz einer Person geschah, ihr Schicksal musste auf die andere Seite der Pforten gelangen, damit es wiederverwendet werden konnte. Diese Münze zu transportieren, war die wahre Aufgabe der Psychopomps. Sal hatte ihr gesagt, es würden schlimme Dinge passieren, wenn sie die verbliebene Stimme der Toten nicht verzehrten, aber was, wenn sie das Glück nicht dorthin bringen konnten, wo es hinsollte? Würden die Neugeborenen ihr Leben dann ohne Schicksal beginnen? Würde der ganze Zyklus von Tod und Leben zum Stillstand kommen?

Sie konnte sich nicht entscheiden, was schlimmer war.

Diese Gedanken hätten sie nicht so gequält, wenn sie keine Psychopomp wäre. Ein normaler Mensch konnte sich von den größeren Zusammenhängen lösen, aber die Hingabe an den Kreislauf von Leben und Tod war ihr bei ihrer Wiederauferstehung fest eingeprägt worden, er zog sie an wie ein instinktiver Migrationsdrang. Mit aller Kraft verdrängte sie ihre fast krankhafte Sorge über die Erste Pforte, den Gott namens Seth und seine seltsame Bitte und schlief ein.

Als sie am nächsten Morgen aufwachte, hatte sie den rothändigen Gott vollkommen vergessen.

Es gab Zeiten, in denen Renai den Eindruck hatte, sie könnte sich die Unterwelt so deutlich und klar vorstellen, als hätte sie die letzten fünf Jahre dort verbracht, und es fühlte sich an wie ein kribbelnder Phantomschmerz. Solche Momente waren immer flüchtig: ein Aufflackern der Erinnerung kurz vor dem Einschlafen oder ein Traumfetzen, der nach dem Aufwachen übrig blieb, ein schwacher Geruch eines Passanten, eine missverstandene Zeile aus einem Lied, gerade noch am Rande der Hörschwelle. Von ihren Blicken durch die Erste Pforte wusste sie, dass die Unterwelt eine schattenhafte, gedämpfte Version eines in Nebel gehüllten New Orleans war. Was sie nicht wissen konnte, aber dennoch für wahr hielt, war, dass an diesem Ort hohe Kiefern und Eichen und Magnolien sehr dicht wucherten. Geister der Bäume, die abgeholzt worden waren, um Platz für das Gewirr der Stadtstraßen zu schaffen. In der Unterwelt gab es keine Parkplätze oder Bürgersteige, keine Mobilfunkmasten oder Stromleitungen. Die Türen der Häuser und Restaurants, Bars, Geschäfte und Hochhäuser dort waren unverschlossen, ihre Räume leer bis auf Staub und Erinnerungen.

Sie konnte sich auch diese andere Renai vorstellen, das Haar zu langen Dreads geflochten, in das spitzenbesetzte weiße Kleid ihres Abschlussballs gehüllt, in dem sie begraben worden war, barfuß und in der Luft schwebend, wie ein Geist. Oder ein Engel.

Da der St. Louis Cemetery Nr. 1 am äußersten Rand der Stadt gelegen war, musste die andere Renai Miguel, um zur Zweiten Pforte zu gelangen, durch die mit Entengrütze überzogenen Wasserwege und den stinkenden Matsch des Sumpfes führen, der trockengelegt worden war, als New Orleans sich ausgebreitet hatte. Der Weg war bei jeder Seele anders. Einige schlängelten sich an persönlichen und historischen Sehenswürdigkeiten vorbei, andere folgten einem Kurs so gerade und präzise, wie mit Lineal und Kompass gezogen. Manche Wege waren solide Holzstege aus frisch gefälltem Kiefernholz und gespannten Seilen, während andere nur aus glatten verwitterten Pflastersteinen bestanden, die einen ganzen Schritt auseinander lagen. Es hing alles davon ab, was die Seele verdient zu haben glaubte.

Wenn Miguel von seinem vorbestimmten Pfad abwich, würden seine Persönlichkeit und Individualität verblassen, würde sich seine Essenz zu einer bloßen Reflexion der Persönlichkeit verdunkeln. Diese andere Renai ging durch die Unterwelt unter der Last einer nicht abzuschüttelnden Paranoia, verfolgt von der unaufhörlichen Aufmerksamkeit dieser verlorenen Seelen, dieser Schatten.

Wenn das Wissen und die Empfindungen der Unterwelt Renais Gedanken überschatteten, erzeugten sie ein beunruhigendes Gefühl, ähnlich einem Déjà-vu oder Schwindel. Und immer eine Empfindung von Traurigkeit und Verlust. In den folgenden ein oder zwei Tagen ertappte sie sich dann dabei, wie sie ihr Gesicht in Spiegeln studierte, als wollte sie überprüfen, ob ihr Spiegelbild immer noch ihr eigenes war, und hatte Mühe einzuschlafen, weil sie sich nicht sicher war, ob sie noch sie selbst sein würde, wenn sie aufwachte.

Aus Angst, dass es das letzte Mal sein könnte, dass sie die Augen schloss.

Die nächsten Tage vergingen in der Gleichförmigkeit, die Renais Leben seit Jahren bestimmte. Die Weckfunktion ihres Handys weckte sie zur gleichen unchristlichen Zeit im Morgengrauen, sie stolperte stöhnend den gleichen Weg von der Matratze über das Bad in die Küche, trank den gleichen schwarzen Kaffee aus demselben »Willkommen im Big Easy«-Keramikbecher und zog dieselbe Lederjacke an, ganz gleich, welche Temperatur draußen herrschte. Innerhalb einer Stunde war sie aus der halb leeren Wohnung verschwunden und vertrieb sich die Zeit bis zur Abholung des Tages in Cafés und Bibliotheken, Waschsalons und Bars, überall dort, wo sie Gespräche belauschen und mit den Lebenden auf die ihr noch zur Verfügung stehende oberflächliche Art interagieren konnte. Sie traf Sal immer am Sterbebett des Tages, sammelte die Glücksmünze ein, verzehrte die Stimme in welcher Form auch immer und führte die Essenz zur Ersten Pforte. Irgendwann nach Sonnenuntergang war Oussou da, öffnete besagte Pforte, kabbelte sich mit Sal und flirtete vergeblich mit ihr. Tagsüber verwahrte sein Zwilling Masaka den Schlüssel. Er war das Gegenteil von Oussou: nüchtern und aufmerksam, ganz in Weiß gekleidet wie ein Novize, ein Iyawo der Santeria, nur dass er lavendelfarbene Kreuze auf der Jacke trug, wo Oussou weiße hatte. Masaka war immer höflich, und zwar auf eine distanzierte Art und Weise, die Renai als unaufrichtig empfand, obwohl das vielleicht mehr mit der Highschool zu tun hatte, die sie besucht hatte, als mit einem Einblick in Masakas Persönlichkeit.

Ob Tag oder Nacht, ob Masaka oder Oussou, sobald

sich die Pforte öffnete, nahm Sal die Münze und führte die Toten auf die andere Seite. Sie selbst blieb zurück, um sich mit ihrem Halbleben zu beschäftigen, so gut sie nur konnte. Sie trainierte ihren Körper bis zur Erschöpfung oder verschlang eines der zerlesenen Anne-Rice-Taschenbücher, das sie sich von dem kostenlosen Stapel vor einem Gebrauchtwarenladen genommen hatte, oder fand einen willigen One-Night-Stand unten im Viertel. Einer der wenigen Vorteile ihrer Aura des Desinteresses war die Leichtigkeit, mit der sie die unvermeidlichen Widerlinge loswerden konnte, wenn sie gefährlich, bedürftig oder ekelhaft wurden. Um sich dann in ihren gewohnten vier Wänden wiederzufinden, eingewickelt in dieselben Laken und darauf wartend, dass der Schlaf sie in dieselbe Abwesenheit von Träumen trug.

Und sie wachte auf, immer allein, um alles ein weiteres Mal zu wiederholen.

Dieses Leben hatte sie sich vor ihrem Tod ganz sicher nicht vorgestellt, aber zumindest war es ein Leben. Sie wusste aus erster Hand, wie unsicher die Alternative sein konnte. Die Hoffnung, die sie von Tag zu Tag trug, war, dass ihre Zeit mit Sal sie auf mehr vorbereitete, auf eine Ausweitung ihrer Rolle als Psychopomp. Diese Hoffnung teilte sich in ihrem Herzen einen Platz mit Furcht und Verzweiflung. Sie fragte Salvatore nie direkt, was ihr die Zukunft bringen würde, aus Angst vor seiner Antwort. Sie untersuchte die Einzigartigkeit ihrer Umstände nicht allzu genau, aus Sorge vor dem, worauf sie stoßen könnte. Unwissenheit war zwar weit von Glückseligkeit entfernt, aber sie würde sich damit begnügen, da die Wahrheit sie buchstäblich zerstören konnte.

Renai wusste nicht genau, wie viel Zeit auf diese Weise verstrich, bevor sie sich an ihr Gespräch mit Seth erinnerte. Zwei Tage, drei, vielleicht sogar eine Woche vergingen, ohne dass sie daran gedacht hätte. Die Routine verschmolz alles miteinander. Schließlich hatte der Tod am Wochenende ja nicht frei. Der Morgen, an dem sich die Situation änderte, begann trotzdem nicht anders als all die Morgen davor. Fast hätte sie es sogar verpasst. Sie lehnte sich an den Tresen aus marmoriertem Kunststoff in der nahezu leeren Küche der nahezu leeren Wohnung und summte vor sich hin, während ihr Kaffee blubberte. Die einzigen Gegenstände in der Küche waren eine moderne neue Kaffeemaschine und ein uraltes Radio. Ohne die beiden Dinge würde sie nicht funktionieren. Denn wenn sie morgens nicht zuerst ein paar Tassen dampfenden, heißen bitteren Kaffee in sich hineinschüttete, hätte sie auch gleich im Grab liegen bleiben können. Und über das Radio empfing sie die Deadline.

Sie hätte nicht sagen können, wann in ihrer Jugend in New Orleans sie zum ersten Mal den Livewire hörte – die Liste der wöchentlichen Musikauftritte, die der unabhängige lokale Radiosender zu jeder ungeraden Stunde brachte. Es war einfach etwas, das sie mit dem Leitungswasser aufgeschnappt hatte, wie den Text von »Iko Iko« und dem »Who Dat?«-Spruch oder das Wissen, wann die Hurrikan-Saison begann. Die Deadline hatte sie allerdings erst entdeckt, nachdem sie eine Psychopomp geworden war. Sie lief weder auf dem gewohnten Internetkanal noch auf einem modernen Radio mit Digitalempfang. Man musste den Knopf ein klein wenig verstellen, damit das Signal leicht rauschte, aber nicht so weit, dass man die Musik ganz verlor. Und in diesem weißen Rauschen las eine Stimme Namen, Zeiten, Orte und die Art und Weise jedes Todesfalls vor, der sich in den nächsten vierundzwanzig Stunden ereignen würde. Jeden Morgen noch vor dem Zähneputzen trank Renai ihren ersten Schluck Kaffee, hörte sich die Liste an und suchte sich ein Leben aus. Hätte man sie gefragt, hätte sie nicht erklären können, nach welchen Kriterien sie sich entschied. Manche Tode fühlten sich einfach richtig an, als hätte sie die Namen der Betroffenen schon einmal gehört, als hätte sie einmal deren ganze Lebensgeschichte gekannt, und sie hätten sich einfach auseinandergelebt.

An jenem Morgen, nur wenige Tage vor Halloween, schwankte sie gerade zwischen einer alten Dame im Poydras-Heim für betreutes Wohnen und einem Obdachlosen unter der Calliope-Überführung, als die statische Stimme der Deadline sagte: »Ramses St. Cyr, Schusswunde«, gefolgt von einer Adresse in der Washington Avenue und einer Uhrzeit am Nachmittag. Renai schluckte ihren Kaffee so schnell, dass sie sich fast die Speiseröhre verbrühte. Sie schnappte sich ihre Lederjacke vom Tresen, kramte in den Taschen und holte einen zerknitterten zusammengerollten Zettel heraus, der eine Quittung oder ein Glückskeksspruch oder einfach nur eine zusammengeknüllte Strohhalmhülle hätte sein können. Als sie ihn auseinanderzog, blickte sie auf die Worte Ramses St. Cyr. Ihr Treffen mit Seth, seine seltsame

Bitte, ihre Option, es zumindest zu erwägen, all das kam in einem »Wie hatte ich das vergessen können«-Rausch zurück.

Renai glättete den kleinen Zettel, bis er flach auf dem Tresen lag, und griff nach ihrem Becher. Sie setzte ihn an den Mund, trank aber nicht, sondern nagte stattdessen an ihrer Unterlippe. Dann stellte sie die Tasse wieder ab. »Wenn das kein Scheiß ist!«, sagte sie zu niemandem im Besonderen.

Sie konnte natürlich einfach so tun, als wäre das alles nicht passiert. Sie konnte diesen Fetzen Papier in den Müll werfen, wenn sie aus der Tür trat, um einen der anderen Todesfälle abzuholen, und nichts würde sich ändern. Seth hatte klargemacht, dass keiner dem anderen etwas schuldete, es sei denn, sie tat … was immer sie seiner Meinung nach tun würde, sobald sie Ramses' Umstände mit eigenen Augen gesehen hätte. Als ob sie die Autorität besäße, etwas anderes zu tun, als ihn abzuholen und zum Tor zu führen, sobald sein Name auf der Deadline verlesen wurde. In Wirklichkeit konnte sie gar nichts tun, es sei denn, Salvatore gestattete es ihr. Sie hatte ihm gegenüber das Treffen mit dem hässlichen Gott nicht einmal erwähnt, ganz zu schweigen davon, dass sie die Erlaubnis bekommen hatte, über die Stränge zu schlagen. Sie wusste genau, wie der Psychopomp reagieren würde, wenn sie es ihm jetzt erzählte, zumal Ramses laut Deadline gewaltsam zu Tode kommen würde.

Du musst kriechen, bevor du fliegen kannst, Raines, würde er sagen und sie losschicken, um irgendeinen anderen Toten einzusammeln. Und kaum hätte sie sich umgedreht, wäre ein weiteres Jahr genauso vergangen wie das vorherige. So dubios die ganze Situation auch schien, wenigstens war es etwas Neues. Sie konnte diese Verlockung nicht ignorieren. Denn wäre das alles gewesen, nur der Wunsch nach einer Unterbrechung der Monotonie, hätte sie es wahrscheinlich nicht so ernst genommen. Aber der Name auf dem Papier ließ ihr keine Ruhe, wie eine Erinnerung aus ihrem alten Leben, die knapp außerhalb ihres Bewusstseins lag, ein Wort auf der Zungenspitze. Sie erinnerte sich an eine Frau, die sie »Miss St. Cyr« genannt hatte, aber nicht daran, woher sie sie kannte. Sie hätte ihr nicht sehr nahestehen können, wenn sie nicht »Tante St. Cyr« oder so gewesen wäre. Vielleicht nur jemand, den sie auf der Umzugsstrecke sah oder beim Einkaufen oder …

Oder auf der Veranda von Oma Raines' Haus in der Washington Avenue.

Im selben Moment traf sie eine Entscheidung. Sie kleidete sich schnell an, schlüpfte in eine Jeans und riss das Etikett von einem knallgelben Oberteil ab, bevor sie es anzog. Ihre Erinnerung an die Ereignisse war ein ziemlich dünner Faden, mit dem sie alles verbinden wollte, das musste sie zugeben. Genauso gut konnte der Ramses aus der Deadline irgendein entfernter Cousin der Miss St. Cyr sein, an die sie sich erinnerte, falls sie überhaupt verwandt waren. Möglicherweise erinnerte sie den Namen der Frau aus ihrer Kindheit falsch. Dieses Bild von der Veranda ihrer Großmutter war vielleicht nur bloßes Wunschdenken. Ebenso wenig war sie geblendet von der Blankoscheck-Art von Seth' Angebot. Eine Gefälligkeit gegen ein Versprechen? Diese Art Mist sagte man zu jemandem, den man für zu dumm hielt, das Kleingedruckte zu lesen.

Nein, der eigentliche Grund, warum Renai beschloss herauszufinden, was es mit diesem Namen auf sich hatte, war, dass sie zum ersten Mal seit langer Zeit ihre Möglichkeiten auf der Grundlage ihrer Vergangenheit statt ihrer Gegenwart abwog. Dass sie wie Renaissance Raines dachte und nicht wie der Psychopomp, der ihr Gesicht trug.

KAPITEL FÜNF

Der erste Mörder, gebrandmarkt mit einem Mal, das sicherstellte, dass niemand ihm Unterschlupf gewähren oder sein Leiden lindern oder ihn aus seiner Isolation befreien würde, indem er sein Leben beendete. Ein unbesiegbarer Krieger, der sich weigerte, die mächtige Waffe, die er aus einem Grashalm beschworen hatte, zurückzuhalten, dessen mystisches Juwel aus seiner Stirn gerissen und der in die Wildnis verbannt wurde … dessen eiternde Wunden niemals heilten, dessen Flehen um seinen Tod nicht erhört wurde. Ein mächtiger Zauberer, dessen Magie aus seiner dämonischen Abstammung rührte, gefangen in einem Baum durch die Schülerin, die er begehrte, verdammt dazu, immergrün und ewig zu sein. Ein verzweifelter König, der seinem einäugigen Gott einen Sohn nach dem anderen opferte, um eine weitere Spanne von Jahren zu gewinnen, am Ende so schwach, dass er sich nährte, indem er wie ein Säugling Milch aus der Spitze eines Horns saugte. Der Gemahl der Morgenröte, Prinz und Dichter zugleich, dessen Geliebter zwar so arrogant war, Ewigkeit einzufordern, aber nicht weise genug, auch um Lebenskraft zu bitten, was ihn dazu verdammte, einen unendlichen Alterungsprozess zu ertragen. Der Schuster, der den Verurteilten, einen Heiler, Lehrer und ein Kind Gottes, verhöhnte, indem er ihm sagte, er solle sich auf den Weg zu seinem eigenen Tod beeilen, und dem daraufhin befohlen wurde, ohne Rast bis zum Ende aller Tage über die Welt zu wandern. Immer wieder hat sich gezeigt, dass Sicherheit vor dem Grab kein Geschenk ist, das gewährt wird, sondern eine Strafe, die verbüßt wird. Kein Segen, sondern ein Fluch.

Renai schlug den größten Teil des Tages die Zeit tot – ein Ausdruck, den sie in diesen Tagen besonders treffend fand. Sie frühstückte in der kitschigen Filiale einer Cafékette an der Ecke Magazine Street, sah einen Film im Kino, für den sie nicht bezahlen musste, weil niemand bemerkte, dass sie hineinging, und trank ein Bier in einer überfüllten Uptown-Bar, deren Brunnen vor der Bar aus Zapfhähnen bestand.

Sie brauchte in diesen Tagen nicht zu essen, da die Stimmen, die sie konsumierte, sie viel besser versorgten als jede andere Nahrung. Aber der einfache Akt einer Mahlzeit verlieh ihr das Gefühl, menschlich zu sein, wenn die verrückteren Teile ihres Lebens sie zu überwältigen drohten. Das wenige Geld, das sie brauchte, um sich auf diese Weise durchzuschlagen, nahm sie aus den Taschen ihrer Toten, ohne Scham oder Hintergedanken. Dort, wo sie sie hinführte, brauchten sie es schließlich nicht.

Die Dämmerung hatte sich bereits über die Stadt gesenkt, als sie Kyrie in einer Parklücke an der Washington Street abstellte. Die Hitze ließ nach, auch wenn der Herbst noch nicht Einzug hielt, und die Dämmerung war nicht ausreichend, um die Straßenlaternen aufflammen zu lassen. Renai saß rittlings auf ihrem grollenden Motorrad und überlegte, ob sie Sal wirklich hintergehen wollte; immerhin war der unflätige Psychopomp so ziemlich ihr einziger Freund.

Sie überprüfte die Uhrzeit auf ihrem Telefon. *Es ist noch früh,* dachte sie, *noch genug Zeit, um mir das auszureden.*

Als hätte er Renais Unentschlossenheit gespürt, verstummte Kyries Motor und beendete ihre innere Debatte.

Als Renai abstieg und die beiden Blocks der Washington Avenue musterte, wo Ramses St. Cyr sterben sollte, kam ihr das wie die perfekte Metapher für die scharfe Grenze zwischen Leben und Tod vor, die sie seit ihrer Wiederauferstehung gezogen hatte. Auf der einen Seite der Straße lag das typische Viertel von New Orleans: ausladende Eichen und kleine Vorgärten, in denen Klee wuchs, eine Reihe von Shotgun-Houses – nur ein Zimmer breit, aber drei, vier Zimmer tief. Von der Veranda gelangte man ins Wohnzimmer, dann in die Schlafzimmer, zur Küche und wieder nach draußen in den Hinterhof. Zwischen den Häusern war eine Lücke von einem halben Meter gelassen worden. Viele waren Doppelhäuser, ein Shotgun-House, das in der Mitte geteilt war, mit einer separaten Tür für jede Wohnung. Die meisten Häuser hatten sogar zwei Eingangstüren: eine hölzerne, die nach innen aufschwang, und ein schmiedeeisernes Sicherheitstor, das mit Kringeln und Lilien verziert war und nach außen aufging.

Auf der gegenüberliegenden Straßenseite nahmen zwei Friedhöfe jeweils einen Block ein: St. Joseph und Lafayette Nr. 2. Auf dem nächstgelegenen, St. Joseph, standen Grüfte aus Gips auf gepflastertem Beton, ähnlich wie auf dem St. Louis Cemetery Nr. 1, doch anders als der Friedhof am Rande des Quarters trennte hier nur ein Maschendrahtzaun die Lebenden und die Toten. Lafayette Nr. 2 sah eher wie eine Kombination aus Park und Begräbnisstätte aus. Gras bedeckte den Boden und überwucherte einige der flachen Parzellen, die zwischen den üblichen Grüften verteilt waren. Diesen Block umgab ein erheblich stabilerer Zaun aus aufrechten dünnen Eisenstangen mit spitzen Dornen.

Und genau in der Mitte stand Renai, die zu keiner der beiden Welten gehörte.

Sie wusste nicht mehr genau, wo auf der Washington Street ihre Großmutter vor Katrina gelebt hatte, aber sie war sich ziemlich sicher, dass das Haus weiter in der Gegend von Central City lag. Vielleicht stimmte ihre Erinnerung an »Miss St. Cyr« ja doch nicht. Sie ging die Washington hinunter bis zur Ecke Loyola. Diese Avenue trennte St. Joseph von Lafayette Nr. 2. Das Fehlen von Straßenlaternen verwandelte die beiden Friedhöfe zu nächtlichen Abgründen in der zunehmenden Dämmerung, was selbst Renai als bedrohlich empfand.

Eigentlich hätte sie sich auf den Weg zu Ramses' Sterbebett machen sollen, doch stattdessen stand sie einfach nur da, starrte in die Dunkelheit und fragte sich, ob einer ihrer Toten hier zur Ruhe gebettet worden war. Befand sich vielleicht hinter diesem einfachen, mit einem Vorhängeschloss versehenen Tor eine weitere der Sieben Pforten? Sie argwöhnte sogar, dass sich in den Tiefen von St. Joseph etwas bewegte, eine dunkle Gestalt, tief am Boden, die von einem Schatten zum nächsten sprang.

Reiß dich zusammen, Mädchen, dachte sie, *du musst dich um deinen eigenen Mist kümmern!* Dann sah sie es wieder. Es kam näher, und sie beobachtete, wie es zum Sockel einer Gruft auf der anderen Seite des Maschendrahtzauns schlich. Ein Atemzug, noch einer, dann leuchtete im Scheinwerferlicht eines vorbeifahrenden Autos ein Paar Augen in einem unheimlichen raubtierhaften Grün auf. Alles in ihr verkrampfte sich, und sie spannte sich an, für den Fall, dass sie schnell flüchten musste. Die meisten Menschen würden glauben, es handelte sich nur um eine wilde Katze, aber Renai wusste es besser.

Sie wusste, dass Ungeheuer real waren.

Allerdings bezweifelte sie, dass sie dieses Monster bekämpfen konnte, was auch immer es war. Ihre beste Chance bestand in der Flucht, aber Kyrie war zu weit weg, in Anbetracht dessen, wie schnell sich das Ding bewegte. Sie setzte die Kapuze ihrer Jacke auf und verlagerte ihr Gewicht auf die Fußballen. Wenn es hinter ihr her war, würde sie das Geisterwort rufen und zum nächsten Haus sprinten. Falls das Eisentor und die massive Holztür dieses Ding nicht fernhielten, würde sie dort vielleicht etwas finden, das sich als Waffe gebrauchen ließ. Fliehen, wenn sie konnte, kämpfen, wenn sie musste, sterben, wenn sie sich irrte. Hätte die Deadline ihren Namen genannt, wenn das hier ihr Ende wäre? Oder war sie ein Sonderfall?

Vielleicht gab es einen anderen Weg. »Ich stehe unter dem Schutz der Throne«, rief sie über die Straße hinweg. »Wenn du dich nicht vor ihnen verantworten willst, gehst du besser dahin zurück, wo du hergekommen bist.«

Die Antwort war zunächst ein leises Knurren, bei dem ihr das Blut in den Adern gefror. »Den Teufel tust du!« Die Stimme erkannte sie, und es hätte sie erleichtern sollen, dass Sal, jetzt als zotteliger langohriger Hund, über den Zaun und ins Licht sprang. Aber als er die Straße überquerte, erkannte sie seine Wut. Er hatte die Ohren angelegt und den Schweif nach hinten gestreckt. Mit seiner Schimpftirade wartete er nicht einmal, bis er den Bürgersteig erreicht hatte. »In diesem Moment und an diesem Ort hier? Da stehst du höchstens unter dem Schutz von Jack Shit und Fuck All. Und genau diese Hilfe kannst du auch erwarten, wenn die Scheiße hochkocht, und das wird sie.«

Renai wollte antworten, brachte aber nur seinen Namen hervor, bevor der Psychopomp ein Geräusch zwischen einem Gähnen und einem Niesen von sich gab. Es war ein Laut der Empörung. Ein Mensch hätte gebieterisch die Hand erhoben. Irgendwo in der Ferne heulte eine Sirene. »Sag jetzt nichts!«, befahl er. »Ich weiß nicht, was dich in letzter Zeit reitet, aber du solltest dich zusammenreißen.« Er hockte sich auf die Hinterbeine und starrte zu ihr hoch. »Du kannst dir nicht einfach aussuchen, wann du die Regeln befolgst und wann nicht, Raines. Das macht sie ja zu Regeln. Du dürftest nicht mal in der Nähe eines gewaltsamen Todes wie diesem sein. Dafür fehlt dir der Mumm.« Ein Stadtbus näherte sich auf der Loyola und hielt an der Ecke Washington. Sal wollte noch etwas sagen, aber das

Zischen der Druckluftbremsen schreckte ihn auf. Er riss den Kopf herum.

»Es ist nur der Bus, Sal«, sagte sie. Die Türen öffneten sich quietschend, und eine Handvoll Teenager stürmte heraus. Sie lachten und alberten herum. Der Fahrer beobachtete, wie sie die Straße überquerten, bevor er in die Washington Street einbog, während der Lautsprecher im Bus die nächste Haltestelle ankündigte. Renai sah sich die Teenager genau an, während sie vor ihr hergingen; keiner von ihnen zog sie an, wie Miguel Flores es in den Momenten vor seinem Tod getan hatte. Einen Block entfernt fädelte sich ein dunkler Geländewagen mit wummernden Bässen in den Verkehr ein. Der Fahrer hatte wohl vergessen, die Scheinwerfer einzuschalten. Sal starrte immer noch in Richtung des Friedhofs, die Ohren flach an den Kopf gelegt. »Was macht dich so nervös?«, wollte sie wissen.

»Nichts!«, schnauzte er. Dann richtete er den Blick aus seinen traurigen Hundeaugen auf sie und leckte sich die Lefzen. »Tut mir leid. Es ist nur … Was für einen Scheiß machen wir hier eigentlich? Ich weiß, es ist leicht, sich im Trott zu verlieren, aber es geht nicht nur um Leben und Tod, Raines. Es geht um Ewigkeit und Vergessen …«

Renai hörte nicht, was Sal als Nächstes sagte, denn sie war vollkommen auf den dunklen Geländewagen konzentriert, der sein Abblendlicht immer noch nicht eingeschaltet hatte. Als er die Teenagergruppe auf dem Bürgersteig erreichte, wurde er langsamer. Renai rannte instinktiv los, bevor ihr Bewusstsein verarbeitete, was ihre Instinkte ihr bereits gesagt hatten.

Das Beifahrerfenster senkte sich, und aus dem Inneren drang DJ Khaleds »I Wish You Would« über die Straße. Ein weiter Jackenärmel tauchte auf, der in einer Hand mit einer Pistole mündete.

Renai streckte sich, um die Teenager auf dem Bürgersteig so weit wie möglich mit ihrem Körper abzudecken. Sie konnte in dem abgedunkelten Innenraum des SUV keine Gesichter ausmachen. Die Nacht wurde lila, als das Geisterwort wirkte, ihre Haut war straff gespannt und hauchdünn. Der Schütze schrie irgendetwas Vulgäres, aber seine Worte wurden von der Musik und dem scharfen Ploppen seiner Schüsse übertönt. Sie spürte den Stich jeder Kugel, die harmlos durch sie hindurchging, einen stechenden Schmerz, kurz wie ein Mückenstich. Der Motor des Geländewagens heulte auf, und der Wagen bog um die Ecke. Ein Hinterreifen quietschte, als er gegen den Bordstein prallte.

Sie blickte auf die Jugendlichen, die sich auf den Boden geworfen hatten, konnte sich aber nicht daran erinnern, sich zu ihnen umgedreht zu haben. Das Adrenalin in ihren Adern zerhackte die Zeit in unzusammenhängende Filmbilder.

Es waren fünf, drei Jungen und zwei Mädchen. Eines der Mädchen war eine Latina, der Rest war schwarz. »Seid ihr okay?« Sie merkte erst jetzt, dass sie schrie, und senkte ihre Stimme. »Ist jemand verletzt?« Ein Mädchen wischte sich die Tränen aus den Augen, ein anderes schaukelte hin und her und konnte nicht aufhören zu weinen. Der Erste der Gruppe, der sich auf den Boden geworfen hatte – ein schlaksiger Junge in einer viel zu großen Hose –, lag immer noch mit den Händen über dem Kopf da, bis einer seiner Freunde ihn an der Schulter rüttelte. Renai wollte noch etwas sagen, merkte dann jedoch, dass die Kids sie nicht hören konnten. Das Geisterwort hatte sie unsichtbar, unberührbar und stumm gemacht. Noch schockiert von dem Vorfall, fiel ihr nicht ein, dass sie das Geisterwort nicht wirklich gesprochen hatte. Sie wollte die Kapuze abnehmen und den Bann brechen, zögerte jedoch, als Sal sich räusperte. Sie drehte sich um. Er stand neben ihr und richtete seine Aufmerksamkeit auf sie, nicht auf die Kids.

»Du musst anfangen, wie ein Pomp zu denken, Raines. Frag die Kids nicht, ob sie okay sind. Sieh einfach hin.«

Ihr Kiefer verkrampfte sich, aber als sie sich wieder der Gruppe zuwandte, verstand sie, was er meinte. Keiner von ihnen strahlte dieses schwelende Glühen eines Lebens aus, das kurz vor seinem Ende stand. Jeder strotzte vor Gesundheit, vor Vitalität. Bei einem der Mädchen brannte sogar eine zweite Flamme in ihrem Bauch. Renai war klar, was das bedeutete, und sie fragte sich, ob das Mädchen es schon wusste.

Sie holte ein paarmal tief Luft und versuchte, das Zittern ihrer Hände unter Kontrolle zu bekommen. Die Teenager waren schon wieder auf den Beinen, hatten die Handys gezückt, verschickten SMS und twitterten. Mit ihren Blicken scannten sie bei jedem zweiten Schritt die Straße. Sie waren erschüttert und weinten und wollten so schnell wie möglich nach Hause. Dem Klang ihrer Unterhaltung nach ahnten sie, wer der Schütze war. Es hatte etwas mit einem der drei Jungen zu tun, dem größten und ältesten der drei, der Dreadlocks hatte, und irgendeiner »dummen, billigen Hure« an ihrer Schule. Renai fiel es schwer, sie über dem Rauschen in ihren Ohren zu verstehen. *Nicht jetzt*, dachte sie, *nicht schon wieder.*

Etwas rührte sich in ihr, und das war nicht nur Adrenalin. Dieses Etwas war dunkel und kalt. Wut war es auch nicht, denn die wäre in einer heißen Welle durch sie hindurchgeschwappt, und es war auch keine Angst. Die wäre wie ein Schauder über ihre Haut gelaufen und hätte ihre Härchen aufgerichtet. Es war überhaupt keine Emotion, kein Teil von ihr. Es war ein heftiger eisiger Wind, der sich anfühlte wie eine gespannte Spiralfeder. Ein Sturm mit eigenem Willen.

Sie wusste nicht genau, was dieses Wesen war oder woher es stammte, aber es gehörte auf keinen Fall in ihr Inneres. Vor ihrem Tod hatte sie keine Magie besessen, und ein Gefäß für einen lebendigen Sturm zu sein, war nicht gerade das, was sie anstrebte. Es mochte ein Miasma der Unterwelt sein, das sie infiziert hatte, ein nicht deklariertes »Geschenk« der Throne oder eine seltsame Folge ihrer ungewöhnlichen Auferstehung, aber Renai hatte seine Existenz bisher für sich behalten, weil sie seinen Ursprung nicht kannte. Was auch immer es war, es kam und ging ohne Vorwarnung, weckte ihren Zorn und träufelte ihr wispernd Verheißung von Macht ins Hirn. Sie wusste, dass sie es kontrollierte, schon allein weil es unbedingt freigelassen werden wollte. In jedem Moment, den es in ihr wirbelte, bettelte es um Freiheit. Sie hätte nur einmal ihre Litanei von *Nein, nein, nein* mit einem Ja brechen müssen. Es brauchte lediglich ihre

Erlaubnis, einen schlichten Atemhauch, damit seine pure Anarchie auf die Welt losgelassen werden konnte.

Sie wusste, dass es ihre Wut war, die diesen Sturm in ihr entfacht hatte. Diese fünf hier waren noch Kids, gingen noch auf die Highschool, den Schuluniformen nach zu urteilen, auf die sie einen flüchtigen Blick erhascht hatte. Es waren Raupen, die noch im Verpuppungsstadium waren. Knospen an der Rebe, die noch nicht aufgeblüht waren. Zumindest sollten sie es sein. Das Gesetz erklärte sie für noch nicht mündig genug, um Schnaps oder Zigaretten kaufen zu dürfen. Oder um zu heiraten. Zu wählen. Aber niemand hatte anscheinend ein Problem damit, dass auf sie geschossen wurde. Sie waren offenbar erwachsen genug, um ihnen ohne Vorwarnung oder Grund das Leben zu nehmen. Erwachsen genug, um schnell wegzurennen, falls jemand wegen der Schüsse die Polizei rief und die tatsächlich auftauchte. Erwachsen genug, um schockiert zu sein, um Angst zu haben, um zu lügen und um nicht überrascht zu sein. Der unerbittliche tosende Wirbel in ihr erschwerte ihr das Atmen, und dann erkannte sie, was es war: Hass.

Sie hasste alles an diesem Vorfall, angefangen von dem Idioten, der seine Probleme mit der Waffe lösen wollte, über seine Opfer, die seinen Namen kannten und ihn nicht verraten würden, bis hin zu der Stadt, die sich zwar darüber aufregte, aber ein Auge zudrückte, solange es nicht in den vornehmen Vierteln passierte. Sie hasste die Industrie, die von den Mythen der Gangsta, der Hustle und des Games profitierten, die Nation, die auf den Knochen von Sklaverei und Bigotterie gegründet worden war, eine Nation, die ihr Volk arm, ungebildet, süchtig und hoffnungslos hielt, um jahrzehntelange Kriege anzuheizen und eine bodenlose Gier zu nähren. Der Hass stieg in ihr auf, so mächtig, dass er ihre Lunge erfüllte und ihre Zunge belegte. Hass schmeckte wie die ölverschmierte tote Laubfäule von Überschwemmungen. Und er tobte mit der Wut eines Hurrikans.

Der Hass versengte ihre Lunge wie Benzin und ein angezündetes Streichholz, und der Sturm in ihr wollte ihn willkommen heißen.

Sie hielt den Sturm in Schach, da sie bezweifelte, dass sie ihn noch würde kontrollieren können, wenn sie ihn je losließ, und sie fürchtete seine Absichten. Würde er dem Schützen das Leben nehmen, wie sie es Miguel genommen hatte? Würde er dann aufhören? Könnte er aufhören? Oder würde er wachsen? Würde er ihm mit der Kraft des Windes das Fleisch von den Knochen reißen und sogar die Erinnerung an ihn mit seiner Flut verschlingen? Was würde diesen Hass in ihr stillen? Sein Haus? Das Viertel? Die Stadt? Was wäre genug?

Renai spürte, wie sich eine kalte feuchte Schnauze in ihre Handfläche schob, und ihr fiel wieder ein, wo sie war. Sie schob den Hass zurück an den eisigen leeren Ort in ihrer Mitte, wo er hauste, und atmete tief ein und dann noch einmal. Sie schloss die Augen und stellte sich die Küche ihrer Mutter vor: die sanfte Brise des Deckenventilators, der sich über ihr drehte, das warme Sonnenlicht, das durch die offenen Vorhänge drang, und der reiche buttrige Duft der Mehlschwitze, kurz bevor das Mirepoix, das Röstgemüse, hineingegeben wurde. Das langsame, hypnotische Schaben des Holzlöffels auf Gusseisen, während ihre Mutter rührte und rührte und rührte.

Allmählich zog sich der Sturm mürrisch so weit zurück, dass Renai wieder ausatmen konnte. Sie öffnete die Augen. Die Teenager waren außer Sichtweite, und Sal sah sie mit schief gelegtem Kopf an. Er fragte nicht, das brauchte er auch nicht. Sie sah die Besorgnis, die Verwirrung und die Frage deutlich auf seinem Hundegesicht.

»Du hast gesagt, ich soll suchen, also habe ich gesucht«, sagte sie. »Und jetzt mach mich nicht wegen dem an, was ich gefunden habe.«

Sals Ohren zuckten, und er knurrte verärgert. »Na gut«, war alles, was er sagte.

Renai deutete auf den Boden, wo die Teenager sich hingeworfen hatten. »Was jetzt?«, wollte sie wissen. »Wenn es keinem von ihnen bestimmt war, erschossen zu werden …«

Sal deutete mit dem Kopf zu dem Haus hinter sich, vor dem die Teenager gestanden hatten, als die Schüsse gefallen waren. »Diese Drive-by-Arschlöcher zielen ziemlich beschissen. Ich wette, unser Junge ist da drin.«

Es dauerte einen Moment, bis Renai dämmerte, was er gesagt hatte. »Warte … ›Unser‹ Junge?«

Sal kratzte sich mit einer Pfote hinterm Ohr. »Was soll's«, sagte er, »wenn ich mir schon den Arsch aufreißen lasse, kannst du wenigstens etwas daraus lernen. Du bleibst bei mir, fasst nichts an und sparst dir deine Fragen für später auf, verstanden?«

Sie sank auf ein Knie und umarmte die dünnen Hundeschultern des Psychopomps. Unwillkürlich quietschte sie wie ein kleines Mädchen. Sie war mindestens genauso begeistert darüber, dass er sie nicht gezwungen hatte, über den seltsamen Sturm zu reden, der in ihr getobt hatte, wie darüber, dass sie eine neue Seite des Psychopomp-Daseins kennengelernt hatte. Zurzeit nahm sie die guten Momente, wie sie kamen.

»Schon gut, ist ja gut«, jaulte Sal und wich vor ihr zurück, als hätte er nicht eine Pfote um ihre Schulter gelegt, als sie ihn umarmt hatte. »Verlieb dich bloß nicht in mich. Ich habe dich nicht zur Königin der Unterwelt gekrönt oder so. Du bist immer noch bloß ein Punk-Pomp-Gör, das keine Ahnung von Shenandoah hat.«

Renai stand auf, die Welt immer noch eng und von der Macht des Geisterwortes in Schattierungen von Violett gefärbt. Sie konnte nicht unterscheiden, ob sie sich an seine Wirkung gewöhnt oder ob der Sturm in ihr sie betäubt hatte. Aber es schien sie nicht mehr so sehr zu irritieren wie früher. Sie folgte dem Psychopomp den kurzen Weg zur Haustür hinunter, auf der Suche nach dem toten Jungen, um den sie sich in Seth' Auftrag kümmern sollte. »Und ich bin kein Kind«, sagte sie. »Also hör auf, mich wie eins zu behandeln.«

»Klar«, sagte Sal, »sobald du aufhörst, dich wie eins zu benehmen.« Aber er drängte sich an ihr Bein, um seinen Worten den Stachel zu nehmen, kurz bevor der Schmerz auf ihrer Haut brannte, als sie sich durch das Eisentor schob und das Holz der Haustür gegen sie schlug. Sie mochte sich an das Unbehagen gewöhnt haben, welches das Geisterwort in ihr auslöste, aber sich durch physische Objekte zu bewegen, tat immer noch höllisch weh.

Obwohl in dem dahinter liegenden Raum kein Licht brannte, erhellte das Geisterwort die Dunkelheit mit einem subtilen lavendelfarbenen Schimmer. Dieser erste Raum schien Esszimmer und Wohnzimmer zugleich zu sein. Ein großer runder Tisch für vier Personen stand an einer Wand, und auf der anderen Seite sah sie ein kleines, abgenutztes beigefarbenes Sofa, einen Fernsehsessel aus Kunstleder und einen Flachbildfernseher. Schulbücher lagen auf dem Esstisch verstreut, und Familienfotos zierten die Wände. Da jemand im Laufe der Jahre den größten Teil der hinteren Wand herausgeschlagen hatte, konnte Renai von der Eingangstür aus bis in die Küche sehen: Arbeitsplatten und ein Gasherd aus den Siebzigern, ein brummender, ratternder Kühlschrank aus den Neunzigern und Linoleumböden, die glänzten, als wären sie erst am Morgen gewienert worden. Sal drückte die Nase auf den Boden und schnaufte, als wäre er erkältet.

»Stimmt was nicht?«, erkundigte sie sich.

»Etwas … ist seltsam«, sagte er. »Mal sehen, wie der Rest des Hauses aussieht.«

Renai blickte sich in der Küche um, entdeckte aber nichts Unerwartetes. In den gläsernen Schränken standen Teller, Gewürze und Müslischachteln. Eine gusseiserne Bratpfanne hatte einen Ehrenplatz auf dem Herd. Wahrscheinlich war sie eines der ersten Dinge, die in die Hurrikan-Kiste gepackt wurden. Ramses' Zeugnis von einer Charter School unten in Bywater klemmte unter einem Magneten am Kühlschrank. Er hatte mehr Einsen als Zweien. Ein Zettel mit der Unterschrift von Mama besagte, sie hätte eine Extraschicht übernommen und würde erst spät nach Hause kommen. Ein kurzer Flur trennte die Küche und das erste Schlafzimmer. Daneben lag ein kleines Badezimmer. Das erste Schlafzimmer war offensichtlich das eines Halbwüchsigen: Das Bett war ungemacht, die Schuluniform – Polohemd und Khakihose – lugte aus einem Wäschekorb, an der Wand hingen Reggie-Bush- und Jimmy-Graham-Poster.

Das hinterste Zimmer des Hauses war ebenfalls ein Schlafzimmer und gehörte Ramses' Mutter – Juliette stand auf dem Namensschild, das Renai auf dem Waschtisch fand. Das könnte der Vorname der Miss St. Cyr sein, an die sie sich aus ihrer Kindheit erinnerte, aber sie war sich einfach nicht sicher. Juliettes Zimmer war so ordentlich wie die Küche, die Tagesdecke mit Paisleymuster war mit militärischer Präzision ausgelegt, die Romane auf dem Nachttisch waren in Reih und Glied aufgestellt. Renai wandte sich zum Gehen, als ihr ein Foto an der gegenüberliegenden Wand ins Auge fiel. Eine lachende junge schwarze Frau auf dem Bild hatte den Arm um den Hals eines dünnen Teenagers mit einem besorgten Gesichtsausdruck gelegt. Den übertrieben finsteren Blick hatte er vermutlich für die Kamera aufgesetzt. Neben ihnen stand ein schwarzer Mann in einem weißen Tanktop. Er trug einen steifen Hut mit umgeschlagener Krempe, hatte die Lippen gespitzt und lächelte sanft und liebevoll. Auf seinen Schultern saß ein Junge, der kaum älter als fünf oder sechs Jahre sein konnte. Er grinste strahlend über das ganze Gesicht.

Renai selbst hatte dieses Foto geschossen.

Es war 2006 gewesen, der Karneval nach dem Hurrikan. Sie konnte sich nicht mehr an sehr viel aus dieser Zeit erinnern. Nur daran, dass die Leute sich nicht sicher gewesen waren, ob es in jenem Jahr überhaupt einen Mardi Gras geben würde. Sie war erst vierzehn gewesen, nicht viel älter als Zeke, der finster blickende Junge auf dem Foto. All die Erinnerungen kehrten zurück. Miss St. Cyr – Juliette – war mit ihrem Mann, ihren Jungs und einem riesigen Daiquiri, von dem sie offensichtlich schon reichlich getrunken hatte, zum Platz von Renais Familie an der Paraderoute geschlendert. Sie hatte ein paar Witze darüber gemacht, dass Renai – die sie »Nay-Nay« genannt hatte – sich mit Zeke einlassen würde, weshalb er auf dem Bild dieses Gesicht gezogen hatte. Juliette hatte es geliebt, Leuten Spitznamen zu geben, deren Silben sich wiederholten. Ihren jüngeren Sohn hatte sie »Ki-Ki« genannt. Als Renai ihre Mutter später gefragt hatte, warum Miss St. Cyr ihrem Sohn einen Spitznamen gegeben habe, der besser zu einem Panda passe, hatte ihr Vater schallend gelacht.

Es ist nur ein Spitzname, Baby, hatte ihre Mutter gesagt, *denn er trägt den Namen eines Königs genau wie Zeke.*

Renai hatte Ramses also gekannt, oder zumindest kannte ihre Familie seine Familie. Sie selbst hatte immer nur den Namen Ki-Ki oder Lil' King gehört, wenn sein Vater mit ihm gesprochen hatte. War diese Verbindung der Grund, warum Seth geglaubt hatte, sie würde sein Leben verschonen? Oder war es vielleicht nur eine Frage der Zeit, bis sie die Seele von jemandem einsammelte, den sie kannte? Immerhin war die Stadt New Orleans verdammt klein.

Sal rief sie von der Vorderseite des Hauses und unterbrach ihre Gedanken. Sie eilte zu ihm, fand ihn auf dem Esszimmertisch sitzend, die Ohren flach an den Kopf gelegt. »Was ist los? Stimmt was nicht?«

»Schau dir das Fenster an«, sagte er. Sie sah fast sofort, was er ihr zeigen wollte: das gezackte etwa einen Zentimeter große Loch im Glas, umgeben von einem Spinnennetz aus Rissen. »Folge dem Weg der Kugel«, sagte er. Sie legte ihr Gesicht dicht an das Glas, vorsichtig, um nicht hindurchzugleiten, und sah an ihrem ausgestreckten Arm entlang.

»Da.« Sie deutete auf die Stelle, an der Sal saß.

»Genau. Und jetzt komm und guck dir das an.«

Sie ging zum Tisch, wo Sal die Schnauze auf den Stuhl direkt gegenüber dem Fenster richtete. Die oberste Holzplanke war ebenfalls zersplittert, wo das Geschoss eingeschlagen war. Ohne dass Sal sie auffordern musste, folgte sie mit der Hand dem Rest des imaginären Weges durch den Raum, bis sie das verfluchte Geschoss in der Rigipsplatte fand. Sie setzte sich wieder auf den Stuhl und stellte sich vor, wie es passiert sein könnte. Ramses hatte am Tisch gesessen und wie jeden Abend seine Hausaufgaben gemacht. Dann waren die Schüsse gefallen. Nur befand sich kein Blut auf dem Stuhl oder dem Boden. Und ganz sicher tat dort kein Ramses St. Cyr seine letzten Atemzüge. *Es muss einer der anderen Schüsse gewesen sein,* dachte sie, aber dann fiel ihr auf, dass sich die Luft um den Stuhl herum zu kräuseln schien, wie der Hitzeflimmer an einem besonders heißen Tag. Es fühlte sich falsch an und brannte ihr in den Augen. Ihr drehte sich der Magen um. Es schmerzte am Rand ihrer Wahrnehmung wie eine Wunde in der Welt. Dem Ausdruck in Sals Augen nach zu urteilen, sah er dasselbe wie sie. In dem Moment verstand sie. Das war es. Dies waren exakt die Zeit und der Ort und die Kugel, die ein Leben hätten beenden sollen.

Nur dass es nicht passiert war.

Irgendwie war Ramses St. Cyr dem Tod entkommen, den die Throne für ihn vorgesehen hatten.

Der Gedanke, dass Ramses jetzt irgendwo zwischen den Welten der Lebenden und der Toten trieb, jagte Renai einen Schauer über den Rücken. Nicht nur aus Angst oder Abscheu, sondern weil sie etwas erkannte. Sie wurde von einem dieser Momente der Erinnerung oder Imagination oder Prophezeiung überwältigt und sah sich selbst, wie sie die Essenz von Miguel Flores durch die Zweite Pforte führte.

Der Holt Cemetery war ursprünglich ein Armenfriedhof gewesen, eine Begräbnisstätte für diejenigen, die sich nichts Besseres leisten konnten. Er war auch einer der wenigen Friedhöfe in New Orleans, auf denen die Toten in der Erde ruhten. In der Welt der Lebenden wirkte er trist und grau: ein paar klägliche Flecken braunen Grases, ein enges Gewirr von schmalen Parzellen mit schiefen oder zerbrochenen Grabsteinen. Auf manchen Gräbern gab es überhaupt keinen Stein, nur ein Holzkreuz mit einem handgeschriebenen Namen. Und alles lag versteckt hinter dem Zaun des Baseballfelds eines Community College. Im Land der Toten jedoch blühte der Holt-Friedhof. Jede Parzelle war von üppigen Blumenbeeten bedeckt, die sich gegenseitig fast überwucherten und ein auffälliges lebhaftes Farbenspiel boten, wie ein von Jackson Pollock angelegter Garten. In der Mitte überragte eine gigantische Eiche die gesamten sieben Morgen Land, und am Fuße dieser Eiche wartete Nibo, der Torwächter.

Wie Oussou und Masaka war Nibo ein Loa aus der Ghede-Familie. Renai stellte ihn sich mit dunkelbrauner Haut vor, die lange, schlanke Gestalt in einen maßgeschneiderten dreiteiligen Anzug gehüllt: dunkle Hose, cremefarbene Weste und hellblaue Jacke, mit einem Muster, das zum Sofa einer alten weißen Lady gepasst hätte: Blumen mit langen dünnen Blütenblättern in roten, orangefarbenen und gelben Pastelltönen und blassgrüne Ranken, die sich durch alles schlängelten. Renai fand, dass Nibo stolz jeden Zentimeter dieser Jacke präsentierte. Er lehnte selbstbewusst an der riesigen Eiche, als schuldete ihm jeder, der ihn in dieser Jacke sah, Geld für dieses Privileg.

Nibos Domäne war die der unbestatteten, vergessenen Toten. Sie fanden hier einen Platz, pflegten Nibos Gärten, ruhten und tranken den ekelhaft würzigen Rum des Ghede. Einige Seelen konnten sonst nirgendwohin. Anderen ließ man die Wahl, hierzubleiben oder sich weiter auf die Suche nach einem höheren Lohn zu machen. Miguel Flores, das wusste Renai, würde es durch Nibos Pforte in die nächste Ebene der Unterwelt schaffen.

Ramses St. Cyr jedoch würde nicht einmal so weit kommen, wenn Renai ihn nicht fand.

KAPITEL SECHS

Renai starrte auf die Stelle, wo der tote Jugendliche eigentlich hätte liegen müssen, und versuchte, mit ihrer Reaktion klarzukommen. Einerseits waren ein sinnloser Tod und ein viel zu früh beendetes Leben verhindert worden. Ramses war einem Schicksal entgangen, das er nicht verdient hatte. Sie sollte sich deswegen gut fühlen, glücklich. Denn war das nicht geradezu die Definition eines Wunders? Nur, warum widerte es sie dann so an? Als ihr klar wurde, was der leere Stuhl bedeutete, musste sie sich zwingen, den Anblick zu ertragen, das Wabern der Luft, das einen säuerlichen Nachgeschmack in ihrem Mund hinterließ. Sie unterdrückte einen Würgereiz.

»Genau mein Gedanke«, brach Sal die Stille. Er hüpfte vom Tisch und lief auf der anderen Seite des Raumes auf und ab, wobei seine Krallen auf dem Hartholzboden klickten.

»Passiert das …?«

»Öfter? Nein. So ein Mist passiert einfach nicht!« Sie wusste nicht, ob Sal wütend, verwirrt oder nervös war, aber das Nichtvorhandensein von Ramses' Leiche wühlte ihn definitiv auf. Sie kaute auf ihrer Unterlippe. Die Spannung des Geisterwortes auf ihrer Haut steigerte sich von unangenehm zu unerträglich, deshalb setzte Renai die Kapuze ab, brach den Bann, und der Druck ließ nach. Sie wartete, bis sich ihre Augen an die Dunkelheit gewöhnt hatten, und ließ sich dann in den alten Fernsehsessel fallen. Sie schob die Hände in die Jackentaschen.

»Ich kapiere nicht, was hier los ist«, sagte sie. »Stimmt was nicht?«

Sal hielt mitten im Schritt inne, setzte dann die Pfote langsam ab und hockte sich auf seine Hinterläufe. Er antwortete sehr behutsam. »Fühlt es sich für dich denn stimmig an?«

»Nein«, erwiderte sie, »überhaupt nicht. Schon der Anblick …«, sie deutete in Richtung des Stuhls, »ist … *igitt.*« Sie wusste nicht, warum sie so kindisch redete oder das Bedürfnis hatte, auf Distanz zu Sal zu gehen. Vielleicht um nicht nur unschuldig, sondern regelrecht dumm zu wirken. Sie hatte noch nie das Bedürfnis verspürt, vor ihm irgendeine Rolle zu spielen. Aber der Psychopomp hatte auch seine Worte noch nie derart abgewogen. »Ich meine nur, sollten wir uns nicht für ihn freuen? ›Unbeteiligter Zuschauer Opfer bei Schießerei‹ ist doch so ein beschissenes Klischee für den Tod junger Schwarzer. Sollten wir nicht froh sein, dass er eine Chance bekommt weiterzumachen?« Etwas in ihr hoffte genau das. Sie wollte Sal überzeugen, einfach wegzugehen, zu vergessen, dass dieser Tod nicht eingetreten war, so falsch sich die ganze Situation auch anfühlte. Sie wollte Ramses das Entkommen ermöglichen. *Hat Seth mich deshalb hierhergeschickt?*, fragte sie sich. *Tanze ich wie eine Marionette nur nach seiner Pfeife?*

Sal zuckte mit den Ohren, als wollte er eine Fliege verscheuchen. »Wie kommst du darauf, dass der Tote, den wir abholen sollten, schwarz ist?«

Renai verdrehte die Augen. Sie fühlte sich bei dieser Geste zwar auch wie ein Teenager, konnte sie aber nicht unterdrücken. »In diesem Haus hängen überall Fotos von Ramses.«

Sal legte den Kopf schief und beobachtete sie so lange, dass das Schweigen unangenehm wurde. Renai hätte fast etwas gesagt, wenn sie nicht den Eindruck gehabt hätte, dass er genau darauf wartete.

»Vielleicht«, brach er schließlich das Schweigen, »sollten wir mal darüber reden, warum du überhaupt hergekommen bist.«

Seit Sal sie bei einem Todesfall erwischt hatte, bei dem sie nichts zu suchen hatte, hatte Renai sich eine Antwort auf genau diese Frage überlegt und eine hoffentlich überzeugende Lüge um einen wahren Kern gesponnen. Sie wollte antworten, sie wäre einfach der Monotonie überdrüssig geworden und hätte sich für diesen gewaltsamen Tod entschieden, um mal etwas Neues zu erleben. Scheiß auf die Regeln! Das war nicht unwahr – es war nur nicht die ganze Wahrheit. Aber als sie den Mund öffnete, um die Lüge zu äußern, wurde ihr klar, dass Sal nicht nur ein vollwertiger Psychopomp war, was bedeutete, dass sie gar keine Ahnung hatte, wozu er wirklich fähig war. Er war auch ihr einziger Freund in diesem Leben. Wenn sie ihm nicht vertrauen konnte, war sie wirklich mutterseelenallein. Ganz zu schweigen davon, dass Sal die ganze Wahrheit erfahren musste, wenn sie eine Chance haben wollten herauszufinden, was es mit diesem Loch in der Realität auf sich hatte, das Ramses' Nichttod gerissen hatte.

Also erzählte sie ihm alles. Ihre Begegnung mit Seth, sein ungewöhnliches Angebot, ihre Langeweile, Frustration und Verwirrung, das Kribbeln der Vertrautheit, das sie bei dem Namen St. Cyr empfand, und wie sie und der Tote, der vermeintlich Tote, miteinander verbunden waren. »Ich weiß wirklich nicht, warum er wollte, dass ich hier auftauche«, schloss sie. »Das ist die Wahrheit. Ich habe keine Ahnung, ob er dachte, ich würde dich überzeugen können, Ramses am Leben zu lassen, oder ob meine Präsenz hier die Dinge verändert hat …«

»Unsinn, du hast nichts falsch gemacht.« Sal klang eher verärgert und müde als wütend. »Ich meine, du hast dich von irgendeiner hirnverbrannten Gottheit verarschen lassen und warst ihr auch noch dankbar dafür, aber damit hast du nichts zu tun.« Er nickte zu dem leeren Stuhl, dann fletschte er die Lefzen, als hätte er etwas Fauliges gerochen. »Komm, wir verschwinden hier. Das übersteigt meinen Fähigkeitsbereich, wenn du weißt, was ich meine.«

Du meinst wohl Zuständigkeitsbereich, dachte Renai, sagte aber nichts und murmelte nur das Geisterwort, damit sie durch die Tür schlüpfen konnte, als Sal sie zurück auf die Straße führte. Sie setzte die Kapuze ab, sobald sie draußen waren, und ihre plötzliche Manifestation erschreckte einen großen Vogel, der in der Eiche über ihrem Kopf hockte. Renai erhaschte einen Blick auf die breiten hellen Flügel, als er davonflog. Ein unangenehmes kaltes Kribbeln überlief sie, das nichts mit der Magie der Jacke zu tun hatte. Ein Erinnerungsfetzen schoss ihr durch den Kopf. *Das Ding, das mich getötet hat, hatte auch Flügel,* dachte sie.

Ihr blieb nicht viel Zeit, sich mit dieser Erinnerung zu beschäftigen, denn Sal war weitergelaufen und schien den aufgeschreckten Vogel nicht einmal bemerkt zu haben. Renai holte ihn ein, als er neben Kyrie auf dem Bürgersteig zum Stehen kam. »Ich muss bei dir mitfahren«, erklärte er. »Es sei denn, du hast etwas anderes vor.«

»Ich bin frei wie ein Vogel«, sagte sie und schwang sich auf Kyries Sitzbank.

Sal gab einen halb grunzenden, halb kichernden Laut von sich. »Wo wir gerade davon reden …« Er duckte sich auf alle viere und würgte mit weit aufgerissenen Kiefern. Sein Fell kräuselte sich wie bei einem Hund, der gerade ein Fellknäuel ausspuckte. Vom Hinterteil angefangen, erschlaffte der Körper des Psychopomps, als wären die Knochen und das Fleisch einfach verschwunden. Eine dunkle glitzernde Form schlängelte sich aus seinem Rachen über die rosa Zunge. Stück für Stück verschwand Sals Hundehaut in sich selbst, bis nur mehr der Rabe übrig war, der sich mühsam und fluchend aus dem Hundemaul zwängte, bis er schließlich feucht von Speichel und mit schwarz glänzendem Gefieder auf dem restlichen, rasch verwesenden Fell seiner ehemaligen Hundegestalt hockte.

»Wohin fahren wir?«, erkundigte sich Renai.

Bevor er antwortete, spreizte Sal die Flügel und wischte sich den Speichel aus den Federn. »Ich kann nicht glauben, dass ich das sage, aber wir müssen diesen elenden Säufer an der Ersten Pforte besuchen, um zu sehen, ob jemand unsere verlorene Seele versehentlich dorthin gebracht hat.«

Renai stieß seufzend die Luft aus. »Sal, sei ehrlich! Wie schlimm ist es? Was passiert mit Ramses?«

Sal flatterte taumelnd hoch und klammerte sich an ihrer Schulter fest. Dann suchte er sich eine behagliche Position. Sobald er sich niedergelassen hatte, erwachte Kyrie grollend zum Leben. Das Licht ihres Scheinwerfers bohrte sich durch die Dunkelheit. Renai gab Gas, und sie rollten auf die Straße, bogen langsam in die Washington ein und fuhren den Weg zurück, den sie gekommen waren.

»Der Junge, der eigentlich sterben sollte?« Sals Stimme übertönte das Brummen von Kyries Motor. »Das ist keine Frage. Er wird sterben, wenn er nicht schon tot ist.« Renai drehte den Kopf, um ihn anzusehen, und er senkte den Schnabel, das Äquivalent eines Achselzuckens bei einem Raben. »Fürchte den Tod, also uns, und die Steuer, Raines. Was soll ich sagen?« Renai bog auf die St. Charles ein. »Es ist dieser Seth, der mir Sorgen bereitet.«

Als Kyrie hochschaltete und ihr Motor aufbrüllte, murmelte Sal etwas vor sich hin, wohl weil er dachte, Renai würde es nicht hören – vielleicht war es ihm aber auch egal: »Diese verdammte Hallows-Kacke fängt jedes Jahr früher an.«

Obwohl sie während der letzten Jahre keine Zeit gehabt hatte, Halloween zu feiern, brauchte Renai Sal nicht zu fragen, was er meinte. In diesen Tagen überschnitten sich die physische Welt der Lebenden und die vielen Welten der Toten und Geister. Die Zeitspanne wurde mit verschiedenen Bezeichnungen benannt: Samhain, die Parentalia, das Zhongyuan-Fest, Día de Muertos, Allhallowtide. Verschiedene Kulturen feierten oder ehrten diese Tage zu verschiedenen Zeiten des Jahres und über unterschiedlich lange Zeiträume. In New Orleans dauerten die sogenannten Hallows die drei Tage, die mit Halloween begannen und an Allerseelen endeten. Die Toten besuchten die Lebenden, die Lebenden ehrten ihre Toten, und manchmal nutzten diejenigen, die am Rande der Dinge standen, die verschwimmenden Grenzen des ansonsten so starren Systems für ihre eigenen Zwecke.

Es war eine arbeitsintensive Zeit für Psychopomps.

Sie fragte sich, wie Sal zu dem Schluss gekommen war, dass Seth irgendetwas mit den Hallows zu tun hatte, da diese an Halloween begannen, also erst in ein paar Tagen. Soweit sie es wusste, waren die Grenzen zwischen den Welten so undurchdringlich wie immer. Könnte Ramses' Verschwinden Teil eines größeren Planes sein? Kannte Sal Seth' wahre Identität? Sie grübelte über diese Fragen nach, während sie mit Kyrie die breite St. Charles Avenue hinunterfuhr. Die Straße führte durch den Garden District, vorbei an den säulengeschmückten Eingängen von Villen, die zu Hotels umfunktioniert worden waren, und an den Neonlichtern von Bars und Restaurants vorbei, um die enge Schleife des Lee Circle und den Schatten des verhassten Konföderierten herum. Dann verlief sie zwischen den Hochhäusern des CBD, jenes verkehrsreichen, verworrenen Stadtviertels voller Bürokomplexe und Eigentumswohnungen, und schließlich hinaus in den Lärm, die Hektik und die grellen Lichter der Canal Street. Wie sie es auch drehte und wendete, es ging darum, Ramses zu finden. *Nur dahin zeigt meine Kompassnadel*, dachte sie, während sie darauf wartete, dass die Ampel umschaltete, damit sie die Canal überqueren konnte. *Ob er nun lebt oder tot ist, in dieser Welt oder in der nächsten, ich werde Ramses finden.*

»Ich würde es begrüßen, wenn du das Reden übernimmst«, sagte Sal, während sie auf eine Lücke im Verkehr wartete, um die Straße zu überqueren. Sie drehte sich zu ihm um und hob fragend eine Braue. »Er soll dir einfach sagen, welche Pomps er in letzter Zeit durchgelassen hat«, fuhr Sal fort. »Dann mache ich sie auf der anderen Seite ausfindig.«

»Deshalb wolltest du mitfahren, obwohl du Flügel hast«, gab Renai zurück. »Du brauchst Oussous Hilfe, aber so, wie du ihn behandelst, würde er nicht mal auf dich pissen, wenn du in Flammen stündest. Ist es das?«

»Seine Pisse wäre ohnehin ein Brandbeschleuniger, so wie er säuft«, knurrte Sal, als die Ampel umsprang.

Renai lachte und fuhr über die Straßenbahnschienen. »Siehst du? Genau deshalb passiert dieser Kram. Was hat er dir denn getan, dass du ihn so sehr hasst?«

»Ist 'ne lange Geschichte. Hilfst du mir nun oder nicht?«

»Ja, ich rede mit ihm. Aber dann schuldest du mir was.«

Sal antwortete nicht und schwieg immer noch, als sie das Motorrad abstellte. Er hüpfte einfach auf Kyries Lenker und ließ Renai allein die Rampart Street überqueren. Sie musste praktisch über die Straße rennen, um nicht von einem beschissenen Taxifahrer umgemäht zu werden, der mindestens zehn Meilen schneller fuhr als erlaubt. Oussou warf einen Blick auf sie und grinste.

»Hast dich entschieden, mich ohne deinen Scheißschäferhund zu besuchen, was?«, fragte er.

»Er ist … beschäftigt. Mit was anderem.« *Sehr kreative Ausrede, Raines,* dachte sie und imitierte Sals spöttische Stimme.

Oussou hatte jedoch zu sehr damit zu tun, sein betrunkenes Ich auf die Füße zu hieven, um ihre Angespanntheit zu bemerken. Er zog seine Manschetten gerade und fuhr mit einer Hand über sein Kopftuch, um sich davon zu überzeugen, dass es glatt saß. In diesem Moment wurde Renai klar, wie das hier für ihn aussehen musste und wieso sie seiner Meinung nach zurückgekommen war. Sie spielte mit dem Gedanken, sich darauf einzulassen, ein bisschen zu flirten und auf schüchtern zu machen, bis er ihr alles gesagt hatte, was sie wissen wollte. *Wie weit willst du das wirklich treiben?,* hörte sie die Stimme ihrer Mutter, und ihr enttäuschter Tonfall genügte Renai als Antwort. Außerdem war er ein Ghede und sie eine Psychopomp. Sie sollte keine Spielchen benötigen, um die Informationen zu bekommen, die sie brauchte.

Denn ob Loa oder nicht, Gottheit oder nicht, nirgendwo stand geschrieben, dass sie sein zerbrechliches männliches Ego schonen musste.

Als Oussou den Blick abschätzend auf sie richtete, sog Renai scharf die Luft ein. »Spiel das mit jemandem, der Zeit dafür hat.« Sie unterdrückte ein Grinsen, als die Miene des Loa von aufgegeilt zu abgefuckt umschlug. »Du weißt verdammt gut, dass ich nicht deswegen hier bin.«

»Ach, so ist das also?« Oussou wandte den Kopf ab und murmelte einen Fluch. Als er sie wieder ansah, verzog er spöttisch den Mund. »Was willst du dann, wenn du mir nicht abkaufst, was ich dir anbiete? Soll ich für dich die Pforte öffnen?«

»Nein. Ich will nur wissen, wen du schon durchgelassen hast. Sal hat mich beauftragt, etwas zu überprüfen.«

Oussou nickte vor sich hin, seine Aufmerksamkeit galt nun den vorbeifahrenden Autos auf der Basin Street und der Flasche, die er an die Lippen setzte. »Waren nicht viele.« Er kratzte sich mit dem Daumen am Kinn und zählte sie dann an seinen Fingern ab. »Link. Azreal. Dar. Howl. Flyboy. Lil' Tee. Big Riley.«

Renai nickte, als er die Namen aufzählte, obwohl sie nicht wusste, ob es echte oder Spitznamen waren. Sie hatte außer Sal noch nicht viele Psychopomps getroffen, und die meisten von ihnen schienen entweder nicht mit ihr sprechen zu wollen oder zu können. Einige Todesgeister, hatte Sal ihr erklärt, hatten ungefähr so viel Persönlichkeit wie Saugfische in Aquarien. Sie erfüllten einfach ihre Aufgabe, ohne Fragen zu stellen oder nachzudenken. »Und die Toten, die sie geführt haben?«, fragte sie, als er seine Aufzählung beendet hatte. »An wen von ihnen erinnerst du dich noch?«

Der Loa zuckte mit den Schultern und fuhr sich mit der Zungenspitze über die Zähne, bevor er sich wieder aufrichtete. »Du weißt selbst, wie es ist«, erwiderte er. »Nach einer Weile sehen die Toten alle irgendwie gleich aus, verstehst du?«

Das tat Renai nicht. Ganz und gar nicht. Sie konnte sich sehr deutlich an ihre Toten erinnern, an all die

Namen und Gesichter derer, die gestorben waren, und auch an die Gesichter, die sie aufgesetzt hatten, als sie an der Ersten Pforte standen. Vielleicht wäre es anders, wenn sie schon so viele Tote gesehen hätte wie der Loa. Obwohl sie das bezweifelte. Statt ihn jedoch zur Rede zu stellen, verabschiedete sie sich und ging. Sie wartete, bis sie auf Kyrie saß und davonrollte. Dann leierte sie Oussous Liste herunter. »Ist das alles, was du brauchst?«

»Ja«, sagte Sal. »Danke. Ich gehe mal rüber auf die andere Seite und schaue mir diese Pomps an. Mal sehen, ob sie wissen, was los ist.« Sie fuhren einen Moment lang schweigend weiter, und Renai nahm aus reiner Gewohnheit Kurs auf ihre leere Wohnung. Sie wusste, was sie von ihm als Nächstes hören wollte, aber sie mochte ihn nicht fragen. Sie würde ihm wieder in den Rücken fallen, wenn sie es müsste. »Wenn du bis morgen nichts von mir hörst, versuch einfach, den Jungen hier oben aufzuspüren. Vielleicht lebt er ja noch.«

Renai war so erleichtert, dass sie beschloss, Sal nicht länger wegen seiner Unfähigkeit, mit dem Rest der Unterwelt auszukommen, aufzuziehen. Sie brauchte nicht mehr herumzuschleichen, musste nicht lügen. Denn Sal hatte ihr nur vorgeschlagen, was sie sowieso vorgehabt hatte. Gedanken über die Entscheidungen, die sie treffen musste, wenn sie ihn lebendig aufspürte, würde sie sich erst dann machen, wenn es so weit war.

»Ramses«, sagte sie. »Sein Name ist Ramses St. Cyr.«

»Ich weiß«, sagte Sal. »Ich habe es nicht vergessen.« Dann verschwand er mit einem Flügelschlag, und Renai war wieder allein.

Als sie dann in ihrer Schlafwohnung war, spürte sie plötzlich eine Leere, die nicht nur auf die sparsame Möblierung zurückzuführen war. Sie fühlte sich auf unnatürliche Weise von allem abgeschnitten. Vielleicht hatte es etwas mit dem Kribbeln zu tun, das sie jedes Mal überlief, wenn sie sich den Ort vorstellte, an dem eigentlich der sterbende Ramses hätte liegen sollen. Vielleicht war es auch die Präsenz in ihr, dieser Sturm aus Hass und Wut, die sich fast losgerissen hätte. Sie hatte immer eine Art Kater, wenn sie den Sturm zurück in seinen Käfig hatte zwingen müssen. Oder ihre Rolle als Psychopomp berührte einfach einen wenn auch unbedeutenden Rest des Lebens, das sie einst geführt hatte, und zwang sie dazu, die Hülle jenes Lebens, in dem sie sich eingenistet hatte, genauer zu betrachten. Was auch immer der Grund war: Als sie in dieser Nacht auf den Schlaf wartete, fühlte Renai wieder diese seltsame schwache Verbindung zur Unterwelt.

Während sie in der dunklen Zeitlosigkeit am Rande des Schlafes schwebte, sah Renai die Dritte Pforte eines Friedhofs voller Bücherregale. Den Friedhof selbst kannte sie nicht. Es mochte eine imaginäre Kombination aus Holt und St. Louis Cemetery Nr. 1 sein, mit den obligatorischen oberirdischen Grüften aus Ziegeln und Gips sowie einer Handvoll Betonplatten, die unterirdische Grabstätten markierten. Die Regale waren identische Türme aus glattem weiß lackiertem Holz, drei Meter hoch und nur einen Meter breit. Sie schienen extra für die Bücher gebaut worden zu sein, die sie enthielten. Es handelte sich um eine einheitliche Sammlung von dicken, hohen und in braunes Leder gebundenen Folianten, mit goldener Beschriftung auf den Rücken. Sie wiesen eine Jahreszahl und eine Spanne von Buchstaben auf, wie Enzyklopädien oder Wörterbücher.

Im Zentrum dieses unheimlichen Totenarchivs, hinter einem massiven Stehpult, das aussah, als gehörte es in eine gotische Kathedrale, saß der Hüter der Dritten Pforte, ein Engel namens Plumaj. Seine Aufgabe war es, die Namen der kürzlich Verstorbenen aufzuzeichnen, damit ihre Seelen mit all ihren Taten weiterziehen konnten. Dieser Engel war, wie Renai wusste, die Stimme am anderen Ende der Deadline. *Wenn ich doch nur einfach wie Sal hinübergehen könnte*, dachte sie. *Plumaj wüsste vielleicht, was beim Tod von Ramses derart schiefgelaufen ist.*

Aus irgendeinem Grund jedoch erfüllte der Gedanke, tatsächlich mit Plumaj zu sprechen, Renai mit einer fast panischen Furcht. Sie hatte mit Göttern geflirtet und sich mit dem Tod angelegt, aber bei der Vorstellung, mit einem Engel zu kommunizieren, wäre sie fast aus der Haut gefahren. Sie hatte keine Ahnung, warum.

Zu sterben hat dich anscheinend wirklich fertiggemacht.

Es dauerte fast eine Stunde, bis sie sich so weit beruhigt hatte, um endlich einschlafen zu können. Als sie am nächsten Morgen aufwachte und das Radio einschaltete, mehr aus Routine als auf der Suche nach einer Seele, die sie einsammeln wollte, verkündete die Deadline nur statisches Rauschen.

KAPITEL SIEBEN

Eine Serie von Spielkarten, deren Symbole und Werte mit esoterischen Bedeutungen belegt sind, die, nach dem Zufallsprinzip gemischt und in Unkenntnis gezogen, zu einem Muster angeordnet und interpretiert werden. Eine Form in den wogenden Wolken, in den unberechenbaren Flammen, in der Ausbreitung der Sterne über dem Nachthimmel. Fragen, die durch Schafgarbenstängel und Tierknochen, durch Münzen und Kaurimuscheln, durch in Stein gemeißelte Runen und Bambusstäbe beantwortet werden, die in eine Schale geworfen oder im Kreis verstreut oder auf ein weißes Tuch getropft oder aus einer Tasse verschüttet werden. Spiegel und Zahlen und die Buchstaben im Namen Gottes. Entscheidungen, die durch die Fressgewohnheiten eines Tieres getroffen werden oder durch Herdenmuster oder durch die Eingeweide, die aus seinem Leib gerissen werden. Identität, bestätigt durch die Furchen in der Handfläche, durch die Form des Schädels, durch die Linien an den Fingerspitzen. Angst in einer Handvoll Staub, Wahrheit in einem Spritzer Blut. Kartomantie und Forensik, Astrologie und Meteorologie und Ifá: alles nur Unsinn, wenn man nicht die Fähigkeit hat, die Zeichen zu lesen.

Nichts als Chaos, wenn man nicht die Augen hat, um zu sehen.

Renai lehnte an einer Palme auf dem neutralen Boden gegenüber der Basin Street und dem St. Louis Cemetery Nr. 1, die Hände in die Taschen ihrer Lederjacke gesteckt, fröstelnd, obwohl die Temperatur jetzt um die Mittagszeit auf über zwanzig Grad geklettert war. Sie summte die Musik in ihren Ohrstöpseln mit. André 3000 sagte ihr, dass sie nicht in Panik geraten müsse, auch wenn der Himmel einem auf den Kopf fiele.

Kyrie parkte ein Stück entfernt, und Renai konnte sich nicht entscheiden, ob sie warten oder gehen sollte. Sie fragte sich, wie weit das Bike sie bringen und ob sie dieser Stadt ganz entkommen könnte. Schließlich müsste sie nicht verhungern. Mit ihrer Aura des Desinteresses und dem Geisterwort konnte sie sich alles nehmen, was sie brauchte. Alles, was sie wollte, wirklich. Vorausgesetzt natürlich, die Macht der Jacke funktionierte noch, wenn sie die Aufgabe verweigerte, die ihr die Throne aufgetragen hatten. Aber in Anbetracht des allgemeinen Verlaufs der letzten paar Tage musste sie dieses Risiko vielleicht eingehen.

Erst war Seth aus dem Nichts aufgetaucht, um ihr einen kryptischen Deal anzubieten. Dann war jemand seinem Schicksal entkommen, und sie hatte nicht mal gewusst, dass so etwas möglich war. Daraufhin war die Deadline verstummt. Und jetzt das: Obwohl sie schon fast eine halbe Stunde lang gewartet hatte, saß Masaka nicht an seinem Platz an der Ersten Pforte.

»Keine Zeit für Panik? Von wegen.« Sie registrierte erst, dass sie laut gesprochen hatte, als sie das Lachen einer Frau hörte, hoch und zwitschernd, lauter als ihre Musik. Renai zog einen Ohrstöpsel heraus. Die Frau redete weiter.

»Kein Moment ist wie dieser«, sagte sie. »Es ist ein Geschenk.« Renai blickte sich um, sah aber niemanden, der nahe genug war, um sie zu hören. Ein trillernder zweistimmiger Pfiff ertönte rechts von ihr. »Hier.« Zuerst sah Renai die Bronzestatue eines glatt rasierten Mannes, der mit der einen Hand das Handgelenk der anderen stützte, in der er eine Papierrolle hielt. Das alles war so merkwürdig, dass sie schon glaubte, die Statue hätte gesprochen. Dann sah sie den Vogel auf dem schwarzen Sockel neben den Füßen der Statue. »Hallo«, sagte der Vogel. »Ich bin Cordelia. Du musst Renaissance sein.«

Renai hielt die Musik an und schob die Ohrstöpsel in ihre Tasche. »Nenn mich Renai.«

Cordelia war ein kleiner brauner Vogel mit einem langen Schwanz aus groben Federn, dunkelbraunen Streifen auf den Flügeln, einem weißen Unterbauch und einem kurzen Schnabel, der sich zu einer scharfen Spitze krümmte. Auf ihrem Kopf saß ein stacheliger Kamm aus rötlich braunen Federn, wie der Helmbusch eines Spartiaten. In ihrer Stimme schwang ein Hauch viktorianischer Unnahbarkeit mit, als wäre sie gern als Britin geboren worden, aber es reichte nicht, um den Akzent wirklich vorzutäuschen. »Schön, dich kennenzulernen, Renai«, sagte sie. »Du darfst mich Cordelia nennen.« Mit schnellen ruckartigen Bewegungen hüpfte sie an den Rand des Podests. »Anscheinend brauchst du ein wenig Hilfe bei der Suche nach einer gewissen verlorenen Person?«

»Na toll«, murmelte Renai, »noch ein Pomp. Hat Sal dich geschickt?«

Cordelia neigte fragend den Kopf. »Ein Pomp … o ja, das gefällt mir. Passt sehr gut zu dem, was wir tun, meinst du nicht? Einfach ein Haufen *Pomp and Circumstance.*« Sie spreizte die Flügel, hüpfte vom Podest, schwang sich durch die Luft und ahmte das Trompetenlied nach, das bei jeder Abschlussfeier gespielt wurde. Dann flatterte sie an Renai vorbei und landete auf Kyries Lenker. »Und du findest dich in höchst ungewöhnlichen Umständen wieder, nicht wahr?« Es lag ein Anflug von Gelächter in ihrem Tonfall, eine Art höflicher Schalkhaftigkeit, als würde sie lachen, wenn nicht über Renai, dann doch über einen Witz, den sie wahrscheinlich nicht verstand. Sie strahlte das Selbstvertrauen einer Person aus, die sich nahm, was sie wollte, und den Rest einfach abfackelte, einer Person, die sich nichts gefallen ließ, sondern mit beiden Händen austeilte.

Renai mochte sie auf Anhieb.

»Du willst mir also helfen, Ramses zu finden?«

Der kleine Vogel neigte erneut den Kopf. »›Helfen‹ würde ich das nicht nennen. ›Bewerten‹? ›Beurteilen‹? Das sind bessere Begriffe für das, was ich hier zu tun habe.«

Renai biss die Zähne zusammen. Die Throne liebten es, Urteile zu fällen. Sal und sie mussten richtig Mist gebaut haben. Sie hoffte, dass es dem mürrischen alten Hund gut ging, wo immer er auch war. Sie atmete langsam aus und zwang sich, sich zu entspannen. *Niemand hat jemals etwas in Ordnung gebracht, indem er sich darüber aufgeregt hat,* hätte ihre Großmutter gesagt. »Kannst du mir wenigstens sagen, was da los ist?« Renai deutete mit dem Daumen auf die verlassene Erste Pforte.

Cordelia richtete ein gelbes Auge in die angegebene Richtung. »Du meinst die Pforte? Oder die Unterwelt?«

»Ich meine die Tatsache, dass niemand da ist, um sie zu öffnen.«

Cordelia gab ein Geräusch von sich, das zwischen einem Zwitschern und einem Kichern lag. »Ach, das.« Sie wedelte mit einem Flügel in einer beunruhigend menschlichen Geste Richtung Pforte. »Die Throne durchleben gerade eine kleine Identitätskrise. Weit über deiner Gehaltsklasse, also mach dir keine Sorgen. Und auch über meiner, um ehrlich zu sein. Sie werden es gewiss noch vor den Hallows lösen, da bin ich mir sicher. Wie auch immer, zurück zu unserer Aufgabe.« Sie fächerte leicht mit einem Flügel. »Du kennst diesen verloren gegangenen Jungen besser als ich. Wo sollen wir anfangen?«

Die Hände immer noch in der Jackentasche vergraben, rollte Renai den winzigen Zettel, den Seth ihr gegeben hatte, zwischen Daumen und Zeigefinger. Sie hatte sich den ganzen Morgen dabei ertappt, als wäre die Rolle eine Art magischer Talisman, der ihr den Weg zeigen könnte. Sie schien zudem aus etwas Robusterem als Papier zu bestehen, denn sie riss nicht, ganz gleich, wie sehr Renai sich daran zu schaffen machte. Und Cordelias Erklärung für Masakas Abwesenheit hatte sie nicht beruhigt. Es war nicht einmal eine richtige Erklärung. Ihrer Erfahrung nach gehörte »Mach dir keine Sorgen« in dieselbe Kategorie wie »Es wird nicht wehtun« und »Es ist nur zu deinem Besten« oder »Vertrau mir«.

Auch wenn sie Cordelia nicht vollständig vertraute, wusste Renai, dass sie nichts erfahren würde, wenn sie den ganzen Tag auf eine Friedhofsmauer starrte. *Außerdem*, dachte sie, *sieht sie so bedrohlich aus wie ein Kolibri, selbst mit dieser Punkrock-Krause. Soll sie doch was Schräges versuchen. Sie wird sich wundern.* »Ich bin heute Morgen zum Haus von St. Cyr gefahren«, sagte sie, stieß sich von der Palme ab und ging zu Kyrie und Cordelia. »Ich dachte mir, nur weil er nicht zu seiner vorgesehenen Zeit gestorben ist, heißt das nicht zwangsläufig, dass er nicht nach Hause geht. Ich meine, er weiß wahrscheinlich ja gar nicht, dass er eigentlich tot sein sollte, oder?«

»Clever«, antwortete Cordelia. Renai hob eine Braue. Sie war nicht sicher, ob sich der kleine Vogel über sie lustig machte. »Wenn du unser verlorenes Lämmchen schon gefunden hast, dann hast du die Rose wirklich unter den Brombeeren versteckt.«

Renai verstand die Bemerkung nicht auf Anhieb, aber sie verschwendete keine Zeit damit nachzufragen. »Er war nicht da«, sagte sie, »aber ich bin mir ziemlich sicher, dass er gestern Abend nach Hause gekommen ist, denn das Einschussloch im Fenster war mit einem Stück Pappe zugeklebt, und seine Mutter schlief in ihrem Bett.«

Cordelia knabberte an einer widerspenstigen Feder

an ihrem Flügel, wie jemand, der an seinem Nagel kaut. »Warum führt das eine zum anderen?«

»Kennst du irgendeine Mutter in der Geschichte der Menschheit, die sich nach einer Schießerei in ihrem Haus entspannt zur Nachtruhe legt, wenn sie den Atem ihres Kindes nicht hören kann?« Sie schürzte die Lippen und beugte sich vor, als erwartete sie Widerspruch. »Ich jedenfalls nicht. Obendrein lagen seine Schulbücher gestern Abend überall auf dem Esszimmertisch herum, aber heute Morgen waren sie weg.« Sie schwang sich auf Kyrie, drehte den Lenker und zwang Cordelia weiterzuhüpfen, um auf gleicher Höhe zu bleiben. »Und das bedeutet«, fuhr sie fort, »ich weiß, wohin er ging, als er das Haus verließ.«

Die Psychopomp mochte eine winzige Vogelgestalt haben, aber sie war clever. Sie kapierte sofort. »Ah«, sagte sie. »Die Schule.«

»Schule«, wiederholte Renai, und bediente einen imaginären Kickstarter, als Kyries Motor aufheulte.

Sein Zeugnis und seine Schuluniform hatten Renai verraten, dass Ramses auf eine Charter School in Bywater ging, was nicht überraschend war. Heutzutage schienen so ziemlich alle Schulen in der Stadt, die nicht privat waren – was abgesehen von ein paar Ausnahmen, die die Regel bestätigten, katholisch bedeutete –, Charter Schools in der einen oder anderen Form zu sein. Offenbar glaubte nach dem Hurrikan jedermann, er wüsste, wie man das Bildungsproblem in dieser Stadt lösen könnte. Einige

Schulen waren einmalige lokale Neugründungen; andere gehörten zu größeren staatsübergreifenden Organisationen. Ramses ging auf eine der letzteren, eine nationale Organisation, die sich BIDA nannte. Ein Akronym für etwas, an das Renai sich nicht erinnern konnte. Die Organisationen gaben ihren Schulen manchmal ein inspirierendes Substantiv als Namen, anders als die Heiligen und Retter der kirchlichen Schulen. Ramses ging auf die BIDA Empower, und seinen guten Noten nach zu urteilen, auch regelmäßig. Als junge Schwarze hatte Renai eine klare Meinung über eine nationale Organisation, die die arme städtische Gemeinschaft unterrichten wollte. Aber als braves katholisches Mädchen, dessen Mittelschichteltern das Geld gehabt hatten, sie auf eine Privatschule zu schicken, um sie vor dem öffentlichen Schulsystem in New Orleans zu bewahren, mochte ihre Meinung ziemlich oberflächlich klingen. Also behielt sie sie für sich.

Cordelia hatte sich mit aller Kraft an Renais Schulter festgeklammert, während Kyrie am Rande des Viertels über die Rampart rollte und dann auf die St. Claude in Richtung Bywater einbog. Schließlich gab sie auf und vergrub sich in der Stoffkapuze ihrer Jacke. Renai störte das nicht. Immerhin vermied sie so jeglichen Small Talk und die Entscheidung, ob sie die Motive der Psychopomp infrage stellen oder ihr einfach vertrauen wollte. Sie war in den letzten Tagen des Denkens überdrüssig geworden, der ständigen Litanei von Zweifeln und Bewertungen, die in ihr spartanisches, vorhersehbares Leben und ihre Routine eingedrungen waren. Der Sturm in ihr dehnte sich aus, er wollte frei sein, etwas tun.

Die vorhersehbare touristenfreundliche Patina des Quarters verschwand, als sie die Esplanade Avenue überquerten und sich auf den Upper Ninth Ward zubewegten, und wurde zu einer trüben Mischung aus Entropie und Gentrifizierung, die seit dem Hurrikan die Stadt erobert hatte. Hier und da waren Gebäude mit Graffiti beschmiert. Manchmal waren es Häuser, die seit Jahren leer standen, manchmal waren es Lebensmittelkooperativen und Läden für gebrauchte Baumaterialien. Vor einem Häuserblock stand eine Handvoll schwarzer Männer in schlichten weißen T-Shirts vor einer Haustür, während vor dem nächsten ein Trio Rad fahrender Weißer mit schmuddeligen, fusseligen Dreadlocks herumlungerte. Einige Teile der Stadt waren nicht durch Apartheid getrennt, sondern wirkten eher durchmischt, als hätte man zwei oder drei unterschiedliche Viertel zusammengedrängt.

Während Kyrie über die St. Claude fegte, schnappte Renai einige verschwommene Details auf. Ein Haus, das mit einem glitzernden Mosaikmandala aus zerbrochenem Chrom, poliertem Glas und spiegelnden Kacheln verziert war, ein Geschäft an der Ecke, das zum Daiquiri-Laden umfunktioniert worden war, ein Salon für afrikanische Haarflechtkunst mit an die Glasscheibe geklebten Bildern, die zeigten, zwischen welchen Frisuren ein Kunde wählen konnte. Sie waren so verblasst, dass sie schon vor dem Hurrikan dort gehangen haben mussten. Kyrie wurde langsamer und rollte auf den Schotterrandstreifen. Vor einem dreistöckigen Gebäude kam sie zum Stehen. Seine breiten Zementstufen führten zu drei schmalen Glastüren, über denen ein Banner hing. BIDA:

Empower Highschool – Bildung ist die Antwort, stand darauf.

Dafür steht es also, dachte Renai, als Kyries Motor verstummte und Cordelia den Kopf aus Renais Kapuze steckte. »Wach auf, Butterblume«, sagte Renai, »wir sind da.«

Renai hatte erwartet, dass Ramses' Schule anders sein würde als ihre eigene, aber die Metalldetektoren am Eingang überraschten sie dennoch. Wenn sich die Schüler am Beginn des Schultags durch die drei schmalen Eingangstüren an der Vorderseite drängten, mussten sie zuvor drei Schlangen bilden und dann die Detektoren passieren, bevor sie sich in den Fluren verteilten. Renai sagte sich, dass so etwas wohl notwendig war, wenn es das gab, aber dieser Gedanke fachte ihre Wut erneut an. Sie atmete tief ein und unterdrückte sie wieder. Das Gebäude, das BIDA übernommen hatte, war schon in den 1940er-Jahren als Schule gebaut worden. Und es war nach dem Hurrikan eine Schule geblieben, obwohl es damals kaum noch ein Ort der Bildung gewesen war. Jedes Mal wenn Renai eine schlechtere Note als eine Zwei nach Hause gebracht hatte, hatte ihr Vater diese Schule im neunten Bezirk erwähnt, wo sie Mülltonnen in Brand steckten. Der Kern des Gebäudes war auch nach all den Jahren und den Renovierungen von BIDA erhalten: hohe Decken, knarrende Hartholzböden und breite robuste Treppen am Ende des langen Flurs. Trotz aller

Namensänderungen, Wirbelstürme und Metalldetektoren war dieser Ort offenbar für die Ewigkeit gebaut.

»Da wären wir also«, sagte Cordelia auf Renais Schulter. »Aber wo ist der Junge?«

»Kannst du ihn … ich weiß nicht, aufspüren?« Renai dachte daran, wie zielsicher Sal seine Toten fand.

Cordelia hüstelte verärgert. »Wenn ich ihn finden könnte, warum sollte ich dann …«

Sie wurde von dem schrillen Klang einer uralten Schulglocke unterbrochen. Im nächsten Moment fluteten Teenager und Lärm die Flure. Es fühlte sich unheimlich vertraut, doch auch irgendwie fremd an. Zum einen war es seltsam, Jungen hier zu sehen. Renai war auf einer reinen Mädchenschule gewesen. Als sie die Jungen sah, die sich aufspielten, einander beleidigten und herumbrüllten, fühlte sich die ganze Szenerie für sie irgendwie falsch an, so als wäre sie in eine Filmkulisse geraten. Dergleichen kannte sie nur von Tanzveranstaltungen und Partys. Nach einem Moment fiel ihr auch auf, dass fast alle Schüler schwarz waren. Ihre Schule dagegen war überwiegend von Weißen besucht worden. Sie selbst war zwar nie die einzige schwarze Schülerin in ihrer Klasse gewesen, aber manchmal waren sie nur zu zweit gewesen. Sie hatte Latinas als Mitschülerinnen gehabt, Mädchen vietnamesischer Abstammung und ein paar aus Nahost. Sie trugen zu ihren karierten Röcken und weißen Blusen Hidschabs. Hier jedoch hatte jeder Mensch, den Renai sah, dunkle Haut, abgesehen von ein paar weißen Lehrern.

Ihre Gefühle angesichts all dessen überforderten sie.

Diese faktische Rassentrennung, die Privilegien und kulturellen Unterschiede. Sie konnte nicht entscheiden, was das für sie und ihre Perspektive auf die Welt und das Leben, das sie hätte führen können, bedeutete. Also schob sie die Gedanken zur Seite und konzentrierte sich auf die Details. Diese Kinder trugen alle Uniformen, genau wie die, die Renai in Ramses' Zuhause gesehen hatte: weiße Polohemden mit einem Schild auf der Brust und dunkelblaue oder khakifarbene Hosen. Sogar die Mädchen, worum Renai sie beneidete. Sie war vier Jahre lang in karierte Röcke gezwängt worden. Sie lächelte, als ihr einfiel, dass sie als Teenager davon besessen gewesen war, wie aschfarben ihre Knie werden würden.

Diese Kinder trugen keine Namensschilder, so wie sie damals, also konnte sie nicht einfach durch die Flure und Klassenzimmer spazieren und nach Ramses suchen. Sie hatte sich keine Gedanken gemacht, wie sie ihn finden konnte. Sie hatte einfach angenommen, dass Cordelia Sals untrügliches Gespür für ihre Beute teilen würde.

»Sal hat es immer gewusst«, sagte sie über den Lärm hinweg. »Ich dachte, du könntest das auch. Ich weiß nicht, ob es ein Psychopomp- oder ein Vogel-Ding ist oder …«

»Welches Talent er auch immer besitzt, ich habe es nicht«, erwiderte Cordelia. »Nicht einer dieser Sterblichen scheint für mich dem Tod näher zu sein als der andere.«

Die Kinder drängelten an Renai vorbei und ignorierten sie, wie die Lebenden es immer taten. Sie musste ständig ausweichen, sonst wären die Kids direkt durch sie hindurchgelaufen. Wenigstens musste sie nicht auch noch so peinlich beim Ausweichen hin und her tanzen, um ihnen aus dem Weg zu gehen. Es war schwieriger, still zu stehen, als sich mit der Menge zu bewegen, also ließ sich Renai von ihr mitreißen, als würde das Kollektiv der Schüler sie zu Ramses führen. Das brachte sie auf eine Idee. Sie zog ihr Handy aus der Tasche, scrollte durch die Bilder, die sie im Haus von St. Cyr gemacht hatte, und suchte nach dem Zeugnis am Kühlschrank.

Dann beugte sie sich zu einem großen hellhäutigen Mädchen mit langen Haaren hinab, das neben ihr ging. »Weißt du, welche Unterrichtsstunde das ist?« Sie bemühte sich, hilflos zu klingen. Das Mädchen sah sie erschrocken an, was Renai erwartet hatte. Es zeigte diese fast schon komische Mischung aus Überraschung, Verwirrung und sofortiger Akzeptanz, als ihr Renais Existenz bewusst wurde. »Ich bin neu hier«, fuhr Renai fort und musste sich nicht sonderlich anstrengen, um eine Erinnerung daran zu beschwören, wie es sich anfühlte, von allem und jedem um sie herum überwältigt zu sein. »Ich weiß nicht, wohin ich soll, und ich habe das Mädchen verloren, das mir helfen sollte. Ich weiß nicht mal, welche Unterrichtsstunde jetzt ist und …«

»Dritte Stunde.« Das Mädchen teilte seine Aufmerksamkeit zwischen Renai und dem Weg auf, den es eingeschlagen hatte. »Ist das dein Stundenplan?« Es deutete mit dem Kinn auf das Telefon in Renais Hand. Als Renai nickte, wartete das Mädchen einfach mit einem erwartungsvollen Gesichtsausdruck.

»Oh, klar«, sagte Renai, »äh, Brennan, 208.«

»Miss Brennan ist im zweiten Stock«, sagte das Mädchen. »Die Treppe hoch, zweiter Klassenraum. Sie ist cool, mach dir keinen Stress.« Es wandte sich ab und schien Renai bereits vergessen zu haben, dann jedoch drehte es sich noch einmal um. »Aber wenn sie dich mit dem Handy erwischt, bist du es los. Sie mag cool sein, aber sie fackelt auch nicht lange.« Dann war das Mädchen weg, löste sich aus dem Gewühl und verschwand in einem Klassenzimmer.

»Das war einfach«, sagte Cordelia.

Zu einfach, dachte Renai, behielt es aber für sich. Ihr Herzschlag erhöhte sich, je näher sie Raum 208 kamen. Was würde passieren, wenn sie ihn fanden? Würde Cordelia darauf bestehen, ihn genau dort, vor den Augen seiner Klassenkameraden und der Lehrerin, zu töten? Oder musste er an der richtigen Stelle sterben, um die Wunde in der Realität zu schließen, die seine Flucht hinterlassen hatte? Konnte sie die Psychopomp überzeugen, ihn am Leben zu lassen? Konnte sie die Throne überzeugen, ihn zu verschonen?

Und wenn ihr Versuch, Ramses zu retten, dazu führte, dass sie bei Cordelias »Bewertung« durchfiel, was würden die Throne dann mit ihr machen?

Sie erreichte das Klassenzimmer gerade, als die Glocke wieder läutete, zusammen mit einem anderen Schüler, der grinste, als er hereinkam, als würde er die Zeit jeden Tag so abpassen. Renai scannte die Schüler, die bereits an ihren Tischen saßen, konnte sie aber von der Rückseite des Raumes aus nicht gut genug sehen, um sagen zu können, ob einer von ihnen Ramses war oder nicht. Sie lehnte sich an einen Tisch, auf dem Handouts und Bewerbungsflyer für das College lagen. Bevor sie etwas zu Cordelia sagen konnte, erhob die Lehrerin die Stimme über das Gemurmel der Schüler hinweg. Sie war eine kleine weiße Frau mittleren Alters, in der Renai Miss Brennan vermutete.

»Okay, meine Lieben, ihr kennt den Ablauf. Um euch zu erinnern, es steht an der Tafel: ein Frage-Antwort-Spiel, das ihr in eure Notizbücher für soziale Gerechtigkeit eintragen solltet. Sie sind, wie ich euch ebenfalls ins Gedächtnis rufen möchte, Teil der Aufgabe mit der Überschrift ›Kraft der Veränderung‹. Die ist fällig wann …?« Ein gemurmelter Chor von Stimmen antwortete, dass sie am Ende der neun Wochen fällig wäre. »Allerdings, und dieser Tag rückt schnell näher.« Ihr Blick schweifte durch den Raum und vergewisserte sich, dass alle taten, was sie sagte. Einen Moment glaubte Renai, die Lehrerin würde sie direkt ansehen und sogar eine Braue heben. Aber sie war sich nicht sicher, denn die Frau trug eine dicke Brille, die ihr einen eulenhaften Ausdruck verlieh.

Jetzt trat die Lehrerin an das Pult, kritzelte etwas auf einen Zettel und begann, die Namen ihrer Schüler vorzulesen. Die meisten antworteten mit einem »Hier«, wobei ein Junge mit der übertriebenen nasalen Stimme eines Klischee-Weißen »anwesend« sagte. Das brachte ihm ein Kichern ein, und ein anderes Mädchen hob, ohne den Blick von ihrem Heft zu nehmen, eine Faust und sang »A-hey, yo-ya-ya-yooo«. Offenbar eine Anspielung auf etwas, das Renai nicht verstand. Denn die halbe Klasse lachte. Sogar die Lehrerin verzog das Gesicht zu einem nachsichtigen Lächeln.

Als sie nach Ramses St. Cyr fragte, antwortete ihr Schweigen.

Sobald sie mit der Liste fertig war, tippte sie etwas in ihren Computer. Vermutlich füllte sie die Anwesenheitsliste aus, da sie dabei stehen blieb. Danach ging sie durch die Gänge zwischen den Pulten und warf einen Blick auf die Arbeiten ihrer Schüler. Am Ende der Reihe, die Renai am nächsten war, sah sie sie direkt an und reichte ihr, ohne stehen zu bleiben oder etwas zu sagen, ein gefaltetes Blatt Papier.

Wir treffen uns nach dem Unterricht draußen, stand auf dem Zettel. *Und Ihr kleiner Vogel auch.*

Ungefähr eine Stunde später saß Renai auf den Stufen vor dem Haus und beobachtete den vorbeirauschenden Verkehr. M.I.A. sang in ihren Ohren, sie solle schnell leben und jung sterben. Und in ihrem Kopf hatte sie Bilder von der Vierten Pforte, wo die Essenz einer Seele von ihrem Gegenstück, dem Schattenselbst, getrennt wurde. Ramses' Lehrerin bog um die Ecke des Gebäudes und winkte ihr eindringlich zu, ihr zu folgen. Renai riss die Ohrstöpsel heraus und stand auf, aber die Frau war bereits dorthin verschwunden, von wo sie gekommen war. Cordelia flatterte von der niedrigen Steinmauer, an der Renai entlanggegangen war, auf ihre Schulter. »Sei vorsichtig«, zwitscherte die Psychopomp ihr ins Ohr, »die sieht mehr, als sie sehen sollte.«

Renai wusste nicht, was sie erwartete, als sie der Lehrerin folgte, aber ganz bestimmt nicht, dass sie an einem Geländer lehnte, das zu einem Nebeneingang hinaufführte, und rauchte.

Die Frau trug einen weiten schwarzen Rock, der bis zu den Knien reichte, ein Jeanshemd, dessen oberster Knopf geöffnet war und dessen Ärmel sie über die kräftigen drahtigen Unterarme gerollt hatte. Die Brille hatte sie hochgeschoben, sie hielt die Strähnen ihres grau melierten Haares zurück. Unter den Ärmeln lugten auf den blassen weißen Unterarmen tätowierte Rosenranken hervor. Sie stieß eine Rauchfahne aus, als Renai auf sie zuging. Sie drehte sich nicht um, um sie zu begrüßen, sondern schien in die Betrachtung des Hauses auf der anderen Straßenseite versunken zu sein. Ihr heiteres, freundliches Auftreten war verschwunden. Als sie sprach, klang es, als redete sie mit sich selbst. Renai war klar, dass es für jeden anderen genau so aussehen musste.

»Vor zwei, drei Monaten«, begann sie, »war einer meiner Schüler in eine Schießerei verwickelt. Ein guter Junge. Seine Mama hatte ihn so erzogen, dass er ›Ja, Ma'am, nein, Ma'am‹ sagte, er kam regelmäßig zum Unterricht, das ganze Programm. Die Polizei erfuhr, dass er pflichtbewusst zur Schule ging, und tauchte in meinem Klassenzimmer auf, um ihn zu verhaften. Ich versperrte ihnen den Weg und sagte ihnen, sie müssten mir erst Handschellen anlegen, bevor sie einen Fuß in mein Klassenzimmer setzen könnten.« Sie nahm einen Zug von ihrer Zigarette, inhalierte den Rauch und stieß ihn nach einem Moment durch die Nase wieder aus. »Also, ich bin keine Närrin. Nur weil er in meiner Klasse zuckersüß ist, heißt das noch lange nicht, dass er nicht an einer schlimmen Sache beteiligt gewesen sein könnte. Der ganze Mist auf dieser Welt wird von Leuten fabriziert, die irgendwann einmal gute Jungs waren.« Sie schnippte die Asche von der Spitze ihrer Zigarette und sah ihr nach, während sie sich im Wind auflöste. »Und ich bin auch keine Bullenhasserin. Mein Onkel war ein Cop. Du tust, was du tust, und zahlst den Preis. Sie haben Deke dann nach der Schule abgeholt und ihn eingebuchtet. Aber das ist nicht der Punkt.« Sie blickte auf ihre Uhr, runzelte die Stirn. »Der Punkt ist, die Schule sollte ein sicherer Ort für alle sein. Basta.« Sie fuhr zu Renai herum. Der Blick aus ihren grauen Augen war wütend und hart.

»Das bedeutet, ihr zwei, wer auch immer ihr seid, habt euch auf meine Scheißliste katapultiert, weil ihr einfach so in mein Klassenzimmer spaziert seid, als ob es euch gehören würde. Ihr dürft mir das gern erklären. Und zwar schleunigst. Ich habe in fünfzehn Minuten eine Vertretungsstunde.«

Cordelia wollte antworten, aber Renai kam ihr zuvor. »Wir suchen jemanden«, sagte sie. »Einen Ihrer Schüler. Wir glauben, er ist in Gefahr.« *Das ist keine Lüge,* sagte sie sich. Immerhin wollte sie ihm wirklich helfen. Die Tatsache, dass sie vielleicht auch sein Leben beenden musste, stand irgendwie auf einem anderen Blatt.

»Ramses.« Es war keine direkte Frage, aber der Tonfall der Lehrerin machte klar, dass sie eine Bestätigung erwartete. Als Renai nickte, tat sie es auch, aber bedächtiger. »Okay«, sagte sie nach einem Moment, »okay.« Sie steckte die Zigarette zwischen die Lippen und packte

Renais Hand. Ihr Griff war stark und warm. »Mein Name ist Opal. Opal Brennan.«

»Ich bin Renai.«

»Ich habe mir schon gedacht, dass ihr seinetwegen hier seid«, sagte Opal.

»Wie kommen Sie darauf?«, fragte Renai, während Cordelia gleichzeitig fragte: »Wieso können Sie uns sehen?«

Opal hustete lachend eine Rauchwolke aus. »Der Vogel kann auch sprechen, was? Klar doch, warum auch nicht?« Sie rieb sich die Augen, als versuchte sie, Kopfschmerzen wegzuwischen. »Ich komme darauf, weil er der einzige meiner Schüler ist, der … na, Sie wissen schon.« Sie winkte mit der Hand, die die Zigarette hielt, eine Geste, die sowohl Renai als auch Cordelia umfasste. »Er ist besonders. Wie ihr alle. Und ich kann euch sehen, weil ich alles sehen kann. Das ist meine *Gabe*.«

Opal machte kleine Anführungszeichen mit ihren Fingern, als sie das Wort *Gabe* sagte. Sie hatte es ausgesprochen, als wäre es ein Schimpfwort. »Ich war früher Kartenlegerin im Viertel. Ich war gut darin. Richtig gut. Dann habe ich einem Freund geholfen, der sich als waschechter Straßenmagier entpuppte. Wie sich herausstellte, war ich gut im Kartenlesen, weil meine spirituelle Sicht, oder wie auch immer man es nennen will, halb offen war. Dann hat mein Freund sie für mich ganz geöffnet.«

Sie lachte leise und nahm einen letzten Zug von ihrer Zigarette, bevor sie sie auf dem Eisengeländer zerdrückte und sich vergewisserte, dass sie aus war. Anschließend verstaute sie den Stummel in einer Rocktasche. »Das war das Ende meiner Wahrsagerei. Man sollte meinen, es wäre lukrativ, die Vergangenheit, die Gegenwart und die Zukunft von jemandem klar und deutlich sehen zu können, aber in Wirklichkeit schreckt es die Leute nur auf eine Art ab, die sie zu Fackeln und Mistgabeln greifen lässt. Hier bin ich also, nutze endlich den Tulane-Historikerabschluss, den mir mein Vater ermöglicht hat, und versuche, Leben zu verändern.«

»Was bedeutet ›besonders wie wir alle‹?«, erkundigte sich Renai.

Opal kniff erneut misstrauisch die Augen zusammen. »Sie wissen schon, jenseitig. Mythisch.« Sie schnaubte verärgert. »Wollen Sie mich zwingen, das Wort auszusprechen? Er war magisch, klar? Das ist noch etwas, was ich jetzt sehen kann. Auren, wenn Ihnen diese New-Age-Terminologie lieber ist. Woher wusste ich wohl, dass Sie nicht nur ein unheimlich aussehendes Mädchen mit einem Vogel auf der Schulter sind, als Sie in meine Klasse spaziert sind? Miss Feathers leuchtet wie eine Lavalampe, und Sie stehen immer im Schatten. Ramses ist magisch, genau wie ihr beide.«

Bevor Renai sich darüber klar werden konnte, was das bedeuten könnte – sowohl in Bezug auf das, was sie über sich selbst wusste, als auch darauf, wie es sich auf ihre Suche nach dem vermissten Jungen auswirkte –, läutete die Schulglocke in dem Gebäude hinter Opal. Die Seherin runzelte die Stirn.

»Mist!«, sagte Opal. »Ich muss los. Geben Sie mir Ihre Nummer, ich rufe Sie später an. Ich kann mich umhören, ob jemand weiß, wo er in den letzten Tagen gewesen ist. Ich werde Tameka dazu bringen, Facebook und Twitter und was weiß ich nicht alles zu checken. Dieses hinterhältige kleine Miststück hat ihr Handy immer dabei. Man muss kein Wahrsager sein, um das zu erkennen.« Während sie Nummern austauschten, überlegte Renai, welche Frage sie stellen könnte, um herauszufinden, wo sie als Nächstes suchen sollte. Aber als Opal die dicke Metalltür aufzog und ihnen zerstreut zum Abschied zuwinkte, ergriff Cordelia das Wort.

»Was haben Sie gesehen, wenn Sie den Jungen angeschaut haben?«, wollte sie wissen. Opal erstarrte. Sie ging nicht weiter, antwortete aber auch nicht sofort. »Sie sehen bei jedem von uns etwas anderes, sagten Sie eben. Wie sieht seine Aura aus?«

»Sie sah aus wie Feuer«, erwiderte Opal nach einem unangenehmen Moment des Schweigens. »Ramses brennt von Kopf bis Fuß. Selbst sein Lächeln und seine Augen.«

KAPITEL ACHT

Nachdem sie Ramses' Schule verlassen hatten, folgten Renai und Cordelia den Rest des Vormittags und den frühen Nachmittag über den Spuren von Renais spärlichen Erinnerungen durch die Stadt.

Als sie in Ramses' Alter gewesen war, hatte sie oft die Schule geschwänzt. Sie lungerten damals in den Food-Courts der Einkaufszentren und in den schmierigen Restaurants herum, schlichen durch die dunklen Gänge der Kinosäle, während auf der Leinwand Superhelden kämpften, jagten sich zwischen den Eichengehölzen des Stadtparks, den Jogging- und Fahrradwegen des Audubon Parks, drängten sich zwischen die schwitzenden Körper auf dem eingezäunten Basketballplatz hinter der Polizeiwache des zweiten Bezirks.

Renai hatte New Orleans nie wirklich als Großstadt betrachtet, schon gar nicht im Vergleich zu Orten wie New York oder Chicago, aber sie merkte schnell, dass es groß genug war, um sich darin zu verlaufen. Es half auch nicht gerade, dass sie ihre unangenehmen Erinnerungen an die Vierte Pforte nicht abschütteln konnte. Dort zwang die Torwächterin, eine rothaarige Weiße namens Bridgette, die Toten, sich in ihrem Spiegel zu betrachten. Konnten sie die Wahrheit ertragen, die dort enthüllt wurde, schnitt sie ihre Schatten weg, bevor sie sie passieren ließ. Es fühlte sich an, als versuchte ihr eigener Geist, ihr etwas Wichtiges über Ramses mitzuteilen, über seine wahre Version, die Opal gesehen hatte. Etwas, das sie einst gekannt, aber vergessen hatte.

Einfach zufällig über Ramses zu stolpern, diese Nadel im Heuhaufen zu finden, würde, wie ihre Großmutter gesagt hätte, das Glück des Teufels selbst erfordern. Aber da Cordelia Renai die Führung überließ und Sal verschwunden war, musste sie eben alle Steine umdrehen, die sie erreichen konnte. Sie hatte gehofft, dass Ramses' Präsenz dasselbe Gefühl von Unrichtigkeit auslösen würde wie die Wunde, die er in der Welt hinterlassen hatte. Dass er eine Spur durch die lebende Welt ziehen würde, die sie und Cordelia wittern könnten. Aber während ihrer Suche nahm Renai nichts Ungewöhnliches wahr, und Cordelia ließ sich nicht anmerken, ob sie etwas registrierte. Sie begnügte sich damit, als gefiederter Ball auf Renais Schulter zu hocken, und beantwortete ihre Fragen mit einsilbigem missmutigem Schnarren.

Renais Unbehagen verstärkte sich. Sie hatte Angst, dass Ramses' Verschwinden mehr zu bedeuten hatte, als Sal ihr verraten hatte. In ihr wuchs die Befürchtung, dass das Verschwinden des Jungen, der laut Opal eben kein einfacher Junge war, die verschlossenen Tore, die verstummte Deadline und die Abwesenheit ihres Mentors irgendwie zusammenhingen. Dass sie sich mitten in etwas befand, das sie noch nicht begriff. Als der Nachmittag in den Abend überging, fuhr sie noch einmal am

Haus der St. Cyrs vorbei, in der Hoffnung, dass Ramses vielleicht nach Hause gegangen war. Oder dass sie, wenn das nicht der Fall war, dort einen Hinweis auf seinen Aufenthaltsort finden könnte.

Stattdessen stand ein Streifenwagen des NOPD am Bürgersteig.

Renai sprach das Geisterwort, um in die Wohnung zu kommen. Dort platzte sie in ein Gespräch zwischen Juliette St. Cyr und einer weißen Polizistin. Offenbar unterhielten die beiden sich bereits eine Weile, denn sie hatten die Formalitäten hinter sich gelassen. Die Polizistin war eine durchschnittlich große Frau, also klein für einen Officer. Sie hatte ihr dunkelrotes Haar zu einem straffen Pferdeschwanz hochgebunden und studierte aufmerksam Juliettes Gesicht, ohne etwas auf dem Block in ihren Händen zu notieren. Wie eine angespannte Feder hockte sie auf der Kante des alten Kunstledersessels. Ihre Oberschenkelmuskeln zeichneten sich durch ihre Uniformhose ab. Renai erkannte sofort, dass die Beamtin joggte, und fragte sich, ob ihr bewusst war, dass sie auf dem »guten« Sessel saß, und ob man ihr diesen Platz aus Höflichkeit angeboten oder sie sich einfach dorthin gepflanzt hatte.

»Ich weiß, dass ich vierundzwanzig Stunden warten soll, bevor ich ihn als vermisst melde«, sagte Juliette gerade, als Renai hereinkam. Die Stimme der älteren Frau klang rau, als hätte sie geschluchzt. »Aber ich sage euch, mein Ki… mein Ramses ist nicht der Typ, der auf der Straße herumhängt. Er hat noch nie die Schule geschwänzt.«

»Das mit den vierundzwanzig Stunden sagen sie nur im Fernsehen, Mrs. St. Cyr«, erwiderte die Polizistin. Ihr Akzent verriet, dass sie nicht aus New Orleans stammte. »Es war richtig, uns anzurufen. Er war also heute nicht in der Schule?«

Juliette, ein Jahrzehnt älter als die Frau aus Renais Erinnerung, nickte. Sie war immer sehr hübsch gewesen, und das Alter hatte sie lediglich straffer gezeichnet, ihre Wangenknochen mehr ausgeprägt, ihre Hände knochiger gemacht als in ihrer Jugend. Sie hatte dunkelviolette Extensions in ihrem langen geglätteten Haar und trug ebenfalls Uniform: die burgunderrote Jacke einer Angestellten eines der schicken Hotels im Viertel. »Sie haben mich heute Nachmittag bei der Arbeit angerufen und gesagt, er wäre die ganze Woche nicht da gewesen. Aber das ist nicht logisch. Ich habe ihn wie immer geweckt und verabschiedet, noch heute Morgen. Er hatte seine Bücher dabei und alles.«

Die Polizistin, laut Namensschild Officer Coughlin, unterdrückte ein Grinsen. »Wenn ich geschwänzt habe – was keine Gewohnheit war, verstehen Sie? –, hatte ich auch immer meine Schulsachen dabei, wenn ich das Haus verließ. Das machte es glaubwürdiger.«

»Tatsächlich?« Juliette schnäuzte in ein Papiertaschentuch. »Welche Highschool haben Sie denn besucht?«

Coughlin lächelte, als wüsste sie, was Juliette wirklich wissen wollte und was jeder in dieser Stadt mit dieser Frage meinte. »Ich wohne im Irish Channel«, wich sie dem Thema geschickt aus. Zum ersten Mal wandte sie den Blick von Juliette ab und nickte in Richtung eines der Fotos an der Wand. »Sollten wir vielleicht mit seinem Vater sprechen?«

»Mit Ramses' Daddy?« Juliettes Miene schien entrückt, wie Renai bemerkte. Coughlin deutete das wahrscheinlich falsch, es sei denn, das NOPD hätte ein für Mystik sensibleres Trainingsprogramm, als Renai vermutete. Wurde man regelmäßig mit dem Übernatürlichen konfrontiert, verschob sich die Weltsicht, und man akzeptierte das Unmögliche einfach als Tatsache. Mit einem Halbgott zu sprechen, einen Geist zu sehen oder Zeuge eines Wunders zu werden, waren Dinge, die einfach passierten. Sich daran zu erinnern, mochte tief greifend, beunruhigend oder verwirrend sein, aber eher auf die Art, wie die Erinnerung an einen Autounfall oder die Geburt eines Kindes einschneidend sein kann. Alles war anders, wenn das eigene Leben auch nur einmal vom Göttlichen berührt wurde. Vorausgesetzt, man verleugnete es nicht einfach oder unterdrückte die Erinnerung nicht, war eine solche Erfahrung grundlegend dafür, wie man die Dinge sah. Sie wurde der Dreh- und Angelpunkt, um den sich die Welt drehte. Für Renai war das Auftauchen eines Gottes ein Ärgernis. Für die meisten Menschen wäre es eine Offenbarung gewesen.

Und jeder, der auch nur eine einzige Begegnung mit dem Magischen gehabt hatte, erinnerte sich an diesen wunderbaren entscheidenden Moment und konnte nicht verhindern, denselben verträumten, fast starren Ausdruck zu bekommen, der sich bei dem Gedanken an Ramses' Vater auf Juliette St. Cyrs Miene zeigte.

Cordelia hatte kaum ein halbes Dutzend Worte

gesprochen, seit sie mit der Lehrerin geredet hatten, und lachte jetzt leise auf Renais Schulter. »Oje«, sagte sie, »du freches Kätzchen. An wessen Rahm hast du genascht?« Renai ruckte mit der Schulter und zischte leise. Die kleine Psychopomp stieß beleidigt die Luft aus und verlagerte ihr Gewicht. Es fühlte sich an, als würde sie ihr demonstrativ den Rücken zukehren, aber wenigstens war sie ruhig.

Als Coughlin sich räusperte und Juliettes Namen sagte, blinzelte die Frau und schien sich zu erinnern, wo sie war. »Nein«, sagte sie, »Dom lebt jetzt in Houston.«

»Dom?« Coughlin hob fragend Block und Stift.

»Dominic St. Cyr.« Sie warf einen Blick auf den Notizblock, als Coughlin den Namen aufschrieb, als wollte sie überprüfen, ob sie den Namen richtig schrieb. »Er hat dort nach dem Hurrikan Arbeit gefunden und ist geblieben. Wir haben darüber gesprochen, ob wir alle dorthin gehen sollten, aber ich habe einen guten Job im Hotel, und so viel verdient er auch wieder nicht.« Sie zuckte mit den Schultern. »Sie wissen ja, wie so was läuft.«

Coughlin nickte, als wüsste sie das ganz genau. »Könnte Ramses nach Houston gefahren sein, um seinen Vater zu besuchen? Es wäre nicht das erste Mal, dass ein junger Mann …«

»Nein, das würde Ki-Ki nicht tun, nicht um einfach nur Dom zu sehen. Wir wollten Thanksgiving mit ihm verbringen, und sie haben einmal über FaceTime kommuniziert. Ich sage Ihnen, mein Junge wurde entführt.«

Renai konnte nicht genau sagen, was sich an der Polizistin verändert hatte. Sie saß genauso gerade und unbeweglich auf der Kante des Sessels wie zuvor und beobachtete Juliette immer noch aufmerksam, aber plötzlich war sie nicht mehr nur angespannt, sondern vibrierte förmlich wie eine angeschlagene Gitarrensaite. »Können Sie sich vorstellen, wer Ihren Sohn hätte entführen können, Mrs. St. Cyr?« Renai hätte gewettet, dass Coughlin genau so klang, wenn sie jemandem seine Rechte verlas.

»Sexhändler!«, brach es aus Juliette heraus. Als hätte sie es die ganze Zeit zurückgehalten, seit die Polizistin in ihr Haus gekommen war. »Sie haben uns in der Kirche alles über sie erzählt. Ich weiß, Sie denken, die hätten es nur auf hübsche kleine weiße Mädchen abgesehen, aber Ramses ist anders. Er ist etwas Besonderes.«

Renai fühlte sich genauso ernüchtert, wie Coughlin aussah. Sicher, Juliettes Theorie war nicht unmöglich, aber es war alles andere als eine heiße Spur. Aus Renais Sicht war diese Möglichkeit sogar noch unwahrscheinlicher. Kein normaler Mensch wäre in der Lage gewesen, Ramses einfach so vor seinem Schicksal zu bewahren, ganz gleich, wie bösartig er auch sein mochte. Sie hatte genug gehört, schlug ihre Kapuze hoch, sprach das Geisterwort und ging hinaus.

»Willst du dir den Rest nicht auch anhören?«, erkundigte sich Cordelia auf dem Weg nach draußen.

»Juliette kann uns nichts Neues verraten«, erwiderte Renai. »Sie weiß wahrscheinlich nicht einmal, wer Ramses' leiblicher Vater ist. Jedenfalls kennt sie seinen richtigen Namen nicht.«

»Das hast du auch mitbekommen? Ich nehme an, das erklärt, was die Lehrerin in seiner Aura gesehen hat. Ich fürchte, diese Feuergottheiten sind wirklich allgegenwärtig.«

Aber nicht das hatte Renais Gedanken durcheinandergebracht. Die Identität von Ramses St. Cyrs Vater, die Quelle der Kraft des Jungen, spielte für sie keine so große Rolle wie Juliettes Überzeugung, dass ihr Sohn entführt worden war. Renai hatte genug kranke Kinder eingesammelt, hatte genug Mütter gesehen, die mit dem Wissen um den Tod ihres Kindes in den Augen erwachten, und wusste, wie real und mächtig der Mutterinstinkt war. Wenn auch nicht immer exakt. Sie hatte angenommen, dass es eine Art kosmischer Unfall gewesen war, dass Ramses seinen eigenen Tod verpasst hatte, und war besorgt, dass ihre Anwesenheit die Dinge irgendwie aus dem Gleichgewicht gebracht hatte. Aber was, wenn Ramses seinen eigenen Tod gar nicht einfach nur verpasst hatte? Sondern wenn er deswegen vorher entführt worden wäre?

Trotz ihres Verdachts musste sie zunächst den einfacheren Erklärungen nachgehen, bevor sie sich der übernatürlichen Seite der Dinge zuwenden konnte. Da nun klar war, dass Ramses nicht nur in seinem Todesmoment verschwunden war, sondern auch im Alltag, musste sie erst einmal die Krankenhäuser und Leichenhallen überprüfen.

Renai stieg auf Kyrie, wendete und steuerte das nächstgelegene Krankenhaus an: Touro Infirmary. Cordelia rollte sich wieder schweigsam zu einem Ball auf ihrer Schulter zusammen. Renai konnte nicht sagen, ob die kleine Psychopomp wegen etwas sauer war, was Renai getan hatte, und sie deshalb mit Schweigen strafte oder ob sie sich einfach so langweilte, dass sie eingeschlafen war.

Als Abgesandte des Todes war Renai mit den labyrinthischen Hinterzimmern und der aufgeblähten Bürokratie vertraut, die den Prozess des Sterbens im einundzwanzigsten Jahrhundert umgaben. Sal schimpfte oft darüber, wie »verdammt kompliziert und steril« das Sterben geworden war, und Renai musste ihm zustimmen, auch wenn sie keine echte Vergleichsmöglichkeit hatte. Früher starben die Leute zu Hause, wurden von der Familie gewaschen und für die Beerdigung zurechtgemacht. Heutzutage war der Tod wie ein Zaubertrick auf der Bühne eines Magiers, der Leute einfach verschwinden ließ. Es sei denn, man war selbst bei einem Sterbenden im Zimmer. Eben sah man ihn noch, dann war er weg. In gewisser Weise erledigten die Leichenbestatter, Rechtsmediziner und Hospizschwestern, denen sie bei ihren »Sammlungen« begegnet war, alle den gleichen Job wie sie: Sie erleichterten den Menschen den Übergang von einer Welt in die nächste und achteten darauf, dass die Grenzen zwischen den Lebenden und den Toten klar und unantastbar blieben.

Ihre Aura des Desinteresses erlaubte es ihr, an den üblichen Barrieren der »Nur für Angestellte«-Schilder vorbeizuschlüpfen und sich über die Schultern der Krankenschwestern zu beugen, wenn diese sich in die Patientenakten einloggten. Das machte die Suche in der Datenbank nach Ramses St. Cyr und John Doe ebenso einfach wie illegal. Das Geisterwort gewährte ihr zudem Zutritt zu gesicherteren Bereichen wie der Intensivstation und den Kältekammern der Leichenhalle, ohne dass sie eine Magnetkarte gebraucht hätte. Genau wie bei ihrer früheren Suche wanderte Renai immer stärker von Frustration und Zweifeln getrieben durch die Hallen des Krankenhauses. Erst als sie in der Leichenhalle im Bauch von Touros Labyrinth angekommen waren, brach Cordelia ihr Schweigen.

»Was ist das für ein Lied?«, fragte sie.

Renai hatte sich so sehr an deren schweigsame Präsenz gewöhnt, dass sie sie fast vergessen hätte. Und erst als der kleine Vogel sie jetzt darauf hinwies, bemerkte Renai, dass sie gesummt hatte. Sie summte das Lied immer, wenn sie durch identische taupefarbene, fluoreszierende Krankenhausflure lief und die antiseptisch stinkenden, kühlen Autopsieräume inspizierte. »St. James Infirmary«, antwortete sie.

»Du sagst das so, als sollte ich es kennen«, erwiderte Cordelia.

Renai knurrte leise. »Louis Armstrong? Er hat den Song berühmt gemacht. Dann hat ihn praktisch jeder Musiker aus New Orleans gesungen.« Sie rezitierte die ersten paar Zeilen in einer Art Sprechgesang. »›Ich ging runter zum St.-James-Krankenhaus. Ich sah mein Baby dort, sie lag ausgestreckt auf einem langen weißen Tisch. So kalt, so süß, so schön.‹ Na, klingelt da was?«

»Kann nicht behaupten, dass mir das schon mal über den Weg gelaufen wäre.«

»Meine Güte! Wo hast du denn die ganze Zeit Seelen herumgeführt? In Baton Rouge?« Renai kramte in ihrer

Tasche nach ihrem Telefon. »Das müssen wir schnell in Ordnung bringen, wenn wir Freunde bleiben wollen.« Als Renai ihr Telefon entsperrte, sah sie eine Benachrichtigung, deren Symbol sie nicht kannte. Sie wischte eine Minute durch die Menüs und fand heraus, dass es eine Voicemail war. Es war die erste, die sie jemals auf diesem Telefon erhalten hatte. Ohne sie überprüfen zu müssen, wusste sie, dass sie von Opal stammte. Denn die Seherin war die einzige Person, die ihre Nummer kannte. »Moment«, sagte sie zu Cordelia. »Opal hat angerufen. Ich habe es nicht gehört, weil wir mit dem Motorrad unterwegs waren.« Renai legte ihr Telefon auf eine stählerne Instrumentenablage neben einer Knochensäge, drückte die Lautsprechertaste und startete die Nachricht. Das Lied, das sie hatte abspielen wollen, hatte sie bereits vergessen.

»Spooky Girl und Miss Feathers«, drang Opals Stimme durch die Kakofonie von Rufen und Gelächter und Verkehr und Lautsprecherdurchsagen, in der Renai das Ende eines Schultages erkannte. »Die schlechte Nachricht zuerst. Social Media war ein Reinfall. Sieht ganz so aus, als ob seine Mutter sehr paranoid wäre, was Cybermobbing angeht, und dass sie seine Passwörter kennt. Die meisten seiner Feeds bestehen nur aus Videos von Leuten, die hinfallen. Aber eine Kleinigkeit habe ich für euch. Es ist wahrscheinlich nichts, doch es schadet sicher nicht, es zu überprüfen. Das letzte Mal hat jemand was von unserem Jungen gehört, als er sich mit ein paar Freunden an der Geisterbahn treffen wollte. Sie waren eine große Gruppe, also kann niemand mit Sicherheit sagen, ob er dabei war oder nicht. Vielleicht können Sie seine Spur dort aufnehmen. Ich höre mich weiter um, und falls ich noch etwas herausfinde, lasse ich es Sie wissen. Rufen Sie mich auf jeden Fall an. Ramses ist ein guter Junge, und ich möchte helfen, ihn zu finden.«

Als die Nachricht zu Ende war, schob Renai das Telefon wieder in die Jeanstasche. Sie war enttäuscht, aber nicht überrascht. Nach dem Gespräch, das sie im Haus von St. Cyr belauscht hatte, hatte sie die Hoffnung fast aufgegeben, Ramses mit konventionellen Mitteln finden zu können. Trotzdem lief ihr die Zeit davon. Die Hallows begannen morgen um Mitternacht, egal, ob sie Ramses gefunden hatte oder nicht. Sie konnte sich nicht entscheiden, ob sie es überhaupt wagen sollte, seine Spur in der Geisterbahn aufzunehmen. In dieser Leichenhalle war er jedenfalls ganz sicher nicht.

Sie hob einen ausgestreckten Finger, damit Cordelia sich darauf hocken konnte. Als sie spürte, dass die Krallen des kleinen Vogels Halt gefunden hatten, hielt sie ihn auf Armeslänge vor sich, damit sie von Angesicht zu Angesicht reden konnten. »Also, Klartext. Wenn Ramses wirklich mit der Geisterbahn gefahren ist, kannst du ihn dann aufspüren? Kannst du feststellen, ob er dort war?«

Bevor Cordelia antworten konnte, piepten und klapperten die elektronischen Schlösser hinter Renai, und die breite Tür schwang lautlos auf hydraulischen Scharnieren auf. Eine rothaarige weiße Frau in einem Krankenhauskittel schob eine Trage mit einem in einem weißen Leichensack verpackten Toten durch die Tür.

Die Krankenschwester hatte ein Telefon zwischen

Schulter und Ohr geklemmt, und ihre Stimme klang müde und gleichgültig. »... Ersticken durch Strangulation. Seine Eltern haben das Okay für eine Organspende gegeben, deshalb fahre ich ihn ins Leichenschauhaus. Dr. Carlie kommt sicher gleich runter und fängt mit der Hornhautentnahme an.«

Die Krankenschwester rollte die Trage in den Raum und manövrierte sie neben den Instrumententisch, direkt vor Renai. Sie stellte die Räder mit der Spitze ihres Turnschuhs fest, nickte und brummte bestätigend in ihr Handy. »Ruf mich an, wenn sie sich auf den Weg macht, ja? Ich habe die ganze Schicht noch keine einzige Zigarettenpause gehabt. Danke.« Sie legte auf und ließ das Handy in die Tasche ihres Kittels gleiten. Einen Moment sah sie ausdruckslos auf den Leichensack hinunter, dann runzelte sie die Stirn. »Was soll's, Mann.« Renai war nicht klar, ob sie mit der Leiche oder mit sich selbst sprach oder mit jemandem, der nicht da war. »Es ist einfach nur Scheiße!« Dann drehte sie sich um und ging hinaus, wobei sie eine Zigarette aus der Schachtel klopfte, die sie aus ihrer Tasche gezogen hatte.

In Anbetracht der Widrigkeiten, die Renai in den letzten Tagen erlebt hatte, überraschte es sie nicht wirklich, als sich die Leiche auf der Trage aufsetzte – so geschmeidig wie ein hydraulisches Scharnier und mit dem knisternden Rascheln von Plastik und Stoff.

KAPITEL NEUN

Grabesstille ist nicht immer friedlich. Bei einigen – Menschen, die ertrunken sind oder sich das Leben genommen haben oder mit einer unvollendeten Aufgabe gestorben sind oder die von einem Geist allein in der Wildnis getötet wurden – verbleibt ein Funken Leben im Leichnam, auch wenn der Rest der Seele den Körper verlassen hat. Dieses Übriggebliebene ist ein Rest Leben mit Zähnen, Klauen und einem vertrauten Gesicht. Eine Marionette aus nekrotischem Fleisch, die sich zu einem Totentanz dreht; ein seelenloser Roboter, der sich an die niedersten Instinkte der Menschheit klammert und vom Motor der Lust, des Hungers und der Wut angetrieben wird. Erheben sie sich und wandeln wieder unter uns, nennen wir sie Draugr oder Wiedergänger. Gefesselt in ihre Leichentücher, unbeholfen auf einem Bein hüpfend, kennen wir sie als Pocong, als Jiang Shi. Nachzehrer. Ghoule. Sie sind unbarmherzig, gewalttätig, unvernünftig und unverwundbar, aber das eigentliche Grauen liegt in ihrer Menschlichkeit. Darin, dass sie einst einer oder eine von uns waren. Eine Mahnung, dass das »Requiescat in Pace«, das wir in Grabsteine meißeln, kein Versprechen ist.

Sondern ein Gebet.

Es sagt viel über Renais Leben in den letzten Jahren aus, dass sie kaum zusammenzuckte, als sich der Leichnam auf der Bahre in seinem Leichentuch aus dickem Plastik aufsetzte. Natürlich reagierte sie, wich einen Schritt zurück, kniff die Augen zusammen und riss angeekelt die Arme hoch, aber es war eine unwillkürliche Reaktion. Sie ähnelte eher dem angewiderten Keuchen, das jemandem beim Anblick einer riesigen Kakerlake auf dem Küchenboden entfuhr, als dem panischen Schrei oder der Schockstarre, die man in Horrorfilmen erlebte.

Cordelia flatterte von Renais Finger hoch und landete dann auf einer Arbeitsplatte. Sie warteten angespannt, und als die Leiche sich nicht mehr bewegte, lachte Renai.

»Das amüsiert dich?«, fragte Cordelia.

»Als ich heute Morgen aufwachte, hätte ich das nicht erwartet. Hast du so etwas schon mal gesehen?«

»Ich habe mehr als eine Art von Untod gesehen.«

Renai spürte, wie ihr Lächeln gefror. »Die Pforten«, sagte sie.

»Was ist damit?«

»Wenn sie noch verschlossen sind, können die Psychopomps nicht auf unsere Seite kommen, um ihre Arbeit zu tun, und die Seelen gelangen nicht auf die andere Seite.«

»Ich versichere dir, die Pforten werden sich wieder öffnen, sobald Hallows beginnt. Bis dahin …«

Renai wandte sich ihr zu und verzog mürrisch die Lippen. »Bis dahin was?«

»Bis dahin läuft hier mindestens ein Psychopomp herum, der seine Aufgabe erfüllen kann.«

»Dachte mir, dass du das sagen würdest.« Sie atmete

einmal tief durch, überrascht von ihrem Zögern. Immerhin machte sie so etwas doch buchstäblich jeden Tag ihres Lebens. Aber es war ein Unterschied, ein Leben zu nehmen oder mit Toten umzugehen. Das eine fühlte sich natürlich an, das andere eher wie ein Tabu. Kurz analysierte sie ihre Befindlichkeit. Sie war nervös, weil dieser neue Aspekt des Daseins als Psychopomp sie überfordern könnte, hatte Angst davor zu entweihen oder zu verseuchen, war frustriert, weil noch etwas zwischen sie und Ramses St. Cyr getreten war. Dann akzeptierte sie all ihre Schwächen und Unzulänglichkeiten, schob sie beiseite und tat, was man sie ihr ganzes Leben lang gelehrt hatte: Sie machte ihre Arbeit.

Den Leichensack zu öffnen, war wie das Auspacken des übelsten Weihnachtsgeschenks aller Zeiten.

Sie zog das zerknitterte Plastik so weit zurück, dass sie den Kopf und Oberkörper eines mageren toten weißen Jungen freilegen konnte. Sein Gesicht war aufgebläht, die Haut lief bereits lila an und hatte dunkelblaue Flecken, wo sich das Blut gesammelt hatte, als sein Puls aufgehört hatte zu schlagen. Sein Alter konnte sie nicht genau schätzen, weil der Tod seine Gesichtszüge verzerrt hatte, aber er musste noch ein Teenager sein.

Als Renai den Blick von seinem Gesicht abwandte und die Zeichen auf seinem Gesicht sah, verstand sie, warum die Krankenschwester so betroffen vom Tod dieses Jungen gewesen war. Die tiefen Strangulationsmale zogen sich quer über seinen Hals und verrieten ihr nicht nur, wie er gestorben war, sondern auch, dass er sich selbst das Leben genommen hatte. Unter den Gerüchen der typischen Körperausscheidungen beim Tod und den Antiseptika, mit denen das Krankenhaus dagegen kämpfte, roch Renai noch einen Hauch von Shampoo im Haar des Jungen.

Eigentlich hätte sie in diesem Moment etwas Tiefes empfinden, sich daran erinnern sollen, wie sehr der Tod sie geschmerzt hatte, als sie noch am Leben gewesen war. Aber das einzige Gefühl, das der tote Junge in ihr auslöste, war Zielstrebigkeit. Renai setzte die Kapuze ihrer Jacke auf, sprach das Geisterwort und wappnete sich gegen den Druck auf ihrer Haut, gegen den Verlust sämtlicher Farbe in ihrer Vision.

Es überrumpelte sie jedoch, wie merkwürdig der tote Junge wirkte.

Kein Funke Leben glomm mehr in ihm, kein Glühen einer Person an der Schwelle zum Tod. Das war logisch, da er ja längst tot war und nicht mehr im Sterben lag. Aber er war nicht nur leblos, sondern strahlte förmlich Dunkelheit aus, warf einen Schatten. Wie eine Wolke, die die Sonne verdeckte, einen Teil der Welt im Tageslicht ließ und einen anderen Teil verdüsterte, saugte die Präsenz dieses Jungen die Helligkeit aus dem Raum.

Schlimmer noch war die Art und Weise, wie sich die Teile seiner Seele von ihm gelöst hatten und obszön an seinem Körper herunterbaumelten. Die goldenen Windungen seines Glücks lagen wie Eingeweide neben ihm auf der Bahre, und statt zu glänzen, schimmerten sie matt messingfarben. Der schattenhafte Strang seiner Essenz war in der Korona aus Schatten, die der tote Junge ausstrahlte, schwer zu erkennen. Sie erstreckte sich von seinem Rücken, zerfetzt wie ein Paar alte Nylonstrümpfe, durch die Tür bis zu der Stelle, wo der Geist dieses Jungen verloren und allein umherwanderte. Renai konnte die quecksilberne Stimme nicht sehen, vermutete aber, dass sie noch irgendwo in seinem Körper sein musste. Cordelia verkniff sich jeden Kommentar über das Aussehen des toten Jungen.

So ist es richtig, hörte Renai die Stimme ihres Vaters. *Nur Leute, die ein Recht auf eine Meinung haben, machen sich auch die Hände schmutzig.*

Renai griff zuerst nach dem Glück des toten Jungen. Sie wusste nicht genau, ob sie es als Frau tat, die ihre Optionen prüfte, oder als Psychopomp, dessen Existenz davon abhing, jedes Stückchen Glück unbeschadet in die Unterwelt zu bringen. Sie glaubte, eine Veränderung im Gesicht des toten Jungen zu sehen, als sie es ihm entriss, eine Grimasse oder ein Zucken der Augen. Aber als sie innehielt, um ihn zu betrachten, bewegte er sich nicht mehr. Falls er sich denn überhaupt bewegt hatte.

Als sie sich dem Glück zuwandte, das sie in Händen hielt, war es schwerer zu handhaben, als sie es gewohnt war. Es war klebrig und zäh, wie Wachs, das abgekühlt und hart geworden war. Nach einiger Anstrengung gelang es ihr schließlich, es flach zu drücken und zu einer Münze zu formen. Sie verstaute diese in derselben Tasche ihrer Jacke, in der auch der Zettel steckte, den sie von Seth bekommen hatte.

Jetzt fand sie ihren Rhythmus und schob die Hände in den Bauch des toten Jungen, um seine Stimme zu suchen. Sie fand nichts. Zuerst dachte sie, dass ihre Hände lediglich durch das Brennen gefühllos wären, als ihr geisterhaftes Fleisch in seinen Körper eintauchte, aber während sie in ihm herumwühlte, erkannte sie, dass etwas die Stimme des toten Jungen bereits verzehrt hatte – dieses andere hatte ihn ausgehöhlt und nur die Hülle zurückgelassen. Sie hatte es nicht mit dem gruseligen Nebeneffekt eines Todes zu tun, der nicht ordnungsgemäß von einem Psychopomp abgeholt worden war. Das hier war etwas anderes.

Das hier war ein Ghoul.

Sie wollte gerade ihre Hände herausreißen, als sie gegen etwas im Inneren der Leiche stieß, das vor ihrer Berührung flüchtete. Sie konnte eben noch unwillkürlich knurren, als die Hände des Ghouls ihre Unterarme mit einem unerbittlichen Griff umklammerten. Sie waren so eiskalt, dass ihre Haut brannte. Sie warf sich mit ihrem ganzen Gewicht nach hinten, um sich loszureißen, aber die Hände des toten Jungen umklammerten sie wie Fesseln. Noch während sie dagegen ankämpfte, rang sie mit ihrer Verblüffung, dass der Ghoul sie trotz ihres magischen Geisterwortes überhaupt berühren konnte. Das geschwollene Gesicht wandte sich ihr ruckartig zu, und die blinden Augen starrten direkt in ihre eigenen. Ein heiseres Flüstern drang durch die offenen unbeweglichen Lippen des Leichnams. Es klang hohl, wie aus weiter Ferne. »Wir haben eine Nachricht für dich.«

Trotz des Schocks und ihrer schmerzenden Arme hörte Renai auf zu kämpfen. Konnte das Sal sein, der sie von der anderen Seite der verschlossenen Pforte aus zu erreichen suchte, so gruselig das auch sein mochte? Oder waren es vielleicht die Throne? Erst als ihr diese Möglichkeit dämmerte, merkte sie, wie verzweifelt sie sich wünschte, dass eine Autoritätsperson eingriff und die Kontrolle übernahm.

Bevor sie etwas erwidern konnte, schoss ein braun gefiederter kreischender Fleck zwischen ihr und der Leiche hindurch; Cordelia schlug vergeblich mit ihren Krallen und den winzigen Flügeln nach dem Gesicht des toten Jungen.

Der Ghoul umfing Renais Handgelenke mit einer Hand, riss die andere hoch und pflückte Cordelia aus der Luft. Er drückte sie so fest, dass sie kläglich pfiff. Cordelia hatte die Augen der Leiche erwischt und blutleere Furchen in die wächserne Haut geritzt. Der Ghoul bewegte sich abgehackt und unbewusst wie eine Marionette. Er hatte Cordelia ergriffen, ohne den Blick seiner seelenlosen Augen von Renai abzuwenden. Sie spürte, wie der schwache Funke der Hoffnung in ihr erlosch.

»Wir haben eine Nachricht für dich«, wiederholte das Flüstern im Inneren des Leichnams.

Noch nie in ihrem Leben hatte Renai ein so starkes Bedürfnis gehabt, jemanden zu schlagen. In keinem ihrer Leben, um genau zu sein. Sie stellte sich in einer glorreichen Vision vor, wie sie die Stirn gegen die Nase des toten Jungen rammte, fand, was auch immer diesen Leichnam belebte, und es zerstörte. Aber natürlich war das nur Fantasie. Sie wusste, dass dieses Ding keinen Schmerz empfand, selbst während ihr Tränen aus den Augen liefen wegen des eisigen Feuers, das die Finger des Ghouls um ihre Handgelenke auslösten, und dem Knistern ihrer Hände in der Leiche. »Ich bin ganz Ohr«, sagte sie.

»Hör auf.«

Renai brauchte einen Moment, bis sie begriff, dass der Ghoul, oder vielmehr das, was ihn ritt, nicht mehr sagen wollte. »Womit aufhören?« Sie stellte die Frage, obwohl sie das ungute Gefühl hatte, dass sie die Antwort bereits wusste.

»Hör auf zu suchen.«

Verdammt.

Jeder Impuls der Neugier, jeder Wunsch, Ramses St. Cyr zu finden, alles außer dem Bedürfnis, zu entkommen, wurde weggespült.

Renai wehrte sich weiter gegen den Griff des Ghouls, obwohl sie um die Vergeblichkeit wusste. Ihre Gedanken rasten. Sie konnte ihn nicht überwältigen, und sie konnte ihm auch nicht mithilfe des Geisterwortes entkommen. Sie überlegte, ob sie mit einem Ruck ihres Kopfes die Kapuze abstreifen sollte, um den Bann zu brechen und sich wieder zu verfestigen. Aber ihre geisterhaften Hände steckten nach wie vor in dem toten Jungen. Möglicherweise verschmolz ihr Fleisch mit dem der Leiche, und ihre Hände würden zerstört werden.

Cordelia wehrte sich ebenfalls. Sie wand ihren winzigen Körper und hackte mit dem spitzen Schnabel nach den Fingern des Ghouls. Es war eine vergebliche, klägliche Geste, aber sie vertrieb Renais Angst und weckte den Geist in ihr, ließ den Sturm aufheulen.

»Lass mich frei«, flüsterte die Präsenz in ihr und warf sich gegen Renais Fesseln. Ihre Stimme war etwas zwischen Keuchen und Stöhnen. *Versprich mir, mich freizulassen, dann gebe ich dir die Kraft, dich selbst zu befreien.* In ihrer

aufkeimenden Panik hätte Renai fast nachgegeben. Aber diese Macht in ihrem Innern machte ihr fast genauso viel Angst wie der Ghoul. Sie widerstand der Versuchung und stemmte sich mit aller Kraft gegen den Griff der Leiche. Es war ebenso vergeblich wie der Kampf des kleinen Vogels in der Hand eines Monsters.

Ein weiteres Geräusch drang aus dem offenen Mund des Ghouls. Es war keine Nachricht, kein Wort, sondern ein Zischen, scharf und rau. Ein Lachen, erkannte sie. Was auch immer diese Kreatur antrieb, sie lachte sie verdammt noch mal aus.

Macht, flüsterte der Sturm, *wenn du es versprichst.*

Sie hatte nur einen Atemzug Zeit, sich zu entscheiden. Wenn sie die Präsenz in sich losließ, würde sie, einmal entfesselt, alles zerstören, was ihr in die Quere kam. Dessen war sie sich sicher. Stürme taten das, was in ihrer Natur lag. Bilder von überschwemmten Straßen und Menschen, die sich an behelfsmäßige Flöße klammerten, von Häusern, die von unerbittlichen Winden niedergewalzt worden waren, und von Trümmerhaufen, die zurückgeblieben waren, schossen ihr durch den Kopf. Aber wenn diese Leiche sie hier tötete, kam der Geist wahrscheinlich sowieso frei, und dann wäre niemand da, der ihn aufhalten konnte. Also war es gar keine echte Entscheidung.

Ja, dachte Renai, *ich verspreche es.*

Der Sturm entwich seinem Käfig, und Renai hatte plötzlich das unangenehme Gefühl anzuschwellen. Ihre Glieder wurden taub und steif, ihre Eingeweide verkrampften sich immer stärker. Erst glich es einem Hungergefühl, dann kamen Krämpfe, ein unerträgliches Pressen, und vor ihren Augen drehte sich alles. Sie hatte gehofft, der Sturm würde ihre Kraft verstärken oder den Ghoul hinwegfegen.

Du hast versprochen zu helfen!, dachte Renai.

Ja, erwiderte die Präsenz. Ihr Stöhnen war von einer düsteren Schadenfreude erfüllt. *JA.*

Was für eine Art von Macht ist das?

Die Macht der Flut, antwortete der Sturmgeist.

Sie konnte ihn schmecken und riechen, den brackigen, fauligen, öligen Geruch von Überschwemmungen, von unaufhörlichem tödlichem Regen. Er sickerte wie Schweiß aus ihren Poren, wie Tränen aus ihren Augen. Braunes Wasser bildete Pfützen um ihre Füße. Sie konnte die Stimme in dem Ghoul hören, die etwas zischte, und Cordelias zwitschernde Antwort. Aber sämtliche Bedeutung wurde von dem sintflutartigen Regenguss in ihrem Kopf übertönt. Renai ballte die Fäuste, stellte sich vor, sie wären Dämme. Sie spürte, wie ihre innere Flut im Takt ihres Herzschlags gegen ihre Handflächen, ihre Knöchel, die Knochen ihrer Hand schlug. Was auch immer als Nächstes passieren mochte, es würde verdammt wehtun.

Trotzdem lächelte sie.

Sie öffnete die Fäuste und entließ die Fluten in das Fleisch des Ghouls.

Das Wasser brannte wie Säure, die Flut riss ihre Handflächen, Finger und Knochen auseinander, während sie durch ihre Hände schoss. Es war eine Qual, eine zerstörerische Tortur, die ihr Fleisch pulverisiert hätte, wäre es nicht auch Magie gewesen. Der Schmerz war stärker als alles, was sie je zuvor gespürt hatte – und dennoch konnte sie ihn ertragen.

Zuerst passierte nichts. Das Wasser floss in die Spalten und Ritzen im Inneren der Leiche, versickerte und sammelte sich dort. Als die Hohlräume vollgelaufen waren, spritzten Ströme von schmutzigem Wasser aus seinen Nasenlöchern, seinen Ohren, traten zwischen seinen Lippen hervor. Renai biss die Zähne zusammen, um den stechenden Schmerz in ihren Händen zu ertragen, und versuchte, die Intensität der Flut zu steigern. Der aufgeblähte Bauch des Ghouls wölbte sich. Seine Hand ließ Cordelia los und packte Renai am Hinterkopf, nahm sie in eine grausame Umarmung und zog ihr Gesicht zu seinem. Zu seinem Mund. Seinem aufgerissenen Kiefer.

Der Ghoul wollte sich auf sie stürzen, aber die Flut brach aus ihm heraus, ein Schwall aus Eingeweiden, Wasser, Öl und verfaulten Blättern, der dank des Geisterwortes durch Renai floss, ohne sie zu berühren. Stattdessen schleuderte er die Leiche auf den Rücken. Sie lag dort einen Moment um sich tretend und erschlaffte schließlich. Kaum hatte Renai die Hände frei, zog sie die Flut zurück und bemühte sich genauso sehr darum, den Sturm zu kontrollieren, wie sie eben noch darum gekämpft hatte, ihn anzustacheln.

Vergiss nicht, stöhnte die Präsenz, die sich in Renais mentalem Griff wand, *du hast es versprochen*.

Als der Sturm zu einem schwachen Brennen in ihrem Innern verklungen war, setzte Renai die Kapuze ab und kehrte in die physische Welt zurück. Erstaunt musterte sie ihre unversehrten Hände, die nur schmerzten und wund waren, aber keine klaffenden Wunden aufwiesen, wie sie es erwartet hatte.

Cordelia hüpfte in der ekelhaften Überschwemmung des verstopften Auffangbeckens herum und pickte zwischen den Blättern und Brombeeren und leeren Kartoffelchips-Tüten, Zigarettenstummeln und Fleischbrocken. Renai beobachtete sie, während sie mit einem Auge den Ghoul im Blick behielt, um die kleine Psychopomp nicht bei der Jagd zu stören. Als sie ihre Beute gefunden hatte, stürzte sich Cordelia darauf. Renai konnte nur einen flüchtigen Blick auf zuckende dünne Beine und einen fetten insektenartigen Körper erhaschen, bevor dieser in Cordelias Schlund verschwand. Was auch immer es gewesen sein mochte, Renai hatte genug gesehen, um zu erkennen, dass der Käfer, den Cordelia verzehrt hatte, trotz seiner Trübung durch die Flut oder vielleicht durch die Kraft, die den Ghoul beseelt hatte, das gleiche schillernde Aussehen wie die Stimme eines Menschen hatte.

Renai, die schon seit zwei Tagen keine Stimme mehr zu sich genommen hatte, verspürte einen Anflug von Hunger und schüttelte sich dann angewidert.

»Entschuldige«, sagte Cordelia. »Hätten wir es teilen sollen?«

»Keineswegs«, erwiderte Renai. Sie erinnerte sich an das, was Sal ihr gesagt hatte. »Wäre es für mich bestimmt gewesen, hätte es eine Form gehabt, die ich essen könnte.« Sie blickte auf ihre ruinierten Schuhe hinunter und fühlte sich schmutzig, müde und ausgelaugt. »Lass uns von hier verschwinden, bevor die Krankenschwester zurückkommt und mich zwingt, diesen Mist aufzuwischen.«

Nach einer langen heißen Dusche, die zwar ihre Haut reinigte, aber nichts gegen die Kälte und Leere in ihrer Brust ausrichtete, zog Renai eine Jogginghose und ein altes Jazzfestival-T-Shirt an. Dann ging sie in ihre Küche, um Kaffee zu kochen. Ihr war klar, dass sie auch diese Nacht nicht viel Schlaf bekommen würde. Denn jedes Mal wenn sie die Augen schloss, würde sie zweifellos die trüben, verfaulten Augen des Ghouls sehen. Zuerst überraschte es sie, dass Cordelia schlafend auf ihrem Tresen saß, den Kopf unter einen Flügel geschoben. Aber da die Pforten verschlossen waren, konnte die Psychopomp nicht in die Unterwelt zurückkehren, wo sie hingehörte.

Es gab einen Ort, tief in der Unterwelt, wo Renai einst geglaubt hatte hinzugehören. Durch die Fünfte Pforte, die von einem Loa namens Babaco gehütet wurde, gelangte man zu einer endlosen Party in einem Herrenhaus am Fuße der Elysischen Gefilde, einem Ort, an dem die wartenden Seelen, die noch nicht bereit waren, in ihr verdientes Jenseits hinüberzugehen, ihre Zeit mit Feiern totschlugen. Sie erinnerte sich kaum noch an ihren Aufenthalt dort, wusste nicht einmal, ob ihre Erinnerungen tatsächlich echt waren. Aber sie wusste, dass sie dort nicht wirklich zufrieden gewesen war. Wie die meisten Orte in der Unterwelt war auch das Fest hinter der Fünften Pforte nur ein Schatten der wahren Freude, ein bloßer

Abklatsch. Genau wie die meisten Bewohner der Unterwelt. Die Loa, die Wächter der Pforten und Sal waren schillernde, strahlende Ausnahmen von der Regel, dass die meisten Wesen auf der anderen Seite nur düstere Schemen waren. Wie auch die meisten Psychopomps.

Renai war sich noch nicht sicher, in welche Kategorie Cordelia fiel.

Vielleicht war es nicht sehr nett, aber Cordelias Anwesenheit weckte nicht gerade Vertrauen in Renai. In Wahrheit hatte sie ohne Sals Anleitung keine Ahnung, was sie als Nächstes tun sollte. Jeder Gedanke, jede Option fühlte sich zäh an, sinnlos. Nachdem Albträume ihr in der Nacht zuvor den Schlaf geraubt hatten, hatte sie wach in ihrer leeren Wohnung gelegen, an die Decke gestarrt und einen Plan geschmiedet, wie dieser Tag verlaufen würde. Sie wollte die Deadline anhören und sich mit Sal treffen. Dann würde sie Ramses aufspüren und irgendwie eine Lösung für die Wunde finden, die er in der Welt hinterlassen hatte, eine Lösung, die nicht seinen Tod erforderte. So weit ihr Plan. Doch sie hatte sich vollkommen geirrt, und niemand gab ihr eine klare Antwort. Niemand war, wo er sein sollte oder wer er sein sollte. Und sie selbst war nur ein kosmischer Unfall, der schon vor Jahren hätte sterben sollen.

Welche Hoffnung konnte sie noch haben, daran etwas zu ändern?

Nach ein paar Schlucken Kaffee nahm Renai ihr Telefon zur Hand und spielte die Nachricht von Opal noch einmal ab. Der Anruf erinnerte sie daran, dass sie der kleinen Psychopomp in der Leichenhalle eine Frage gestellt hatte. Sie waren unterbrochen worden, bevor Cordelia hatte antworten können. Nachdem die Voicemail zu Ende war, räusperte sie sich vernehmlich. Als das nicht funktionierte, stupste sie den kleinen Vogel mit einem Finger an. Cordelia schüttelte ihr Federkleid, als sie den Kopf unter ihrem Flügel hervorgezogen hatte. Renai konnte die Körpersprache des Vogels nicht gut genug lesen und wusste nicht, ob Cordelia müde oder gereizt war. Vielleicht war sie auch etwas ganz anderes.

Es interessierte Renai allerdings auch nicht sonderlich.

»Hör dir das an.« Sie spielte die Nachricht erneut ab. Als sie zu Ende war, stellte sie den Becher ab und beugte sich zum Tresen hinunter, sodass sie und der kleine Vogel auf Augenhöhe waren. »Du hast meine Frage noch nicht beantwortet. Wenn ich dich zur Geisterbahn bringe, kannst du dann erkennen, ob Ramses dort war? Kannst du ihn aufspüren?«

»Geisterbahn? Von so etwas habe ich noch nie gehört.« Cordelia klang eine Spur indigniert. »Diese Sterbliche scheint unglaublich gut informiert zu sein, wenn sie über einen Aspekt der Unterwelt Bescheid weiß, den selbst ich nicht kenne. Bist du sicher, dass man ihr trauen kann?«

»Es ist nicht …« Renai holte tief Luft und trank noch einen Schluck Kaffee, bevor sie antwortete. »Die Geisterbahn ist nur eine Erfindung. Es ist eine Halloween-Sache, so wie Süßes oder Saures oder …« Sie brach ab, als sie Cordelias leerem Blick begegnete. Ihr dämmerte, dass Cordelia entweder unglaublich wenig Wissen über die moderne Welt der Lebenden besaß oder sie verarschte. Allmählich neigte Renai zu Letzterem. »Es ist wie ein

Theaterstück«, sagte sie. »Ein Gruselstück, das sie jedes Jahr zu Halloween aufführen. Verstehst du das?«

»Klar, ich verstehe«, sagte Cordelia. »In diesem Fall ist die Antwort Nein.«

»Bezogen auf was?«

»Auf alles. Ich bin weder auf diesen Jungen eingestimmt, noch kann ich seiner Spur folgen wie ein Fährtenleser.«

Renai zog die Brauen zusammen. »Seltsam. Genau so würde Sal es machen.«

Cordelia trillerte. »Wie kommst du bitte darauf, dass er und ich etwas gemeinsam haben?«

»Weil ihr beide Psychopomps seid?«

Cordelia lachte zwitschernd und eindeutig herablassend. »Das ist eine Rolle, keine Bezeichnung.« Renai forderte sie mit einer Geste auf weiterzureden. »Es gibt mehr im Kosmos als nur Götter und Menschen«, sagte Cordelia. »Es gibt Geister und Dämonen, Kami, Ginnies und Dschinns. Manche Psychopomps sind vollwertige Gottheiten, die seit Jahrtausenden verehrt werden; andere sind bloße Fragmente von Magie und leben nur so lange, wie sie den Zweck erfüllen, für den sie geschaffen wurden.« Sie neigte den Kopf und studierte Renai. »Hat dein Mentor dir wirklich nichts von alledem erklärt?«

»Er hat nie etwas erklärt!« Die Worte entfuhren Renai grimmiger, als sie beabsichtigt hatte. Und als Reaktion auf ihren Zorn stieg die Dunkelheit in ihr hoch. Sie glaubte nicht wirklich, was sie gesagt hatte. Sal hatte ihr beigebracht, wie man das Geisterwort benutzte, wie man die Toten sammelte und sie zur Ersten Pforte führte. Aber er hatte ihr nichts über die Welt erzählt, in der sie sich befand. Oder wie man ohne ihn darin überlebte.

»Warum, glaubst du, ist das so?« Die Stimme des kleinen Vogels klang leise und gelassen, als versuchte er, ein wütendes Kind zu beruhigen. Das steigerte Renais Zorn nur noch. Sie marschierte aufgebracht durch die Wohnung und ballte die Fäuste. Sie versuchte, sich zu beruhigen, versuchte, sich zu erinnern, ob sie und Sal jemals ein solches Gespräch geführt hatten, aber eigentlich wollte sie in diesem Moment nur etwas kaputt machen.

»Ich glaube allmählich«, sagte sie dann, »dass niemand wirklich eine Ahnung hat, was hier vor sich geht, einschließlich der Throne. Aber keiner will es zugeben. Sterbliche, Geister, Psychopomps, Götter – alle sind ahnungslos. Wir jagen hier oben unseren Schwänzen hinterher und können nicht mal mit den mysteriösen allwissenden Thronen reden. Entscheiden sie, wer leben darf und wer sterben muss, oder nicht? Hier geht irgendein seltsamer Scheiß vor sich, aber hey, störe bloß nicht die Throne, sie brauchen ein wenig Zeit für sich selbst. Die Hallows beginnen morgen um Mitternacht, und wir sind auf uns allein gestellt. Sollte es nicht eine Art harmonisches Gleichgewicht geben? Sollte hier nicht jemand das gottverdammte Kommando haben? Was hat das alles für einen Sinn, wenn nicht mal der Tod seinen Scheiß im Griff hat?«

Cordelia blinzelte sie starr an, aber Renai hatte den Eindruck, dass die Psychopomp versuchte, ein Lächeln zu unterdrücken.

»Fühl dich frei, eigene Ideen einzubringen, wann

immer du den Drang dazu verspürst«, meinte Renai. »Denn um die Wahrheit zu sagen, ich habe es ziemlich satt, die Einzige zu sein, die sich wenigstens halbwegs darum schert, was hier passiert.«

»Wenn du die gewünschten Antworten nicht bekommst, indem du die Regeln befolgst«, antwortete Cordelia schließlich, »solltest du meiner Meinung nach vielleicht versuchen, mit denen zu reden, die die Regeln bereits gebrochen haben.«

Ein seltsamer Schauer lief Renai bei Cordelias Worten über den Rücken. Ein Gefühl, das sie belebte und gleichzeitig einen Hauch ruchlos war. »Kennst du jemanden, der das getan hat?«

»Allerdings«, erwiderte die Psychopomp mit unverkennbarer Freude. »Ein oder zwei.«

KAPITEL ZEHN

Am Morgen absolvierte Renai ihre gewohnte Routine, obwohl Cordelias Anwesenheit und die immer noch stumme Deadline sie irritierten und ihr das Gefühl gaben, fehl am Platz zu sein, als wäre sie fremd in ihrer eigenen Haut. Sie zog eine Jeans mit zerrissenen Knien und ein altes Audubon-Zoo-T-Shirt an, von dem sie die Ärmel und den elastischen Kragen abgeschnitten hatte. Diesen Stil hatten ihre Freunde »Gossen-Punk-Chic« genannt, was sowohl zutreffend als auch ziemlich abschätzig war.

Während sie die schwarzen Kampfstiefel mit den dicken Sohlen zuschnürte, die sie um einige Zentimeter größer machten, redete sie sich ein, ihre Kleiderwahl habe nichts damit zu tun, dass sie vielleicht noch vor Ende des Tages einen weiteren Ghoul auslöschen müsste. Sie schlang ihr Haar zu einem festen Knoten, den niemand packen konnte, und berührte zerstreut die Haut neben ihrem Schlüsselbein. Sie war sich nicht bewusst, dass sie nach dem Christophorus-Medaillon tastete, das ihre Mutter ihr geschenkt hatte. Das Medaillon war von einer Voodoo-Priesterin namens Celeste gesegnet worden.

Alles fühlte sich ungewohnt und außer Kontrolle an, aber irgendwie dennoch vertrauter als die trübe Routine, die ihre Morgen schon so undenkbar lange erfüllte. Nichts war gewiss, nicht einmal ihr Platz in dieser Welt, außer dass sie Ramses St. Cyr finden musste. Trotz der Wärme, die die Wetter-App vorausgesagt hatte, zog sie die Lederjacke an, die die Throne ihr gegeben hatten. Wobei sie immer noch den Gestank von Eingeweiden und Flutwasser wahrzunehmen glaubte, auch wenn sie nicht davon berührt worden war und das Leder geschrubbt hatte, bis ihr die Arme wehgetan hatten.

Schließlich musste sie an Halloween ordentlich auftreten.

Cordelia wartete unten schon auf dem Lenker von Kyrie und sprach leise mit dem Motorrad, dessen Motor bereits blubberte. Renai stieg auf, und der kleine Vogel flatterte in die Luft, statt sich auf ihrer Schulter niederzulassen, wie Renai es erwartet hatte. Sie packte den Lenker, und das Motorrad setzte sich mit einem Fauchen in Bewegung. Schotter spritzte auf, als sie die Straße erreichten.

Renai ignorierte rote Ampeln und wich einem Lastwagen aus, der langsam über die Kreuzung rollte. Kyrie fegte ächzend um eine Kurve und jagte durch die Straßen der Geschäftsstadt zur Canal Street, wo sie nach einer scharfen Linkskurve in Richtung See fuhr. Hätte Renai noch einen Zweifel an Kyries Intelligenz gehabt, löste er sich endgültig auf, als sich das Motorrad durch den morgendlichen Verkehr schlängelte und mit einer Rücksichtslosigkeit durch die Seitenstraßen raste, die es unter Renais Führung nie an den Tag gelegt hatte. Renai hatte Kyries lässiges Dahingleiten immer entspannend empfunden, eine willkommene Gelegenheit, ihre Gedanken zu ordnen und die nächsten Schritte zu überdenken. Aber diese rasende Fahrt durch die Stadt verdrängte alle Gedanken aus ihrem Kopf bis auf Worte wie »halsbrecherisch« und »Raserei«. Sie umklammerte den Lenker, presste die Oberschenkel an das Bike und wünschte sich zum ersten Mal, sie hätte einen Helm aufgesetzt.

Als sie unter der Überführung der I-10 hindurchbrausten und, ohne langsamer zu werden, die Canal Street hinunterrauschten, glaubte Renai, sie steuerten auf die Friedhöfe am Ende der Straße zu. Aber Kyrie bremste scharf, als sie die RTA-Zentrale passierten, ein massives vierstöckiges Gebäude, in dem die Straßenbahnen untergebracht waren. Sie rumpelte über die Schienen, bog illegal über die drei entgegenkommenden Fahrspuren der Canal Street ab und kam an der Ecke unter einer skelettierten Eiche zum Stehen. Der Motor verstummte blubbernd, und Renai fand sich vor einem »Betreten verboten«-Schild wieder.

Hoffentlich ist das keine Anspielung, sagte sie sich und stieg ab. Ihre Beine zitterten noch etwas von der riskanten Fahrt. Auf der anderen Straßenseite befand sich ein Yogastudio, aber sie vermutete, dass ihr Ziel das baufällige Gebäude vor ihr war.

Es hatte drei Stockwerke, und die Fenster in den ersten beiden Etagen waren mit verwitterten Sperrholzplatten vernagelt. Sie waren so zugeschnitten, dass sie bündig in die Fassungen passten. Renai vermutete, dass jemand vor vielen Jahren geglaubt hatte, sie in Kürze wieder entfernen zu können. Laub bedeckte den Weg aus Backsteinen, der vom Vorgarten aus zu einem Treppenabsatz führte, hinter dem sich früher mal ein kleiner Garten erstreckt haben musste. Jetzt fanden sich hier nur noch die vertrockneten Überreste von Farnen und Unkraut, das nicht mal lange genug gelebt hatte, um das Zementgeländer rund um das Grundstück zu überwuchern. Die pompöse Haustür, deren Bogen bis in den zweiten Stock reichte, war ebenfalls verrammelt. Darüber thronte ein kleiner Balkon mit einem Wappen, das einen Schrägstrich mit einem geneigten A auf beiden Seiten zeigte. Die gesamte Außenfassade des Gebäudes war weiß gestrichen worden, um die Graffiti zu verdecken, die dann aber prompt wieder aufgesprüht worden waren.

Es war ein trauriger und vertrauter Anblick: ein Gebäude, das die Trostlosigkeit eines Jahrzehnts ausstrahlte, seit dem es leer stand, und das so solide gebaut worden war, dass es vielleicht ein ganzes Jahrhundert leer stehen würde – falls niemand es abriss und an seiner Stelle Eigentumswohnungen baute, die nicht einmal einem Hurrikan trotzen würden, der nur halb so stark wäre wie Katrina.

»Willkommen.« Cordelia hockte im Geäst über Renai und erschreckte sie so sehr, dass sie einen Schrei unterdrücken musste. Die Psychopomp ließ sich nicht anmerken, ob sie es bemerkt hatte. Sie flatterte zu dem Geländer hinab und ließ sich darauf nieder.

»Und wo genau sind wir hier?«

»Es ist ein typisches verlassenes Gebäude. Nur ist dieses hier zufällig der Zufluchtsort einer Handvoll Toter, die es vorgezogen haben, auf dieser Seite der Dinge zu bleiben, statt ihre Ruhe zu finden. Salvatore hat dir nie von diesem Ort erzählt?« Als Renai den Kopf schüttelte, kicherte Cordelia. »Er scheint bei deiner Erziehung einiges vernachlässigt zu haben. Nun, auch wenn man den Donner leugnet, hält das den Blitz nicht auf. Hast du noch irgendwelche Fragen, bevor du reingehst?«

»Meinst du nicht ›wir‹?«

Cordelia kicherte erneut. Es klang wie eine Mischung aus dem Kichern eines Menschen und dem Zwitschern eines Vogels und vollkommen unecht. »Dadrin verstecken sich abtrünnige Tote, Renaissance. Sie würden fliehen, sobald ich eintrete.« Renai wollte widersprechen, erklären, dass sie ebenso eine Psychopomp war wie Cordelia, aber der Vogel unterbrach sie mit erhobenem Flügel und sprach weiter. »Du bist nicht so vom Aroma der Unterwelt durchdrungen wie ich. Sie werden nicht gleich wissen, was sie von dir halten sollen.« Sie putzte ihr Gefieder mit der Gründlichkeit eines Menschen, der seine Fingernägel nach der Maniküre überprüfte. »Es sei denn, du wartest lieber, bis die Pforten wieder geöffnet werden. Vielleicht kehrt Salvatore dann ja mit Anweisungen von den Thronen zurück.«

Bei dem Gedanken, untätig herumzusitzen und zu warten, knirschte Renai mit den Zähnen. »Nein«, sagte sie. »Da wir schon mal hier sind, können wir genauso gut versuchen, an Informationen zu kommen.« Sie setzte die Kapuze auf, um den Verkehrslärm und das grelle Licht der Morgensonne auszublenden. Dann bog sie die Finger und wippte auf den Zehen, als erwartete sie, einen dieser flüchtigen Toten jagen zu müssen. Oder vor ihnen fliehen zu müssen. »Irgendwelche Ratschläge?«

»Denk einfach daran, dass du ein Abgesandter des Todes bist und diese Toten deiner Autorität unterstehen. Respekt wird nicht geschenkt. Er wird erzwungen.«

»Kapiert. R-E-S-P-E-C-T, wie Aretha es uns gelehrt hat.« Bevor sie der Mut verließ, sprach Renai das Geisterwort, wappnete sich für den Schmerz beim Durchschreiten eines physischen Objekts und trat durch die Eingangstür in das verfallene Gebäude.

Die Falschheit des Ortes drang von allen Seiten auf sie ein. Es waren derselbe Gestank und dasselbe Wimmern, die Ramses' Flucht im Wohnzimmer hinterlassen hatte. Nur war beides hier weniger intensiv und über das ganze Gebäude verteilt, so wie das Aftershave ihres Onkels, noch Stunden nachdem er gegangen war, schwach im ganzen Haus gehangen hatte.

Obwohl das Geisterwort die Dunkelheit zu violetten Schattierungen aufhellte, hatte Renai Schwierigkeiten, die Einzelheiten in dem zerstörten Raum zu erkennen, in dem sie sich befand. Es sah aus, als hätten Feuer, Vergänglichkeit und Verfall diesem Ort ihre ungeteilte Aufmerksamkeit gewidmet.

Sie stand in einem großen offenen Foyer, dessen Wände bis in den zweiten Stock hinaufreichten. Von der Decke baumelte eine uralte rostige Kette nutzlos herunter. Der Kronleuchter oder was auch immer daran gehangen hatte, war längst Plünderern in die Hände gefallen. Eine Treppe führte an einer Wand hinauf zu einer Galerie an der Rückwand des Foyers. Das Geländer war zersplittert und zum größten Teil heruntergefallen. Gegenüber der Treppe stand eine lange halbhohe Wand, die einst ein Bartresen oder die Rezeption eines Hotels gewesen sein mochte oder einfach nur eine Trennwand, die teilweise eingestürzt war. Renai wusste nicht, ob Staub und Schimmel, die ihre Nebenhöhlen traktierten, nur vom Haus stammten oder ob sie diesen Gestank nach verdorbener Milch verstärkten, den sie mittlerweile als Anzeichen eines vermiedenen Todes erkannte.

Nur das Gefühl der Falschheit sagte ihr, dass der flüchtige Tote, von dem Cordelia ihr erzählt hatte, tatsächlich an diesem Ort sein könnte. Wollte sie ihren Augen trauen, dann war sie hier allein. Sie setzte die Kapuze ab, in der Hoffnung, das Gejaule in ihren Ohren würde verstummen, aber als sie sich wieder in der Realität materialisierte, raubte ihr das nur ihre Sicht.

In der Schwärze um sie herum fiel ihr jedoch etwas auf: Dieses Wimmern, das sie hörte, fühlte sich ebenfalls falsch an. Aber nicht nur grundsätzlich falsch, sondern verzerrt, verstimmt. Sie stellte sich einen Sendersuchknopf vor wie bei dem altmodischen Radio, mit dem sie die Deadline hörte, und während sie das Klingeln in den Ohren als Orientierungshilfe nutzte, drehte sie ihn langsam, als suchte sie den richtigen Sender. Das Geräusch verzerrte sich und waberte, und mit einem leisen Ploppen, als zupfte man ihr Watte aus den Ohren, wurde das Gejaule durch Gespräche, Gelächter und das Klirren von Eiswürfeln in Gläsern ersetzt. Licht flammte auf und blendete sie.

Nachdem sich ihre Augen an die Helligkeit gewöhnt hatten, schoss Renai als Erstes der Gedanke durch den Kopf, sie wäre in einen Saloon aus einem der Westernfilme geraten, die ihr Großvater so geliebt hatte.

An einem Klavier auf der anderen Seite des Raumes spielte ein glatzköpfiger schwarzer Mann klirrende schrille Musik in einem Stil, den Renai nur als altertümlich bezeichnen konnte. Er hatte ihr den Rücken zugewandt. Ein kleiner weißer Mann mittleren Alters mit zurückgekämmten Haaren und einem beeindruckenden Schnauzbart stand hinter der Bar. Sie war restauriert, üppig bestückt und auf Hochglanz poliert. Der Mann trug ein steifes weißes Hemd, eine Bolo-Krawatte und über dem Hemd Ärmelschoner. Das verschnörkelte Rad eines Kronleuchters über ihrem Kopf beleuchtete den Raum mit Dutzenden von brennenden Kerzen. Renai konnte nicht sagen, ob sie aus der Zeit gefallen war oder etwas sah, das vor langer Zeit geschehen war. Im nächsten Moment steuerte eine junge weiße Frau mit rosa gefärbten Haaren, verwaschenen Jeans und einem Cyndi-Lauper-T-Shirt auf die Bar zu.

Kaum hörte Renai damit auf, ihre Umgebung im Jahr 1800 zu verorten, erkannte sie, dass die Gestalten im Raum, die sich auf Samtcouches lümmelten, um einen Pokertisch versammelten oder auf Barhockern saßen, aus der gesamten Zeitspanne von New Orleans' dreihundert Jahre alter Geschichte stammten. Fedoras und Charleston-Kleider, karierte Anzugjacken und Mom-Jeans, Grunge-Flanell und Petticoats und Freizeitanzüge aus gecrushtem Samt.

In den wenigen Augenblicken, die sie die Toten musterte, fielen Renai einige Dinge auf. Erstens befanden sich mehr Männer als Frauen hier und darüber hinaus viel mehr Weiße als Angehörige jeder anderen Rasse.

Das war logisch, sagte sie sich nach kurzem Nachdenken. Man musste schon ein ziemlich privilegiertes Leben geführt haben, wenn man davon ausging, dass kein Leben nach dem Tod eine Steigerung zu dem war, was man auf der Erde gehabt hatte. Und man musste außerdem ziemlich arrogant sein, um dem Tod zu sagen, er solle seine Optionen lieber noch einmal überdenken, statt friedlich mitzugehen. Außerdem wurden diese Toten von ihrer Aura des Desinteresses nicht so beeinflusst wie die Lebenden. Immer wieder begegnete Renai jemandem, der den Blick abwandte, sah, wie Köpfe sich mit gespielter Nonchalance von ihr wegdrehten. Und als Drittes fiel ihr auf, dass diese Geister nicht nur ätherisch waren, sondern auch seltsam flach, wie eine Reihe zweidimensionaler Bilder, welche die reale Welt überlagerten. Obwohl sie die geisterhaften Formen der Toten erwartet hatte, die sie zum Ersten Portal geführt hatte, waren diese hier nur mehr Fetzen von Essenz. Relikte, die die Zeit bis zum Ende aller Tage totschlugen.

Ist das der Moment, in dem ich »Es wird immer kurioser und kurioser« sagen soll?, dachte sie.

Obwohl ihr Herz heftig pochte und ihre Haut kribbelte, weil zum ersten Mal seit Jahren wieder Blicke auf sie fielen, erinnerte sie sich an das, was Cordelia gesagt hatte. *Respekt.* Sie räusperte sich, holte tief Luft und schrie fast, um sich über das Geklimper des Klaviers hinweg Gehör zu verschaffen: »Ich suche nach einem verlorenen Jungen namens Ramses St. Cyr.«

Ein paar dissonante Töne, einige verstohlene Blicke und eine kurze Pause in dem Gemurmel waren die einzigen Reaktionen. Die Anspannung fiel von ihr ab und wich einer plötzlichen Hitzewallung auf ihrem Gesicht und in ihrer Brust. Plötzlich schien sie wieder unsichtbar zu sein, aber im Gegensatz zu der Aura des Desinteresses, die sie seit ihrer Auferstehung umgab, fühlte sich das hier vertrauter an. Es war der unfreiwillige Akt des Verschwindens, zu dem schwarze Frauen gezwungen wurden, wenn Beförderungen verteilt wurden. Oder Meinungen gefragt waren.

Oder Respekt erwiesen wurde.

Der kalte, wütende Wind des Hasses stieg in ihr hoch und verlangte Befreiung. Nachdem er ihr die Überschwemmung in der Leichenhalle geschenkt hatte, sie es ihm versprochen hatte und sie des Kämpfens überdrüssig war, ließ sie ihn frei. Sie tat es aus Rache an jedem weißen Arzt in dem Krankenhaus, in dem ihre Mutter als Krankenschwester arbeitete, und der sie behandelte, als wäre sie seine Sklavin. Aus Rache an jedem Mann, der ihre Tante fragte, warum sie mit einem solchen Körper ihre Zeit am College verschwendete. An jedem Menschen, der davon ausging, sie wäre die Tochter ihrer älteren Schwester, obwohl sie nur zehn Jahre auseinander waren. An dem Land, das ihre Großmutter einst gezwungen hatte, aus anderen Brunnen zu trinken als die Weißen, andere Toiletten zu benutzen, andere Schulen zu besuchen. Aus Rache für jede Ohrfeige, jeden misstrauischen Blick, jedes »Wo sollst du eigentlich sein?«, jedes »Arbeitest du hier?« und jedes »Du wärst bestimmt sehr hübsch, wenn du mehr lächeln würdest«. Für jeden Gebrauch des Wortes, der eine Person in ein Ding verwandelte. Für jedes Mal, wenn diese Welt die Haut einer schwarzen Frau in Glas verwandelte: zerbrechlich, spröde, durchsichtig.

Dafür ließ sie ihn kommen.

Als sie die impulsive zerstörerische Präsenz freisetzte, die in ihr nistete, sickerte sie aus jeder Pore ihrer Haut. Es war ein Gefühl, als dehnte sie sich aus, als wüchse sie und erfüllte den Raum mit ihrem Einfluss. Es begann als Brise, kaum mehr, als bliese sie einfach die Wangen auf, aber spürbar in der stehenden Luft in diesem Raum. Sie presste, und der Wind wurde stärker. Und stärker. Jetzt richteten sich alle Blicke auf sie, aber sie war nicht mehr daran interessiert, nur gesehen zu werden. Die Frau in ihr hatte so viel ertragen, wie sie konnte, und der Psychopomp in ihr konnte die Anwesenheit dieser Geister in der lebenden Welt nicht hinnehmen.

Es wurde Zeit für diese todesverachtenden Wichser, das zu ernten, was sie gesät hatten.

Ihr Bewusstsein wirbelte mit dem Sturm, den sie freigesetzt hatte, durch den Raum. So sah sie den Moment, in dem die Blicke von Spott, Belustigung oder Interesse in Angst umschlugen.

Gut, dachte sie, *diese Toten haben sich daran erinnert, wie es ist, Angst zu haben. Das macht die Sache einfacher.*

Der Kronleuchter drehte sich knarrend über ihrem Kopf. Die Toten ließen nicht zu, dass der Wind ihre Kleidung oder ihr Haar zerzauste, aber er beugte sie, zwang sie, sich dagegen zu stemmen, wenn sie stehen bleiben wollten. Ein weiterer Schub, und die Präsenz wurde zu einem Orkan, stärker, als diese schwachen Schatten es ertragen konnten. Sie krachten zu Boden, flogen durch die Luft und prallten gegen Wände, eingeklemmt und unverletzt, aber ihrer Willkür völlig ausgeliefert.

Obwohl der Sturm aus ihrem Inneren sich ausdehnte, bis er den ganzen Raum ausfüllte, schien er an ihren Körper gebunden zu bleiben. Als sie sprach, tat sie das nicht mit ihrer eigenen Stimme, sondern mit dem unheimlichen Geheul eines Tornados. »Ich bin wegen eines verlorenen Jungen namens Ramses St. Cyr hier!« Die Wände ächzten unter der Wucht ihres Willens.

Er ist nicht hier, antwortete der Barkeeper mit dieser flüsternden Nichtstimme der Toten. Er flackerte undeutlich dort, wo er zwischen zwei Schnapsflaschen eingeklemmt worden war. *Wir kennen jede Seele, die jemals diesen Ort betreten hat, und wir haben noch nie von einer mit diesem Namen gehört.* Aus allen Ecken des Raumes raunte es zustimmend.

»Dann hilf mir, ihn zu finden«, sagte sie. »Er versteckt sich vor dem Tod, genau wie du.«

Das können wir nicht. Ein weiteres Flüstern, kaum hörbar über dem tosenden Wind, diesmal von dem Mädchen aus den Achtzigern mit den pinkfarbenen Haaren, an das Treppengeländer gepresst und halb verborgen von einem dünnen Mann, der das Gesicht mit seiner Melone verdeckt hatte. *Wir können nicht hier weg. Wir sind zu schwach.*

»Das passiert, wenn man vor seinem Schicksal davonläuft«, erklärte sie. »Einige von euch hätten schon vor Jahrhunderten hinübergehen sollen.«

Wir haben gewartet, sagte jemand, und Renai suchte den Raum zweimal nach dem Sprecher ab, bevor sie erkannte, dass alle unisono sprachen, dass sie immer mit einer Stimme gesprochen hatten.

»Worauf?«

Auf jemanden, der uns hilft zu gehen. Die Augen, die sich in ihre Richtung wandten, glänzten hungrig, geradezu manisch. Jeder Mund verzog sich zu einer Grimasse des Lächelns. *Auf jemanden, der uns trägt.* Und dann ließen alle Relikte der Essenz das los, was sie festgehalten hatten. Sie klatschten gegen die Wände, den Boden oder die Decke. Sie lagen einfach da, während Renais Sturm über sie hinwegrauschte. Sie reckten sich ihr entgegen wie Schatten, die Arme ausgestreckt, flehend. Gierig. Fordernd.

Renai konnte damit umgehen, wenn einer sie berührte, ihre Haut mit einem unvorstellbar dünnen Finger durchstieß und in ihr Inneres glitt, um sich mit der Essenz ihrer Seele zu vermischen, um ihre Erinnerungen und Gedanken und Wünsche neben seine eigenen zu drängen. Schließlich war es nur das Fragment einer Seele. Ein Bruchstück einer Identität. Gelegentlich spürte sie einen seltsamen Impuls. Eine Erinnerung, die nicht dazugehörte, ein Fetzen eines Liedes, den sie nicht vergessen konnte. Nur ein weiterer Spuk, der sich zu dem Geist gesellte, der bereits in ihr lebte.

Aber es gab Dutzende und Aberdutzende von Schatten, die nach ihr griffen.

Nein, dachte Renai. *Ihr bekommt mich nicht.*

Die Präsenz in ihr veränderte sich auf eine Art und Weise, wie sie es noch nie zuvor erlebt hatte. Renai kannte das Grollen eines Sommergewitters, die Urgewalt eines Tornados und die Hurrikane, die vom Golf herüberwehten: wilde, mächtige Ungetüme, die brausten und tosten und alles in ihrem Weg vernichteten. Doch die Präsenz in ihr wusste von anderen Orten, anderen Arten der Zerstörung. Es gab Stürme in der Wüste, die Körner von feinem Sand mit sich rissen: riesige unerbittliche Gewalten, die zischten und versengten und zerstörten, indem sie abschliffen.

Und genau diese Art von Wind fegte jetzt durch den Raum, radierte die Schatten aus, wo sie lagen, riss sie vom Boden und von den Wänden und schleuderte sie durch die Luft. Waren sie einmal in diesem Wirbelwind gefangen, wurden die Geister nicht nur durchgeschüttelt und herumgewirbelt.

Sie wurden aufgelöst.

Renai ließ es geschehen. Sie war sich nicht sicher, wo ihr Wille endete und der des Sturms begann, aber er reagierte auf ihre Wünsche. Sie konnte diese Kraft bändigen, wenn sie es wollte. Und auch wenn der Sturm einen eigenen Willen hatte, war sie für alles verantwortlich, was er tat und was er zerstörte. In wenigen Augenblicken waren die abtrünnigen Toten auf bloße Schatten reduziert, zu einem Hauch von Magie und Substanz. Und ihr Untertan wie der Sturm.

Sie dachte an das Bild, das sie von ihnen gehabt hatte, als sie diesen Ort zum ersten Mal betreten hatte, und schickte ihren Wind wieder aus, um jegliche Schatten auszulöschen und sie mit ihrem Willen in eine Gestalt zu formen, die sie bei sich tragen und verbergen konnte. Einer nach dem anderen fielen die Schatten in sich zusammen, bildeten Rechtecke und Muster, Herz und

Kreuz, Karo und Pik. Renai streckte die Hand aus und verwandelte das Spukhaus in ein Kartenspiel: schwarz, wenn sie das Blatt auf eine bestimmte Weise hielt, und zu einer bestimmten Karte aufflackernd, wenn sie diese ins Licht drehte. Nachdem die verlorenen Fetzen von Geist und Erinnerung allesamt auf eine Handvoll Karten reduziert waren, schob sie sie in eine leere Schachtel, die sie auf dem Tisch gefunden hatte, und steckte sie in die Tasche, während der Wind sie immer noch umwirbelte.

Sie empfand kein Mitleid mit den Schatten, die sie zerstört hatte, keine Schuld wegen dem, was sie getan hatte. Sie waren nicht lebendig, erinnerte sie sich, waren sich ihrer selbst nicht bewusst, so wie es die volle Essenz eines Individuums war. Sie waren bloße Gebilde jener Personen, die sie einst gewesen waren, funktionierten nur als Kollektiv. Und selbst dann waren sie kaum mehr als eine Venusfliegenfalle, die sich an die Sprache der Menschen erinnerte. Wie Cordelia sagte, bewegten sich mehr als nur Götter und Menschen in dieser Welt, und in der Hierarchie der Realität waren diese kaum zusammenhängenden Schatten so weit von kürzlich eingesammelten toten Seelen entfernt wie Renai selbst von ihrem eigenen Schatten. Außerdem saßen sie nicht aus Versehen hier in der Falle.

Sie waren weggelaufen.

Und das Einsammeln von Seelen, in welcher zerlumpten Form auch immer, war der Job eines Psychopomps.

Nun jedoch kam der schwierige Teil. Jetzt, wo der Geist frei war, ungebundener als je zuvor, wollte er sich ausbreiten. Diese Macht, die in ihr lebte, hatte eine To-do-

Liste, wollte Statuten einreißen, Institutionen wegfegen, Menschen, die es verdienten, mit seiner Kraft überwältigen. Warum auch nicht? Waren Hurrikans nicht etwas Natürliches? Strahlte die Stadt nicht am hellsten, nachdem Wind und Regen die Straßen saubergespült hatten? Das war das Unheimlichste an dieser Macht in ihr. Nicht dass sie Wünsche hatte und eine Stimme, die nicht die von Renai war, obwohl das allein schon erschreckend genug war. Nein, das Schrecklichste war, dass ihr Argument so überzeugend war.

Es hätte vielleicht sogar funktioniert, wenn Renai nicht selbst miterlebt hätte, was alle Stürme eigentlich wollten. Sie zerstörten unterschiedslos, bestraften Sünder und Heilige gleichermaßen. Sie nährten sich von dem Hass, der sich für Renai zwar rechtschaffen anfühlte, aber sie waren fähig, die ganze Welt zu verachten.

Sie streckte die Hand aus und zog mit demselben namenlosen Teil von ihr, der den Sturm zu größerer Wut angetrieben hatte. Er wehrte sich, peitschte gegen ihren Körper und ihre Seele, aber Renai hielt fest. Es schmerzte unbarmherzig bis auf die Knochen, aber sie blieb hartnäckig. Sie biss die Zähne zusammen, verkrampfte die Fäuste und zog, Zentimeter um Zentimeter, den Sturm wieder in sich hinein.

Es dauerte lange – wie lange, konnte sie nicht sagen –, das Verlangen zu stillen, das in ihr tobte, den Sturm zu besänftigen, ihn wieder in sich hereinzulocken. Als sie es geschafft hatte, atmete sie röchelnd und kniete zwischen den Ruinen jahrelanger Vernachlässigung, die sie gesehen hatte, nachdem sie das Geisterwort gesprochen hatte, um das Gebäude zu betreten. Ihr ganzer Körper schmerzte, aber der Sturm war gebändigt. Einstweilen.

Sie stand unsicher auf, doch mit einem Gefühl der Kontrolle, wie sie es seit Tagen nicht mehr empfunden hatte. Erneut sagte sie das Geisterwort und trat zurück ins Licht des Nachmittags. Sie hatte zwar keine Fortschritte bei ihrer Suche nach Ramses gemacht, aber sie verfügte jetzt über eine weitere Quelle der Magie. Sie hatte eine ganze Schachtel voller Asse in ihrem Ärmel. Cordelia starrte sie von ihrem Platz auf dem Geländer an, den winzigen Schnabel wie belustigt aufgerissen. Renai wusste nicht genau, welches Spiel Cordelia spielte, aber sie hatte nicht vor, dem kleinen Vogel zu verraten, wie angespannt die Lage da drinnen gewesen war.

Lass sie nie sehen, wie du schwitzt, hörte sie die Worte ihrer Mutter, und Renai grinste über die Erkenntnis, dass sie, Sturm hin oder her, Schatten oder nicht, auch so bereits genügend von Stimmen aus der Vergangenheit heimgesucht wurde. »Also«, sagte sie zu der Psychopomp, »hast du noch mehr gute Ideen auf Lager?«

KAPITEL ELF

Auf der Suche nach dem Jungbrunnen haben sich Kaiser mit Tränken aus Quecksilber, Zinnober und Arsen vergiftet. Herodot glaubte, er stamme aus einer natürlich vorkommenden Quelle, deren Wasser wie Öl wogte und nach Veilchen duftete. Andere suchten ihn in Persien und nannten ihn Aab-i-Hayat oder in einem mythischen Land namens Bimini in Spanisch-Florida. In den Wüsten des Südwestens der USA glaubte man, dass der rote Saft einer bestimmten Weihrauchbaumart alle Wunden heile. Man findet ihn in einer Vielzahl von Bechern: in dem Kelch, der das Blut auffing, welches aus der Wunde an Christi Seite vom Kreuz tropfte, oder in einem Becher aus sieben Ringen, dessen Inhalt eine Vision aus dem gesamten Kosmos widerspiegeln und mit einem einzigen Schluck Langlebigkeit verleihen soll. Manche suchen immer noch danach, in Behandlungen, Operationen und in Fläschchen mit Enzymen, die angeblich ihre Telomere verlängern. Andere glauben, diese Substanz könnte zwar dazu gebracht werden, sich zu verflüssigen, seine natürliche Form wäre aber fest und unvergänglich wie die Erde selbst. Ob Wasser, Öl oder Stein, Generationen suchten nach dem Stoff, der Blei in Gold verwandeln konnte, der mit Makeln behaftete Diamanten schmelzen und in einen perfekten Edelstein umformen konnte, der die Zeichen des Alters beseitigen und die verlorene Vitalität zurückgeben konnte. Ein Trank, ein Brunnen, ein Amulett, ein Pulver, ein Al-iksir, ein Elixier. Wir jagen allem nach, was uns Jugend und Gesundheit geben und uns vor Krankheit oder Gebrechen oder Alter verschonen könnte. Wir alle sehnen uns nach einem kleinen Stück Ewigkeit.

Demourelles Island ist ein dreieinhalb Hektar großes Stück Land am Rand des Bayou St. John und beherbergt ein einziges wohlhabendes Viertel der Oberschicht. Es entstand, als sich die natürliche Biegung des Bayou als zu eng erwies, ständig verstopfte und der derzeitige gerade Kanal ausgebaggert wurde. Renai kannte es wie die meisten Einheimischen unter dem Namen Park Island. Es war berühmt geworden durch das »Aschenbecherhaus«, das berüchtigte hässliche und kostspielige Haus eines ehemaligen Bürgermeisters. Seinen Namen hatte es von der Reihe brauner Glasaschenbecher bekommen, die den Türsturz zierten. Als Renai Cordelia gezwungen hatte, ihr und nicht Kyrie ihr nächstes Ziel zu nennen, hatte sie bereits nach einer kurzen Diskussion gewusst, wohin sie gehen mussten. Das Ziel sollte nicht schwer zu finden sein, denn Park Island bestand aus nur einer Straßenschleife, und eine kurze Brücke war der einzige Zugang, wenn man nicht schwimmen wollte.

»Das am weitesten von der Brücke entfernte Haus auf

der Insel«, hatte Cordelia ihr in dem ehemaligen Spukhaus gesagt, bevor sie davongeflogen war. »An der Inselspitze.«

Deshalb war Renai überrascht, als sie an der Brücke ankam, die von der Insel wegführte, ohne eine Abzweigung vom Park Island Drive gesehen zu haben. Und das, obwohl sie Kyrie gezwungen hatte, so langsam zu fahren, dass sie die Hausnummern überprüfen konnte. Es frustrierte sie, als sie ein zweites Mal am Aschenbecherhaus vorbeifuhr und eine Schleife zurück zur Brücke drehte. Auch Kyrie wirkte verwirrt und ruckelte unter ihr. Renai tätschelte den Tank. »Ich sehe mir das mal genauer an«, sagte sie. »Du wartest hier.« Kyries Motor heulte einmal auf und verstummte. Renai wusste nicht, ob das Verärgerung oder Dankbarkeit bedeutete oder ob sie einfach nur anfing, in das Verhalten des Motorrads eine Persönlichkeit hineinzuinterpretieren. *Seltsam,* dachte sie, als sie Kyrie stehen ließ und über den Bürgersteig ging. *Nach all der Zeit kenne ich sie eigentlich immer noch nicht. Dabei habe ich früher doch alles ständig hinterfragt.*

Sie dachte darüber nach, während sie zwischen den Schatten der Eichen auf dem Bürgersteig hin und her lief. Vorbei an den gepflegten Rasenflächen moderner Häuser, die in jedem beliebigen Vorort Amerikas hätten stehen können, und dem üppigeren Laub der Gärten und Hecken von Gebäuden, die doppelt so groß waren wie die ihrer Nachbarn. Lag es daran, dass das Einsammeln von Ramses so besonders war, oder daran, dass sie seit Tagen keine Stimme mehr verzehrt hatte? Oder möglicherweise an Cordelias fordernder Art, im Gegensatz zu Sal, der sie immer so behütend behandelte? Jedenfalls reflektierte sie auf eine Art und Weise wie schon seit Jahren nicht mehr.

Als Renai noch am Leben gewesen war, hatte sie einen Freund gehabt, der wegen des Colleges nach Northshore gezogen war. Manchmal, wenn sie über die Brücke des Pontchartrain Lake gefahren war, hatte Renai innerlich auf Autopilot geschaltet. Die lange gerade Strecke des Damms über den spiegelglatten See erforderte nur sehr wenig Aufmerksamkeit, solange kein Auto unerwartet die Spur wechselte oder ihr ein Raser begegnete. Dann wurde sie ins Bewusstsein zurückgerissen, als wäre sie aus einem Tagtraum aufgeschreckt worden. Je mehr sie darüber nachdachte, desto klarer wurde ihr, dass die Jahre seit ihrer Auferstehung im Fluge vergangen waren, gerade so wie diese endlosen schnurgeraden Meilen. Bei dem stillen Wasser unter ihr und dem wolkenlosen Himmel über ihr waren ihre Gedanken ziellos abgeschweift und ebenso schnell und leicht wieder vergessen.

Sie hatte das Ende des Bürgersteigs erreicht. Ein dünner Eisenzaun verlief neben ihr, halb verdeckt von überwucherndem Gras und Palmwedeln und den Wurzeln einer riesigen Eiche, die aus dem Boden ragten und eigene Schösslinge aufwiesen. Nach einem kurzen Asphaltstück ging der Bürgersteig weiter und schlängelte sich in die Richtung davon, aus der sie gekommen war. Sie verschwand zwischen Pflanzenkübeln und Farnen und einer mit Laub übersäten Auffahrt, auf der zwei Autos standen. Die Luft auf der anderen Straßenseite flirrte, transparent und schillernd zugleich, als hätte man eine Seifenblase zwischen dem Laternenpfahl und dem Sackgassenschild vor ihr aufgehängt. Dieser seltsam leere Ort stieß sie nicht ab wie diese Wunde, die Ramses' Flucht hinterlassen hatte; stattdessen fühlte er sich eher glitschig an, sowohl für ihren Verstand als auch für ihre Sehkraft. Ihre Aufmerksamkeit glitt davon ab, wenn sie versuchte, sich darauf zu konzentrieren. Also schloss sie die Augen und ging blindlings weiter.

Als Renai die Grenze überschritt, berührte diese Energie ihr Gesicht, klammerte sich unangenehm wie ein Spinnennetz daran, bevor sie riss und Renai durchließ. Sie öffnete die Augen und sah das Haus, das sie von der Straße aus nicht hatte erkennen können: das offene Tor und die lange Kiesauffahrt zwischen hohen, dichten Hecken, die zu einem dicken Turm führte, doppelt so hoch wie breit und in einem satten Grün gestrichen. *Komm raus, komm raus, wo immer du bist,* dachte sie. Eine Wendeltreppe führte in den ersten Stock. Das Erdgeschoss war nur eine leere Betonauffahrt, auf der ein glänzendes Oldtimer-Cabrio parkte. Cordelia hockte auf einem der eisernen Torstacheln und wippte zur Begrüßung mit dem Schwanz, als sie Renai sah.

»Gehört das alles zum Test?«, wollte Renai wissen.

»Wieso, was meinst du?«, fragte Cordelia in einem spöttischen Ton, der bewies, dass sie genau wusste, was Renai meinte.

»Du hättest mich vorwarnen können, was mich in der Ruine erwartet, genauso wie du mir von der Magie hättest erzählen können, die diesen Ort verbirgt. Einmal mag ein Zufall sein. Zweimal ist Verarschung. Ich habe keine Ahnung, mit wem du deiner Meinung nach hier herumspielst, aber mit mir machst du das nicht. Ich …«

»Ja.« Cordelia schnitt ihr das Wort ab und neigte den Kopf zur Seite. Renai merkte, dass ihr Mund offen stand, und klappte ihn so würdevoll wie möglich zu. »Tut mir leid«, fuhr Cordelia fort. »Hast du erwartet, dass ich dich belüge? Wäre es dir lieber gewesen, wenn ich dich mit Samthandschuhen angefasst hätte wie dieser erbärmliche Abklatsch eines Psychopomps, dem du bisher hinterhergehechelt bist? Die Antwort ist Ja – zusätzlich zu dem, wozu mich die Throne geschickt haben, teste ich dich.«

»Warum?«, fragte Renai. »Warum tust du mir das an?«

»Weil Wölfe in der Dunkelheit heulen, Renaissance. Weil der Boden unter unseren Füßen bebt. Weil die Sonne sich mittags verdunkelt. Du fühlst es genauso wie ich. Du weißt, dass das Verschwinden dieses Jungen etwas sehr Schlimmes ist und dass die verlassenen Pforten etwas noch Schlimmeres verheißen. Schlicht formuliert, ich teste dich, weil ich deine Hilfe brauche und mir nicht sicher bin, ob du der Aufgabe gewachsen bist, nachdem du eine gerade verstorbene Seele verloren hast. Und ich ziehe es vor, das jetzt festzustellen und nicht erst, wenn die Hallows beginnen.« Bevor Renai auch nur eine der Fragen stellen konnte, die ihr auf der Zunge lagen, hüpfte der kleine Vogel von der Spitze des Zauns und landete nach einem Flügelschlag auf ihrer Schulter. Dort flüsterte Cordelia mit dieser Stimme, die klang, als schwänge ein Lächeln darin mit: »Und da wir gerade ehrlich sind, gebe ich zu, dass ich nicht erwartet habe, dass du es überhaupt so weit schaffst.«

Ich auch nicht, dachte Renai.

Während sie die knarzende Wendeltreppe vorsichtig hinaufstieg, frischte der Wind auf, und es kühlte merklich ab. Die Temperatur würde stark sinken, sobald die Sonne untergegangen wäre. Wenigstens würde sie dann in ihrer Jacke nicht mehr schwitzen.

Als sie den kleinen Söller ganz oben erreichte, befand sie sich zwar nur ein Stockwerk über dem Boden, aber an einem derart flachen Ort wie New Orleans bedeutete dieser Höhenunterschied einen Wechsel der Perspektive. Sie konnte ein Stück den Bayou St. John hinunterblicken, zwei der vielen Brücken ausmachen, die den schmalen Flussarm überquerten, und die vorbeifahrenden Autos sehen. Die Wasserstraße machte im Vergleich zu dem See, den sie speiste, nicht viel her und schon gar nicht im Vergleich zum Mississippi, in dessen Biegung sich die Stadt schmiegte. Aber der Bayou war einmal breiter gewesen, hatte viele Finger durch die Stadt gestreckt, statt dieses einen Kanals, den sie ihm gelassen hatten. Und er war immer noch tief genug, um tödlich zu sein. Erst vor ein paar Jahren war das Auto einer Lehrerin aus den stillen Gewässern gezogen worden. Ihre Leiche hatte noch darin gesessen. Renai hatte natürlich vor dem Bericht in den Nachrichten davon gewusst. Den Namen der Frau und die Todesursache hatte sie in der Deadline gehört. Sal hatte ihr nicht erlaubt, die Leiche einzusammeln.

Sie fragte sich allmählich, was er ihr im Laufe der Jahre sonst noch vorenthalten hatte.

Jetzt richtete sie ihre Aufmerksamkeit auf die Tür, zu der sie hinaufgestiegen war. Sie war verwittert, und die Farbe war alt und rissig. Der bronzene Türklopfer in der Mitte hatte die Form einer Faust. Der Patina auf dem Metall nach zu urteilen, war er ziemlich alt. Die schwarze Kugel der versteckten Überwachungskamera unter dem Dachvorsprung wirkte im Kontrast zum Rest des Hauses beeindruckend modern. Renai griff nach dem Türklopfer, zog die Hand aber zurück, als Cordelia missbilligend zwitscherte.

»Da reden wir ständig davon, dass du nicht über das erforderliche Wissen verfügst, und hier stürmst du drauflos wie ein Stier mit gesenkten Hörnern.« Cordelia flatterte von ihrer Schulter auf die Regenrinne über ihr. »Fragst du dich denn nicht, wer dich da drinnen erwartet?«

Das bedeutet wohl, dass ich hier ebenfalls allein hineingehen werde, dachte Renai. Sie bemerkte, dass Cordelia sich geschickt aus dem Blickfeld der Kamera manövriert hatte. »Wie wäre es für den Anfang mit einem Namen?«

Cordelia gab wieder dieses kichernde Zwitschern von sich. »Er nennt sich Jack Elderflower, aber ich muss dir sicher nicht sagen, dass das nicht sein Geburtsname ist. Ich fürchte, sein wahrer Name ist sein Geheimnis.«

»Und er ist ebenfalls ein Regelbrecher? Wie die Seelen in der Canal Street, die sich weigerten hinüberzugehen?«

»O nein. Seine fortgesetzte Existenz widerspricht zwar der natürlichen Ordnung, das ist wahr, aber Jack ist kein wandernder Schatten. Über ihn hat der Tod keine Macht.«

Für eine Psychopomp, dachte Renai, *steht Cordelia wirklich ziemlich auf Leute, die den Thronen trotzen.* Sie schaffte es, ein Grinsen zu unterdrücken. Stattdessen ließ sie ihrer Gereiztheit freien Lauf. »Also besteht der nächste Test darin, aus all diesen vagen Andeutungen einen Zusammenhang zu konstruieren? Muss ich herausfinden, wer dieser Jack Wer-auch-Immer wirklich ist, um mich seiner Hilfe zu versichern?«

»Ich bin keine Sphinx«, erwiderte Cordelia, »und Jack ist kein Rätsel. Er wird uns helfen, weil seine Fähigkeiten käuflich sind. Die Frage ist, ob du seinen Preis zahlen kannst. Schließlich handelt nicht jeder mit Gefälligkeiten.«

Eine Gänsehaut überlief Renai. Sowohl wegen des bedrohlichen Tons, mit dem Cordelia das Wort »Preis« aussprach, als auch wegen ihrer Andeutung, dass sie von Renais Gespräch mit Seth und seinem Angebot einer »Gefälligkeit« wusste. Der Einzige, dem sie von ihrem »Deal« mit dem Gott mit den schmutzigen Händen erzählt hatte, war Sal. Und ob sie ihren Teil der Abmachung erfüllt hatte, stand auf einem anderen Blatt. Hatte er Cordelia davon erzählt? Oder zapfte sie eine andere Informationsquelle an, die sie noch nicht verraten hatte? Was für eine Art von »Pomp« war Cordelia eigentlich? Ein Bulle? Eine Spionin? Eine Rebellin? Welche Geschichte sie auch haben mochte, eines wusste Renai sicher: Das kleine Vögelchen hatte ihr nicht die ganze Wahrheit gezwitschert.

Sie hoffte, dass man ihr die Zweifel nicht ansah. Denn ob es ihr gefiel oder nicht, Cordelia war die einzige Hilfe, die sie im Moment hatte. Also schob sie ihr wachsendes Misstrauen beiseite und gelobte sich, dass sie darauf zurückkommen würde, sobald sie Zeit hätte, die Dinge gründlich zu durchdenken. Sie lächelte zu dem kleinen Vogel hoch, als wäre ihr die subtile Anspielung entgangen. »Ich verstehe«, antwortete sie. »Nicht mal Lippenbekenntnisse gibt es umsonst.« Dann kniff sie die Augen zusammen. »Über welche Art von Fähigkeiten reden wir denn hier?«

»Jack ist ziemlich geschickt darin, Dinge aufzuspüren, die lieber verborgen bleiben würden.«

Plötzlich durchlief Renai eine andere Art von Schauder, als sich die Puzzleteile in ihrem Kopf zusammenfügten. Ein Mann, der dem Tod trotzte, der käufliche Talente hatte und der sein Zuhause im Schutz der Anonymität versteckte. Sie hatte einmal jemanden gekannt, auf den diese Beschreibung passte, und obwohl ihre Zeit mit ihm in ihrem Kopf völlig durcheinandergeraten war, waren ihre wenigen klaren Erinnerungen an Jude Dubuisson sehr deutlich. Er war ein wandelnder Schlamassel mit dem Lächeln des Teufels und einem Beutel voller Tricks, der nie leer wurde. Außerdem hatte er eine Rolle bei ihrer Wiedergeburt gespielt; damals war er ein Halbgott gewesen, und jetzt war er, wenn sie sich richtig erinnerte, ein richtiger Gott.

Und wie dieser »Jack Elderflower« hatte Jude schon immer eine Affinität zu verlorenen Dingen gehabt.

Ein zuversichtliches Lächeln breitete sich auf ihrem Gesicht aus. Zum ersten Mal seit Tagen hatte sie das Gefühl, dass sich die Wolken verzogen und Sonnenschein durchließen. Sie griff erneut nach dem Türklopfer, aber ein Klicken und das scharfe Summen eines sich öffnenden elektronischen Schlosses sagten ihr, dass »Jack« bereits wusste, dass sie hier waren. Als sie die Tür aufstieß und ins Innere trat, fragte sie sich, ob Jude sie erkennen würde. Sie hatte viel Übles erlebt, seit sie sich das letzte Mal gesehen hatten, und sie hatte auch einen Haufen Mist gemacht, von der Art, die Spuren hinterließ. Vielleicht war das der wahre Grund, warum die Leute sie nicht weiter beachteten.

Der Raum, den sie betrat, war so dunkel und heiß wie ein Dachboden im Hochsommer. Und es war so stickig, dass sie nur mit Mühe atmen konnte. Blind wegen der plötzlichen Finsternis, musste sie sich auf ihre Ohren verlassen. Ein Surren und Ticken hüllte sie ein, und die Vibration darunter war so stark, dass sie eine Sekunde glaubte, das Geisterwort hätte sich selbst aktiviert. Als ihre Augen sich auf die Dunkelheit eingestellt hatten, sah sie die gleichförmigen Server-Racks, die den ganzen Raum einnahmen, und die Kabel, die sich über den Boden schlängelten. Der Magen sank ihr in die Kniekehlen. Jener Jude, an den sie sich erinnerte, hatte kaum ein Handy bedienen können, geschweige denn so eine Anlage.

Sie schnaubte und wischte sich den Schweiß von der Stirn. Ob Cordelia sie zu Jude oder zu Jack gebracht hatte, änderte letztlich nichts. Es war nur wichtig, Ramses zu finden.

Eine Reihe von kleinen Lichtern am Boden flammte auf. Sie beleuchteten die Umgebung nicht, aber sie markierten einen Weg und dann auch eine Reihe von Stufen und Absätzen an der Außenwand, die hinter einer Biegung verschwand. »Na klar«, murmelte sie leise, »steig einfach die dunkle Treppe mit den gruseligen Lichtern hoch. Ein Anfang wie in einem verdammten Horrorfilm.« Trotz ihres Bedürfnisses, endlich aus der Hitze herauszukommen, verschränkte sie die Arme und verlagerte ihr Gewicht. »Sie können mit dieser ›Komm in meine Stube, kleine Fliege‹-Masche aufhören. Sie verfügen hier mit Sicherheit über eine vernünftige Beleuchtung, und ich weiß auch, dass Sie mich hören.«

Lichter flammten auf. Einige erloschen mit einem Aufblitzen und einem leisen Knall sofort wieder, aber es blieben genug übrig, dass Renai den Raum erkennen konnte. Sie sah die Server und die Treppe, die zu einer Tür zwei Stockwerke höher führte, und den Kabelbaum, der in der Decke verschwand.

»Schon besser«, sagte sie, grinste kurz und ging hinauf zu der Tür. Die öffnete sich mit einem Summen, als sie näher kam. Der Raum dahinter war ein Einzimmerapartment mit kühlerer Luft, üppig und dekadent eingerichtet und vollgestopft mit Technik. An jeder der vier Wände hingen große Flachbildschirme, auf denen jeweils ein Dokumentarfilm über ein anderes Ökosystem lief: das dunkle wogende Blau eines Ozeans, das satte Grün der Wasserlinsen und das Hängemoos in einem Sumpf, die gedämpften Töne eines Waldes aus der Vogelperspektive, die bräunlichen Rottöne einer Wüste, über deren Dünen der Wind strich.

Die Möblierung bestand aus einem breiten, mit Büchern vollgestopften Regal, einem massiven Schreibtisch, auf dem sich Computermonitore drängten, einem Stuhl mit hoher Rückenlehne, einem Himmelbett in einer kleinen Nische, die halb von einem Vorhang verdeckt wurde, und einem leeren Ledersessel. Die Möbel passten offensichtlich zusammen, und ihre Qualität verriet, dass sie nicht aus einer Massenproduktion stammten. Das Holz schimmerte in einem eleganten Eierschalenweiß, abgenutzt wie ein Paar Designerjeans, das schwere braune Leder war luxuriös. An jeder Ecke des prachtvollen makellosen Teppichs stand einer dieser Saugroboter. Auf den wie ein Puzzle zusammengefügten Monitoren war eine Karte von New Orleans zu sehen. Sie erstreckte sich über alle Bildschirme, die zusammen wie ein einziger riesiger Monitor wirkten.

Der Stuhl stand mit der Rückenlehne zu ihr und verbarg den Sprecher. Eine sanfte, aristokratische Stimme rezitierte: »›Komm in meine Stube?‹, sagte die Spinne zur Fliege. ›Es ist das schönste Stübchen, das du je gesehen hast./Der Weg in mein Stübchen führt eine Wendeltreppe hinauf,/und ich kann dir viele merkwürdige Dinge zeigen, wenn du da bist.‹«

Renai sog zischend die Luft ein. »Und ich soll jetzt glauben, das rezitieren Sie einfach so aus dem Stegreif, ja?«

Das Kichern war freundlicher und authentischer, als sie erwartet hatte. »Überhaupt nicht. Ich habe es gegoogelt, nachdem du es erwähnt hast.« Der Stuhl schwang herum und erlaubte ihr einen Blick auf den Mann, der sich Jack Elderflower nannte.

Und der definitiv nicht Jude Dubuisson war.

Jack war dünn, breitschultrig, weiß, und er hatte strähniges hellbraunes Haar. Vielleicht war es schütter, oder er war möglicherweise schon sein ganzes Leben lang mit dieser hohen Stirn geschlagen. Der Schatten eines Bartes lag auf seinen kantigen Kiefern und dem Grübchenkinn, die Art von Bart, die lässig aussehen sollte, letztlich aber nur künstlich wirkte. Er trug ein T-Shirt mit einer Comicfigur auf der Vorderseite und verblichene Jeans, die, dem Rest des Raumes nach zu urteilen, wahrscheinlich so viel gekostet hatten wie Renais gesamte Garderobe. Elderflower zeigte ein strahlendes Lächeln, als er sie sah. Es offenbarte helle Zähne und war entweder so gut eingeübt, dass es fast aufrichtig wirkte, oder so echt, als würde er für die Kamera posieren. Jack war so normal, so entwaffnend, unbedrohlich normal, dass Renai erst ganz zum Schluss die farblose Iris seiner Augen bemerkte.

Nachdem sie eine Psychopomp geworden war, hatte Renai einen Sinn entwickelt, den sie selbst nie ganz hatte verstehen können: Wenn sie dem Blick einer Person begegnete – ganz gleich, ob es sich um einen Gott, einen Geist oder einen Sterblichen handelte –, fühlte sie eine Verbindung, spürte einen Aspekt seiner Existenz, den sie nie benennen oder gar mit Worten beschreiben konnte. Es war so ähnlich wie das Gefühl, beobachtet zu werden, oder das Bewusstsein, dass das Verstreichen der Zeit flüchtiger war als etwas so Konkretes wie ein Geräusch oder ein Geruch.

Bis sie in Jacks ungewöhnliche Augen blickte, hatte sie keine Ahnung gehabt, was sie bei alldem als Konstante in der Welt um sie herum wahrgenommen hatte. Erst als es fehlte, war sie in der Lage, es zu benennen: Wer oder was auch immer er zu sein behauptete, der Mann, der sich Jack Elderflower nannte, hatte keine Seele.

KAPITEL ZWÖLF

»Wollen Sie sich nicht setzen?« Jacks Stimme wurde ernst, obwohl er immer noch dieses Hundert-Watt-Lächeln aufgesetzt hatte. Er deutete auf den Ledersessel. »Ich würde Ihnen ja einen Drink anbieten, aber ich fürchte, alles, was ich habe, ist nur für meinen einzigartigen Gaumen geeignet.«

Was zur Hölle soll das bedeuten? Renai konnte seinem Tonfall nicht entnehmen, ob seine Bemerkung eine Beleidigung darstellte oder sich lediglich auf seine übernatürliche Natur bezog. Sie hob sicherheitshalber hoheitsvoll eine Braue und schob die Hände in die Jackentaschen. »Ich stehe lieber, danke«, antwortete sie. »Und außerdem ist es ein bisschen früh für mich, um mit dem Trinken anzufangen. Aber lassen Sie sich nicht abhalten.«

Das Bedauern auf Jacks Gesicht war genauso unaufrichtig wie seine Fröhlichkeit zuvor. »Ich entschuldige mich für die Theatralik«, sagte er. Seine butterweiche Stimme trug einen Hauch des alten Geldes von New Orleans in sich. Sie klang so vornehm und selbstbewusst wie ein National-Public-Radio-Podcast. »Heutzutage empfange ich nicht mehr häufig Besucher.«

Renai wusste nicht, ob es an seiner Seelenlosigkeit,

seiner »Theatralik«, wie er es nannte, oder daran lag, dass er nicht Jude Dubuisson war, aber alles, was Jack sagte, ging ihr auf die Nerven. Sie tat ihre Verachtung mit einem scharfen Grunzen kund. »Ich verstehe schon. Man holt das gute Porzellan raus, wenn Besuch kommt, richtig?«

Jack runzelte die Stirn, dann kicherte er manieriert. »Nein, nichts dergleichen«, sagte er. »Ich habe festgestellt, dass die meisten Leute einfach durch mich hindurchsehen, wenn ich sie nicht zwinge, sich zu konzentrieren.«

Renais Kopfhaut prickelte unangenehm, und ihr lief ein Schauder über den Rücken. Jack hatte gerade ziemlich perfekt ihre Aura des Desinteresses beschrieben. Sie betrachtete sich jeden Morgen im Spiegel, wenn sie sich die Zähne putzte und schminkte, und beschwerte sich die ganze Zeit, weil sie durch den patriarchalischen Schwachsinn so konditioniert worden war, dass sie immer noch Make-up auflegte, obwohl die meisten Leute sie gar nicht bemerkten. Deshalb wusste sie, dass ihre Augen das gleiche Hellbraun hatten wie immer, abgesehen von den fragwürdigen sechs Monaten als Sechzehnjährige, als sie grüne Kontaktlinsen getragen hatte. Wenn sie sich selbst mit der gleichen Klarheit betrachten könnte, mit der sie Jack sah, wäre ihre Iris dann auch so bleich wie seine? War sie ebenso seelenlos wie er?

Sie holte tief Luft und legte die Fragen auf dem Stapel der Dinge ab, über die sie sich später Gedanken machen wollte.

»Kleiner Tipp gefällig?«, fragte sie. »Wenn Sie wollen, dass man Sie sieht, hilft es, das Licht einzuschalten.«

Jacks Lachen war etwas lauter, als ihr Scherz es verdient hatte. »Das merke ich mir. Also, was kann ich für Sie tun, Miss …« Er ließ das Ende des Satzes offen, damit sie ihren Namen nennen konnte.

»Rain.« Sie entschied in letzter Sekunde, dass dieser seltsam grinsende Widerling mit der Verarbeitungsmacht eines nationalen Raumfahrtprogramms ihren richtigen Namen nicht erfahren würde, selbst wenn er ihn lediglich zu einem toten Mädchen führte. »Das Miss/Mrs.-Ding können Sie ebenfalls weglassen. Rain reicht. Der einzige Mann in meinem Leben, um den Sie sich kümmern müssen, ist der, den Sie für mich finden sollen.«

Jack blinzelte nicht einmal. Er nickte nur kurz, winkte sie zu sich und schwang seinen Stuhl zurück, um sich wieder den Monitoren zuzuwenden. »Sie suchen also nach einer Person«, stellte er fest. »Haben Sie einen Namen für mich?«

»Ramses St. Cyr.« Sie trat dichter an ihn heran, um über seine Schulter einen Blick auf die Bildschirme werfen zu können, hielt aber eine Armlänge Abstand zu ihm. Sie beobachtete, wie er den Namen in eine Suchmaschine eintippte, die nur aus einem Textfeld auf einer leeren Seite bestand. Es wirbelte ein paar Sekunden herum und öffnete dann eine Seite in französischer Sprache. Er beugte sich vor und summte ein Lied. Nach ein paar Tönen erkannte sie es. »When the Saints Go Marching in«. Renai biss sich auf die Unterlippe. Bis jetzt hatte er noch keinen Preis genannt, aber er hatte auch noch nichts gefunden.

Jack verstummte. »Er hat nicht zufällig mit einer Immobilienfirma in Frankreich zu tun?«

»Wow«, sagte sie todernst. »Sie sind ein Genie. Können Sie als Nächstes Tupac für mich finden?« Sie hätte sich am liebsten auf die Zunge gebissen. Sie würde nie seine Hilfe bekommen, wegen der sie schließlich hier war, wenn sie ihre Rastlosigkeit nicht besser in den Griff bekam.

»Sie wären überrascht, wie oft es so einfach ist«, erwiderte er. »Die Leute verstecken heutzutage nichts mehr. Früher waren Geheimnisse noch eine Herausforderung.«

Heutzutage?, dachte Renai. *Der Typ sieht aus wie dreißig.* Natürlich besagte das Aussehen in ihrer Welt nicht viel. Sie selbst sah noch so alt aus wie an dem Tag, an dem sie gestorben war. Entschlossen presste sie die Lippen zusammen und schob jeden Gedanken an irgendwelche Ähnlichkeiten zwischen ihr und dem seelenlosen Jack Elderflower beiseite.

Jacks Finger flogen über die Tastatur und tippten Ramses' Namen auf einen anderen Bildschirm, schwarz mit grüner Schrift. Der Name war eingebettet in Zahlen und Satzzeichen des Computercodes, und gelegentlich tauchten Symbole auf, die eher wie Sternzeichen aussahen als wie Buchstaben in einer ihr bekannten Sprache. Jack hob dramatisch die Hand, wie ein Dirigent den Taktstock,und tippte sodann auf die Eingabetaste. Sofort öffneten sich Fenster auf den anderen Bildschirmen: der Scan einer Geburtsurkunde, eine Schülerinformationsseite mit dem BIDA-Logo und Ramses St. Cyrs Schulfoto, eine NOPD-Datenbankdatei von einem Programm namens Palantir, ein halbes Dutzend Social-Media-Seiten, eine Amazon-Wunschliste, zwei separate Browser-Historien, eine frei von Pornos und eine mit praktisch allen existenten Pornos, ein Spotify-Profil, eine Handyrechnung.

In Sekundenschnelle hatte Jack Ramses' ganzes junges Leben auf seinen Bildschirmen ausgebreitet, kalt und gründlich wie bei einer Autopsie.

»Voilà!« Jack riss triumphierend die Fäuste in die Luft, als hätte er nicht gerade etwas Schreckliches getan. »Meine Dämonen lassen sich niemals abwimmeln.« Er beugte sich über die Tasten und deutete auf das Bild von Ramses, ohne hinzusehen. »Ist das unser Junge?«

»Das ist er«, sagte Renai. »Und, sorry, aber haben Sie gerade ›Dämonen‹ gesagt?«

Seine Finger erstarrten in ihrem Tanz. Es dauerte nur den Bruchteil eines Augenblicks, gerade so lange, dass Renai es bemerkte und wusste, dass seine nächsten Worte eine Lüge sein würden. »Nur so eine Redewendung«, sagte er und summte weiter, als er Ramses' Informationen durchging. »Unser Junge war unartig. Er war die ganze Woche nicht in der Schule.«

»Das wusste ich schon«, sagte Renai.

»Es wurden Schüsse in seinem Wohnblock gemeldet, aber keine bekannten Opfer.«

»Das wusste ich auch. Können Sie nicht einfach, Sie wissen schon …« Sie wedelte mit der Hand und hatte ein halbes Dutzend Begriffe aus Polizeiserien und Spionagefilmen auf der Zunge, Worte wie »pingen« und »triangulieren«. »Können Sie sein Handy nicht orten oder so?«

»Das habe ich als Erstes versucht.« Jack achtete mehr auf den Bildschirm als auf seine Erklärung. »Ich dachte, er hätte nur sein GPS ausgeschaltet, aber als ich ihn anrief, um einen Treffer beim nächstgelegenen Sendemast zu erzielen, bekam ich … nichts. Also hat er entweder die Datenübertragung abgeschaltet, oder das Handy ist tot.« Renai zuckte bei dem letzten Wort zusammen. »Ich habe einen Däm… einen Bot aktiviert, der ihn alle dreißig Sekunden anwählt. Sobald er wieder im Netz ist, erfahre ich es.« Jack drehte seinen Stuhl zu ihr, und als sie ihm in die Augen sah, wich sie unwillkürlich einen Schritt zurück.

»Das war's also? Sind Sie schon fertig?«

»Nein«, erwiderte er und zog knackend an einem Fingerknöchel nach dem anderen, langsam und methodisch. »Jetzt ist der Zeitpunkt gekommen, an dem wir über die Bezahlung sprechen.«

»Bezahlung? Wofür? Sie haben mir nichts geliefert, was ich nicht schon weiß.«

Wieder dieses Hundert-Watt-Lächeln, auch wenn dieses Mal etwas Verschlagenes darin lag. »Das stimmt nicht. Jetzt wissen Sie genau, wie schwer es sein wird, ihn ohne meine Hilfe zu finden. Das war umsonst. Falls ich Ihnen allerdings zeigen soll, wo er steckt, kostet Sie das etwas.«

»Wenn er vollkommen vom Erdboden verschwunden ist, was macht Sie denn da so sicher, dass Sie ihn finden können?«

»Wäre der Einäugige König im Land der Blinden, wäre der Mann mit der Videokamera ihr Gott.«

Sie atmete scharf ein. »Das soll mich überzeugen?«

»Es sind einfach nur Fakten. Die Frage ist nicht, ob ich es tun kann, die Frage ist, ob Sie mich bezahlen können. Denken Sie gründlich darüber nach.« Er drehte sich zu seinem Schreibtisch um und schob alle Bilder und Daten von Ramses auf einen kleinen Bildschirm. Der Rest zeigte wieder die facettierte Karte der Stadt wie zu dem Zeitpunkt, als sie hereingekommen war.

Sosehr sie ihm auch die perfekten Zähne hätte einschlagen mögen, seine Zuversicht flößte ihr zum ersten Mal seit Tagen etwas Hoffnung ein. Vielleicht konnte sie Ramses doch noch finden, bevor die Hallows begannen. Sie hatte weder Geld noch irgendwelche wertvollen Besitztümer zum Tauschen. Außer der Jacke, und die würde sie niemals hergeben. Sie besaß keine echte Macht, jedenfalls keine, die eine Gefälligkeit wert gewesen wäre. Als sie zu entscheiden versuchte, welchen Banktresor sie mithilfe ihres Geisterwortes für ihn leeren könnte, wurde ihr klar, dass sie bereits entschlossen war, seinen Preis zu zahlen. »Wie viel?«

»Eine einzige Münze.« Jack drehte sich ein wenig zu ihr um. »Eine von diesen goldenen Münzen, die Sie nehmen, wenn Sie die Toten einsammeln.«

Renai lachte bellend auf vor Überraschung, verstummte jedoch augenblicklich, als sie die Erregung in Jacks Gesicht sah. »Ist das Ihr Ernst? Wie kommen Sie …?«

»Ich lebe schon lange«, unterbrach er sie, »und erkenne eine Psychopomp, wenn sie vor mir steht, ›Rain‹.« Er malte tatsächlich Anführungszeichen in die Luft, als er ihren Namen aussprach. Zweifellos nur um dieses selbstgefälligen Arschlocheffekts willen. »Und wir wissen beide, dass niemand das Verschwinden einer einzigen Münze bemerken wird, wenn die Hallows beginnen.«

Die Münze in ihrer Tasche fühlte sich plötzlich schwer an, weil sie versuchte, nicht daran zu denken. Ein halbes

Dutzend Antworten kamen Renai in den Sinn – Zweifel und Verleugnung, Fragen und Flüche –, aber sie schob sie alle beiseite. Sie war schon so weit gekommen, da konnte sie es auch bis zum Ende durchziehen. »Zeigen Sie es mir«, sagte sie. »Zeigen Sie mir, ob das, was Sie tun können, das Schicksal eines Menschen wert ist.«

Als Antwort stand Jack auf und schob den Stuhl mit seinen Oberschenkeln aus dem Weg. Er zog eine Schreibtischschublade auf und nahm ein Paar braune Arbeitshandschuhe heraus. Um die Finger und Handgelenke waren Messingspiralen gewickelt, die auf den Handflächen und Handrücken zu seltsamen Glyphen gebogen waren. Sie sprühten Funken, als er sie anzog. Der Boden begann, rhythmisch zu vibrieren, als näherte sich eine Marching Band bei einer Mardi-Gras-Parade. Renai dachte zuerst, dass Jack dieses Beben auslöste, aber als es stärker wurde, spürte sie, wie die Computergeräte im Erdgeschoss zum Leben erwachten. Jack streckte die Hände zu den verschiedenen Monitoren auf seinem Schreibtisch aus und manipulierte mit einer Geste, als wäre die Luft vor ihm ein Touchscreen, die angezeigte Karte von New Orleans. Er zoomte auf den Stadtteil Central City, dann auf eine Handvoll Wohnblocks, auf eine einzelne Straße und schließlich auf ein einzelnes Haus, in dem Renai anhand der beiden Friedhöfe auf der anderen Straßenseite das der St. Cyrs erkannte.

Sie wollte Jack schon zur Neuerfindung von Google Maps gratulieren, als er die Hand ausstreckte, sie zur Faust ballte, das Bild von den Bildschirmen nahm und es in der Luft schweben ließ.

Renai hatte schon Hologramme gesehen, flüchtige Kreationen aus Licht, aber das hier war etwas anderes. Die Scheibe der Stadt, die vor Jacks ausgestreckten Händen schwebte, war lebendiger als jede Projektion und so fest wie der Boden, auf dem sie stand. Es war auch nicht einfach eine Nachbildung der Architektur der Straßen und Grünflächen; Renai sah Autos auf den Fahrbahnen und Vögel am Himmel und überall Menschen, alles in einem einzigen Moment eingefangen. Das leistete kein noch so fortschrittlicher Computer. Es war eine Verbindung von Magie und Technologie, bei der Renais Magen flatterte. Bevor sie irgendeine ihrer zahllosen Frage äußern konnte, bewegte Jack wieder die Hände. Die Stadtscheibe neigte sich, bis sie auf Bodenhöhe war und sie auf die Eingangstür des St.-Cyr-Hauses blickten. Renai spürte den Impuls herauszufinden, was passierte, wenn sie die Stadt berührte. Sie ballte stattdessen die Fäuste und schreckte vor dem Gedanken zurück.

»Ziemlich beeindruckend, oder? Ich nenne ihn Maxwell. Und jetzt passen Sie auf.« Er legte die Hände aneinander, als hielte er eine Schale in den Handflächen. Dann schob er eine Hand im Gegenuhrzeigersinn herum. Anstatt sich zu drehen, wie sie erwartet hatte, begann sich die erstarrte Stadt zu bewegen, Autos schossen vorbei, Schatten wurden länger, verschoben sich, die Menschen auf dem Bürgersteig bewegten sich ruckartig zurück wie in einem Video. Die Nacht erhob sich über diese Stadt, und der Tag brach an, wieder und wieder, und dann verlangsamte Jack seine Bewegungen und ließ einen einzigen Moment erstarren.

Ramses St. Cyr stand in seiner Schuluniform vor der Haustür, den Rucksack über die Schulter gehängt.

»Wissen Sie, wann das … aufgenommen wurde?«

»Das ist der letzte Tag, an dem er zur Schule gegangen ist«, sagte Jack, ohne sich von der Stadt abzuwenden, als ob er die Magie, die er gewirkt hatte, mit seiner Aufmerksamkeit aufrechterhielte. »Vor fünf Tagen.«

Also noch bevor er sterben sollte, dachte Renai. *Wo zum Teufel hast du gesteckt, Junge?* »Was jetzt? Können Sie ihn damit aufspüren?«

»Ja und nein«, gab Jack zurück. »Ich kann nicht einfach dorthin springen, wo er gerade ist. Aber ich kann ihm folgen, sehen Sie?« Er bewegte erneut die Hände, um es zu demonstrieren. Das Bild sprang vorwärts, und sie schwebten direkt über Ramses' Schulter und hielten mit ihm Schritt, als er zur Ecke ging, einen anderen Teenager in der gleichen Uniform überholte, auf einen gelben Bus wartete und einstieg. Jack presste die Handflächen aneinander, und die Perspektive schoss wieder nach oben, so hoch, dass sie noch einmal die ganze Stadt erfasste. Für einen kurzen Moment, bevor das Bild statisch wurde und wieder auf die Monitore beschränkt war, sah Renai eine Wolke über den See treiben. Wenn sie jetzt nach draußen ginge, würde sie dann dieselbe Wolke sehen? Konnte dieses seltsame Bewusstsein, das Jack sich zunutze gemacht hatte, sich selbst wahrnehmen? Sie stellte sich die abscheuliche Unendlichkeit vor, die daraus erwachsen würde, wenn sich zwei Spiegel gegenüberstünden, und fühlte sich ein wenig unwohl.

»Also …« Jack zog die seltsamen, sonderbar aussehenden Handschuhe aus. »Nachdem Sie jetzt gesehen haben, dass ich Ihre Beute zur Strecke bringen kann, wenn man mir etwas Zeit gibt, wie sieht es mit meinem Preis aus? Haben wir einen Deal?«

Renai holte tief Luft und hielt den Atem an. Das war vielleicht ihre einzige Chance, Ramses zu finden. Es hätte sie überrascht, wenn die Geister, die sie in der Canal Street gesammelt und in ein Kartenspiel verwandelt hatte, nicht einfach nur zu fliehen versucht hätten, als sie sie beschworen hatte. Und was den normalerweise so zuverlässigen Sal anging: Der war verschwunden. Und wenn um Mitternacht das Chaos der Hallows begann …

Sie wollte die Hände in die Jackentaschen schieben, als ihr einfiel, dass sie dort die Glücksmünze aufbewahrte, mit der sie ihn auf der Stelle hätte bezahlen können. Also stemmte sie stattdessen die Fäuste in die Hüften. »Was haben Sie damit vor?« Sie erwartete, dass er lügen würde, denn sie vermutete sehr stark, dass er seine fehlende Seele mithilfe der Münze Stück um Stück wieder aufbauen wollte. Aber die genaue Lüge, die er ihr auftischen versuchte, konnte aufschlussreich sein.

»Ist das wichtig?«, fragte er. »Es ist die einzige Bezahlung, die ich akzeptieren werde, um Ihr verlorenes Lämmchen zu finden. Wir verhandeln nicht. Sie sagen Ja, oder Sie sagen Nein.«

Wäre sie nicht vorsorglich auf Abstand gegangen, hätte sie ihn vielleicht geschlagen. Sie zwang sich, in seine beunruhigend farblosen Augen zu starren, mit all der Verachtung, die ihre Mutter ihm entgegengebracht hätte. Dann schenkte sie ihm ihr bestes »Du hast es gerade versaut«-Lächeln. »Von mir aus. Ich finde selbst hinaus.« Sie machte einen kleinen Schritt in Richtung Tür. »Soll ich den Nächsten hereinlassen, um sich Ihr ›Friss oder stirb‹-Angebot anzuhören?«

Jack hob die Brauen. Zum ersten Mal zeigte er Unsicherheit. »Welcher Nächste?«

»Der Nächste in der langen, langen Reihe von Psychopomps, die draußen warten. Sie wissen schon, wir alle sind ja so begierig darauf, Ihnen zu besorgen, was immer Sie wollen.« Sie hob in gespielter Überraschung die Arme, als wäre ihr erst jetzt etwas klar geworden. »Ach, richtig! Ich bin ja die einzige Psychopomp weit und breit und auch die Einzige, die hier auftauchen wird.« Sie faltete die Hände vor ihrem Bauch und straffte die Schultern. Und wartete. Geduldig wie das Grab.

Jack brach so schnell ein, dass es fast enttäuschend war. Er seufzte und schien zu verwelken, als könnte er seine Haut nur mit diesem Atem füllen. »Ich kann lediglich sehen, was war und was ist«, gab er zu. »Erst wenn ich mit einem ursprünglichen Schicksal arbeiten und es in meinen Entwurf einbeziehen kann, sehe ich, was sein wird.« Er zuckte finster mit den Schultern. »Mehr werde ich nicht sagen.«

Renai dachte daran, wie einfach und gefühllos Jack jedes noch so kleine Geheimnis von Ramses ausgegraben hatte, und versuchte sich vorzustellen, was ein solcher Mann mit der Fähigkeit anfangen konnte, in die Zukunft zu sehen. Es war kein angenehmer Gedanke. Dennoch, Jacks Computer – seine Dämonen, wie er sie nannte – hatten ihm nicht sagen können, was Opal gesehen hatte: dass Ramses mehr als ein Mensch war. Das Wissen war irgendwie tröstlich, dass dieses seelenlose Was-auch-Immer nicht wirklich allwissend war. Allerdings hatte sie ohne Seele ebenfalls keine Möglichkeit, dafür zu sorgen, dass er seinen Teil der Abmachung einhielt.

Das brachte sie auf eine Idee.

»Erst finden Sie Ramses für mich«, sagte sie, »dann bekommen Sie Ihre Münze.«

Jack lachte barsch. »Na klar«, gab er zurück, »kein Problem. Wollen Sie nicht auch noch meine Brieftasche? Und wenn wir schon dabei sind, wie wäre es mit dem Rolls unten auf der Zufahrt? Die Schlüssel müssen hier irgendwo ...«

»Denken Sie, wir laufen mit Taschen voller Glück herum?« Renai hob die Ecken ihrer Jacke an, zeigte ihr Hemd und ihre Taille. »Soll ich meine Taschen leeren?« Sie spürte, wie sie bei diesem Bluff errötete, hoffte aber, Jack würde das ihrer Frustration zuschreiben, falls er es überhaupt bemerkte. »Sie wissen, was ich bin. Haben Sie sich mal überlegt, warum ich einen Menschen suche? Haben Sie über den einzigen Grund nachgedacht, warum jemand wie ich zu Ihnen kommt?« Das arrogante Grinsen verschwand aus Jacks Gesicht, aber Renai redete weiter, wollte es ihm einhämmern, damit er ihre Worte nicht infrage stellte. »Ist Ihnen vielleicht in den Sinn gekommen, dass ich erst einmal eine Seele finden und einsammeln muss, bevor ich ein Stück davon für Sie abtrennen kann?«

»Schon gut, schon gut!« Jack hob kapitulierend die

Hände. »Das ist ein treffendes Argument.« Er legte die verschränkten Finger an seine Lippen. Ohne Pupillen oder Iris war es unmöglich zu erkennen, ob er sie ansah und auf eine Antwort wartete oder gedankenverloren ins Leere starrte. Das Schweigen zog sich in die Länge und machte deutlich, dass er es wichtiger fand, seine Optionen abzuwägen, als auf ihre Zeit Rücksicht zu nehmen.

Renai schaffte es, nur eine Braue hochzuziehen, aber innerlich kochte sie. Man musste schon ein ziemliches Arschloch sein, um mitten in einer geschäftlichen Verhandlung einfach aufzuhören, mit seinem Gegenüber zu reden. Doch obwohl Jack ihre Geduld längst über Gebühr strapaziert hatte, löste seine Unhöflichkeit aus irgendeinem Grund nicht den rechtschaffenen Sturm in ihr aus. Vielleicht hatte sie ihr tägliches Mojo komplett für diese flüchtigen Geister aufgebraucht. Oder frustrierte Empörung war einfach nicht die richtige Art von Wut. Vielleicht wusste der Sturm genau wie sie, dass es sich für die Genugtuung, ihn hereinzulegen, lohnte zu warten.

Oder vielleicht, dachte sie, *macht sein gruseliger Big Brother dem Sturm genauso viel Angst wie mir.* Der Geist in ihr schwieg und ließ sich nicht anmerken, ob er sie hörte.

Jack presste die Lippen zusammen, und eine Sekunde glaubte Renai, sie hätte laut gesprochen. Dann nickte er und räusperte sich. Sie begriff, dass er soeben eine Entscheidung getroffen hatte. »Wenn ich dem zustimmen soll«, sagte er, »brauche ich eine Sicherheit von Ihnen.«

Renai leckte sich die Lippen, um nicht zu fluchen. »Zum Beispiel?«

»Ihren Namen, Ihren richtigen Namen, und einen Tropfen Blut.«

Jegliche Befriedigung, die sie angesichts der Möglichkeit empfunden hatte, Jack auszutricksen, verpuffte. Renai war keine Magierin, aber sie wusste genug über Zaubersprüche und deren Funktionsweise, um zu erkennen, dass Jacks Forderung sowohl vollkommen vernünftig war als auch sämtliche Hoffnung darauf, ihn zu hintergehen, ihrerseits zerstörte. Sie konnte weder auf Jacks Fähigkeit, Ramses zu folgen, verzichten, noch konnte sie ihn mit der Münze in ihrer Tasche bezahlen, nicht, nachdem sie ihm so dramatisch vorgespielt hatte, keine zu haben. Sie hatte sich bei dem Versuch, gerissen zu sein, selbst in die Ecke manövriert. *Sag die Wahrheit und beschäme den Teufel,* hörte sie die Worte ihrer Großmutter.

»Gut«, sagte Renai. »Haben Sie einen Stift?«

Jack öffnete eine Schublade in seinem Schreibtisch und nahm ein kleines Holzkästchen heraus. Er faltete es mehrmals auseinander wie ein kompliziertes Puzzle. Als er fertig war, lag es flach auf dem Schreibtisch und enthüllte seinen Inhalt: ein kleines Blatt Papier, ein dunkles Fässchen und eine elegante hauchdünne Schreibfeder. Der Anblick der weißen Feder löste ein Grauen in Renai aus, das sie weder benennen noch abschütteln konnte. Es hatte nichts mit der Funktion der Feder zu tun, sondern mit etwas Älterem, woran sie sich nur schwach erinnerte. Sie beobachtete, wie Jack den Stöpsel mit einem Ploppen aus dem Tintenfass zog, wie er die Feder sorgfältig und fast geziert in die Tinte tauchte, und wartete darauf, dass ihre Abneigung gegen das Schreibgerät vergehen würde.

Als das nicht geschah und Jack ihr den Federkiel hinhielt, unterdrückte sie ihre Gefühle und griff trotz allem nach der Feder. Sie hatte nichts für Schwäche übrig, schon gar nicht für ihre eigene.

RENAISSANCE DANTOR RAINES, schrieb sie mit den klobigen Blockbuchstaben ihrer einfachen Handschrift, die kein Lehrer in all den Jahren auf ihrer katholischen Schule jemals in Schreibschrift hatte verwandeln können. Sie stach sich mit der scharfen Spitze des Federkiels in den Daumen – ihr Magen verkrampfte sich vor Übelkeit, nicht wegen des Schmerzes oder des Blutes, sondern wegen dieser verdammten weißen Feder – und setzte ihren blutigen Daumenabdruck neben ihren Namen. Jack riss den Streifen mit ihrem Namen ab und rollte ihn zu einem Röhrchen zusammen, das er in eine Glasphiole schob. Renai verspürte plötzlich den Impuls, den Papierfetzen zu überprüfen, den Seth ihr gegeben hatte, um zu sehen, ob er ebenfalls einen braunen Abdruck von getrocknetem Blut aufwies. Das wäre ihr doch aufgefallen, oder?

Jack schloss das Schreibkästchen mit einer Abfolge hölzernen Klackens und legte es zurück in die Schublade. Dann zog er seine verrückten Handschuhe wieder an und griff erneut nach dem Stadtplan. Dieses Mal jedoch drückte er die einzelnen Ausschnitte, nachdem er sie von den Monitoren gelöst hatte, zusammen, faltete und drehte sie, bis sie klein genug waren, um in eine Hand zu passen. So klein, dass Renai sie nicht einmal mehr sehen konnte. Er hielt den Plan fest, formte ihn, manipulierte ihn immer wieder, als faltete er Origami-Figuren. Als er schließlich zufrieden war, stand er auf und hielt Renai eine Hand entgegen.

Auf der Handfläche von Jacks behandschuhter Hand befand sich ein pfirsichkerngroßes Loch in der Realität.

»Na los«, sagte er, »nehmen Sie es. Dafür sind Sie schließlich hergekommen.«

Ohne zu wissen, was genau sie finden würde, aber eher bereit, Schmerzen zu ertragen, als diesem Mann gegenüber Unsicherheit zu zeigen, griff Renai nach Jacks Hand und nahm das Ergebnis seiner Arbeit mit zwei Fingern. Es fühlte sich an wie eine Glasperle, glatt, aber unregelmäßig geformt, kühl und ohne Gewicht. Als sie sie hochhielt, um sie genau zu betrachten, brach sich das Licht nicht so darin, wie es eigentlich sollte. Stattdessen schwammen Bilder darin herum.

Jack machte eine Geste wie jemand, der durch die Lupe eines Juweliers blickt. »Schauen Sie hindurch, nicht darauf.«

Sie folgte seiner Anleitung und sah Ramses St. Cyr. Er saß im Klassenzimmer von Opal Brennan, den Kopf über sein Heft gebeugt, und machte sich Notizen. Alles bewegte sich doppelt, fast dreimal so schnell, als würde sie eine DVD vorspulen. Renai konnte sich ein Lächeln nicht verkneifen. Irgendwann würde das hier sie direkt zu ihm führen. Sie wollte sich bei Jack bedanken, obwohl er so arrogant gewesen war, aber er hatte sich bereits wieder seinen Computern zugewandt. Offenbar betrachtete er ihr Geschäft als abgeschlossen.

Renai schob den Seh-Stein in eine der Jackentaschen, in der sich keine Glücksmünze befand, und ging rasch zum Ausgang. Die Türen öffneten sich für sie ohne elektrisches Summen, aber die Schlösser klapperten laut, sobald eine Tür hinter ihr zuschwang. Während sie die Treppe hinunter und durch den seltsamen Serverraum ging, versuchte Renai, weder an die Macht zu denken, die Jack Elderflower besaß, noch daran, dass sie keine Ahnung hatte, wer oder was er wirklich war.

Sie wusste jedoch anhand dieses seltsamen Gefühls von Resonanz, das sie seit Ramses' Verschwinden mehr und mehr plagte, was auf Elderflower wartete, sollte sein unnatürlich verlängertes Leben ein Ende finden. Die Sechste Pforte, die von einem Gott mit Totenschädel namens Barren kontrolliert wurde, war der Ort, an dem die Seelen auf die Waage des Gerichts trafen. Wenn sie es geschafft hatte, Miguel Flores durch alle anderen Pforten in die weiten Tiefen der Unterwelt zu führen, dann wurde an dieser Pforte die Münze seines Glücks gewogen und gemessen. Hier wurde das Leben, das er gelebt hatte, mit dem Schicksal verglichen, das ihm im Moment seiner Erschaffung zugedacht worden war. Und dort würde sein Wesen entweder zu den Thronen durchgelassen oder er ins Nichts des Vergessens geworfen werden, verkörpert durch eine Bestie, den Verschlinger. Konnte Elderflower keine Glücksmünze auf die Waage legen, blieb ihm keine Hoffnung auf ein anderes Ziel, sondern nur der Schlund des Verschlingers.

Es gibt nichts Gefährlicheres, hörte Renai ihren Vater sagen, *als ein Mensch ohne Hoffnung.*

Der Gedanke an die Sechste Pforte, den Verschlinger und ihre flüchtigen Erinnerungen an ihre eigene Zeit dort riefen ihr ein Bild des Mannes ins Gedächtnis, von dem sie fälschlicherweise angenommen hatte, er würde auf sie warten, als sie Elderflowers verrückten Zauberturm betreten hatte. Des Mannes, der eine Mitverantwortung dafür trug, dass sie eine Psychopomp war und nicht nur ein totes Mädchen. Des Mannes mit der Gabe, verlorene Dinge zu finden. Des Mannes, an den sie und Sal sich besser gewendet hätten, als Ramses St. Cyr seinem eigenen Tod davongelaufen war. Nur war er eben nicht länger nur ein einfacher Mann, was er ohnehin nie gewesen war. Er war jetzt ein Gott … der Glücksgott von New Orleans, genauer gesagt.

Und dieser knackige Typ schuldete ihr noch einen Gefallen.

KAPITEL DREIZEHN

Von den Millionen von Momenten, die du jeden Tag erlebst, ist nur eine Handvoll wirklich bedeutsam. Ein Blick auf das Schwarze Brett in einem Café statt auf dein Mobiltelefon. Ein Lächeln für den Fremden in der Bar, der eines Tages dein Ehepartner sein wird. Der platte Reifen auf dem Weg zu einem Vorstellungsgespräch. Die Pille, die du vergessen hast zu nehmen. Wir nennen es Schicksal, Vorsehung oder Glück, und der Einfluss ist bereits im Moment der Geburt in das einzigartige Muster des Lebens eines jeden Menschen eingewebt. Aber das Buch deines Lebens ist mit Bleistift geschrieben, nicht mit Tinte. Du kannst von Budai besucht werden, einem überschwänglichen Mönch in einer für seinen Umfang viel zu kleinen Robe, der das Glück, das er in einem Stoffsack über der Schulter trägt, mit dir teilt, oder von Mammon, der dämonischen Gestalt, deren Geschenk des Reichtums in Wahrheit ein Fluch ist. Du kannst Weihrauch entzünden, den Duft, der Dedun gefällt, dem nubischen Gott des Reichtums, oder du kannst Miso backen und die Aufmerksamkeit eines Binbôgami auf dich ziehen, eines schmutzigen alten Mannes mit nur einer Sandale, der seinen Fächer, sein kaputtes Spielzeug und eine Wolke des

Unglücks mit sich herumträgt. Du kannst unter den Erlen rasten und der Gunst von Leib-Olmai teilhaftig werden, oder du könntest den Segen von Legba suchen und herausfinden, dass stattdessen Kalfou alle Türen geschlossen hat, die dir einst offen standen. Da sind Lakshmi und ihre ältere Schwester Jyestha, die eine bringt Hilfe, die andere Unglück. Da ist der elefantenköpfige Ganesha, der Hindernisse entfernt – und erzeugt. Und Fortuna mit ihrem Schiffsruder, ihrem Füllhorn, ihrem Rad des Schicksals.

Unser Leben ist sowohl vorherbestimmt als auch ungewiss. Schicksal und Glück – zwei Seiten derselben Münze.

Jude Dubuisson zu finden, erwies sich schwieriger, als Renai gedacht hätte. Sie hatte Cordelia in Jacks Methode eingeweiht, mit der er Ramses aufstöbern wollte, und ihr berichtet, was er im Gegenzug dafür verlangte. Das hatte dem Vögelchen ein spöttisches Zwitschern entlockt. Danach hatte Renai der Psychopomp gesagt, sie brauche ein paar Stunden für sich. Cordelia hatte das zwar nicht gefallen, aber als Renai ihr empfahl, es als Test zu sehen, hatte sie eingewilligt, sich um Mitternacht wieder mit ihr an der Ersten Pforte zu treffen. So konnte Renai den Glücksgott auf eigene Faust suchen. Sie war sich nicht sicher, ob sie Judes Aufmerksamkeit ganz für sich haben wollte oder Cordelia einfach nicht über den Weg traute. Aber inzwischen hatte sie drei Stunden damit verschwendet, zu all den Orten zu fahren, die sie vage als Judes

Revier in Erinnerung hatte, und ihn nirgends gefunden. Deshalb war sie ganz froh, dass Cordelia nicht bei ihr war und Zeugin ihrer Frustration wurde.

Jude musste als New Orleans' Glücksgott natürlich nach wie vor in der Stadt leben, das bedeutete aber nicht, dass man ihn einfach über Google fand. Das letzte Mal hatte sie mit Jude auf der Paraderoute beim Mardi Gras gesprochen, nachdem sie von den Toten auferstanden war. Ein kurzes farbenfrohes Bild aus ihrer Erinnerung an das Gespräch mit ihm schoss ihr durch den Kopf. Es war Sal gewesen, der ihn aufgespürt hatte. Die Hundegestalt ihres Mentors hatte eine untrügliche Spürnase, die sich nicht einmal von den Göttern täuschen ließ. Das machte es noch beunruhigender, dass Sal unfähig schien, Ramses zu finden. Aber ihre fruchtlosen Bemühungen in Bezug auf Jude zeigten ihr, wie sehr sie sich auf Sals Nase verlassen hatte. Sie hatte zugesehen, wie sie zum bloßen Handlanger von jemandem geworden war. Bei ihrer Suche war sie in der jetzt leer stehenden Wohnung im Warehouse District gewesen, die Jude früher sein Zuhause genannt hatte, in seinem Büro am Canal Place, am Rande des Viertels, hatte die Tarotkartenleser und Karikaturisten am Jackson Square aufgesucht, wo er einst gesessen und Touristen angeboten hatte, verlorene Dinge zu finden.

Jetzt verließ sie mit Kyrie das Viertel und fuhr ziellos durch die Gegend. Sie brausten über die Canal Street in Richtung der Friedhöfe, der Stadt der Toten an ihrem Ende. Sie fragte sich, ob eine der anderen Sechs Pforten womöglich auf Lake Lawn, St. Patrick's oder Odd Fellow's Rest lag, der *Ruhestatt des Komischen Kauzes*.

Trotz ihrer langen Zeit als Psychopomp war sie immer nur an der Ersten Pforte gewesen.

Irgendwie freute sie sich auf Mitternacht. Sobald die Uhr zwölf schlug und offiziell Halloween war, konnten die Pforten nicht mehr verschlossen bleiben. Nicht einmal die Throne waren in der Lage, die Lebenden und die Toten während der Hallows voneinander fernzuhalten. Sie würde Sal finden, und er würde Ramses finden, und damit wäre die Sache erledigt. Einfach und sauber.

Aber wenn das stimmte, warum hatte Sal dann so nachdrücklich darauf bestanden, den Jungen vorher aufzuspüren? Warum fühlte sie sich derart getrieben, die Sache allein zu lösen? Warum erfüllte der Gedanke an den Beginn der Hallows sie mit einer unerklärlichen Furcht?

Wenn sie doch nur Jude hätte finden können! Die Dämmerung war von der Nacht abgelöst worden und hatte ihre Hoffnung, dem Glücksgott zu begegnen, mit sich genommen. Kyrie wechselte die Spur; sie spürte genau, wie Renai kapitulierte. Genauso gut konnte sie zu ihrem Treffen mit Cordelia an der Ersten Pforte fahren und auf Mitternacht warten. Ohne Salvatore als Führer würde sie Jude nur mit unverschämt viel Glück finden können. Dieser Gedanke und ihre Kenntnis von Judes Charakter brachten sie auf eine Idee. Sie würde noch einen letzten verzweifelten Versuch unternehmen, bevor sie aufgab und Cordelia und den Thronen gegenüber einräumte, dass sie den Test nicht bestanden hatte.

Kyrie schien ihren Sinneswandel zu würdigen, denn das Motorrad schaltete herunter und nahm Kurs in die

Richtung, aus der sie gekommen waren. Sie wich knapp einer der roten Straßenbahnen aus und rauschte dann die Canal Street hinunter zum Fluss. Sie schlängelten sich durch die dröhnende, brummende Verkehrssymphonie und um die murmelnden Menschenmassen herum, überfuhren rote Ampeln, als wären sie Jäger oder Gejagte, und die Canal Street wurde trotz der bewölkten, mondlosen Nacht immer heller zwischen den Türmen aus Glas und Neon, den Hotels und den Bars und Theatern, dem Joy und dem Saenger.

Als sie ihr Ziel erreichten, rumpelte Kyrie vor Eifer über den kurzen Bordstein auf den breiten Bürgersteig und steuerte direkt auf die Treppe zu. Renai beschrieb mit Kyrie einen Schwung, der Hinterreifen quietschte auf dem Asphalt, und eine rosa Rauchwolke stieg auf. Sie war so intensiv, dass ein paar Touristen sie tatsächlich einen Moment bemerkten und sie ungläubig anglotzten, bis ihre Aura wieder einsetzte und sie das Interesse verloren.

Renai tätschelte ihr heiß gelaufenes Motorrad. »Ganz ruhig, Mädchen!«, sagte sie. »Wir wissen nicht genau, ob er dadrin ist.« Je länger sie jedoch darüber nachdachte, desto richtiger fühlte es sich an.

Das Gebäude vor ihr war fast so groß wie ein ganzer Häuserblock und mindestens drei Stockwerke hoch, doch es war mehr Palast als Turm. Eine Reihe von Palmen stand vor einer breiten Treppe. Sie waren von reichen Leuten importiert worden, um bei den Touristen Assoziationen mit den Tropen auszulösen. Säulen erhoben sich zwischen der Treppe und der Fassade des

Gebäudes, deren Erdgeschoss aus einer Reihe von Glastüren bestand. *Das Haus des Teufels hat viele Türen*, hörte sie die Stimme ihrer Großmutter sagen, *aber keine davon lässt einen so hinaus, wie man reinkommt.*

Der Fries war beleuchtet und zeigte Skulpturen in pseudogriechisch-römischem Stil. Jedenfalls nahm Renai an, dass es sich um Fälschungen handelte, da sie von grellen lila Neonlichtern beleuchtet wurden. Eine Frau in einer Robe zur Linken, ein paar Kämpfer zur Rechten, die so verkeilt waren, dass man kaum erkennen konnte, wer wen festhielt. Und in der Mitte prangte ein riesiges männliches Gesicht mit offenem Mund und breiter Nase, aus dessen Lippen etwas Schlangenartiges herausglitt oder hineingesogen wurde. Schon bei Tageslicht war es unheimlich, doch im Dunkeln wirkte es durch die Schatten, die die Scheinwerfer erzeugten, geradezu bedrohlich. Aber Renai hatte das Gefühl, dass die meisten Leute, die diesen Ort betraten, sich gar nicht die Mühe machten aufzuschauen.

Sie schwang sich von Kyrie, deren Motor noch kurz weiterlief, während Renai die Treppe hinaufstieg. Die Begeisterung des Motorrads war ansteckend und erhöhte ihren Pulsschlag. Obwohl Renai diesen Ort oft gesehen hatte, war sie gestorben, bevor sie alt genug gewesen war, ihn auch betreten zu dürfen.

Harrah's war das größte Casino im ganzen Staat Louisiana und das einzige in der Stadt, das auf festem Boden stand. Falls die Menschen, die Glück und Reichtum anbeteten, eine Kirche hatten, dann war es diese. Harrah's war der Tempel, in dem sie ihre verzweifelten Gebete sprachen und ihr Glück mit jeder Kartenrunde aufs Neue verspielten.

Und das perfekte Zuhause für einen Betrüger.

Die Kakofonie des Ortes schlug Renai entgegen, als sie durch die Glastüren trat: das überwältigende elektronische Klingeln und Surren und Pfeifen von Hunderten von Spielautomaten. Eine tiefe eindringliche Stimme von den allgegenwärtigen TV-Bildschirmen, die »neue und bessere Spielmöglichkeiten« anbot. Popmusik aus den späten Neunzigern drang aus Lautsprechern, als wäre der ganze Ort ein riesiger Fahrstuhl. Und all das wurde übertönt vom Geschrei der Menschen. Sie schrien Getränkebestellungen über das Kauderwelsch der Spielautomaten hinweg, sie schrien in ihre Handys, schrien vor Freude oder Verzweiflung, wenn sie gewannen oder das Glück sie verließ.

Renai stand mehr als eine Minute fassungslos da, bevor sie den Lärm nicht mehr wahrnahm und ihre eigenen Gedanken wieder hören konnte. Ihr erster sagte: *Ich habe einen großen Fehler gemacht.* Der Jude, den sie kannte, würde sich nicht an dieser primitiven Gier beteiligen, mit all dem leeren Schein und dem schrillen Exzess. Nicht weil er sich nicht die Taschen mit dem Reichtum der Leichtgläubigen füllen würde, das tat er mit einem Lächeln, sondern weil seine Tricks subtiler, seine Täuschungen raffinierter waren. Natürlich, denn er war ja jetzt ein Gott. Vielleicht war er nicht mehr der Jude, den sie gekannt hatte.

Renai griff angesichts der Unermesslichkeit und des Chaos dieses Ortes nach dem Handy in ihrer Tasche.

Sie wollte die Zeit im Auge behalten, denn sie war sich sicher, dass ihr die wenigen Stunden bis Mitternacht durch die Finger rinnen würden, wenn sie nicht aufpasste. Dann würde sie am Ende noch den Zeitpunkt versäumen, zu dem sie sich mit Cordelia treffen wollte. In diesem Moment wurde ihr klar, dass sie der Psychopomp durchaus zutraute, auch ohne sie durch die Erste Pforte zu gehen.

Ihr Telefon zeigte ihr eine Nachricht von einem blockierten Kontakt an. Sie dachte als Erstes an Opal, die einzige Person, die ihre Nummer hatte, aber die Nachricht war selbst für ein Orakel zu merkwürdig. *Nimm den Aufzug rechts von dir,* stand da. *Oberste Etage.* Sie blickte nach rechts, und tatsächlich, zwischen der Herrentoilette und dem Geldautomaten befand sich ein Aufzug. Sie hatte ihn vorher nicht bemerkt, vielleicht wegen des »Außer Betrieb«-Schildes an den Türen.

Möglicherweise war er auch einfach nicht da gewesen, als sie vorhin hingesehen hatte. Trotz des Schildes klingelte der Aufzug, sobald sie den Knopf drückte, die Türen öffneten sich und teilten das Schild genau in der Mitte. Renai trat in die verspiegelte Kabine. Die Spiegel wurden von einem bronzenen Geländer halbiert, auf dem Boden lag ein dichter kastanienbrauner Teppich, und in den Ecken kauerte ein Quartett vergoldeter Statuen in Form großer Kröten. Nein, es waren gar keine Statuen, sondern Aschenbecher. In einem glomm noch ein Zigarrenstummel. Sie reichten ihr bis zur Taille und wirkten allesamt zutiefst hässlich und seltsam deplatziert, da das Rauchen in Casinos inzwischen verboten war. Die Türen schlossen sich hinter ihr, und sie bemerkte, dass es nirgendwo Knöpfe an den verspiegelten Wänden gab.

Renai fuhr herum. In ihrer Brust spürte sie eine Anspannung, die nichts mit dem Sturm zu tun hatte, der tief in ihr schlummerte. Nein, es war vielmehr eine Mischung aus überfallartiger Panik und Frustration über sich selbst, weil sie direkt in etwas hineingelaufen war, das sich wie eine Falle anfühlte. Sie war überheblich geworden, zu selbstsicher wegen der Kraft des Sturms und des Geisterwortes. Sie war zu groß für ihre Hose, hätte ihr Vater gesagt. Nach einer Weile entlud sich die ganze unruhige Energie in ihr in einem scharfen zynischen Lachen. »Der Betrüger wird betrügen«, sagte sie zu ihrem eigenen Spiegelbild.

Jemand in dem leeren Raum räusperte sich.

Da Renai seit ihrer Wiedererweckung mit genau dieser Art von Seltsamkeit vertraut war, wandte sie ihre Aufmerksamkeit den Aschenbechern zu: fette goldhäutige Kröten mit hervorstehenden Augen aus irgendeinem facettierten roten Stein, mit Krallenfüßen, die sich an den Münzstapeln festhielten, auf denen sie hockten, und breiten Mündern, die ihnen einen strengen, vielleicht sogar wütenden Gesichtsausdruck verliehen. Der einzige erkennbare Unterschied zwischen ihnen war der, dass eine von ihnen an einem übel riechenden Zigarrenstumpen kaute, während die anderen drei Münzen zwischen den Lippen hielten: runde Münzen mit vier eingravierten chinesischen Schriftzeichen, die ein ausgestanztes Quadrat in der Mitte umgaben.

»Hallo?« Sie wandte sich in die Richtung der rauchenden Kröte.

Die Statue stieß einen Schwall Silben in einer Sprache aus, die Renai nicht kannte. Sie war sich aber aufgrund des Tonfalls ziemlich sicher, dass diese Kröte nicht besonders erfreut über ihre Anwesenheit war. Eine Krallenpfote nahm die Zigarre aus dem Mund, der sie weiter beschimpfte. Als Renai nicht antwortete, blinzelten die Facettenaugen sie wütend an, und die Kröte schob sich den Stumpen wieder zwischen die fetten Lippen. Als die Statue erneut sprach, diesmal auf Englisch und mit einem Akzent, der in Renais Ohren wie Chinesisch klang, erklangen ihre Worte in der langsamen, sorgfältigen Kadenz einer Person, die sich mit einem Kind unterhielt. Einem nicht allzu klugen Kind. »Du haben Münze?«

Renai schob die Hand in die Jackentasche und umklammerte die Glücksmünze, die sie Jack Elderflower nicht hatte überlassen wollen. Aber hier hatte sie vielleicht keine andere Wahl. Sie würde die Münze hergeben oder auf eigene Faust aus einer gespiegelten, magischen Gefängniszelle entkommen müssen. Sie spielte mit der Münze in ihrer Tasche herum, drehte sie hin und her, als könnte sie ihr sagen, was sie tun sollte, als könnte sie die Statue so lange hinhalten, bis sie verriet, was sie dachte. Die Kröte rührte sich nicht, nur dünne Rauchfäden quollen aus ihren Nasenlöchern. Asche schwebte auf den Teppich. Renai zog die Münze aus der Tasche und folgte dem Beispiel der anderen Statuen. Sie streckte die Hand aus, um die Glücksmünze zwischen die Lippen der zigarrerauchenden Statue zu schieben.

Die Kröte bog den Kopf zur Seite und fluchte laut und lange in ihrer Muttersprache. »Sehe ich aus wie ein Kind?«, fragte sie dann.

»Nein.« Renai unterdrückte ein Lächeln, weil sie nicht genau wusste, ob der mürrische Ausbruch nur gespielt oder wirklich üble Laune war.

»Warum fütterst du mich dann wie eins?« Sie klopfte Asche auf den Boden, umklammerte mit zwei Krallen die Zigarre und streckte die Hand mit der Handfläche nach oben erwartungsvoll aus. Da Renai keine andere Möglichkeit sah und die Zeit knapp wurde, legte sie die Münze hinein. Die Kröte schnappte sie sich, biss darauf, um sie zu prüfen, und verschluckte sie dann grunzend, scheinbar überrascht, dass sie echt war. Die Wand hinter ihr verschwand. Dahinter lag Dunkelheit. Die Kröte wich zur Seite, wobei sie ihren Körper und auch die Münzen unter sich verschob. Renai erkannte jetzt, dass nur sie beide im Lift waren. Die anderen Statuen waren lediglich Reflexionen oder Illusionen gewesen. »Oberstes Stockwerk«, sagte die Kröte und winkte Renai durch, als ob sie Grund hätte, der Dunkelheit zu vertrauen. Als sie protestieren wollte, knurrte die Kröte. »Du hast für den Eintritt bezahlt, nicht für Fragen. Jetzt geh schon.«

Da sie keine andere Wahl hatte, trat Renai durch die Tür in einen Raum, der sich riesig und offen anfühlte, obwohl sie nichts erkennen konnte. Das Licht aus dem Aufzug erlosch und ließ sie in düsterer Stille zurück. Obwohl sich ihre Augen und Ohren anpassten, konnte sie das Dunkel nur mit Mühe durchdringen. Sie versuchte zu entscheiden, ob sie die seltsame Vision des Geisterwortes oder ihre Handykamera benutzen sollte, um herauszufinden, worauf sie sich eingelassen hatte, als sich knarrend eine Tür etwa drei Schritte vor ihr öffnete und Licht in die riesige Baustelle fiel, in der sie stand. Nackter Betonboden, Holzrahmen und freiliegende Leitungen. Die Tür schien dagegen in einem eigenen Rahmen zu stehen.

Und an diesem Rahmen lehnte mit breitem Betrügerlächeln Jude Dubuisson.

KAPITEL VIERZEHN

Der Mann auf der Schwelle dieser unmöglichen Tür sah aus, wie ein Glücksgott aus New Orleans aussehen sollte: groß, sehnig und muskulös, mit einem Lächeln so gefährlich wie eine Messerschneide und Augen im Lindgrün von frisch gedrucktem Geld.

Er trug einen dunklen Rollkragenpullover unter einer leuchtend blauen Weste, die mit goldenen Sternen und silbernen Halbmonden übersät war, mit impressionistischen Wirbeln und Farbklecksen wie ein Gemälde von Van Gogh. Mit seinen glatt rasierten Wangen und den kurz geschnittenen Haaren war er auf eine schwer einzuordnende Art hellhäutig: vielleicht ein Schwarzer, dessen Haut hell genug war, um als Weißer durchzugehen, vielleicht ein Latino, vielleicht ein Ureinwohner. Wie Renai wusste, hatte Jude selbst keine Ahnung, da er seinen Vater nie kennengelernt hatte.

Die Hände hatte er in die Taschen einer engen Röhrenjeans geschoben – ein Flickenteppich aus roten, gelben und blauen Farben, grob zusammengenäht wie das Kostüm eines Harlekins oder eine auf links gedrehte Steppdecke. Eigentlich hätte die Hose lächerlich aussehen sollen, aber irgendwie stand sie ihm. Vielleicht lag es daran, wie tief sie auf seinen Hüften saß, und Renai versuchte, ihren Blick davon loszureißen. Sie merkte, dass sie sich dabei auf die Lippe biss und Judes Grinsen breiter wurde, als hätte er ihre Gedanken gelesen.

Ob sterblich oder göttlich, tot oder lebendig, dieser Mann brachte ihre Gefühle immer durcheinander, sobald sie ihn auch nur sah.

Und was noch schlimmer war: Er wusste es.

»Renaissance Raines, bei meiner Seele.« Seine tiefe honigweiche Stimme ließ ihr Inneres auf eine angenehme und gleichzeitig verstörende sowie ärgerliche Weise vibrieren. Ein Ausdruck gespielter Besorgnis huschte über sein Gesicht. »Ich habe doch noch meine Seele, oder? Du bist nicht beruflich hier?«

Renais verräterische Lippen verzogen sich zu einem Grinsen. »Der Jude, den ich kannte, hat nie versucht, Geschäft und Vergnügen zu trennen.« Sie trat näher an ihn heran und schwenkte die Hüften. Jude richtete sich zu seiner vollen Größe auf und verlagerte sein Gewicht, sodass sein Körper die Türöffnung blockierte. Dann griff er hinter sich und zog die Tür zu, ohne jedoch das Schloss einrasten zu lassen. Die Bewegung war viel zu beiläufig, um nicht beabsichtigt zu sein. »Versteckst du jemanden vor mir?«, fragte sie. »Hast du Angst, ich könnte eifersüchtig werden?«

Sie hatte es scherzhaft gemeint, ein koketter Versuch, um ihn zu provozieren, aber etwas in ihrem Tonfall oder ihrer Wortwahl veranlasste Jude, die Stirn zu runzeln. Das Aufblitzen von Verärgerung oder Enttäuschung verschwand so schnell wieder, wie es aufgetaucht war. »Wir wissen beide, dass sich niemand vor dir und deinesgleichen verstecken kann, Renai. Nicht einmal ich.«

Sie wollte ihre Worte zurücknehmen, wollte zu dem neckischen Geplänkel zurückkehren, das sie irgendwie ruiniert hatte, aber der Moment war vorbei. Und sie hatte nicht die Zeit, es weiter zu versuchen. Mitternacht kam, so oder so.

»Vor ein paar Tagen hätte ich dir noch zugestimmt«, sagte sie, »aber wie sich herausgestellt hat, haben wir uns geirrt. Deshalb bin ich hier. Ob du es glaubst oder nicht, wir haben etwas verloren …«

Jude hob Einhalt gebietend eine Hand und schüttelte den Kopf. »Ich sage das nicht gern, aber ich kann dir nicht helfen.« Renai war nicht in der Lage zu antworten. Und zwar nicht, weil er etwas mit ihr gemacht hätte, obwohl er, wie sie wusste, die Magie besaß, sie zum Schweigen zu bringen, wenn er es wollte. Nein, die Stärke ihrer Frustration raubte ihr die Sprache. Ihre Miene sagte ohnehin alles, was sie zu sagen hatte. Er wirkte tatsächlich aufrichtig zerknirscht, aber das machte sie nur noch wütender.

Jude hob die Hände, als wollte er ihren Zorn abwehren, zuckte dann aber nur bedauernd mit den Achseln. »Bist du wirklich so überrascht?« Ein Anflug von Lachen schwang in seiner Stimme mit. »Die Dinge stehen jetzt anders, Renai. Wir spielen nicht mehr für dasselbe Team.«

Renai presste die Worte zwischen zusammengebissenen Zähnen hervor, hörte die Stimme ihrer Mutter aus ihrem Mund dringen. »Du hörst am besten auf, mich dumm anzuquatschen, Jude. Ich bin hier nicht diejenige, die …«

»Nicht diejenige, die was? Du bist nicht diejenige, die den Thronen dient?«

»Was hat das damit zu tun, dass …?«

»Ich bin ein Betrüger, Renai. Sie sind der Tod. Sie schicken dich, um das vorgesehene Ende zur vorgesehenen Zeit zu liefern, richtig? Und ich bin der glückliche Zufall, der dir entkommt.« Er zeigte mit einem Finger fast abfällig auf sie. »Schicksal«, sagte er, dann wies er mit demselben Finger auf sich. »Betrüger.« Er hob eine Braue und legte den Kopf auf die Seite. Was soll man da machen?, hieß diese Geste. »Leider ist das so einfach.«

Renai griff nach der Kraft in ihrem Inneren, fand aber nichts. So gern sie die Selbstgefälligkeit auf Judes Gesicht mit etwas Sturm und einer Sturzflut weggewaschen hätte, er hatte nicht unrecht. Sowohl sie als offensichtlich auch der Sturm wussten das. »Wenn du nicht helfen willst, warum hast du dir überhaupt die Mühe gemacht, mich hier hochzulassen?«

»Ich wusste nicht, dass du es bist. Ich wusste nur, dass du dir die Fahrt hier hoch leisten konntest. Da fällt mir ein, dein Geld ist hier oben nichts wert.« Er kramte in der Tasche seiner Mond-und-Sterne-Weste und zog eine Münze heraus, die er durch die Luft in ihre Richtung schnippte. Sie flog klingelnd direkt auf sie zu.

Noch bevor Renai ihre Finger darum schloss, wusste die Psychopomp in ihr, dass es eine Glücksmünze war. Es war dieselbe, die sie der Kröte im Aufzug gegeben hatte. Sie schob sie wieder in ihre Jackentasche.

Ehe sie etwas sagen oder auch nur denken konnte, sprach Jude weiter. Sie hatte vergessen, dass er den Klang seiner eigenen Stimme ebenso sehr liebte, wie sie es tat. »Die Sache ist die«, sagte er, »selbst wenn ich dir helfen könnte, darf ich es nicht. Du hast dich von Anfang an geirrt, was diese fehlgeleitete Seele angeht.«

Renai kniff die Augen zusammen. »Willst du es vielleicht noch mal versuchen? Du hast gerade nur heiße Luft von dir gegeben.«

Jude kicherte leise, tief und gierig. »Nur weil du nichts verstanden hast, heißt das nicht, dass ich nichts gesagt habe. Warum bist du zu mir gekommen?«

Renai nahm sich Zeit für ihre Antwort. Es gab eine ganze Reihe von Gründen. Zum Beispiel, weil sie ihn kannte, weil er ihr einen Gefallen schuldete, weil sie von jemandem, dem sie vertrauen konnte, Hilfe brauchte. Aber er hatte das »ich« in diesem Satz betont. Warum also hatte sie gedacht, dass gerade er ihr helfen könnte? Das war einfach. »Weil du verlorene Dinge finden kannst«, erwiderte sie schließlich.

Im selben Moment hatte sie das Gefühl, in ihrem Inneren würde sich ein Schloss öffnen. »Wenn du ihn nicht finden kannst, bedeutet das, er ist überhaupt nicht verloren gegangen, sondern er ist genau da, wo er sein will.«

Jude tippte mit einem Finger an seine Schläfe und zeigte dann auf sie. »Kluges Mädchen.«

Was mit einem angewiderten, bösartigen Knurren begann, verwandelte sich in einen wortlosen Schrei der Frustration. Renai konnte nicht anders, es musste einfach aus ihr heraus. All die Zeit und Energie, nur um sich um ein Kind zu sorgen, das so verloren war, dass nicht mal der Tod es finden konnte – und dann stellte sich heraus, dass dieser Clown vor ihr weglief? *O nein! O nein, verflucht!*

Es befriedigte sie irgendwie, dass Jude einen besorgten Blick über die Schulter auf die rote Tür warf, als hätte ihr Wutausbruch diejenigen gestört, die dort auf ihn warteten. Während er sich wieder zu ihr umdrehte, lächelte er jedoch. »Ich habe einen Trostpreis für dich«, verkündete er. Ohne auf eine Antwort zu warten, winkte er sie zu sich heran. Nach ein paar Schritten war sie ihm nah genug, um seinen Duft nach gehackten Mandeln, frisch geröstetem Kaffee und dunklem Rum einatmen zu können. Er griff in die Ledertasche an seiner Hüfte – seinen Trickbeutel, wie sie sich erinnerte. Sie hatte ihn bisher noch nicht gesehen und war sich ziemlich sicher, dass er bis gerade eben noch nicht dort gewesen war. Ein Kribbeln überlief sie; vielleicht wegen einer drohenden Gefahr, aber es war nicht wirklich Angst. Sie wusste über seine Tasche nur, dass sie machtvolle Magie enthielt und er so ziemlich alles aus ihr hervorzaubern konnte.

Als er die Hand herauszog, war ihr erster Gedanke, dass er gar nichts in der Faust hielt. Die Dunkelheit des Raumes und die Schwärze des Gegenstandes in seiner Hand ließen das Ding praktisch verschwinden. Dann bewegte er die Hand, und das Licht tanzte über die Oberfläche wie Glanz auf einer Glasscheibe. Es war ein Messer. Er drehte es, packte die Klinge und hielt ihr den Griff hin. Sie nahm es, ohne zu überlegen, ob es eine gute Idee war.

Auf den ersten Blick schien es aus schwarzem Rauchglas zu bestehen, aber als sie es genauer studierte, vermutete sie, es handelte sich um irgendeinen polierten Stein, vielleicht Obsidian. Die geschwungene Klinge verjüngte sich zu einer scharfen Spitze, sie war gebogen wie eine Kralle oder ein Dorn. Der Griff jedoch überraschte sie. Er war eine verknotete Schnur, die fest um einen Kern aus Holz oder Stein gewickelt war. Die Klinge selbst war vollkommen unregelmäßig – ihre gezackte Schneide wirkte wie gebrochen, nicht wie geformt. Es war eine böse, gefährliche Waffe, nur dafür gedacht zu vernichten.

Und sie fühlte sich absolut perfekt in ihrer Hand an.

»Siehst du?« Judes Worte erschreckten sie. »Ich bin immer noch dein Mann, wenn du tatsächlich etwas verloren hast.«

»Und ich dachte schon, du könntest mir nicht helfen«, erwiderte sie. Es fiel ihr schwer, den Blick von dem Messer abzuwenden, als zeigte die schimmernde Klinge ihr etwas anderes als ihr eigenes Spiegelbild, wenn sie lange genug hineinblickte. Es fühlte sich vertraut und unbekannt zugleich an, als gehörte es zu ihren Erinnerungen, die ausgelöscht worden waren.

Jude schürzte die Lippen und winkte ab, spielerisch, als wären sie Kumpel, als hätte er ihr nicht gerade gesagt, dass sie grundsätzlich auf verschiedenen Seiten standen. »Nun, ich schulde dir etwas. Nachdem du mir in der Unterwelt geholfen hast, konnte ich dich nicht mit leeren Händen gehen lassen.«

Renai versuchte, sich ihre Ahnungslosigkeit nicht anmerken zu lassen, aber Jude durchschaute sie und runzelte die Stirn. »Du erinnerst dich nicht mehr daran, richtig?« Er blickte wieder hinter sich, wie jemand, der spät dran war und auf seine Uhr schaute. Sie fragte sich, wie lange es noch bis Mitternacht war. »Irgendwann muss ich dir davon erzählen«, sagte er und trat langsam zu seiner unmöglichen Tür zurück. »Du warst an dem Tag ein richtiges Arschloch.«

Sie folgte ihm, passte sich seinem langsamen Tempo an, ließ ihn aber auch nicht vom Haken. »Warum willst du damit warten? Hast du etwas Besseres zu tun?«

»Nichts Besseres, nur Dringenderes.«

Er war fast an der Tür und kehrte ihr den Rücken zu. »Aber ich habe meine Erinnerungen verloren!« Ihre atemlose Verzweiflung ließ ihre Worte klagend und bedürftig klingen. Sie hasste es, aber wenigstens hielt Jude inne, legte die Hand auf die Tür, stieß sie aber noch nicht auf. Also machte sie weiter. »Würden die Erinnerungen mir nicht mehr helfen als ein Messer?«

»Das kommt auf das Messer an«, gab er über die Schulter zurück. »Außerdem sind Erinnerungen wie der Junge, den du suchst. Sie sind nicht verloren. Sie gehören dir nur nicht mehr.«

Er drehte sich um, gerade weit genug für einen letzten Blick, für ein kurzes »Was soll's?«-Grinsen, dann schwang die rote Tür unter seiner Hand auf. Mit einem kurzen Blick durch die Öffnung sah Renai einen kleinen von einem Pokertisch beherrschten Raum, an dem sich das Grauen versammelt hatte: ein hemdsärmeliger Mann, braunhäutig und mit hervortretenden Augen, einem Farbklecks auf der Stirn im gleichen dunkelblauen Ton wie die Federkrone, die er trug, und den grausamen Reißzähnen einer Bestie, die über seine Unterlippe hervorragten; ein dürres schmutziges Kind mit leuchtend roter Haut und einer langen baumelnden Zunge, die irgendwie obszön wirkte; eine Frau indigener Abstammung, ihrer hellbraunen Haut und dem dichten schwarzen Haar nach zu urteilen, die zwei schlanke Arme in einem langsamen hypnotischen Tanz über ihrem Kopf schwenkte und zwei weitere auf den Tisch stützte; Seth mit seinem sonderbar hässlichen Gesicht und den schmutzigen roten Händen sowie ein menschenförmiger Berg wimmelnder, krabbelnder und abstoßender Kakerlaken.

Die Tür schlug zu, und sie war wieder allein in der großen leeren Dunkelheit.

»Zum Teufel damit«, murmelte Renai. Obwohl sie kaum etwas sehen konnte, griff sie nach der Stelle, an der sie den Türknauf vermutete, und nach einigen Fehlversuchen fand sie ihn mit der freien Hand. Sie drehte ihn und warf ihre Schulter gegen die Tür, in der Erwartung, dass sie verschlossen war …

… und stürzte in die helle Kakofonie der Haupthalle des Casinos. In ihrer Verwirrung hätte sie fast das Messer fallen lassen. Ein Blick zurück enthüllte ihr den Trick: Die Tür, durch die sie gefallen war, führte in einen Schrank voller Mopps und Bleichmittel und Rollen mit schwarzen Müllsäcken. Der Vorratsschrank des Hausmeisters. Sie lachte bellend. »Das hat man davon, wenn man sich mit Trickbetrügern anlegt«, sagte sie und ahmte Sals sarkastischen Tonfall nach. Sie war überrascht, wie sehr sie den Psychopomp vermisste, obwohl sie ihn erst vor ein paar Tagen gesehen hatte. Sie hoffte, dass er um Mitternacht seine Hundegestalt trug, damit sie die Arme um seinen großen dummen Hals schlingen konnte. Danach würde sie ihm die Haut abziehen, weil er sie so im Stich gelassen hatte. Sie hatte bereits das perfekte Messer dafür.

Die Klinge wirkte im Neonlicht noch unheimlicher. Sie war pechschwarz und scharf wie Feuerstein. Prähistorisch. Urzeitlich. Zum ersten Mal seit langer Zeit spürte Renai, dass sie beobachtet wurde, und hob den Blick. Spieler an den Spielautomaten, Kellnerinnen, die Cocktails auf kleinen Silbertabletts trugen, Sicherheitsleute in kastanienbraunen Jacken mit Walkie-Talkies in der Hand warfen ihr immer wieder Blicke zu, sahen sie an, schüttelten den Kopf und wandten sich dann ab. Selbst ihre Aura des Desinteresses konnte sie nicht vollständig verbergen, wenn sie mit einem gläsernen schwarzen Höllenmesser herumfuchtelte, wie es schien. Genauso wenig, wie sie Motorrad fahren konnte, während sie das verdammte Ding in der Hand hielt.

Hätte es den Idioten umgebracht, eine Scheide aus seiner Tasche zu kramen?, dachte sie. Sie nahm etwas dicke Pappe und Klebeband aus dem Schrank des Hausmeisters und bastelte ein Etui, damit sie sich die Waffe in den Hosenbund ihrer Jeans stecken konnte, ohne sich zu schneiden. Das Provisorium würde nicht lange halten, aber es war das Beste, was sie im Moment auftreiben konnte. Vielleicht hatte Sal eine bessere Idee.

Eilig verließ sie das Casino, Kyrie wartete bereits auf sie. Sie würde sie zum St. Louis Cemetery Nr. 1 bringen, um Mitternacht, zu der Ersten Pforte und dem Beginn der Hallows. Renai fühlte sich so begierig wie das Bike. Die Vorfreude auf ein paar Antworten machten sie schwindelig. Während sie sich durch den Verkehr auf der Canal Street schlängelten, der noch gemäßigt war im Vergleich zu dem, was morgen Abend hier los sein würde, kreisten Renais Gedanken um etwas, was Jude gesagt hatte – darüber, dass sie ihm in der Unterwelt geholfen hatte.

Sie wurde von einer dieser seltsamen Erinnerungsvisionen heimgesucht: dieses Mal von der Siebten Pforte, der letzten, die zwischen den beiden leeren Thronen wartete, die über die gesamte Unterwelt herrschten. Sie konnte sie deutlich vor sich sehen, fast als hätte sie selbst erst vor Kurzem dort gestanden und nicht vor mehr als fünf Jahren, nachdem sie gestorben war. Das Bild war intensiver und realer als jeder Traum oder jede Erinnerung.

Sie sah sich selbst dort, winzig zwischen den massiven, grob behauenen leeren Stühlen der Throne, das lange Haar zu Dreads gedreht, immer noch in dem weißen Rüschenkleid, in dem sie bestattet worden war. Sal stand in seiner Hundegestalt an ihrer Seite. Miguel trat vor, seines Namens und Schattens entkleidet, die Münze seines Glücks bereits auf dem Weg, wohin auch immer, nachdem der ihr zugewiesene Psychopomp sie auf die Waage gelegt hatte, bereit, sich der Entscheidung der Throne zu stellen. Die letzte Pforte öffnete sich, ein beruhigendes warmes Licht strömte heraus und durchflutete Miguel, ließ ihn leuchten, als tanzte er einer Staubmotte gleich in einem Sonnenstrahl. Sie lächelte, sowohl die gedankenversunkene Renai auf dem Motorrad als auch die Renai in der anderen Welt. Denn genau so hatte sie sich ihre Aufgabe vorgestellt, als sie einwilligt hatte, eine

Psychopomp zu werden, Seelen diesem Moment zuzuführen, ihrer gerechten Belohnung.

Und es war besonders befriedigend, wenn dieses Nachleben glücklich war.

Dann fiel ihr ein, dass niemand in sein verdientes Jenseits gelangen konnte, solange die Pforten verschlossen blieben. Und schon wurde ihr dieser zarte Moment des Glücks entrissen. Angst und die Fragen über Ramses' Verschwinden nahmen schnell wieder ihren Platz ein. Einerseits war es im Großen und Ganzen betrachtet egal, ob er lebte oder starb. Es gefiel ihr zwar nicht, ein Menschenleben unter diesem Aspekt zu betrachten, aber die Wahrheit war nicht immer schön. Schwarze Jungs in seinem Alter starben in dieser Stadt ständig durch Kugeln. Wenn Ramses seinem Schicksal nicht entgangen wäre, wenn er von der Kugel vor zwei Nächten getroffen worden wäre, wie es hatte geschehen sollen, wäre es einfach nur eine weitere Tragödie gewesen. Er hätte vielleicht sogar eine halbe Minute in den Abendnachrichten bekommen, bevor man zur Wettervorhersage und dem nächsten Spiel der Saints übergegangen wäre.

Andererseits wusste sie jetzt, dass Ramses nicht einfach nur ein Mensch war, dass er nicht aus Versehen seinem vorbestimmten Ende entkommen war. Er war vor seinem Tod weggelaufen, vor ihr, was eigentlich unmöglich sein sollte. Und seine Aktion drohte eines der Grundprinzipien des Daseins umzustoßen: Wenn es Zeit war zu gehen, ging man. Während also sein Leben oder sein Tod in der einen Welt keine Rolle spielte, waren sie in der anderen dagegen verdammt wichtig. Und doch, abgesehen von einem schmuddeligen Gott, der eine Psychopomp-Azubi in seinem Namen um Hilfe bat, schien das niemanden auf der anderen Seite auch nur im Geringsten zu interessieren.

Die Frage war, warum zum Teufel es ihnen dermaßen egal war.

Als Renai Kyrie auf den neutralen Boden gegenüber vom St. Louis Cemetery Nr. 1 lenkte und anhielt, glaubte sie, eine Antwort gefunden zu haben.

Oussous Platz neben dem Eingang des Friedhofs war immer noch leer. Cordelia wartete an der Statue, wo Renai sie zum ersten Mal gesehen hatte. Ein harmloser kleiner Vogel auf einer Bronzeschulter. »Ich dachte schon, du würdest nicht mehr auftauchen«, begrüßte Cordelia sie, noch bevor Renai vom Motorrad gestiegen war. Misstrauen und Zorn waren an die Stelle ihres sonst eher scherzhaften Tonfalls getreten. »Hast du irgendetwas Nützliches in Erfahrung gebracht?«

Renai verspürte den plötzlichen und unerklärlichen Wunsch, den Besitz der schwarzen Klinge für sich zu behalten. Als sie von Kyries Sattel stieg, schob sie den Griff des Messers rasch unter ihre Jacke. »Nein«, antwortete sie. »Leider hatte ich überhaupt kein Glück.« Seltsam, wie schnell sie dazu übergegangen war, der kleinen Pomp immer weniger zu vertrauen und Dinge vor ihr geheim zu halten. Sie konnte es kaum abwarten, Sal zurückzuhaben, einen Partner an ihrer Seite, auf den sie sich verlassen konnte. Trotzdem war sie froh, dass Cordelia ihr in Abwesenheit ihres Mentors mit Ideen zur Seite stand. »Ich habe nachgedacht. Wir haben überall nach Ramses gesucht, stimmt's?«

»Stimmt.« Cordelia flatterte von der Schulter der Statue auf die von Renai. »Wenn die Throne fragen, können wir zumindest sagen, dass wir unsere Pflichten sorgfältig erfüllt haben.«

»Nein, das meine ich nicht.« Renai wartete, bis die Ampel auf Grün sprang, und überquerte dann die Straße. Sie hatte das Gefühl, das Ticken der Sekunden bis Mitternacht zu spüren. »Ich meine, wenn wir ihn nicht finden konnten, liegt es vielleicht daran, dass er nicht gefunden werden will, verstehst du? Vielleicht läuft er vor uns davon.« Renai blieb vor dem schmiedeeisernen Tor stehen und spähte hindurch auf die andere Seite. Nichts weiter als Grabmale und Palmen. Es war noch nicht so weit.

Cordelia hüpfte von ihrer Schulter und flatterte zu einem Parkverbotsschild hinauf. Sie landete knapp über Renais Kopf. »Er wäre nicht der Erste, der vor seinem Grab flieht«, sagte sie. »Na und?«

»Das beste Versteck ist dort, wo die Person, die dich verfolgt, niemals auftauchen würde. Wenn also der Tod dich jagt …«

Cordelia riss den Schnabel auf. »… versteckst du dich im Land der Toten. Das ist eigentlich ziemlich genial.« Renai tat, als ließe sie ein Mikrofon fallen. Von wegen Knalleffekt. Bevor sie jedoch weitersprechen konnte, klingelte der Wecker ihres Handys, den sie am Morgen gestellt hatte.

Es war Mitternacht.

Zunächst passierte nichts weiter Bemerkenswertes. Renai zückte ihr Telefon und brachte das nervige Gepiepe zum Schweigen. Sie rüttelte an der Pforte; die war sowohl verriegelt als auch nach wie vor nur ein schmiedeeisernes Tor. Sie drehte sich zu Cordelia um. »Sollen wir anklopfen oder so?« Denn in Wahrheit hatte Renai es bisher vermieden, darüber nachzudenken, und sie wusste nicht, was während der Hallows vor sich ging, obwohl sie schon fünf dieser Feiertage als Psychopomp miterlebt hatte. Die Hallows bildeten eine weitere undeutliche Lücke in ihren Erinnerungen. Sie waren nicht verloren, wenn sie Jude glauben wollte, aber es waren eben nicht mehr ihre.

Und dann, ganz plötzlich, öffneten sich die Pforten. Und zwar alle auf einmal.

Als Oussou das Erste Tor geöffnet hatte, war ihr nur ein flüchtiger Blick auf die andere Seite möglich gewesen, auf Nebel und wabernde Schatten und eine Welt, die sowohl New Orleans als auch ein anderer Ort war. Doch als jetzt die Hallows begannen, waren diese beiden Welten nicht mehr voneinander getrennt, falls sie es überhaupt jemals gewesen waren. Die Toten waren überall um sie herum, still und traurig, und sie blinzelten in ihre Umgebung, als sähen sie sie zum ersten Mal. Renai drehte sich langsam um die eigene Achse und nahm alles in sich auf. Wie hatte sie das nur vergessen können?

Hinter ihr quietschte das Eisentor in seinen rostigen Scharnieren. Sie wirbelte herum und sah gerade noch Salvatores furchterregende Hundegestalt. Sein Fell war gesträubt, Speichel glitzerte an seiner Schnauze, er hatte die Zähne gefletscht, und ein bestialisches Knurren drang tief aus seiner Brust – bevor er sich mit einem Wutgeheul auf sie stürzte. Die Zeit schien sich zu verlangsamen. Er schwebte durch die Luft, seine Nackenmuskeln spannten sich an, die Reißzähne zielten direkt auf ihre Kehle, und dann … segelte er an ihr vorbei, gerade als sie zurückwich. Aber er hatte sich gar nicht auf sie gestürzt.

Sondern auf Cordelia.

Er verschlang den kleinen Vogel und klappte mit einem hörbaren Schnappen den Kiefer zu. Aber so schrecklich und verwirrend das auch sein mochte, Renai hatte nur Augen für das Mädchen, das nach ihm durch das Friedhofstor trat.

Ihre langen Dreads waren zu einem losen Zopf nach hinten gebunden, die dunkelbraune Haut stand in starkem verführerischem Kontrast zu ihrem strahlend weißen Kleid. Eine Kreation aus Spitze und Satin, als käme sie gerade von einer Hochzeit oder einem Abschlussball oder ihrer Konfirmation. Rote Turnschuhe lugten unter ihrem Saum hervor.

Renai kannte sie, kannte jeden Schwung ihrer Lippen, den Farbton ihrer Augen und wusste, woher die kleine Narbe über ihrer Augenbraue stammte.

Renai wusste alles über das Mädchen vor ihr und gleichzeitig gar nichts, denn das Mädchen im weißen Kleid war Renaissance Raines.

TEIL ZWEI

DIE NÄCHSTE WELT

KAPITEL FÜNFZEHN

Manchmal gibt es auch wohlwollende Geister. Herolde und Wächter. Ein Erstankömmling, den die Norweger »vardøger« und die Finnen »etiäinen« nannten: Der Duft ihres Parfüms oder der Klang ihrer Stimme verkündet ihre Anwesenheit anderen, bevor sie tatsächlich eintreffen. Dann wieder sind sie unheilvolle, gespenstische Doppelgänger, die als böses Omen erscheinen, als Unheilbringer. Lincoln sah sein Omen als totenbleiche Reflexion in einem Spiegel, aber Sie könnten Ihrem Doppelgänger oder Gespenst oder Geist in einem Albtraum oder einer Vision oder im Internet begegnen. Hin und wieder sind es unheimliche Wesen, die an Ihre Stelle treten sollen. Als der schottische Trow Sie in der Wiege vertauschte, nannte man Sie einen Wechselbalg; wenn Ihre Geliebte heutzutage diesen Austausch bemerkt, tut man das damit ab, dass sie an einem Capgras-Syndrom leide. Replikanten und Klone, Illusionen und Schatten und Doppelgänger. Sie haben Ihre Haare, Ihre Augen, Ihre Narben und Ihr Lächeln, das gleiche peinliche Lachen und den gleichen Morgenatem. Sie sind kein bloßer Zwilling oder ein Spiegelbild. Sie sind Sie, und sie sind nicht Sie. Sie sind eine perfekte Kopie all Ihrer Unvollkommenheiten. Ihr Wunder und ihr Schrecken und ihre Kraft liegen in ihrer Unmöglichkeit. Ihren Konflikten. Ihren Widersprüchen.

Einer dieser Widersprüche war eine junge Frau namens Renaissance Raines, und sie saß in einem Café in Mid-City – genauer gesagt, in dem Teil der Unterwelt, der wie New Orleans aussah – und wartete auf den Tod.

Sie kuschelte sich tief in einen plüschigen Ledersessel, die Beine unter sich verschränkt und die Aufmerksamkeit auf ihr Smartphone gerichtet, scrollte durch Twitter und versuchte, die unaufhörlich gaffenden Blicke der Schatten um sie herum zu ignorieren.

Obwohl schon Ende Oktober war und nur noch etwas mehr als eine Woche bis zu den Hallows, trug sie ein dunkelblaues Captain-America-Tanktop, Khaki-Shorts und Flip-Flops und wartete verzweifelt auf die erste richtige Kaltfront des Herbstes, die dafür sorgen würde, dass die Temperaturen endlich fielen. Sie hatte ihre Dreads hochgesteckt, um einen kühlen Kopf zu bewahren.

Während sie mit einem Finger über den Bildschirm des Telefons strich, spielte ihre andere Hand müßig mit der St.-Christophorus-Medaille, die an einer Silberkette um ihren Hals hing. In gewisser Weise hatte sie das Café ganz für sich allein: Niemand nippte an einem Milchkaffee, während er auf die Tastatur eines Laptops tippte, niemand presste einen Espresso aus einer zischenden Maschine, niemand führte ein banales Gespräch, das ein paar Dezibel zu laut war. Sie war die einzige lebende Seele an diesem Ort.

In Wirklichkeit gab es keinen Ort in der Unterwelt, wo sie jemals allein war.

Überall um sie herum flackerten vage Eindrücke von Menschen auf, so unregelmäßig und undurchschaubar wie ein Spinnennetz, das in der Brise schaukelte. Diese Schatten, die ruhelosen Toten, die in die Unterwelt hinübergegangen waren, aber aus den verschiedensten Gründen nicht in die Fernen Länder weiterziehen konnten, wurden von ihr angezogen, beobachteten jede ihrer Bewegungen und folgten ihr, wohin sie auch ging. In den fünf Jahren, die sie seit ihrer Auferstehung in der Unterwelt verbracht hatte, war sie nicht in der Lage gewesen, den Grund für ihre Anziehungskraft auf diese Schatten herauszufinden. Soweit sie es beurteilen konnte, war sie für sie genauso unwirklich wie diese für sie; sie war nur die Flamme für diese Motten.

Die Schatten gehörten zu den vielen Details ihres Lebens nach der Auferstehung, die sie erst einmal akzeptieren musste. Wie auch ihre zusammenhanglosen, verworrenen Erinnerungsfetzen, ihre Pflichten als Psychopomp oder die seltsamen traumähnlichen Blitze, die sie von einer anderen Renai aufschnappte, einer, die es geschafft hatte, sich an einen Platz in der Welt der Lebenden zu klammern.

Obwohl sie von den Fetzen der vergessenen Toten bedrängt wurde, oder vielleicht gerade deswegen, war es in der kleinen Sitzecke des Cafés beinahe still. Das einzige Geräusch, abgesehen von ihrem eigenen Atem und dem gelegentlichen Klicken oder Piepen ihres Handys, war irgendeine seltsame Musik, eine Art Indie-Pop-Herr-der-Ringe-Soundtrack, der von der lebendigen Seite der Dinge herübersickerte. Sie hörte sie schon so lange, dass sie sie inzwischen fast mochte. Da sie aber von der anderen Seite kam, klang sie weit entfernt und gedämpft wie unter Wasser oder als käme sie aus einem vorbeifahrenden Auto statt aus den Boxen auf dem Regal mit den gebrauchten Büchern und den Brettspielen direkt neben ihr. Sie könnte sie natürlich mit Musik aus ihrem Telefon übertönen; aber nach fünf Jahren als einziges Mädchen aus Fleisch und Blut in der Unterwelt hatte sie sich mit jedem Input aus der Welt der Lebenden angesichts der Stille dieses Ortes angefreundet.

Das war eine ihrer ersten und schwersten Lektionen gewesen, als sie in diesem neuen Leben im Land der Toten aufgewacht war: Die Toten konnten zwar mittels eines unheimlichen Flüsterns, das mehr Telepathie als Geräusch war, miteinander kommunizieren, aber die Fähigkeit zu sprechen blieb allein den Lebenden vorbehalten. Zuerst hatte sie gedacht, dass die körperlosen Toten nicht mehr über Stimmbänder verfügten, die zum Sprechen notwendig waren. Aber ihr Mentor, der Psychopomp namens Salvatore, hatte sie gelehrt, dass den Toten in Wirklichkeit die Fähigkeit fehlte, die Menschen um sie herum zu beeinflussen. Diese Fähigkeit nannte er ihre »Stimme«. Klänge waren nur Wellen in der Luft. Die »Stimme« einer Person jedoch konnte die Form von gesprochenen Worten, Zeichensprache, geschriebenem Text, Kunst oder Musik annehmen, und all das vermochte andere zu beeinflussen. Stimme war schlicht gesagt Magie, die nur die Lebenden besaßen.

Deshalb und wegen der drei Tassen Kaffee, die sie in der letzten Stunde getrunken hatte, hätte sie sich fast in die Hose gemacht, als eine tiefe honigweiche Stimme hinter ihr sagte: »Ist dieser Platz noch frei?«

Renai schaffte es mit Mühe, Blase und Stimme unter Kontrolle zu halten, konnte aber einen leisen Ausruf der Überraschung nicht unterdrücken.

Der Sprecher wartete nicht auf eine Antwort. Er ließ sich mit einem dankbaren Seufzer in den Stuhl ihr gegenüber fallen und legte die Füße auf den kleinen Tisch zwischen ihnen. Seine Jordans waren abgenutzt und schmutzig, als wäre er jede unmögliche Meile zwischen dieser Welt und der anderen zu Fuß abgelaufen. Er trug ein lila Anzughemd mit hochgekrempelten Ärmeln und eine enge schwarze Jeans. Obwohl die Erfahrungen von Tod und Auferstehung und die Belastungen, in der Unterwelt zu leben, ihren Erinnerungen höllisch zugesetzt hatten, erkannte Renai den Mann, der ihr gegenübersaß, sofort: Jude Dubuisson, Betrüger und Glücksgott, ein Prachtexemplar der Gattung Mann und der Grund, warum sie irgendwie noch am Leben war, anstatt in ihr verdientes Nachleben zu gehen.

»Du hast vielleicht Nerven, so reinzuplatzen«, sagte sie. Ihre Stimme klang rau, weil sie sie so selten gebrauchte. »Nach all der Scheiße, die du abgezogen hast.«

Der selbstgefällig-zufriedene Ausdruck verschwand aus seinem Gesicht. Das war den Frust fast wert, ihn so plötzlich und unwillkommen wiederzusehen. Jude richtete sich auf seinem Stuhl auf, hob abwehrend die Hände und riss die Augen weit auf. »Wow!«, stieß er hervor. »Ich dachte, wir wären Freunde.«

»Freunde? Freunde??« Die Worte ertönten lauter und schriller aus ihrem Mund, als sie beabsichtigt hatte. Sie stand vor ihm, ohne gemerkt zu haben, dass sie aufgesprungen war. Die sie umgebenden Schatten wichen zurück, weniger freiwillig als vielmehr von der Kraft ihrer Stimme zurückgestoßen. »Wenn ein Mädchen seine Chance auf ein Leben nach dem Tod für einen Freund aufgibt, damit dessen unbedeutender Arsch in die Welt der Lebenden zurückkehren kann, würde dieser Freund dann einfach abtauchen? Fünf gottverdammte Jahre? Das hört sich für mich nicht nach einem Freund an. Das klingt in meinen Ohren eher wie ein beschissener Betrügerscheiß.«

Jude ließ den Kopf sinken und starrte auf seine Hände. Einen kurzen Moment lang sah Renai sich noch einmal vor den Thronen stehen, vor jenen leeren Stühlen, die die Macht des Todes repräsentierten. Sie tauschte ihre Ewigkeit ein, um Jude vor der Vernichtung zu retten. Es war eine der wenigen Erinnerungen an ihren Tod und ihre Wiederauferstehung, die nicht verschwommen und unvollständig waren. Sie hatte es bereitwillig getan, war sogar glücklich gewesen. Das Nächste, woran sie sich klar entsann, war, wie Sal ihr sagte, dass er sie zu einer Psychopomp ausbilden würde und dass sie nie wieder in die Welt der Lebenden zurückkehren könnte. Dass ihr Platz von nun an unter den Toten sei.

Renai blinzelte die Erinnerung weg, schaute auf Jude hinab und sah, wie seine Schultern zitterten. Ein Anflug tiefen Mitgefühls überkam sie, aber sie schob es weg. Es würde verdammt viel mehr brauchen als ein paar Krokodilstränen, bevor sie auch nur in Erwägung zog, ihm zu verzeihen. Dann bemerkte sie, dass er sich keineswegs vor Reue grämte oder gar schluchzte, wie sie es erwartet hatte.

Er lachte über sie.

Renai suchte auf den Tischen in der Nähe nach etwas, mit dem sie ihn schlagen konnte. »Bist du noch ganz dicht?« Sie war so wütend, dass sie im nächsten Moment über die Wut hinaus in echte Verwirrung geriet. Jude war halbseiden und viel zu attraktiv, als gut für ihn war, aber sie hatte noch nie erlebt, dass er grausam war. Andererseits hatte sie auch nicht gewusst, dass er einen Freund im Stich lassen würde. Vielleicht hatte das Gottsein ihn verändert. »Für wen zum Teufel hältst du dich eigentlich?«

»Ja, für wen, tatsächlich.« Seine Stimme war jetzt nicht mehr so tief und hatte den Anflug eines Akzents, den Renai nicht einordnen konnte. Es war eine Stimme, die nicht zu Jude Dubuisson passte. Ebenso wenig wie sein Gesicht, als er den Kopf hob. Dieser Mann hatte dunklere Haut, wenn auch nicht viel, dichtere Augenbrauen und eine Hakennase. Trotzdem war er immer noch viel zu hübsch, um ihm trauen zu können. Und das Lächeln, das er ihr schenkte, war genauso gefährlich wie Judes.

Und ebenso aufregend.

»Ich muss zugeben«, sagte er, »ich wusste schon immer, dass Dubuisson ein Spinner ist, aber ich hätte nie gedacht, dass er auch ein Verräter ist. Das ist wirklich eine Überraschung.«

»Was soll ich sagen? Ein Betrüger betrügt eben.« Sie spitzte die Lippen. »Und du bist?«

»Ich bin der Hüter der Herden. Der Widderträger. Der Schlächter von Argos. Der dreimal Größte.« Renai stemmte die Fäuste in die Hüften und hob eine Braue. Etwas von seinem Charme verblasste. »Gefährte des Festes? Träger des Goldenen Stabes?«

Renai holte zischend Luft. »Du stehst kurz davor, der zu werden, der sich diese Faust einfängt, wenn du nicht mit dem Quatsch aufhörst. Wie ist dein Name?« Sie hoffte, dass er ihren Bluff nicht durchschaute. Auch ohne seinen Namen zu kennen, war ihr klar, dass sie es mit einem Gott zu tun hatte. Und selbst ohne zu wissen, um welchen Gott es sich handelte, war klar, dass sie sich da ziemlich in etwas verrannt hatte.

Er wedelte mit der Hand, als wollte er ihre Frage wie eine Fliege verscheuchen. »Namen und Titel sind für dich ganz offensichtlich nicht sonderlich hilfreich. Du darfst mich Mason nennen. Und ich muss dich um Entschuldigung bitten. Ich habe diese Gestalt angenommen, weil ich ihren Besitzer für deinen Freund hielt. Ich brauche dringend deine Hilfe.« Er runzelte die Stirn. »Trotzdem schade.«

Renai entspannte ihre Hände, stemmte sie aber weiter in die Hüften. Ihr war längst klar, dass eine Entschuldigung keineswegs bedeutete, dass jemandem etwas leidtat. »Inwiefern?«

Das verführerische Grinsen blitzte wieder auf. »Das hier war eine recht angenehme Gestalt.«

Renai lachte schallend. Um ein Haar hätte sie Mason verraten, dass seine eigene Gestalt ebenfalls ein erfreulicher Anblick war, aber mit einem weiteren Betrüger zu flirten, war so ziemlich das Letzte, was sie jetzt brauchen konnte.

»Warum solltest du meine Hilfe benötigen?«, fragte sie stattdessen und ließ sich in ihren Sessel zurückfallen. Dann legte sie ein Bein über die Lehne und unterdrückte ein Lächeln, als sie Masons Blick bemerkte, der ihr nacktes wohlgeformtes Bein genüsslich musterte. Diese Betrüger waren doch alle gleich. »Ich denke, ein Mann, der das Gesicht eines anderen annimmt, nur damit er um einen Gefallen bitten kann, sollte seine Angelegenheit besser selbst regeln.«

Mason seufzte, griff in die Brusttasche seines Hemdes und holte ein Smartphone heraus. »Eigentlich muss ich mich nicht rechtfertigen«, murmelte er leise genug, um vorgeben zu können, er hätte nicht gewollt, dass sie es hörte, und doch laut genug, um sie wissen zu lassen, dass er genau das wollte.

Sie erkannte das Logo auf seinem Telefon nicht. Sie hatte einen angebissenen Apfel erwartet oder ein Wort oder einen bunten Buchstaben, aber Masons Handy zeigte ein Symbol in Gold: einen Kreis mit einem nach unten weisenden Kreuz und so etwas wie Hörnern darüber. Im ersten Moment dachte sie, es wäre das Liebessymbol aus der Zeit, als Prince noch »The Artist« gewesen war. Aber das war es nicht. Sie konnte jedoch nur einen kurzen Blick darauf werfen, weil Mason rasch über seinen Bildschirm wischte und dann das Telefon zurück in seine Tasche schob.

Im selben Moment klingelte ihr Handy leise. »Ich habe dir gerade den Namen von jemandem geschickt, der bald in deine Zuständigkeit fallen wird«, sagte Mason. Er kam ihrem Protest mit erhobener Hand zuvor. »Ich brauche nur ein paar Informationen. Er hat … etwas sehr Wichtiges für mich erworben, und ich würde gern wissen, wo er es aufbewahrt. Wenn es dir gelingt, seine Führerin zu werden, sollte er mehr als bereit sein, es zu verraten.« Sein Grinsen wurde gieriger. »Immerhin kann er es schließlich nicht hierher mitnehmen.«

»Was springt für mich dabei raus?« Die Worte sprudelten einfach so aus ihrem Mund. Sie wusste nicht, warum sie sofort nach einer Gegenleistung gefragt hatte. Vielleicht weil Mason zuvor das Gesicht eines Mannes getragen hatte, der sie betrogen hatte. Oder weil sie es einfach leid war, immer zu tun, was Salvatore ihr befahl. Sobald die Frage heraus war, war sie jedoch froh, dass sie ausgerechnet diese unter all den anderen, die ihr durch den Kopf schossen, ausgesprochen hatte. Sie hatte jahrelang auf eine solche Gelegenheit gewartet.

Mason schien nicht mal überrascht. »Was willst du denn?« Seine Stimme schnurrte verschwörerisch.

Früher wäre es ihr schwergefallen, diese Frage zu beantworten. Sie war aufs College gegangen, weil man das tun sollte, aber sie war gestorben, bevor sie sich für ein Hauptfach hatte entscheiden müssen. Sie hatte einen Job in einem Voodoo-Laden angenommen, der von ihrer exzentrischen Tante Celeste geführt wurde, nicht aus dem Wunsch heraus zu konvertieren, sondern um ihre katholischen Eltern zu ärgern. Ihr Vater hatte ihr einmal gesagt, sie habe die Seele eines Gewitters, wäre ein Kraftpaket aus Leidenschaft und Energie, das sich treiben ließe, wohin auch immer der Wind sie trug. Er hatte sie damit aufrütteln, sie dazu bringen wollen, ihr Leben selbst in die Hand zu nehmen. Die junge Renai hatte einfach mit den Schultern gezuckt und ihm zugestimmt. Doch nach fünf Jahren einsamer Monotonie, nach fünf Jahren, in denen sie die Seelen der kürzlich Verstorbenen durch die Unterwelt führte, jedenfalls derer, die es bis dorthin geschafft hatten, nach fünf Jahren ohne Hoffnung auf Begnadigung oder ein Weiterkommen hatte Renai ein Ziel gefunden. Sie wusste endlich, was sie wollte.

»Ich will sterben«, sagte sie.

Obwohl er es gut verbarg und die Hand, die zu seinem Mund fuhr, stattdessen seine Wange kratzte und er sich die Lippen leckte, statt etwas zu erwidern: Ihre Antwort hatte Mason überrascht. Was auch immer er erwartet hatte, damit hatte er nicht gerechnet. *Mach einen Gott sprachlos*, dachte sie. *Errungenschaft freigeschaltet.*

Binnen eines Wimpernschlags hatte Mason seine Fassung wiedererlangt und sein Betrügergrinsen aufgesetzt. »Das dürfte einfach genug zu arrangieren sein«, sagte er. »Obwohl ich mir nicht sicher bin, warum du dafür meine Hilfe brauchen solltest.« Er wiederholte ihre Worte, um anzudeuten, dass Renai die Aufgabe vielleicht besser selbst erledigen sollte.

»Nur ruhig. Das hier ist kein *Hamlet*-Moment. Ich weiß genau, welche Träume kommen. Das ist ja das Problem. Jedes Leben bekommt eine Reise durch die Pforten, genau eine Chance auf Ewigkeit. Meine ist gekommen und gegangen. Ich habe meine Ewigkeit für einen Trick eingetauscht, der es nicht verdient hatte. Die

Throne haben mich zurückgeschickt, aber du weißt so gut wie ich, dass sie nie jemanden für immer loslassen. Vielleicht morgen, vielleicht in fünfzig Jahren – eines Tages werde ich ganz sicher sterben. Wenn ich nicht in die Fernen Länder gehe, wohin gehe ich dann, wenn meine Zeit gekommen ist? In den Verschlinger? Betrüger, also bitte!«

Mason gluckste. »Wenn ich dir die Passage in eines der Fernen Länder sichern kann, ohne die Kontrolle der Throne …«

»Nicht in ›eines‹ von ihnen«, sagte Renai und malte Anführungszeichen in die Luft, obwohl sie es hasste, wenn andere das taten. »Ich darf es mir aussuchen. Das ist der Deal.«

Mason schloss die Augen und rieb sich die Nase, als wäre ihm die Brille lästig geworden, obwohl er gar keine trug. »Ich nehme an«, sagte er, ohne die Augen zu öffnen, »dass du dein Ziel bereits gewählt hast?«

»Die Inseln der Seligen.«

Mason verzog die Lippen und schnalzte nachdenklich. »Ich sehe, du hast deine Hausaufgaben gemacht«, stellte er fest.

Wenn die alten Griechen starben, wurden sie entweder in den Gruben des Tartaros gefoltert, schmachteten auf den langweiligen lauen Wiesen des Asphodeliengrunds oder wurden, wenn sie ein vorbildliches Leben geführt hatten, mit dem Komfort und der Glückseligkeit im Land Elysium belohnt. Ein wahrer Held, dem das Paradies von Elysium angeboten wurde, konnte sich entscheiden, in die Welt der Lebenden zurückzukehren. Erst nach drei Leben und drei Toden, die allesamt einen Platz im Elysium verdient hatten, war man der Inseln der Seligen würdig.

Es war der Himmel, in den selbst die Menschen im Himmel gern kommen würden. »Heißt das, du kannst es nicht?«, fragte Renai und gab sich keine Mühe, die Frechheit in ihrer Stimme zu kaschieren.

»Es liegt keineswegs außerhalb meiner Möglichkeiten«, erwiderte Mason bedachtsam.

»Dann haben wir einen Deal.« Renai warf einen Blick auf ihr Telefon und sah, dass Masons Nachricht eingegangen war. »Ich bringe dir, was auch immer dieser bald tote Kerl von dir gestohlen hat …«

»Nein!« Mason sprang auf, und seine Stimme war wie ein Donnerschlag. Er überragte sie, als wäre er plötzlich doppelt so groß. Das Licht im Raum verdunkelte sich augenscheinlich, und er hielt ein goldenes Schwert in der Faust, das leuchtete, als wäre es aus der Mittagssonne geschmiedet. »Du wirst es nicht berühren, und du wirst es nicht suchen. Schwöre es!«

Renai konnte kaum sprechen, ihr Herz pochte so stark, dass ihr Puls ihr bei jedem Schlag die Kehle zuschnürte. »Ich schwöre«, presste sie keuchend hervor. »Ich finde nur heraus, wo er es versteckt hat, das ist alles.«

Masons Lächeln war furchterregend. Es lag Freude darin, aber es war die wilde Freude eines Raubtiers, das kurz davor war zuzuschlagen. »Gut, dann haben wir eine Abmachung, Renaissance Raines. Merke dir den Namen und benachrichtige mich, wenn er dir verraten hat, was ich wissen will.« Und dann war er verschwunden. Er hinterließ nur einen schwachen Hauch von Weihrauch und das glühend rote Nachleuchten seines Schwertes auf ihrer Netzhaut. Das verblasste nicht einfach, sondern manifestierte sich als pochender Schmerz hinter ihren Augen. Und eine Nachricht. Ein Name.

Renai brauchte etliche Minuten, um sich von Masons Ausbruch zu erholen. Zuerst musste sie ihr rasendes Herz beruhigen, und dann musste sie warten, bis ihre Sehkraft zurückgekehrt war. Immer wieder ließ sie das Gespräch in ihrem Kopf Revue passieren, bis sie zu dem Schluss kam, dass sie wahrscheinlich genau das getan hatte, was der lächelnde Gott von ihr gewollt hatte. Ein Betrüger wandte schließlich immer irgendwelche Tricks an. Erst dann öffnete sie die Nachricht und warf einen Blick auf den Namen, den Mason ihr gegeben hatte.

»Ramses St. Cyr«, las sie. »Ich weiß nicht, was du gestohlen hast«, murmelte sie, »aber ich hoffe, es hat sich gelohnt, dafür zu sterben.«

Renai ließ die Tür hinter sich zufallen, als sie aus dem Café trat. Telefon und Flip-Flops hatte sie in der über die Schulter geschlungenen Umhängetasche verstaut. Sie machte sich keine Gedanken, dass sie sich aus ihrem Lieblingsort aussperren könnte, während sie WiFi und altbackene Muffins klaute. Sie hatte schon vor langer Zeit gelernt, dass in der Unterwelt nie etwas eingesperrt blieb.

Nicht dass jemand außer ihr auf dieser Seite der Dinge überhaupt Türen benutzte. Die Schatten drifteten durch die Wände, als wären sie oder die Wände aus Rauch, und keiner der anderen Psychopomps schien sich aus irgendeinem Grund besonders gern hier aufzuhalten. Wahrscheinlich weil die meisten von ihnen Tiergestalten trugen, selbst auf dieser Seite, wo sie nicht an die Regeln der lebenden Welt gebunden waren. Die Götter, zumindest die wenigen, denen sie in den letzten fünf Jahren begegnet war, schienen zu tun, was ihnen verdammt noch mal gefiel, tauchten auf und verschwanden wieder, als wären die Türen, die Wände und die Gesetze der Physik alle gleichermaßen trivial.

Draußen war die Unterwelt eine von der Wildnis zurückeroberte Stadt. Das Café mit seinem ungewöhnlichen lilafarbenen Ziegeldach stand am Rande einer Lichtung. Im Fahrradständer reihten sich Fahrräder, die nie bewegt wurden. Das zweistöckige Nachbarhaus hatte eine umlaufende Veranda im ersten Stock, die gerade noch durch den Unterweltnebel zu sehen war. Ein silberfarben lackierter Hydrant ragte inmitten einer Handvoll Zypressen aus dem Boden. Die Ansätze schwarzer Rohre waren an der Stelle zu sehen, wo sich die Erde abgesenkt hatte. Direkt gegenüber der Haustür, dort, wo die beiden Fahrspuren und der neutrale Boden von Bienville verlaufen sollten, wuchsen dickbauchige hohe Zypressen-Knie, von denen ein Vorhang aus spanischem Moos auf den sumpfigen Boden darunter baumelte.

Renai hatte nie entscheiden können, ob die Gebäude des von Menschen errichteten New Orleans in der natürlichen Welt einfach hochgezogen worden waren, damit die Toten auf dieser Seite der Dinge einen Bezugsrahmen hatten. Oder ob die Geister der Bäume, vor allem hoch aufragende Zypressen, dünne starre Kiefern und breite dominante Eichen, in diese Welt hinübergewechselt waren, als sie in der anderen abgeholzt worden waren. Um Platz für Beton und Stahl, für Asphalt, Straßenbahnschienen und Entwässerungskanäle zu schaffen, die ihre geisterhaften Wurzeln in das Land der Toten gruben. Was auch immer der Grund war, in der Unterwelt gab es keine Straßen, keine Autos und keine Flugzeuge, was bedeutete, dass eine unheimliche Stille in der unberührten Luft herrschte, ungestört vom unaufhörlichen Dröhnen der Motoren und Reifen auf Beton, das sie ihr ganzes Leben lang gekannt hatte. Als sie Sal danach gefragt hatte, hatte er so getan, als könnte sie die Wahrheit nicht verkraften. Das tat er ihrer Meinung nach immer, wenn er die Antwort selbst nicht wusste.

Bei dem Gedanken an den ruppigen Psychopomp blickte Renai auf ihre Uhr, ein Relikt aus ihrer Kindheit. Sie hatte ein billiges elastisches Kunststoffband und ein winziges digitales Display, eingebettet in den Plastikmülleimer eines grünen Cartoon-Monsters, das »Hau ab!« sagte, wenn man einen Knopf an der Seite drückte. Sie sah, dass das Gespräch mit Mason länger gedauert hatte als erwartet. Jetzt hatte sie keine Zeit mehr, die lange Strecke durch den Unterweltsumpf zur Ersten Pforte zu laufen und dort zu warten, wo sie ihren Mentor treffen sollte.

Lächelnd grub Renai ihre Zehen in das kühle, vom Tau benetzte Gras und breitete die Flügel aus – diese unmöglichen hauchdünnen Schwingen aus Magie und Licht, die sie seit ihrer Auferstehung besaß. Sie entfalteten sich aus dem seltsamen Nirgendwo, in dem sie ruhten, wenn sie sie nicht benutzte. Weit und schlaff fingen sie die leichte Brise ein und zogen sie in den Himmel, sobald sie sie losließ. Es waren keine gefiederten und taubenweißen Engelsflügel, die nach ihrem Tod auf sie warteten, wie ihre Religionslehrerin in der vierten Klasse ihr hatte weismachen wollen. Ihre waren geformt und gefärbt wie die eines Monarchfalters: ein tiefes sonnengebräuntes Orange mit dicken schwarzen Linien, die sich wie Adern über sie zogen und an den Rändern mit weißen Flecken gesprenkelt waren. Aber Renai fand, diese passten besser zu ihr. Sie hatte nie das Temperament eines Engels gehabt, bevor sie starb, und sie hatte ganz sicher kein Interesse daran, nach ihrer Auferstehung einer zu werden.

Denn sie war sich ziemlich sicher, dass es ein Engel gewesen war, der sie getötet hatte.

Sich in die Luft zu schwingen, erforderte weniger Anstrengung, als sich an der Erde festzuhalten – sie musste einfach nur loslassen. In Wahrheit war ihr sanft wiegender Aufstieg mehr ein Schweben als ein Fliegen, das Taumeln und Flattern und Gleiten einer Schmetterlingsfliege statt des kraftvollen Sturzflugs eines Superhelden, den sie sich vorgestellt hatte, als sie ihre Flügel zum ersten Mal entdeckt hatte. Sie kam auch nicht viel höher als bis zu den Baumkronen. Ihre nackten Füße glitten über die Blätter wie in einem Kung-Fu-Film. Sie hatte einmal versucht, höher zu steigen, dann aber festgestellt, dass die süßlich duftende leichte Brise, die sie hinauftrug, weiter oben schnell zu einem strafenden Sturm wurde, der sie vom Himmel zu reißen drohte, wenn sie es wagte, ihn herauszufordern. Das Erlebnis erinnerte sie an eine

Geschichte, die sie im Englischunterricht in der zweiten Klasse über griechische Mythen gehört hatte. Eine schnelle Wikipedia-Suche hatte den Namen des geflügelten Jungen gefunden: Ikarus. Der dichte Nebel der Unterwelt mochte die Wärme der Sonne über die gesamte Spannweite des Himmels verbreiten, aber Renai wusste, dass die Pointe seiner Geschichte nichts mit Bienenwachs und Wärme zu tun hatte. Also hielt sie sich mit ihren Flügen an die Winde, die sie akzeptierten. Sie hatte nicht vor, wie ein weißer Junge loszuziehen, der Grenzen nicht respektierte.

Sobald sie sich über das Blätterdach erhob, breitete sich der größte Teil von New Orleans in einem grün-grauen Flickenteppich aus Laub und Nebel unter ihr aus. Die Bürogebäude im CBD, die eierschalenfarbene Wölbung des Superdome und die großen Hotels im French Quarter ragten über das Einerlei hinaus, ebenso wie das Touro-Krankenhaus in der Geschäftsstadt und eine Handvoll Gebäude hinter ihr in Metairie. Aber der Großteil der Stadt war so flach und erdnah, dass der Nebel alles einhüllte.

Normalerweise flog Renai nicht so hoch, denn sie fand es nervtötend, wie schnell sie ihren Orientierungssinn ohne die vertrauten Orientierungspunkte und das tröstliche Muster der Stadtstraßen verlor, aber sie hatte keine Zeit für Bequemlichkeit. Zum Glück musste sie nur auf das Quarter zusteuern, nach Süden, aber »Richtung Fluss«, wie ein gewöhnlicher Einwohner die Himmelsrichtung nennen würde, und dort auf Sal warten. Die Erste Pforte würde sich schon bemerkbar machen, wenn sie sich öffnete.

Sie brauchte weniger als fünf Minuten, um die Stadt zu durchqueren, selbst in ihrem langsamen, vorsichtigen Tempo. Denn ihr Zuhause war von oben viel kleiner, als sie es vom Boden aus jemals wahrgenommen hatte. Anhand des Schildes vom Hotel Monteleone zu ihrer Linken und des Domes zu ihrer Rechten erreichte sie den St. Louis Cemetery Nr. 1 ohne Mühe, doch während sie darüber schwebte, wünschte sie sich, Google Maps würde auch im Jenseits funktionieren. Auf dieser Seite gab es jedoch keine Mobilfunkmasten, sodass sie nie ein Signal empfangen konnte, obwohl sie es jedes Mal prüfte, wenn sie ihr Telefon entsperrte.

Es war seltsam. WiFi und Ton sickerten manchmal von der anderen Seite durch, und ihr Ladegerät funktionierte in jeder Steckdose, die sie ausprobierte, aber Telefone weigerten sich einfach, eine Verbindung herzustellen. Es fühlte sich an, als steckten die Throne dahinter, um die Lebenden und die Toten voneinander zu trennen. Vielleicht hatten die Throne einen Grund, das Internet in der Unterwelt zuzulassen, aber Renai dachte manchmal, dass sie vielleicht gar nicht wussten, dass es existierte. Dieser Gedanke war alles andere als beruhigend.

Dennoch, sie wusste aus erster Hand, dass auch der Tod Fehler machte.

Die Erste Pforte öffnete sich hinter ihr. Ein fanfarenartiger Lärm ertönte, und sie wirbelte herum, als ein Lichtstrahl den Nebel durchdrang und scheinbar endlos hoch in den Himmel stach. Sie hatte gut geschätzt und war nur etwa einen Häuserblock entfernt.

Sie flog auf die offene Pforte zu und ging tiefer. Der

undurchsichtige Himmel der Unterwelt wich zurück und gab den Blick auf den von einer Handvoll Sterne gesprenkelten Nachthimmel frei. Das Schimmern der beleuchteten Stadt, der Gestank von Autoabgasen und der gedämpfte Lärm des Quarters drangen hindurch.

Renai atmete alles ein, aalte sich in der Hitze und dem Leben dieses Ortes. Ihres Zuhauses. Das tat zwar ihrem Kopf nicht sonderlich gut, da es seit Masons Wutanfall im Café immer noch hinter ihren Schläfen pochte, aber sie genoss das Gefühl trotzdem.

Einmal, als sie so hoch über dem Friedhof gewesen war, während sich diese Pforte geöffnet hatte, war sie ein paar Schritte zurück in die Welt der Lebenden gegangen, nur um festzustellen, dass das Bild auf der anderen Seite genau das war: ein Bild, so wenig greifbar wie ein Sonnenstrahl, der in einen staubigen Raum fiel. Sie hatte es an jenem Tag geschafft, ihre Tränen vor Sal zu verbergen, allerdings nur mit Mühe. Eine Zeit lang hatte sie gehofft, dass Sal und die Throne ihr erlauben würden, eine echte Psychopomp zu werden, eine, die die Toten auf ihrer ganzen Reise begleitete, sobald sie sich bewährt hatte. Aber nach fünf Jahren war diese Hoffnung in ihr gestorben. Jetzt bestand ihre einzige Hoffnung darin, dass sie den Weg auf die andere Seite der letzten Pforte und in die Fernen Länder finden würde. Allzu bald schloss sich das Tor und ließ die Unterwelt wieder verstummen. Renai glitt durch den Nebel hinunter zu den verputzten und blanken Ziegelgrabstätten des Friedhofs. Sie sank langsam und allmählich, obwohl ein Teil von ihr sich wünschte, vom Himmel zu fallen und wie ein Superheld eine Faust auf die Erde zu hämmern. Sie konnte fliegen, verdammt noch mal, warum sollte sie es nicht genießen? *Weil es,* sagte sie sich mit der tadelnden Stimme ihrer älteren Schwester, *wenn du dir das Knie verdrehst oder den Knöchel brichst, auf dieser Seite keinen Arzt gibt, der es wieder richten kann. Aber wenn du in alle Ewigkeit ein Hinkebein riskieren willst, nur damit du Iron Man spielen kannst, dann nur zu.*

Sie mochte also eine knallharte geflügelte Psychopomp sein, aber sie sank aus der Luft wie ein alter Mann, der wie in Zeitlupe eine Treppe hinunterstieg. Sie hüpfte bis zum Stillstand, als sie den Boden erreichte, und ihre Flügel versuchten, sie wieder nach oben zu tragen. Sie zog sie ein, mehr ein Willensakt als eine physische Bewegung. Ihre Flügel lagen nicht einfach flach auf ihrem Rücken, wenn sie sie nicht brauchte, sondern sie verschwanden ganz, was gleichermaßen seltsam und praktisch war. Einerseits musste sie sich nicht jedes Mal Sorgen machen, dass sie sich einen ihrer hauchdünnen Flügel zerfetzte, wenn sie sich hinsetzte oder anzog. Andererseits kamen ihre Flügel buchstäblich aus dem Nichts und kehrten wieder dorthin zurück, obwohl sie unverkennbar ein Teil von ihr waren, wenn sie sie ausstreckte. So ähnlich wie Menschen. Eben noch hier und dann wieder weg.

Es war dieser »Aus dem Nichts kommend und dorthin verschwindend«-Aspekt sowohl ihrer Flügel als auch des menschlichen Geistes, der sie auf ihrem kurzen Spaziergang zum Tor des Friedhofs beschäftigte. Dort hockte Salvatore in seiner Rabengestalt auf der Schulter eines toten Latino-Mannes, dessen große Augen zu versuchen schienen, die ganze Unterwelt auf einmal aufzunehmen. Wie die meisten neuen Toten versuchte er, mit einer Lunge und Stimmbändern und einer Zunge zu sprechen, die er nicht mehr besaß, und brachte dementsprechend kein einziges klares Wort zustande.

»Renai«, sagte Sal, »das ist …« Er brach mitten im Satz ab und schüttelte die Federn.

»Was?«, fragte Renai.

»Renaissance, wo zum Teufel sind deine Schuhe?«

Renai lachte. »Im Ernst? Hast du Angst, ich könnte mich erkälten? Du hast eine Menge Modetipps für einen Pomp, der in seinen beiden Erscheinungsformen quasi nackt herumläuft. Also, lass stecken, Junge.« Sal wollte etwas antworten, aber Renai legte ihm die Hand auf den Schnabel, eine ebenso spielerische wie selbstbewusste Geste. »Nicht jetzt, Sal. Wir haben zu tun.« Sie drehte ihre Hand mit der Handfläche nach oben. »Seine Münze?«

Mit klaffendem Schnabel, was in seiner Rabengestalt die Version eines Lächelns war, zog Sal die Münze unter seinem Flügel hervor und ließ sie in ihre Hand fallen. Sobald sie ihre Haut berührte, durchflutete sie das ganze Leben des Mannes, dessen Glück sie repräsentierte. Miguel Flores füllte ihr Herz und ihren Verstand, sie nahm seine Lieben und seine Familie wahr, die Freuden und Sorgen des Kindes, des Jungen und des jungen Mannes, seine Kämpfe und Triumphe und schönsten Erinnerungen, seine Schwächen und Misserfolge und Verbrechen. Sie sah ihn bei seiner Geburt und bei seinem Tod. Sie kannte ihn, wie sein Vater gesagt hätte, vom Hintern bis zur Fressluke. Aufgrund dieser Verbindung zu ihm spürte Renai die Worte, die der Tote immer wieder zu sagen versuchte.

Lady des eleganten Schädels, nannte er sie, nur dass er die Worte auf Spanisch dachte. Sie sprach diese Sprache zwar nicht, aber das spielte hier keine Rolle. Da die Toten nicht redeten, sondern nur Bedeutungen und Absichten mitteilten, ging ihre Kommunikation über die Sprache hinaus. Der Name, den er ihr gab, beschwor ein Bild herauf: ein Skelett in einem farbenfrohen Kleid, das an den Schultern und am Mieder eng anlag, aber an den Hüften weit auslief und in einer Welle aus Stickereien, Blumen und Spitze zu Boden fiel, wie eine Robe aus *Vom Winde verweht.* Ihr augenloser Schädel grinste unter einem breitkrempigen fransigen Hut hervor. Renai erkannte die Gestalt von den Bildern der Feierlichkeiten zum Tag der Toten.

Die Toten, das wusste sie, sahen auf dieser Seite der Dinge, was sie sehen wollten – Sal würde sagen, was sie sehen mussten, und das schloss sie selbst manchmal mit ein. Dieses Wissen hatte sie anfangs genervt, der Gedanke, dass sie in den Augen der Toten eine Ikone, eine Göttin, eine geliebte Vorfahrin sein mochte. Es fiel ihr ohnehin schwer, sich mit den Seelen zu verbinden, die sie führen sollte, und das machte es ihnen leichter, von ihrem Weg abzukommen. Um ein Schatten zu werden: unwiderruflich verloren, vergessen, die Identität weggewischt, bis sie so gesichtslos waren wie der Nebel, durch den sie für immer wandern würden. Sie wurden so vollständig ausgelöscht, dass selbst Renai sie nicht mehr wiedererkannte, sobald sie weg waren.

Obwohl sie sich nicht einmal an die Anzahl der Toten erinnern konnte, die sie verloren hatte, wusste sie, dass es zu viele waren. Also begann sie ihre Erzählung, spielte die Rolle, welche die Toten für sie geschaffen hatten. Sie tat, was immer nötig war, um sie auf dem Pfad zu halten. Sie machte einen Knicks, was lächerlich in den khakifarbenen Shorts und mit nackten Füßen wirkte, aber in dem Kleid, in dem Miguel sie, La Catrina, sah, wäre die Wirkung perfekt. »Komm, Miguel«, sagte sie, während sie sich zu ihrer vollen Größe aufrichtete, »wir haben einen langen Weg vor uns.« Der Nebel, der zu Füßen des toten Mannes am Boden wirbelte, löste sich auf und gab den Blick auf einen Pflasterstein im Gras frei. Miguel machte einen zaghaften Schritt vorwärts, setzte einen Fuß auf den Stein, und der Nebel löste sich weiter auf, als hätte sein Schritt einen Windstoß erzeugt. Dieser Weg aus einzelnen Steinen setzte sich in den Friedhof hinein fort. Sie waren stets einen Schritt voneinander entfernt und von unzähligen Füßen früherer Reisender abgeschliffen.

Mit klatschenden Flügeln sprang Sal von Miguels Schulter und flog zu Renai. Seine Krallen bohrten sich in ihre nackte Haut, spitz, aber darauf bedacht, nicht zu kratzen. »Wie kommt es, dass du nie einen Knicks vor mir machst?«, murmelte er in ihr Ohr. Sie zuckte mehrmals mit der Schulter, um ihn zum Schweigen zu bringen, musste aber trotzdem grinsen. Einen Moment lang fürchtete sie, die feierliche Stimmung zu Beginn von Miguels Reise zu verderben, doch dann fiel ihr wieder ein, dass ihr fleischloser Schädel in seinen Augen immer grinste.

Renai drehte sich um und ging den Weg aus Pflastersteinen hinunter. Er führte bis an den äußersten Rand des Friedhofs und dann zu einem Loch in der Mauer. Sie wusste, dass es in der lebenden Welt nicht existierte. Ein

Blick zurück verriet ihr, dass Miguel ihr folgte und dabei gegen einen Wind ankämpfte, den Renai nicht spürte und der auch den Nebel auf beiden Seiten des steinernen Weges nicht bewegte. Dieser Wind existierte nur für Miguel. Sie hoffte, dass er die Kraft hatte, ihn zu ertragen und all die Prüfungen zu bestehen, die vor ihm lagen.

Sie hatte ihn nicht belogen; er hatte noch einen langen Weg vor sich, bevor er sich ausruhen konnte.

Der Weg durch die Pforten war nie derselbe, und doch war er jedes Mal gleich. Als sie mit ihren anderen Toten unterwegs gewesen war, hatte Renai endlose Treppen und unendlich lange Gänge gesehen, schmale Brücken und gefährliche Bergpfade. Einmal, als sie ein viel zu früh verstorbenes Kind begleitet hatte, war sie über eine Straße aus gelben Ziegeln gegangen.

Sie kannte ihre eigene Rolle gut, kannte die Wächter der Pforten, mit denen Miguel konfrontiert würde, und wusste um die Teile seiner selbst, die er unterwegs opfern würde. Aber jede Person nahm die Reise aus ihrer eigenen Perspektive wahr, übersetzte die Prüfungen und Herausforderungen der Unterwelt in ihren eigenen Idiolekt. Der schwierigste Teil für sie würde es sein, nach vorne zu blicken und nicht ständig überprüfen zu wollen, ob Miguel auch nicht vom Weg abgekommen war.

Denn in der Unterwelt, das hatte sie gelernt, schaute man nie zurück.

KAPITEL SECHZEHN

In einer vagen Zeitspanne auf dieser Seite der Dinge, in der sich ein paar Stunden wie Tage anfühlten und einige Tage anscheinend zu ein paar Stunden zusammengepresst wurden, führten Renai und Sal Miguel durch die Pforten in die Tiefen der Unterwelt. Jede Pforte stand in der Mitte eines anderen Friedhofs von New Orleans und öffnete den Zugang zur nächsttieferen Ebene.

Aufsteigen war einfach. Dafür musste Renai nur loslassen, und sie erhob sich, leicht, fast unwillkürlich, als ob sie von Natur aus schwebte, als gehörte sie auf die Ebene der Ersten Pforte, hier an der Schwelle zur lebenden Welt. Der einzige Weg hinab, den sie jemals geschafft hatte, war der Abstieg durch die Pforten.

Die Reise durch die Pforten, diese einzigartige Reihe von Prüfungen, Entscheidungen und Tests für jede der Seelen, die Renai führte, war über die Jahre zu einer nahezu beiläufigen, vertrauten Routine geworden. Einige Tote blieben in der Unterwelt zurück und pflegten für immer den Garten, den Nibo an der Zweiten Pforte ihnen bot, oder sie nahmen an Babacos ewigen Festlichkeiten an der Fünften Pforte teil. Andere konnten die Anforderungen der Torwächter nicht erfüllen – wie bei Plumaj, der ihnen an der Dritten Pforte die Namen nahm, oder bei Bridgette, die ihnen den Schatten an der Vierten Pforte raubte – und waren verloren. Einige schafften den gesamten Abstieg, nur um an Barrens Waage an der Sechsten Pforte für zu leicht befunden zu werden. Sosehr es sie auch verletzte, einen ihrer Toten zu verlieren, oblagen letztlich nicht sie ihrer Verantwortung.

Sondern ihr Glück.

Ganz gleich, ob eine Seele als verlorener Schatten oder Bewohner der Unterwelt endete oder, wie Miguel Flores, den ganzen Weg bis zum Grund der Unterwelt und durch die Letzte Pforte in die Fernen Länder schaffte, Renais Aufgaben blieben stets die gleichen. Jeden Tag traf sie Sal an der Ersten Pforte, nahm eine Glücksmünze an sich und brachte sie den ganzen Weg hinunter bis zu den Thronen auf dem Grund der Dinge. Dort übergab sie die Münze Papa Legba, dem Voodoo-Loa der Kreuzwege, jenem Wesen, das die Letzte Pforte zu den Fernen Ländern öffnete. Was Legba mit den Glücksmünzen machte, lag Sals Worten zufolge weit über ihrer Gehaltsklasse. Und auch über seiner.

Sobald sie die Münze abgeliefert hatte, breitete Renai mit einem Winken und einem »Riech dich später« an Sal die Flügel aus, die sie aus der kalten, stillen Dunkelheit der Domäne der Throne trugen. Während sie durch die verschiedenen Ebenen der Unterwelt aufstieg, veränderte sich die Welt um sie herum. Eben noch flog sie blind durch eine undurchdringliche Nacht, dann mitten durch eine Gewitterwolke, im nächsten Moment durch dichten kühlen Nebel, der unheimlich vom Mondlicht und den Straßenlaternen beleuchtet wurde. Wenn sie die oberste Ebene der Unterwelt erreichte, so nah an der Welt der Lebenden, wie sie nur sein konnte, und wo sie die meiste Zeit verbrachte, glitt Renai zu dem einen Ort, an dem sie sein wollte, jenem Ort, an den sie nie wieder zurückkehren konnte.

Ihr Zuhause.

Renai sank durch Nebel und Baumkronen hinunter, vorbei am Campus der Tulane University und der Reihe von Wohnhäusern im griechischen Stil zu der Wohngegend dahinter. Dieses Gebiet hatte sich in all der Zeit, in der sie es kannte, nicht sonderlich verändert; selbst nach dem Hurrikan hatte es sich einfach nur ausgedehnt. Die meisten Leute bauten ihre Häuser wieder auf und erhöhten sie um eineinhalb Meter, für den Fall, dass es im nächsten Jahr wieder zu einer Überschwemmung kommen sollte. Die Häuser in diesem Teil der Stadt waren anders als in den älteren Vierteln. Hier säumten identische Shotgun-Doppelhäuser die Straßen, meist größere zweistöckige Einfamilienhäuser, deren untere Etagen umgebaut worden und vor dem Hurrikan nur ein staubiger Kriechkeller gewesen waren.

Selbst im Nebel und umgeben von Bäumen und der Fremdartigkeit der Unterwelt konnte Renai mit geschlossenen Augen über die rissigen kaputten Bürgersteige gehen. Sie wusste auch ohne Karte, dass die Plum Street Sno-Balls in jener Richtung lagen, dass die Nix-Filiale der Bibliothek dort drüben war und dass der Palmer Park, wo sie ihren ersten Kuss von Trent, einem Jungen aus dem Viertel, bekommen hatte, sich dort hinten erstreckte.

Es war alles so vertraut, dass sie fast in den Briefkasten geguckt hätte, als sie das Haus erreichte. Natürlich standen keine Autos in der Einfahrt, aber der Kräutergarten ihres Vaters säumte die Vorderseite, wo früher eine Veranda gewesen war, und der Zitronenbaum ihrer Mutter lugte über den hinteren Zaun hervor.

Man kann also tatsächlich wieder nach Hause gehen, dachte sie. *Solange es einem nichts ausmacht, dort zu spuken.*

Eine lange Treppe führte vom Bürgersteig zu der alten Veranda, die jetzt ein überdachter Balkon im zweiten Stock war. Die Haustür war unverschlossen, wie alle Türen in der Unterwelt. Das Haus ihrer Kindheit würde voller Erinnerungen sein, ein antikes Kuriositätenkabinett, das ihre Eltern hassten, aber nicht loswerden konnten, weil es Renais Urgroßmutter gehört hatte. Ein Esszimmertisch voller Rechnungen und Supermarktbons und sauberer Wäsche, die gefaltet, aber nicht weggeräumt worden war, Familienbilder auf dem Kaminsims sowie Trophäen aus der Junior High und ein Souvenir-Kaffeebecher voller Stifte. Über alldem ein Bild von Jesus, sein Herz sichtbar mitten in der Brust, glühend, gekrönt und mit Dornen wie von Stacheldraht umringt.

Sie hatten ihr Zimmer nicht »gelassen, wie sie es verlassen hatte«, als eine Art Schrein für sie, wie Leute es in Filmen taten; ihre Großmutter schlief jetzt sogar in ihrem alten Bett. Aber sie hatten auch nicht versucht, sie aus ihrem täglichen Leben zu löschen. Überall hingen Bilder von Renai, und Teile ihres Lebens hatten sie überdauert. Ein Kissen, das einst auf ihrem Bett gelegen hatte, war jetzt auf dem Familiensofa zu finden, ein Kunstprojekt aus der Schule, das sie an ihre Wand geklebt hatte, hing gerahmt in der Küche. Ihre Mutter trug ein billiges Armband, das sie in Renais Nachttisch gefunden hatte.

Renai wusste das alles, weil sie flüchtige Blicke auf ihre Familie in dem Obsidianspiegel erhaschen konnte, den sie aus demselben Nirgendwo zog, in dem sich auch ihre Flügel verbargen. Jedenfalls solange ihre Familie in dem Haus auf der lebenden Seite des Schleiers war und sie es schaffte, den Winkel des Spiegels genau zu justieren. Sie hatte sie in den fünf Jahren seit ihrem Tod beobachtet, man konnte schon sagen, ausspioniert. Sie hatte mitbekommen, wie ihr jüngerer Bruder in der Schule eine Lernschwäche überwand, wie ihre Eltern Großmutter zu sich holten, als klar wurde, dass sie nicht mehr allein bleiben konnte, wie ihre Schwester und deren Partner um ein Kind kämpften. Sie las von ihren Lippen ab und lachte mit ihnen, auch wenn sie den Witz nicht hören konnte. Manchmal weinte sie, obwohl sie weiterlachten.

Auch wenn sie das kleine Maß an Trost sehr gut gebrauchen konnte, das der Blick in ihre Leben gewährte, stieg Renai trotzdem nicht die Treppe in den ersten Stock hinauf. Einerseits weil sie nicht die Energie hatte, sich mit dem Spiegel abzumühen, andererseits jedoch auch weil sie sich hütete, Schlamm von ihren schmutzigen Füßen auf dem frisch geputzten Fußboden ihrer Mutter zu verteilen. Stattdessen ging sie um die Seite des Hauses herum zu der kleinen Wohnung, die ihr Vater in den ehemaligen Kriechkeller gebaut hatte, als sie das Haus aufgestockt hatten. Er hatte gehofft, sie an Collegekids vermieten zu können und so die laufenden Reparaturkosten wegen Katrina abzubezahlen, um die sie die Versicherung betrogen hatte. Da die Decke hier unten kaum zwei Meter hoch war, hatte er Probleme, auf Dauer Mieter zu finden, die den ganzen Aufwand wert gewesen wären. Also nutzte die Familie das Haus als Lagerraum, und Renai schuf sich mit den alten Möbeln und dem funktionierenden Badezimmer eine Bleibe im Land der Toten.

Nach einer langen heißen Dusche fühlte sich Renai wieder wie ein Mensch, jedenfalls soweit ein totes, wiederauferstandenes Mädchen wie sie es vermochte. Sie zog eine Pyjamahose und ein mottenzerfressenes Tulane-T-Shirt an, das einst ihrer älteren Schwester gehört hatte. Ihre gesamte Garderobe stammte aus einer Kiste mit Sachen, die eigentlich an die Kleiderhilfe hatten gehen sollen und hier unten gelandet waren. Nach einer schnellen Mahlzeit, einem Erdnussbutter-Honig-Sandwich – sie hatte noch ein paar unverderbliche Dinge aus den Hurrikanvorräten aus der Speisekammer stibitzt –, legte sie sich auf die aufblasbare Matratze, die ihr als Bett diente, und scrollte durch ihr Handy. Dabei hoffte sie, dass sie sich lange genug von den Ereignissen des Tages ablenken konnte, um ihren Geist zu beruhigen und einzuschlafen.

Als Memes und Promi-Klatsch sie nicht entspannten, lehnte sie ihr Telefon gegen ein Kissen und sah sich die nächste Folge von *Treme* an. Zu Lebzeiten hatte sie eher auf Horrorfilme und Dark Fantasy gestanden, da sie in ihrer Jugend eine kurze Gothic-Phase gehabt hatte, aber seit ihrer Wiederauferstehung interessierte sie sich verzweifelt für jede Darstellung des modernen Lebens, insbesondere von New Orleans. *Hellraiser* verlor jedenfalls viel von seiner Bedrohlichkeit, wenn man tatsächlich die Pforte zur Hölle gesehen hatte.

Schon nach wenigen Minuten gab Renai auf, schaltete ihr Telefon aus, rollte sich auf den Rücken und starrte an die Decke. Ihr Verstand arbeitete sich weiter an den Ereignissen des Tages ab. Manche Seelen waren leichter zu führen als andere, und Miguel war ein schwieriger Fall gewesen, aber sie hatte ihn bis zu den Thronen und zur letzten Pforte begleitet. Danach war die Last der Verantwortung von ihren Schultern verschwunden, und sie spürte weder diese selbst auferlegte Verpflichtung gegenüber ihren Toten noch die Forderungen der Throne, was die Münze des Glücks anging. Sie hoffte, dass Miguel mit dem Fernen Land zufrieden war, in das die Throne ihn geschickt hatten, aber diese Entscheidungen lagen nicht mehr in ihrer Hand. Sie war Führerin, nicht Richterin.

Aber nicht das wühlte ihre Gedanken so auf. Es waren ihre Sonderaufgaben: Mason, Ramses, ihre Erinnerungen und Sal.

In den fünf Jahren, in denen sie nun eine Psychopomp war, hatte sie nur wenig Kontakt zu Göttern gehabt, abgesehen von den Wächtern der Pforten natürlich. Deshalb fühlte sich Masons Besuch auf eine Weise unheilvoll an, die alles andere, was ihr seitdem widerfahren war, in den Schatten stellte.

Sie hatte Sal nichts von der Begegnung mit dem Gott erzählt, obwohl sie nicht sagen konnte, warum sie es vor ihm geheim gehalten hatte. In dem riesigen unheimlichen Buch, in welches Plumaj die Namen der Toten eintrug, hatte sie nach dem Namen Ramses St. Cyr gesucht. Sie hatte jedoch nur einen kurzen Blick hineinwerfen können, damit Sal es nicht bemerkte. Ihr Mentor wirkte ängstlich und verschlossen, besonders als sie die Hallows erwähnte. *Ich weiß, wie sehr es dich belastet, wenn die Hallows bevorstehen,* hatte er gesagt und ihr keine Gelegenheit gegeben, ihn zu fragen, was das bedeutete. Er wusste, dass ihre Erinnerungen so löchrig waren wie ein Paar billiger Strümpfe, aber wusste er auch, dass sie sich an die Hallows überhaupt nicht erinnern konnte? Diese drei Tage in jedem Jahr waren seit ihrer Wiederauferstehung eine blanke Stelle in ihrem Kopf. Wusste er vielleicht, warum?

War es ein Zufall, dass Mason, wer auch immer er wirklich war, sich ausgerechnet den Zeitpunkt, an dem die Ordnung der Unterwelt ins Chaos gestürzt wurde, ausgesucht hatte, um einen Psychopomp um Hilfe zu bitten?

Über ihr knarrte die Decke unter den Schritten eines Familienmitglieds, das sie nur in der Reflexion ihres Spiegels je wiedersehen würde. Sie fragte sich, ob sie jemals hörten, dass sie sich bewegte, ob sie wussten, dass es hier spukte, oder ob sie einfach glaubten, hier unten lebe eine Familie von Opossums. Sie konnte nicht mit Sicherheit sagen, wessen Schritte es waren, und sie vermisste ihre Familie so sehr, dass es wehtat. Sie hatte die Hoffnung aufgegeben, jemals wieder die Welt der Lebenden zu sehen, genauso, wie sich daran zu erinnern, was sie während der Hallows erlebte. Sie hatte es mit Notizbüchern, Polaroids und digitalen Rekordern versucht, aber nichts davon hatte je den 3. November überlebt, an dem sie Jahr für Jahr mit einem epischen Kater und ohne Erinnerung an die letzten drei Tage aufgewacht war.

Renai stöhnte und setzte sich auf, presste die Handballen gegen die Augen, als könnte sie die Gedanken herausquetschen. Ihre Chancen zu schlafen, sanken rapide. Sie streckte die Hand aus und schaltete den kleinen Flachbildschirm ein, den sie in ihrem ersten Jahr in der Unterwelt »erworben« hatte, als sie den alten Nintendo ihres Bruders gefunden hatte, der am Boden der Goodwill-Kiste vergraben gewesen war. Sie wusste nicht, ob der Fernseher auf der lebenden Seite des griechischen Hauses verschwunden war, als sie ihn von dort hatte mitgehen lassen, oder ob nur Echos von Dingen von einer Seite auf die andere übertragen wurden. Und es war ihr auch egal. Sie war tot und gelangweilt, und in dem Haus wohnten Mitglieder einer Studentenverbindung. Scheiß drauf! Nach ein paar Wochen war sie noch mal dorthin gegangen und hatte auch eine PlayStation »gefunden«.

Im flackernden Licht des Fernsehers sah Renai Schatten, die sie aus der Ecke des Raumes beobachteten. Aus irgendeinem Grund störten sie sie hier nicht sonderlich, aber es gelang ihr nie, ihrer Anwesenheit endgültig zu entkommen. Es würde ihr nichts ausmachen, wenn sie ihr überallhin folgten oder sie ein Gespräch führen könnten. Einfach nur zuhören wäre schon schön, vorausgesetzt, sie reagierten nicht bloß abweisend oder anziehend. Sie hatte es versucht, aber mit einem Schatten ins Gespräch zu kommen, war, wie mit einem Stein zu reden. Sogar schlimmer, denn Felsen brachten ihre Freunde nicht mit, damit sie ihnen halfen, Renai stundenlang anzustarren. Sie war so ausgehungert nach menschlichem Kontakt, dass es ihr nichts ausgemacht hätte, wenn die Schatten wenigstens ab und zu einen Controller genommen und mit ihr Videospiele gespielt hätten.

Ihr Spiel war fertig geladen, und sie ließ die Kamera um ihren Charakter kreisen, um sich daran zu erinnern, wo sie war und was sie getan hatte. Das letzte Mal war sie im Capital Wasteland gewesen. Sie war in eine Höhle hinabgestiegen, nachdem sie endlich das dafür benötigte Level erreicht hatte. Ihre Spielfigur, die sie Bey nannte, sah ihr so ähnlich, wie Renai es in den vielen Stunden Überarbeitung hinbekommen hatte. Allerdings trug diese Version ihrer selbst eine klobige Power-Rüstung und war mit einem Lasergewehr bewaffnet. Nur die Frisur stimmte nicht. Das Spiel bot miese Gestaltungsmöglichkeiten für die Haare einer schwarzen Frau.

Ein Bild schoss ihr durch den Kopf, fast wie eine Erinnerung, wie sie selbst in der lebenden Welt mit einer echt coolen Lederjacke und einer kurzen natürlichen Haarpracht herumlief. Sie hatte Bey so entworfen, dass sie genau wie diese andere Renai aussah. Dann jedoch schüttelte sie den Gedanken wie alle anderen ab und verlor sich nach wenigen Augenblicken in dieser Spielwelt. Mason und Ramses und Sal und sogar die Hallows waren vergessen. Sie konnte die ganzen Probleme nicht lösen, jedenfalls nicht heute Abend. Nicht, indem sie darüber nachgrübelte.

Aber sie konnte auf jeden Fall ein paar Ghoule umlegen.

Fast eine Woche verging, und die Tage schienen unterschiedslos ineinander überzugehen. Renai wachte auf, vertändelte ihre Zeit damit, durch soziale Medien zu scrollen, Videospiele zu spielen oder sich um die Bedürfnisse ihres Körpers zu kümmern. Dann traf sie sich mit Sal an der Ersten Pforte, wo er ihr eine Glücksmünze gab. Sie führte die Toten des Tages durch die Pforten und suchte immer wieder in Plumajs Buch nach dem Namen, den Mason ihr geschickt hatte. Sie fand ihn nicht, und sie war auch nie lang genug mit dem Engel allein, um ihn zu fragen, ob er sich daran erinnerte, wo er den Namen zuvor gehört hatte.

Sie nahm den Auftrag für eine neue zufällige Seele an und machte weiter, jeden Tag mehr davon überzeugt, dass Mason sie irgendwie hereingelegt hatte. Sie führte ihre Seelen durch den Rest der Pforten, zeigte ihnen ihr wahres Ich mit ihrem Spiegel, reinigte sie von ihrem Schatten mithilfe ihrer Magie und ließ sie an Barrens Straßenbahn zurück. Sie verlor eine Seele an den Nebel, eine andere an Babacos endlose Party und trug eine dritte, die eines Krippenkindes, das nur ein paar Wochen unter den Lebenden verbracht hatte, den ganzen Weg hinunter zu den Thronen und zur letzten Pforte. Es fiel Renai schwer, das kleine Essenzbündel einem der anderen Toten dort zu übergeben, obwohl ihr von Anfang an klar gewesen war, dass sie selbst die Pforte nicht durchschreiten konnte. Sie hatte gewusst, dass sie die Seele nicht weiter ins Paradies tragen konnte, in das Ferne Land, das sich das Kind in seinem kurzen freudvollen Leben verdient hatte.

Jeden Tag nahm Renai sich vor, Sal danach zu fragen, was er über die Hallows und Mason und ihren Platz in all dem, was hier vor sich ging, wusste. Aber Abend für Abend war sie zu müde oder emotional zu zermürbt oder einfach nur zu verängstigt, um die Frage tatsächlich zu stellen. Jede Nacht fand sie sich in der Wohnung wieder, entweder so erschöpft, dass sie sofort in den Schlaf sank, ohne sich selbst die Möglichkeit zu geben nachzudenken, oder so angespannt vor Angst, dass sie keiner der Schlussfolgerungen trauen konnte, die sie zog. Jeder Tag ging so nahtlos in den vorhergehenden über, dass sie Mason und seinen Deal und den Dieb, den sie für ihn finden sollte, bald vergessen hatte. Bis sie vier Tage vor dem Beginn der Hallows einen älteren toten Mann durch die Dritte Pforte führte. Sie warf erneut einen Blick in das riesige Buch der Toten und sah, dass die nächste Seele, die sie durch die Unterwelt führen sollte, niemand anderes als Ramses St. Cyr war.

Obwohl Renai den größten Teil der Nacht damit verbracht hatte, sich Ramses als einen Kulturhelden vorzustellen, der den Göttern, dem Tod und jedem beliebigen anderen einfach ins Gesicht lachte, war sie überrascht, als Sal nicht an der Ersten Pforte auftauchte, wie er es eigentlich sollte.

Sie stand einfach nur da, fassungslos, und fühlte sich befremdlich, ungefähr so, wie wenn man am Nachmittag für ein paar Minuten die Augen schloss und Stunden später in stockdunkler Nacht aufwachte. Sie spielte nervös mit den Zipfeln des alten blauen Hemdes ihres Vaters. Es hatte Kaffeeflecken, die Ärmel waren hochgekrempelt, und es roch immer noch nach seinem Rasierwasser. Sie hatte es in Höhe der Taille zu einem Knoten gebunden. Renai bohrte die Spitze ihrer Turnschuhe in den Schmutz und warf einen prüfenden Blick auf ihre Uhr, um sicherzugehen, dass sie zur richtigen Zeit hier war. Sie rief Sals Namen, zuerst leise, dann aus voller Kehle.

Eine Erinnerung regte sich in ihr und sagte ihr, dass sie auf der lebenden Seite der Dinge häufiger auf Sal gewartet hatte. Aber der Sal, den sie hier kannte, war sonst immer pünktlich. Sie gab ihm fünf Minuten, dann zehn. Danach stieß sie halbherzig gegen die Pforte. Sie war riesig, ein Doppelportal aus Messing und Elfenbein, und auf eine unmögliche Weise zu groß für den Rahmen. Es überraschte sie nicht, dass sie sich nicht rührte.

»Was soll ich denn jetzt machen?«, murmelte sie vor sich hin.

Sals Stimme kam von einem der Bäume über ihr. »Fang vielleicht damit an, dich zu erklären«, sagte er.

Sie hob den Kopf, konnte ihn aber zwischen dem Laub nirgends entdecken. Ihr Herz flatterte nervös, und Schuldgefühle machten sich in ihr breit. Der Psychopomp klang sauer, sogar misstrauisch. Irgendetwas war beim Einsammeln von Ramses schiefgelaufen, so viel war klar. Die Frage war nur, wie schlimm war es. Hatte Sal von ihrem Deal mit Mason gewusst und den toten Jungen selbst geführt, nur um Renai von Ramses fernzuhalten? Oder war es etwas Schlimmeres?

Dann fiel ihr ein, dass sie wirklich keine Ahnung hatte, was Salvatore tun und was er wissen konnte. Sie hatte ihn immer als Freund betrachtet, aber sie konnte nicht darauf vertrauen, dass er ihr in dieser Sache den Rücken freihielt. Es stand einfach zu viel auf dem Spiel, nicht nur Leben oder Tod. Erlösung oder Verdammnis. *Das habe ich davon, wenn ich mich mit den Göttern anlege,* dachte sie, und dann hörte sie erneut die Stimme ihrer Großmutter: *Wenn du jemals zwischen Wahrheit und Lüge wählen musst, sag die Wahrheit und beschäme den Teufel.*

Also tat sie genau das. Sie erzählte Sal von der Begegnung mit einem Gott in einem Café und dem Deal, den sie gemacht hatte. Sie versuchte zu erklären, wie verzweifelt sie die Monotonie und Einsamkeit der Unterwelt hinter sich lassen wollte, selbst wenn es bedeutete, durch die letzte Pforte in die Fernen Länder zu gehen. Sie gab zu, darauf gewartet zu haben, dass Ramses' Tod in Plumajs Buch auftauchte, dass sie Sal tagelang betrogen hatte, auch wenn ihre Lüge nur eine Unterlassung gewesen war.

Während sie sprach, entdeckte sie eine Ranke, die an den freiliegenden Ziegeln eines bröckelnden ungepflegten Grabes emporstieg, und starrte auf eines ihrer Blätter, das in der sanften Brise der Unterwelt zitterte. Sie fixierte den Blick darauf, um sich davon abzuhalten, die Bäume nach Sal abzusuchen.

Die Worte sprudelten in einer Art meditativer Trance aus ihr hervor. Sie wusste nicht einmal, ob Sal allein oder ob er überhaupt noch da war. Vielleicht hörte ja nur die kleine Gruppe von Schatten ihre Geschichte, die sich zwischen den Gräbern versammelt hatte, während sie sprach. Doch kaum hatte sie angefangen, ging es weniger darum, dass Sal sie hörte, als vielmehr darum, alles auszusprechen. Es fühlte sich seltsam vertraut an, vor einem unsichtbaren Zuhörer etwas Unangenehmes und Geheimes preiszugeben, wie damals im Beichtstuhl in ihrer Jugend.

Als sie fertig war, sagte Sal erst mal nichts. Es waren nur Sekunden, doch sie fühlten sich wie Stunden an. Als er sprach, klang er nicht wütend, sondern nur müde. »Bei dieser ganzen Sache gibt es einfach keinen Aspekt, der nicht von vorn bis hinten verfickt ist, oder?« Es war eine rhetorische Frage. Sie hörte das Klatschen von Flügeln und das Kratzen von Krallen auf Granit und drehte sich um. Er hockte auf einer nahe gelegenen Gruft.

»Wie lange bist du schon …?«

Sal krächzte wütend, riss den Kopf herum und starrte sie mit einem blauen Auge an. »Von wegen! Wir sind noch nicht so weit, dass du Fragen stellen darfst! Was zum Teufel hast du dir dabei gedacht, mit einem Gott wie Seth einen Deal zu schließen?«

Renai hatte sich wütend verteidigen wollen, aber stattdessen war sie verwirrt. »Moment mal! Wer hat was von Seth gesagt? Der Gott, der mich aufgesucht hat, nannte sich Mason.«

»Ein hässlicher Kerl? Segelohren und rote Hände?«

»Also, nein. Er war viel zu hübsch und war sich darüber nur zu bewusst. Und seine Hände waren so braun wie der Rest von ihm.«

»Ich wette mit dir um einen Dollar, dass er kein Mason

war, egal, wie er sich nannte. Hat er dir was gegeben? Meine Nase würde ihn erkennen. Diese verdammten Götter hinterlassen ihren Gestank an allem, was sie anfassen.«

»Nein«, sagte sie, »er hat mir bloß den Namen von Ramses getextet.«

»War klar«, murmelte Sal. »Warum sollten sie es uns auch leicht machen?«

»Aber wer immer er ist, ich glaube, er ist ein Betrüger wie Jude.« Sie erzählte Sal, dass Mason zunächst das Gesicht von Jude Dubuisson getragen hatte, kam aber nicht weit, als Sal einen Satz ausspuckte, der nur aus dem Wort »fuck« in sämtlichen grammatikalischen Flexionen bestand. »Ja«, sagte Renai. »Das habe ich auch gedacht.«

»Betrüger! Warum müssen es immer Betrüger sein? Als ob die dreimal verfluchten Hallows nicht schon kompliziert genug wären mit …« Er verschluckte, was er noch sagen wollte, und raschelte frustriert mit den Federn. »Jetzt ist also auch noch ein Café-Gott hinter dem vermissten toten Kind her. Na klasse. Was genau wollte dieser Mason von dir?«

Renai zuckte mit den Schultern. »Er wollte nur den Ort wissen, an dem Ramses das aufbewahrt, was er ihm gestohlen hat.«

Sal blinzelte, dann stieß er einen Pfiff aus, obwohl er keine Lippen hatte. »Ich spucke dir ja nicht gern in die Cornflakes, aber es gibt da ein klitzekleines Problem mit diesem speziellen Deal.« Renai zuckte mit den Schultern und forderte ihn auf weiterzureden. »Dein Ramses hat uns einen Strich durch die Rechnung gemacht. Er war nicht da, als ich ihn holen wollte.«

»Du meinst, er ist irgendwo anders gestorben oder …«

»Er war nicht da.« Renai hob fragend eine Braue, und Sal senkte entschuldigend den Schnabel. »Sorry. Es war ein beschissener Tag, der noch beschissener wird.« Dann schilderte er ihr, wie er Ramses wie jede andere Seele im Moment seines Todes hatte abholen wollen, nur um festzustellen, dass der Junge nirgends aufzutreiben war. Und dass seine Flucht, wie auch immer sie ihm gelungen war, eine Wunde in der Welt hinterlassen hatte, einen stinkenden, schreienden Ort der Ungerechtigkeit. Und der besagte, ihn zu finden, wäre nicht so sehr eine Frage des »Ob« als vielmehr des »Wie bald«.

Als er fertig war, fiel Renai keine Antwort ein. Sie wollte einen Witz machen, aber alles, was ihr durch den Kopf ging, war ein lahmer »Erschütterung in der Macht«-Witz, der nicht wirklich funktionierte. Dankenswerterweise brach Sal das Schweigen für sie. »Dieser dem Tod von der Schippe gesprungene Halbstarke hat also einen Betrüger mit heruntergelassenen Hosen erwischt und ihn ausgeraubt, was?«

Renai errötete. Offenbar hatten sie und Sal nicht die gleiche Vorstellung davon, wie Mason ohne Hose aussehen würde. »Scheint so«, sagte sie dann. »Bringt dich das auf eine Idee, wie wir Ramses finden können?«

»Absolut nicht. Aber es bedeutet, dass ich anfange, diesen kleinen Bastard gegen meinen Willen zu mögen.«

Renai grinste. »Und was jetzt?«

»Deshalb bin ich überhaupt hergekommen. Ich muss alle überprüfen, die heute geliefert haben, und kann nur hoffen, dass es sich um einen Formfehler handelt und keine grundlegenden Regeln der Realität verletzt wurden.« Er erhob sich zu seiner vollen Größe und drehte sich mit kleinen hüpfenden Schritten, bis sein Schnabel mehr oder weniger nach Norden zeigte, »Richtung See«, wie ein Einwohner von New Orleans sagen würde. In Richtung des Holt-Friedhofs und der Zweiten Pforte, wie Renai wusste. Sal sah sie über die Schulter an. »Kommst du mit?«

»Aber was, wenn es das ist?«, fragte sie und entfaltete ihre eigenen Flügel.

»Was, wenn es was ist?«

»Eine Regelverletzung.«

Sal seufzte. »Lass uns die Apokalypse begrüßen, wenn sie an unsere Tür klopft, okay?«

KAPITEL SIEBZEHN

Die zwei Gesichter des Janus wachen in beide Richtungen gleichzeitig. Qin und Yuchi wehren sowohl böse Geister als auch weltliche Bedrohungen ab. Ein Stier, ein Drache, ein Adler und ein Riese stehen Wache und schützen gemeinsam Island.

Sie finden sich auf der ganzen Welt in Stein gemeißelt: die keulenschwingenden Wächter, genannt Dvarapala; das Löwenpaar, genannt shí shî; die grotesken Wasserspeier oder Gargoyles.

Ebenso wachen die Raben im Tower of London, der stillgelegte Kampfjet am Eingang einer Militärbasis, der Engel mit dem Flammenschwert vor dem Garten Eden.

Sie stehen immer an den Pforten: Beschützer. Wächter. Hüter.

Renai folgte Sal auf dem kurzen Flug über die Stadt. Die Strecke, die zu Fuß normalerweise Stunden gekostet hätte, dauerte durch die Luft nur Minuten. Statt den Pfad zu nehmen, den die Unterwelt den Toten diktiert hatte, die Renai führte, glitten sie über die Baumkronen hinweg. Nur wenige Orientierungspunkte durchbrachen die Monotonie: hier ein Kirchturm, dort ein Abschnitt des Bayou St. John. Renai blickte durch die Lücke in den Bäumen auf das Wasser hinunter, das ihr zu zähflüssig und zu dunkel schien. Manchmal ließ die Unterwelt die Toten eine schmale Brücke über einen mit Blut, Teer oder geschmolzenem Eisen gefüllten Bach errichten, um zur Zweiten Pforte zu gelangen. Manchmal waren da nur Trittsteine. Einige Male mussten sie schwimmen. Renai konnte bei dem kurzen Blick, den sie auf den Kanal erhaschte, nicht erkennen, was für eine Art der Überquerung auf die Toten wartete, aber sie war trotzdem froh über ihre Flügel.

Auf der anderen Seite des Bayou sanken sie behutsam zu Boden. Sal wartete kaum ab, dass Renais Füße die Erde berührten, als er auch schon auf ihre Schulter kletterte. Sie brauchte die Anweisungen nicht, die er ihr mürrisch zuraunte. Sie kannte den Weg zur Zweiten Pforte genauso gut wie er, aber sie hatte sich längst an Sals ruppige Art gewöhnt.

Ihr kurzer Fußmarsch führte sie zwischen Bäumen und Nebel hindurch, vorbei an Shotgun-Doppelhäusern. Die meisten davon waren Wohnhäuser, aber viele waren auch zu Anwaltskanzleien und Boutiquen, Buchläden und Cafés umfunktioniert worden. Sie passierten einen Supermarkt, die knallrote Straßenbahn der Museumslinie, die halb im Morast versunken war, und eine Handvoll umherwandernder einsamer Schatten. Schließlich räusperte Renai sich.

»Ich habe nachgedacht«, sagte sie.

»Hab ich den Braten doch gerochen«, murmelte Sal. Aber seine Antwort war ein bloßer Reflex, war weder bissig noch lustig gemeint. Renai ignorierte sie.

»Wenn wir schon mal hier sind, sollten wir Nibo fragen, ob er Ramses gesehen hat«, schlug sie vor. »Das wäre keine Zeitverschwendung, weil …«

»Weil Nibo der Loa ist, der für die nicht begrabenen, vergessenen Toten zuständig ist?«

Sal schwieg ein paar Schritte und gluckste dann. »Nicht schlecht, Raines«, sagte er. »Gar nicht schlecht.« Als der graue Beton und die schwarzen Eisentore des Holt Cemetery aus der Düsternis auftauchten, tippte Sal ihr mit seinem krallenbewehrten Fuß auf die Schulter. »Da es deine Idee war«, sagte er, »warum übernimmst du nicht das Reden?«

Der Holt Cemetery war ursprünglich ein Armenfriedhof gewesen, eine Begräbnisstätte für diejenigen, die sich nichts Besseres leisten konnten. Er war auch einer der wenigen Friedhöfe in New Orleans, auf denen die Toten in der Erde ruhten. In der Welt der Lebenden wirkte er trist und grau: ein paar klägliche Flecken braunen Grases, ein enges Gewirr von schmalen Parzellen mit schiefen oder zerbrochenen Grabsteinen. Auf manchen Gräbern gab es überhaupt keinen Stein, nur ein Holzkreuz mit einem handgeschriebenen Namen. Und alles lag versteckt hinter dem Zaun des Baseballfelds eines Community College. Im Land der Toten jedoch blühte der Holt-Friedhof. Jede Parzelle war von üppigen Blumenbeeten bedeckt, die sich gegenseitig fast überwucherten und ein auffälliges lebhaftes Farbenspiel boten, wie ein von Jackson Pollock angelegter Garten. In der Mitte überragte eine gigantische Eiche die gesamten sieben Morgen Land, und am Fuße dieser Eiche wartete Nibo, der Torwächter.

Wie Oussou und Masaka, die Renai vom Hörensagen kannte, aber nie getroffen hatte, da die Zwillinge die Erste Pforte immer von der lebenden Seite aus öffneten, war Nibo ein Loa der Ghede-Familie. Seine lange schlanke Gestalt war in einen maßgeschneiderten dreiteiligen Anzug gehüllt: eine dunkle Hose, eine cremefarbene Weste und eine hellblaue Jacke. Sie hatte ein Muster, das an das Sofa einer alten weißen Lady erinnerte: Blumen mit langen dünnen Blütenblättern in roten, orangefarbenen und gelben Pastelltönen und blassgrüne Ranken, die sich durch alles schlängelten. Der Kontrast zu seiner dunkelbraunen Haut war auffallend, und durch die Art, wie er sie trug, präsentierte Nibo jeden Zentimeter der Jacke voller Stolz.

Er lehnte an der riesigen Eiche, als schuldete jeder ihm Geld nur fürs Ansehen. Als sie näher kamen, beobachtete Renai, wie er eine Pistazie aus seiner Manteltasche zog, sie aufknackte, die grüne Nuss in den Mund steckte und die beiden Hälften der Schale zu Boden fallen ließ. Er tat es mit der mechanischen, unbewussten Bewegung von jemandem, der mit den Fingerknöcheln knackte, immer und immer wieder. Als Renai und Sal nahe genug waren, dass er sie erkannte, hellte sich Nibos typisch mürrische Miene auf. Sein Lächeln offenbarte mit Diamanten besetzte Zähne.

»Nun seht euch diese muh'fuckas an!« Seine hohe nasale Stimme störte die Stille des Friedhofs. Als sie ihn erreicht hatten, sprach er etwas ruhiger weiter. »Und was habt ihr zwei eurem alten Freund Nibo heute Schönes gebracht?«

»Bist du unter die Dichter gegangen, Nibs?« Ein Lächeln umspielte Renais Mundwinkel.

Nibo starrte sie einen Moment lang an, bis er die Bedeutung ihrer Worte begriff. »Mädchen, du spielst zu viel. Willst du die Wahrheit wissen? Die Seele macht den Dichter, nicht der Reim.« Er legte die Fingerspitzen an das Revers seines Jacketts. »Und wie du weißt, hatte der arme Nibo schon immer eine sensible Seele.«

»Empfindlich wäre das passende Wort«, murmelte Sal.

»Ach, du, halt den Schnabel!«, schnauzte Nibo nicht mal unfreundlich. »Die Throne hätten dir die Gestalt eines alten Köters verpassen sollen, so wie du mit deiner großen Schnauze herummurrst.« Er reckte den Hals und blickte über Renais Schulter hinweg auf den leeren Pfad hinter ihnen. »Na, habt ihr euren Toten verloren?«

»So ähnlich«, sagte Renai. »Wir haben uns gefragt, ob du ihn gesehen hast.«

Nibo griff in seine Westentasche und zog eine goldgerahmte Brille an einer dünnen Kette hervor. An den Ringen an seinen Fingern blinkten Diamanten und Amethyste. Er hielt sich die Brille vor die Augen und trat einen Schritt näher an Renai heran, um sie zu studieren. Seine tadellos geputzten Schuhe knirschten auf den Pistazienschalen, die den Boden zu seinen Füßen übersäten. »Ob ich deinen verlorenen Toten gesehen habe, hm? Schätze, das bedeutet, er ist nicht einer von diesen Schatten, die hier herumflattern. Denkst du, er ist eine meiner kleinen Blumen?«

»Der Gedanke war mir schon gekommen«, sagte Renai.

Er ließ die Brille fallen, die an der Kette an seiner Weste baumelte, und schob seinen Arm, so lässig, als hätte er es schon hundertmal getan, um ihren Ellenbogen. Dann drückte er sie sanft, mehr spielerisch als aufdringlich, und schnalzte. »Na, dann komm und sieh's dir selbst an. Mal schauen, ob wir dein verlorenes Lämmchen finden.«

Nibo deutete mit der Hand auf seinen Gartenfriedhof. Der Nebel lichtete sich und enthüllte eine spärliche Schar von Toten. Sie arbeiteten in den Blumenbeeten, zupften Unkraut, stutzten die Reben und wässerten den Boden, aber sie schienen nicht hart zu schuften. An einigen Stellen hatten sich zwei oder drei versammelt und unterhielten sich mit ihren unheimlichen flüsternden Nichtstimmen. Ein Mann schien ein Nickerchen zu machen. »Wir haben Buddy Bolden hier, Gott segne ihn. Ein Genie mit dem Kornett, aber er kam zu uns ohne einen Pfennig und verrückt wie eine Scheißhausratte. Wir haben auch Robert Charles, ihn und ein paar andere, die bei dem Aufstand starben, in dessen Mittelpunkt er stand. Und es sind ein paar von den Jungs aus dem Feuer in der UpStairs Lounge da. Die meisten meiner Blumen dürftest du allerdings nicht kennen. Das liegt daran, dass ich mich um die kümmere, um die sich sonst niemand kümmert … Leute, die gestorben sind, ohne dass sich jemand an sie erinnert, ohne dass sie begraben werden.«

Renai wandte sich ab und schluckte gegen den plötzlichen Kloß in ihrem Hals an. Sie wusste, dass Nibos Garten ein Trost war, das Beste, was viele der Toten bekommen würden, aber egal, wie oft sie seine »Blumen« sah, es traf sie jedes Mal bis ins Mark.

»Also, was sagst du, meine Schöne?«, fragte Nibo. »Erkennst du unter ihnen jemanden wieder?«

Renai griff nach oben und stupste Sal mit einem Fingerknöchel an. »Bist du wach?«, fragte sie.

»Wir haben ihn nie wirklich gesehen«, sagte der Psychopomp. »Alles, was wir haben, ist ein Name. Ramses St. Cyr.«

Nibo sagte nichts, nickte nur knapp, und der Nebel zog wieder auf. Er ging zur Eiche zurück, und seine Schritte knirschten auf den weggeworfenen Pistazienschalen. Aus der Tasche, die nicht mit Nüssen gefüllt war, holte er einen eisernen schwarzen Schlüssel hervor, der mit den Quirlen und scharfen Kanten seines Veves geformt war. Er schob ihn in ein Loch in der Eiche und drehte ihn mit einem lauten Klicken. Der Fuß des riesigen Baumes spaltete sich krachend in die Form von zwei Türen auf. Die zweite Pforte.

Die Bedeutung war klar, und die Enttäuschung lag Renai wie ein Stein im Magen. *Hast du wirklich geglaubt, dass es so einfach sein würde?,* dachte sie. Murmelnd bekundete sie dem Loa ihre Dankbarkeit und schritt auf die Pforte zu, aber er legte sanft eine Hand auf ihren Unterarm und hielt sie zurück.

»Ich habe nicht Nein gesagt, weil ich es nicht will«, erklärte er, seine Stimme sanft und freundlich, »sondern weil ich es nicht kann.« Statt eines Schlüssels hielt er jetzt eine Glasflasche in der Hand, gefüllt mit einer klaren Flüssigkeit, in der Partikel von Blättern schwammen wie loser Tee, der nicht aufgebrüht worden war. Sie hatte nicht gesehen, dass er danach gegriffen oder sie vom Boden aufgehoben hätte, und das hatte er auch nicht. Eben war sie noch nicht da gewesen, und dann war sie es. Eine nette kleine Erinnerung daran, dass, so freundlich und mitfühlend Nibo auch war, er und all die anderen Hüter der Pforten auch Loa waren. Götter.

Renai holte tief Luft, bevor sie ihre nächste Frage stellte, und bemühte sich, die Frustration aus ihrer Stimme zu verbannen. »Und warum kannst du das nicht?«

»Hätte dieser Junge es in meinen Garten geschafft, würde ich ihn erkennen, das ist so klar wie die Sonne. Aber wenn er sich in den Fluten verirrt hat? Dann muss ich auf der anderen Seite der Dinge sein, wo meine Stimme die Macht hat, ihn zu rufen.« Er hob die Flasche in Richtung Renai und dann zu Sal mit einer Geste, die zu gleichen Teilen »Entschuldigung« und »Auf eure Gesundheit« bedeutete, bevor er sie an die Lippen setzte und ein paar Schlucke nahm. Als der Schnaps herumwirbelte, konnte Renai die Kräuterbündel und die aufgespaltenen Pfefferschoten von Nibos Spezialrezept sehen. Der Loa schwor, dass der Trank jede Wunde heilen konnte, wenn man sein Feuer aushielt. Sal hingegen schwor, er könnte den Lack von einem Buick ätzen.

Nibo setzte die Flasche mit einem dankbaren Seufzer ab und schmatzte genießerisch. »Das bringt dich dazu, ›Scheiße‹ und ›Verflucht!‹ zu singen«, sagte er und pfiff. »Das bringt dich dazu, ›Motherfucker‹ zu jodeln!«

Sal lachte, flog durch die Zweite Pforte und verschwand durch die Eiche im Nebel der Unterwelt. Bevor

Renai ihm folgen konnte, sprach Nibo erneut. »So etwa drei Tage«, sagte er. »Sobald die Hallows beginnen. Dann kann ich mich auf die andere Seite schleichen und deinen Jungen suchen. Abgemacht?«

»Abgemacht«, sagte Renai. Sie war Nibo dankbar, dass er so tat, als würde sie ihm einen Gefallen erweisen und nicht andersherum. Sie würde den Loa nicht gerade als Freund bezeichnen, aber er war nett zu ihr, obwohl er es nicht nötig hatte. Und doch, als sie durch die Zweite Pforte in eine untere Ebene der Unterwelt trat, konnte sie sich des Gedankens nicht erwehren, dass es zu spät wäre, wenn sie Ramses bis zum Beginn der Hallows nicht gefunden hätten.

Nachdem sie die Zweite Pforte passiert hatten, standen sie immer noch auf dem Friedhof von Holt, aber ein Stück tiefer in der Unterwelt. Die Veränderungen von einer Ebene zur nächsten waren anfangs gering, fast schon trivial. Man hätte fast sagen können, unbedeutend, jedoch entging niemandem, nicht einmal den Toten, dass etwas anders war.

Die offensichtlichste Veränderung auf dieser Seite der Pforte war, dass ihre Umgebung hier nicht von Nebel verdunkelt wurde, sondern von dichtem, unerbittlichem Regen. In der lebenden Welt würde der Regen auf das heiße Pflaster zischen und in Richtung Auffangbecken rauschen. Aber hier im Wald der Unterwelt verwandelte sich der Boden unter ihren Füßen fast augenblicklich in Matsch.

Die andere Veränderung war subtiler, mehr ein Gefühl als eine Beobachtung. Alles fühlte sich hier weniger real an als auf der anderen Seite: flacher, düsterer und vager, wie die Spezialeffekte aus einem zehn Jahre alten Film. Und die Dinge wurden immer abstrakter, je tiefer man kam.

»Wenigstens ist es warm«, sagte Sal über das gedämpfte Rauschen des Regens hinweg. »Vor allem da wir nur noch ein paar Tage bis zu den Hallows haben. Nächsten Monat würde ich mir die Eier abfrieren.«

Renai schnaubte sarkastisch. »Haben Vögel überhaupt …?«

»Der Hund hat genug davon für beide, vielen Dank. Und zehn Nippel, die die Kälte ebenfalls hassen.«

Renai lächelte und wollte etwas erwidern, aber genau in dem Moment schoss der erste Pfeil vom Himmel und grub sich in die weiche Erde. Der Schaft bebte und summte wie eine angeschlagene Gitarrensaite.

Dann kam noch einer und noch einer. Sal fluchte und flatterte hoch. Er begriff, wie auch Renai, dass sie in einen Seelenprozess geraten waren, der von einem anderen Psychopomp geführt wurde. Obwohl es unnötig war, rief er ihr zu, sie solle laufen. Sal war klein genug, um unbeschadet durch den Pfeilhagel zu fliegen, aber Renais riesige durchsichtige Flügel würden zerlöchert werden, wenn sie sie ausbreitete. Also klemmte sie sie fest an ihren Rücken und rannte los.

Renai wusste nicht, wie lange es dauerte, bis sie entkommen konnten. Sie verlor sich in der Bewegung, dem Klatschen ihrer Füße auf der durchnässten Erde, und ihre Konzentration war ganz darauf gerichtet, keinen Fehltritt zu machen, tief zu atmen und nicht zusammenzuzucken, wenn ein Pfeil so dicht an ihr vorbeipfiff, dass sie seinen Luftzug spüren konnte. Sie hielt nicht einmal inne, als sie einen stechenden Schmerz in ihrer linken Schulter spürte. Sie blickte nur lange genug darauf, um sich zu vergewissern, dass ihre Haut unversehrt war. Ob die Pfeile stumpf waren oder sie unempfindlich dagegen war, wusste sie nicht. Aber sie lief mit einem wilden Grinsen im Gesicht weiter.

Eines der Dinge, die sie nach dem Aufwachen in ihrem seltsamen neuen Leben erkannt hatte, war, dass ein Sturm in ihr lebte. Er erhob sich, wenn sie erregt war, wenn sie Lust verspürte, wenn Sal etwas wirklich, wirklich Kluges sagte. Sie hatte gelernt, die Kraft zu kanalisieren, sie für ihre Arbeit zu nutzen. Aber manchmal, zum Beispiel wenn sie sich durch tödlichen Regen kämpfte, war ihr Kopf leer bis auf die wilde Freude am Heulen des Windes und dem peitschenden Regen. Also rannte sie weiter, irgendwann hörten die Pfeile auf zu fallen, der Regen ließ nach, und sie erreichte den niedrigen Eisenzaun, der die Grabmale vom Lafayette Cemetery Nr. 2 umgab. Wobei sie sich nicht daran erinnern konnte, wie sie hergekommen war. Erst als sie am Eingang des Friedhofs stehen blieb – es war ein Tor, keine Pforte –, gelang es Renai, den Sturm an die Stelle tief in ihr zurückzudrängen, wo er lebte, sodass sie wieder klar sehen und denken konnte.

Da wurde ihr bewusst, dass sie so schnell und so weit gerannt war, dass sie Sal abgehängt hatte.

Renai wartete eine Weile am Eingang des Friedhofs, kam zu Atem, drückte das Regenwasser aus ihren Dreads, so gut sie konnte, und erwartete, dass Sals Rabengestalt jeden Moment aus dem Regenschauer auftauchte. Sie nagte an ihrer Unterlippe und blickte für zehn Minuten alle sechzig Sekunden oder so auf die Uhr, aber er tauchte immer noch nicht auf. *Okay, Mädchen,* dachte sie mit der Stimme ihrer Mutter, *du bist vielleicht schön wie eine Rose und stark wie eine Eiche, aber Gott hat dir keine Wurzeln gegeben. Du musst dich beeilen.*

Sie wusste, was zu tun war. Als Psychopomp hatte sie sich daran gewöhnt, Leute zurückzulassen. Sie konnte Sals Stimme in ihrem Kopf hören: *Pomps bewegen sich nur in eine Richtung, Raines. Vorwärts.* Ihre Hauptverantwortung lag immer bei der Glücksmünze, die sie transportierte. Egal, was passierte, sie musste sie zum Ende des Weges bringen.

Dieses Bedürfnis breitete sich in ihr aus, körperlich, wie das Magenknurren, eine nagende nervöse Anspannung und dieses wahnsinnige Gefühl, niesen zu müssen, es aber nicht zu können. Der Vertrag war ihr im Moment ihrer Wiedergeburt in die Knochen gemeißelt worden. Sie hatte keine Ahnung, was mit ihr passierte, wenn sie Ramses nirgends aufstöberte und seine Münze nicht finden konnte. Würde das Bedürfnis verblassen? Würde es sie verzehren? Die Suche nach Ramses fortzusetzen, bedeutete, Sal den Rücken zuzukehren, aber genau das hätte Salvatore ihr befohlen. Das hatte man ihr das ganze Leben über beigebracht, wenn sie nicht wusste, welche Entscheidung sie treffen sollte.

Du hast die Arbeit gemacht.

Außerdem kam Sal schon zurecht. Er mochte die Gestalt eines Aasvogels oder eines müden alten Hundes haben, aber in dieser Haut verbarg sich ein Geist des Todes. Niemand lebte ewig, aber Renai war sich ziemlich sicher, dass es mehr als einen Pfeil und auch mehr als einen ganzen Himmel voller Pfeile brauchte, um ihrem Mentor wirklich dauerhaften Schaden zuzufügen.

Doch sie hatte sich schon einmal geirrt. Sie rieb sich den immer noch schmerzenden Bluterguss an ihrer Schulter, wo der Pfeil sie getroffen hatte. Sie wusste ganz genau, dass sie Schmerz empfinden konnte. Vielleicht war Sal nicht so zäh, wie sie gedacht hatte. Vielleicht war er verwundet worden und wartete gerade darauf, dass sie zurückkehrte und ihn rettete. Und wenn die Pfeile ihn wirklich getötet hatten?

Was passierte mit Psychopomps, wenn sie starben?

Renai musste die Zähne zusammenbeißen, damit sich ihre Flügel nicht entfalteten. Jeden Tag in den letzten fünf Jahren war Sal an ihrer Seite gewesen: führend, lehrend, tröstend. Und jetzt brauchte er sie, zum ersten Mal. Es war ihr egal, dass sie ihre Flügel verlieren könnte, wenn sie in den Pfeilhagel geriet, es war ihr egal, dass sie einen Deal mit Mason und eine Verpflichtung gegenüber den Thronen hatte.

Das Einzige, was sie davon abhielt, zurückzugehen und ihren Mentor zu suchen, waren die Worte, die er ihr immer wieder gesagt hatte. *Es gibt nur eine Richtung. Vorwärts.* Renai schloss die Augen und ließ die Flügel in das Nirgendwo gleiten, in dem sie sich befanden, wenn sie nicht entfaltet waren, erlaubte sich nur einen winzigen Moment der Schwäche, einen letzten Blick zurück, um zu sehen, ob Sal seinen Weg durch den Pfeilhagel gefunden hatte. Dann ließ sie alles hinter sich und folgte dem Pfad aus erhöhten glatten Pflastersteinen in die Mitte des Lafayette Cemetery Nr. 2, wo die Dritte Pforte wartete.

Der Lafayette Cemetery Nr. 2 sah aus wie eine Kombination der Friedhöfe, welche die ersten beiden Pforten beherbergten: Er hatte die üblichen oberirdischen Grüfte aus Ziegeln, Mörtel und Putz mit dem St. Louis Cemetery Nr. 1 gemeinsam, aber er wies auch eine Reihe von Betonplatten auf, die unterirdische Gräber markierten, wie in Holt. Im Gegensatz zur Ersten und Zweiten Pforte wuchsen hier allerdings nicht überall Blumen und Gras um die Gräber herum.

In der Unterwelt war der Raum zwischen ihnen mit Bücherregalen gefüllt.

Für Renai fühlte es sich wie ein Traum an, aus einem Wald hinaus in ein Archiv zu treten, ohne die Bäume hinter sich zu lassen. Es gab keine Wände außer dem Nebel, der überall hing, keine Decke außer dem Baldachin aus Eichenblättern hoch über dem Kopf. Alle Bücherregale waren genau gleich gebaut, über drei Meter hoch und jeweils nur einen Meter breit, mit sechs Fächern und einer angebauten Leiter mit gefährlich dünnen Sprossen. Auch die Bücher, die sie enthielten, waren alle identisch, dick und hoch und in braunes Leder gebunden, mit goldener Schrift auf den Rücken, die eine Jahreszahl und eine Spanne von Buchstaben zeigten, wie bei Enzyklopädien oder Wörterbüchern.

Sie hatte sich immer gefragt, wieso die Bücher bei Regen nie nass wurden, wieso der feuchte Nebel sie nicht verrotten ließ, aber Sal hatte ihr darauf keine Antwort geben können. Renai versuchte, nicht an Sal zu denken, und ging weiter den Mittelgang des Friedhofs hinunter. Der tadellose Zustand dieses Archivs war nur eines der Dinge in der Unterwelt, die sie akzeptieren musste. Allerdings hatte sie sich nie fragen müssen, was in den Büchern stand, denn der Hüter der Dritten Pforte hatte sie alle geschrieben. Als Renai sich der Mitte des Friedhofs näherte, wurde ihr Blick auf den Torwächter teilweise von einem riesigen Pult versperrt: einem hohen breiten Lesepult aus Schmiedeeisen und Gold. Der Rand eines aufgeschlagenen Buches lugte über die Schnitzerei eines Adlers heraus, der mit ausgebreiteten Flügeln und ausgestreckten Krallen den oberen Teil des Pultes zierte. Seine Flügel bildeten die Plattform, auf der die riesigen Bücher aus den Regalen aufgeschlagen liegen konnten.

Der Sockel war aus Eisen gefertigt und bestand aus den Büsten von zwölf Männern, die bis auf einen alle nach außen blickten. Auf der breiten Säule des Rednerpults waren die griechischen Buchstaben Á und Ù in Elfenbein und Gold eingeprägt. Je nach Glaube oder Herkunft der Verstorbenen konnten die Buchstaben א und ת auf Hebräisch sein oder ein Satz in arabischer Schrift, den Renai noch nicht im Internet hatte finden können. Wenn sich die Buchstaben änderten, änderte sich auch die Ikonografie auf dem Lesepult. Seitlich davon stand ein Mikrofon auf einem Ständer, eine Chromkugel, so groß wie Renais Faust und mit Schlitzen versehen. Ein dickes Kabel führte hinauf in die Bäume. Als Renai nahe genug heran war, um das leise anhaltende Kratzen einer Schreibfeder auf Papier zu hören, roch sie den süßlichen Duft von Fenchel, den der Engel ausströmte, der in das Buch schrieb.

Er nannte sich Plumaj und trug den Titel Ghede wie jeder andere Torwächter-Loa. Als Renai während ihrer Zeit in der Unterwelt gelernt hatte, dass die Götter die Angewohnheit hatten, von einem Pantheon zum nächsten zu wandern, hatte sie sich gefragt, ob die anderen Loa auch Engel waren oder ob Plumaj irgendetwas Besonderes war. Es war ihr immer unhöflich vorgekommen, ihn direkt zu fragen.

Plumaj hatte eine blasse schwach bräunliche Haut wie das Fruchtfleisch einer unreifen Birne und die weichen braunen Flügel einer Schleiereule. Wie der einzige andere Engel, dem Renai je begegnet war, hatte Plumaj blendend weiße pupillenlose Augen und war ebenfalls wie dieser andere Engel gekleidet, gerade so, als wäre er durch einen Secondhandladen geschlendert und hätte sich einfach alles geschnappt, was ihm in die Hände fiel. Er trug ein verblasstes rotes Flanellhemd mit ausgefransten Manschetten und offenen Knöpfen über einem Ninja-Turtles-T-Shirt, eine aufgeblasene gelbe Rettungsweste aus einem Verkehrsflugzeug und eine leuchtend lila Hose, auf deren einem Bein GEAUX und auf dem anderen TIGERS in riesigen goldenen Buchstaben stand und an deren Bund noch das Preisschild hing. Der Engel war klein und stämmig, hatte dicke Oberschenkel, die die Beine der Jogginghose dehnten, und etliche Kinne, die Falten warfen, wenn er den Kopf auf die Brust legte.

Jetzt jedoch blickte der Engel hinter dem Buch hervor und lächelte. Es war ein herzliches aufrichtiges Lächeln, das Renai das Gefühl geben sollte, willkommen zu sein. Stattdessen jedoch spannte sich ihre Kopfhaut an, und ihr Mund wurde trocken. Sie musste sich befehlen, ruhig zu bleiben und zu atmen. Plumaj hatte Renai nie einen Grund gegeben, ihm nicht zu vertrauen. Tatsächlich war er freundlicher zu ihr gewesen als jeder andere auf dieser Seite der Dinge, Salvatore eingeschlossen. Wenn irgendeiner der anderen Torwächter sie so behandelt hätte, wie Plumaj es tat, wäre sie wahrscheinlich längst gut genug mit ihm befreundet, um einen besonderen Händedruck ersonnen zu haben. Aber Renai konnte diese kalten leeren Augen einfach nicht ignorieren.

Es waren die gleichen Augen wie bei dem Engel, der sie getötet hatte.

»Renaissance Raines«, sagte Plumaj mit der weichen angenehmen Stimme eines Grundschullehrers. »Ich habe mich schon gefragt, ob du uns heute mit deiner Anwesenheit beehren würdest.« Die meisten Leute, die so etwas sagten, wollten einem ein schlechtes Gewissen machen, weil man zu spät kam. Aus Plumajs Mund klang es, als hätte er tatsächlich an sie gedacht.

»Hab mir ein kleines Drama eingehandelt.« Renai deutete mit der Hand hinter sich, um die Abwesenheit des toten Mannes anzudeuten, den sie eigentlich bei sich haben sollte, und das Fehlen von Sal. »Die einzige Anwesenheit, mit der du heute beehrt wirst, ist also meine.«

Plumaj schnalzte mit der Zunge und runzelte die Stirn. »Niemand beklagt den Verlust eines Mitglieds der Herde so sehr wie der Hirte.«

Renai überlief ein Schauder, weil sie glaubte, Plumaj wüsste, dass Ramses verschwunden war und dass nicht dies das große Unglück sei, das Sal befürchtete. Dann fiel ihr ein, dass der Engel nur dachte, Ramses wäre wie so viele andere vom Weg abgekommen und ein Schatten geworden.

»Ich beneide dich nicht um deine Aufgabe«, fuhr der Engel fort. »Kann ich dir irgendeine Art von Hilfe anbieten?«

Keine, es sei denn, du willst hochfliegen und deinen Chef fragen, ob er eine Minute erübrigen kann, dachte Renai. Sie sprach es aber lieber nicht aus. Denn trotz seiner angenehmen, zuvorkommenden Art hatte Plumaj nicht viel Sinn für Humor. Er würde sich zwar nicht unbedingt durch den Scherz beleidigt fühlen, aber er würde ihn entweder wortwörtlich nehmen oder denken, Renai wolle sich über ihn lustig machen. Beides würde nicht gut enden.

»Ja, vielleicht«, sagte sie stattdessen bemüht lässig. »Was kannst du mir über Ramses St. Cyr erzählen?«

Die Stirn des Engels runzelte sich nachdenklich, und er tippte sich mit dem Kiel einer seiner Federn gegen die Lippen. »Der Name hat einen gewissen vertrauten Klang«, meinte er. »Natürlich, ich hatte schon immer eine Vorliebe für Heilige.« Er zwinkerte Renai zu, was durch die pupillenlosen weißen Augen des Engels unheimlich wirkte. Renais Lachen klang selbst in ihren Ohren gezwungen. Plumaj winkte mit der Feder in der Hand in ihre Richtung. »Wollen wir uns das mal ansehen?«

Von der Stelle aus, an der sie stand, konnte Renai die aufgeschlagenen Seiten des Buches zwar sehen, aber der Text wirkte für sie, als hätte Plumaj einfach denselben Buchstaben, eine Ligatur aus Á und Ù, immer wieder niedergeschrieben. Der Engel summte eine Melodie, die Renai aus jahrelangen Heiligabendmessen als »Gloria in Excelsis Deo« kannte; er nahm ein Band, um die aktuelle Seite zu markieren, und ein anderes, um das Buch ein paar Dutzend Seiten weiter aufzuschlagen, bis er zu einer Liste kam, die auf Englisch geschrieben worden war: je eine Spalte für Namen, Zeiten und Orte und ein Feld für die kurze Beschreibung der Todesart.

Jeden Tag seit ihrer Auferstehung wählte Renai einen Namen aus diesem Buch oder einem ähnlichen aus, den Namen einer Person, die in New Orleans lebte und deren Zeit in der Welt der Lebenden sich dem Ende zuneigte. Und jeden darauffolgenden Tag würde Sal diese Seele durch die Erste Pforte führen und ihr ihre Glücksmünze geben. Gestern hatte sie, da sie seit ihrem Deal mit Mason darauf geachtet hatte, Ramses' Namen aus genau dieser Liste dieses Buchs ausgewählt.

Heute war sein Name verschwunden.

Hatten die Toten es bis hierher geschafft, schrieben sie ihren Namen in das Buch. Damit blieb ein Stück ihres Wesens zurück, sodass ihre Erinnerung in der Welt der Lebenden weiterexistieren konnte. Sobald sie ihren

Namen aufgegeben hatten, wurden die Toten undeutlicher, verschwammen an den Rändern wie ein Bild, das durch eine Linse projiziert wurde, die leicht unscharf war. Sie wurden nicht geisterhaft wie die Schatten, aber sie ähnelten definitiv weniger atmenden Personen als vielmehr den Erinnerungen daran.

Renai hatte einmal dasselbe getan, obwohl sie sich nicht daran entsann und auch nicht gerne darüber nachdachte. Hatte die Auferstehung ihr den Namen zurückgegeben, oder war er in einem von Plumajs Büchern geblieben? Erklärte das vielleicht, warum ihre Erinnerungen so durcheinander waren? Warum lebte ein Sturm in ihr? Und … war deshalb auch Ramses' Name verschwunden?

Renai war tief in ihre Gedanken versunken und bemerkte erst nach einem Moment, dass Plumaj aufgehört hatte zu summen und sich wieder einer der anderen Seiten in ihrem Buch zugewandt hatte. Den seltsamen unentzifferbaren Aufzeichnungen über die Taten und Untaten jedes Einzelnen in seiner Zeit in der lebenden Welt.

Plumaj starrte auf die Seite vor sich, die Lippen geschürzt. Nach einem Moment schüttelte der Engel den Kopf. »Ich entschuldige mich«, sagte er. »Ich scheine mich geirrt zu haben. Diese Seele befindet sich nicht in meinen Aufzeichnungen.«

Plumajs frustrierte Miene spiegelte Renais eigene Gefühle wider. Es schien seltsam, dass der Engel sich nicht an den Namen des Jungen erinnern konnte, den Renai erst gestern ausgewählt hatte, aber andererseits war er nur ein Name unter vielen, die in dieser Stadt starben, Tag für Tag. Vielleicht war es gar nicht so überraschend.

»Und doch«, sagte Plumaj, »kommt mir der Name so bekannt vor. Ich kann mich nur einfach nicht erinnern …«

Renai unterbrach den Engel. »Kannst du nicht einfach das Letzte nachschlagen, was du über ihn geschrieben hast?«, fragte sie.

Plumaj runzelte wieder die Stirn. »So funktioniert es bedauerlicherweise nicht. Obwohl es meine Aufgabe ist, jedes Ereignis und jede Wahl und jeden Triumph der Leben, die dieses Tor durchschreiten, zu transkribieren, ist es mir nicht vergönnt, ein Leben zu sehen, bevor seine Zeit gekommen ist.« Es setzte den Stift ab und faltete die Hände, das normalerweise so ausdrucksstarke Gesicht war plötzlich undurchdringlich. »Und warum, Renaissance Raines, bist du zu mir gekommen und hast nach dieser Person gefragt? Was bedeutet dir Ramses St. Cyr?«

Renai zuckte eine Schulter. »Nur jemand, den zu finden ich jemandem versprochen habe«, antwortete sie. Irgendwie glaubte sie nicht, dass Sal es gutheißen würde, wenn sie über das Verschwinden einer Seele sprach; er schien zu erpicht darauf zu sein, das Ganze geheim zu halten, bis sie genau wussten, womit sie es zu tun hatten. Die Tatsache, dass Ramses irgendwie aus Plumajs Hauptbuch gelöscht worden war, sagte ihr, dass der Vorfall, der dafür verantwortlich war, schrecklich sein musste.

Plumaj nickte. »Von allen Werkzeugen, die im Schatten des Mondes benutzt werden«, sagte er so leise, als wäre es ihm egal, ob Renai es hörte oder nicht, »sind Menschen die geeignetsten, unbrauchbar zu werden.«

»Das ist sehr tiefgründig«, meinte Renai. »Ist das aus

den Psalmen?« Wie viele Katholiken konnte Renai die Kapitel und Verse der Bibel nicht rezitieren.

»Das ist nicht aus der Bibel«, erklärte Sal, »sondern aus dem verdammten *Moby Dick*.« Renai wirbelte herum. Da war er, mit seinem zotteligen Fell, den traurigen Augen und dem schiefen Hundegrinsen. Sie stürzte sich auf ihn, schlang die Arme um seinen Hals und drückte ihn fest an sich. »Oh-oh, oh-oh«, knurrte er nach einem Moment und wich zurück, »Vorsicht mit dem Fell, Raines.«

»Was zum Teufel ist mit dir passiert?« Renai hielt Sal weit genug von sich weg, damit sie ihn ansehen konnte, nahm aber die Hände nicht von ihm. »Bist du irgendwo eingekehrt, um ein paar Daiquiris zu schlürfen?«

»Das kommt später«, sagte er. »Wir haben noch etliche Meilen vor uns, bevor wir uns schlafen legen können.«

»Du schläfst nie«, sagte sie. Sie achtete nicht darauf, ob sie frech klang, so dankbar war sie dafür, dass es Sal gut ging, und so sauer, dass er derart plötzlich verschwunden war.

Sal ignorierte sie. »Würdest du uns bitte durchlassen?« Er sprach über Renais Schulter hinweg mit Plumaj. »Wir haben weiter unten einen Termin.«

Plumaj, der wieder in sein riesiges Buch schrieb, sobald Renai ihm den Rücken zugekehrt hatte, nickte zerstreut und zog einen Eisenschlüssel aus der Tasche seines Flanellhemdes. Er drückte ihn in sein Buch, in die Falz, wo die einzelnen Seiten zusammengebunden waren. Eine Drehung des Handgelenks, ein Klicken, dann teilten sich Buch und Rednerpult und Himmel und Erde in zwei Hälften, und die Dritte Pforte schwang weit.

Sal ging zuerst durch, genau wie zuvor, ohne ein Wort des Dankes und ohne zurückzuschauen, um sich zu überzeugen, dass Renai ihm folgte. *Er nimmt diese Empfehlung, dass Psychopomps sich immer nur vorwärts bewegen, ein bisschen zu wörtlich,* dachte sie. Sie wusste nicht, ob Sal gehört hatte, was Plumaj noch zu ihr gesagt hatte, und hatte keine Ahnung, wohin er sie führen wollte. Sie hatte ihn noch nie so gehetzt, so abgelenkt gesehen. *Was bedeutet dir Ramses St. Cyr?*, hatte Plumaj sie gefragt.

Die eigentliche Frage lautet, dachte sie, als sie dem Psychopomp durch das Tor folgte, *wer ist Ramses für dich, Salvatore? Was bedeutet er dir?*

KAPITEL ACHTZEHN

Kaum hatten sie die Dritte Pforte durchquert, erzählte Sal Renai, warum er so weit hinter ihr zurückgeblieben war. Angeblich hatte ihn ein Pfeil im Flügelknochen aus dem Himmel geholt. »Ich habe versucht, den Schmerz zu ertragen«, sagte er, »du weißt schon, diesen Pfeil einfach abzuschütteln, aber als ich nach ein paar Minuten vor Schmerzen immer noch wie ein verdammtes Aufziehspielzeug herumgehüpft bin, habe ich akzeptiert, dass er kaputt war, und bin auf das Hundefell ausgewichen. Ich sage es nur ungern, aber wir müssen zu Fuß weiter, bis die andere Gestalt wieder gesund ist.«

»Ich habe nichts dagegen«, antwortete Renai. »Ich bin nur froh, dass es dir gut geht.«

Ein paar Minuten lang liefen sie schweigend durch ein New Orleans, das zunehmend wie ein Traum erschien. Obwohl der Regen aufgehört und sich der Nebel gelichtet hatte, sah Renai immer noch nicht viel mehr als die Bäume um sie herum. Es war Nacht geworden, und ohne Mond, Sterne oder Straßenlaternen hatte sich die Umgebung in eine tiefschwarze Leere verwandelt. Sie mussten zum Glück nicht allzu weit durch diese Finsternis gehen, auch wenn Saint Roch's in der Welt der Lebenden meilenweit vom Friedhof Lafayette entfernt war. Doch je tiefer man in die Unterwelt hinabstieg, desto enger rückte alles zusammen. Als wäre jede Pforte ein Trichter, der die Stadt in eine kompaktere Version ihrer selbst presste. Deshalb brauchte man für eine Strecke, die oben normalerweise Stunden gekostet hätte, hier nur etwa zwanzig Minuten.

Aber irgendetwas an Sals Erklärung nagte an Renai, kam ihr nicht stimmig vor. Sie versuchte, sich den Ablauf vorzustellen, wie er ihn beschrieben hatte. Sie hatte schon einmal gesehen, wie Sal die Haut wechselte, wie eine Gestalt die andere herauswürgte, obwohl der Hund um etliches größer war als der Rabe. Es war sowohl eklig als auch faszinierend gewesen. Sie hatte keine Ahnung, wie der Prozess funktionierte oder ob Sal eine unendliche Anzahl der beiden Gestalten in sich trug wie einen sich ewig erneuernden Satz russischer Schachtelpuppen. Oder ob er seine Formen aus demselben Nirgendwo holte, aus dem ihre Flügel und ihr Spiegel kamen.

Was sie aber wusste, war, dass dieser Gestaltwechsel so gut wie augenblicklich vor sich ging. Deshalb fragte sie sich, ob er ihr wirklich die ganze Geschichte erzählt hatte. *Mädchen,* dachte sie, *das sind nur deine Nerven, weil du hier so weit unten bist.*

In den unteren Welten lauerten überall Schatten, die sich derart perfekt in die düstere Nacht um sie herum einfügten, dass es schien, als würde sich die Luft selbst bewegen und sie beobachten. Es ließ ihre Haut kribbeln und machte sie, wie ihre Großmutter gesagt hätte, so unruhig wie eine fünfschwänzige Katze in einem Raum voller Schaukelstühle. Es half auch nicht, dass die fortlaufende Prüfung irgendeiner Seele ihre Umgebung mit einem Rascheln der Blätter in den Bäumen und dem gelegentlichen Knurren eines großen rastlosen Raubtiers erfüllte. Das musste es sein! Das musste der Grund für ihre Nervosität sein. Denn wenn sie Sal nicht trauen konnte, wem dann?

Aber was sie sich auch einzureden versuchte, sie konnte eine Lüge nicht durchgehen lassen, selbst wenn sie die Wahrheit vielleicht gar nicht hören wollte.

»Hat es so lange gedauert, bis du die Verletzung an deinem Flügel bemerkt hast?« Sie versuchte, jeden Argwohn aus ihrer Stimme zu verbannen, und sah ihn nicht einmal an. Sie tat, als wollte sie nur die Stille füllen.

»Hm?«

»Du warst eine volle Minute weg. Hast du versucht, den ganzen Weg durch die Unterwelt zu hüpfen?«

»Oh.« Sal zuckte mit den Ohren, die Hundeversion eines Achselzuckens. »Nein. Ich bin Link begegnet, einer der Pomps, die wir suchen. Offensichtlich wusste sie nichts von Ramses, sonst hätte ich es dir gesagt.« Er grinste sie hündisch an. »Wieso, hast du dir etwa Sorgen gemacht?« Er rieb sich spielerisch an ihrem Bein.

Renai schnaubte. »Also wirklich! Der Gedanke, meine Aufgabe zu erledigen, ohne dass du mich aufhältst …« Sie stolzierte ein paar Schritte, schlurfte mit nach innen gedrehten Füßen und zog bei jedem zweiten Schritt das Bein nach. Als würde sie in der zweiten Reihe bei diesen einzigartigen New-Orleans-Walking-Paraden mit Feiernden und Blaskapellen marschieren, die üblicherweise Vereinen, Beerdigungen und Hochzeiten folgten.

Dann hielt sie einen Moment regungslos inne, schlug die Hand vor den Mund, als hätte sie sich selbst mit ihren Fähigkeiten überrascht, und brach in schallendes Gelächter aus. Ob es Erleichterung war, dass Sal eine Erklärung für seine Abwesenheit hatte, oder einfach nur die Freude an der Bewegung, jedenfalls fühlte sie sich besser. Oder zumindest so gut, wie man sich weit unten in der Unterwelt eben fühlen konnte.

Als sie zu Sal hinabblickte, um zu überprüfen, ob sie ihn beeindruckt hatte, knurrte der Pomp sie an, sie solle gefälligst weitergehen. Sie kraulte den alten Griesgram trotzdem zwischen den Ohren. »Woher wusstest du, dass Plumaj *Moby Dick* zitiert hat?«

»Du instigierst, ich könne nicht lesen?«

Renai schmunzelte über seine geschwollene Wortwahl, die falsch und gleichzeitig poetisch korrekt war. »Du zitierst nur ständig alte Filme, das ist alles. Ich erinnere mich nicht, dass du je irgendwelche Bücher erwähnt hättest.«

Sal gluckste. »Ja, ich gehe dir nur auf die Nerven. Keine meiner Gestalten kann Seiten umblättern. In dem einzigen *Moby Dick,* den ich kenne, heißt Ahab Gregory Peck. Na ja, das und dann der Film mit Thor. Ich wusste nur, dass Plumaj das Buch zitiert, weil er das ständig macht. Ich liebe es, verdammt noch mal. Es heißt, er war mal eine Muse, und das war seine Mona Lisa.«

Sals Bemerkung über Plumajs angebliche Musenschaft lenkte Renais Gedanken auf Musen und Götter, Psychopomps und sterbliche Seelen, und so war sie den Rest des Weges zur Marigny, wo der Friedhof von Saint Roch's und die Vierte Pforte warteten, tief in Gedanken versunken.

Bevor sie starb, glaubte sie, verstanden zu haben, wie die Welt funktionierte. Sie war katholisch erzogen worden, aber schon als Teenager vom Glauben abgefallen. Stattdessen hatte sie ihr Vertrauen in die Technik gesetzt. Schließlich hatte ihr das Beten um Beistand bei einem Geschichtsreferat nichts gebracht, Google und Wikipedia dagegen hatten wahre Wunder gewirkt.

Als es dann ans Ausfüllen der Collegebewerbungen gegangen war, hatte sie sich in einem stillen Atheismus eingerichtet, in der Gewissheit, dass die Welt, in der sie lebte, die einzige war, die existierte. Da sie nicht gläubig gewesen war, hatte es ihr damals nichts ausgemacht, ihre Tante Celeste um einen Job zu bitten, nachdem sie sich mit ihrem Vater über ihre Pläne nach der Highschool gestritten hatte.

Sie hatte gewusst, dass Celestes aufrichtiger Glaube an die Loa und die Voodoo-Riten ihren Vater ärgern würde. Er ging jeden Sonntag in die Messe, beichtete einmal im Monat seine Sünden und spielte immer noch mit dem Gedanken, Diakon zu werden. Doch Celestes Anrufung von Papa Legba, den Weg für die anderen Loas zu öffnen, war ihr genauso sinnlos erschienen wie die Gebete ihres Vaters um die Hilfe von Engeln und Heiligen.

Dann hatte der Tod Renai zu ihrer großen Überraschung in eine Welt geführt, die bewies, dass nicht nur sie, sondern auch ihr Vater falschgelegen hatten und Celeste im Recht war. Eine Welt, in der Götter jedes Glaubens existierten, wo das Jenseits, das die Religionen versprachen, erreicht werden konnte, wenn man die Überfahrt schaffte. Eine Welt, in der eine junge Frau, die geglaubt hatte, der Tod sei nur ein Ausschalter, zum Führer der Seelen werden konnte, der sie ihrer gerechten Belohnung zuführte.

Die meisten Menschen hätten nach geraumer Zeit einen Weg gefunden, die Wahrheit dieser Enthüllung zu akzeptieren. Für Renai war es die Art von Offenbarung, die weitere Fragen aufkommen ließ. Wenn Plumaj gleichzeitig eine Muse, ein Engel und ein Loa sein konnte, bedeutete das, die Rollen aller anderen waren ebenfalls fließend?

Sie war dabei gewesen, als ein Halbgott zum Gott erhoben wurde. Konnte auch ein Mensch diese Art von Unsterblichkeit erlangen? Was war mit Psychopomps? Die meisten, denen Renai begegnet war, waren nur Geister, ohne Autonomie oder Persönlichkeit. War es das, was sie erwartete, ein langsames Dahindämmern in eine Art zielstrebige Senilität? Oder hatte sie das Potenzial, sich weiterzuentwickeln? Sie hatte mit Mason verhandelt, ihm gesagt, dass sie diesen Ramses St. Cyr gegen eine Flucht in den Tod eintauschen würde, aber vielleicht hätte sie mehr verlangen sollen.

Auf all diese Fragen hatte sie in ihren fünf Jahren als Psychopomp keine befriedigenden Antworten gefunden, deshalb überraschte es sie nicht, dass sie immer noch zu keinem Schluss gekommen war, als sich der Eingang zum Saint Roch's Cemetery aus der Dunkelheit erhob. Zwei Backsteingebäude, kantig und zinnenbewehrt wie Wachtürme an der Zugbrücke einer Festung, standen zu beiden Seiten des kunstvollen Eisentors, das den Namen des Friedhofs trug. Flankiert wurden sie von einem Statuenpaar: zwei Frauen, die eine mit zum Gebet gefalteten Händen, die andere rang die Hände in Reue oder Trauer. Die Pforte war geschlossen und öffnete sich nicht, als Renai dagegen drückte. Nach einem kurzen Anflug von Panik spähte sie durch die Eisengitter und sah den Grund dafür.

Die lange Allee des Friedhofs führte geradewegs zu einer hohen Kapelle, die wie eine Miniaturkathedrale aussah. Davor stand ein Altar. In der lebenden Welt nahmen Statuen von drei Frauen, die zu Füßen eines gekreuzigten Christus beteten, diesen Platz ein, aber in der Unterwelt war es nur eine blanke Marmortafel. Ein paar Stufen führten vom Altar zu einem Podest, auf dem ein schwarzer Eisenkessel stand, aus dem Flammen schlugen und knisternd Funken sprangen.

Die Hüterin des Portals, Maman Bridgette, eine weiße Frau mit knallroten Haaren, die zu kunstvollen Zöpfen geflochten waren, stand dort mit einer älteren toten Frau und ihrem Führer, einem fetten kleinen braunen Vogel mit einem Hakenschnabel, den Renai nicht kannte. Renai fragte Sal, ob der andere Psychopomp einer derjenigen war, nach denen sie suchten, was er mit leisem Knurren verneinte.

Auf dem Friedhof nahm Bridgette die tote Frau am Ellbogen und führte sie zum oberen Treppenabsatz, mit dem Rücken zu Renai und Sal und mit Blick auf die im Kessel lodernden Flammen. Ihr langer Schatten erstreckte sich tanzend hinter ihr und verdunkelte den Altar, auf dem ihr Braunhals-Nachtschwalben-Psychopomp wartete.

Sal rollte sich neben Renai auf dem Boden zusammen und legte den Kopf auf die Pfoten. Aus irgendeinem Grund, den Renai ihm nie hatte entlocken können, versuchte er immer, diesen Teil der Reise der Toten zu vermeiden. Es war keine Angst, was sie an ihm wahrnahm. Eher so etwas wie Traurigkeit. Als müsste Salvatore an etwas denken, das er lieber vergessen würde, wenn er Bridgette bei ihrer Arbeit zusah.

Renai drehte sich um und bemerkte gerade noch, wie die Hüterin der Pforte ins Leere griff und einen großen kunstvoll verzierten Spiegel herauszog. Bridgette hielt ihn mit beiden Händen und winkelte diese so an, dass die tote Frau hineinschauen konnte.

Es juckte Renai in den Händen, nach ihrem eigenen Spiegel zu greifen. Ihrer sah nicht so aus wie der von Bridgette. Er bestand aus Obsidian, war glatt, kalt und auf Hochglanz poliert, ein Oval aus schwarzem Glas, etwa dreißig Zentimeter lang und halb so breit, mit einem Griff aus Knochen, der mit grobem Zwirn umwickelt war.

Es waren einmal zwei Griffe gewesen, aber das eine Ende des Spiegels endete in einem gezackten Riss. Dort waren der andere Griff und ein Stück des Spiegels abgebrochen. Sie hatte einmal versucht, ihn an der rissigen Seite zu fassen; da hatte ihr das verdammte Ding die Handfläche aufgeschlitzt. Die Kante war so scharf, dass sie den Schmerz erst dann gespürt hatte, als das Blut geflossen war. Wie bei den Flügeln konnte sie sich nicht erinnern, wann sie den Spiegel zum ersten Mal benutzt hatte, wusste nicht, ob Sal ihr gezeigt hatte, wie sie ihn handhaben musste, oder ob sie ihre Rolle einfach instinktiv kannte. Ebenso wenig war ihr klar, warum ihrer anders war oder sie überhaupt einen hatte, da Bridgette ihren nur bei den Toten einsetzte, die es bis zur Vierten Pforte geschafft hatten. Dennoch, der Spiegel war immer da, wenn sie ihn brauchte.

Bridgette justierte die spiegelnde Oberfläche so lange, bis sich die tote Frau bei dieser Prüfung zum ersten Mal in ihrer ganzen Existenz wirklich betrachten konnte. Renai erkannte den Moment, in dem dies geschah, denn der Schatten, den sie auf den Altar hinter sich warf, nahm an Schärfe und Gestalt zu, wurde zu einer detailgenauen Kopie der Toten.

Jeder lebende Mensch trug ein Bild von der Person in sich, die er sein wollte, stellte eine Eigenschaft über alle anderen. Mut, Überzeugung oder Erfolg, Hingabe oder Ehrgeiz, Verständnis, Intelligenz oder Weisheit. Obwohl wir uns gerne einredeten, dass wir all diese Eigenschaften besäßen – so hatte Renai gelernt –, wussten wir tief im Inneren, dass eine solche Perfektion unerreichbar war. Deshalb wählten wir eine Eigenschaft, nach der wir strebten, eine Tugend, auf die wir all unsere Hoffnungen setzten. Mitgefühl, geopfert an das Streben nach Erfolg. Hingabe an ein Ideal, das die Fähigkeit zum Verstehen überlagerte. Der Ehrgeiz durfte erlöschen, damit die Weisheit aufblühte. Es war keine bewusste Entscheidung, sondern eine Sehnsucht der Seele, und sie geschah ohne Beteiligung des Bewusstseins. Obwohl sie den Verlauf unseres Lebens bestimmte und die Konsequenzen für uns in der Welt festlegte.

Aber Menschen waren durch Konflikte definierte

Wesen. Es gab immer zwei Seiten einer Medaille. Es war nicht so einfach wie Gut und Böse. Entschied man sich für eine Tugend, folgte ihr ein Laster. In jedem mutigen Menschen lauerte auch ein Feigling. Selbst wahrhaft Mitfühlende waren zu unbändiger Grausamkeit fähig. Der intelligenteste Mensch erwies sich hin und wieder als Idiot. Sie folgten uns immer, diese Gegensätze, diese Verräter an den grundlegendsten Aspekten unseres Lebens, verfolgten jeden unserer Schritte, ahmten jede Bewegung nach, beobachteten jeden einzelnen Moment.

Sie waren unsere Schatten.

Manchmal, in trunkenen Gelagen, in Anfällen von Leidenschaft oder Wut, in der Verrücktheit der Jugend oder den Gebrechen des Alters, in Träumen, kurz, wann immer wir schwach waren, steuerten diese Schatten unsere Entscheidungen. Sie sprachen mit unseren Zungen und handelten mit unseren Händen. Sie zerstörten, was wir aufbauten, sie verletzten, was wir zu heilen suchten, sie horteten, was wir teilen wollten, nahmen, wenn wir zu geben beabsichtigten. Schwäche war menschlich, Zeiten des Versagens waren unvermeidlich. Niemand konnte vor seinem eigenen Schatten davonlaufen. Aber wenn man nicht aufpasste, kaperte der Schatten die Rolle der Tugend. Zuvor nur vereinzelte Momente der Schwäche wurden durch gelegentliche Demonstrationen von Stärke ersetzt. Aus dem mitfühlenden Kind wurde ein gefühlloser Erwachsener. Der fleißige Jugendliche verfiel der Trägheit. Der intelligente, von sich selbst überzeugte Schüler wurde zu einem starren, törichten Lehrer.

Blickten die Toten in Bridgettes Spiegel, sahen sie dort

nicht nur ihr Spiegelbild. Die Flammen in ihrem Kessel enthüllten sowohl das tugendhafte Selbst, das sie hatten verwirklichen sollen, als auch das Schattenselbst, das sie ihr ganzes Leben lang verfolgt hatte. Das Glas zeigte, welches der beiden sie in ihrer Existenz am häufigsten gewählt hatten. Die tote Frau, die vor der Prüfung der Vierten Pforte stand, war vor allem eine ehrliche Frau gewesen. Sie hatte manchmal Gesetze gebrochen und auch Versprechen, was an diesem Ort schwerer wog, aber meistens hatte sie die Wahrheit gesagt, auch wenn es unbequem gewesen war. Sie war eine treue Geliebte gewesen, eine unerschütterliche Freundin, eine aufrechte Angestellte. Den lügenden, hinterlistigen, unzuverlässigen Schatten in ihrem Rücken hatte sie viel öfter abgewiesen, als er in ihre Schuhe geschlüpft war und ihre Zunge verdreht hatte.

So fiel es Bridgette leicht, einen alten Eisendolch aus der Scheide an ihrem Gürtel zu ziehen und den Schatten mit schnellen sicheren Schnitten von der toten Frau zu trennen wie ein erfahrener Jäger, der seine Beute häutet. Während Bridgette das Schattenselbst von der Essenz der toten Frau löste, zeigte die dunkle Gestalt immer weniger von ihren Merkmalen. Zuerst schmolzen ihre Gesichtszüge und ihre Kleidung, dann ihre Haltung und sogar der Anschein von Haaren, bis nur noch eine vage menschliche Form auf dem Altar lag. Während Bridgette arbeitete, verdichtete sich die Gestalt zu einer Art Stoff, dick, wogend und flüssig. Es dauerte nur wenige Augenblicke, bis Bridgette die Tote und ihren Schatten vollständig voneinander getrennt hatte. Sie nahm das dunkle Material in die Hände und stopfte es in einen großen Stoffsack an ihrem Gürtel. Es gab kein Blut, da die Tote keines mehr hatte, was nicht bedeutete, dass der Vorgang nicht schmerzvoll wäre. Die Tote war gezwungen, jeden Moment der Schwäche zu untersuchen, der auf der Oberfläche des Spiegels vor ihr ausgebreitet war: jede Lüge, jedes Verschweigen von Wahrheit. Renai vermutete, dass sie das tiefer verletzte, als eine Klinge es je gekonnt hätte.

Wann immer einer ihrer eigenen Toten diesen Punkt auf seiner Reise durch die Pforten erreichte, musste Renai den Sturm niederringen, der in ihr lauerte, diese wilde, wirbelnde Kraft, die auf ihre Freude mit einem Eifer reagierte, der an Euphorie grenzte. Sie verstand nicht, was diese Kraft war, aber sie wusste, dass es ein Widerspruch war, so mächtig wie der Schatten der Seele. Es war eine destruktive Energie, aber eine reinigende, läuternde. Die Art von Zerstörung, die den Weg für neues Wachstum, für Neuerfindung ebnete. Die Art Tod, die der Wiederauferstehung vorausging.

Renai spürte, wie der Sturm sich in ihr bewegte, wie er auf die Veränderung der toten Frau reagierte, wie sie sich von ihrem Schatten abhob wie eine Schlange, die sich häutete. Der Sturm wollte helfen, wollte diese Veränderung erleichtern. Er wollte jedes letzte Fitzelchen des Betrugs von der toten Frau wegspülen, so wie ein strömender Regen alles sauber wäscht.

Weil sie damit gerechnet hatte, sich auf die Sturmflut eingestellt hatte, konnte Renai den Wirbelwind dorthin zurückdrängen, wo er in ihr schlief. Denn in Wahrheit war die Tote nicht wirklich frei von den Dingen, die sie getan hatte.

Renai hörte die Stimme ihres Vaters, der den Teil der Messe rezitierte, in dem die Gemeindemitglieder sowohl Gott als auch ihre Mitgläubigen um Vergebung baten, weil sie gesündigt hatten: *durch Gedanken und Worte, durch meine Taten und meine Tatenlosigkeit.*

Sobald sie sich wirklich gesehen hatten, mussten die Toten alles ertragen, die großen Fehler, die sie ihr ganzes Leben lang bereut hatten, und die kleinen Fehler, die sie gnädigerweise vergessen hatten. Der Spiegel von Bridgette war eine Prüfung, keine Absolution. Die Hüterin der Pforte mochte das Schattenselbst, das zu diesen Taten hingezogen worden war, wegschneiden, aber die Toten hatten sie begangen. Sie würden diese Bürde auch dann noch tragen, wenn sie sich der Waage des Gerichts stellten. Wenn sie den Thronen gegenüberstanden.

Schließlich hatte Renai den Sturm in ihr besänftigt. Es kam ihr von Mal zu Mal schwieriger vor, seine Kraft zu bändigen, obwohl sie darauf vorbereitet war. Bridgette hatte mittlerweile die Vierte Pforte aufgeschlossen, die sich in der Mitte des Altars öffnete, und sie ließ die tote Frau und ihren Führer hindurchgehen. Sobald sie die Pforte zur Unterwelt geschlossen hatte, entriegelte sich das Eisentor des Friedhofs und schwang auf knarrenden Scharnieren auf. Renai ging zuerst hindurch, Sal schlurfte mürrisch hinterher.

»Mädel, du siehst ja furchtbar aus!«, sagte Bridgette, als sie sich näherten. Ihre Stimme war geprägt von einem starken irischen Akzent. Sie trug ein Kleid mit weitem Rock und engem Mieder, das ein tiefes Dekolleté zeigte, ein aufwendig genähtes Gewand voller Perlen und Spitze, ganz in Schwarz, wie ein Hochzeitskleid, das für eine Beerdigung entworfen worden war. »Hat diese Promenadenmischung, die dir die Throne aufgehalst haben, dich etwa gezwungen, mit eigenen Händen Gräber zu schaufeln?«

Renai hatte es nicht ganz realisiert, bis die Loa es sagte, aber durch ihren Gang durch den Regen und den Schlamm war sie vollkommen verdreckt. Als sie jetzt darüber nachdachte, fühlte sie sich am ganzen Körper schmutzig, als umhüllten getrockneter Schweiß und Schlamm sie wie eine zweite Haut. Allerdings konnte sie im Augenblick nichts dagegen tun. »Du weißt ja, wie er ist.« Sie schüttelte den Kopf und verdrehte übertrieben die Augen. »Er behauptet, wir würden Gräber anlegen, aber in Wirklichkeit ist er nur scharf auf Knochen.«

»Ist das so?« Bridgettes grüne Augen funkelten und leuchteten förmlich in der Dunkelheit wie ferne Sterne. »Wenn es ihn nach einem Knochen gelüstet, wird mein treuloser Ehemann sicher bereit sein, ihm einen zu geben.« Bridgette war mit Baron Samedi verheiratet, einem Gott mit einem Totenschädel, der unter dem Namen Barren bekannt war. Er war der oberste Loa der Toten, und obwohl beide für ihre Promiskuität berüchtigt waren, liebten sie sich leidenschaftlich.

»Kümmert euch bloß nicht um mich, Ladys«, knurrte Sal. »Redet einfach weiter über mich, als stünde ich nicht hier.«

»Und recht hast du!« Bridgette schnippte mit den Fingern, als applaudierte sie auf einem Poetry-Slam. »Meine liebe alte Mutter hat immer gesagt, dass Männer

Geschöpfe der Erde sind. Die besten unter ihnen wären stumm wie ein Stein und hart wie ein Fels.«

Sal bellte unwillkürlich vor Lachen. »Wie kommt es eigentlich, dass du jedes Mal, wenn wir uns treffen, über meinen Schwanz redest?«

»Oh, haben wir da einen wunden Punkt getroffen? Haben die Throne dich endlich wiederhergestellt?«

Renai schaltete sich ein, bevor Sal antworten konnte. Sie wusste aus Erfahrung, dass die beiden noch eine ganze Weile so weiterplänkeln konnten. »Wo wir gerade von den Thronen sprechen«, sagte sie und nickte zum Portal. »Wir haben einen Termin …«

Die Loa hob beschwichtigend die Hände und nickte Renai zu. »Kein Wort mehr, Liebes, sag nichts.« Sie griff in ihr beeindruckendes Dekolleté und zog einen Eisenschlüssel hervor. »Den Tod lässt man besser nicht warten.«

KAPITEL NEUNZEHN

Derart weit unten in der Unterwelt hatten die Bäume jeden Anschein von Realität aufgegeben und waren so zweidimensional und gleichförmig wie das Bühnenbild einer Highschool-Aufführung. *Spot, Kamera, Action!*, dachte Renai. Ihr schwindelte noch ein wenig von der Anstrengung, den Sturm in ihr zu bändigen.

Nach kurzer Zeit gelangten sie und Sal zu einem riesigen Haus am Fuße der Elysian Fields, das in der lebenden Welt nicht existierte. Es war ein altes Herrenhaus im Plantagenstil. Aus dem Inneren ertönte die Musik einer Blaskapelle, Menschen in eleganter Abendgarderobe flanierten auf dem Rasen, flirteten und lachten. Zumindest waren sie so laut, wie sie sein konnten, denn sie spielten und sprachen im verzweifelten Flüsterton der Toten.

Am Eingang des Grundstücks trennte ein kleiner weißer Zaun die Feiernden vom Rest der Unterwelt. Dort wartete ein Loa namens Babaco, ein älterer schwarzer Mann in einem schlichten braunen Anzug mit passendem Fedora. Er stützte sich auf einen Stock und lächelte breit, als sie sich näherten.

Alles an der Fünften Pforte hätte tröstlich sein sollen:

eine Party, auf der die Schwarzen das Essen und Trinken übernahmen, statt die Getränke zu servieren oder Tabletts mit Kanapees darzureichen, und dazu dieses Großväterchen, glatt rasiert, herzlich und mit freundlichem Blick. Doch stattdessen erfüllte Renai der Anblick dieses Ortes mit Furcht. Sie war schon einmal hier gewesen – auf ihrer eigenen Reise durch die Unterwelt, um Jude Dubuissons Pläne umzusetzen. Aber ihre Erinnerungen an diese Zeit waren bruchstückhaft und grauenvoll.

Und das Schlimmste war diese nicht enden wollende Party der Toten. Sal räusperte sich neben ihr. »Wie wär's, wenn ich das übernehme?«, schlug er vor. »Ich weiß, du bist nicht gerade Babacos größter Fan.«

Renai nickte, dankbar, dass sie keine Toten führten, die sich Babacos Schwachsinn anhören mussten.

Es spielte keine Rolle, wie oft sie es zu Ohren bekam – das Angebot des Hüters der Fünften Pforte brachte sie jedes Mal in Rage. Das hier wäre die letzte Chance vor dem Ende, sagte er. Vor den Thronen. Vor der Waage. Babaco bot den Toten Aufschub an. Einen Aufschub des Urteils. Er erwähnte dabei nicht – es sei denn, die Toten kamen von selbst auf die Idee, danach zu fragen –, dass diese Entscheidung für die Ewigkeit galt. Dass sie hier auf der Party in den Tiefen der Unterwelt blieben, weil ihre Glücksmünze ohne sie weiter transportiert würde und sie für immer an diesem Ort gefangen wären.

Laut Sal war es kein so schlechter Deal. Die Musik war gut, das Essen reichhaltig und der Wein kostenlos – was wollte man mehr? Ab und zu erinnerte Renai ihn daran, dass er damals, als er diese Reise unternommen hatte, mehr gewollt hatte. Diese Antwort gefiel ihm nicht besonders.

Natürlich hatte sie sich logischerweise nicht dafür entschieden hierzubleiben. Sie hatte eine äußerst lebhafte Erinnerung daran, wie sie vor den Thronen stand und auf ihr Urteil wartete. Nein, ihr Unbehagen hatte etwas mit all den Tricks von Jude zu tun, ihre Auferstehung betreffend. Sie hatte Bilder vor Augen von Engelsflügeln und einem großen schweren Revolver wie aus einem Cowboyfilm. Rote Türen, lachende Götter, fliehende Tote und sehr viel Angst.

In diesen Erinnerungsfetzen hatte sie schon einmal gelebt und war gestorben, und was auch immer ihr in dieser Villa widerfahren war, hatte ihr noch mehr Angst gemacht, als ein zweites Mal zu sterben. Deshalb war sie erleichtert, als Babaco die Fünfte Pforte aufschloss und sie durchließ.

Bevor sie die Sechste Pforte erreichten, die Straßenbahnhaltestelle am Ende der Canal Street, gelang es Renai, diese beklemmenden Gefühle abzuschütteln.

Hier breiteten sich drei Friedhöfe fächerförmig aus. Cypress Grove lag zu ihrer Linken, ein größtenteils protestantischer Friedhof mit dem Katrina Memorial. Sein Eingang mit den hohen weißen Säulen und den beiden pyramidenförmigen Dächern wirkte auf sie wie das Tor zu einer alten Stadt. Odd Fellow's Rest zu ihrer Rechten war ein kleiner hinter hohen Backsteinmauern verborgener Friedhof. Sein Name war als Flachrelief in den Graniteingang gemeißelt. Der Greenwood Cemetery lag direkt vor ihr, enorm und prachtvoll, eine wahre Totenstadt mit ihren eigenen Wahrzeichen wie dem riesigen grasbewachsenen Hügel, der von einem imposanten Bronze-Elch gekrönt wurde, welcher das Grabmal der Loge darstellte – oder dem Feuerwehrdenkmal, das wie der Turm einer gotischen Kirche emporragte. Die Statue eines Mannes mit einem Feuerwehrhelm nahm den Platz einer Kirchenglocke ein.

In der Welt der Lebenden war diese Kreuzung laut Sal seit Monaten wegen der Bauarbeiten zur Verlängerung der Gleise über die City Park Avenue gesperrt. Schon bald würde die Straßenbahnhaltestelle ein gut beleuchteter Backsteinbau auf dem neutralen Boden sein, der neben Greenwood verlief. Hier in der Unterwelt sollte die Haltestelle am Ende der Canal Street jedoch so bleiben, wie Renai sie in Erinnerung hatte: eine unbequeme durchhängende Bank unter einer wackeligen Plexiglasüberdachung, unter der nur etwa halb so viele Menschen Platz fanden wie in der Straßenbahn. Die einzige Wand war mit zerkratzten Graffiti überzogen, und das Dach bot ebenso wenig Schutz vor Regen wie vor Sonne.

Manchmal waren andere Tote hier mit ihren Führern, zwei oder eine Handvoll oder sogar eine ganze Menge. Dann wieder, so wie jetzt, waren Renai und Sal allein. Manchmal nutzten die Toten die Gelegenheit, um Renai auszufragen, falls es ihnen gelang, die Sprache der Toten zu meistern. Sie fragten nach Mitgliedern ihrer Familie oder danach, was mit ihnen als Nächstes passieren würde oder ob sie ein gutes Leben gelebt hätten. Manchmal stellten sie sogar Fragen, die sie beantworten konnte.

Sal und sie saßen schweigend da. Sal gähnte, seine Zunge hing seitlich aus seiner Schnauze, und sein Gähnen steckte Renai an. Während sie gähnte und dabei die Augen schloss, tauchte die Straßenbahn auf.

Sie kam nicht rumpelnd und quietschend zum Stehen, kündigte sich nicht mit der charakteristischen klingelnden Glocke an, fuhr überhaupt nicht auf den Gleisen. Sie war einfach da, eine Straßenbahn aus der Unterwelt, die ihren Gegenstücken in der lebenden Welt nur entfernt ähnelte: ein schwarzer glänzender Wagen mit einer Reihe kleiner quadratischer Fenster an jeder Seite, einem Satz schmaler Klapptüren an allen vier Ecken und je einem einzigen Scheinwerfer vorne und hinten. Sein Licht schaffte es irgendwie, die Dunkelheit der Unterwelt zu durchdringen.

Ihre Form und Funktion entsprach den Straßenbahnen in der lebenden Welt, aber hier hingen dunkle Seidenvorhänge an den Seiten statt Werbung, und der Innenraum wurde von Laternen mit unheimlichen blauen Flammen beleuchtet statt von einfachen elektrischen Glühbirnen. Die Straßenbahnwagen auf der anderen Seite waren entweder grün oder rot, je nach Linie, aber die Oberfläche der Straßenbahn hier schimmerte schwarz wie ein Ölfleck oder das Gefieder eines Raben. Das plötzliche Auftauchen des Wagens war zwar erschreckend, aber irgendwie kindlich, als spränge man hinter einer Ecke hervor und riefe: »Buh!« Die unheimliche Straßenbahn war die Sechste Pforte und konnte sie im Gegensatz zu allen anderen Pforten zu so ziemlich jeder Stelle in der Unterwelt bringen, die sie erreichen wollten.

Vorausgesetzt, es gelang ihnen, den Fahrer zu überzeugen, dass er sie dorthin fuhr. »Warum muss mein Kumpel immer so besonders sein?«, fragte Renai mehr sich selbst als Sal.

Der lachte leise. »Das musst du gerade sagen.«

Die Flügeltüren öffneten sich knarrend, und Baron Samedi, der Hüter der Sechsten Pforte, beugte sich heraus. Sein Kopf war ein fleischloser Totenschädel, bemalt mit lebhaften stilisierten Bildern von Blumen und Sternen wie ein Día-de-Muertos-Zuckerschädel.

Die Zähne seines lippenlosen Mundes, in dem eine dicke handgerollte Zigarre steckte, fletschten sich zu einem ständigen Grinsen. Er wirkte sehr korrekt mit seinem dreiteiligen anthrazit-weiß gestreiften Anzug, mit dem eierschalenfarbenen Hemd und passenden Handschuhen, einer Krawatte, die so dunkelviolett war wie ein Glas Merlot, und einem Paar glänzender schwarz-weißer Oxfords.

Schon bei seinem Anblick fühlte sich Renai schmutziger und kaputter als je zuvor. Der Loa in der Straßenbahn trug viele Namen: Baron Cimetière, Bawon Lakwa, Saint Saturday, Mr. Same Day, Baron Criminel. Renai hatte nur verschwommene Erinnerungen an ihn aus ihrer Zeit mit dem Glücksgott namens Jude, also nannte sie ihn so, wie dieser ihn genannt hatte: Barren.

Renai spürte, wie Barrens Blick sie aus seinen leeren Augenhöhlen von Kopf bis Fuß musterte. »Als ich den guten Gott Bondye bat, mir eine Frau zu schicken, die sich gerne schmutzig macht«, seine Stimme klang rau und trocken, »hatte ich mir allerdings nicht so etwas vorgestellt.«

Renai erwiderte nichts. Ihre Ohren füllten sich mit einem anhaltenden Wimmern, als ob sie bei einem Konzert zu nahe an den Lautsprechern gestanden hätte, und das Geräusch vertrieb jeden zusammenhängenden Gedanken. Sie konnte nicht schlucken, ihre Brust fühlte sich eng an, und sie bemerkte erst, dass sie die Hände zu Fäusten geballt hatte, als ihre Unterarme zu schmerzen begannen.

Das löste Barren manchmal in ihr aus, obwohl der Grund dafür in jenem Dunst der Erinnerungen an ihren Tod und ihre Wiederauferstehung verloren war. Es war schlimmer als mit Plumaj, schlimmer als mit Babaco, vielleicht weil sie zumindest eine Ahnung hatte, warum diese beiden Torwächter sie beunruhigten. Obwohl Barren so charmant war wie der Rest der Ghede und mit ihr flirtete, jagte er ihr einfach nur eine Heidenangst ein.

Sal wusste, wie Barren auf sie wirkte, und sprang ihr, *gesegnet sei er*, zu Hilfe, damit sie nicht antworten musste. »Ja«, sagte er, »und als ich die Throne um eine Gestalt bat, in der ich bis in alle Ewigkeit den Schwänzen hinterherjagen konnte, machten sie mich zu einem verdammten Hund. Lässt du uns jetzt rein oder nicht?«

»Salvatore, du alter Knacker.« Zigarrenrauch quoll aus den Nasenschlitzen in Barrens Schädelgesicht, »du weißt, dass ich dich überall hinbringe, wo du hinwillst. Solange du das Fahrgeld bezahlst.« Es war ein vertrauter Wortwechsel. Er war nicht gerade einstudiert, aber wie viele

Interaktionen eines Psychopomps mit einem Hüter der Pforten ebenso Ritual wie Gespräch. Ein Akt für die Toten, auch wenn kein Publikum anwesend war. Bei den anderen konnte Renai durchaus ihre Rolle spielen, aber Barren raubte ihr oft die Sprache. An spielerisches Geplänkel war gar nicht erst zu denken.

Die Toten mussten Barrens »Fahrgeld« mit ihrer Glücksmünze entrichten. Sobald er sie hatte, fuhr er mit seiner Straßenbahn die ganze Canal Street hinunter zum Mississippi und weiter auf eine Fähre. Die schipperte sie mitten auf den Fluss und sank dann auf das schlammige dunkle Flussbett hinab. Dort, am tiefsten Punkt der Unterwelt, befanden sich die Throne selbst: die beiden riesigen leeren Stühle, von denen aus der Tod regierte. Barren, mal als schädelgesichtiger Voodoo-Loa, mal als ägyptischer Todesgott mit Schakalkopf, manchmal auch als geflügelter Mann mit Heiligenschein, weißem Gewand und bronzener Rüstung, wog auf seiner Waage das Herz der Toten, ihr Schicksal. Hatten sie diese letzte Prüfung bestanden, gingen die Toten zwischen den Thronen hindurch, durch die letzte Pforte in das Leben nach dem Tod, das sie sich verdient hatten. Wohin die Glücksmünzen kamen, überstieg, wie Sal ihr wiederholt gesagt hatte, ihre Gehaltsklasse.

In der Unterwelt war der Handel zwischen Psychopomps, Göttern und Geistern und allem, was noch seinen Weg hierher fand, nicht streng reglementiert, sondern beruhte eher auf einer sich ständig verändernden Ökonomie von Tauschgeschäften, Gefälligkeiten und Schwüren. Sal und Barren zankten sich einen Moment lang über die Kosten für die Fahrt, dann trat der Gott mit dem Totenkopfgesicht zur Seite und winkte sie mit einer weiten Verbeugung herein.

Aus irgendeinem Grund, nach dem Renai nie zu fragen gewagt hatte, hatte Barren sie nicht ein einziges Mal zur Kasse gebeten.

Renai folgte Sal die Stufen hinauf in die Straßenbahn, deren Boden vom Rumpeln des Motors erzitterte. Kaum hatte sie sich auf einen der lackierten Holzsitze fallen lassen, ruckte der Wagen einmal heftig und setzte sich dann in Bewegung.

»Fast geschafft!« Sal legte die Ohren an, als er zu ihr aufblickte. »Geht's dir gut?«

»Ja«, log Renai. »Es waren einfach anstrengende Tage.«

»Ja. Muss hart für dich sein, wenn die Hallows bevorstehen.« Er legte kurz die Ohren an, als fühlte er sich schuldbewusst, und fügte dann hinzu, bevor sie ihn darauf ansprechen konnte: »Ich sag dir was! Ich lade dich auf einen Drink ein. Die erste Runde geht auf mich.«

In dem Moment wurde Renai klar, wohin Sal sie führen wollte.

Es gab Orte in der Unterwelt, wohin die Toten nicht gehen konnten. Märkte, Hotels, Theater und Bibliotheken, die nichts mit ihren Gegenstücken in der Welt der Lebenden gemein hatten. Das Sylvain, ein Opernhaus, das sich auf dieser Seite befand, seit das französische Opernhaus 1919 in der Welt der Lebenden niedergebrannt war. Das Docks, ein Restaurant, das aus den Lokalen des Westends zusammengestückelt wurde, die durch die Sturmflut von Katrina in den Lake Pontchartrain gespült wurden. Die Oubliette, ein Gefängnis, in dem die Dämonen, die wilden Geister und die verdorbenen Seelen gefangen waren, welche die Fernen Länder nicht aufnehmen wollten.

The Last Stop, wo Psychopomps ihre Sorgen ertränkten.

Auf der lebenden Seite der Dinge hieß die Bar Carrollton Station und befand sich in der Innenstadt gegenüber einem Umspannwerk und der ehemaligen Straßenbahn-Reparaturstation, die der Bar ihren Namen gab. In der Unterwelt waren die einzigen Anzeichen für die Straßenbahnen die geraden Breschen, die das Feld vor der Bar durchschnitten, jene Stellen, an denen das hohe Gras nicht wuchs. Statt der ständig brummenden Stromleitungen und Transformatoren in der lebenden Welt knisterte hier ein riesiges Lagerfeuer, das nie erlosch. Renai entschied nach einem kurzen Blick darauf, dass sie nicht wissen wollte, was dort brannte.

Als sie auf das blassgrüne Gebäude der letzten Haltestelle zugingen, unter dessen Blechmarkise das Sicherheitstor und die Ecktür weit offen standen, versuchte Renai, die Panik abzuschütteln, die Barrens Anblick in ihr auslöste. Sie hatten den schädelgesichtigen Loa hinter sich gelassen, als sie aus seiner Straßenbahn ausgestiegen waren, aber Renai konnte immer noch seine Blicke auf sich spüren. Wartend. Abwägend. Sie schüttelte sich, als wäre ein Käfer über ihre Haut gekrabbelt, und konzentrierte sich dann auf das, was vor ihr lag.

Sie war nur wenige Male in der Carrollton Station gewesen, als sie noch gelebt hatte, fand jetzt aber dieselben grünen und weißen Fliesen auf dem Boden, dieselbe Kombination aus Holzvertäfelung und dunkelgrüner Farbe an den Wänden, dieselbe Reihe von Lichtern, die die Stufen zu der Bühne im Hintergrund markierten.

Der Hauptunterschied zwischen den beiden Bars war, dass The Last Stop voller Tod war.

Überall drängten sich Psychopomps, natürlich: ein großer weißer Hund, der an der walnussbraunen Bar Bier aus einem Pint-Glas trank; eine Eule mit Kaliko-Federn, die durch die Kanäle zappte, indem sie auf der Fernbedienung des Fernsehers herumhackte; eine Krähe an einem der kleinen Tische, die mit ihren Flügeln schlug, während sie einem Paar schattenhafter vermummter Gestalten mit leichenblassen Händen eine Geschichte erzählte.

Sie waren nicht die einzigen Gäste von The Last Stop. Ein Kamazotz – ein mayanischer Unterweltdämon, der wie eine auf menschliche Proportionen gestreckte Fledermaus mit Nasenhorn aussah, servierte hinter der Bar eifrig Getränke. Seine breiten geäderten Ohren zuckten, und jedes Mal wenn er sich nach einer Schnapsflasche in den Regalen über ihm reckte, blitzte der auf einen seiner ledernen Flügel tätowierte Totenkopf auf. Auf der Bühne im Hintergrund half eine dicke weiße Frau mit wie vom Weinen rot geränderten Augen in einem hautengen, langen grünen Kleid einem Trio skelettartiger schwarz gekleideter Musiker beim Aufbau ihrer Instrumente. Sie war eine Banshee und wurde von Gespenstern begleitet.

An einem kleinen Tisch in der Ecke, halb verborgen im

Dunkel unter einer durchgebrannten Glühbirne, spielte eine weiße Frau mit spitzen Ohren, einem gebogenen Geierschnabel, der die untere Hälfte ihres Gesichts einnahm, und Haaren aus Schlangen ein Spiel mit Schachfiguren und Damesteinen gegen einen braunhäutigen Mann mit hervortretenden Augen, einem Farbfleck in demselben dunkelblauen Ton wie die Federkrone auf der Stirn und grausamen Reißzähnen, die sich über seine Unterlippe krümmten. Nur ein Lendenschurz bedeckte sein Gemächt, während das tunikaartige Kleid seiner Gefährtin an der Schulter mit einer verschnörkelten Goldnadel gehalten wurde und so über ihren Körper fiel, dass es eine ihrer kleinen flachen Brüste entblößte.

Sal bekam mit, dass Renai die Spieler beobachtete, und schnappte mit dem Kiefer nach ihrer Hand, ohne die Haut zu ritzen, gerade fest genug, um ihre Aufmerksamkeit zu erregen. Sie riss ihre Hand erschrocken zurück und ratschte sich dabei die Handfläche auf.

»Jesus!«, entfuhr es ihr. »Was ist?«

»Augen geradeaus!«, sagte er. »Wir sind wegen ein paar Pomps hier, schon vergessen? Nicht ihretwegen.« Er senkte die Stimme, sodass sie ihn in dem Gemurmel kaum hörte. »Du hast dich schon mehr als genug mit Göttern angelegt, wenn du mich fragst.«

»Dann sag mir wenigstens, wer die beiden sind.«

Sal seufzte und musterte die anderen Gäste, während er antwortete. »Der mit den Federn ist Tlaloc, eine alte Wassergottheit. Er bringt den Regen, der die Ernte bringt, die das Leben bringt, kapiert? Und die mit den Schlangen ist Too-Chew-a… Too-too-chew? Ach, ich weiß es nicht, verdammt! Irgendwas in der Art. Sie ist eine Todesgöttin der alten Schule. Steht auf Spielchen.«

»Was macht ein Leben spendender Regengott in der Unterwelt?«

»Das Gleiche, was Götter überall sonst auch tun«, erwiderte Sal. »Was immer er verdammt noch mal will.« Er grinste sie mit hängender Zunge an.

Renai hob ihre Braue. »Im Ernst?«

»Tatsächlich haben Götter zwei Seiten, genau wie Menschen«, antwortete er. »Er mag ganz Regen und Leben und Friede-Freude-Eierkuchen sein, aber die andere Seite der Münze? Hurrikane. Wut. Tod. Glaub mir. Er gehört hier unten genauso hin wie der Rest von uns.«

Der Wichser hat vielleicht Nerven, hier aufzutauchen, dachte Renai, *Gott oder nicht*. Sie wusste nur zu gut, wie leicht ein Sturmgott zum Todesgott werden konnte, wie jeder andere in dieser Stadt auch, aber sie hatte nie wirklich die andere Seite dieser Münze erlebt. Die bittere Richtung ihres inneren Monologs stachelte den Geist in ihr auf. Er wollte wie immer helfen, ihren Schmerz wegzufegen. Sal schien das Unbehagen, das sich auf ihrem Gesicht zeigen musste, nicht zu bemerken, also schob sie das alles weg. Stattdessen dachte sie an die Götter, die sie am besten kannte, die Hüter der Pforten. Sie überlegte, was sie repräsentierten. Vor allem Barren. Welche Seite ihrer Münzen kannte sie wohl?

Sal riss sie mit einem glücklichen triumphierenden Laut aus ihren Gedanken. »Jackpot! Howl ist da drüben. Überlass mir das Reden. Sie ist verdammt scharf, und ich rede nicht von ihren Krallen.«

Die Psychopomp namens Howl trug die Gestalt einer pummeligen grauen Katze mit glattem dickem Fell und kurzen stummeligen Ohren. Sie saß auf der Bar, den Schwanz geziert um die Pfoten gewickelt, und schleckte Wein aus einem fast leeren Glas. Howl blickte auf, als Renai und Sal sich näherten, und das Zucken ihrer Ohren und ihr Maul vermittelten den Eindruck, als würde sie gerissen grinsen. Renai konnte nicht sagen, ob diese kurze Geste typisch für Howl war oder alle Katzen jeden so ansahen.

»Salvatore.« Howls Stimme war samten, und sie dehnte die Silben genüsslich. »Welcher Tatsache verdanke ich dieses zweifelhafte Vergnügen?«

Schon diese wenigen Worte sagten Renai, dass Howl mehr Charme und Persönlichkeit besaß als sämtliche anderen Geister, denen sie bisher begegnet war. Normalerweise bewegten sich die Geister, die die Toten durch die Unterwelt geleiteten, wie Automaten durch die Pforten und beantworteten Fragen einsilbig und zerstreut, als wären sie im Halbschlaf oder stoned. Als wären ihnen die Seelen der Toten völlig gleichgültig. Als sie Sal danach gefragt hatte, hatte er gesagt, dass die meisten Psychopomps tiefer in der Unterwelt steckten als sie beide und der Akt, eine Seele einzusammeln und sie durch die Pforten zu geleiten, für sie eher ein immer wiederkehrender Traum sei als ein bewusster, absichtlicher Akt. Howl war die erste Pomp, der Renai begegnet war, die wie Sal einen eigenen Willen zu haben schien.

»Wir haben ein paar Fragen an dich«, sagte Sal, »wenn du eine Minute Zeit hättest.«

Howl inspizierte ihre Pfote und leckte dann an der Lücke zwischen zwei ihrer Zehen, wobei sie die Krallen ausfuhr. »Hmmm, weiß nicht. Viel sprechen könnte schwierig sein, weil meine Kehle so ausgedörrt ist.« Mit der anderen Pfote tupfte sie gegen ihren Hals und hüstelte. Sal lachte und hob eine Pfote in Richtung des Fledermausdings hinter der Theke, das herüberflatterte und das Weinglas der Katze, ohne zu zögern, auffüllte. Howl setzte ihre Katzenwäsche fort, ohne auch nur einen Blick auf den Dämon zu werfen. Nach einem Moment hielt sie inne, funkelte Renai mit ihren goldenen Augen an und widmete sich dann ihrem Schwanz. »Frag nur«, forderte sie sie auf. »Aber bitte, mein Schatz, langweile mich nicht.«

»Wen hast du heute durch die Pforten geführt?«, wollte Sal wissen.

Howl erstarrte mitten im Lecken. Sie erhob sich und streckte sich genüsslich, eine Geste erlesener Respektlosigkeit. Renai erwartete fast, dass sie das Weinglas umstoßen würde. Stattdessen kehrte sie ihnen den Rücken zu und schlich davon, den zuckenden Schwanz hocherhoben.

»Hast du nicht gesagt, sie sei scharf?«, fragte Renai Sal laut genug, dass die Katze sie hören konnte. »Da hast du wohl an jemand anderen gedacht …«

»Ich habe nur um eins gebeten.« Howl hatte Renai Kopf und Schultern zugewandt. »Eine einzige Sache. Und doch stellt ihr mir eine Frage, die aktenkundig gemacht werden sollte. Als Definition von banal. Glaubst du wirklich, du bist der Herausforderung gewachsen?«

»Wie wäre es mit einer Seele, die es geschafft hat, ihrem eigenen Tod zu entgehen?«, fragte Renai. »Regt das deine Fantasie an?«

Wieder zeigte Howl ihr gerissenes Katzenlächeln. »Oh, aber ja«, erwiderte sie, »gleich viel besser.« Ihr Schwanz senkte sich und zuckte hin und her, als hätte sie einen besonders fetten und leckeren Vogel in Sprungweite entdeckt. »Ich nehme an, der besagte Junge ist derjenige, den du einsammeln solltest?«

Renai wechselte einen Blick mit Sal. Sie bat ihn nicht direkt um Erlaubnis, aber es war nahe dran. Er stimmte mit wackelnden Brauen zu. »Sein Name ist Ramses …«

»… St. Cyr«, beendete Howl den Satz, und ein Ausdruck erschien kurz auf ihrem Gesicht, den Renai so schnell nicht interpretieren konnte. »Ich weiß.«

»Woher weißt du das?« Sals Frage war ein Zischen.

Howl reagierte auf seinen Tonfall mit einem gelassenen Schwung ihrer Pfote, spreizte dann die Zehen und streckte die Krallen in einer langsamen spielerischen Geste aus. »Weil ich nachgeguckt habe, Dummchen, woher sonst?« Sie beugte sich zu ihrem Weinglas und nippte kurz daran. »Man erfährt so viele interessante Details aus Plumajs Buch.«

»Und ich dachte immer, es heißt, die Neugier hätte die Katze getötet«, meinte Renai.

»Tu mir den verdammten Gefallen«, murmelte Sal. Renai musste sich auf die Lippen beißen, um nicht zu lachen. Howl ließ sich nicht anmerken, ob sie Sal und Renai gehört hatte, sondern redete einfach weiter.

»… da hat mich Plumaj erwischt«, sagte sie. »Er versuchte, das Buch zu schließen, aber da war es schon zu spät. Ich habe alles gesehen.« Ihre Pupillen weiteten sich, bis ihre Augen nahezu schwarz waren. »Oh«, sagte sie. »Jetzt verstehe ich. Du hast den Eintrag über Ramses nicht gelesen.« Sie beugte sich hinunter und schlürfte geräuschvoll von dem Wein in ihrem Glas. »Ich weiß etwas, was du nicht weißt«, sang sie dann voller Schadenfreude.

Sal knurrte tief in seiner Brust, aber Renai hatte das Gefühl, dass Howl auf Aggression nur mit einem Zischen reagieren und einfach verschwinden würde. Sie mussten wissen, was sie gelesen hatte und was der Hüter der Pforte ihnen verheimlichte. Renai sog scharf die Luft ein. »Hör mit diesem albernen Klischee auf und sag uns einfach, was du willst!«, fuhr sie Howl an. Sal warf ihr einen fragenden Blick zu, aber Howl richtete sich zufrieden auf. Ihre Schwanzspitze schwang hin und her.

»Ganz einfach. Ich will mitkommen.« Sie schnurrte.

»Mitkommen – wohin?«, fragte Renai.

Während Sal herausplatzte: »Einen Scheiß wirst du.«

»Wir drei müssen bei dieser Sache ganz nach oben gehen«, erklärte Howl und wandte sich zuerst an Renai und dann an Sal, »was für unsereins ganz nach unten bedeutet.«

»Die Throne?«, fragte Renai.

Howl blickte zu ihr, und ihre Ohren zuckten verneinend. Die Geste war so kurz und winzig, dass Renai sie fast übersehen hätte. »Nein«, sagte sie. »Ich meine *ganz* nach unten.«

Neben ihr lachte Sal bitter auf. »Fick dich, Kätzchen«,

sagte er. »Du hast vielleicht neun Leben, aber ich habe nur das eine, und das werfe ich nicht weg, indem ich mich mit Wahrsagern abgebe.«

»Oh, aber das wirst du.« Howl zeigte ihr böses Katzengrinsen. »Denn was ich in Plumajs Buch gelesen habe, ist Folgendes: Es war nicht das erste Mal, dass Ramses St. Cyr sterben sollte.«

KAPITEL ZWANZIG

Eine spinnt den Faden. Eine nimmt Maß. Eine schneidet ihn ab. Und das alles mit einem einzigen Auge. Sie sind Schwestern, identisch und vereint, ein einziges Gesicht in drei Spiegeln, drei Fotografien einer Frau, die im Laufe ihres Lebens aufgenommen wurden. Sie sind all dies gleichzeitig. Wenn der Weg vor dir weit, frei und leicht ist, segne die Namen von Clotho, Lachesis und Atropos; von Urðr, Verðandi und Skuld. Wenn die Lasten auf deinem Rücken mehr sind, als du tragen kannst, schicke deine Flüche zu Saraswati, Lakshmi und Parvati; zu Badb, Macha und Nemain. Solltest du so verzweifelt, töricht oder mutig sein, dann suche sie in der Höhle unter dem Weltenbaum oder auf dem Schlachtfeld oder gleich hinter dem Thron. Wenn sie mit ihren Krallen auf Rache sinnen, nennen wir sie Erynnien. Wenn sie das Ende aller Dinge im Inneren der Sterne zurückhalten, nennen wir sie Auroras. Sagen sie Macbeth die Wahrheit, nennen wir sie die Weird. Die Morrígna und die Moirai, die Nornen und die Charites, die Tridevi. Der höchste der Götter und der kleinste der Geister muss sich ihrem Willen beugen. Eine spinnt, eine bemisst, eine schneidet.

Sie haben die Macht zu erschaffen, zu bewahren und zu zerstören.

»Ich verstehe das nicht.« Renai folgte Sal und Howl aus dem Last Stop. »Wie konnte Ramses seinem Tod mehr als einmal entkommen?« Natürlich war sie mit der Reinkarnation bestens vertraut, sowohl durch eigene Erfahrung als auch durch die der vielen Toten, die sie durch die Pforten geleitete: Sie hatte Buddhisten und Wicca-Anhänger, Hindus und Voodousanten hindurchgeführt, wohl wissend, dass die Waage sie wahrscheinlich wieder in die Welt der Lebenden zurückschicken würde, statt sie in die Fernen Länder zu entsenden.

Renai glaubte nicht, dass Howl meinte, Ramses sei Teil eines Kreislaufs von Tod und Wiedergeburt – und seiner Reaktion nach zu urteilen, tat Sal das auch nicht. Stattdessen schien Howl anzudeuten, dass Ramses es nicht nur irgendwie geschafft hatte, den ihm zugedachten Tod zu umgehen, was an sich schon unmöglich sein sollte, sondern auch, dass er es mehr als einmal getan hatte.

»Da gibt es nichts zu verstehen«, warf Sal über die Schulter zurück. »Sie weiß nicht, was sie sagt.« Als Howl daraufhin kicherte, wiederholte er seine Worte. »Sie weiß es nicht.« Aber es klang leiser, als wäre er sich nicht ganz sicher.

»Nein?«, fragte Howl. »Warum laufen wir dann in dieselbe Richtung?« Es ging vage in Richtung Quarter, es sei denn, Renai hatte sich bei all dem Hin-und-her-Gerenne mit Sal durch die Unterwelt vollkommen verirrt.

»Damit ich deinem selbstgefälligen Arsch zeigen kann, wie falsch du liegst.«

O nein, dachte Renai, *Mommy und Daddy streiten sich.* Sie verkniff sich das Lachen, weil ihre angespannten Nerven es als Kichern herauslassen würden, ein panisches Kichern, das sie nur schwer würde abstellen können. Also überdeckte sie es mit einem Husten.

»Geht es dir gut?«, wollte Sal wissen.

»Das wird es, sobald du mir sagst, wohin wir unterwegs sind. Und wen wir besuchen.«

Er drehte sich nicht um, aber Renai sah, wie er tief Atem holte und erst nach einem Herzschlag wieder schrumpfte, als er ihn seufzend ausstieß. »Du fragst mich doch immer, was mit der Glücksmünze einer Person passiert, wenn ihre Essenz weiterzieht?« Sie brummte bejahend. »Nun, das wirst du gleich selbst sehen.«

Renai spürte in ihrem Bauch, dass sie immer tiefer hinabstiegen, fast wie in einem Aufzug, der hinabschoss. Und das, obwohl New Orleans auf dieser Seite der Dinge genauso flach war wie in der lebenden Welt. Die Psychopomps führten sie durch die Ebenen der Unterwelt hinab, ohne die Pforten durchschreiten zu müssen. Dieser Trick war ihr noch nie gelungen. Sie konnte ganz gut allein aufsteigen, aber wollte sie tiefer gehen, musste sie den langen Weg nehmen.

»Was hast du von dem Ganzen?«, wandte sich Renai an Howl, mehr um sich von dem beunruhigenden Gefühl abzulenken, dass der Boden unter ihren Füßen abfiel, und von den abrupten Veränderungen in ihrer nächsten Umgebung – erst Nebel, dann Rauch und jetzt tiefe, finstere Nacht.

»Ich habe die Schwestern nie kennengelernt«, antwortete sie. »Ich hasse es, mich zu langweilen, und dies hier ist das am wenigsten Langweilige, was ich mir vorstellen kann.«

»Wenn du sie so dringend sehen willst«, fragte Renai, »wozu brauchst du dann uns? Sind sie so schwer zu finden?«

Sal lachte. »Sie braucht nur eine Ausrede! Man stört die Spinnerten nicht bei ihrer Arbeit, o nein, Ma'am. Nicht ohne einen verdammt guten Grund.«

»Sie sind … wichtig«, sagte Howl mit einer leisen Ehrfurcht in der Stimme. »Mächtig.«

»Beängstigend, meint sie«, erwiderte Sal. »Sie sind verdammt unheimlich.«

Nachdem sie eine Minute gegangen waren, hatten sie das Quarter bereits erreicht. Den Jackson Square oder zumindest das armselige Faksimile davon tief in der Unterwelt. Die schwarzen Laternenpfähle waren hier aus Sperrholz statt Eisen, die Kathedrale nur eine halb fertige Fassade, die an ein klappriges Gerüst geklebt war. Und dann tauchten sie, sonderbar, unmöglich, zwischen einem Schritt und dem nächsten, noch tiefer ein, gerieten irgendwie unter die Unterwelt. Bei diesem Gedanken wurde Renai mulmig zumute, während das Gras unter ihren Füßen und die Gebäude um sie herum, so unecht sie auch gewesen waren, zu Asche und Schatten wurden. Sal und Howl hatten sie an einen Ort geführt, an dem nur sie drei zu existieren schienen, an einen Ort des Nichts, ein Nirgendwo.

Warum hörte sie dann Glockengeläut?

Renai drehte sich langsam im Kreis, und da war es: ein

niedriges Backsteingebäude mit drei Eingängen, einem braunen Schindeldach mit zwei Dachfenstern und einem schlanken Schornstein in der Mitte, aus dem Rauch aufstieg. Seine Architektur unter den Gebäuden des Quarters war einzigartig. Die meisten Häuser hatten die von den Spaniern, die es erbaut hatten, bevorzugten Balkone im ersten Stock. Sie erkannte es sofort: das Lafitte's, eine alte Bar, eines der ältesten Gebäude der Stadt. Eines der wenigen, das die beiden großen Brände überlebt hatte, die fast das gesamte ursprüngliche Quarter zerstört hatten.

Das musste der Platz sein, zu dem Sal und Howl sie führten. Denn es war das Einzige, was sie an diesem Ort im Nirgendwo erkennen konnte, das Einzige, was neben ihren beiden Begleitern existierte. Und das sanfte orangefarbene Glühen, das aus dem Inneren kam, war die einzige Lichtquelle, die sie sehen konnte.

Das Lafitte's war nicht immer eine Bar gewesen, wie sie wusste. In seinen Anfängen hatte es eine Schmiede beherbergt. Und jetzt erkannte sie, dass der rhythmische Klang, den sie hörte, nicht von einer Glocke stammte, sondern von einem Schmiedehammer, der auf Metall schlug.

Als sie die Aufmerksamkeit auf den Bewohner des Lafitte's richtete, spürte Renai eine plötzliche intensive Furcht. Nicht dass sie von dort, wo sie stand, mehr als den sanften Schein des Feuers sehen konnte oder auch nur eine Ahnung davon hatte, wer sich drinnen aufhielt. Aber das bloße Nachdenken darüber schien zu genügen, um sie zu bannen. Nur ein paar Meter trennten sie von dem Eingang direkt vor ihr, und nichts stand ihr im Weg, und doch war es Renai unmöglich, näher zu treten. Tatsächlich war der einzige beruhigende Gedanke der an Flucht, und ihre Rückenmuskeln zuckten, als ihre Flügel sich entfalten und sie von diesem Ort wegtragen wollten.

Aber es war keine Bösartigkeit, die sie spürte, keine Angst, die sie überkam, sondern etwas Ursprünglicheres. Sie nahm eine Präsenz von unermesslichem und überwältigendem Willen wahr, und etwas in ihrem Geist, der älteste Teil, wusste, dass es besser war, nicht gesehen zu werden. Howl und Sal hatten versucht, sie zu warnen, aber nichts hätte sie auf das hier vorbereiten können. Sie konnte sich nicht bewegen, konnte nicht sprechen. Tränen drohten ihr über die Wangen zu laufen. Selbst als sie vor den Thronen gestanden hatte, war Renai sich nicht so winzig vorgekommen.

Was bedeutete, dass das, was auch immer in dieser kleinen Hütte am leeren Grund der Unterwelt hauste, mächtiger war als der Tod.

Nach einiger Zeit, falls Zeit an diesem Ort überhaupt existierte, ebbte dieser unmögliche Zustand ab. Sie konnte wieder ohne Anstrengung denken und atmen. Ihre Flügel wollten immer noch fliehen, aber sie ließ sie verschwinden. Sie war nicht so weit gekommen, nur um jetzt wegzulaufen.

»Himmelherrgott, das war eine miese Idee«, knurrte Sal. Aber er folgte ihr trotzdem und drängte sich so dicht an sie, dass sie bei jedem Schritt gegeneinanderstießen.

Renai hielt den Blick auf den Eingang gerichtet und konzentrierte sich darauf, einen Fuß vor den anderen zu setzen. Das nahm ihre gesamte Konzentration in Anspruch – das und sich nicht einzunässen. Sie wusste nicht, ob Howl ihnen folgte, ob sie geflohen war oder ob sie einfach aufgehört hatte zu existieren, als sie mit der Macht vor ihnen konfrontiert worden war. An diesem Ort schien alle drei Möglichkeiten gleichermaßen plausibel.

Jeder Schritt war leichter als der vorige, als hätte Renai einen Spießrutenlauf absolviert. Jede Bewegung zum Eingang drängte die unbändige, geradezu flutartige Kraft des Wesens darin ein wenig mehr zurück. Als Renai in das Haus trat, fühlte sich ihre Umgebung fast normal an.

Die niedrige Decke im Inneren wurde von einfachen Backsteinsäulen gehalten, an den Wänden hingen Regale mit akribisch ausgerichteten Werkzeugen zum Bearbeiten von Metall, der unebene Boden bestand aus Schmutz, Staub oder Asche, und eine Schmiede dominierte die Mitte des Raumes. Ein Amboss aus glitzerndem schwarzen Metall, Messingblasebälge, die ohne Unterlass arbeiteten, und eine kreisförmige gewölbte Feuerstelle aus altem grauen Gestein, deren Einzelteile nahtlos und ohne Mörtel eingepasst waren.

Obwohl die Hitze gegen Renais Gesicht schlug und in ihren Ohren zischte, sah sie keine Flammen in der Feuerstelle, keine andere Lichtquelle als die weiße Frau, die einen massiven Hammer gegen den Amboss hieb.

Die Frau hatte langes dunkles, schweißnasses Haar, das zu einem Pferdeschwanz zurückgebunden war, und trug eine Lederschürze über einer Basketballhose und einem schwarzen Sport-BH. Die eine Hälfte ihres Gesichts lag im Schatten, aber der Rest von ihr brannte hell, glühte schillernd. Alles an der Schmiedin strahlte Kraft aus, von den wulstigen Muskeln an Armen und Schultern über den fließenden Schwung ihrer breiten Hüften und dicken Beine bis hin zu dem scharfen konzentrierten Bellen, das jedes Mal über ihre Lippen kam, wenn sie den Hammer mit einer Hand führte. Sein abgenutzter Kopf war so groß wie ein Motorblock, und sie schwang ihn in einem präzisen Bogen. Renai spürte es bis in die Knochen, wenn der Hammer auf dem Amboss aufprallte.

Obwohl der schreckliche Druck von ihr abgefallen war, konnte Renai sich nicht dazu durchringen, zu sprechen und die Arbeit der Frau zu unterbrechen. Allein schon der Gedanke daran fühlte sich falsch an. Die Schmiedin, wer oder was auch immer sie war, hatte einfach zu viel Spaß an ihrer Arbeit, fletschte die Zähne zu einem Lächeln, das zugleich konzentriert und freudig war.

Stattdessen sah sich Renai ihre Arbeit genauer an.

In der anderen Hand hielt die Schmiedin in einer Zange eine weiß glühende Glücksmünze. Die Münze trotzte den Schlägen, ohne sich zu verbiegen oder zu verändern, ohne auch nur Funken zu sprühen.

Renai fand es seltsam, dass etwas, das in ihren eigenen Händen so geschmeidig war, unter dem Ansturm der Schmiedin derart starr sein konnte. Der Rhythmus der Hammerschläge war verführerisch, hypnotisierend, und Renai spürte, wie ihre Sehkraft nachließ, als schwebte sie am Rande des Schlafs. Statt Münze und Amboss, Hammer und Esse zu sehen, blickte sie durch die Schmiede und sah … mehr.

Das glitzernde schwarze Metall des Ambosses breitete sich aus und dehnte sich, bis es ihre Sicht ausfüllte –

wie der Nachthimmel, wie ein Gewirr von Diamanten auf schwarzem Samt, wie ein Blick auf den Himmel, den sie nur von Bildern kannte, da sie ihr ganzes Leben im Schleier der Lichtverschmutzung von New Orleans verbracht hatte: die breite fließende Milchstraße. In ihrem Zentrum sah Renai statt einer feuerlosen Schmiede das gewaltige Nichts inmitten der Galaxie, einen Ofen, der heißer brannte als Tausende von Sonnen, die kein einziges Photon des Lichts abgaben. Ein Nichts, dessen Wut nicht einmal das Schicksal leugnen konnte.

Dann, mit einem Klirren, so plötzlich und disharmonisch wie der Urknall, kehrte Renai zurück, als die Glücksmünze zerbrach.

Die Schmiedin drehte sich zu den drei Psychopomps um, die sich in ihre Schmiede geschlichen hatten, während sie arbeitete. Ihre Brust hob und senkte sich im Takt ihrer Blasebälge, und sie grinste sie mit der fröhlichen Unbekümmertheit der Jugend an. Was Renai für einen Schatten auf dem Gesicht der jungen Frau gehalten hatte, erkannte sie jetzt als Kopftuch. Sie hatte es so tief in die Stirn gezogen, dass es eines ihrer Augen verdeckte. Das andere, grau und durchdringend und wissend, passte überhaupt nicht zu ihrer übrigen Erscheinung. Die Schmiedin war jung, schien kaum der Pubertät entwachsen zu sein, aber dieses Auge war uralt und hatte buchstäblich schon alles gesehen.

»Renaissance Dantor Raines«, sagte die Frau mit einer Stimme, die fast enttäuschend normal war. Renai hatte halb erwartet, dass ihr die Ohren bluten würden, wenn die Schmiedin sprach. Stattdessen verriet ihr Tonfall, dass sie sich freute, Renai zu sehen, und dass auch ihre Anwesenheit sie nicht überraschte. Das uralte Auge bewegte sich leicht. »Sie, Die Klagend Heult. Er, Der Aus Der Gefahr Rettet.« Sie zwinkerte mit ihrem einen Auge, eine Mimik, die durch das schiefe Zucken ihres Mundes und die Falten ihrer Wange betont wurde. »Bin gleich bei euch.«

Die Schmiedin wandte sich wieder ihrem Amboss zu und sammelte die noch glühenden Teile der zerstörten Münze auf bis auf einen winzigen Splitter, der zurückblieb. Sie fegte sie in ihre Handfläche und warf sie in eine unbemalte Keramikschüssel, die mit anderen Resten von Glücksmünzen gefüllt war. Anschließend griff sie nach ihrem Hammer, der jetzt eine lange Eisenstange war. Sie stellte die Schale in ihre Esse, die, ebenso abrupt und lautlos verwandelt wie der Hammer, einen Brennofen darstellte, und wartete, dass die Glücksmünzen zu einer einzigen orangegoldenen Masse schmolzen.

Die Göttin, denn was sonst hätte sie sein sollen, rührte die Pfütze aus geschmolzenem Glück mit dem Stab um, schöpfte einen glühenden zähflüssigen Klumpen davon ab, hob den Stab an die Lippen und blies. Der schimmernde Knubbel aus Glück wölbte sich und dehnte sich zu einer breiten Birne aus. Als sie zufrieden war, wechselte die Glasbläserin, denn das war sie geworden, den Griff um das Rohr und schnappte sich mit der anderen Hand ein Werkzeug von der Wand, eine verrucht aussehende Zange. Sie ließ sich auf einen Hocker nieder, das Rohr zwischen den Oberschenkeln, und drehte die Birne mit einer Hand, während sie sie mit der Zange formte und drückte. Nach einem Moment schob sie diese zurück in den Ofen, während sie ein anderes Werkzeug wählte, ein flaches Steinpaddel. So ging es eine Weile weiter, formen, erhitzen und wieder formen.

Als Renai ihre Aufmerksamkeit von der Tätigkeit des Glasblasens losriss, um die Kunsthandwerkerin selbst zu studieren, stellte sie fest, dass die Göttin von einem Moment auf den anderen um Jahrzehnte gealtert war. Ihre Haut wirkte plötzlich pergamenten, die Muskeln waren geschrumpft und verhärtet wie ein knorriger alter Baum. Ihr Haar war stahlgrau, die Mund- und Augenwinkel von Lach- und Zornesfalten gezeichnet, die Knöchel zu Knubbeln geschwollen und ihre Haltung leicht gebeugt. Ihr einzelnes Auge wirkte jetzt sogar noch älter, falls das überhaupt möglich war.

Ihre Bewegungen waren nicht weniger sicher, die Präsenz nicht weniger souverän. Der Spaß an ihrer Arbeit nicht weniger schön. Sie drehte und dehnte und schnitt und glättete den formbaren zähen Klumpen Glück mit einer Sicherheit, die Erfahrung und Geschicklichkeit entstammte, anders als der Schmied, der sich nur auf seine Kraft verlassen hatte. Mit einem einfachen Werkzeug, einem Meißel, so klein wie ein Tintenstift, drückte sie eine Handvoll Zeichen in die Oberfläche des Glücks. Für Renai sah es zunächst aus wie Keilschrift auf Tontafeln. Erst als die Glasbläserin fertig war und sie das Glück flach drückte und seine abgerundeten Kanten zur Form einer Münze glättete, erkannte Renai die Glyphen.

Es war die gleiche unentzifferbare Schrift, die sie in Plumajs Buch gesehen hatte.

Weil sie dieses Mal darauf achtete, sah Renai, wie sich

die Göttin erneut veränderte – ein plötzlicher nahtloser Übergang zwischen einem Blinzeln und dem nächsten. Sie verwandelte sich in eine Version ihrer selbst, doch mittleren Alters, mit prallen Wangen und braunem von wenigen grauen Strähnen durchzogenen Haar, mit schweren Brüsten und einem von der Schwangerschaft geschwollenen Bauch. Sie stöhnte auf und hielt mit einer Hand den Griff eines Präzisionswerkzeugs, das eben noch ein langes hohles Eisenrohr gewesen war, während sie sich die Knöchel der anderen Hand ins Kreuz stemmte.

Die Architektin schlurfte zu ihrem Amboss hinüber, der jetzt eine Werkbank war, auf der sie einen Stapel Blaupausen aufbewahrte, und blickte durch das nun durchsichtige Stück Glück wie durch ein Vergrößerungsglas. Sie studierte die oberste Blaupause, die entweder ein Sternbild oder ein Schema für eine komplizierte Uhr oder der Bauplan für eine riesige Kathedrale zu sein schien. Dabei legte sie einen Messschieber an und murmelte vor sich hin. Sie hielt lächelnd inne, zog einen Bleistiftstummel hinter ihrem Ohr hervor und machte geschickt eine Markierung auf dem Papier.

Mit einem leisen Klirren fiel eine frisch geprägte Glücksmünze auf die Tischplatte. Die Göttin, die sie geschaffen hatte, warf die Münze in eine in der Nähe stehende Truhe, die voll davon war – ein Piratenschatz von Schicksalen.

Dann streckte sie sich zu ihrer vollen Größe, wandte ihre Aufmerksamkeit noch einmal den Psychopomps zu und lächelte.

»Nun«, sagte sie und wischte die rußverschmierten,

von Funken versengten Hände am Saum ihrer Lederschürze ab, als wäre sie ein Waschlappen, »was kann ich für euch drei tun?«

Einen Moment lang wagte niemand zu sprechen, und Renai geriet in Panik, weil sie dachte, dass es an ihr sei, das Schweigen zu brechen. Dabei hatte sie keine Ahnung, was sie sagen sollte. Dann kauerte sich Salvatore, ihr guter Sal, tief auf den Boden, als wollte er sich verbeugen, und antwortete auf gestelzte, förmliche Weise. »Vielen Dank für Eure Aufmerksamkeit, oh, Gütigste …«

»Aber bitte.« Sie hob eine schwielige kräftige Hand. »Nennt mich Grace.«

Es war so echt und so gleichermaßen absurd, dass Renai ein Lachen mit einem Husten kaschierte. Zum Glück merkte niemand, schon gar nicht das offenbar allwissende Wesen, dass sie gerade gelacht hatte. Das gab ihr den Mut, selbst das Wort zu ergreifen.

»Wir sind hier, weil einer der Toten, die ich einsammeln sollte, verschwunden ist, obwohl das nicht möglich sein sollte. Wir haben gehofft, dass Sie uns vielleicht einen Rat geben könnten.«

Grace runzelte die Stirn, und schon die Möglichkeit, dieses Wesen enttäuscht zu haben, löste bei Renai das Bedürfnis aus, sich mit der Asche dieses Ortes zu bedecken und nie wieder ein Wort zu sagen. Grace griff in eine Schürzentasche, zog eine Packung angeblich naturbelassenen Tabaks heraus und drehte sich eine Zigarette. Gerade als Renai sich vorstellte, wie sie einer schwangeren Übergottheit beim Rauchen einer Zigarette zusehen musste, verwandelte sie sich wieder in die jugendliche

Version ihrer selbst. Es beruhigte Renai jedoch nicht sonderlich, als sich die Göttin zu ihrer Esse vorbeugte und den Glimmstängel mit der Energie anzündete, die von dem supermasseverdichteten schwarzen Loch ausging.

»Nur damit ich das richtig verstehe.« Sie blies eine lange Rauchfahne aus. »Du hast eine der buchstäblich Milliarden von Seelen verloren, die ich allein in diesem Jahrhundert geschmiedet habe, und dann tauchst du hier auf, damit ich dir sage, wo du sie gelassen hast?«

Neben Renai stieß Howl ein entsetztes Keuchen aus und stammelte eine Entschuldigung, während Sal fluchte, aber Grace konnte sich nicht lange verstellen. Ihr Stirnrunzeln verwandelte sich in ein breites freundliches Grinsen. »Ach, ich verarsche euch doch nur«, sagte sie. Ihr Lächeln wurde ein bisschen schwächer, als die anderen offensichtlich nicht amüsiert schienen, denn niemand lachte. »'tschuldigung«, sagte sie, »ich konnte nicht widerstehen. Hier unten gibt es nicht viele unangemeldete Besucher, wisst ihr?« Sie nahm einen weiteren Zug und richtete die Finger, die die Zigarette hielten, auf sie. »Ich sag euch was, ihr habt meine ungeteilte Aufmerksamkeit, bis ich meine Rauchpause beendet habe. Ich nehme an, ihr habt den Engel schon wegen seines eigensinnigen Lämmchens aufgesucht?«

»Wir, äh …« Renai verstummte, als ihr klar wurde, was sie gerade sagen wollte. Sal rettete sie davor, den Hüter der Pforte anzuschwärzen.

»Diese spezielle Seele ist ein wirklich trickreicher kleiner Bastard«, sagte er. »Das war nicht der erste Scheck, den sie nicht eingelöst hat.«

»Ah«, sagte Grace, »so einen habt ihr also erwischt.« Sie zupfte einen Tabakkrümel von ihrer Zungenspitze und schnippte ihn weg. Dann schwieg sie einen Moment nachdenklich. »Das macht die Sache ein gutes Stück schwieriger für euch, fürchte ich. Wenn es sich um eine gewöhnliche Schicksalsverzerrung handeln würde, könnte ich euch direkt zu ihm führen.

Aber ich kann nicht wirklich sagen, wo jemand sein sollte, wenn er von dem Weg abgewichen ist, den ich ihm gezeigt habe. Offen gesagt, eure Seele könnte überall sein.«

»Wie ist das überhaupt möglich?« Renai war stolz darauf, dass sie es geschafft hatte, mit diesem Wesen zu sprechen, ohne dass ihre Stimme kiekste.

Grace legte den Kopf schief und schürzte die Lippen, als überlegte sie, wo sie am besten anfangen sollte. »Es gibt einen Grund, warum ich das Glück zu einer Münze forme. Es spielt keine Rolle, ob du ein Sterblicher bist oder ein Geist, ein Gott oder was auch immer, du gibst dein Glück aus, Stück für Stück, bis die einzige Rechnung, die du noch begleichen kannst, deine letzte ist. Und genau wie jedes andere Gut kann sie gestohlen werden.« Sie zuckte mit den Schultern. »Oder man gibt alles auf einmal für etwas ganz Großes aus, den Moment des eigenen Todes eingeschlossen.«

Howl zischte.

»Leck mich doch!«, knurrte Sal, als hätte Grace ihm gerade eröffnet, dass er einen Tumor hatte.

»Was?« Renai sah auf die Psychopomps hinunter, die sie hierhergebracht hatten. »Was bedeutet das?«

»Das bedeutet, Ramses St. Cyr hat einen Deal gemacht«, erklärte Howl. Ihr Schwanz peitschte hin und her.

»Den ›Verkaufe deine Seele an den Teufel‹-Deal«, erläuterte Sal.

»Na klar«, sagte Grace. »Das Geschäft würde jeder beliebige Teufel machen.«

Als Renai beobachtete, wie die Schmiedin die Asche ihrer Zigarette wegschnippte, musste sie sich zusammenreißen, um nicht selbst um eine zu bitten. Sie atmete tief ein. Der Tabakduft war beruhigend. Banal. Grace musste die Frage in ihrem Gesicht gelesen haben, denn sie kramte eine fertig gedrehte Zigarette aus der Packung und hielt sie ihr hin. Renai nahm sie, aber Grace bot ihr kein Feuer an. *Und ich werde mein Gesicht definitiv nicht einmal in die Nähe dieser Esse halten,* dachte Renai.

Es gab so viele Fragen, dass es fast unmöglich war, sich für eine zu entscheiden, ganz zu schweigen davon, sie in Worte zu fassen. Wusste Grace, an wen Ramses sein Glück verscherbelt hatte? Und was er als Gegenleistung bekommen hatte? Wenn Ramses keine Münze mehr für Renai hatte, musste sie sich dann überhaupt die Mühe machen, nach ihm zu suchen? Oder sollte sie stattdessen besser nach seiner Münze Ausschau halten?

So viele Optionen, und was ihr dann über die Lippen kam, war: »Wenn Unsterblichkeit so einfach ist, warum macht das dann nicht jeder?«

Grace richtete die volle Aufmerksamkeit ihres wissenden, unentrinnbaren Blicks auf Renai. »Du kennst die Antwort besser als jeder andere«, sagte die Göttin. »Du bist vor deiner Zeit gestorben, was dir einen Überschuss an Glück bescherte. Das hast du für jemand anderen ausgegeben, und jetzt ist deine Nadel so richtig aus der Rille gesprungen. Jeder Atemzug, den du nimmst, ist nicht Teil des Schicksals, das ich vorgezeichnet habe, als ich deine Münze schmiedete.« Sie lächelte traurig. »Warum es nicht jeder macht? Wie läuft's denn so bei dir?«

Renai öffnete den Mund und schloss ihn wieder. Das mächtigste Wesen, dem sie je begegnet war, hatte ihr gerade gesagt, dass sie kein Schicksal mehr hatte. Dass ihre Existenz kein Verfallsdatum hatte. Dieses Wissen hätte befreiend sein sollen. Sie mächtiger machen sollen. Aber stattdessen erklärte es nur, warum sie sich immer so leer fühlte.

Grace drückte die letzte verbliebene Glut ihrer Zigarette auf dem Amboss aus und schnippte den Stumpen in den Abgrund der Feuerstelle. »Ich würde euch dreien gern noch etwas mehr von meiner Zeit schenken«, sagte sie, »aber mein Rad dreht sich, wenn ihr wisst, was ich meine.«

Sie schlug den Deckel ihrer mit Glücksmünzen gefüllten Truhe zu und hievte sie sich anscheinend mühelos auf die Schulter. Ein Blinzeln, und dann stemmte die schwangere mittelalte Version von Grace das Gewicht und klopfte mit einem Fingerknöchel auf die Seite der Holzkiste. »Es gibt da eine ganze Horde Schöpfungsgottheiten, die auf diese Babys wartet.«

Weil Grace eine Reaktion zu erwarten schien, zwang sich Renai zu einem höflichen Kichern, in das Howl einstimmte. Der Gesichtsausdruck der schwangeren Gottheit legte nahe, dass sie beide nicht überzeugend gewesen waren.

»Und da sagen die Leute, das Schicksal hätte keinen Sinn für Humor«, murmelte Sal. Renai zuckte zusammen, aber Grace schmunzelte nur über den frechen Ton des Psychopomps.

»Tun sie das heutzutage?«, fragte Grace. »Das ist wirklich lustig. Denn schließlich bin ich immer diejenige, die zuletzt lacht.«

Dann war sie verschwunden und nahm alles Licht der Welt mit sich. Weder Sal noch Howl blieben lange in der endlos scheinenden leeren Dunkelheit, die Grace hinterließ; Renai spürte, wie sie den Grund der Unterwelt verließen, als wirbelten sie eine Brise auf. Aber sie zögerte noch. Irgendein Detail oder eine ungelöste Frage nagte an ihr, obwohl ihre Flügel sehnsüchtig zitterten, sie endlich dort wegtragen zu dürfen.

Nach ein paar Augenblicken gewöhnten sich ihre Augen an die Dunkelheit, und sie bemerkte, dass Grace etwas zurückgelassen hatte, irgendeine Lichtquelle, die es ihr ermöglichte zu sehen. Zuerst dachte sie, dass das leichte Glühen durch die Nähte des Ofens sickerte, Licht, das aus dem eingeschmolzenen Glück darin austrat. Aber dann weiteten sich ihre Pupillen ein wenig mehr, und sie sah, dass es von einem dünnen Splitter der Münze stammte, die Grace auf dem Amboss zerbrochen hatte. Renai war bereits zu dem Splitter getreten und hatte danach gegriffen, bevor ihr der Gedanke kam, dass das eine Falle sein könnte.

Als ihre Fingerspitzen den dünnen nadelscharfen Splitter von Glück berührten, durchfuhr sie ein Schock. Ein einzelnes Pulsieren, ein Augenblick plötzlichen angespannten Schmerzes, ein lang gezogenes Ausatmen, ein letztes Flackern der Gedanken vor dem Schlaf. Die Psychopomp in ihr erkannte die Empfindungen als das, was sie waren: ein einziger Moment. Ein entscheidender Moment. Der letzte. Ein Tod, der nicht mehr mit dem Verlauf eines Lebens verbunden, nicht länger an ein Schicksal gebunden war.

Renai hob den Splitter von Glück auf, vorsichtig, äußerst behutsam, um sich nicht mit der Spitze in den Finger zu stechen. Sie flüsterte ein kleines Dankesgebet an Grace und drückte nach kurzem Überlegen den Splitter der Fortune in die Zigarette, indem sie beides zwischen ihren Fingerspitzen rollte, sodass sich der Splitter mit dem scharfen Ende tief in das dicht gepackte Tabakblatt grub. Als das Glück vollständig in der Zigarette eingebettet war, steckte sie sich diese hinters Ohr. Ein Versteck und eine Sicherheitsmaßnahme gleichzeitig.

Beunruhigt von der nun absoluten Dunkelheit, entfaltete Renai die Flügel und ließ sich von ihnen wegtragen, wobei sie herauszufinden versuchte, wessen schicksalsloses Leben Renai für Grace beenden sollte. Denn wenn Grace recht hatte, was Ramses anging, falls er seinem Tod entkommen war, indem er die Gesamtheit seines Glücks ausgegeben hatte, würde ein Stich dieser Nadel genügen, und Ramses' nächster Moment wäre sein letzter.

Andererseits … Da Renai ebenfalls kein Schicksal mehr hatte, konnte der Splitter ihr denselben Dienst erweisen.

KAPITEL EINUNDZWANZIG

Als Renai in die nächsthöhere Ebene der Unterwelt aufstieg, die sie immer für das Fundament aller Dinge gehalten hatte, wartete dort Salvatore auf sie, aufgeregt und allein. Er fuhr zu ihr herum, kaum dass ihre Füße die feuchte Erde berührten. »Wo hast du gesteckt?« Sein Tonfall schwankte zwischen unglaublich erleichtert und stinksauer.

Renais erster Gedanke war, seine Sorge um ihr Wohlergehen als süß, wenn auch unnötig aufzufassen. Aber während sie zögerte und überlegte, wie sie ihren Impuls, zurückzubleiben, erklären sollte, ruinierte er die Situation. »Die Wahrheit sollte nicht so schwer zu finden sein.« Er knurrte sie tatsächlich an! Plötzlich war er statt eines besorgten großen Bruders nur noch ein anmaßendes Arschloch.

»Erstens«, sie hörte ihre Mutter in ihrer Stimme, »schätze ich diesen Ton nicht. Ich bin eine erwachsene Frau. Wenn überhaupt ist mein Vater der einzige Mann, der so mit mir sprechen darf. Und du siehst nicht aus wie Charles Raines, Kumpel. Zweitens würde ich wirklich gerne wissen, woher dein gewohnheitsmäßig sich verspätendes Selbst die Frechheit nimmt, mich wegen ein paar Minuten …«

Sal gab ein ersticktes Lachen von sich. »Ein paar Minuten? Du hast mich hier über eine Stunde lang mit meinem eigenen verdammten Schwanz herumwedeln lassen!«

»Unsinn, nein …!«, begann Renai, aber sie hielt inne, als sie die Wahrheit begriff und diese Erkenntnis sich in Sals Blick widerspiegelte. Sie blickte auf den oberen Bildschirmrand ihrer Uhr, wo ein einzelner LCD-Punkt den Wochentag anzeigte. Es waren Tage vergangen, nicht nur Stunden. »Nein«, wiederholte sie, wenn auch etwas ungläubig.

Sals Ohren zuckten, als wollte er ein seltsames Geräusch lokalisieren. Dann warf er einen Blick in den mond- und sternenlosen Nachthimmel. »Scheiiißße«, zischte er, als sich sein Verdacht durch etwas, was er dort sah, bestätigte. »Ich schätze, die Zeit vergeht wirklich wie im Flug, wenn man Spaß hat.« Er warf ihr einen zerknirschten Blick zu. »Tut mir leid. Ich meine, dass ich so herumgezickt habe.«

Statt hochmütig zu reagieren, presste Renai die Lippen fest zusammen. Dann antwortete sie: »Danke, dass du das sagst. Ich wäre wohl auch ziemlich sauer gewesen, schätze ich.« Sie war stolz auf sich, dass sie nicht erwähnt hatte, dass Sal genau das schon mehr als einmal mit ihr gemacht hatte. »Deshalb ist Howl wohl auch abgezischt, hm?«

Sal kicherte, aber es klang eher nervös als amüsiert. »Nein, sie ist abgehauen, als sie herausgefunden hat, wo Grace uns hingeschickt hat.«

»Und das wäre wo?«

»Komm und sieh selbst.« Er bedeutete ihr mit einem Nicken, ihm zu den schlecht gemalten zweidimensionalen Bäumen zu folgen. Renai gehorchte, obwohl sie sich nichts sehnlicher wünschte als eine ausgiebige Dusche und einen noch ausgiebigeren Schlaf. Sie war schon so lange wach, dass sie langsam dieses unscharfe Gefühl von Abgetrenntheit bekam, das sich manchmal mitten in einer langen Nacht einstellte. Ihre Augäpfel fühlten sich trocken in ihren Höhlen an, ihr Körper und vor allem ihr Kopf unterlagen immer mehr der Schwerkraft. Aber es waren nur noch ein paar Stunden bis zum Beginn der Hallows. Sie musste es einfach durchstehen.

Während sie Sal durch den Pappmaschee-Wald der tiefen Unterwelt folgte, versuchte Renai, alles zusammenzufügen, was sie über Ramses erfahren hatte. Aber es fühlte sich zu schlicht an, als kenne sie nur einen Teil der Geschichte. Wenigstens war sie zu müde, um sich darüber aufzuregen, dass sie sich nicht mal an die drei Tage von Halloween erinnern konnte. Im Moment klang ein dreitägiges Nickerchen wie ein Geschenk. Dann kam die Unterweltversion des Orleans Parish Prisons in Sicht, und Renai bereute ihre Entscheidung, Sal zu folgen. Sie wünschte sich nichts sehnlicher als einen Grund, sich von diesem Ort fernzuhalten.

Das Gefängnis war aus einem einzigen schwarzen Eisblock und wie eine Festung gebaut. In der relativ warmen Luft dampfte es, schien aber nie an Größe zu verlieren. Es erhob sich hoch über den Wipfeln der falschen Bäume, und seine solide Masse unter all diesen Künstlichkeiten machte es noch imposanter. Nicht dass es Hilfe gebraucht hätte. Jede Oberfläche des Gefängnisses war scharf und hart, als hätte sein Architekt beim Bau nur Stacheln und Glasscherben verwendet. Das Schlimmste war, dass der Eingang des Gefängnisses weit offen stand. Der breite klaffende Schlund war nicht so sehr Zeichen des Willkommens als vielmehr ein Statement von Autorität. Wer auch immer diesen Ort leitete, hegte so viel Vertrauen in seine Sicherheit, dass er sich nicht einmal die Mühe machte, die Tür zu schließen.

»Willkommen in der Oubliette«, murmelte Sal. »Wie heißt es so schön? ›Lasst alle Hoffnung fahren.‹«

»Ich dachte, die Hölle wäre eins der Fernen Länder«, erwiderte Renai. Sie wagte nicht, lauter zu sprechen als in einem rauen Flüsterton.

»Ist sie auch.« Sal flüsterte ebenfalls. »Dies hier ist nur ein Fitzelchen davon. Ein kleines Stück der ewigen Verdammnis, hier in der Unterwelt.«

»So etwas wie eine Botschaft?« Sie redete, um ihren Geist zu beschäftigen, sich davon abzulenken, wie schnell sie sich dem Gefängnis näherten. Sie hatten den Eingang fast erreicht.

»Eher wie ein Tumor.«

Renai blickte auf den Psychopomp hinunter. Er wirkte abwesend und distanziert, bewegte sich zögernd, fast ängstlich. Nicht vor Schmerzen, sondern eher, als erwartete er bevorstehende Qualen – oder fürchtete sie sogar.

»Warum sind wir hier?«, wollte Renai wissen. Als Sal nicht antwortete, wiederholte sie die Frage, und dieses Mal senkte sie ihre Stimme nicht. »Salvatore! Warum sind wir hier?«

Die Antwort kam aus Richtung des Gefängnisses, von einer rauen tiefen Stimme, die sie zu ihrem Leidwesen erkannte. »Das habe ich mich auch gefragt.«

Der Sprecher, ein junger schwarzer Mann, lehnte an der Wand neben der offenen Tür. Er hatte die Hände in die Taschen gesteckt und die nackten Füße gekreuzt, als ob ihn der Frost und die rasiermesserscharfen Kanten nicht störten. Wahrscheinlich fühlte er sich wie zu Hause. Er trug einen maßgeschneiderten dreiteiligen Anzug aus dunkelrotem Stoff, der seine breiten Schultern und seine schmale Taille betonte, aber keine Krawatte, und sein Oberhemd war halb aufgeknöpft. Ein Paar Hörner wölbten sich aus seiner Stirn, so spitz und grausam wie das Gefängnis selbst. Sein attraktives Gesicht war von den Teertränen gezeichnet, die aus seinen Augen quollen. Wann immer ein Voodoo-Priester eine Zeremonie begann, war der erste Loa, den er anrief, Papa Legba, der uralte wohlwollende Gott der Kreuzwege zwischen der Welt der Lebenden und der Welt der Geister. Nibo und Plumaj und all die anderen hatten die Kontrolle über ein einziges Portal, aber Legba, der Hüter und Öffner der Wege, kontrollierte sie alle. Der Loa, der hier auf sie wartete, dessen freches Grinsen so beunruhigend war wie die schwarzen Tränen, die über sein Gesicht liefen, war die Petwo-Seite von Legba – sein Gegenstück und der Schatten seiner Seele, wenn er denn sterblich wäre. Er war Stolz und Wut und Lust. Er verschloss die Pfade, die Legba geöffnet hatte, verschloss sie so fest, dass nur Legba oder die Hallows sie wieder öffnen konnten. Er nannte sich selbst Cross.

Renai hatte so ziemlich alle Details über die Umstände ihrer Auferstehung vergessen. Sie wusste, dass Jude Dubuisson sie mit einem Trick dazu gebracht hatte, ihr Leben nach dem Tod für ihn aufzugeben. Sie vermutete, dass ein Engel sie getötet hatte. Doch trotz all dieser Erinnerungen war es Cross' Gesicht, das sie in ihren Albträumen heimsuchte.

»Wenn man vom Teufel spricht«, sagte Sal. »Du bist genau der Loa, den wir gesucht haben.«

»Einen Scheiß habt ihr!« Cross stieß sich von der Wand ab und schlenderte auf sie zu. »Erzähl mir keinen Kackascheiß, Junge.« Er drohte Sal mit einem Finger, der von einem langen Nagel geziert wurde, als wollte er ein Hündchen züchtigen, das auf den Teppich gepinkelt hatte. »Ich bin nicht dein Podna.«

»Sal, wovon redet er?«

Cross verzog das Gesicht zu einem übertriebenen Grinsen. »›Sal‹«, äffte er sie mit weinerlicher Stimme nach, »›wovon redet er?‹« Er spuckte aus. »Als ob du nichts mit dieser Flucht zu tun hättest.«

Scheiße, Scheiße, Scheiße, dachte Renai. *Der Deal mit Mason. Cross weiß davon.* Ihr Herz begann in ihrer Brust zu hämmern, und bevor sie es stoppen konnte, entfalteten sich ihre Flügel. Sie schleuderten sie in die Luft, um die nächste Ebene der Unterwelt zu erreichen und …

Nichts.

Sie schwebte ein paar Meter über dem Boden, aber sie kam nicht höher. Ihr erster panischer Gedanke war, dass die Oubliette sie irgendwie festhielt, aber dann hörte sie das raue humorlose Lachen des Loa, erinnerte sich an seine Rolle in der Unterwelt und begriff, was passiert war: Cross hatte die Pforten verschlossen.

Allesamt.

Renai sank zurück auf den Boden und faltete ihre Flügel. Ihre Gedanken rasten, aber sie sah keinen Ausweg. Vielleicht erklärte das, warum Sal einfach mit angelegten Ohren dasaß, den Schwanz zwischen die Beine geklemmt. Cross griff an sein Gemächt und richtete seinen Schritt, bevor er die Hände wieder in die Taschen schob.

»Nur zu«, meinte er, »sag ruhig noch mal, dass du nichts weißt, verdammt! Klar, der Versuch wegzufliegen lässt dich natürlich überhaupt nicht schuldig wie Sau aussehen, keineswegs.«

»Das sind wir auch nicht«, gab Renai zurück. »Wir sind auf der Suche nach einer verlorenen Seele.«

»Wie merkwürdig, das ausgerechnet hier zu tun«, entgegnete Cross.

»Du weißt so gut wie ich, dass hier immer wieder verlorene Seelen landen«, sagte Sal. »Dadrin sitzen nicht nur die, die es verdienen.«

»Dadrin sitzt überhaupt niemand.« Cross griff in seine Jackentasche und zog einen kurzen Zigarrenstummel heraus, den er an der Daumenkuppe rieb und damit anzündete. Der Rauch war beißend und stank wie verbranntes Gummi. »Jeder Teufel, jeder schwarze Geist, jede verdammte Seele und jeder gefallene Gott, der da drinnen auf Eis liegen sollte, hat sich in dieser verdammten Nacht aus dem Staub gemacht.«

»Was?« Sal war so überrascht, dass er nicht einmal fluchte.

»Es ist kurz vor den Hallows«, sagte Renai zu sich selbst. »Sie können gehen, wohin sie wollen.«

Cross grunzte bestätigend und grinste sie an der Zigarre vorbei an. Dann rollte er sie in den Mundwinkel, damit er sprechen konnte. »Diejenigen, die wir bis dahin nicht erwischt haben, sowieso.«

»Deshalb hast du die Pforten verriegelt«, sagte Sal. »Um ihnen die Flucht zu erschweren.«

Cross tippte sich an einen imaginären Hut. »Auch wenn es uns nicht viel nützen wird. Diese Pforten sind um Mitternacht so nützlich wie ein schlaffer Schwanz. Das war ja wohl auch der Plan, richtig?«

In dem Moment wurde Renai klar, was Cross damit gemeint hatte – dass sie mit der Flucht zu tun gehabt hätte. Sals Jaulen nach zu urteilen, hatte er denselben Schluss gezogen. »Du denkst, wir hätten es getan!«, sagte sie.

»Das hat mit Denken nichts zu tun. Ich weiß es, und zwar ganz genau. Dieser Ort stinkt förmlich nach euch. Das Einzige …«

»Es kommt von der anderen Seite!«, rief Sal. »Frag Plumaj! Wir sammeln einen Tod vo…«

Cross wedelte mit der Hand in Sals Richtung und murmelte ein Wort, das Renai bekannt vorkam. Das war seltsam, weil es aus einer Sprache stammte, die sie gar nicht kannte. Was auch immer dieses Wort war, es ließ die Luft vibrieren wie ein lautloser Donnerschlag und schloss Sals Schnauze mitten im Wort. »Das Einzige«, wiederholte Cross, »was ich nicht verstehe, ist, warum ihr zurückkommt. Habt ihr was vergessen? Oder seid ihr einfach nur völlig hirnverbrannt?«

Renai wusste wirklich nicht, was sie sagen sollte. Nicht nur, dass man ihr etwas vorwarf, was sie nicht einmal hätte tun können, wenn sie es gewollt hätte, sie hatte auch das Gefühl, dass ihr ein entscheidendes Detail entging. Cross sagte, er hätte sie beide hier im Gefängnis gewittert, während Sal behauptete, der Geruch, den er wahrnahm, stamme von der lebendigen Seite der Dinge, als sie Miguel Flores aus dem Orleans Parish Prison abgeholt hatten. Aber das war doch unmöglich, oder? Es sei denn, ihre Gedächtnislücken wären viel größer, als sie gedacht hatte. Oder Cross log, um sie zu einem Geständnis zu bringen. Oder sie und Sal wurden irgendwie reingelegt. Neben ihr stöhnte Sal trotz seines geknebelten Kiefers vor Wut, aber Renai konnte nicht erkennen, ob dieser Laut »laufen«, »warten«, »nein« oder »ja« bedeuten sollte. Wahrscheinlich etwas vollkommen anderes.

Da sie nicht gut genug lügen konnte, um Cross zu täuschen, und er ohnehin nicht an ihre Unschuld glauben würde, egal, wie entschieden sie es auch behauptete, öffnete Renai den Mund und sprach das aus, was sie hatte sagen wollen, seit Sal zum ersten Mal durch die Erste Pforte gekommen war, ohne eine Seele zu übergeben. Sie sprach die Worte aus, die ihr während ihrer Suche durch die Tiefen der Unterwelt auf der Zunge gelegen hatten.

»Ich will mit den Thronen reden«, verkündete sie.

Cross' riss den Mund so weit auf, dass seine Zigarre herausfiel. Er lachte dermaßen, dass er sich krümmte und die Hände auf die Knie stützen musste. Renai hätte es für eine Show des Loa gehalten, wäre da nicht das angestrengte schrille Kichern gewesen. Niemand würde so einen peinlichen Laut von sich geben, wenn es sich vermeiden ließ. Jedenfalls wäre es die perfekte Gelegenheit gewesen, sich aus dem Staub zu machen, aber sie konnten nirgendwohin.

Als Cross sich erholt hatte, seufzte er, wobei er immer noch grinste und den Kopf schüttelte. »Die Throne werden dir nicht helfen, o nein. Glaubst du etwa, du hättest das Recht auf einen Anwalt?« Er wedelte mit der Hand, als wollte er eine Fliege verscheuchen. »Hör auf zu lamentieren. Du guckst zu viele Fernsehshows, Mädchen.« Die Art, wie er »Mädchen« sagte, verriet Renai genau, was Cross über Frauen dachte. »Das hier ist mein Terrain. Meine Regeln. Du erzählst mir alles, was du weißt und was du getan hast. Und dein Schoßhündchen auch. Und wenn ich mit euch fertig bin, werden euch nicht mal eure eigenen Schatten wiedererkennen.«

Schatten, dachte Renai. Ihr kam eine Idee, ein verzweifelter Griff nach einer flüchtigen Hoffnung. Sie wusste nicht, ob es funktionieren würde, da Cross die Pforten geschlossen hatte. Aber sie würde es versuchen. Cross kam auf sie zu, ohne sich zu beeilen, weil er wusste, dass er das nicht musste. Seine Hände hingen locker an den Seiten herunter, und er grinste humorlos. Nicht dass er sie absichtlich bedrohte – es war sowieso alles an ihm Bedrohung. Sie versuchte, die Welt aus seiner Perspektive zu sehen, versuchte, sich vorzustellen, wie es sein musste, von allem und jedem abgeschottet zu sein. Gefesselt zu sein, nicht nur durch seine Rolle als Gott, sondern als das bloße Spiegelbild eines anderen. Ständig Antagonist zu sein, zuvorderst und immer als Teufel gesehen zu werden.

Kein Wunder, dass seine Augen immer weinten.

Als sie diesen winzigen Keim des Mitgefühls fand, griff sie tief in sich hinein und weckte den Sturm in ihr. Die Macht brach durch ihre Haut, als würde sie von kochend heißem Wasser verbrüht werden. Die Winde peitschten, und der Regen prasselte hernieder, traf Cross auf der Brust und warf ihn zurück. Sein Lachen klang heulend wie der Sturm, den sie ihm entgegengeschleudert hatte. Er lehnte sich hinein, schräg, fast seitwärts, und kroch voran, die nackten Zehen gruben sich in die schlammige Unterwelterde, seine Jacke flatterte wie wild hinter ihm. Der Sturm umwirbelte Renai, während sie in seinem ruhigen, stillen Zentrum stand. Sie spürte, wie sich Sal zitternd und mit klatschnassem Fell an ihre Beine drängte. Sie biss die Zähne zusammen und verstärkte ihre Anstrengungen, um Cross das Fleisch von den Knochen zu reißen. Er kroch weiter voran.

»Kein Sturm kann mich aufhalten, Mädchen!«, schrie er. »Niemand kann mich aufhalten, außer mir selbst!«

»Darauf setze ich!« Renai zog ihren Spiegel aus dem Nirgendwo. Sie hielt ihn mit beiden Händen hoch, und Cross musste in seine Oberfläche schauen, wo seine andere Hälfte wartete. Cross' Schatten hinter ihm verdrehte und verzerrte sich, die Hörner flachten sich ab und spreizten sich zu einer Hutkrempe, ein Arm verlängerte sich zu einem dritten Bein. Wie ein alter, auf einen Stock gestützter Mann.

Papa Legba.

Renai spürte, wie die Magie ihr Werk tat. Ihre zerstörerische Fähigkeit als Todesgeist war so wild und fürchterlich wie ein Orkan. Sie packte Cross mit dieser Kraft, so fest sie konnte, und zerrte an ihm. Sie konnte ihn nicht von seinem Schatten lösen, dafür waren beide viel zu perfekt miteinander verbunden. Aber sie konnte Cross' Macht über diesen Ort brechen. Sie drückte ihn mit all ihrer Kraft nieder, wich nicht zurück, selbst als sie Blut schmeckte, und dann, mit einem erstickten Wutschrei, verschmolz der gehörnte junge Mann mit der Dunkelheit, und ein alter schwarzer Mann in einem lavendelfarbenen Anzug stand an seiner Stelle. Im selben Moment, in dem er auftauchte, wurde er um ein Haar vom Sturm weggefegt.

Renai bändigte die Kraft des Sturms nicht, sondern ließ zu, dass sie sich einfach erschöpfte. Wind und Regen wichen einer abrupten Stille. Sie schwankte, sank fast auf die Knie, aber ihre Flügel entfalteten sich flatternd und hielten sie aufrecht.

»Oje, oje, oje.« Legba schüttelte das Regenwasser von seinem Trilby-Hut und grinste sie zahnlos an. Alles an ihm war anders als an Cross, sogar die Stimme. Legba sprach mit einer weichen freundlichen Stimme und mit einem karibischen Akzent. »Seltsames Wetter, nicht wahr?«

Sosehr sie den Loa auch um Hilfe bitten wollte, Renai brauchte etwas Zeit, um wieder zu Kräften zu kommen. Sie ließ sich zu Boden sinken und lehnte sich an einen der falschen Bäume. Ihre Hände zitterten, ihr war schwindlig, und sie war schweißüberströmt. Sal ging ein Stück, schüttelte sich und fluchte, aber Renai konnte nicht verstehen, was genau er sagte. Legba schien zufrieden damit, auf sie zu warten, und rauchte seine Tonpfeife, in die er ein süßlich riechendes getrocknetes Blatt gestopft hatte.

Renai sagte sich immer wieder, dass sie keine Zeit hatte, sich auszuruhen, und sie bemühte sich vergeblich aufzustehen. Sie war in der Highschool im Leichtathletikteam gewesen und erinnerte sich, dass sie sich einmal während eines besonders heißen Sommertrainings ganz schwach und zittrig gefühlt hatte. Ihr Coach hatte einen Blick auf sie geworfen und sie mit einem Betreuer in die Umkleidekabine geschickt, weil sie kurz vor einem Hitzschlag gestanden hatte. Der Trainer hatte gesagt, sie könne froh sein, dass sie ein Mädchen sei. Denn die Footballspieler müssten das aushalten. Renai schwankte zwischen der Empörung, wegen ihres Geschlechts für schwächer gehalten zu werden, und dem Bedauern für die Jungs.

Am nächsten Tag lief sie die Meile so schnell wie noch nie zuvor.

Irgendwann, während die kostbaren Sekunden bis Mitternacht heruntertickten, kühlte sich ihre Haut ab. Ihr Herz beruhigte sich, und sie schaffte es zitternd, sich aufzurappeln. Sal kam zu ihr. Sie musste so vieles erfragen, Dinge, die sie wissen wollte, über die Unterwelt, die Lücken in ihrem Gedächtnis und die Umstände ihrer Wiederauferstehung. Aber bevor sie oder Sal etwas sagen konnten, deutete Legba mit dem Stiel seiner Pfeife in ihre Richtung. »Ihr beide müsstet eigentlich woanders sein, oder?«

Sal seufzte. »Die Throne, ja? Wie sauer sind sie, auf einer Skala von ›angepisst‹ bis ›uns ausradieren‹?«

Renai durchzuckten Schuldgefühle, die von einem Aufflackern von Hoffnung begleitet wurden. Etwas in ihr hatte von dem Moment an, als Sal allein durch die Erste Pforte kam, gewusst, dass sie weder die Zuständigkeit noch das Wissen oder die Macht hatten, Ramses' Verschwinden allein aufzuklären. Dass sie, um ihren Vater zu zitieren, »Zehn Pfund Scheiße in einen Fünf-Pfund-Beutel stopfen« wollten. Aber Masons Angebot hatte die Gier in ihr geweckt, was sie dumm gemacht hatte. Sie war so darauf konzentriert gewesen, Ramses zu finden, so verzweifelt, das, was er gestohlen hatte, gegen ein Ticket ohne Rückfahrschein in die Fernen Länder einzutauschen, dass sie alles getan hatte, außer sich die Ohren zuzuhalten und ihrem eigenen Gewissen »Ich kann dich nicht hören« zuzurufen. Sie hatte keine Ahnung, warum Sal mitgemacht hatte. Aber jetzt saßen sie in der Falle. Jetzt konnten die Behörden alles Weitere regeln. Jetzt konnte der Tod alles in Ordnung bringen.

Und dann ruinierte Legba alles.

»O nein, nicht Les Morts.« Er schüttelte den Kopf. »Dieser Aufruf kommt vom Marktplatz.«

»Das bedeutet die Welt der Lebenden«, sagte Sal, ohne ihr den Kopf zuzudrehen.

»Wenn es jemals einen Moment gab, an dem du mich nicht dumm anquatschen solltest …« Renai ließ den Rest ihrer Drohung unausgesprochen.

Legba verzog die Lippen und steckte die Pfeife erneut in den Mund, um ein Lächeln zu kaschieren. Nach ein paar Zügen nahm er sie wieder heraus. »Ich kann die Tore nicht vor dem Beginn der Hallows öffnen, nicht ohne einen weiteren Kampf mit meiner dunklen Seite zu riskieren, aber dies hier kann ich euch gewähren. Und du brauchst mir nicht zu danken.«

Er gestikulierte mit seinem Stock, der wie eine zeremonielle Rassel klapperte, und plötzlich wurden sie in ein grelles Licht getaucht. Renai versuchte, die Quelle auszumachen, aber es war, als würde sie direkt in einen Scheinwerfer blicken. Ihre Augen tränten, und ihr Herz hämmerte, obwohl sie nicht sagen konnte, was sie eigentlich erwartete. Sal drückte sich so dicht an sie, wie er nur konnte.

Von irgendwoher aus weiter Ferne hörte Renai eine Trompete. Der Klang war kaum zu vernehmen, aber sie war sicher, dass sie den Musiker erkennen würde, wenn sie die Töne nur etwas besser hören könnte, oder vielleicht sogar das Lied.

Mit einem explosiven Schwung ähnlich einer Achterbahnfahrt wurde Renai ganz nach oben in die Unterwelt geschleudert.

Und dann aus ihr heraus.

KAPITEL ZWEIUNDZWANZIG

Ein zu einem feinen Teppich gewebtes Yantra, Faden um Faden, Bild um Bild. Kreide auf einem Grabstein, die ein krakeliges Veve skizziert, das den nächsten Regen nicht überstehen wird. Ein Temenos, errichtet aus Marmor, der Jahrhunderte länger überlebt als die vergessene Gottheit, die ihn zu einem Heiligtum machte. Ein Mandala, geformt aus buntem Sand, ausgestreut mit der Anmut tiefer Meditation. Ein salomonischer Kreis, gezeichnet nach einer präzisen Formel. Uralt wie die Kivas der Anasazi, modern wie das Kupfergeflecht eines Faradaykäfigs. Uralte Symbole und Geometrien, Ritual und Handwerk und Symmetrie. Heilige Räume, Botschaften, Gebete, Grenzen, Fallen. Das Universum klein gemacht, die Seele großgeschrieben. Kreise in Kreisen, alle mit einem Zweck: die Magie hereinzulassen und die Dunkelheit draußen zu halten.

Renai wusste, dass sie nicht mehr in der Unterwelt war, noch bevor sie die Augen öffnete. Nach der sterilen Stille der anderen Seite brüllte, stank und toste die lebende Welt um sie herum. Sie roch den Duft angezündeter Kerzen, die Bleiche von Putzmitteln, den kupfernen Geschmack von Metallpolitur und das fettige Aroma von Brathähnchen. Sie hörte das Tosen des Verkehrs, Motoren und Hupen und Sirenen, das Rattern einer alten Klimaanlage und das unablässige Brummen von Elektrogeräten. Das klagende Lied des Blechblasinstruments hatte in dem Moment aufgehört, als sie ankam.

Sie kniete auf einem harten kalten Boden, ihre Haut kribbelte überall beengend, als wollte sie vor Angst herausfahren. Die Augen hatte sie zusammengekniffen, ein Schmerz pochte in ihren Schläfen. Sal war von ihrer Seite gerissen worden, bevor sie die Unterwelt verlassen hatte. Und sie hatte wirklich Angst herauszufinden, wer oder was die Macht hatte, sie, nur sie, so leicht über die Grenze der Ersten Pforte zu katapultieren.

»Bist du sicher, dass sie es ist?« Sie erkannte die Stimme – fast. Sie war tief und rau und hatte einen starken New-Orleans-Akzent der alten Schule.

»Als ich beim letzten Mal einem Ding aus der Unterwelt vertraute, endete das mit einer Tätowierung auf meiner Titte und einem bösen Fall von Tripper.« Die zweite Stimme war höher, aber härter als die erste.

»Ist das ein Nein?«

»Das ist ein Nein.« Jemand räusperte sich. »He, du gruselige kleine Todesfee. Heißt du Renaissance Raines?«

Als Renai die Augen öffnete, schlug die Welt wie ein Schwall aus den Primärfarben Blau, Rot und Gelb auf sie ein, gleich verschwommenen Wärmebildern. Streifen von Karmesinrot und tiefe Pfützen von Indigo erfüllten den Raum; aber es war keine Hitze, sondern Magie. Schutzzauber und Talismane und, um sie herum, die verschlungenen Geometrien eines Beschwörungskreises. Zwei menschlich wirkende Gestalten standen nebeneinander in ihrem eigenen kleineren Kreis und loderten wie ein Feuerwerk. Dann entglitten ihr die Farben langsam wie das Nachbild eines verblassenden Kamerablitzes, bis sie wieder normal sehen konnte.

Sie war von einer zierlichen weißen Frau mit kurzen kastanienbraunen Haaren und einem großen, schlaksigen schwarzen Mann mit einer runden Brille und einer Trompete, die er locker in der Hand hielt, beschworen worden. Die Jeans der Frau war am Knie zerrissen, und auf ihrem T-Shirt prangte ein Symbol, das Renai ziemlich sicher Star Wars zuordnen konnte. Der Mann trug eine hellbraune Hose, ein weißes Hemd, das an seinem mageren Körper sackartig herunterhing, und eine braune Weste. Die Frau hatte rundliche Wangen und glatte Haut und mochte zwischen Ende zwanzig und Anfang dreißig, vielleicht auch älter sein, falls sie ein Vier-mal-die-Woche-Yoga-Gesundheitsfreak war. Er hatte einen durch lange Nächte in Bars gealterten Teint, aber Renais Vermutung wurde möglicherweise durch das Instrument in seiner Hand beeinflusst.

Die beiden kamen Renai irgendwie vertraut vor, aber falls sie sie kannte, war die Erinnerung daran durch ihre Wiederauferstehung ausgelöscht worden. Doch dann erkannte sie den Musiker plötzlich. Es war eine Erinnerung aus der Zeit vor ihrem Tod: von einem Plattencover aus der Vinylsammlung ihres Vaters. »Du bist Leon Carter«, stellte sie fest.

Die Frau schnippte dreimal kurz hintereinander mit den Fingern vor Renais Gesicht, eine Geste, die ebenso irritierend wie effektiv war. »Versuch es noch einmal, Fünkchen«, sagte sie. »Wir haben nicht nach seinem Namen gefragt. Wir haben nach deinem gefragt.«

»Fünkchen?« Renai sah an sich herunter. Sie trug das schlaffe, spitzenbesetzte weiße Kleid und die roten Turnschuhe, in denen sie begraben worden war. Sie zerrte daran und spürte das Ziehen an ihren Flügeln am Rücken. Sie bewegte sie und stellte fest, dass sie kleiner und steifer waren als ihre Gegenstücke in der Unterwelt und ganz sicher ihr Gewicht nicht tragen würden. Sie griff auf ihren Rücken und fuhr mit einer Hand an der zerbrechlichen papierdünnen Spitze eines Flügels entlang. Als sie die Hand zurückzog, glitzerte Glimmer an ihren Fingern.

Ob es nun der Schock war, durch die Erste Pforte gezerrt worden zu sein, oder eine Nachwirkung der Beschwörung, welche die beiden durchgeführt hatten, oder einfach nur Erschöpfung – Renais Gedanken waren träge und schwerfällig. Sie wollte fragen, warum sie auch nur einem von ihnen vertrauen sollte, warum sie eine derart intime und magische mächtige Information wie ihren Namen einem fremden Entführerpaar verraten sollte, das offensichtlich sowohl das Wissen als auch die Macht hatte, sie gegen sie zu verwenden. Und sie wollte wissen, wie die beiden ihren Namen überhaupt erfahren hatten. »Mein Name?«, war alles, was sie herausbrachte.

»Ja«, sagte Leon, geduldig und eindringlich zugleich. »Sag uns, wer du bist.«

»Ach, küss mir doch den Hintern mit diesem Weicheischeiß!« Die Frau machte eine schnelle Greifbewegung mit einer Hand, und der Kreidekreis um Renai flackerte phosphoreszierend-hell auf.

Ein plötzliches Bedürfnis, sich zu übergeben, durchdrang Renai, und die Worte sprudelten nur so aus ihrem Mund. »Mein Name ist Renaissance Dantor Raines! Ich bin eine Psychopomp und auf der Suche nach Ramses St. Cyr, und ich habe so viel von den letzten fünf Jahren vergessen, dass es mir Angst macht!«

»Regal, das reicht«, sagte Leon. Er packte das Handgelenk der Frau und schüttelte ihre Hand. Der Zwang zu sprechen verebbte in Renai. Immerhin hatte sie es geschafft, Sals Namen und ihren Deal mit Mason zurückzuhalten und auch ihren Wunsch nach einer Reise ohne Rückfahrkarte in die Fernen Länder, aber nur knapp. Hätte Leon diese Regal nicht aufgehalten – sie nahm einfach mal an, dass dies tatsächlich ihr Name war, obwohl es völlig falsch klang, aber andererseits hatten ihre eigenen Eltern sie Renaissance genannt, also wer war sie, darüber zu urteilen –, hätte sie den beiden alles erzählt, was sie hatte geheim halten wollen. Bis hin zu dem, an wen sie dachte, wenn sie sich in langen einsamen Nächten selbst befriedigte, und zurück bis zu der Zeit, als sie in der Highschool bei einer Englischprüfung geschummelt hatte.

Der Gedanke, dass diese Frau so viel Kontrolle über sie hatte, verstärkte ihren Würgereiz.

Sie sah Regal an – die Frau scherte sich einfach einen Dreck um sie. Renai hatte diesen Ausdruck schon oft gesehen. Manchmal, weil sie eine Frau war, manchmal wegen ihrer Hautfarbe. Wegen ihrer Jugend, ihrer Piercings, bevor die Wiederauferstehung die Löcher in ihrer Lippe, ihren Augenbrauen, ihrer Nase und ihren Ohren versiegelt hatte, wegen ihres Viertel, ihres Idiolekts, ihrer Erziehung, durch die sie Wörter wie »Idiolekt« gelernt hatte – all das bedeutete nichts anderes, als dass die Leute dachten, sie durchschauten sie auf den ersten Blick. Renai spürte, wie sie sich straffte und ihre Gedanken sich klärten, als wäre sie eingenickt und jetzt wach gerüttelt worden. Sie lächelte Regal an, aber eigentlich zeigte sie nur ihre Zähne.

Je schneller sie mit dieser Schlampe hier fertig war, desto besser.

»Was wollen Sie von mir?« Renai formulierte es als Frage, aber ihr Ton machte es zu einem Befehl. Regal spiegelte ihr Lächeln. *Gut. Wir verstehen uns.* Das bedeutete, dass die Frau sie endlich wirklich sah. Sie und nicht dieses vorgefasste Bild, auf das sie so verächtlich herabgesehen hatte.

Damit konnte sie arbeiten.

Bevor Regal antworten konnte, ergriff Leon das Wort. Offenbar hatte er die Atmosphäre im Raum gespürt, jedenfalls seinem beschwichtigenden Ton nach zu urteilen. »Die Toten sind unruhig. Die Geister können nicht hinübergehen, die Leichen erheben sich und laufen herum. Und das jetzt schon seit zwei, drei Tagen, soweit wir wissen. Keiner von uns auf dieser Seite kann herausfinden, warum. Und falls ihr uns Nachrichten geschickt habt, haben wir sie nicht bekommen.«

Weil Cross die Tore verschlossen hat, dachte Renai. *Ja,*

natürlich. Die sind in der Unterwelt gefangen, und die Toten sitzen hier fest. Vielleicht ist das der Grund, warum wir Ramses nicht finden konnten. Vielleicht war er die ganze Zeit hier.

»Und?« Renai verschränkte die Arme und kippte die Hüfte. »Nichts von alledem erklärt, warum ihr mich hierhergebracht habt.« *Oder woher ihr meinen Namen kennt,* dachte sie.

»Wir können euren Scheiß nicht regeln, bevor wir nicht genau wissen, wie sehr ihr es versaut habt«, antwortete Regal. »Ist das eine zufriedenstellende, prägnante Erklärung?«

Renai holte scharf Luft. »Mädchen«, sagte sie, »wenn du dein Maul noch weiter aufreißt, wirst du schnell herausfinden, was ich für befriedigend halte. Glaubst du tatsächlich, der Tod braucht deine Hilfe? Oder ein paar Seelen, die einen Führer ins Jenseits benötigen?« Sie wedelte mit der Hand. »Ich bitte dich, Kindchen.«

Regal grinste und hob ihre Hand, die Finger bereits zu der Geste verdreht, die Renai vorhin zum Wortspucken gezwungen hatte. Renai trat an den Rand des Kreises, und ihr Atem beschlug auf seiner Oberfläche, als atmete sie auf einen Spiegel. »Mach ruhig mit deinem Wahrheits-Juju weiter«, sagte sie. »Ich kann's kaum erwarten, dir zu verraten, was ich von einer dummen Schlampe wie dir halte.«

»Oh, du gefällst mir.« Regal ließ die Hand sinken und grinste Leon an. »Ich schätze, das macht dich zum guten Bullen, Stimme.«

Leon sah Regal stirnrunzelnd an, als wollte er ihr mitteilen: »Ich hab's dir ja gesagt«, was Renai allerdings nicht ganz kapierte. »Sie und ich«, sagte er zu Renai und neigte den Kopf in Regals Richtung, »können uns da nicht raushalten. Da hat nicht mal der Tod ein Wörtchen mitzureden. Ich bin die Stimme dieser Stadt, und Regal Constant ist ihre Magierin. Hat New Orleans ein Problem, versuchen wir, die Lösung zu sein.«

Renai wünschte, sie könnte ihre Hilfe einfach annehmen. Denn sie boten gewiss mehr als jeder andere auf ihrer Seite der Dinge. Aber Sal hatte ihr von Anfang an klargemacht, dass es Regeln für die Zusammenarbeit mit den Lebenden gab. Dass die Pforten die Ebenen aus einem bestimmten Grund trennten. Die Lebenden waren nicht direkt ihre Feinde, eher ihre Konkurrenten. Wäre Sal hier, würde er sich weigern, ihnen zu helfen, und zwar auf eine Weise, die selbst Regal die Sprache verschlagen würde. Aber er war nicht hier. Sie hatten sie gerufen, nicht ihn. Und sie war sich nicht mehr so sicher, ob sie Sals Worten Glauben schenken sollte. Er benahm sich seit Tagen seltsam und hatte schon länger Geheimnisse vor ihr.

Außerdem hatte Legba ihr den Weg hierher geebnet. Er musste gewusst haben, wer am anderen Ende wartete.

Zur Hölle damit, dachte Renai. *Vor allem weil sie letztlich alles aus mir herausquetschen können, was sie wollen.* Renai seufzte und nickte, als hätte sie eine Entscheidung getroffen, statt nur das Unvermeidliche zu akzeptieren. »Die Pforten zur Unterwelt sind verschlossen«, begann sie, »also kommt niemand rein und niemand raus. Dass Legba mich hat hierherkommen lassen, war ein besonderer Fall.«

»Inwiefern?« Regal hatte ein kleines schwarzes Notizbuch herausgekramt und kritzelte darin herum wie ein Polizist.

Renai zuckte mit den Schultern. »Vielleicht weil ihr beide so mächtig und wichtig seid?«

Regal wollte etwas erwidern, aber Leon legte ihr beschwichtigend die Hand auf die Schulter. »›Warum hat Papa Legba eure Pforten verschlossen?‹, wollte sie fragen. Haben wir irgendetwas falsch gemacht? Und kennst du einen Weg, wie wir es wieder richten können?«

Genau in diesem Moment, als Leons erster Impuls darin bestand, sich selbst eines Fehlers zu beschuldigen, auf Versöhnung statt auf Triumph zu setzen, entschied sich Renai, ihm zu vertrauen, ihm alles zu sagen, was sie wusste, und seine Hilfe anzunehmen. Erst viel später sollte ihr klar werden, dass sie es vor allem getan hatte, weil er sie an ihren Vater erinnerte.

»Es war nicht Legba, der die Pforten geschlossen hat, sondern sein Gegenpart, Cross.«

Als Regal den Namen hörte, knurrte sie wie eine in die Enge getriebene Katze, sagte aber nichts.

Renai lachte leise. »So ist er, ganz genau. Und wenn du denkst, es ist jetzt schon schlimm genug … Es wird noch viel schlimmer.«

Regal schnaubte. »Schlimmer als eine verstopfte Seelenrutsche und Straßen voller Zombies?«

»Das sind keine Zombies!«, schnauzte Leon Regal an, als hätte sie eine Bombe geworfen. »Sie haben weder Geist noch Verstand. Es sind nur Leichen, die nicht wissen, dass sie unter der Erde liegen sollten. Sie sind Ghoule, keine Zombies.«

Regal murmelte eine Entschuldigung, und Renai brach das folgende unangenehme Schweigen. »Ja, wie gesagt, schlimmer. Denn Cross hat die Pforten verrammelt, um zu verhindern, dass Dunkelheit und Bösewichte zu euch durchkommen. Aber wenn die Hallows erst anfangen, spielt das keine Rolle mehr.«

»Ist das dieser Ramses St. Cyr, den du suchst?«, erkundigte sich Leon.

»Was zum Teufel ist eigentlich ein Hallow?«, fragte Regal im selben Moment.

Renai brauchte eine Sekunde, um die Fragen zu sortieren, damit sie sie beantworten konnte.

Sie sah zuerst Leon an. »Nein, Ramses ist nur eine verlorene Seele, nach der ich suche. Er hat überhaupt nichts damit zu tun.« Kaum hatte sie es ausgesprochen, kamen ihr Zweifel.

Ein Sterblicher, der einen Pakt mit einem Teufel geschlossen hatte, entkam seinem vorbestimmten Tod, und das ausgerechnet dann, wenn alle Teufel in der Unterwelt aus dem Gefängnis entlassen wurden? Das wäre ein wirklich unglaublicher Zufall.

Regal hob die Hände und weitete die Augen. »Ich warte!«, hieß das. Und es riss Renai aus ihren Gedanken.

»Während der Hallows, Halloween, werden die Welt der Toten und die Welt der Lebenden in Einklang gebracht.« Sie konnte es sich nicht verkneifen, ein wenig herablassend zu werden. »Ich dachte, du wüsstest alles.«

Regal runzelte die Stirn und zuckte mit den Schultern. »Ich hatte eine eher … praktische Ausbildung, nennen wir es mal so.«

Renai hielt eine Hand mit der Handfläche nach oben und wandte sich Regal zu. »Sagen wir, das ist die Welt der Lebenden, okay?« Regal nickte. Renai hielt ihre andere Hand hoch. »Und dies ist die Welt der Toten. Die Unterwelt.«

»Bis jetzt kann ich dir folgen.«

Renai legte die Spitzen ihrer Zeigefinger aneinander. »Wenn man lebt und überhaupt an ein Leben nach dem Tod glaubt, denkt man, dass es so ist. Man geht von einer Welt in die andere über. Aber in Wirklichkeit ist es eher so.« Sie presste die Handflächen aneinander. »Es ist alles dieselbe Welt, es sind nur zwei Seiten derselben Münze. Die Toten und die Lebenden existieren Seite an Seite, wir können einander nur nicht sehen.« Sie verschränkte die Finger ineinander, sodass ihre beiden Hände eine große Faust bildeten. »Und während der Hallows ist es so: Drei Tage lang können wir uns sehen und interagieren, wenn wir es wirklich wollen.«

Regal schnippte mit den Fingern. »Die drei Tage von Halloween bis Allerseelen.«

»Genau. Ab Mitternacht ist es also egal, ob die Portale offen oder geschlossen sind. Sie existieren dann nicht mehr.«

»Ihr lasst eure dunklen und bösen Wesen in unser Haus stolpern«, sagte Leon.

»Wie ich schon sagte, es wird schlimmer.«

»Und was machen wir jetzt?«

»Was wir können«, sagte Renai. »Wir treffen uns um Mitternacht am Eingang vom St. Louis Cemetery Nr. 1. Ihr helft mir, meine verlorene Seele zu finden, und ich bringe so viele Pomps wie möglich mit, um euer Ghoul-Problem zu lösen.«

»Und das Dunkle und Böse?«, fragte Regal. »Wenn es hier drüben ist, sobald die Hallows enden, wird Cross die Pforten dann nicht weiter verschlossen halten?«

»Wir haben drei Tage Zeit, um das herauszufinden«, sagte Renai. Sie warf einen Blick auf die Uhr. Es war nur noch eine Stunde bis Mitternacht, bis zum Beginn der Hallows. »Aber jetzt müsst ihr mich zurückschicken. Ich weiß nicht, was passiert, wenn ich um Mitternacht immer noch auf dieser Seite in einem Beschwörungskreis bin, aber ich bin nicht scharf darauf, es herauszufinden, klar?«

Regal fuhr mit den Händen durch die Luft und zerrte an den magischen Fäden, die den Beschwörungskreis zusammenhielten. »Was ich nicht glauben kann, ist, dass diese Scheiße jedes Jahr passiert und ich nichts davon mitbekommen habe. Sollten die Toten den Lebenden nicht irgendwie zahlenmäßig überlegen sein?«

Renai grinste. »Ja klar. Na gut, es gibt diese Welt, die Unterwelt und die Fernen Länder. Um alles wirklich zu erklären, bräuchte ich drei Hände.« Sie ließ den Teil aus, wo sie hätte zugeben müssen, dass sie ehrlich gesagt keine Ahnung hatte, was während der Hallows passierte. Weil diese drei Tage jedes Jahr eine Lücke in ihren Erinnerungen bildeten.

Leon lachte leise, während Regal in einer rauen zischenden Sprache zu sprechen begann. Renai spürte, wie die Magie um sie herum schwächer wurde und die unerbittliche Schwerkraft der Unterwelt sie nach Hause zog. »Er sagte, du wärst lustig«, meinte Leon.

»Wer hat das gesagt?«

»Jude Dubuisson. Er sagte, wenn wir jemals mit jemandem auf der anderen Seite sprechen müssten, sollten wir dich beschwören.« Er lächelte sie an. »Hast du dich nicht gewundert, woher wir deinen Namen kennen?«

Regal beendete ihren Zauber mit einem scharf gebellten Wort und klatschte in die Hände. Es klang wie Donner. Alle Kerzen erloschen gleichzeitig, der Boden fiel aus der Welt, und Renai wurde durch die Barriere zurück in die Unterwelt geschleudert.

Sie verfluchte Judes Namen den ganzen Weg nach unten.

Als Renai wieder zu sich kam, befand sie sich in der Unterwelt, in derselben kleinen Garage, in die Regal und Leon sie beschworen hatten, und sie hatte immer noch das gerüschte weiße Kleid und die roten Turnschuhe an, die sie auf der anderen Seite getragen hatte.

Draußen erwarteten sie das taufeuchte Gras, der dichte Wald und die idyllische Atmosphäre der obersten Ebene der Unterwelt. Die Erschöpfung setzte ihr zu. Sie war schon so lange wach, dass sie nicht nur müde war, sondern sich fühlte, als hätte sie eine Grippe. Ihre Knochen schmerzten, und ihr Kopf drohte zu bersten. Die Stimme und die Magierin hatten Glück, dass sie sich nicht einfach in ihrem Kreis zusammengerollt und ein Nickerchen gemacht hatte.

Sie wollte die Garage verlassen, sah aber, dass ihr

Schuh offen war, und bückte sich, um ihn zuzubinden. Warum hatte Regals Magie sie überhaupt in die Kleidung gesteckt, in der sie begraben worden war? Hatte Jude sie nur so in Erinnerung, und wirkte sich das auf die Beschwörungsformel aus? Oder hatte es eine Bedeutung, die ihr entging? Sie fragte sich, ob dies das Hemd und der Jeansrock waren, die sie getragen hatte, bevor sie sich in etwas Neues verwandelt hatte, oder ob sie die Kleidung zurückgelassen hatte wie Sal. Ein Bild schoss ihr durch den Kopf, und sie kicherte müde. Sie stellte sich vor, wie sie mit nacktem Hintern aus den Tiefen der Unterwelt auftauchte, wie an dem Tag, als sie geboren wurde.

Ihre Belustigung schlug rasch in Panik um, und ihre Hand zuckte so schnell zu ihrem Kopf, dass sie sich fast selbst ohrfeigte. Sie atmete aus, als sie die Zigarette noch hinter ihrem Ohr fand, erleichtert, dass sie den Splitter des Glücks, der den Moment des Todes beinhaltete, nicht verloren hatte. Wäre das der Fall gewesen, wäre die ganze Reise in die Unterwelt umsonst gewesen. Auch die Christophorus-Medaille ihrer Mutter hing noch um ihren Hals. Ein Anflug von Scham durchfuhr sie, als ihr bewusst wurde, dass ihre erste Sorge dem möglichen Verlust des Glückssplitters gegolten hatte.

Draußen irrte sie eine Weile umher, bis sie ein Wahrzeichen entdeckte, das sie wiedererkannte: die türkisfarbenen und weißen Markisen des Commander's Palace, dessen Schild den Namen des Restaurants mit Glühbirnen buchstabierte und dessen Eckturm wie ein Leuchtfeuer aus dem Nebel ragte. Auf der anderen Straßenseite lag ein Friedhof. Sie sah auf die Uhr. Nur noch eine halbe Stunde bis Mitternacht, und das hier mitten in der Innenstadt. Sie würde es nie rechtzeitig zu ihrem Treffen mit Regal und Leon schaffen, wenn sie die Flügel nicht benutzte. Hoffentlich erinnerte Sal sich daran, dass er ihr gesagt hatte, sie würden sich am Ersten Portal treffen, falls sie jemals getrennt werden sollten.

Renai biss die Zähne zusammen und zögerte, ihre Flügel zu entfalten. Vertrauen war in letzter Zeit ein kostbares Gut geworden. Sie wusste, dass Mason irgendeine Art von Hinterhalt geplant hatte. Er war ein Betrüger, und die tickten einfach so. Sie kategorisierten die Welt in Pläne und Fallen. Wie Jude. Die Tatsache, dass Leon ihm vertraute, machte ihn ironischerweise weniger vertrauenswürdig. Und das war schade, denn sie mochte den Musiker, hatte sich in seiner Nähe so wohl gefühlt wie schon lange nicht mehr. Nicht mehr seit ihrer Wiederauferstehung.

Was sie zu Sal und den Thronen und den Hütern der Pforten brachte. Sie hielten Dinge vor ihr geheim. Dieser Tatsache musste sie sich einfach stellen. Sie alle wussten mehr über ihre fehlenden Erinnerungen und das Verschwinden von Ramses, als sie ihr sagten. Die Frage war, ob es sich um eine unüberlegte Lüge handelte, um sie da rauszuhalten, oder um etwas Schändlicheres. Und Regal? Wenigstens konnte Renai darauf vertrauen, dass sie ihre Meinung sagte.

Das führte Renai zu der wahren Ursache ihrer Angst. Sie konnte ihrem eigenen Verstand nicht trauen. Ihre fehlenden Erinnerungen, ihr Mangel an Kontrolle, der seltsame mächtige Sturm, der in ihr hauste. Sie wusste nicht mehr, wer sie war, wusste nicht, ob sie sich wiedererkennen würde, wenn sie in den Spiegel blickte. Würde sie in der Lage sein, ihre eigenen Fehler so leicht zu verzeihen wie die der Toten, welche sie durch die Tore begleitete?

Sie hatte keine Antworten auf all das, nur Zweifel. Kein Vertrauen darauf, dass sie das Richtige tat, nur Verzweiflung. Und, schlimmer noch, keine Zeit für all das. Die Hallows kamen, ob sie darauf vorbereitet war, ob sie sich an sie erinnerte oder nicht.

Und mit diesem beruhigenden Mangel an Optionen entfaltete Renai ihre Flügel. Sie blähten sich hinter ihr auf, viel größer als auf der anderen Seite, fingen die Luft wie Segel und trugen sie hinauf in den Nebel. Sie entspannte sich, und die Zweifel wurden für einen Moment von der schieren Freude am Fliegen hinweggefegt. Und sie trugen sie in die gewünschte Richtung.

Sie brauchte den größten Teil ihrer verbleibenden Zeit, um den St. Louis Cemetery Nr. 1 zu erreichen, wobei sie gerade hoch genug flog, um schnell voranzukommen, und niedrig genug, um sich nicht im Nebel zu verlieren. Sie kreiste einmal und sah Salvatore, immer noch in Hundegestalt, vor dem schmiedeeisernen Tor des Friedhofs auf und ab laufen. Sie sank so schnell zu Boden, wie sie es wagte, aber Sal wartete nicht mal, bis ihre Füße die Erde berührten, bevor er seine Fragen abfeuerte.

»Was zum Teufel ist passiert? Renaissance? Bist du okay? Warum hast du dich umgezogen? Wo bist du gewesen?«

Trotz der schwierigen Lage, ihrer Zweifel und der Angst vor dem, was passieren würde, musste sie über seine offenkundige Sorge lächeln. Sie klappte die Flügel ein, ging auf ein Knie und umarmte Sal. Sie fuhr mit der Hand durch sein Fell und drückte ihn fest an sich.

Ich habe einen Plan, wollte sie ihm sagen. Wenn Ramses wirklich seine Seele an einen Teufel verkauft hatte, würden sie beides finden, indem sie den Jungen fanden. Der Splitter des Glücks würde sein Leben beenden, das schon vor Tagen, vielleicht Jahren, hätte enden sollen, der Teufel könnte enttarnt und gefangen werden, und alles könnte wieder normal werden. Einfach. Sauber.

Bevor sie jedoch eine der Fragen beantworten konnte, die er abgefeuert hatte, piepte ihre Uhr. Überall in der Unterwelt schlugen die Glocken die volle Stunde.

Mitternacht.

Als die Hallows begannen, als sich alle Tore öffneten und die Welt der Lebenden sich mit der Welt der Toten vermischte, war Renai dankbar für ihren kurzen Ausflug auf die andere Seite. Die Geräusche, die Gerüche und die Hitze, die über sie hinwegfegten, hätten sie sonst vielleicht überwältigt. Sie stand auf, raffte die baumelnden Strähnen ihrer Dreadlocks zu einem losen Bündel zusammen, das sie mit einem Gummiband befestigte, und machte sich auf den Weg zum realen Eingangstor des Friedhofs.

»Renaissance, warte«, begann Sal.

»Ich erzähle dir alles, versprochen«, unterbrach Renai ihn, »aber zuerst müssen wir ein paar Leute treffen.«

Sie gab ihm einen kleinen Wink, eine Geste, von der

sie zu spät merkte, dass er sie falsch verstehen könnte, als wollte sie ihm befehlen, bei Fuß zu gehen. Sie zuckte zusammen, aber Sal schien es nichts auszumachen. Denn er sagte nichts, sondern trabte nur hinter ihr her, um sie einzuholen, damit sie gleichzeitig das Tor erreichten. Durch die schmiedeeisernen Gitterstäbe sah Renai einen kleinen braunen Vogel mit einem stacheligen Kamm, der auf einem Parkverbotsschild saß, und daneben eine junge schwarze Frau, die mit dem Rücken zu ihr stand. Ihr Haar war kurz und natürlich geschnitten und zu einem engen Dutt gebunden, sie trug eine abgewetzte Lederjacke, Jeans und schwarze Kampfstiefel, auf die Renai schon auf den ersten Blick neidisch war. »*Zwietracht*«, knurrte Sal tief in seiner Kehle, wilder, als sie es je zuvor gehört hatte. Sie blickte zu ihm herunter. Seine Nackenhaare sträubten sich, er hatte den Kopf gesenkt und die Ohren flach angelegt. Er fletschte die Lefzen und knurrte tief und bedrohlich. Dann stieß er mit der Schulter das Tor auf, das quietschend aufschwang. Plötzlich schien die Zeit langsamer zu verstreichen, und die Dinge überschlugen sich förmlich.

Sal raste über den Bürgersteig, schneller, als Renai ihn je hatte laufen sehen. Die Frau in der Lederjacke drehte sich um, gerade als der Psychopomp im Hundefell lossprang. Er wirkte wie ein Hund, der ein Frisbee fangen wollte, was lustig hätte sein können, wenn sein Frisbee nicht ein unschuldiger kleiner Vogel gewesen wäre, der in seinem Maul verschwand, als er die Kiefer zuschnappen ließ.

Dann drehte sich die Frau vollständig um, und Renai blickte in ihr eigenes Gesicht.

KAPITEL DREIUNDZWANZIG

Renais Vision verdoppelte sich, und in einem Übelkeit erregenden Strudel, den ihr Verstand gerade noch verkraften konnte, sahen sich beide Renais gleichzeitig, beide ungläubig, verwirrt und unerklärlich wütend.

Doppelgänger, dachte sie.

Dämon, dachte sie.

Das eine dachte eine Frau, die fünf Jahre in der Unterwelt verbracht hatte, und das andere eine Frau, die fünf Jahre von der Welt, in der sie gelebt hatte, nicht wahrgenommen worden war. Beide Gedanken waren ihre eigenen, beide Gedanken waren auch die der anderen, die ihr Gesicht trug. Sie näherten sich einander an. Schritt für Schritt, unausweichlich, angezogen von Neugierde und Abscheu und einer unwiderstehlichen Kraft. Sie sah sich selbst, mit Dreadlocks, weißem Kleid und roten Turnschuhen und von Schatten umringt – und sie sah sich mit Stiefeln und Lederjacke und Sal hinter sich, der mit dem Kiefer schnappte und den Kopf hin und her schwang. Sie konnte sich nicht erinnern, welche von beiden sie war und welche die andere war.

Sie streckten die Hände aus, ihre Fingerspitzen berührten sich, dann ihre Handflächen, und sie zog sich in sich selbst hinein. Glühende Hitze raste über ihre Haut, so intensiv, dass sie sich fast eisig anfühlte; Schmerz, so plötzlich und so stark, dass er sich wie ein Schauer der Lust anfühlte, wie der Schmerz des Verlangens. Für einen qualvollen glückseligen Moment war sie überhaupt niemand. Dann spürte sie ein Ziehen, ein Knacken wie von Gelenken, die sich wieder einrenkten, und zum ersten Mal seit einem Jahr öffnete eine ganze, vollständige Renaissance Raines die Augen.

Und sie sah, wie der zerfetzte blutige Klumpen brauner Federn in Salvatores Zähnen erzitterte und sich in eine große weiße Frau verwandelte. Eine Frau mit einem langen eleganten Hals und muskulösen Schultern, mit Haar schwarz wie die Nacht, betont durch eine schmale weiße Strähne von der Kopfhaut bis zu den Haarspitzen. Ihr Körper war in ein schwarz-goldenes Kleid gehüllt, das über das Pflaster schleifte, ihre Hüften umschmeichelte und ihre kräftigen durchtrainierten Arme bloß ließ. Die abrupte Verwandlung dehnte die Kiefer des Hundes so weit, dass er sie mit einem Kläffen losließ und zurückwich.

»Endlich treffen wir uns«, sagte das Wesen, das sich als Psychopomp ausgegeben hatte, der sich als Vogel ausgegeben hatte.

Cordelia, dachte Renai, und dann: *Zwietracht*.

Mit einem Knurren sprang Sal erneut auf sie zu, aber Cordelia streckte ebenso beiläufig wie selbstbewusst die Hand aus und packte ihn an der Kehle. Sie holte aus und schlug ihn, wieder und wieder, so schnell, dass ihr Arm verschwamm. Schließlich schleuderte sie ihn gnädigerweise zurück auf den Boden. Renai hörte etwas knacken. Sal sackte auf die Seite und hechelte nach Luft.

Renai reagierte, ohne nachzudenken, ließ sich auf die Knie fallen und wiegte Sals Kopf in ihren Armen. Die Zunge hing schlaff aus seinem Maul. Tränen rollten ihr über die Wangen, Tränen der Angst, der Wut und der Verwirrung. Sie griff nach dem Sturm, konnte ihn aber nicht fassen, fühlte, wie er in ihr wirbelte, aber gerade außerhalb ihrer Reichweite blieb.

Das Geisterwort, dachte sie, und *meine Flügel*. Dass sie zwei verschiedene Dinge gleichzeitig dachte, erzeugte einen so scharfen Schmerz in ihrem Kopf, dass helle Flecken vor ihren Augen tanzten.

Cordelia lachte, ein musikalischer, schöner, grausamer Klang. »Was soll ich nur mit dir machen, kleine Psychopomp?«, sagte sie mehr zu sich selbst als zu Renai. »Wie du bin auch ich zwiegespalten.« Sie grinste hinter vorgehaltener Hand, eine affektierte, herablassende Geste. Sie wirkte wie eine Katze, die mit ihrer Beute spielt. »Verzeih diese kleine Bemerkung, ich konnte einfach nicht widerstehen. Und doch bleibt die Frage: Was tun?« Sie trat mit einer anmutigen Bewegung näher, mehr ein Gleiten als ein Gehen. Sie hockte sich neben Salvatore und rümpfte die perfekte Nase. »Ich hatte nicht damit gerechnet, dass dieser lästige Streuner mir so schnell die Überraschung verdirbt. Ich hatte gehofft, du würdest den Jungen für mich finden, bevor ich mich zu erkennen geben muss.« Sal bewegte sich in Renais Armen, seine Krallen kratzten über den Beton, und er knurrte tief in seiner Kehle. Renai wusste nicht, ob er versuchte zu fliehen oder zu beißen, aber sie erkannte, dass ihm für beides die Kraft fehlte.

Die Göttin – sie war sicherlich keine bloße Psychopomp – sah zu Renai auf, und ihre Blicke trafen sich. Cordelias Augen waren tiefe Becken der Nacht: groß, dunkel und schrecklich. Aber nicht so schrecklich wie ihr Lächeln. »Ich könnte dich einfach vernichten. Dir den Konflikt ersparen, der dich jetzt schon zerreißt.« Sie neigte den Kopf, als wöge sie ihre Optionen ab, wie eine Waage, die zwischen der einen und der anderen Richtung pendelte. »Aber dann müsste ich dieses lästige Kind selbst suchen. Habe ich Geduld dafür? Nein, habe ich nicht. Ich habe kaum genug Geduld für dieses Gespräch.«

Sal gab ein hustendes, keuchendes Geräusch von sich, in dem Renai trotz der Schmerzen in ihrem Schädel und der Angst, die durch ihre Adern pochte, ein Lachen erkannte. »Ich. Verdammt. Auch nicht«, keuchte er die Worte hervor. Nach dieser Nummer musste er definitiv die Haut wechseln. Cordelia hatte ihn windelweich geprügelt.

Cordelias Blick zuckte in Sals Richtung. Sie musterte ihn buchstäblich von oben herab, mit einem Ausdruck, den Renai bis zu diesem Moment nie verstanden hatte. Als die Göttin ihre Aufmerksamkeit wieder auf sie richtete, glühte sie förmlich vor brutaler Freude. »Ich liebe es so sehr, wenn sich die Lösung eines Problems so klar abzeichnet, du nicht auch?« Als Renai den Mund öffnete, um zu antworten, legte Cordelia einen Finger an die Lippen und brachte sie zum Schweigen. »Es ist mir völlig gleichgültig, was du zu sagen hast. Ich will nur, dass du zuschaust und dich erinnerst.«

Dann berührte Cordelia mit demselben Finger Salvatore zwischen den Augen. Der Psychopomp versteifte sich. Ob vor Schmerz oder in Erwartung dessen, was kam, konnte Renai nicht sagen. »Wie du«, fuhr Cordelia fort, »bin ich ein Wesen der Auflösung. Des Endes. Der Zerstörung.« Sie blickte sich suchend nach etwas um, das offenbar nur sie sehen konnte. »Ah, da haben wir es ja.« Ihr hübscher Mund verzog sich höhnisch. »Ein perfektes Ende für ein ekelhaftes Monster wie dich.«

»Nein«, flüsterte Renai, als wüsste sie, was kam. Aus der Ferne, fast als würde sie sich das Geräusch einbilden, hörte sie quietschende Reifen, sah eine verschwommene Bewegung aus den Augenwinkeln, dann gab es einen Aufprall, und sie hörte ein kurzes Kreischen tierischen Schmerzes, ekelhaft und endgültig. Ein Tod, der dem Nirgendwo der Möglichkeiten entrissen worden war und ins Hier und Jetzt gezwungen wurde. In ihren Armen brach Sal zusammen. Seine Knochen knirschten, seine Organe wurden zermalmt, sein Kopf zertrümmert. Sie sah, wie das Licht in seinen Augen erlosch.

»Nein«, flüsterte sie wieder.

Cordelia sprang auf, beschwingt und zufrieden, und sie klatschte in die Hände, als applaudierte sie wegen eines gut zu Ende gebrachten Jobs. »Das wäre erledigt«, sagte sie. »Jetzt hast du gewiss die richtige Motivation …«

Renai wusste nicht, was die Göttin als Nächstes sagen wollte. Ihr wurde weiß vor Augen, und eine tiefe Stille schlug auf ihre Ohren. Auch wenn sie sich selbst nicht hören konnte, wusste sie, dass sie schrie, vor Wut, vor Schmerz, vor Kummer. Die beiden Hälften von ihr versuchten, nach dem Sturm in ihrem Inneren zu greifen, nach der zerstörerischen Magie, die in der Fähigkeit der einen zu hassen und in der Fähigkeit der anderen zu empfinden hauste. Die Kraft, die aus der einen Version von ihr explodierte, wenn sie mit Ungerechtigkeit konfrontiert wurde, strömte aus der anderen, um die Bande zwischen den Toten und ihren Schatten zu zerstören. Weil sie sowohl Hass auf Cordelia als auch Mitgefühl mit Salvatore empfand, griffen beide Seiten von ihr nach derselben Kraft. Sie kämpfte mit sich selbst, rang um die Kontrolle über Geist, Körper und Magie, hämmerte auf den Riss im Fundament ihres Wesens ein.

Als die süße Erlösung der Dunkelheit sie umarmte, war Renais letzter Gedanke, wer sie wohl durch die Pforten führen sollte, jetzt, nachdem Sal fort war.

TEIL DREI

DIE FERNEN LÄNDER

KAPITEL VIERUNDZWANZIG

Manchmal ist bei zwei Gegensätzen eins gut und hell und das andere dunkel und bösartig. Ahriman und Ahura Mazda, im ewigen Kampf verstrickt. Die Zwillinge Chernobog und Belobog, der eine mit Haaren wie Pech, sein Bruder mit Augen wie die Mittagssonne. Glooscap und Malsumis, geformt aus dem Staub, der nach der Erschaffung des Menschen übrig blieb. Die Aufgabe des einen ist die Erschaffung einer perfekten Welt, der andere will ein Land des Elends errichten. Der gütige St. Nikolaus, der braven Kindern Geschenke und Freude bringt, und der dämonische Krampus, der böse Kinder entführt, um sie zu quälen. Manchmal findet man beide auf einer Seite der Medaille, nicht als Gegensatz, sondern im Gleichgewicht. Der wilde Enkidu kommt aus der Wildnis, um den urbanen, Städte bauenden Gilgamesch zu demütigen und zu zähmen. Die grimmige Erzulie Dantor beschützt die Kinder, die von ihrem anderen Aspekt, der verführerischen Erzulie Freda, geboren werden. Der egozentrische Mait' Carrefour verschließt die Wege, die der wohlwollende Papa Legba für uns öffnet. Manchmal ist das eine nur ein Teil des Ganzen, das entglitten ist: die nordische Fylgja, das ägyptische Ka, das Es der Psyche.

Nichts ist jemals nur es selbst. Alles ist Teil von etwas Größerem. Jedes Licht wirft Schatten.

Renai wachte auf. Erleichterung, dass alles nur ein schrecklicher Traum gewesen war, durchströmte sie. Die Morgensonne schien durch ein nahes Fenster, und sie glitt wieder unter die Decke, während sie versuchte, sich daran zu erinnern, welcher Tag es war. Das geschäftige Treiben ihrer Familie im Haus, die in den Tag startete, die gemurmelten Gespräche, eine rauschende Dusche, das Brutzeln in einer Pfanne, der Duft von Kaffee – all das war so behaglich und beruhigend wie die Decke, unter der sie sich zusammenrollte.

Dann knallte eine Pfanne auf den Herd, und Regal Constant brüllte etwas, das wie »schwanznasiges Scheißwiesel« klang. Renai war schlagartig hellwach und stellte entsetzt fest, dass alles real gewesen war, jede einzelne schreckliche Sekunde davon.

Sie schloss die Augen und wäre am liebsten wieder eingeschlafen, gab aber den Versuch nach wenigen Herzschlägen auf. Sie rollte sich auf den Rücken und klemmte sich dabei einen Flügel ein. Mit einem frustrierten Stöhnen setzte sie sich auf. Jemand hatte sie ausgezogen, bevor er sie ins Bett gebracht hatte. Ihre Wangen glühten.

Und sie bemerkte die Narben.

Renai riss die Decke zurück und sprang aus dem Bett. Es war ein breites Himmelbett, das nach Babypuder und Pfefferminz-Muskelcreme roch wie die Bettwäsche einer alten Dame. Im Stehen konnte sie sich besser betrachten. Zum Glück hatte ihr die Person, die sie ins Bett gebracht hatte, das Höschen angelassen. Aber dafür hatte sie sich andere Freiheiten genommen. Dicke leuchtend rote Linien zogen sich über die Mitte jedes Beins, kreuz und quer über ihren Bauch, schlängelten sich über ihre Brust und um ihre Schultern und führten dann ihre Arme hinunter bis zu ihren Handgelenken. Jedes Handgelenk war mehrfach umkreist worden, und die Linien endeten in kunstvollen Knoten.

Zögernd fuhr sie mit einer Fingerspitze über eine der Linien auf ihrem Bauch und stellte fest, dass es nicht schmerzte. Es waren keine Narben. Statt vernarbtem Fleisch, das dunkler war als der Rest ihrer Haut, war die erhabene Linie auf ihrem Bauch scharlachrot und fühlte sich unter ihrem Finger rau und nachgiebig an. Wie Stoff, der auf ihre Haut geklebt worden war. Sie war so hell wie die Tinte eines frischen Tattoos und juckte auch so.

Es ist dieselbe Farbe wie die Flecken auf Seth' Händen. Sie dachte wie ein einziger, ganzer Mensch ohne innere Konflikte oder Verwirrung. Ein Mensch, der sowohl Seth in einer Bar in der Welt der Lebenden als auch Mason in einem Café in der Welt der Toten getroffen hatte, der die Seele von Miguel Flores im Orleans Parish Prison eingesammelt und sie dann durch die Tore zu Barrens Straßenbahn geführt hatte. Renai erinnerte sich an das alles und noch mehr, an Dinge, an die sich weder das eine noch das andere Selbst hatten erinnern können: ihre Zeit mit Jude, ihre Wiederauferstehung und die fehlenden Tage während der Hallows. Einen Moment lang drehte sich der Raum, und Renai musste sich an einem Bettpfosten festhalten, um nicht zu taumeln.

Dann schob sie alles beiseite und konzentrierte sich auf das, was vor ihr lag.

Die Hallows hatten begonnen, also liefen sowohl Geister als auch Ghoule durch die Straßen. Seth und Cross und Mason und Cordelia – sie alle verfolgten irgendwelche Pläne, entweder gemeinsam oder in Konkurrenz zueinander, um das Durcheinander zu ihrem Vorteil zu nutzen. Die Throne schienen sich keinen Deut darum zu scheren. Und im Zentrum des Ganzen stand der abwesende, schwer fassbare, ungeheuer enervierende Ramses St. Cyr. Also würde ihr eigener Mist warten müssen.

Zuerst aber sollte sie wohl besser ihre verdammten Klamotten finden.

Sie stand in einem kleinen Schlafzimmer mit Hartholzdielen, die knarrten, wenn sie sich bewegte. An den pfirsichfarbenen Wänden hingen keine Bilder – sie waren wahrscheinlich alle beim Hurrikan verloren gegangen. Das Queensize-Bett belegte den größten Teil des Raums mit Beschlag. Der Wecker auf dem Nachttisch verriet ihr, dass es bereits später Vormittag war. An der Wand direkt gegenüber der geschlossenen Tür stand ein Waschtisch, dessen Spiegel mit einem staubigen schwarzen Tuch verhangen war. Auf dem Tisch daneben lagen ordentlich gefaltet die Kleidungsstücke, die sie am Abend zuvor getragen hatte.

Ihr Blick fiel als Erstes auf die Stiefel. Sie erinnerte sich daran, dass sie diese sowohl getragen als auch die Trägerin darum beneidet hatte, und alles verschwamm eine

Sekunde vor ihren Augen. *Denk nicht lange darüber nach!*, ermahnte sie sich. *Beweg dich lieber.* Also zog sie sich das weiße Rüschenkleid über, was die sperrigen Schmetterlingsflügel auf ihrem Rücken ziemlich verkomplizierten, und stieg in die Kampfstiefel. Sie war froh, dass sie mit der von wem auch immer ausgewählten Garderobe wenigstens ihre Blöße bedecken konnte. Trotzdem war sie genervt, dass man ihr keine Socken für die Stiefel gelassen hatte.

»Einem geschenkten Gaul und so weiter, Renaissance«, murmelte sie, während sie die Schnürsenkel band. »Sei nicht wählerisch.«

Die Jacke nahm sie in die Hand, weil sie es nicht aushalten würde, wenn deren Gewicht ihre Flügel auf den Rücken drückte. Dann durchsuchte sie die Taschen. Sie waren leer, natürlich. Die Umhängetasche mit ihrem Tablet, die Jeans und ihr Handy, die Glücksmünze, das schwarze Glasmesser, das Kartenspiel »Shadow«, der Seh-Stein und die Zigarette mit dem Splitter des Todes, alles war weg.

Sie griff in das Nirgendwo, wo ihr Spiegel steckte, und nachdem sie einen Moment lang unbeholfen mit dem Arm herumgefuhrwerkt hatte, bekam sie ihn zu fassen, und es gelang ihr, ihn in die Realität zu ziehen. *Wenigstens habe ich den noch,* dachte sie und tätschelte die Oberfläche des Spiegels.

Der Moment des Triumphs währte jedoch nur kurz, denn sie dachte daran, was sie auf dem Weg hierher verloren hatte, wo auch immer dieser Ort hier sein mochte. Welchen Sinn hatte das alles? Sie verbiss sich einen frustrierten Schrei. Nach all der Zeit und Mühe hatte sie nur eine billige Uhr, ein Paar Flügel, die zu klein und zu schwach waren, um sie zu tragen, einen zerbrochenen Spiegel und eine Jacke vorzuweisen, deren Magie nutzlos war, da sie sie nicht anziehen konnte.

Sie fuhr mit dem Finger über die rote Linie, die über ihre Schulter verlief, und ein schrecklicher Verdacht kam ihr in den Sinn. Sie hielt sich nicht für eitel, aber der Gedanke, dass diese Linien auch auf ihrem Gesicht sein könnten, ließ sie erschaudern. Sie warf einen Blick in den zerbrochenen Spiegel und stellte zu ihrer Erleichterung fest, dass ihr Gesicht so geblieben war, wie sie es in Erinnerung hatte. Nur ihr Haar hatte sich verändert. Ihre Dreadlocks waren zwar immer noch lang und fest geflochten wie in der Unterwelt, aber jetzt schillerten sie wie Rabenflügel, wenn sie sich bewegte. Sie grinste und stellte sich vor, was Sal sagen würde, wenn er das sah. Im nächsten Moment erinnerte sie sich, und der Kummer schlug zu wie ein Hieb in die Magengrube. Sie sank auf das Bett zurück und ließ die Tränen fließen. Ihr Körper schüttelte sich vor Schluchzern, und keine noch so große Willenskraft konnte die Erinnerung daran verdrängen, wie sie Sal gehalten hatte, als er starb.

Renai hatte schon früher Verluste erlitten. Eine Großmutter durch das Alter, einen Onkel durch einen Herzinfarkt, einen Klassenkameraden durch Trunkenheit am Steuer, aber dieser Tod schmerzte noch mehr, denn sie wusste, dass Sal einfach weg war. Für ihn gab es kein Leben nach dem Tod, keine Reise durch die Pforten, keine Chance auf die Fernen Länder. Er war nur ein Geist, ein Teil der Maschinerie.

Entbehrlich.

Nach einer Weile hörte sie auf zu schluchzen, atmete durch, setzte sich auf und wischte sich die Tränen aus den geschwollenen Augen. Dann schob sie den Spiegel dorthin zurück, wo sie ihn hergeholt hatte. Es fühlte sich an, als hätte sie eine Ewigkeit geweint, aber ein Blick auf die Uhr versicherte ihr, dass nur ein paar Minuten vergangen waren. *Die Zeit verstreicht wie im Flug, wenn man Spaß hat,* hörte sie Salvatores Stimme, lachte gepresst und seufzte dann, während sie einen erneuten Tränenausbruch unterdrückte. *Okay, Sal,* dachte sie, *bringen wir es hinter uns.*

Sie trat durch die Tür in ein Esszimmer mit einem Tisch, der für vier Personen gerade groß genug war. Auf dem Boden lag ein hässlicher Teppich, und durch eine Durchreiche in einer Wand, die als Tresen fungierte, blickte man in die Küche nebenan. Regal und Leon saßen sich dort gegenüber, Teller mit Speisen vor sich. Beide schwiegen und sahen sie an.

»Morgen«, sagte Leon.

»Schön zu sehen, dass du noch in einem Stück bist«, sagte Regal gleichzeitig.

Leon drehte sich auf seinem Stuhl herum, und obwohl er Renai den Rücken zuwandte, wusste sie, dass er Regal finster ansah. Doch bevor Renai etwas erwidern konnte, roch sie Eier und Kaffee und Toast. Ihr Magen knurrte wie eine wütende Katze, alle lachten, und die Anspannung, die im Raum geherrscht hatte, verflüchtigte sich.

Renai wurde plötzlich von einem Gefühl erfüllt, das sie nicht erklären konnte; aber es war eine tiefe Empfindung, und es fühlte sich einfach wundervoll an, wieder unter Menschen zu sein. Menschen, die sie länger als nur einen Augenblick sahen, Menschen, die nicht nur aus der lauernden stillen Präsenz eines Schattens bestanden.

Sie wollte zur Küche gehen, aber Leon bedeutete ihr, sich an den Tisch zu setzen. Dann stand er auf und ging selbst in die Küche. Die nächsten Momente verstrichen in einer Art glückseliger Häuslichkeit – Leon fragte sie, was sie essen wolle, Regal sagte ihr, ihr Haar sei »echt die Härte«, und Renai saugte einfach alles in sich auf, obwohl sie wusste, dass es nicht lange anhalten würde.

Dann stand das Essen vor ihr – Rührei mit Toast, frisch zubereitet, und Griesbrei mit so viel Käse, dass er orange gefärbt war. Sie schaufelte alles in sich hinein und hielt kaum inne, um Luft zu holen, geschweige denn, ein Gespräch zu führen. Als sie ihren Teller geleert hatte, ertönte auf der anderen Seite des Raumes eine dritte Stimme, die Renai sofort erkannte.

»Hätte ich ernste Zweifel gehabt, wer du bist, hätte mich die Art, dass du genauso futterst wie meine nichtsnutzige Schwester, sicherlich beruhigt.« Renai drehte sich um und blickte in das lächelnde, tränenüberströmte Gesicht von Celeste Dorcet: die Voodoo-Priesterin, die ihr alles beigebracht hatte, was sie über die Loa wusste, die Schwester ihrer Mutter und der letzte Mensch, der Renai vor ihrer Ermordung gesehen hatte.

Sie lagen sich in den Armen, bevor Renai auch nur merkte, dass sie sich bewegt hatte.

Celeste war gealtert, seit Renai sie das letzte Mal gesehen hatte. Die runden Wangen waren eingefallen, und graue Haare lugten unter dem Tuch auf ihrem Kopf hervor. Auf dieser Frau lasteten mehr als die fünf Jahre, die verstrichen waren. Sie stand in der Küchentür, eine Tasse Kaffee in den ungeschmückten Händen. Ihre Fingernägel waren abgekaut.

Die Celeste, die Renai gekannt hatte, war jeden Donnerstag in dasselbe Nagelstudio gegangen, trug Ringe und Armbänder an Fingern und Handgelenken. Sie sagte immer, die Hände einer Mamba wären ihre Botschafter in der Welt. Okay, um ganz genau zu sein, sie hatte gesagt, niemand wollte von einem Paar kaputter Pfoten geheilt werden, die aussahen, als wäre ihre Besitzerin zu arm, um sich zu pflegen, aber es war praktisch dasselbe. Renai erkannte nach einem Blick auf Celestes Hände, wie viel sich verändert hatte.

Celeste Dorcet, die Voodoo-Königin von New Orleans, eine Mamba, die ihre Blutlinie und ihre Ausbildung auf Marie Laveau zurückführen konnte, hatte sich vom Glauben abgewandt.

Allerdings war sie deswegen nicht weniger scharfäugig. »Ich kriege deine Blicke sehr wohl mit, also kannst du genauso gut fragen«, sagte Celeste.

Renai wusste nicht, wie sie es höflich formulieren sollte, also platzte sie einfach damit heraus. »Was ist passiert?«

Celestes Lippen wurden eine dünne Linie. »Was denkst du denn, was passiert ist? Du bist gestorben, Kind.«

Die Erinnerung kam ungebeten. Jene Nacht im Voodoo-Laden im Quarter, an dem Tag, an dem sie Jude Dubuisson zum ersten Mal begegnet war. Der Duft von Zimt, eine Bewegung im Augenwinkel und dann …

Renai schob die Hände unter den Tisch, damit niemand sah, wie sie zitterte.

Das Nächste, woran sie sich erinnerte, war, wie sie durch die Unterwelt geführt wurde. Nicht von Salvatore, sondern von einem der Psychopomps, die selbst kaum besser als Schatten waren, einer wortkargen, streng blickenden Frau in Gewändern aus Licht. Renai wusste noch mehr, wusste, dass sie in der Unterwelt in Judes Sog geraten war, vor den Thronen gestanden und sich die Passage in die Fernen Länder verdient hatte. Und dass sie sie eingetauscht hatte, um Jude eine zweite Chance zu geben, seine Auferstehung, die die Seele der Stadt gerettet und sie viel gekostet hatte.

Da sie sich jetzt an all das erinnern konnte, durchströmten sie widersprüchliche Gefühle gegenüber dem Betrüger, der ihr Leben auf den Kopf gestellt hatte. Einerseits hatte sie diese Entscheidung selbst getroffen. Er hatte sie nicht hereingelegt, so wie die Renai glaubte, die in der Unterwelt gelebt hatte. Andererseits hätte sie, wenn er nicht in Celestes Laden gekommen wäre, das Leben gelebt, das ihr bestimmt war. Das nahm ihm in den Augen der Renai, die in dieser Welt gelebt hatte, etwas von dem Glanz, den sie in ihm gesehen hatte.

»Ich dachte, ich wäre stark.« Celeste riss Renai aus ihren Gedanken. »Nachdem die Loa mir meinen Mann in so jungen Jahren genommen hatten, glaubte ich, dass ich den Kopf vor ihrer Weisheit neigen könnte, ganz gleich, welche Bürde sie mir auferlegten.« Ihr Kinn zitterte, und sie legte den Kopf in den Nacken und kniff die Augen zusammen, als müsste sie mit den Tränen kämpfen. »Aber als ich dein Blut von meinem Boden schrubben musste, habe ich sie mit jedem Atemzug verflucht. Vom kleinsten Loa, der nicht einmal einen Namen hat, bis zum Großen Bondye selbst, ich habe sie alle verflucht. Das ist mit mir passiert.«

»Jesus«, murmelte Leon.

Celeste lächelte schwach. »Den habe ich auch ein- oder zweimal verwünscht«, sagte sie.

»Und deshalb hast du den Voodoo-Laden geschlossen?«, erkundigte sich Regal. Offenbar hatte sie ausnahmsweise die Stimmung erfasst und klang fast milde. »Jude und ich haben uns immer gefragt, wohin du gegangen bist. Du weißt schon, danach.«

Celeste gab ein Lachen von sich, das halb nach einem angewiderten Grunzen klang. »Nein«, sagte sie, »daran waren die verdammten Touristen schuld.«

»Die was?«

Die einstige Voodoo-Königin von New Orleans stöhnte leise, als sie sich auf den leeren Stuhl am Tisch niederließ. »Touristen. Du weißt schon …« Sie gab die Imitation einer stereotypen weißen Person zum Besten. Ihre Worte waren abgehackt, übermäßig betont und näselnd. »Donnerwetter, sieh mal hier, Becky, eine, ähhh, eine magische Voodoo-Kerze!« Sie hob eine Augenbraue und verzog das Gesicht zu genau dem gleichen Ausdruck hochmütiger Überdrüssigkeit, den auch Renais Mutter aufgesetzt hätte.

Dann sprach sie mit ihrer normalen Stimme weiter. »Ein Reiseführer hat in der Zeitung etwas über unsere Renaissance gelesen, und ehe ich mich versah, wimmelte ständig eine Menge von ihnen wie Termiten vor meinen Fenstern herum. Verschwitzt, verkatert, das ganze Jahr über mit Mardi-Gras-Perlen behängt. Und so ein Nichtsnutz ließ sich auch noch Geld von diesen Idioten geben und erklärte, die Polizei hätte es einen Raubüberfall genannt, der aus dem Ruder lief. Um dann anzudeuten, *anzudeuten,* hört ihr?, dass diese junge Frau vielleicht bei einem Ritual ums Leben gekommen wäre. Ich kann ihn allerdings nicht verklagen, wenn es …«, ihre Stimme wechselte wieder zu ihrer Weiße-Person-Imitation, und sie hob den Kopf, »nur Spekulation ist.«

Celeste kicherte, doch es klang alles andere als freundlich. »Ich habe ihm gesagt, dass solche Spekulationen ausreichten, um ihm die französischen Pocken anzuhexen, aber er hat die Touristen trotzdem weiter zu mir geführt.« Sie schnaubte. »Jetzt bin ich diese ganzen Dummköpfe losgeworden, die wissen wollten, wo Katrina passiert ist.« Sie trank einen Schluck Kaffee, verzog das Gesicht und starrte in die Tasse, als wäre der Kaffee schuld. »Ich habe mich nicht mehr blicken lassen, nein danke! Ich habe meine Türen verrammelt und bin nie wieder zurückgegangen.«

Renai atmete langsam aus und wischte sich die Handflächen am Saum ihres Kleides ab. Ihr Frühstück klumpte sich plötzlich zu einem schmerzhaften Knoten in ihrem Magen zusammen. Sie hatte genug mit dem Tod zu tun gehabt und wusste, dass er immer Konsequenzen hatte.

Auch als sie diese Welt verlassen hatte, war eine Wunde zurückgeblieben. Vielleicht keine so buchstäbliche wie die, die Ramses hinterlassen hatte, aber dennoch eine Lücke. Sie hatte aus der Unterwelt einen Blick auf ihre Familie erhaschen können. Ihre Schwester kämpfte um ihr Kind, ihr Bruder war ein ziemlicher Versager, aber das war auch schon alles. Wenn sie Celeste nun sah, dann war Renais Leben nicht das einzige, auf das der gefallene Engel Einfluss genommen hatte.

Regal rutschte vor zur Kante ihres Stuhls. »Aber was ist mit …?«, begann sie. Leon unterbrach sie.

»Regal, nein!« Er schüttelte den Kopf und grinste unwillkürlich.

»Sie kann nicht so einen süßen, verführerischen Scheiß von sich geben und mich dann einfach hängen lassen, Carter.« Regal schlug mit der flachen Hand so fest auf den Tisch, dass das Silberbesteck klirrte. »Ich stolpere doch nicht verdattert durch die Gegend, nur weil ich die ganze Zeit über diese erzählerischen dicken Eier nachdenken muss.«

Celeste schloss die Augen und rieb sich die Schläfen. »Was für einen Blödsinn quasselt diese schnoddrige Magierin da?«

»Hast du ihm nun Syphilis angehext oder nicht?«

Renai brach in schallendes Gelächter aus. Die Anspannung, die sie nicht hatte wahrhaben wollen, löste sich, und sie lachte hemmungslos und unbeherrscht. Die anderen kicherten und grinsten, aber Renai lachte, bis ihr die Tränen kamen und ihr der Bauch wehtat, bis sie nicht mehr wusste, ob sie über Regals Worte lachte oder über die peinlichen Geräusche, die sie dabei machte, oder über die Tatsache, dass sie nicht aufhören konnte. Es dauerte ein oder zwei Minuten, bis sie sich beruhigt hatte und endlich wieder Luft schöpfen konnte.

»Geht's wieder?«, fragte Leon leise. Renai hatte keine Ahnung, wie sie darauf antworten sollte, also nickte sie nur.

»Die Antwort ist Nein«, sagte Celeste mit völlig ernster Stimme, »das war nur so dahingesagt. Ich mache keine Hexerei, es sei denn, jemand steht mitten in der Nacht vor meiner Tür und trägt das Gesicht meiner Nichte.« Sie warf einen vielsagenden Blick in Renais Richtung. »Aber selbst wenn, hätte ich mich nie mit solchem Gris-Gris abgegeben. Das wäre eine Beschwörung der Petwo-Seite der Loa. Das ist Bokor-Scheiße.«

Regal stupste Leon mit dem Ellbogen an. »Warum fühle ich mich, als wäre ich gerade beleidigt worden?«, fragte sie, ohne den Blick von Celeste abzuwenden.

»Weil du gemeint warst«, gab der zurück. »Deine Art von Macht ist ungebührlich, Magierin.«

»Wunderbar.« Sie zwinkerte Celeste zu, dann drehte sie sich um und zeigte mit dem Finger auf Renai. »Das ist die verdammt beste Überleitung, die du kriegst, Fünkchen. Also, wie sieht's aus?«

Alle Blicke im Raum richteten sich auf sie. »Wie sieht was aus?«

»Wie wär's, wenn du uns erzählst, was mit dir passiert ist?«, übersetzte Celeste. Es war keine Frage, so viel war klar.

»Nun, zuerst einmal bin ich gestorben«, antwortete Renai, »aber den Teil kanntet ihr ja schon.« Sie tastete sich durch die Geschichte, während sie sie erzählte, erleichtert, dass sie sich an die Abfolge der Ereignisse in ihrer Gesamtheit erinnern konnte. Sie war nur unsicher, was die Details betraf und wie viele davon sie mit den Lebenden teilen konnte. »Ich traf Jude in der Unterwelt, und wir machten einen Deal mit dem … mit dem Tod. Ich wurde wieder zum Leben erweckt, und er ist in meinem Kopf mitgefahren.« Celeste, deren Miene sich schon bei er Erwähnung von Judes Namen verächtlich verzog, runzelte bei dieser Bemerkung verärgert die Stirn. Renai fuhr unbeirrt fort. »Wir haben seine … seine Leiche aufgespürt, denke ich. Und er hat sich wieder zusammengeflickt. Mit Leib und Seele und Magie.«

»Sosehr es mich auch begeistert zu hören, dass Jude motherfucking Dubuisson nach Magnolien duftend davongekommen ist, wir haben nach dir gefragt, Kind.« Celeste klang in der Tat nicht begeistert.

»Mich hat ein gefallener Engel getötet. Jude hat einen Trick abgezogen und dem Engel weisgemacht, dass er mit diesem Revolver einen Gott töten könnte. Aber die Waffe war in Wirklichkeit verflucht. Als der Engel sie benutzte, wurde er stattdessen darin gefangen. Denn das war der Trick: Nur eine unschuldige Hand konnte den Revolver abfeuern, aber sobald man sich dem Bösen zuwendet, ist man nicht mehr unschuldig. Der Revolver zieht das Böse aus dir heraus, aber der gefallene Engel war zu diesem Zeitpunkt schon vollkommen böse, also …« Sie machte ein saugendes Geräusch und schloss die Hand zu einer Faust. »Wie ich schon sagte, er ist darin gefangen. Und dann, na ja, die Bösewichte werden erledigt, und die Guten gewinnen, richtig? Aber ich saß fest. Ich war schon zu lange tot, um mich einfach in mein altes Leben zurückschleichen zu können, und ich wollte mich nicht den …« Sie biss sich auf die Lippe, unfähig, jemandem in die Augen zu sehen. »Hört mal, es gibt Dinge über die andere Seite, die ich nicht aussprechen kann, klar? Ich kann es einfach nicht.«

Leon legte eine Hand auf ihre. »Erzähl nur, was du kannst«, sagte er. »Es gibt niemanden an diesem Tisch, der nicht zumindest annähernd versteht, was du durchgemacht hast.«

»Ich konnte nicht zurückkommen«, sagte Renai, drückte dankbar Leons Hand und zog ihre zurück, »und ich konnte nicht weiterziehen. Sie fanden in der Unterwelt einen Platz als Psychopomp für mich.« Sie sah Celeste an. »Das ist ein …«

»Ich hatte reichlich Unterricht«, unterbrach Celeste sie. »Wenn du mir was beibringen kannst, lass ich es dich wissen, versprochen.«

Regal riss die Augen auf und murmelte »Oops«, aber Renai tat so, als hätte sie den Tadel in Celestes Stimme nicht gehört. Sie räusperte sich. »Genau. In den ersten Monaten lief also alles gut. Ich sammelte Seelen auf dieser Seite und führte sie auf die andere. Aber je länger es dauerte, desto schlechter fühlte ich mich. Ein Teil von mir kämpfte gegen die Seite der Unterwelt. Den Leuten dabei zu helfen, das Schlimmste, was sie in diesem Leben getan hatten, hinter sich zu lassen? Das war hart. Und ein Teil von mir haderte mit dem, was ich hier erledigen muss. Sicher, ihre Zeit ist gekommen und all das, aber wenn man es genau nimmt, bin ich diejenige, die sie ablaufen lässt. Für all die Seelen, die ich geführt habe, bin ich der Tod.« Sie zuckte mit den Schultern. »Ich habe mein Bestes versucht, zumindest glaube ich das, aber ich konnte es einfach nicht tun. Die Aufgabe einer Psychopomp war zu schwer für mich. Sie drohte mich zu zerreißen.«

»Die Schuld daran liegt nicht nur bei dir, Kind«, sagte Celeste. »Der Loa gab dir eine unmögliche Aufgabe. Geister sind einfach gestrickt. Ganz gleich, ob Loa oder Götter, Geister, Engel oder Dämonen, sie sind immer nur eins. Heiler. Mutterschaft. Hunger. Tod. Warum, glaubst du, hat Papa Legba eine vollwertige Person als Gegenstück, damit sie die Wege schließt, die er öffnet?«

Renai nickte. Es fühlte sich an, als täte sich etwas in ihr auf. Keiner der anderen Psychopomps hatte versucht, beide Teile des Jobs zu erledigen, wie sie es getan hatte. Es gab die Hüter der Pforten, wie Nibo und Bridgette, die den Toten halfen, die Aspekte des Lebens abzulegen, an denen sie sich festgeklammert hatten. Dann gab es solche wie Sal, die sich nur darum zu kümmern schienen, Leben zu beenden und die Glücksmünzen zu Grace zu tragen. Vielleicht hatten die Throne erwartet, dass sie, Renai, sich für das eine oder das andere entschied. Oder sie hatten einfach nicht bedacht, dass sie versuchen könnte, beides zu tun. Sie hatte ihre Mühsal als Psychopomp noch nie auf diese Weise betrachtet, und das verlieh dem, was sie als Nächstes sagte, sehr viel Sinn.

»Dann kamen meine ersten Hallows. Diese drei Tage sind die Hölle für Pomps. Es ist, als ob alle Schatten in der Unterwelt einen Neustart hinlegen würden. Anstelle eines Toten, den man durch die Tore führt, hat man Dutzende auf einmal am Hals. Jeder will seine Familie sehen, die meisten von ihnen schmieden Pläne, um auf dieser Seite der Dinge zu bleiben, wenn die Pforten sich wieder schließen.« Celeste wollte etwas sagen, überlegte es sich jedoch anders. Renai hatte das Gefühl, dass ihre Tante sie gefragt hätte, nicht die Mamba, also war sie erleichtert, dass Celeste es ungesagt ließ. Sie wollte auf keinen Fall darüber reden, warum sie in den fünf Jahren seit ihrer Auferstehung keinen Kontakt zu ihrer eigenen Familie aufgenommen hatte.

»Ich habe also alle Hände voll zu tun, die Toten einzusammeln, und gleichzeitig zu versuchen, die Schatten auf der anderen Seite zu halten, wenn Allerseelen kommt. Dann, um Mitternacht, teilt sich die Welt der Lebenden und die Welt der Toten in zwei Hälften. Und ich auch.« Regal bekreuzigte sich, und Leon verzog das Gesicht, als hätte er sich gerade auf die Zunge gebissen. Nur Celeste schien nicht überrascht zu sein. »Ich weiß nicht genau, wie ich es erklären soll. Ehrlich gesagt, es ist schon komisch, nur daran zu denken.« Dieses schwindelerregende Gefühl von Benommenheit, das alles vor ihren Augen verschwimmen ließ, trat immer dann ein, wenn sie versuchte, zwei getrennte Gedanken oder Erinnerungen in einem Gehirn zu denken. Aber sie glaubte, dass sie allmählich den Dreh rausbekommen würde. »In den letzten fünf Jahren habe ich, abgesehen von den drei Tagen der Hallows, zwei Leben gelebt. Ein diesseitiges und ein jenseitiges. Meine Erinnerungen wurden in zwei Hälften geteilt, meine Gefühle, alles.« *Und ein Sturmgeist hat sich in die Lücken in mir eingenis-*

tet, dachte sie, *und sich wie ein schattenhaftes Gummiband über die Nahtstelle zwischen der Welt der Lebenden und der Unterwelt gespannt.* Sie merkte, dass sie an einer Naht im Tischtuch zupfte, und faltete die Hände.

»Aber während der Hallows bist du wieder du selbst?«, erkundigte sich Leon.

»Nein«, sagte Renai ein wenig schärfer, als sie beabsichtigt hatte, »während der Hallows ist es noch schlimmer. Dann bin ich zwei Menschen, eingepfercht in einem Körper, ein Verstand, der versucht, gleichzeitig in zwei Richtungen zu denken. Es ist eine Qual. Drei Tage lähmende Folter.« *Deshalb ist Sal immer so nervös während der Hallows,* dachte sie. *Er war immer so nervös,* korrigierte sie sich. *Er wusste, dass er gleich mit ansehen musste, wie ich mich quälte.* Sie deutete mit beiden Händen auf sich selbst. »Das hier ist das erste Mal seit Jahren, dass ich wirklich ich selbst bin. Ich weiß nur nicht, wie das …«

»Deshalb ist es diesmal anders für dich!« Celeste ließ ein kleines Bündel aus grobem Stoff auf den Tisch fallen. Als niemand danach griff, blickte sie verärgert zur Decke und wickelte es selbst aus. Darin befand sich eine menschliche Figur aus Stöcken und Schnüren – ein Abbild, das mit einem einzigen Strang dicken roten Garns zusammengebunden war, eine verdrehte Haarlocke, die an die Stelle geheftet war, wo der Kopf der Figur sein sollte, und ein Gris-Gris-Beutel aus weichem braunen Leder, dessen Öffnung mit einem Stück Stacheldraht verschlossen war. Beim Anblick des Abbilds schwindelte es Renai kurz, doch dann wurde ihr Blick plötzlich unheimlich klar, als schaute sie durch ein Fernglas, das zunächst verschwommen und dann plötzlich perfekt scharf eingestellt wurde. *Garn,* dachte sie, *das sind also diese Linien überall auf mir. Keine Tattoos oder Brandzeichen. Es sind Nähte.*

»Fick mich doch mit einem Laserschwert«, murmelte Renai. »Ich dachte, Voodoo-Puppen gäb's nur in Filmen.«

»Das hat nichts mit den Loa zu tun!«, schnauzte Celeste sie an. »Das hier ist Hoodoo. Beschwörungswerk. Mein Volk hat es von deinem gelernt, nicht andersherum.«

»Bokor-Scheiße«, flüsterte Leon. Er klang distanziert, fast traurig.

Celeste konzentrierte den Blick auf Renai und schien Leon gar nicht gehört zu haben. »Verstehst du, was ich für dich getan habe, Kind?«

Renai nickte und zwang sich, der Voodoo-Frau in die Augen zu sehen. »Das tue ich«, antwortete sie. »Und ich sorge dafür, dass es zählt, das schwöre ich.« Die Leute verstanden nicht, dass Voodoo als Religion nicht so war wie in den Filmen. Im Kern war es ein Glaube, der auf Respekt basierte: vor den Vorfahren, vor der Gemeinschaft, vor dieser und der nächsten Welt und dem eigenen Platz darin. Man bat die Geister um Hilfe, aber man respektierte ihre Antwort. Wirkte man einen Zauber, um einen Fluch abzuwehren, oder mischte eine Salbe, um eine Verletzung zu heilen, war es, weil die Loa es einem aufgetragen hatten, weil sie deine Hände benutzten, um ihnen bei der Gestaltung dieser Welt zu helfen. Hoodoo war, wie alle Magie, das Gegenteil. Hoodoo weigerte sich, den Willen der höheren Mächte zu akzeptieren. Hoodoo war in der Welt manifestierte Arroganz.

Für jemanden, der sein Leben der Voodoo-Religion

gewidmet hatte, war es eine schwere Sünde, sich ohne den Segen der Loa mit Hoodoo abzugeben – selbst wenn es um Heilung ging.

Etwas an dem Lederbeutel erregte Renais Aufmerksamkeit. Wenn er den Talismanen glich, die Celeste zu Renais Lebzeiten angefertigt hatte, konnte er getrocknete Kräuter und Stöcke enthalten, die von zeremoniellen Feuern gesammelt worden waren, Steine mit dem eingeritzten Veve eines Loa, Bilder von geliebten Menschen oder Heiligen, vielleicht sogar Knochen oder Zähne. Obwohl einige von ihnen für böse Zwecke verwendet werden konnten, waren sie in den Händen von Celeste immer Schutzzauber, getränkt mit einem winzigen Bruchteil der Kraft eines Loa. Im Gegensatz zu dem Abbild hätte Renai es keineswegs seltsam gefunden, dass Celeste eine solche Puppe gemacht hätte, hätte sie nicht behauptet, ihren Glauben völlig aufgegeben zu haben. »Ich verstehe, wozu die Puppe dient«, sagte sie, »aber warum hast du mir ein Gris-Gris besorgt?«

»Das hattest du bei dir, als wir dich gefunden haben«, erklärte Regal.

Was bedeutete, dass es alles sein konnte, ein Schutz vor Schaden oder ein Fluch, der Schaden anrichten würde, ein Glücksbringer oder eine Fälschung ohne jegliche Kraft. Renai griff nach dem Gris-Gris, unfähig, sich zurückzuhalten, obwohl sie wusste, dass es eine Falle sein konnte, die Cordelia ihr gestellt hatte. Als sie den Beutel aufhob, klickte und klapperte sein Inhalt, sobald die kleinen harten Objekte darin gegeneinanderfielen. Die Psychopomp in ihr nahm das leise Flüstern einer Essenz wahr: ein schroffer, oft vulgärer Sinn für Humor, eine Liebe zu alten Filmen, eine Affinität zu Kunst, eine zynische Einstellung, ein verbittertes Temperament und eine Tendenz, Wörter mit mehr als zwei Silben zu vermasseln. Sie wusste, dass sie, wenn sie den Draht abwickelte und das Gitter öffnete, eine Handvoll scharfer Zähne und kleiner Knochen, ein paar abgebrochene Rabenfedern und ein Stück besprühten Betons finden würde. Sie wusste, dass die Innenseite des Leders, aus dem die Tasche bestand, mit weichem braunen Fell bedeckt war.

Weder Cordelia noch Celeste hatten dieses Gris-Gris gemacht. Sie selbst war es gewesen. Es enthielt die Überreste von Salvatores Essenz.

Hoffnung keimte in ihr auf. Sie hielt Celeste die Ledertasche hin. »Können wir …?«

Doch die ehemalige Voodoo-Königin schüttelte bereits den Kopf. »Hör gut zu, Kind«, sagte sie. Sie tippte mit dem Finger auf den Tisch neben dem Abbild, als wollte sie es nicht berühren. »Nichts auf dieser Welt kann mich dazu bringen, meine Hände mehr als einmal mit diesem Dreck zu beschmutzen. Ich rassle vielleicht nicht mehr mit der Asson, aber das heißt nicht, dass ich mich auf das Level einer Hintertür-Hoodoo-Frau herablassen werde. Ich habe es getan, weil du zur Familie gehörst, um deinen Schmerz in den letzten Tagen zu lindern. Und ich werde dafür sorgen, dass deine Familie an Allerseelen auf dem Friedhof ist. Sie werden sich alle von dir verabschieden, du lässt sie wissen, dass du in deinem Grab ruhst. Und dann lässt du diese Welt los.« Sie wollte weitersprechen, aber ihre Stimme brach, und sie schluckte schwer, bevor sie fortfahren konnte. »Renaissance, ich liebe dich, als wärst du mein eigenes Kind, aber ich sehe dein Gesicht besser nie wieder, hörst du? Denn dann, und ich schwöre bei Damballah in der Höhe und allen Ghede in Guinee, werde ich dir persönlich die Kehle durchschneiden.«

Sie stand auf und stützte sich schwer auf den Tisch. Sie bewegte sich langsam und vorsichtig wie eine sehr alte Frau. Dann atmete sie tief durch die Nase ein und richtete sich zu ihrer vollen Größe auf. Mit erhobenem Kopf und tadelloser Haltung ging sie hinaus, obwohl es sie sichtliche Anstrengung kostete.

Dann blieb Celeste auf halbem Weg aus dem Zimmer stehen und sprach, ohne sich umzudrehen. »Ich werde mich ein bisschen hinlegen. Schließt die Tür hinter euch, wenn ihr geht.«

Die drei ertrugen die unbehagliche Stille einen Moment, dann stand Leon auf, stapelte die Frühstücksteller aufeinander und ging damit in die Küche. Renai beobachtete, wie er an der Spüle die Ärmel hochkrempelte und sich an die Arbeit machte. Er beschäftigte sich, um nicht mit jemandem sprechen zu müssen, und leistete dabei tatsächlich etwas Produktives. Sie wünschte sich, sie hätte selbst daran gedacht. Ihr wäre alles recht gewesen, um zu vermeiden, was zwangsläufig als Nächstes kommen musste. Wenigstens gelang es ihr, die Frage selbst zu stellen, sodass sie die Bürde der Antwort an Regal weiterreichte.

»Also«, sagte sie, »wie geht es jetzt weiter?«

KAPITEL FÜNFUNDZWANZIG

Centralia, wo seit über fünfzig Jahren ein Kohleflöz unter der Erde brennt. Kolmanskop, wo der Diamantenboom platzte. Shi Cheng, wo ein Wasserkraftwerk den Qiandao-See aufgestaut hat. Seuchen und Erdrutsche, wirtschaftliche Zusammenbrüche und steigende Fluten. Cahokia und Tschernobyl und Roanoke und Thonis-Heracleion und vielleicht eines Tages auch New Orleans. Die Menschen bauen, und die Welt verändert sich; die Menschen ziehen weiter, ihre Häuser und ihre Schulen und ihre Tempel stehen leer, wie die Häutungsreste einer Zikade, die an einem Baum kleben.

Wir nennen diese Orte Geisterstädte. Wohnstätten der Dschinn. Gespenstisch. Denn wie wir wissen: Ob es nun ein Haus, ein Körper oder eine ganze Stadt ist, lassen wir immer einen Teil von uns zurück.

Regal lehnte sich auf ihrem Stuhl zurück, und das alte Holz knarrte bedrohlich. Sie stemmte einen Turnschuh gegen die Tischkante und legte das andere Bein auf die Tischdecke. »Ich meine, mich erinnern zu können, dass da jemand viel darüber geredet hat, sich um die Ghoule zu kümmern, die ihre Leichenteile in meinen Straßen abladen. Wie wär's, wenn wir damit anfangen?«

»Aber Cordelia versucht immer noch, Ramses zu finden«, sagte Renai, mehr zu sich selbst denn als Widerspruch.

»Wer?«

»Ramses ist der tote Junge, den sie zu finden versucht«, sagte Leon mit erhobener Stimme, damit man ihn aus der Küche hören konnte. Renai hatte keine Ahnung, wie er ihr Gespräch über das Geräusch des fließenden Wassers und des klirrenden Geschirrs in der Spüle hinweg mitbekommen hatte, aber offensichtlich war es so.

»Nicht er«, sagte Regal und machte eine abfällige Handbewegung in Richtung Leon. Sie sah Renai scharf an. »Die andere. Diese Cordelia. Was hast du uns nicht erzählt?«

Renai seufzte. *Sag die Wahrheit und beschäme den Teufel,* dachte sie. »Als du mich aus der Unterwelt herbeigerufen hast, habe ich dir alles gesagt, was ich weiß. Aber jetzt weiß ich auch die andere Hälfte.« Es brauchte eine weitere Tasse Kaffee und eine Salve Flüche von Regal, um es durchzustehen, aber Renai erzählte ihnen alles. Zumindest alles, von dem sie dachte, es wäre wichtig.

Sie begann mit Ramses' Verschwinden und erklärte ihnen, wie sie und Sal im Moment seines Todes aufgetaucht waren und nur die Wunde gefunden hatten, die seine Abwesenheit in die Welt gerissen hatte. Dann erzählte sie ihnen von Cordelia, die Sal *Zwietracht* genannt hatte, kurz bevor sie ihn getötet hatte. Sie hatte vorgegeben, eine Psychopomp zu sein, um Renais Vertrauen zu gewinnen und ihr zu folgen, während sie die lebende Seite von New Orleans nach Ramses durchsucht hatte. Je mehr Renai darüber nachdachte, desto klarer wurde ihr, dass Cordelia sich nie wirklich als jemand anderes ausgegeben hatte. Sie hatte einfach Renai von sich aus Schlüsse ziehen lassen.

Ihre größte gemeinsame Leistung war es gewesen, einen magiebegabten Hacker davon zu überzeugen, ihnen bei der Suche nach Ramses zu helfen. Renai fragte sich, ob Cordelia vielleicht weniger daran interessiert gewesen war, Ramses zu finden, als vielmehr, dafür zu sorgen, dass Renai ihn nicht fand. Aber warum sollte sie dann Sal töten? Warum nicht auch Renai? Nichts von dem, was Cordelia gesagt oder getan hatte, ergab bisher wirklich Sinn, also fuhr Renai mit ihrer Schilderung fort und erzählte ihnen von ihrer Reise mit Sal durch die Unterwelt auf der Suche nach Ramses. Sie blieb bei den Details vage, da sie vielleicht für jede Behauptung würde geradestehen müssen. Sie beschrieb, wie sie herausgefunden hatten, dass Ramses schon einmal zum Sterben bestimmt gewesen war und einen Teil seiner Seele für die Unsterblichkeit verkauft hatte. Diesen Teil der Konversation hatte Leon mit erlesenen Vulgaritäten gewürzt.

Dann erzählte sie ihnen vom Beginn der Hallows und von Cordelias Verrat.

Sie ließ Seth' Angebot und Masons Deal aus, ebenso ihr alles andere als hilfreiches Gespräch mit Jude. Zum einen, weil sie nicht wusste, wie lange sie hier noch herumsitzen und reden konnten, bevor Celeste sie hinauswarf, und zum anderen, weil sie der Meinung war, es gehe niemanden außer sie selbst etwas an, dass sich diese Götter eingemischt hatten.

Vor allem jedoch, weil die letzte Person, der Renai vertraut hatte, ihren besten Freund ermordet hatte.

»Das wäre es also.« Renai schluckte den letzten Rest ihres bitteren kalten Kaffees herunter. »Ich bin mir immer noch nicht ganz sicher, was dieser Junge und Cordelia miteinander zu tun haben, aber ich weiß verdammt sicher, dass ich ihn finden werde, bevor sie es tut.« Sie ballte die Fäuste so fest, dass ihre Knöchel knackten. »Ich wünschte nur, ich hätte nicht alles verloren, was ich bei mir hatte, als ich mich wieder … zusammensetzte. Ich hatte einen Seh-Stein, der mich direkt zu ihm geführt hätte.« Sie wandte sich an Regal. »He, glaubst du, Jude würde …«

Regal lachte bitter und setzte die Füße mit einem dumpfen Knall auf den Boden. »Ich fürchte, der Glücksschwanz von New Orleans hat andere Pflichten«, sagte sie, schloss die Faust um eine imaginäre Stange und machte eine unmissverständliche vulgäre Bewegung.

Leon war während Renais Geschichte ins Esszimmer zurückgekommen, hatte sich aber nicht wieder hingesetzt. Jetzt stützte er die Unterarme auf die Lehne eines Stuhls. »Jude hat gerade ein Spiel am Laufen. Er sagt, er hilft uns am besten, wenn er diese Raubkatzen beschäftigt.«

In Renais Kopf blitzte ein Bild auf: ein Blick in das Spielzimmer des Glücksgottes mit den versammelten Schreckgespenstern, die an seinem Tisch versammelt gewesen waren. »Ein Spiel?«

Regal zuckte mit den Schultern. »Mit einem Haufen von Sturmgöttern und Göttern der Zerstörung, wenn man ihn so reden hört. Anscheinend ist ein lahmarschiges Kartenspiel das Einzige, was einen Haufen empfindungsfähiger Hurrikans davon abhält, das Quarter wie zugekokste Bruderschaftler zu überfallen. Als ob das überhaupt jemand registrieren würde.« Letzteres murmelte sie vor sich hin, während sie unter den Tisch griff und etwas hervorzog. »Aber wir brauchen dieses unsterbliche Arschloch sowieso nicht.« Sie ließ einen Kinderrucksack, auf den die Worte *Prinzessin* und *Froschkönig* gestickt waren, auf den Tisch fallen. »Du hast nicht wirklich etwas von deinem Zeug verloren. Wir haben es sozusagen sichergestellt.«

Renai öffnete den Reißverschluss des Rucksacks und kippte den Inhalt auf den Tisch. Es war alles da: ihr Messer in seiner improvisierten Pappscheide, der Seh-Stein, diese Murmel, die sie von Jack Elderflower bekommen hatte, die Glücksmünze und die Zigarette mit dem Glückssplitter – die sich jetzt in einer leeren Medizinflasche mit abgezogenem Etikett befand – sowie die verlorenen Geister, die sie in ein Spielkartenpaket verwandelt hatte. Alles, wovon sie den halben Morgen gedacht hatte, sie hätte es verloren.

Renai warf Regal ihren schärfsten Blick zu. Der Geist regte sich in Reaktion auf ihre Wut. Er fühlte sich anders an als je zuvor. Er war leichter zu kontrollieren, als sich ihr Teil aus dieser Welt erinnerte, und viel zerstörerischer, als ihre Unterweltseite glauben mochte. Die Temperatur im Raum fiel um ein paar Grad. Das Zischen von Regen auf heißem Beton flüsterte in ihren Ohren, der scharfe Gestank von verbranntem Ozon erfüllte ihre Nasenlöcher. Ein Funke sprang aus ihren Fingerspitzen.

Das war neu.

»Dafür hast du besser eine gute Erklärung«, sagte Renai, und Leon riss wegen ihres drohenden Tons die Augen auf. Regal war nicht anzumerken, ob sie angesichts Renais Machtdemonstration Angst empfand. Sie beugte sich zu ihr und grinste zufrieden.

»Ich wusste, dass ich dich mag«, erklärte Regal. »Warum ich dir dein ganzes Spielzeug weggenommen habe? Sieh dich doch an! Vielleicht war es eine blöde Idee, aber ich glaube nicht, dass ich die falsche Entscheidung getroffen habe. Als wir dich vor dem Friedhof fanden, warst du am Arsch, wie einst Hunter S. Thompson. Hast nur Blödsinn gemurmelt, mit einer Hand dieses Gris-Gris geschwenkt und mit der anderen Blitze beschworen. Bis der Schlafzauber funktionierte, war ich nicht mal sicher, ob du überhaupt ein Mensch bist. Ich hatte keine Ahnung, wer aus dem Zimmer kommen würde, nachdem du aufgewacht warst: das Mädchen, das unsere Hilfe braucht, oder der Tod in einem hübschen Kleid.« Sie zuckte mit den Schultern. »Ja, ich habe deine Taschen durchsucht. Na und? Verklag mich doch.«

Renai holte tief Luft und zwang die Präsenz in ihren Bauch zurück, erfreut darüber, wie gehorsam sie reagierte. Es gab keinen Kampf, wie sie erwartet hatte, keine Schwäche von dem Ringen mit dem Sturm. Die Leichtigkeit, mit der sie die Magie in die Schranken wies, linderte ihre Wut, machte es ihr leichter, den Puls zu verlangsamen. »Ich schätze, das klingt irgendwie logisch.« Sie intonierte es als eine Entschuldigung, die sie nicht wirklich fühlte.

»Also sind wir cool?«

O klasse, dachte Renai, *jetzt versucht sie, einen auf Schwarzen-Idiom zu machen.* Sie atmete zischend ein. Wenn Regal ein Klischee wollte, würde sie ihr eins geben. »Yo, Bro«, erwiderte sie, »wir sind cool. Liebe und Respekt, yo?«

Regal nickte und schien den spöttischen Unterton in Renais Worten nicht zu bemerken. *Ich wette, sie erzählt den Leuten auch, dass sie* politisch voll korrekt *ist.*

Um sich abzulenken, packte Renai die Sachen wieder in den Rucksack. Zuerst kamen die Glücksmünze und das Kartenspiel, dann der Gris-Gris-Beutel mit Sals Essenz und das Abbild. Sie legte den Stoff wieder um das Bildnis, das ihre beiden Hälften zusammenhielt, wohl wissend, dass sie damit sehr, sehr vorsichtig umgehen musste. »Bedeutet irgendetwas von dem, was du gerade gesagt hast, dass ihr euch fünf Minuten lang nicht gegenseitig umbringen wollt?« Leons Stimme klang väterlich missbilligend. »Denn ein Bruder könnte eine Zigarette gebrauchen.« Er wartete nicht auf die Antwort der beiden Frauen, sondern trampelte an Renai vorbei und murmelte auf dem Weg nach draußen vor sich hin.

»Apropos«, Renai nahm die Pillenflasche mit der Zigarette darin in die Hand. »Wessen Idee war das?«

»Celestes. Sie hat den Glimmstängel nehmen wollen und die Hand zurückgerissen, als hätte sie sich daran verbrannt. Sie sagte, es sei tödlich, ihn anzufassen. Ich sagte: ›Kein Scheiß, Allgemeinmedizinerin? Das ist immerhin eine verdammte Zigarette!‹ Aber ich habe das Gefühl, sie hat etwas anderes gemeint?«

Renai brummte zustimmend, ging aber nicht näher auf die Frage ein. Sie hob das Messer auf und zog die Pappe von der Waffe. Die gezackte gebogene Klinge schimmerte selbst im schwachen Licht des Esszimmers verrucht. Als sich ihre Handfläche um den Griff schloss, erkannte sie, was es war: das abgebrochene Stück ihres Spiegels. Sie erinnerte sich daran, wie sie ihn das erste Mal in der Hand gehalten hatte, als die Hallows endeten und sie in zwei Hälften zerbrach. Der Spiegel zersprang zusammen mit ihr. Sie überlegte, ob sie nach dem anderen, größeren Stück greifen und versuchen sollte, die Ränder aneinanderzudrücken, aber sie wusste, was passieren würde, wenn sie vor Regal etwas aus dem Nichts hervorzaubern würde, und sie hatte heute Vormittag schon genug Zeit mit dem Beantworten von Fragen verplempert.

Sie bedeckte die zerbrochene Glasklinge wieder mit der Pappe und tat, als steckte sie das Messer in den Rucksack. In Wirklichkeit verbarg sie es in ihrer Hand vor Regals Blicken, während sie es ins Nirgendwo schob, in dem sich auch der Spiegel befand. Ein kleiner Schauer durchzuckte sie, als es verschwand und die zusammengeklebten Pappstreifen zu Boden fielen.

Regal trommelte unruhig mit den Fingern auf die Tischplatte und zappelte herum, als wollte sie jeden Moment vor etwas weglaufen, mit dem ihr Verstand kämpfte. Renai nahm den Stein, den sie von Jack bekommen hatte, und ließ ihn auf ihrer Handfläche tanzen. Sie erwartete ein Dutzend Fragen von Regal, bevor sie hindurchsehen konnte, aber Regal achtete nur auf die Vordertür, durch die Leon verschwunden war. *Irgendetwas läuft da zwischen den beiden,* dachte Renai.

Sie versuchte, sich keine Hoffnungen zu machen, und

sagte sich, der Seh-Stein würde ihr wahrscheinlich zeigen, wie Ramses in seinem eigenen Bett schlief oder noch im Unterricht war oder irgendetwas anderes, was ihr nicht weiterhalf, da er die aktuelle Zeit noch nicht aufgeholt hatte. Oder schlimmer noch, vielleicht zeigte er ihr gar nichts. Also kniff Renai ein Auge zu und hielt den Stein an das andere.

Durch das Loch darin sah Renai Ramses im hellen Tageslicht über eine leere Straße laufen. Seinem durchgeschwitzten Schuluniformhemd nach zu urteilen, war er schon eine Weile unterwegs. Sie suchte nach möglichen Orientierungspunkten: Gebäude, Straßenschilder, irgendetwas, aber da war nichts. Nur Palmen, die auf einem breiten nichtssagenden Mittelstreifen wuchsen, der die vier Spuren der leeren Straße in jeweils zwei trennte, und wucherndes Dickicht auf beiden Seiten. Aber das Nichtvorhandensein von Wahrzeichen war selbst ein Hinweis. Er konnte nirgendwo in der Stadt sein, jedenfalls nicht in der Innenstadt. Aber er könnte sich auf irgendeinem Straßenstück befinden, das ins Nirgendwo am Rande der Stadt führte, vielleicht in New Orleans East. Dieser Vorort hatte am meisten gelitten und am längsten mit den Nachwirkungen des Sturms zu kämpfen gehabt. Oder er war sogar irgendwo auf der West Bank, jedenfalls soweit Renai es sagen konnte.

Sie öffnete ihr anderes Auge und sah, dass Regal ihr Telefon herausgeholt hatte und herumscrollte. Dabei blickte sie immer wieder zur Tür. Renai grinste. »Du stehst also auf Sweetwater Carter, hm?«

Regal kaschierte ihr Zusammenzucken so schnell, dass

Renai fast glaubte, sie hätte es sich nur eingebildet, wäre da nicht die verräterische Röte auf den Wangen der anderen Frau gewesen. Renai konnte nicht sagen, ob es Verlegenheit, Wut oder Schwärmerei war. Wahrscheinlich eine Kombination aus allen dreien. Um sie nicht weiter in Verlegenheit zu bringen, schloss Renai wieder die Augen und richtete die Aufmerksamkeit erneut auf Ramses und seine leere Straße.

»Wäre sowieso egal«, gab Regal nach einer Weile zu. »Der Mann ist verkniffener als ein Priester am Aschermittwoch. Ich weiß, dass er eine Geschichte mit Legba hat und er hier in der Stadt ein ziemlich berühmter Musiker ist, auch wenn sonst niemand etwas von ihm gehört hat. Aber all diese Informationen habe ich aus dritter Hand. Er ist die Stimme dieser ganzen schamlosen, bemalten Hure von einer Stadt, und ich kann ihn nicht dazu bringen, auch nur fünf Worte mit mir zu wechseln, die nichts mit unseren verwichsten *Pflichten* zu tun haben!«

Renai verkniff sich ein Lächeln. Sie kannte diese Frau kaum, war sich nicht einmal sicher, ob sie Regal wirklich mochte, aber es war seltsam tröstlich zu wissen, dass trotz all des seltsamen Mists, mit dem sie zu tun hatten, trotz der ganzen Macht, die sie besaßen, Beziehungen schwierig blieben. »Könnte etwas damit zu tun haben, dass er der heilige Johannes der Eroberer ist«, sagte Renai fast wie zu sich selbst. Obwohl sie Regal nicht sehen konnte, spürte sie, wie deren nervöses Zappeln nachließ.

»Sein richtiger Name ist nicht Leon?«

Renai blickte von dem Stein zu Regal, um herauszufinden, ob sie einen Scherz machte, aber ihre Miene verriet, dass sie keine Ahnung hatte, was Renai meinte. »Es ist eher ein Titel. Der ursprüngliche heilige Johannes war so etwas wie König Artus für die Afrikaner, die während der Sklaverei verschleppt wurden. Weißt du, ich meine den Teil, dass er eines Tages zurückkommt, wenn sein Volk ihn am dringendsten braucht. Das war eines der ersten Dinge, die ich auf der anderen Seite gelernt habe. Die Loa haben jahrelang darauf gewartet, dass Leon seine Krone einfordert, dass er wirklich der heilige Johannes wird. Ich könnte mir vorstellen, dass das schwer auf ihm lastet, weißt du?«

»Habe ich dir schon erzählt, dass ich einmal König Artus' Messer hatte? Mit dem richtigen Zauberspruch machte es dich praktisch unsichtbar. Es war verdammt süß.« Das letzte Wort dehnte sie und rutschte auf ihrem Stuhl zur Seite.

Der abrupte Themenwechsel täuschte Renai nicht wirklich, aber sie bedrängte sie auch nicht. Regals Liebesleben, oder besser das Fehlen desselben, war deren Angelegenheit. Sie hielt den Seh-Stein wieder an ihr Auge und stellte fest, dass Ramses von der Hauptstraße abgebogen war und nun durch ein Loch in einem Maschendrahtzaun schlüpfte. Auf der anderen Seite des Zauns, inmitten eines dichten Gewirrs von Unterholz, stand ein massives Schild auf zwei dunkelblauen Pfosten. Oben und an den Seiten war es einst leuchtend rot gewesen, aber die Farbe war nach über einem Jahrzehnt Vernachlässigung zu einem hellen Rosa verblasst. Und das Logo darauf war von der Sonne ähnlich ausgebleicht.

SI_ ___GS

war alles, was übrig geblieben war, und selbst das war schon fast verblasst. Der einzige Teil des Schildes, dem die Zeit nichts hatte anhaben können, war die kleine Anzeigetafel unter dem Hauptlogo, auf der zu lesen war:

WEGEN HUR___AN GESCHLOSSEN

Renai schloss die Faust um den Stein und zischte leise. »Ja!«

»Gute Nachrichten?«, fragte Regal.

»Das kommt darauf an. Habt ihr beide uns hierhergefahren?«

Regal lachte, als sie aufsprang.

»Was ist so lustig?«

»Du bringst Leon Carter nicht dazu, auch nur eine einzige ehrliche Antwort auf eine Frage über ihn selbst zu geben, weder gegen Liebe noch gegen eine Muschi.« Sie reckte sich und streckte die Arme zur Decke, bis ihre Wirbelsäule knackte und sie zufrieden stöhnte. »Aber versuch mal, Fünkchen, ihn zum Schweigen zu bringen, wenn er angefangen hat, über seine verdammte Karre zu quasseln.«

Die verdammte Karre war ein hellgrüner Rolls, der glänzte, als hätte er ihn gerade poliert. Leon lehnte an der Motorhaube, rauchte eine Zigarette und las eine Ausgabe der Lokalzeitung *The Advocate*. Er hatte sie in der Mitte gefaltet, damit er sie mit einer Hand halten konnte. Vermutlich hatte er sie aus Celestes Vorgarten aufgehoben.

Er trug eine schwarze Nadelstreifenhose, eine passende Weste und ein anthrazitfarbenes Oberhemd. Hinter ihm lagen eine zweispurige Straße und die grasbewachsene Anhöhe des Deichs. Ein endloser Güterzug rumpelte vorbei. Eine kühle Brise wehte über den Deich, gesättigt mit dem feinen Brackwassergeruch des Lake Pontchartrain.

Als Leon sie aus Celestes Haus kommen sah, winkelte er ein Knie an, drückte die Zigarette an der Sohle seines glänzenden Budapesters aus und steckte die Kippe in seine Westentasche. »Wohin geht's?«, erkundigte er sich und hielt die Hintertür für Renai und die Beifahrertür für Regal auf.

Renai erwog einen winzigen Moment, ihn und Regal anzulügen. Die Leute um sie herum schienen in letzter Zeit entweder als Verräter oder als Opfer zu enden, und sie wollte nicht, dass das auch mit einem der beiden passierte, vor allem nicht mit Leon. Sie könnte sie bitten, sie zu Kyrie zu bringen, und, vorausgesetzt, das Motorrad wartete auf sie, sie dann abhängen und Ramses allein verfolgen.

Aber Celestes Zauber würde sie sicher nur noch ein paar Tage lang zusammenhalten. Und Sal war fort. Ihr lief die Zeit davon, und die Möglichkeiten gingen ihr aus. Ob sie es wollte oder nicht, sie brauchte Hilfe.

Regal rutschte auf ihren Platz; sie und Leon sahen Renai an. Fragend. Erwartungsvoll. Also sagte Renai die Wahrheit.

»Wir fahren ins Jazzland.«

KAPITEL SECHSUNDZWANZIG

Das Jazzland war vom Moment seiner Eröffnung an eine Aneinanderreihung von Fehlern, ein Vergnügungspark mit Achterbahnen und Riesenrad am äußersten Rand von New Orleans East, auf einem Gelände, von dem die meisten Städter dachten, es handele sich um einen vom Federal Wildlife geschützten Sumpf. In seiner Anfangszeit verstärkte es sämtliche Touristenklischees über die Stadt, selbst wenn sie völlig abwegig waren, kombinierte Cajun-Terminologie mit vage vom French Quarter inspirierter Architektur und übertriebenen historischen Referenzen zu einem faden, geschmacklosen Eintopf, wie ein Gumbo, das auf einem Flughafen in Cleveland serviert wurde. Auch nachdem es von Six Flags aufgekauft worden war, nannten es alle weiterhin Jazzland, obwohl diese alles unter dem Deckmantel der Amerikanisierung mit faden Zeichentrickfiguren zupflasterten und ihre Werbekampagne an einem dünnen im Smoking tanzenden weißen Schauspieler mit einer gruseligen Altherrenmaske aufhängten.

Zum allgemeinen Erstaunen wurden das Riesenrad und die riesigen Achterbahnen nicht umgeweht, als der Sturm kam. Leider standen sie über einen Monat lang in zwei Meter tiefem dreckigem Salzwasser. Die Tore wurden geschlossen und waren seitdem nicht mehr geöffnet worden.

Jedenfalls nicht für die Öffentlichkeit. Teenager hinterließen Graffiti auf allem, was in Reichweite war, Drogengeschäfte wurden abgewickelt oder gingen schief. Ein paar Filmgesellschaften nutzten den Park für Dreharbeiten, besonders den Parkplatz, der so groß war wie eine Landebahn. Die Polizei patrouillierte zunehmend in der Gegend, um die Gangs, die Abenteurer und die Blogger des urbanen Verfalls fernzuhalten.

Teenager in Schuluniformen dagegen konnten sich anscheinend immer noch ungesehen hineinschleichen. Vielleicht hatte Ramses' Geschick, den Patrouillen zu entgehen, etwas mit der übermenschlichen Natur zu tun, die Opal in ihm erkannt hatte. Oder die Sicherheitsvorkehrungen wurden einfach laxer gehandhabt.

Wie dem auch sein mochte, während Leon und Regal ihre Aufmerksamkeit auf die Straße vor ihnen richteten, zog Renai ihr schwarzes Glasmesser aus dem Nirgendwo und schnitt rasch zwei Schlitze in den Rücken der Jacke, die die Throne ihr geschenkt hatten. Die Klinge durchtrennte mühelos Leder und Stoff ohne das geringste Geräusch. Die Schlitze waren groß genug, damit sie ihre Flügel hindurchstecken konnte, als sie die Jacke überzog.

Den größten Teil vom Inhalt des Rucksacks packte sie in die Jackentaschen, die Spielkarten, die Zigarette und die Glücksmünze, den Beutel mit Sals Essenz und das Abbild ließ sie aber im Rucksack, der auf dem Rücksitz von Leons abgeschlossenem Auto blieb. Es war eigentlich viel zu warm für eine so dicke Jacke, und Renai wusste nicht mal, ob ihre Magie noch funktionierte. Immerhin hatten sich ihre Flügel und ihr Spiegel durch die Hallows verändert. Aber sie würde auf keinen Fall ohne die Jacke in die Ruinen von Jazzland gehen. Ebenso wenig wollte sie riskieren, ihre wertvollsten Habseligkeiten, den Gris-Gris-Beutel mit Sals Essenz und das Abbild, das sie zusammenhielt, mit hineinzunehmen.

Schließlich gab es Kreaturen, die ihr Zuhause in Trümmer gelegt hatten, noch gieriger waren als Junkies, mehr auf ihr Territorium bedacht als Gangs und weitaus gefährlicher als die Polizei.

Der Gedanke beschleunigte ihren Puls, als Leon den Rolls auf den kiesbestreuten Seitenstreifen lenkte. Es war die Erkenntnis, dass sie hier auf etwas stoßen mochten, das sie trotz ihrer Verbindung zu den Thronen nicht zur Vernunft bringen oder einschüchtern konnte. Etwas, das sie vielleicht zerstören musste. Das machte ihr Angst, klar, aber stärker als die Angst war die Empfindung von Vorfreude. Sie war viel zu lange verwirrt und gebrochen gewesen, und nun war der Sturm in ihr bereit, selbst etwas zu zerstören.

Die drei stiegen aus, und Leon ging nach hinten, um den Kofferraum zu öffnen. Er griff hinein und holte einen Kinderbaseballschläger und einen dicken schwarzen Seesack heraus. Beides reichte er Regal, die sich den Riemen der Tasche über eine Schulter schlang und den Schläger ein paarmal herumwirbelte.

Renai sah, dass in das Holz des Schlägers arkane Symbole und Runen eingeritzt waren. Bevor sie fragen konnte, griff Leon wieder in den Kofferraum und nahm einen ramponierten Instrumentenkoffer und die Anzugjacke heraus. Als er sie umdrehte, um in die Ärmel zu schlüpfen, bauschte sich die Jacke so weit auf, dass Renai die Symbole im Futter sah, die denen auf Regals Schläger ähnelten. Dieses Magierin-und-Stimme-Duo bewegte sich, als hätten sie das schon hundertmal gemacht, griffen perfekt ineinander. *Wie ein altes Ehepaar,* dachte Renai und machte sich nicht die Mühe, ihr Lächeln zu verbergen.

Regal sah zu ihr und riss dann erstaunt die Augen auf. »Heilige Sex Pistols, Fünkchen!«, rief sie. Renai errötete. Wäre sie sicher gewesen, dass das Geisterwort funktionierte, hätte sie es sofort benutzt, um zu verschwinden. »Guck sie dir an, Süßer. Sie sieht aus wie eine Punkrock-Feenprinzessin!«

Renais Verlegenheit wurde von einem anderen Gefühl verdrängt. »Verarsch mich nicht!«, warnte sie. »Wenn du glaubst, dass ich hier stehe und mich verhöhnen lasse …«

Regal lächelte. »He, ich meine es ernst. Die Jacke ist der Hammer. Was macht sie?«

»Es ist eine Jacke. Sie hält den Regen ab und schützt vor Kälte.«

Regals Lächeln erlosch. »Wer verarscht jetzt wen? Ich kann die Magie förmlich schmecken, die dieses Ding ausstrahlt.«

Leon schloss den Kofferraum mit einem Knall und hob seinen Instrumentenkoffer hoch, den er abgestellt hatte. Er räusperte sich und sagte: »Komme ich euch vielleicht wie ein Mann vor, der hier in der Sonne faulenzen und seinen Anzug durchschwitzen will?«

Er hatte nicht ganz unrecht. Es mochte Ende Oktober sein, aber die erste Kaltfront des Herbstes war noch mindestens eine Woche entfernt. Angesichts des wolkenlosen Himmels und der Luftfeuchtigkeit, die so hoch war, dass man fast durch die Luft hätte schwimmen können, spürte Renai bereits, wie die Hitze sie auslaugte. Einen Moment lang überlegte sie, ob sie Ramses' Reise ins Jazzland durch den Seh-Stein beobachten sollte, während sie im Auto wartete und die Klimaanlage auf Hochtouren lief. Sie käme sich ziemlich dumm vor, wenn er sich nur hierhergeschlichen hätte und ein Selfie machte, um zu beweisen, dass er da gewesen war, und dann wieder verschwand.

Aber nein, sie wusste, was sie durch den Stein gesehen hatte. Sie hatte keine Gruppe von Jungen gesehen, die sich gegenseitig zu Dummheiten anstachelten. Sie hatte auch kein junges Liebespaar gesehen, das sich an einen Ort schlich, an dem es ungestört sein würde. Ramses war allein gewesen, er hatte konzentriert gewirkt und sich nicht umgesehen. Was auch immer ihn hergeführt hatte, Ramses war mit einem klaren Ziel ins Jazzland gekommen.

Renai zeigte über die Straße auf die Betonbarrieren, die den früheren Eingang des Vergnügungsparks blockierten, auf den Maschendrahtzaun und das Brombeerdickicht, das Schild, an dem sie mit dem Seh-Stein Ramses hatte vorbeigehen sehen, ohne dass er es eines Blickes gewürdigt hätte. »Da«, sagte sie, »da ist er reingegangen.«

Als sie die Anliegerstraße hinunterliefen, die zu dem riesigen leeren Parkplatz führte, kamen sie sich vor wie in einem postapokalyptischen Roman. Die unerbittliche Gewalt der Natur brach den Asphalt in rissige Stücke. Sie stapften mühsam über ein Stück Weg, das sie in einer zivilisierteren Zeit in nur wenigen Augenblicken klimatisierten Komforts zurückgelegt hätten. Renai fragte sich, warum die sanfte Brise, die durch die Baumkronen strich, nichts gegen die drückende Hitze ausrichtete. Dann erkannte sie, dass sie keinen Wind, sondern in Wirklichkeit das ständige Rauschen des Verkehrs auf der nahen Interstate hörte. Gelegentlich stieß ein Vogel in der Ferne einen schrillen Schrei aus, ansonsten unterbrach nichts die Stille.

Renai überprüfte unterwegs ein paarmal Ramses' weiteren Weg. Die zeitversetzte Beobachtung des Steins zeigte ihr, dass er bereits in den Ruinen des Parks war, als sie ihn sah – einmal warf er Steine auf die Reste von Fensterscheiben, einmal pinkelte er ins Dickicht hinter einer verbogenen Metallstruktur, deren ursprüngliche Funktion sie nicht erraten konnte, und jedes Mal wenn sie durch den Stein spähte, rückte in seinem Tag der Abend näher.

Sie war sich nur nicht ganz sicher, welchen Tag von Ramses' Leben sie ausspionierte. Sie könnte den Moment verpasst haben, in dem er dem Tod entkam, aber da er immer noch seine Schuluniform trug, hatte sie schon das Gefühl, dass dieser Tag sein letzter war. Sie versuchte, ihre Umgebung im Auge zu behalten, während sie durch den Stein sah, aber jedes Mal wenn sie mehr als drei

Schritte mit dem Stein vor dem Gesicht ging, stolperte sie über einen lockeren Betonbrocken oder Rankengewirr. So schlichen sie, Leon und Regal in der Gegenwart dahin, während Ramses seiner Zukunft entgegenschritt. Eine schleichende Angst breitete sich in ihrem Hinterkopf aus. Die Befürchtung, dass sie vielleicht gerade dann nicht hinsah, wenn der Stein den entscheidenden Hinweis gab.

Als sie die drei Wachhütten erreichten, die einst den Zugang zum Parkplatz kontrollierten, hielt Renai inne und schaute ein weiteres Mal durch den Stein. Sie sah, wie Ramses auf sein Handy starrte und es anschließend hochhielt. Er machte ein Selfie. Ein panischer Stich durchzuckte Renai, und ihr Instinkt befahl ihr auszuweichen, damit er sie nicht erwischte, obwohl sie wusste, dass der Dämon, der den Stein animierte, für Ramses unsichtbar war und dass alles, was sie dadurch erspähte, bereits passiert war. Und obwohl es sich anfühlte, als hätte er das Telefon direkt auf sie gerichtet, sah sie nur ihn auf seinem Bildschirm. Er zog ein albernes Gesicht vor einem Einhorn, das jemand an eine Wand gesprüht hatte.

Renai schob den Stein zurück in ihre Jackentasche. Der Anblick von Ramses, der Selfies machte, brachte sie dazu, sich zu fragen, wo ihr eigenes Handy geblieben war. Der Gedanke wurde von der Erkenntnis weggefegt, dass Ramses dieses Bild auf keiner Seite gepostet hätte, zu der seine Mutter Zugang hatte. Das bedeutete, dass Mr. St. Cyr jr. neben all dem anderen Scheiß, in den er verwickelt war, es auch gut verstand, seine Online-Spuren zu verwischen. Sie überlegte, ob Jack Elderflower so gründlich gewesen war, wie er behauptet hatte. Sie hätte ihn gefragt, aber da ihr Telefon in irgendwelchen Abgründen verschwunden war, müsste sie ihn noch einmal persönlich aufsuchen, um das herauszufinden. Diese Option war noch unattraktiver, als in einem verlassenen Vergnügungspark herumzuwandern.

»Wo lang?«, wollte Leon wissen. Am Ende des Parkplatzes befanden sich der Haupteingang, mit Brettern verrammelte Ticketschalter und Drehkreuze unter einer Markise. Links von ihnen zeigte eine Lücke zwischen den Bäumen einen gepflasterten Streifen, der gerade breit genug für ein einzelnes Auto war. Daneben lagen die Überreste eines Zauns, der umgestürzt und weggeschleift worden war. Renai nickte mit gespielter Selbstsicherheit in Richtung des kleineren, näher liegenden Eingangs.

Sie machte sich Sorgen, dass die Zielstrebigkeit, die sie in Ramses gespürt hatte, nur Wunschdenken gewesen war. Dass er den kleineren Eingang genommen hatte, war reine Spekulation. Sie hatte nicht gesehen, wie Ramses den Park betreten hatte, aber es lag nahe, dass die Haupttore verbarrikadiert waren, und außerdem hätte sie es als Teenager genossen, einen nicht erlaubten Eingang zu benutzen.

In dem Moment, als sie die Schwelle passierten, den verlassenen Parkplatz hinter sich ließen und die Ruinen des Vergnügungsparks betraten, überlief ein kribbelndes, schleichendes Gefühl der Angst Renais Haut. Es war dieser Unheil verkündende Impuls der Zirbeldrüse, dass man beobachtet wird. Die vereinzelten Vogelrufe, das

Summen der Insekten in den Bäumen, alles verstummte, und es wurde still, unheimlich still. Trümmer markierten ein paar Stellen, an denen die Natur, die Zeit und die Schwerkraft irgendeine Struktur flachgelegt hatten, vielleicht einen Wartungsschuppen oder eine dekorative Fassade. Die meisten stabilen Gebäude waren noch mehr oder weniger intakt, obwohl sie verdreckt, vollkommen mit Graffiti beschmiert und baufällig waren. Die Fahrgeschäfte überragten alles wie riesige Skelette, wie die Knochen irgendeines metallenen Leviathans, der vor langer Zeit gestorben war. Ein schwacher Gestank hing in der Luft, nach abgestandenem Wasser und Fäulnis, altem Zigarettenrauch, Schimmel und Rost. Der Gestank des Verfalls, der Ruch der Entropie.

Regal schüttelte sich. »Spürt ihr das? Als ob überall Augen wären?«

Renai nickte.

»Als wäre jemand über mein Grab gegangen«, sagte Leon.

»Skopästhesie.« Renai grinste, als die beiden anderen sich vielsagend anschauten. »Was denn? Ich finde es gut, komplizierte Wörter zu kennen.« Was sie nicht sagte, war, dass es kein Zufall war, dass sie den Begriff kannte, den sie so oft nachgeschlagen hatte, dass er sich ihr ins Gedächtnis eingeprägt hatte. Weil sie mit diesem Gefühl auf intimste Weise vertraut war.

Und dass die Atmosphäre im Jazzland sie an die tiefen unangenehmen Teile der Unterwelt erinnerte.

Sie gingen über den verlassenen Weg, der, den Schildern nach zu urteilen, eine Lieferantenzufahrt gewesen sein musste. Er endete an einer Kreuzung mit dem breiteren, stärker abgenutzten Beton des für Parkbesucher zugänglichen Weges. Links war etwas wie eine Zielscheibe auf den Beton gemalt, ein blauer Kreis, umringt von weißen und roten. Hier ragten die freiliegenden Rohre eines ehemaligen Springbrunnens aus dem Boden, und dahinter erhob sich ein Miniaturuhrenturm vor der eingestürzten Fassade eines Herrenhauses. Der Schriftzug auf dem Säulenpaar zu ihrer Rechten war längst verblichen. Dahinter duckten sich eine kastenförmige Lagerhalle aus Aluminiumblech und ein gewundener metallener Gerüstturm einer der kleineren Achterbahnen. »Ich glaube, ich weiß, wo wir sind.« Renai deutete auf die Lagerhalle. »Da drinnen gab es früher Spukhäuser.«

»Dieser ganze verdammte Ort ist ein Spukhaus«, sagte Leon und sah ihr in die Augen. »Je schneller wir hier wieder rauskommen, desto besser.«

Renai verstand, was er meinte, und kramte in ihrer Jackentasche nach dem Seh-Stein. Als sie ihn an ihr Auge hielt, sah sie Ramses auf den erhöhten Schienen einer Achterbahn sitzen. Es war nicht die riesige aus Holz, die man vom Land aus erkennen konnte, sondern eine der kleineren Stahlkonstruktionen, die immer noch höher war als die meisten der umliegenden Kiefern. Er betrachtete den Sonnenuntergang. Bei dem Anblick, wie er da so hoch oben hockte, auf einer Struktur, die schon vor einem Jahrzehnt als unsicher eingestuft worden war, rutschte Renai der Magen in die Kniekehlen. Auch wenn sie sein Leben vielleicht beenden musste, sobald sie ihn gefunden hatte, fürchtete sie sich davor, seinen zerschmetterten Leichnam an diesem trostlosen Ort zu finden. Dann wurde ihr klar, dass seine Aufmerksamkeit nicht der orangefarbenen Glut des Sonnenuntergangs galt, sondern einem goldenen Glühen aus dem Inneren des Parks. *Das ist es,* dachte Renai. *Was immer er Mason gestohlen hat, er hat es hier gefunden.*

»Irgendwann«, störte Regal Renais Konzentration, die gerade Ramses auf dem Weg zu den Gleisen beobachtete, »musst du mir erzählen, wie du einen echten göttlichen Seh-Stein aus dem Hut gezaubert hast. Nur aus professioneller Neugierde, verstehst du? Dem letzten Typ, den ich gesehen habe, wie er so einen Scheiß ausprobiert hat, ist das ganze Gesicht weggeschmolzen wie einem verdammten Nazi am Ende von *Jäger des verlorenen Schatzes*.«

»Das war ich nicht«, erwiderte Renai zerstreut. Sie hatte der anderen Frau nur halb zugehört. »Da musst du Jack fragen.«

»Moment mal!« Regal packte Renais Handgelenk und zog den Stein von ihrem Auge weg. »Welchen Jack?«

Leon holte scharf Luft, als hätte er Schmerzen.

Renai versuchte, ihren Arm wegzuziehen, aber Regal hielt ihn eisern fest. »Er sagte, sein Name sei Elderflower, aber ich glaube nicht, dass seine Mutter ihn so genannt hat, klar?« Sie versuchte erneut, ihren Arm zu befreien, weil sie dachte, dass Regal einfach übereifrig war. Aber sie ließ nicht los. Renai spürte, wie Leon sich hinter ihr bewegte. Der Sturm erhob sich, unaufgefordert, aber willkommen. »Du solltest deine Hände von mir nehmen«, sagte Renai.

»Du hast nie gesagt, dass du mit diesem Scheißkerl zusammenarbeitest«, erwiderte Regal.

»Du hast nie gefragt.« Sie sah, wie Regal mit der anderen Hand den Schläger fester packte. »Aber nur, damit du es weißt: Das tue ich auch nicht.«

Regal lachte schnaubend und zynisch. »Na klar. Wir sollen dir wirklich glauben, dass Abschaum wie Elderflower dir einen Talisman mit so einer Magie …«, sie drückte Renais Hand, die den Stein hielt, hoch und schüttelte sie, »aus reiner Güte eines Herzens gegeben hat, das er verdammt noch mal gar nicht hat?«

»Glaub, was du willst«, entgegnete Renai. »Du hast dir ja offensichtlich schon eine Meinung gebildet.« Es fiel ihr schwer, den Sturm zurückzuhalten, diese knisternde Energie, die sich zum ersten Mal in Celestes Esszimmer gezeigt hatte. Vor allem weil sie Regal wirklich verdammt gerne damit schlagen wollte. Sie wollte sie hart rannehmen. Mit der Kraft des Geistes in sich riss Renai ihren Arm aus Regals Griff und trat dann weit zurück. Sie erwartete, dass Leon versuchen würde, sie zu packen, aber er wich ihr aus und stellte sich zwischen sie und Regal.

»Okay«, sagte er, »wir sollten mit diesem Blödsinn aufhören. Hier ist nicht der richtige Zeitpunkt und schon gar nicht der richtige Ort für so was.«

Renai biss die Zähne zusammen und versuchte, sich zu beruhigen. Leon hatte recht. Regal hatte sich mit genauso viel von ihrer eigenen Magie gefüllt wie Renai. Sie schmeckte es in der Luft. Und wenn sie es spürte, dann registrierten das auch die verlorenen, zerbrochenen Dinge, die diese Ruinen ihr Zuhause nannten. Eine Brise wirbelte uralten Staub vom Beton auf. Sie war kalt und stark genug, um das große Riesenrad ächzen zu lassen. Renai griff nach dem Wind, um ihn wieder in sich hineinzuziehen. Erst als er ihr entglitt, merkte sie, dass der Wind gar nicht von ihr stammte.

Und das leise Geräusch von Kinderlachen mit sich brachte.

Ihrem plötzlichen Desinteresse an ihr nach zu urteilen, hatten die anderen es auch gehört. »Tja, verdammte Scheiße!« Regal drehte sich langsam um die eigene Achse und scannte die Trümmer nach Bedrohungen ab. Dann sah sie Leon an. »Ich schätze, jetzt kommt der Spruch, dass du es uns gesagt hast?«

Leon spuckte aus, sank auf ein Knie, öffnete den Instrumentenkoffer und nahm seine Trompete heraus. Regal drehte ihren Schläger, als wollte sie ihr Handgelenk lockern. Aber er wirbelte immer schneller, und eine schattenhafte Präsenz entwich der Holzmaserung. Die Waffe gab ein beängstigendes Summen von sich. Renai wusste nicht genau, welche Magie Regal heraufbeschwor, aber sie fühlte sich unangenehm an. Renai schluckte, als ihre Kontrolle über die Kraft des Sturms angesichts ihrer Angst schwächer wurde. Sie spielte mit dem Gedanken, das Geisterwort zu sprechen, entschied sich aber, es sich als letzten Ausweg aufzusparen. Stattdessen griff sie in dem Nirgendwo nach dem Glasmesser.

Renai fühlte die Bedrohung kommen, noch bevor sie sie sah. Immerhin war sie eine Psychopomp. Geister waren ihr Job. »Da drüben!« Sie deutete auf die Gestalt, die den breiten Bürgersteig hinunterkam, halb verdeckt von dem Schatten des Lagerhauses.

Zuerst hielt sie die Gestalt nur für eine große Person, die erschöpft, verängstigt oder betrunken auf sie zutaumelte. Aber die Perspektive war völlig falsch. Ebenso wie die Anzahl der Gliedmaßen. Dann trat das Etwas ins Licht, und sie erkannte, dass es eine aus den Trümmern zusammengestückelte Marionette war.

Das wandelnde Schrottmonster hatte Stahlträger als Beine und Achterbahnschienen und Rohrleitungen als Arme. An einem war noch ein Waschbecken befestigt. Sie hatte mindestens vier davon, wenn nicht mehr. Renai konnte nicht genau sagen, wie viele es waren, denn der Körper der taumelnden Marionette bestand zum größten Teil aus einer Art Kettenkarussell, das herumwirbelte. Was sie immer noch schaffte, wobei sie im Drehen kippte, während sie näher taumelte. Ihr Gesicht war das einer der Cartoon-Figuren des Parks, eines finsteren Cowboys mit einem buschigen feuerroten Schnurrbart. Seine Stimme war ein Chor schreiender Kinder, eine Kakofonie aus Kreischen und Quietschen, die sowohl Spaß als auch Schrecken hätte sein können.

Sie konnte die einzelnen Geister, die die Marionette belebten, nicht sehen, aber sie hörte ihr Wimmern in den Ohren, das klang wie ein alter Computermonitor, spürte das Vibrieren in der Luft wie von einem Bienenschwarm.

»Spielen!«, heulte die Marionette, und ihr Stoßstangenfuß stampfte so fest auf den Boden, dass Renai das Beben unter ihren Füßen spürte. »Spielen!«

»Nein«, antwortete Regal. »Und zwar nur nein, ohne

das verfluchte Dankeschön.« Sie richtete ihren Schläger auf das Schrottmonster und murmelte ein Wort, das unangenehm in Renais Geist kitzelte, ein magisches Wort. Sie hatte dieses Wort schon einmal gehört, aber sie konnte – oder wollte – sich nicht erinnern, wann. Ein Schatten waberte an dem Schläger entlang, Fetzen der Essenz, welche die Zauberin benutzt hatte, um ihre Magie zu wirken. Ein Tropfen geschmolzenen Feuers quoll aus der Spitze des Schlägers, spritzte weniger als einen Meter weit und versickerte in einer brennenden Pfütze auf dem Beton. Regal stemmte die Füße in den Boden, umklammerte ihre Waffe mit beiden Händen und schrie das Wort so laut, dass ihre Stimme brach.

Eine flüssige Flamme schoss wie ein Feuerschlauch aus Regals Knüppel, eine Fontäne, die sich in einem Bogen über die etwa hundert Meter erstreckte, die sie von der Marionette trennten, und sie zuerst in ihrer wirbelnden Brust traf und dann eine glühende Linie über eines ihrer Beine zog. Die Marionette bewegte sich weiter vorwärts, einen Schritt, dann noch einen, aber Regals Feuerstrahl brannte weiß glühend und so intensiv, dass er den Stahl schmolz und das Ding zu Boden stürzte.

Regal zischte ein weiteres Wort, welches das Feuer zum Erlöschen brachte, und schrie triumphierend auf. »Wie gefällt dir das?«, rief sie Renai zu, dann wandte sie sich wieder der Marionette zu, nahm den Schläger in eine Hand und hielt ihn an ihre Taille, als würde sie ein Schwert in die Scheide stecken. »War mir ein Vergnügen, dich zu verbrennen, du Mistkerl!«

Das Karussell drehte sich, seine vielen Arme kratzten über den Beton und rissen Erdbrocken mit sich, bis es sich wieder aufrichtete. Die dürren Arme wurden zu insektenartigen Beinen, das Cartoon-Gesicht baumelte von seinem Bauch herunter, die beiden Beine – eines davon halb so lang wie das andere – schlugen aneinander. Renai, Leon und Regal sahen sich an und erkannten dieselbe Schlussfolgerung in den Augen der anderen. Dann machten sie das angesichts der Lage einzig Vernünftige: Sie rannten los. Die Marionette folgte ihnen, mit schlitternden Beinen, schwingenden Armen und kreischenden Stimmen. Aber ihre bloße Masse machte sie langsam. »Du kannst es nicht töten«, sagte Renai, als sie um eine Ecke bogen und ein wenig Abstand zwischen sich und das Schrottmonster brachten, »es ist nicht real.«

»Da!« Leon zeigte auf ein gedrungenes Backsteingebäude, das stabiler zu sein schien als die umliegenden. Renai rannte darauf zu. Mit ihrer Jugend und ihrer Ausdauer als Läuferin ließ sie die anderen beiden leicht hinter sich. Der Eingang war keine Tür, sondern eine Nische, die sich um eine scharfe Ecke in einen dunklen fensterlosen Raum schlängelte. Sie war schon drinnen, als sie bemerkte, dass Leon sie zu den ehemaligen öffentlichen Toiletten gelenkt hatte.

Regal und Leon kamen hinter ihr herein und drängten sich zusammen in die Ecke, statt ganz in die Dunkelheit hineinzugehen. Sie standen eine Minute lang da und rangen nach Atem, während sie gleichzeitig versuchten, nicht zu viel von der heißen, dicken Luft einzusaugen. Der Gestank war nicht so schlimm, wie Renai erwartet hatte. Es roch nach Verfall, Staub und Fäulnis, nur etwas intensiver in dem geschlossenen stickigen Raum. Das wenige, was sie in der Dunkelheit von ihrem Zufluchtsort erkennen konnte, der Fliesenboden, die Waschbecken aus künstlichem Marmor und eine Reihe von Toilettenkabinen im hinteren Bereich, wirkte sogar überraschend sauber. Draußen krachte das Schrottmonster mit einem metallischen Kreischen gegen irgendetwas.

Regal spähte um die Ecke, und als sie den Kopf zurückzog, zeigte ihre Miene wenig Hoffnung. »Also sag, Fünkchen«, sie kramte in ihrem Seesack, »inwiefern ist dieser beschissene *Transformer* da draußen ›nicht real‹?«

»Es ist nicht nur ein Gegenstand, meinte ich. Es ist nichts, das man töten oder auch nur verletzen kann. Es ist wie …« Renai wedelte mit der Hand, als könnte sie die Worte, nach denen sie suchte, aus der Luft greifen. »Kennst du diese Vögel? Die, die riesige Schwärme bilden, herumfliegen und ganze Bäume besiedeln?«

»Stare«, sagte Leon, »und der Begriff heißt nicht ›Schwarm‹. Wenn sie in einer Gruppe fliegen, nennt man das Formationsflug.«

Regal hielt mit ihrer Suche inne und sah ihn bedächtig an. Sie runzelte verständnislos die Stirn. Leon grinste sie an, ein kurzes Aufblitzen, dann war es weg. »Was?«, fragte er. »Ich mag auch seltene Worte.«

»Formationsflug, klar«, griff Renai das Wort auf. »Nur anstelle von Staren hast du einen Baum voller Geister. Oder Schatten oder Teufel oder wie auch immer du sie nennen willst. All die kleinen Magie- und Seelenfetzen, die nirgendwo anders hinkönnen. Sie mögen verlassene Orte, Ruinen. Dieser ganze Vergnügungspark ist ihr

Baum und ihr wirbelndes, murmelndes Formationsdings, alles zusammengeballt. Das Ding da draußen ist nur eine Marionette. Man könnte den ganzen Tag lang Teile von diesem Schrottmonster abbrennen, und die Geister würden sie einfach aufsammeln und neu beginnen.«

»Also brennen wir ihren Baum nieder«, sagte Regal. Ihre Stimme klang weder belustigt noch fragend. Es schwang nur eiserner Wille darin.

»Ganz schlechte Idee«, widersprach Renai. »Sie würden reagieren wie Feuerameisen bei einer Überschwemmung. Du weißt schon …«

»Sie ballen sich zusammen und treiben an Land, ich verstehe«, sagte Regal. »Beim gekreuzigten Christus! Mit euch beiden zusammen zu sein, ist, als würde ich den gottverdammten Discovery Channel ansehen. Ich sollte euch aufnehmen, für den Fall, dass ich mal nicht einschlafen kann.« Draußen kreischte die Marionette wie ein Dutzend Schulkinder, die durch die Luft sausten, und ratterte wie hundert Eisenbahnräder, die über Schienenlücken rasten. Regal schnaubte angewidert. »Kannst du nicht etwas tun? Mir scheint, Probleme mit Geistern fallen in die Zuständigkeit von Psychopomps.«

Renai dachte darüber nach, was sie mit den flüchtigen Geistern gemacht hatte, an den zerstörerischen Wind, der sie auseinandergerissen und gezwungen hatte, neue Formen anzunehmen. Sie versuchte, sich vorzustellen, wie sie dasselbe hier tat, aber sie konnte nur Misserfolge sehen. Die Toten, die sie in Spielkarten verwandelt hatte, waren spukende Geister gewesen, gewiss, aber sie hatten auch Angst vor ihrer Rolle als Psychopomp gehabt und waren durch Jahrhunderte der Langeweile weich geworden. Sie hatten auf Veränderung förmlich gewartet. Die Geister, die das Schrottmonster da draußen belebten, waren dagegen gefräßige, verzweifelte Wesen aus Feuer, Schatten und Staub. Was immer sie einst gewesen waren, sie hatten sich längst verändert, hatten diese neue Identität gewählt oder sich von ihr auswählen lassen. Sie waren zu bösartig, zu wild und zu viele, als dass Renai sie hätte kontrollieren können.

Sie kam jedoch nicht dazu, irgendetwas zu sagen, weil Leon, nur mit seiner Trompete und einem Ausdruck grimmiger Entschlossenheit bewaffnet, an ihr vorbei hinaus ins Sonnenlicht trat. Er spielte bereits, als sie und Regal ihn einholten. Seine Wangen blähten sich so weit und so elastisch auf, dass es witzig gewesen wäre, wenn da nicht ein riesiger Behemoth aus Metall, Maschinen und Müll auf sie zugestürmt wäre.

Zuerst spielte er nur einen einzigen Ton, hell und laut und klar, aber der durchdringende Klang seiner Trompete verwandelte sich bald in ein kehliges blechernes Knurren. Er spielte eine sanft abfallende Melodie aus lang gezogenen melancholischen Klängen. Das Lied, das er zum Besten gab, war magisch, und das nicht nur durch Leons Können oder seine Kunstfertigkeit. Auch wenn er reichlich von beidem demonstrierte. Nein, es war ein buchstäblicher mächtiger Zauber, der durch die Luft drang und in der Erde widerhallte, wo er stand. Ähnlich wie Regals Zauberei stammte diese Magie tief aus seinem Inneren und speiste sich aus dem Feuer seiner eigenen Seele.

Das Schrottmonster wurde langsamer und blieb dann

stehen – oder kam zumindest nicht mehr näher. Es schwankte auf der Stelle wie ein großer hoher Baum, der vom Wind hin und her geschaukelt wurde. Der unheimliche lachende, kreischende Chor seiner Stimme verstummte. Leon spielte seine beruhigende, gedämpfte Melodie, und die ganze Welt lauschte und wurde still. Er legte alles in sein Spiel, kämpfte um jeden Ton und erzeugte einen Klang, der zart und schmerzlich-süß in der Luft schwebte.

Der psychopompöse Teil von Renai spürte, wie die schattenhaften, gruseligen Geister, die den Haufen aus Müll und Metall belebten, sich beruhigten und ihre Wut durch Leons Musik besänftigt wurde. Dann sackte die Marionette Stück für Stück zu Boden. Erst der große Rumpf, als Nächstes das Karussell mit seinem bunten Rahmen und den Dutzenden von ausgebrannten oder zerbrochenen Glühbirnen, dann die Anhängsel, die ohnehin nur durch Willenskraft miteinander verbunden waren. Sie lösten sich und erlagen der Schwerkraft. Leon spielte, bis Renai spürte, wie sich die letzten Geister in eine Art Schlaf auflösten. Sie legte eine Hand auf seinen Arm. Er hatte genug getan.

Als sein letzter Ton verklungen war, hatte Renai das Gefühl, als wäre etwas Reines – nur für einen Augenblick – davongeflogen.

Dann ballte sie die Faust und schlug ihm auf den Bizeps. Er stöhnte vor Schmerz, und sie schien es noch einmal tun zu wollen. »Was zum Teufel ist in dich gefahren, Weib?« Er wich von ihr zurück in Richtung Pissoir und rieb sich den Arm.

Renai folgte ihm, und Regal sprang förmlich hinter ihm her und drohte ihm mit der Faust. »Du beschissener pestverseuchter, dummer Sohn ein …« Leon wirbelte herum, knurrte kehlig, als würde ein Kind nach etwas greifen, das man ihm gerade verboten hatte, und richtete einen langen schlanken Finger direkt auf Regal. Sie unterbrach sich mitten im Wort, schnitt eine Grimasse, und ihre aggressive Miene verwandelte sich zu einem unaufrichtigen Lächeln. »… einer sehr netten Lady«, beendete sie den Satz. »Wie kommst du dazu, dich so zu exponieren?«

Leon ging zu seinem Instrumentenkoffer in dem dunklen Vorraum des Pissoirs zurück. »Du hast mich daran erinnert, dass diese Geister schliefen, als wir hier ankamen«, erklärte Leon. »Ihr habt sie mit eurem Geschrei und eurer Zauberei aufgeweckt.« Er zuckte mit den Schultern. »Ich dachte, das Mindeste, was wir tun können, ist, sie, so zu verlassen, wie wir sie vorgefunden haben.«

»Hier zu verschwinden, ist eine sehr gute Idee«, sagte Renai und beeilte sich, Regals nächsten Worten zuvorzukommen. »Lasst uns einfach holen, weswegen wir hergekommen sind, und dann gehen, okay?«

Regal grunzte zustimmend und schnappte sich ihren Seesack vom Boden, als hätte der sich ihr verweigert. Renai holte den Seh-Stein aus ihrer Tasche und hielt ihn sich vors Auge. Sie blickte durch das Loch, aber es erschien kein Bild – kein Ramses, kein Blick in die Vergangenheit, nicht einmal ein Schleier aus Dunkelheit. Nur die andere Seite des Steins.

»Was siehst du?«, fragte Leon.

»Nichts. Überhaupt nichts.« Sie reichte Leon den Stein,

der durch ihn hindurchsah und ihn an Regal weiterreichte.

»Das verstehe ich nicht«, sagte Regal.

»Ich auch nicht. Vielleicht wurde der Dämon, den Jack da hineingebannt hat, eingeschläfert, als Leon sein Lied spielte. Vielleicht war die Macht, die Ramses half, seinem Tod zu entgehen, stärker als die Magie in diesem Stein. Vielleicht ist Ramses hier in diesem Vergnügungspark gestorben, und wir haben es verpasst.« Renai kicherte, obwohl sie nichts von alledem besonders lustig fand, aber es hieß entweder lachen oder anfangen zu weinen. »Ich habe wirklich keine Ahnung, was ich hier mache. Ich weiß nur, dass ich Ramses wahrscheinlich nie finden werde, also kann ich genauso gut aufgeben und meine letzten paar Tage genießen, bevor ich mich selbst wieder in zwei Stücke reiße.«

Einen Moment lang war alles still. Und dann kam aus der Dunkelheit im hinteren Teil des Pissoirs ein schleifendes Geräusch, als würde etwas über den Boden gezerrt. Es war ein kurzes Geräusch, vielleicht von einer Kakerlake oder einer Ratte, aber die Härchen in Renais Nacken richteten sich auf. Als es wieder ertönte, lauter diesmal, hielt sie das schwarze Glasmesser in der Hand, ohne auch nur daran gedacht zu haben, danach zu greifen. Leon und Regal flankierten sie, aber das hier war etwas, das sie mehr fühlte als sah. All ihre Sinne richteten sich auf die undurchdringliche Dunkelheit, in der sich eine neue Bedrohung langsam nach vorne schob.

»Wramsseeß?«, lispelte eine leise krächzende Stimme. »Du willst Wramsseeß?« Renai hatte das Etwas zuvor dort hinten nicht wahrgenommen, was bedeutete, dass es kein Mensch war und nicht lebte. Dann erreichte das schlurfende ängstliche Wesen den Rand des Lichts. Es war gerade hell genug, dass Renai eine menschliche Gestalt erkennen konnte, die sowohl die Größe als auch die dürren Schultern eines Jugendlichen aufwies. Einen Moment lang sahen alle drei das Wesen an, das ihren Blick erwiderte. Unvermittelt schoss Renai eine herzzerreißende Möglichkeit durch den Kopf.

Sie streckte die Hand nach der hageren Kreatur in der Dunkelheit aus. »Ramses?«

KAPITEL SIEBENUNDZWANZIG

Es gibt Wege zu sehen, was die Geister lieber verbergen wollen. Nippen Sie am Tee, der aus der Ayahuasca-Pflanze gebraut wird, am Wein des Dionysos, am Wasser aus Mimirs Brunnen oder an Indras Soma. Kauen Sie Peyote, den getrockneten Psilocybin-Pilz, die Blütenblätter der Lotusblume, die Rinde des Iboga-Baums. Lecken Sie das Bufotoxin vom Rücken einer verängstigten Kröte oder über Papier, das mit Lysergsäurediethylamid getränkt wurde. Atmen Sie den Rauch des Cannabisblatts, des Tabakblatts, die vulkanischen Dämpfe des Orakels von Delphi ein.

Die Dosierung bestimmt, ob es Medizin oder Gift ist; die Kultur bestimmt, ob sie heilig oder profan sind. Ob sie jedoch eine tiefere Wahrheit offenbaren oder einen traumhaften Wahnsinn inspirieren, ist ganz und gar eine Frage der Perspektive.

Die Gestalt in der Dunkelheit lachte rasselnd. »Îe. Aka kennt Wramsseeß, aber Aka kein Wramsseeß. Was willst du von ihm?«

Renai brauchte eine halbe Sekunde, um zu begreifen, was die Stimme sagte, um zu verstehen, dass sie – oder Aka, wie sie sich selbst nannte – nicht Ramses war, sondern einen Witz darüber machte und dann wissen wollte, warum sie nach ihm suchte. Sie hatte zuerst gedacht, dass Aka angeboten hatte, ihn zu kaufen. Leon legte den Arm um ihre Taille, wie ein Vater, der nach seinem Kind greift, wenn er auf die Bremse tritt. Abgesehen von fehlgeleitetem patriarchalischem Schwachsinn verstand Renai nicht, warum er und Regal immer noch Angst vor Aka zu haben schienen. Da war etwas Infantiles in der Stimme, eine kindliche Qualität, die über das Lispeln und die Einfachheit der Sprache hinausging. Renai passte ihre eigene Diktion dementsprechend an.

»Ramses hat etwas gestohlen«, antwortete sie. »Etwas Wichtiges von jemandem, der gefährlich ist. Wir wollen es zurückholen, bevor etwas Schlimmes passiert.« Das war nicht ganz wahr, aber nahe genug an der Wahrheit, dass es ihr kein schlechtes Gewissen machte.

»Hai«, sagte Aka. »Yeth. Aka weiß. Aka sah's.«

»Du hast gesehen, wie er es genommen hat?« Nur Leons ausgestreckter Arm hielt Renai davon ab, einen Schritt nach vorne zu machen. Wenn Aka gesehen hatte, was Ramses genommen hatte, konnten sie vielleicht herausfinden, wohin er gegangen war, falls er es überhaupt geschafft hatte, den Park zu verlassen. »Verstehst du diesen Parsel-Scheiß?«, fragte Regal. Bei ihrem schroffen Ton wich Aka einen Schritt in die Dunkelheit zurück. Renai fuhr wütend zu ihr herum. »Was?«

Regal zielte mit ihrem Schläger dorthin, wo Aka in

der Finsternis verschwunden war. »Weißt du, was dieses Ding sagt?« Sie beugte sich um Renai herum, um Leon ins Gesicht zu sehen. »Das geht doch nicht nur mir so, oder? Hörst du auch jemanden, der mit Spucke in der Kehle gurgelt?« Als Renai sich zu ihm umdrehte, zuckte Leon mit den Schultern und nickte.

»Ich würde das zwar nicht so beschreiben«, sagte er, »aber ja, die Worte ergeben für mich auch keinen Sinn. Und ich mag nicht, dass es nicht ans Licht kommt.« Renai stieß die Luft durch die Nase aus und schob Leons Hand aus dem Weg. Sie war so nah dran, endlich jemanden zu finden, der sie in Ramses' Richtung führen konnte! Sollte sie sich diese Gelegenheit jetzt entgehen lassen? Das brachte sie nicht fertig. »Aka«, sagte sie, »meine Freunde können dich nicht verstehen. Und es macht uns nervös, wenn wir dich nicht sehen können. Kannst du ins Licht kommen, bitte?«

»Ass ßamau lekk ess hen häger wess.« *Okay. Das Schandmaul legt erst den Schläger weg.*

»Regal, steck den Schläger weg.«

»Das hat das Ding tatsächlich gesagt? Ich glaube, ich verstehe seine Sprache allmählich. Hier, übersetze ihm das.« Sie hustete Schleim hoch und spuckte auf den Fliesenboden. »Wie klingt das? Habe ich die Betonung richtig hinbekommen?«

Plötzlich war der Sturm wieder da, so schnell wie die Zornesröte, die über Renais Haut raste. Sie und die Präsenz in ihr hatten vielleicht nicht viel gemeinsam, aber keiner von ihnen mochte es, herumgeschubst zu werden. Ein Funke sprang zwischen Renais Handflächen hin und her und knallte laut. In den Lichtblitzen, die durch den Raum zuckten, erhaschte Renai einen flüchtigen Blick auf den Dämon namens Aka, bevor dieser schreiend in eine der Kabinen flüchtete.

Aka hatte leuchtend rote Haut und langes, fettiges schwarzes Haar. *Sie*, hatte Renai zu ihrer eigenen Verlegenheit gesehen, war nackt und schmutzig und so abgemagert, dass Renai ihre Rippenbögen und die vorstehenden Hüftknochen hatte erkennen können. Ihre Finger waren gekrümmt und doppelt so lang, wie sie sein sollten, und sie hatten so viele Gelenke wie Spinnenbeine. Die Füße verjüngten sich jeweils zu einer Spitze, zu einem breiten Zeh mit einem scharf aussehenden Nagel. Vor allem aber war Renai Akas Zunge aufgefallen – sie war dick und muskulös wie ein Tentakel, der bis zu Akas Bauchnabel hinunterhing, geifernd und suchend. Und es war die Zunge, die Renai wiedererkannte. Sie hatte Aka schon einmal gesehen.

Am Tisch bei Jude Dubuissons Kartenspiel mit all den anderen Göttern der Zerstörung.

Es bedurfte einer Reihe von Entschuldigungen und einer gehörigen Portion Bettelei und Regals Abgang aus dem Pissoir, dass Aka aus ihrem Versteck kroch. Sie schlich langsam zu der Stelle, wo Leon und Renai standen, wachsam wie eine Wildkatze, deren Nägel bei jedem Schritt auf den Kacheln klackten. Renai überlegte derweil, was sie diese Kreatur am besten fragen sollte und ob der Status des Kartenspiels von größerer Bedeutung war als die Informationen, die sie über Ramses haben könnte.

»Okay«, sagte Renai, nachdem Aka sich ein paar Meter von ihnen entfernt hingehockt hatte, »das Schandmaul ist draußen. Jetzt sind nur wir hier. Kannst du uns sagen, was Ramses gestohlen hat?«

»Preissss erssst!« Aka streckte eine Hand aus und drückte dann den Daumen der anderen Hand darauf. »Aka nichtsss sacht ausssa Mättchen sssenkt Aka Preisss.« Einen Moment lang wirkte sie sehr ernst, doch dann brach sie in ihr raues ersticktes Lachen aus. »Aka iss wert machen Mussik.«

Leon beugte sich zu Renai, ohne den Blick von Aka abzuwenden. »Was sagt es?«, fragte er, die Arme vor der Brust verschränkt, die Trompete bereit. Renai hatte versucht, ihn dazu zu bringen, mit Regal draußen zu warten. Doch er hatte gesagt, er vertraue zwar darauf, dass Renai Aka vertraue, das bedeute aber nicht, dass er ihr vertraue. Das war die Art von unsinnigem Blödsinn, den nur ein Mann sagen und tatsächlich auch meinen konnte.

»Sie«, meinte Renai jetzt und neigte den Kopf, »sagte, wenn ich hören will, was sie weiß, muss ich dafür bezahlen. Zumindest glaube ich, dass sie das gesagt hat.« Renai blickte wieder zu Aka und sah, wie sie Regals Spucke vom Fliesenboden leckte. Zart, als ob sie es genießen würde. Renai unterdrückte einen Würgereiz und verstand plötzlich, warum diese Toilette so sauber war.

»Du glaubst? Ich dachte, du verstehst … sie.«

»Schon. Meistens. Aber ich weiß nicht wirklich, was sie will.«

»Schteiin.« Aka sprach das Wort langsam und so gut sie konnte aus. Ihre gewaltige Zunge war mehr als hinderlich dabei. Sie streckte einen Zeigefinger aus, legte Daumen und Zeigefinger zu einem Dreieck zusammen und hielt es vor ihr Auge. »Sseh-Schteiin.« Sie blickte mit einem Auge durch den Spalt ihrer Finger.

»Oh«, sagte Renai, »okay.« Sie schreckte zwar davor zurück, denn vor nicht einmal einer Stunde war der Stein ihre beste Chance gewesen, Ramses zu finden. Aber jetzt zeigte er ihr nichts, schon gar nicht Ramses. Bevor sie sich in eine innere Debatte darüber verstricken konnte, zog sie den Seh-Stein aus ihrer Jackentasche und ließ ihn in Akas glatte rote Handfläche fallen.

Leon atmete scharf ein. »Bist du dir auch sicher?«

»Bin ich«, sagte Renai. »Das verdammte Ding ist sowieso kaputt.« Der Dämon beschnupperte es, lächelte zu Renai hoch und brach es wie einen trockenen Zweig entzwei.

Leon lachte freudlos. »Ich würde sagen, *jetzt* ist er kaputt.«

Rauch stieg von den Bruchkanten des Steins auf, ölig und dick und schneckenartig. Die Psychopomp in Renai wollte nach dem Rauch greifen, der Teil in ihr, den der Anblick der Schatten in der Unterwelt schmerzte. Welchen Dämon oder Geist auch immer Jack Elderflower in dem Stein gefangen hatte, Aka hatte ihn gerade befreit. Bevor Renai jedoch fragen konnte, was sie damit zu tun gedachte, schnellte Akas Zunge noch ein Stück weiter heraus, umfasste den Geist und zog ihn an ihre Lippen. Der Anblick hatte etwas Groteskes, ihre Zunge wölbte sich und bebte, als hätte sie ein Eigenleben.

Leon hustete in seine Hand, um ein unbehagliches Stöhnen zu kaschieren. »Was ist sie?« Immerhin besaß er genug Anstand, nur zu flüstern. Renai hoffte, dass Aka sie wegen der schlürfenden Geräusche, die sie machte, nicht hören konnte, und spürte dann, wie sich ihr eigener Magen vor Übelkeit verkrampfte.

»Ich glaube, sie ist eine Göttin der Zerstörung, mehr oder weniger. Die ganze Welt ist im Gleichgewicht, richtig? Alles stirbt, alles wird gefressen. Was passiert, wenn ein Geist zu schwach wird, um seine Aufgabe fortzuführen? Oder wenn Reste von Erinnerungen und Emotionen zurückbleiben, während eine Seele hinübergeht? Oder wenn ein Gott stirbt? An diesem Punkt kommt Aka ins Spiel. Sie ist eine Art Aasfresser der Geisterwelt, sie ernährt sich vom Bodensatz, sozusagen. Wie Krabben oder Welse.«

»Ja? Nun, ich jedenfalls bevorzuge meinen Wels gebraten und meine Krabben gekocht. Ich sauge keine toten Geister auf wie Mark aus einem Knochen.«

»Sei froh, dass sie nicht angeboten hat, mit uns zu teilen.« Renai grinste, als Leon wieder hustete, als könnte er sich nicht mehr zusammenreißen. Sie wandte sich an Aka. »Ich habe dir gegeben, was du wolltest. Jetzt sag uns, was du gesehen hast. Was hat Ramses genommen?«

Die rothäutige Dämonin winkte sie näher zu sich. Sie streckte die Hand aus, ließ die beiden Hälften des Seh-Steins in Renais Hand gleiten und schloss deren Finger darum. »Wasssisch sssah«, sagte Aka, »mussersss cheesäääat wern.« Bevor Renai verstand, was Aka sagte, geschweige denn die Chance hatte zu fragen, was es bedeutete, schoss Akas Zunge vor und schob sich in Renais Mund. Sie war kalt, beweglich und faulig.

Renai würgte und malte sich bildlich aus, wie sich dieses unmöglich lange Anhängsel ganz in sie hineinschob, aber Akas Zunge zog sich so schnell zurück, wie sie eingedrungen war. Sie hinterließ nur einen wie Galle brennenden Geschmack und einen stechenden schimmeligen Schleim, den Renai ausspuckte. Sie war auf Händen und Knien, ohne sich daran erinnern zu können, gestürzt zu sein. Vage registrierte sie, wie sich Leon auf Aka stürzte, aber der Dämon verschwand mit einem Sprung in die Dunkelheit.

Leon reichte ihr eine Wasserflasche aus Regals Seesack, und sie spülte und spuckte, spülte und spuckte, immer noch würgend, bis die Flasche leer war. Dann zerrte Leon sie mehr oder weniger auf die Füße. Er führte sie hinaus ins Licht. Regal wollte wissen, was passiert war, und er versuchte, es ihr zu erklären. Alles verschwamm und wurde undeutlich, irgendwo spielte Musik, nur ein einzelner Klavierton, der immer wieder erklang, und es roch nach Popcorn und geschmolzener Butter, nach verfaultem, abgestandenem Wasser, nach frisch gemähtem Gras. Leon sah komisch aus mit der Krone auf dem Kopf und Regal traurig mit all dem Blut an ihren Händen. Renai schlug mit den Flügeln, und sie waren aus Regenbögen gemacht, und Regal schüttelte sie und schrie ihr ins Gesicht, und sie flog und flog und war weg.

Dann war es Nacht und dunkel, und sie lief mit Ramses St. Cyr durch die Ruinen von Jazzland. Sie hielten auf einen goldenen Schein zu, so strahlend hell, dass Renai die Lichtstrahlen sehen konnte wie bei einer Sonne am Horizont in einer Kinderzeichnung. Sie war auf den schillernden Flügeln eines Regenbogens hergeflogen – war das vielleicht der Goldtopf eines Kobolds? Sie lachte, aber Ramses fand es nicht lustig. Oder er hatte sie nicht gehört. Oder sie hatte nicht laut gelacht.

Sie streckte die Hand nach ihm aus, musste ihn aufhalten, ihm sagen, dass er nicht tun sollte, was er im Begriff war zu tun, sie musste herausfinden, an wen er seine Seele verkauft hatte, aber dann, nein, sie streckte die Hand gar nicht aus. Nichts passierte, sie dachte nur, sie sollte die Hand ausstrecken, und entschied sich dann, es nicht zu tun. Irgendetwas war falsch. Sie hielt inne, doch halt, nein, das tat sie auch nicht. Sie lachte wieder. Offensichtlich würde sie Ramses begleiten, bis er tat, was er tat, also konnte sie auch einfach aufpassen.

Als sie die Quelle des goldenen Lichts erreichten, war es zu hell, um es zu betrachten, also schaute sie auf ihre Füße. Vögel lagen dort, die Flügel ausgebreitet und still, und eine Katze, zwei Hunde, ein Fuchs. Sie waren nicht tot, erkannte sie nach einem Moment, ihre Brust hob und senkte sich noch immer, hob und senkte sich. Sie schliefen. Ein paar Schritte weiter lag einer der privaten Wachmänner, die den Park nach Feierabend bewachten. Er schnarchte, erstaunlich leise für einen so großen Mann.

Aber wenn der Zauber, der diesen Ort beherrschte, einen Mann von dieser Größe niederstrecken konnte, dann wäre ihm doch sicher auch ein Junge von Ramses' kleiner Statur erlegen. Und tatsächlich, er schwankte auf seinen Füßen, die Augenlider schläfrig und schwer, ein träges Lächeln glitt über sein Gesicht. War es das? Hatte er an diesem Ort sein Leben verträumt, während sie die ganze Zeit nach ihm gesucht hatte? Sein Kopf nickte einmal, zweimal, und Renai wünschte sich, er würde sich einfach hinsetzen. Wenn er auf den Beton stürzte, könnte er sich verletzen. Dann sank sein Kinn auf die Brust, und er war im Stehen eingeschlafen.

Als Nächstes hob Ramses St. Cyr den Kopf und öffnete Augen aus Feuer. Er grinste, schnell und selbstbewusst und viel zu zynisch für einen Jungen in seinem Alter.

»Nicht schlecht«, sagte er zu sich selbst und klopfte sich anerkennend auf die Schulter. »Gar nicht schlecht.« Plötzlich war er nicht mehr Ramses, sondern ein Wirbelwind aus Feuer, der den Jungen namens Ramses wie eine bequeme Jeans trug. Er griff nach dem Glühen in der Mitte eines Kreises aus schlafenden Kreaturen, und als er es berührte, verblasste das Glühen so weit, dass Renai es erkennen konnte: Es war ein goldener etwa ein Meter langer Stab mit einer Kugel und einem Paar ausgebreiteter weißer Flügel, dazu zwei Schlangen, die sich um den Griff wanden. Renai hatte den Stab schon einmal gesehen, aber sie konnte sich nicht erinnern, wo. Sie wusste, dass er jemandem gehörte, den sie kennen sollte, aber sie konnte sich nicht erinnern, wem. Das Wesen des Feuers in Ramses St. Cyr blickte auf dieses Objekt göttlicher Macht herab, zuckte mit den Schultern und schob es in den Bund hinten in seiner khakifarbenen Schuluniformhose.

Es kniete an der Stelle nieder, wo es den Stab gefunden hatte, und griff in das Loch, das er hinterlassen hatte. Vor Konzentration streckte es die Zunge heraus, während es suchte und suchte, immer tiefer und tiefer, bis sein Arm bis zur Achselhöhle im Loch steckte. Dann verzog es das Gesicht zu einem triumphierenden Ausdruck und holte ein in Stoff gewickeltes Bündel heraus. Das Wesen, das nicht Ramses war, wickelte es aus dem Stoff und schritt summend über die noch schlafenden Gestalten des Wächters und der Tiere hinweg. Das Tuch löste sich, und Renai sah, dass es den Tod in Händen hielt.

Sie hatte sie auch einmal in der Hand gehabt, die Waffe, den verfluchten Revolver, in dem ein gefallener Engel gefangen war. Sie schrie, aber kein Laut kam aus ihrem Mund. Sie rannte und gelangte nirgendwohin. Sie breitete die Schmetterlingsflügel aus, ihre fragilen Regenbogensplitter, und flog, stieg auf in einen Himmel ohne Sterne, ohne Entkommen. Diese Waffe war, wie alle Waffen, böse, eine Maschine, die nur Zerstörung brachte, aber im Unterschied zu anderen Waffen konnte sie buchstäblich alles töten, Menschen, Geister … oder Götter.

Und sie befand sich jetzt in den Händen eines Teufels.

Als Renai zu sich kam, saß sie auf einem unbequemen Sofa, dessen Federn sich in ihre Oberschenkel bohrten, in einem Wohnzimmer, das sie nicht kannte. Sie fühlte sich nicht so, als hätte sie geschlafen, eher, als wäre in ihrem Kopf ein Schalter umgelegt worden. Eben noch war sie durch nach Kandiszucker duftende Regenwolken zu einer Bühne gewandert, auf der Donald Glover in seiner Childish-Gambino-Persona in Pelzhosen und weißen Farbklecksen einen Song sang, den er nur für sie geschrieben hatte. Und jetzt war sie hier, in einem Loft, das sie noch nie gesehen hatte, mit nackten Backsteinwänden, hohen Decken und einem Flachbildfernseher an der Wand, auf dem *Ist das Leben nicht schön?* lief, aber ohne Ton.

Ihr Mund fühlte sich an, als wäre er voller Watte, und ihre Glieder schmerzten, als hätte sie einen harten Lauf hinter sich gebracht und sich danach nicht gedehnt. Ihr Haar und ihre Haut und ihre Kleidung waren feucht, von Schweiß, dachte sie zuerst, aber dann hörte sie das Prasseln des Regens. Sie wusste, dass sie sich wegen alldem verwirrt oder wütend oder ängstlich fühlen sollte, stattdessen nahm eine Art Trägheit in ihrer Brust allem die Schärfe. Also saß sie ruhig da und wartete, dass etwas passierte.

Nach einem Moment wurde eine der Türen geöffnet. Sie führte in ein Schlafzimmer, soweit Renai sehen konnte. Regal kam heraus. Sie trug einen langen blauen Mantel mit Messingknöpfen, und sie hatte einen Haufen Plastikmasken in den Armen. Ihr Haar war zu einem straffen Pferdeschwanz gebunden, und sie hatte sich einen falschen Ziegenbart ins Gesicht geklebt. Die Sohlen ihrer kniehohen Stiefel knallten auf dem Hartholzboden.

»Warum hast du dich verkleidet?«, wollte Renai wissen. Ihre Worte klangen nicht undeutlich, wie sie erwartet hatte. Aber ihre Kehle fühlte sich rau an, als hätte sie gerade den Dome nach einem Saints-Spiel verlassen.

»Schön, dass du wieder bei uns bist.« Regal ließ die Masken auf den Tresen fallen. »Und das ist keine Verkleidung, es ist ein Kostüm. Da draußen mag ein Reboot von *Der Nacht der lebenden Toten* abgehen, aber es ist immer noch Halloween. Du bist angezogen, als hätten Tinker Bell und Joey Ramones mit einem geplatzten Kondom gevögelt, also gehst du durch, wie du bist. Aber wenn du glaubst, ich ginge da in Straßenkleidung raus wie irgendein gottverdammter Proll, bist du schief gewickelt, Süße. Ich bin die Magierin von New Orleans. Ich muss meinen Ruf wahren.«

Renai war noch nicht wieder ganz bei sich, sie erholte sich immer noch von dem Gift oder der Droge, die auf Akas Zunge gewesen war. Aber je mehr Regal redete, desto mehr fiel ihr wieder ein. Die Hallows. Das Ghoul-Problem. Die Notwendigkeit, Ramses zu finden. »Wo ist Leon?«, fragte sie. »Und wen willst du darstellen?«

»Leon hängt am Telefon und versucht, Jude zu erreichen«, antwortete Regal.

Oh, gut, dachte Renai. Aber warum war es gut? Warum erleichterte sie dieser Gedanke? Renai wusste etwas über Jude, das sie Leon und Regal erzählen musste. Etwas über Aka. Aber der Gedanke entzog sich ihr immer wieder. Sie wusste auch etwas über Ramses, aber selbst das bekam sie nicht zu fassen.

»Du erkennst mein Outfit wirklich nicht?« Regal legte den Kopf schief. »Bist du immer noch von der Rolle, oder willst du mich auf die Schippe nehmen? Ich dachte, ich hätte einen ziemlich guten Job gemacht.« Sie nahm eine Pose ein, stemmte eine Hand in die Hüfte und streckte die andere in die Luft. »Wie ist das?«

Renai zuckte mit den Schultern. »Pirat? Vampir? Piratvampir?« Nur machte das keinen Sinn. Es gab keine Vampire mehr in New Orleans. Nicht, seit Jude sie rausgeschmissen hatte, in derselben Nacht, in der er …

Dann erinnerte sie sich an alles.

Sie sprang hoch, und der Stift und der Notizblock auf ihrem Schoß, die sie nicht bemerkt hatte, flogen auf den Boden. »Ich weiß, was passiert ist«, sagte sie. »Ich weiß, was Ramses gestohlen hat.«

»Sicher«, erwiderte Regal gelassen. »Du hast es uns gesagt. Jetzt ungefähr zum achtzigsten Mal. Hast du schon mal einen Blick auf dein Gekritzel geworfen?« Renai hob den Block auf und sah, dass sie ein halbes Dutzend Zeichnungen des von Schlangen umschlungenen Stabes, den Ramses an sich genommen hatte, hingekritzelt hatte. Und daneben hatte sie die Worte IN DIESEM TOTENSCHLAF immer und immer wieder niedergeschrieben. »Man nennt das Ding Caduceus«, erklärte Regal. »Der Hermesstab. Du hast uns Schlaf, Schlangen und Stab genannt, und Google hat den Rest geliefert. Ich weiß, es ist eine schlimme Situation für alle, die Götter sind sauer, die Toten sind auf dem Weg, bla, bla, bla, aber ich muss zugeben, ich hätte diesen Schwanz auch genommen. Schlafen auf Kommando? Die Toten aufwecken? Verdammt, o ja.«

»Es war nicht Ramses, obwohl …«

»Er ist besessen. Ja, den Teil wissen wir auch. Ebenso das mit der Waffe. Willst du eine Tasse Kaffee oder so,

Fünkchen? Denn wir müssen jetzt irgendwie durchstarten, weißt du?«

»Und Aka? Weißt du, dass sie beim Kartenspiel mit den anderen Göttern der Zerstörung war?«

Regal nickte. »Ja. Deshalb versucht Leon, El Juderino zu erreichen. Um rauszufinden, ob Aka vorzeitig verduftet ist oder ob das Spiel die anderen noch bei der Stange hält.« Die andere Tür ging auf. Leon kam herein, umgeben vom Geruch einer gerade gerauchten Zigarette. »Da ist er ja«, sagte sie. »Was gibt's Neues, Süßer?«

»Er geht nicht ran.« Leon warf Regal ein Handy zu. »Ich habe seine Nummer und die des Casinos gewählt, sowohl von meinem Handy als auch von deinem. Ich denke mal, er teilt wohl immer noch Karten aus.« Er nickte Renai knapp zu. »Schön zu sehen, dass du das abgeschüttelt hast, womit diese Dämonin dich gestochen hat. Sie wird keine zweite Chance kriegen, darauf gebe ich dir mein Wort.«

»Na toll!« Regal schaukelte ungeduldig von einem Fuß auf den anderen. »Wahnsinn. Und jetzt, wo sie wieder funktionstüchtig ist, kommst du bitte endlich und schnappst dir eine von denen hier, damit wir diese Scheißshow abziehen können.«

Leon durchquerte den kleinen Raum mit ein paar langen Schritten. Als er den Tresen erreichte, durchstöberte er die Sammlung von Masken. Einige waren billige Plastikdominos, andere waren aufwendiger und bedeckten das halbe Gesicht oder mehr. Er musterte sie zweifelnd. »Sagst du mir bitte noch mal, warum ich mich zum Narren machen muss?«

Regal warf den Kopf zurück und stieß ein übertriebenes Stöhnen aus. »Dort, wo wir hingehen, muss man sich verkleiden, um nicht aufzufallen. Besonders du, mit deinem Antlitz auf dem Cover jeder deiner unerklärlicherweise beliebten Alben.«

»He, immer sachte«, sagte Leon.

»Wo gehen wir hin?«, fragte Renai gleichzeitig.

Das schiefe Lächeln, mit dem Leon immer auf Regals Possen zu reagieren schien, fiel ihm aus dem Gesicht. »Du hast es ihr nicht gesagt?«

»Ich dachte, es wäre besser, wenn wir es unterwegs besprechen.«

»Was?« Renais Tonfall machte die Frage zu einer Forderung, und sie spürte, wie der Sturm in ihr sich regte und die letzten Reste von Verwirrung und Trägheit vertrieb. Leon nahm wahllos eine der Masken in die Hand, eine halbgesichtige rosa Kaninchenmaske mit großen Schlappohren. Er gestikulierte damit auffordernd in Regals Richtung. *Mach nur,* hieß das.

»Ich und Leon kamen ins Gespräch«, sagte Regal, die auf Förmlichkeiten wahrlich keinen Wert legte. »Während du … du weißt schon … der Hypnosekröte den ganzen Ruhm überlassen hast. Du hast ohne Ende darüber geredet, dass Ramses besessen wäre und du ihn ohne den Stein nicht finden könntest und …«

Leon räusperte sich und tippte auf sein Handgelenk, obwohl er gar keine Uhr trug.

»Okay, klar. Jedenfalls fanden wir, dass es verdammt praktisch war, dass dieser Stein genau dann sozusagen seinen Geist aufgegeben hat, als wir ganz dicht dran waren. Genau in dem Moment, als dir ein verwunschener Vergnügungspark und ein Zerstörungsdämon auflauerten. Wir fragten uns, wer wohl die Fähigkeit haben könnte, dich zu beobachten und die ganze Sache zu inszenieren. Wer wirklich viel über Geister und Besessenheit zu wissen scheint.«

»Jack fucking Elderflower!«, stieß Renai hervor. Plötzlich fügte sich alles auf schmerzhafte Weise zusammen. Cordelia hatte sie zu Jack gebracht. Er hatte alles gegeben, um sie davon zu überzeugen, dass sein Stein der einzige Weg sei, Ramses zu finden.

Er und Cordelia hatten von Anfang an mit ihr gespielt.

Regal deutete mit zu Pistolen geformten Händen auf sie. »Bingo, bongo. Also haben wir diesem unsterblichen Kackhaufen einen Besuch abgestattet.« Sie griff in eine der breiten Taschen ihres Mantels und zog einen schlichten weißen Umschlag heraus. »Das ist leider alles, was wir gefunden haben.« Sie hielt ihn Renai so hin, dass sie den Namen auf der Vorderseite lesen konnte: Renaissance Raines. Im Inneren fand sie einen digitalen Rekorder.

Als sie die Play-Taste drückte, hörte sie Gebrüll und Gelächter, zuschlagende Spinde und die seltsame Stimme einer Frau aus einem kleinen Lautsprecher. Sie wusste, was als Nächstes kam, bevor die Frau zu sprechen begann. »Spooky Girl und Miss Feathers«, sagte Opal Brennan. »Die schlechte Nachricht zuerst …« Renai spielte den Rest ab, obwohl es nicht nötig war. Das alles hatte sie schon beim ersten Mal gehört, als das Orakel es auf ihrem Anrufbeantworter hinterlassen hatte. Sie hatte die Nachricht mit ihrem Telefon verloren, aber das konnte jemanden wie Jack nicht aufhalten, richtig? Die Frage war nur, warum er diese Nachricht für sie hinterlassen hatte. War es ein Hinweis? Eine Drohung? »Das letzte Mal hat jemand etwas von unserem Jungen gehört«, fuhr Opal fort, »als er sich mit ein paar Freunden an der Geisterbahn treffen wollte.« Und dann, obwohl Renai wusste, dass die Nachricht noch mehr enthielt, endete die Aufnahme mit einem Klicken, das nur allzu endgültig klang. Was bedeutete, Jack hatte gewollt, dass sie diese Worte als Letztes hörte. Er wollte sie betonen.

»Das ist eine Art perverser Scherz«, stellte Renai fest. »Er hat sie, das ist dir doch klar, oder? Dieser seelenlose Bastard hat sich eine unschuldige Frau von der Straße gegriffen, nur damit wir in seine Falle gehen.« Der Geist, bereits geweckt durch die Art, wie Regal und Leon über sie gesprochen hatten, als wäre sie nicht im Raum, toste weiter in ihr, erhob sich mit ihrer Wut und bettelte darum, freigelassen zu werden. Renai brannte darauf, ihn loszulassen. Um sich mit ihm einen Weg durch die ganze verdammte Stadt zu fräsen, wenn es nötig wäre.

»Wir haben das ganz ähnlich eingeschätzt«, meinte Leon.

»Und ihr seid hierher zurückgekehrt, um euch zu kostümieren? Seid ihr denn …?«

»Nein. Wir sind dafür zurückgekommen.« Regal streckte die Hand aus, packte etwas auf Renais Stirn und zog es mit einem Ruck herunter. Es fühlte sich wie ein hautzerfetzendes Pflaster an.

»Was zum Teufel?« Renai griff unwillkürlich an ihre Stirn und suchte dann auf ihren Fingern nach Blut. Regal legte das Ding in Renais Hand. Es war eine Rolle aus dünnem Papier, das auf einer Seite klebrig war wie ein Porenreiniger oder ein Nikotinpflaster. Die dünne Paste darauf roch nach Beeren.

»Früher habe ich gefeiert wie ein Rockstar.« Regal grinste Renai reumütig an. »Nachdem ich das dritte Mal die ganze Nacht in meinem Auto schlafen musste, weil meine beschissene Freundin nie nüchtern blieb, wenn sie an der Reihe war, uns nach Hause zu fahren, habe ich mir die hier besorgt. Sie lassen deine Pisse ein paar Tage brennen wie entzündetes Benzin, aber das ist eben der Preis, den man fürs Rummachen mit Fremden in Klokabinen zahlt. Ich war mir nicht sicher, was für verfluchte K.-o.-Tropfen du geschluckt hast, als Aka dir die Zunge reingesteckt hat, aber ich dachte, das würde dich wieder fit machen. Hat es, also sind wir jetzt startklar.« Sie warf einen Blick auf Leon, der nickte, und sah dann wieder zu Renai. »Richtig? Richtig!«

»Aber wir wissen doch, dass es eine Falle ist. Sollen wir wirklich einfach so da reinspazieren, als würde er uns Geld schulden?«

»Natürlich nicht«, sagte Regal und reichte Renai eine Domino-Maske, die aussah wie die ausgestreckten Flügel eines Schmetterlings. »Deshalb diese Maskeraden.«

KAPITEL ACHTUNDZWANZIG

Es war bereits dunkel, als sie Regals Wohnung verließen. Die Luft war noch feucht von dem Regen, über ihnen grollte es, und die schwarzen Wolken drohten mit noch mehr Nässe. Sie stiegen in Leons Rolls und fuhren los, angespannt und schweigend. Leon blickte immer wieder in den Rückspiegel, um nach ihr zu sehen, und Regal summte und sang eine Interpretation eines Mädchenknutschliedes dieser weißen Popsängerin. Allerdings änderte sie den Text ohne Rücksicht auf das Metrum so ab, dass »ich« durch »Fünkchen« ersetzt wurde. Ansonsten verlief die Fahrt ziemlich ruhig.

Renai starrte die meiste Zeit aus dem Fenster auf die allmählich anschwellenden Menschenmassen und versuchte vergeblich, irgendwelche Ghoule zu entdecken. Das war seltsam, denn angesichts der vielen Menschen, die jeden Tag in der Stadt starben, sollte eigentlich eine Menge belebter Leichen in den Straßen herumschlurfen. Regal und Leon hatten es sogar für ein derart großes Problem gehalten, dass sie Renai deswegen aus der Unterwelt heraufbeschworen hatten. Wo steckten all die Untoten?

Regal und Leon schienen die Abwesenheit der Ghoule nicht zu bemerken, oder sie erwähnten es nicht. Sie gaben sich damit zufrieden, Renai auf der kurzen Fahrt durch die Stadt ihren Gedanken zu überlassen. Das wusste sie auch sehr zu schätzen, nachdem sie aufgehört hatte, sich zu fragen, wohin die ruhelosen Toten gewandert sein mochten. Denn sie hatte das Gefühl, kurz davor zu stehen, das größere Bild hinter Ramses' Verschwinden sehen zu können.

Er hatte offensichtlich einen Pakt mit einem Teufel geschlossen, um sein Leben zu retten, einen Pakt, durch den sein Körper von einem Geist der Unterwelt besessen wurde, dem er dafür seine Glücksmünze überlassen hatte. Ob dieser Deal und die Besessenheit nun Teil von Cordelias Plan waren oder nur ein glücklicher Umstand, den sie ausgenutzt hatte – es war ziemlich klar, dass sie ein Komplott inszenierte, in das Ramses sowie der Caduceus oder der verfluchte Revolver oder gar beide verwickelt waren.

Eines musste Renai Cordelia lassen – ihr Timing war perfekt. Ein vermisstes Kind hier, ein spiritueller Gefängnisausbruch dort, und alles lief auf die Hallows hin, an denen in dem System, das die Lebenden und die Toten voneinander trennen sollte, eine riesige Lücke klaffte. Es war wie ein Banküberfall während des Mardi Gras, wenn alle Polizisten auf der Paraderoute waren. Das Einzige, was sie noch nicht verstand, war, was all das verband. Das letztendliche Ziel. Das Warum. Cordelia war offenbar eine Art Göttin. Sie konnte die Unterwelt besuchen und verlassen, wann immer sie wollte. Wozu also das ganze Durcheinander in dieser und der anderen Welt? Welche geheime Absicht verbarg sie?

Renai versuchte, die Sache aus allen Blickwinkeln zu betrachten und sich daran zu erinnern, was sie und Sal in der Unterwelt gemacht hatten, während die andere Hälfte von ihr mit Cordelia in dieser Welt gewesen war. Dann fiel ihr wieder ein, dass ihre duale Natur der Grund dafür gewesen war, aus dem Cross sie und Sal beschuldigt hatte, im Gefängnis gewesen zu sein, als die Dämonen freigelassen wurden. Sie waren in der Welt der Lebenden im Orleans Parish Prison gewesen, um Miguel Flores einzusammeln. Plötzlich schielte sie und erlebte eine Irritation in diesem mittlerweile vertrauten Gefühl, zwei getrennte Erinnerungen zur selben Zeit im selben Gehirn zu haben. Außerdem spürte sie einen scharfen Schmerz an ihrem Handgelenk. Sie schlug zerstreut mit der anderen Hand danach, weil sie es für einen Moskito hielt. Aber als sie hinsah, stellte es sich als viel schlimmer heraus.

Das Garn, das durch Celestes Abbild-Magie an ihr Fleisch gebunden war, zerfaserte.

Renai redete sich ein, sie hätte ja gewusst, dass die Magie, die ihre beiden Hälften zusammenhielt, lediglich vorübergehend sein konnte, dass es nur logisch war, wenn etwas, das bloß drei Tage halten sollte, sich schon nach einem Tag abnutzte. Aber sie konnte diesen stechenden Schmerz nicht ignorieren. Sie hatte ihn selbst ausgelöst. Als sie gleichzeitig als Unterwelt-Renai und als Lebende-Welt-Renai ihre Erinnerungen aufrief, hatte sie die Macht der Magie überbeansprucht. Das bedeutete, wenn sie sich zu sehr anstrengte, könnte dieser seltsame Kompromiss mit ihrem Selbst, den Celeste ihr aufgezwungen hatte, schon viel früher enden als mit den Hallows.

Um sich abzulenken, tippte sie Regal auf die Schulter. Die war bereits bei ihrer dritten oder vierten Interpretation des »Fünkchen küsste ein Mädchen«-Songs, von der eine schmutziger war als die davor. Regal beendete noch eine Zeile, etwas über »Toilettenhäuschenbodengeschmack-Bi-Pussi«, und drehte sich um, einen Arm auf Leons Sitz gelehnt.

»Was ist?«, fragte sie.

»Was hast du gegen Jack Elderflower?«

Regal schnitt eine Grimasse, als hätte sie Akas Zunge in ihrem Schlund ertragen müssen. »Eine einstweilige Verfügung wäre ganz nett«, erwiderte sie.

Renai hob irritiert eine Braue. »Im Ernst? Du machst Witze? Jetzt?«

Leon riss fluchend das Lenkrad herum, als er einem Schlagloch zu spät auswich, und der Rolls setzte mit einem beängstigenden Krachen auf. *Wenigstens kreischt kein Metall, also müsste es gut gegangen sein,* dachte Renai. Trotzdem fuhr er im Schritttempo weiter. Regal war zur Seite geschleudert worden und drehte sich jetzt wieder zu Renai um. Sie sah, dass sich ihre Miene nicht verändert hatte, und runzelte die Stirn. »Okay, na gut. Die Wahrheit über Elderflower. Zunächst mal kennst du ihn vielleicht unter einem anderen Namen? Jacques St. Germain?« Sie wartete, als wäre das eine dramatische Enthüllung, und Renai hatte schon eine bissige Antwort auf der Zunge, aber dann kitzelte der Name ihr Gedächtnis. Es war irgendein vergrabenes Detail, das sie bei einer dieser

Touren durch das Quarter aufgeschnappt hatte, für die Celeste sogar ihren Laden verlassen hatte. Nur hatte sie ihn den Comte de St. Germain genannt.

Und gesagt, er sei ein Vampir.

»Warte«, meinte sie, »das kann nicht sein. Er ist …«

»Kein Vampir, nein«, unterbrach Regal sie. »Es gibt keine Vampire in New Orleans, nicht mehr. Das erzählen sie bei diesen Stadtführungen immer irreführend. Richtig ist allerdings, dass er seit dem frühen neunzehnten Jahrhundert in der Stadt lebt und schon über hundert Jahre alt war, als er hierherkam. Er behauptet, ein Graf zu sein, aber das ist wahrscheinlich Blödsinn, genau wie seine anderen Namen. Das Einzige, was ich mit Sicherheit über ihn weiß, ist, dass er ein Alchemist ist. Du weißt schon, er kann Blei in Gold verwandeln, Geister beschwören, Unsterblichkeit erlangen, das ganze Zeug. Und warum ich ihn hasse? Die kurze Version ist, er und mein Vater, sie …«

Sag nicht ›hatten Zoff‹. Bitte sag nicht, ›sie hatten Zoff‹.

»… sie hatten Zoff. Den ich sozusagen geerbt habe. Elderfucker hat sich den Schwanz verbogen, als ich vor ein paar Jahren versucht habe, die Dinge zu klären, und ich habe mies reagiert.« Ein fast wehmütiger Ausdruck erschien auf ihrem Gesicht. »Vielleicht habe ich ihm sogar die Peyronie angehext? Ich habe es vergessen.«

»Tatsächlich?«, meldete sich Leon zu Wort. Renai war überrascht, weil ihr nicht bewusst gewesen war, dass er zugehört hatte.

Regal zuckte mit den Schultern. »Es war direkt nach Katrina. Ich war in einer schlimmen Situation.«

»Nach dem Hurrikan ging es niemandem gut«, sagte er. »Aber du bist die Einzige, die hier die Genitalien eines Mannes verhext. Du hast eine verdammt ungesunde Fixierung, Weib.« Renai sah sein Lächeln im Rückspiegel. Aber sie sah auch, wie er das Lenkrad fester packte, als könnte er so Gelassenheit herauswürgen. Sie wusste, was ihr Geplänkel eigentlich war. So etwas nannte man nicht ohne Grund Galgenhumor.

Und doch hatte Regal unter ihren Flüchen und Respektlosigkeiten etwas Wichtiges gesagt: Jack Elderflower konnte Geister beschwören. Renai erinnerte sich an seine Worte, dass all seine seltsamen Computerzaubereien daher rührten, gehorsame Dämonen auszusenden. Da sie katholisch erzogen worden war, hatte sie eine sehr spezielle Vorstellung davon, was ein Dämon war, mit Fledermausflügeln und Mistgabel und allem Drum und Dran. Aber in Wahrheit war es nur eine andere Bezeichnung für einen Geist. Vielleicht hatte er einen Haufen Dämonen beschworen und in seine Servertürme eingesperrt, so wie Regal einen Geist gebunden hatte, um ihren Baseballschläger zum Flammenwerfer zu machen. Oder wie Renai einen Haufen verlorener Seelen gezwungen hatte, die Form eines Kartenspiels anzunehmen. Elderflower hatte Renai gesagt, er wolle eine Glücksmünze, aber vielleicht hatte er ein Auge auf eine ganz andere Machtquelle geworfen.

Vielleicht wusste Elderflower, wo all die Dämonen steckten, die aus der Oubliette entkommen waren.

»Jedenfalls«, sagte Regal, »wurde es laut und hässlich, mein FEMA-Wohnwagen brannte aus, und die Lage war angespannt. Dann ist er einfach aufgestanden und verschwunden. Ich habe seinen feigen Arsch seitdem nicht mehr gesehen.«

»In Ordnung«, sagte Leon und lenkte den Rolls von der holprigen, löchrigen Magazine Street auf die lange gewundene Auffahrt des Audubon Zoo. »Reißt euch zusammen. Wir sind da.«

Renai wusste nicht, wie lange die Audubon Society diese »Boo at the Zoo«-Spendenaktion für das Kinderkrankenhaus schon veranstaltete, aber sie war sich ziemlich sicher, dass sie mindestens seit dem Hurrikan stattfand. Als Kind hatten ihre Eltern Halloween nicht sonderlich gemocht. Zum einen wegen der Panik, die durch versteckte Rasierklingen in Süßigkeiten ausgelöst wurde, und zum anderen wegen der kultischen Aspekte, die sie in diesem Fest sahen. Erst als sie alt genug gewesen war, um allein »durch die Straßen zu ziehen«, wie ihr Vater es ausgedrückt hatte, hatte sie Halloween wirklich für sich entdecken können. Als Teenager war sie liebend gern an Halloween in den Audubon Zoo gegangen. Sie hatte es mit jeder Faser ihres Grufti-Herzens geliebt: die kostümierten Besucher, das alberne Spukhaus für kleine Kinder und die wirklich gruselige Version für ältere, der Nervenkitzel des Unerlaubten, nach Einbruch der Dunkelheit an einem Ort zu sein, der normalerweise nachmittags geschlossen wurde, all das.

Und dazu gehörte natürlich auch die Geisterbahn.

Im Gegensatz zu »Weihnachten unter Eichen«, einer ähnlichen Attraktion, die während der Weihnachtszeit im Stadtpark stattfand, war die Geisterbahn im Zoo keine echte Lokomotive, sondern nur ein elektrischer Zugwagen, der stark genug war, eine Handvoll viersitziger Waggons in einer Reihe hinter sich herzuziehen. So konnte man den Weg durch den Zoo jedes Jahr ein wenig anders gestalten, ein wenig ausgeklügelter. Da alle Tiergehege für die Veranstaltung geschlossen wurden, konnte die Geisterbahn wirklich überall auf dem Gelände herumfahren.

Renai hatte das Gefühl, dass die diesjährige Fahrt weniger Süßes und weit mehr Saures parat haben würde.

Nach fünf Jahren, in denen sie mit ihrer Aura des Desinteresses in dieser Welt und den Schatten in der nächsten gelebt hatte, war der Umgang mit einer Meute lebender Menschen eine verunsichernde, nervenaufreibende Erfahrung. Sie war am Eingangstor nicht mal stehen geblieben, bis einer der Sicherheitsbeamten ihr den Weg versperrt hatte. Sie hatte nicht daran gedacht, dass sie Geld brauchen würde, bis sie danach gefragt worden war. Zum Glück hatte Regal irgendeinen Trick mit einer Serviette gemacht, der die Frau an der Kasse davon überzeugt hatte, dass sie bezahlt hätten.

Innerlich fühlte sie sich, als ob Hunderte von Augen sie beobachteten, als ob jeder sich umdrehte, um sie anzustarren, wenn sie vorbeiging. Erst als ein junges weißes Mädchen am Ärmel ihrer Mutter zerrte und rief: »Mama, die Dame da hat Feenflügel, die richtig flattern!«, erkannte Renai, dass ihre Flügel versuchten, sie hier wegzubringen, weil ihre Nerven derart angespannt waren.

Die Mutter packte ihr Kind grob am Arm und zerrte es weg. Sie war rot geworden und weigerte sich, auch nur in Renais Richtung zu schauen, als hätte ihr Kind sie irgendwie beleidigt oder, was wahrscheinlicher war, als erwartete sie, dass Renai ihr gleich »eine Szene machen« würde. Nicht weil sie gefährlich wäre, weil ein Geist in ihr lebte oder weil sie eine Abgesandte des Todes war – sondern wegen ihrer Hautfarbe. Renai fühlte, wie sie über diese vertraute Demütigung vor Scham und Wut errötete. Aber nach so langer Zeit ohne eine solche Erfahrung hatte diese Demütigung fast etwas Tröstliches.

Mädchen, dachte sie, *wenn du dich damit tröstest, dass eine rassistische Becky dich mit dem Man-weiß-ja-wie-die-so-sind-Blick anstarrt, hast du jede Menge Probleme.* Sie schüttelte den Kopf und versuchte, sich auf das zu konzentrieren, was vor ihr lag.

Regals Plan sah vor, dass sie sich aufteilten. Leon ging vorne, dahinter Renai und Regal als Nachhut. Damit wollten sie Jack keinen Grund geben zu vermuten, dass einer der beiden anderen mit Renai dort wäre.

Falls sich Jack ihr also näherte, konnte entweder Regal oder Leon ihn packen. Renai hatte keine bessere Idee, also machte sie mit und tat so, als wüsste sie nicht, dass es ein Ansatz im Sinne von »Wir tun so als hätten wir einen Plan deshalb flippen wir nicht aus« war.

Über ihnen grollte Donner. Renai wünschte sich den Regen fast herbei, nur damit sich die Menschenmassen zerstreuten. Sie fragte sich, ob der kleine Behemoth in ihr ein echtes Gewitter aus den Wolken pusten könnte, aber da nur Angst durch ihre Adern pulsierte, schien der

Geist weit außerhalb ihrer Reichweite zu sein. Das war er, seit Aka sie auf einen durch Spucke ausgelösten LSD-Trip geschickt hatte. Sie konnte ihn immer noch spüren, tief unten, aber er schien zu schlafen. Oder zu warten.

Renai konzentrierte sich darauf, durch eine Menge zu manövrieren, die sie tatsächlich sehen konnte und nicht vor ihr zurückschreckte, wie es die Schatten taten, und sie zuckte zusammen, als Regals Stimme direkt hinter ihr murmelte: »Bist du das?«

»Was?« Sie konnte sich nur mit Mühe beherrschen, herumzuwirbeln und die andere Frau anzufunkeln.

»Dieser Donner, bist du das?«

»Nein«, antwortete sie, »bin ich nicht.«

»Hoffentlich beschäftigt Jude diese regentanzenden Arschlöcher weiter beim Kartenspiel.«

Renai schwieg eine Sekunde, weil sie nicht wusste, ob Regal absichtlich oder einfach nur unbewusst rassistisch war. Dabei fragte sie sich, ob man beides gleichzeitig sein konnte. »Solltest du nicht Abstand halten?« Sie ging auf Zehenspitzen weiter und reckte den Hals, während sie nach Leons rabenschwarzer Maske in der Menge suchte. Er hatte sich umgedreht und kam wieder auf sie zu.

»Planänderung«, erklärte Regal. Als Renai sie fragend ansah, hielt sie ihr Handy hoch. Das Display zeigte eine SMS von einer unterdrückten Nummer. Vor ihr hielt Leon ebenfalls sein Handy hoch und schüttelte es angewidert.

»Danke fürs Kommen«, lautete die Nachricht. »Alle Mann an Bord!«

Die Menschen vor der Geisterbahn waren unruhig. Die Schlange reichte zurück bis durch die Metallbarrikaden, die um das Karussell herum aufgebaut waren: ein kunstvolles massives Rad unter einer rot-weißen Markise, deren Rand genau wie die Säule in der Mitte mit Gemälden bedrohter Tierarten und ovalen Spiegeln verziert war. Ihre Speichen waren gebogene goldfarbene Stangen, die eine Menagerie aus Alligatoren, Elefanten, Nashörnern und Flamingos neben den eher traditionellen Pferden hielten. Jedes Mal wenn das Karussell sich zu drehen begann, zuckte Renai zusammen. Sie konnte nicht verhindern, dass sie sich vorstellte, wie sich das riesige Ding wie die belebte Monstrosität im Jazzland erhob.

Renai hatte nicht wirklich gedacht, dass die Aura des Desinteresses auch bislang unerkannte Vorteile hatte. Niemals in einer Schlange warten zu müssen, war ganz gewiss einer davon. Sie fühlte, wie die Zeit verstrich, die sie noch ganz und sie selbst war, als liefe eine Sanduhr außerhalb ihres Blickfelds, ein Timer, der gnadenlos heruntertickte. Ganz zu schweigen von den bösen Blicken, die Eltern den dreien zuwarfen, wenn Regal in Hörweite ihrer Kinder etwas Obszönes murmelte. Sie redete unaufhörlich davon, dass sie damit hätte rechnen müssen, dass Elderflower in der Lage war, ihre Telefone zu orten, dass seine Dämonen überall waren, wo es Drähte oder Schaltkreise gab, die sie kapern konnten. Nur gebrauchte Regal dabei Worte, bei denen selbst Renais Mutter nach einem Stück Kernseife gegriffen hätte.

Dann wurde es noch schlimmer. Denn als ihre Schlange endlich zu den Wagen selbst kam, fing das

Kind einer weißen Familie, offensichtlich viel zu jung für die Fahrt, an zu schreien, als es die blutigen Schürzen und grotesken Masken sah, welche die freiwilligen Helfer des Zoos trugen. Einer von ihnen nahm schließlich seine Maske ab, um dem kreischenden Kind zu zeigen, dass alles nur ein Scherz wäre, aber das erschreckte es nur noch mehr.

Die Angst des Jungen fraß sich in Renai hinein, in die Hälfte von ihr, die in der Unterwelt gelebt hatte, in ihr mitfühlendes Selbst, das zu verstehen versuchte. Das Selbst, das ihre Macht benutzte, um etwas wegzuwaschen, nicht um zu töten. So fühlte sie, wie sich die Kluft zwischen ihr und der zerstörerischen Kraft, mit der sie Elderflower entgegentreten wollte, vergrößerte, an den Fesseln ihres Fleisches zerrte.

Deshalb war es fast eine Erleichterung, als sie endlich in den Wagen stiegen, obwohl sie in gewisser Weise direkt in Elderflowers Falle gingen. Renai und Regal quetschten sich auf einen Sitz, Leon nahm auf dem anderen Platz. Er lümmelte dort in dieser breitbeinigen Ich-brauche-den-ganzen-Platz-für-meinen-ganzen-Kram-Art, in der Männer saßen. Renai spürte, wie ihre Unruhe sich ein Stück weit legte, als der Zug sich in Bewegung setzte, sie sich von der Menschenmenge entfernten und die relative Stille der Gummireifen auf dem Beton und der Eichen, die hoch über ihren Köpfen rauschten, sie umgab. So oder so würden sie in Kürze ein paar Antworten bekommen.

Die Szenerie war zunächst recht zahm. Künstliche Fledermäuse baumelten an Bäumen, aus Lautsprechern gellte bedrohliches Gelächter, aber Renai war klar, dass ihre Fahrt noch ziemlich intensiv werden würde, bevor sie vorbei war. Schaufensterpuppen stellten Gewaltszenen dar, und schließlich sprangen freiwillige Helfer, verkleidet als Monster und Killer, die ihren Opfern nachjagten, auf den Zug zu. Renai wusste nicht, ob es daran lag, dass sie selbst ein Opfer von Gewalt gewesen war, daran, dass sie die Auswirkungen des Todes auf die Menschen um sich herum gesehen hatte, oder ob sie sich zu sehr der realen Monster bewusst war, die die Welt zu ignorieren schien – aber sie genoss diese Szenen nicht mehr so wie früher.

Vielleicht wusste sie auch einfach nur, dass die Gefahr dieses Mal echt war.

Wenigstens war sie mit dieser Erkenntnis nicht allein. Sie bogen von dem gepflasterten Abschnitt des Gehwegs auf einen Schotterweg ab, der normalerweise für die Öffentlichkeit gesperrt und ziemlich geschickt so dekoriert worden war, dass es aussah, als wäre ein Teil des Zauns abgerissen worden. In dem Moment holte Leon seine Trompete aus dem Koffer. Regal zog ihren Flammenwerfer-Schläger aus einer ihrer Manteltaschen und einen aus gebleichtem weißen Knochen geschnitzten Schlagring aus der anderen. Renai griff in das Nirgendwo und holte ihre Glasklinge heraus.

»Also sag, Fünkchen …«, Regal klopfte mit ihrem Schläger auf den Schlagring. »Erkennst du mein Kostüm wirklich nicht?« Die Frage entlockte Renai ein nervöses Lachen und Leon ein Kichern. »Denn es fühlt sich irgendwie so an, als würden wir gleich grausam sterben, und um ganz ehrlich zu sein, wenn es im Jenseits kein *Hamil-*

ton, Bermudas gibt, musst du schon die großen Geschütze auffahren, um mich auf die andere Seite zu ziehen.«

In exakt diesem Moment schossen Renai zwei sehr unterschiedliche Schlussfolgerungen durch den Kopf. Die erste wurde von Regals Worten ausgelöst. Die Ausdrücke »große Geschütze« und »andere Seite« prallten in ihrem Kopf auf eine Weise aufeinander, die Cordelias zugrunde liegende Absicht, wenn auch nicht ihr spezifisches Ziel, klar und fast schmerzhaft deutlich machte.

Die zweite wurde getriggert, als im selben Moment das Laub auf der einen Seite des Weges und die Umzäunung auf der anderen Seite wegfielen und sie den wirklich gruseligen Teil der Bahn erreichten. Das diesjährige Thema war unübersehbar – genauso wie die Falle, die Elderflower ihnen gestellt hatte.

Renai sah, als die Geisterbahn um die Kurve bog und abbremste, Folgendes: einen Honda Civic, der so platziert war, als wäre er von der Straße abgekommen und in eine der massiven Eichen des Zoos gekracht. Ein Schauspieler war vom Auto »eingeklemmt«, zappelte und knurrte aber immer noch. Andere Schauspieler mit Zombie-Make-up und zerrissener blutiger Kleidung watschelten mit dem stockenden, ungelenken Gang von Hollywood-Zombies auf die Geisterbahn zu. Und unter sie hatten sich, die leeren Augen und leeren Mienen zielsicher auf den Wagen gerichtet, in dem Renai, Regal und Leon saßen, Dutzende Ghoule gemischt.

Gerade als Renai schreien wollte, presste sich eine kalte schwarze Hand auf ihren Mund.

KAPITEL NEUNUNDZWANZIG

Sie werden in der gesamten Menschheitsgeschichte erwähnt, bis zurück zum Gilgamesch-Epos. Die germanischen Völker des hohen Nordens nennen sie Afturganga, die »Nachtwandler«. In den Bergen von Tibet werden Türen mit niedrigen Türstürzen gebaut, in dem Glauben, dass ein Ro-lang, ein Auferstandener, sich nicht bücken kann. In den Mythen des Nahen Ostens galt es als weise, Ruinen und verlassene Orte zu meiden, denn dort wohnten Ghoule, die die Unvorsichtigen packten. In der Folklore der Algonquin-Sprecher werden sie Wendigo genannt, die ewig Hungernden. In der modernen Welt sind sie als Zombies bekannt, ein Wort, das aus dem haitianischen Voodoo stammt. Aber ein Zombie ist ein lebender Mensch, dem die Seele entrissen wurde, während diese Wiedergänger, die Ghoule, Leichen sind, die nur noch einen Funken Leben in sich tragen. Ob Monster oder Opfer, diese wandelnden Toten, diese gescheiterten Wiederauferstehungen haben eines gemeinsam: Ihr Hunger nach Menschenfleisch kann nie gestillt werden.

Elderflowers Falle schnappte in dem Moment zu, in dem Renai sie sah. Die Ghoule, die in den Büschen zu beiden Seiten des Tors gelauert hatten, stürmten aus ihrem Versteck hervor, als der Zug anhielt. Sie packten Renai und Regal und Leon von hinten, hielten ihre Münder zu, packten sie bei den Händen und zerrten sie mit unerbittlicher Kraft aus dem Waggon, gerade als der Zug sich wieder in Bewegung setzte.

Die drei hatten kaum eine Möglichkeit, sich zu wehren. Renai schaffte es, einen Angreifer mit ihrem Messer zu durchbohren. Die Klinge schnitt ohne Widerstand durch Fleisch und Knochen der Schulter des Ghouls, aber es gelang ihr nur, den Arm abzutrennen, der sich immer noch hartnäckig an ihr Gesicht klammerte. Die wenigen Leute in den Wagen vor ihnen, die ihre Entführung mitbekamen – Prolls, wie Regal sie genannt hätte –, dachten, es gehöre alles zur Show, winkten zum Abschied oder machten ihre Freunde auf den Kampf aufmerksam. Renai sah sogar einen Idioten, der alles mit seinem Handy filmte.

Sie selbst wurde von mehreren Händen in die Luft gehoben, als wäre sie ein Crowdsurfer. An dem Schwanken unter ihr merkte sie, dass die Ghoule sie irgendwohin trugen, aber da sie von Dunkelheit umgeben war, konnte sie nicht feststellen, wohin sie sie brachten. Zu Elderflower vermutlich. Den gedämpften Lauten neben ihr nach zu urteilen, wurde sie zumindest von Regal begleitet. Kalte starre Finger umklammerten die Hand, die das schwarze Glasmesser hielt, und versuchten, es ihr zu entreißen. Sie schob es ins Nirgendwo, damit die Ghoule es ihr nicht wegnehmen konnten.

Dann biss sie die Zähne zusammen, griff nach dem Sturm in ihrem Inneren, nach der Kraft, die gerade außerhalb ihrer Reichweite schwebte. Sie war auf halbem Weg zwischen ihren beiden Ichs gefangen, jedes kämpfte um die Magie des Sturms. Ihre eine Hälfte, die Vernichterin des Lebens, brannte vor Hass auf Jack Elderflower und das, was er getan hatte und immer noch tat, und war bereit, die Welt im Umkreis von etlichen Meilen zu verwüsten, solange ihr Blitz ihn nur erreichte. Ihre andere Hälfte, die Barmherzige, wurde von einem schmerzlichen Mitgefühl für die Menschen verzehrt, deren Leichen sie jetzt trugen, Menschen, die, weil ihr Glück noch in ihren Körpern steckte, während ihre Essenzen schwanden, für immer außerhalb des Ersten Tores ausharren müssten, aus dem einzigen Grund, dass sie am falschen Ort zur falschen Zeit gestorben waren.

Und genau das war der Knackpunkt all ihrer Schwierigkeiten als Psychopomp. Wie konnte sie die Wut ertragen, die sie wegen der Ungerechtigkeiten der Welt empfand, wenn sie doch wusste, dass sie voller gebrochener, verängstigter Menschen war? Wie konnte sie die Welt, in der sie lebte, lieben, wenn sie so viel Hass in ihr auslöste?

Während sie an ihren schmerzenden Fesseln zerrte, bemerkte Renai erst, dass sie ihr Ziel erreicht hatten, als die Ghoule sie aufrichteten und zu Boden gleiten ließen. Sie blieb stehen, wurde jedoch von den toten Händen so fest gehalten, dass die Ghoule sie genauso gut weiter über sich hätten heben können. Zum Glück konnte sie den Kopf bewegen, sodass sie sehen konnte, wohin sie gebracht worden war.

Die Ghoule drängten sich auf einem erhöhten Holzsteg. Die flache offene Fläche wurde in regelmäßigen Abständen durch hüfthohe Strukturen unterbrochen, die sich nach genauerer Betrachtung in der Dunkelheit als Picknicktische entpuppten. Die Menge der Ghoule um sie herum war so still und leise, dass Renai das Surren der Insekten in den Eichen und Zypressen hören konnte, die sich über ihnen ausbreiteten, das Rauschen und Tropfen des Wassers unter den Brettern zu ihren Füßen und das Summen und Murmeln der Menschen, die sich an dem Fest erfreuten. Sie waren viel zu weit entfernt, um ihnen helfen zu können. Regal stand, bewacht von den Ghoulen, links von Renai. Blut floss aus ihrer Nase. Leon stand rechts neben Renai. Sein Hemd war zerrissen, und er atmete flach, als hätte er Schmerzen.

Lichter flackerten auf und beleuchteten ein gedrungenes einstöckiges Gebäude mit einem hölzernen Vordach und einem Schild, auf dem ein Mann, der eine lächerliche Kochmütze trug, in einem Topf rührte. *Cypress Knee Café* stand in zwei verschiedenen Schriftarten darauf. Renai wusste, wo sie sich befanden, und lachte unwillkürlich. Selbst wenn sie es schafften, sich dem Griff der Ghoule zu entwinden, kamen sie nur über die Stege hier hinaus. Sonst hätten sie über das Geländer steigen und sich mit den Alligatoren anlegen müssen, die in den sumpfigen Gewässern der Louisiana Swamp Exhibit jagten.

Der Mann, der sich Jack Elderflower nannte, saß auf einem Tisch auf der anderen Seite des Speisebereichs des Cafés, die Füße auf die Bank gestellt. Er trug ein grünes T-Shirt mit der Aufschrift »Neutraler Boden-Seite« in goldenen Buchstaben, Jeans, die so dunkelblau waren, dass sie brandneu sein mussten, und ein Paar Flip-Flops. Er lächelte und winkte ihnen lässig zu. Ein relaxter Bro, der darauf wartete, dass seine Kumpels auftauchten. Renai rechnete fast damit, dass er ihnen ein Bier anbot.

»Schön, dass ihr alle da seid«, sagte er. »Diese Jungs sind großartig darin, Befehle zu befolgen, aber sie sind absolute Nieten, wenn es um gepflegte Konversation beim Essen geht.« Er machte eine Geste mit der Hand, als packte er etwas und zöge es zu sich, und zwei der Ghoule traten vor. Einer reichte ihm Regals Flammenschläger, der andere hielt ihm Leons Trompete hin. »Oh, und ihr habt Geschenke mitgebracht. Wie umsichtig. Ich freue mich schon darauf, diese kleinen Schätzchen auseinanderzunehmen und herauszufinden, wie sie funktionieren.« Er zwinkerte ihnen zu. »Das ist sozusagen mein Hobby, wisst ihr?«

Elderflower legte den Schläger auf den Tisch und sprang herunter. Dabei gab er den Blick auf eine gefesselte und geknebelte Opal Brennan hinter ihm frei. Sie war nicht bei Bewusstsein, aber ihr Brustkorb hob und senkte sich. Nach dem, was Renai sehen konnte, war sie unverletzt. Elderflower näherte sich ihnen langsam. Eine Hand hielt seinen Ellbogen, mit einem Finger der anderen Hand tippte er gegen seine Lippen, als dächte er darüber nach, was er mit den dreien anfangen sollte. Diese Situation, mitten in der Nacht gefesselt und wehrlos zu sein, erinnerte Renai an die Nacht vor fünf Jahren, als sie Cross und Criminel im Audubon Park gegenübergestanden hatte, während Jude Dubuissons Essenz in ihrem Kopf herumgeschwirrt war. In jener Nacht war etwas Wichtiges geschehen, etwas, woran sie sich unbedingt erinnern musste.

Elderflower lächelte sie mit einer Herzlichkeit an, die seine leeren seelenlosen Augen nicht mit einschloss. Er zog die amputierte Hand des Ghouls von Renais Mund und ließ sie mit einem dumpfen Schlag auf den Holzboden fallen. »Du und ich haben viel zu besprechen«, erklärte er.

»Ich habe deine Münze.« Renai platzte damit heraus, als ihr der Gedanke kam. »Sie ist hier in einer meiner Jackentaschen.«

Elderflower runzelte einen Moment lang verwirrt die Stirn. »Ah«, sagte er dann, und sein Gesicht verzog sich, »die Glücksmünze, die du mir bringen solltest.« Er rümpfte die Nase in einer übertrieben angewiderten Art. »Ich hatte nie viel Verwendung für so etwas, nicht mal für meine eigene. Du willst das Geheimnis der Unsterblichkeit wissen? Das Herzstück aller alchemistischen Studien?« Er beugte sich vor, so nah, dass sie Regals Aussage bestätigen konnte: Sein Atem roch nach Scheiße. »Du steigst aus dem Rad des Glücks und des Schicksals aus«, flüsterte er ihr ins Ohr. Diese erzwungene Intimität ließ sie erschaudern.

Er lehnte sich zurück und grinste. Offenbar hielt er ihre Abscheu für etwas anderes. »Ich habe vor Jahrhunderten jeden Rest von Glück aus meiner Seele gebrannt. Das befähigt mich, freien Willen zu demonstrieren, während der Rest von euch im Joch front und jedem Zupfen der Zügel gehorcht. Ich bin, was ihr sein könntet, wenn ihr die Fesseln der Götter abschütteln würdet.« Er hob einen Finger, wie ein Lehrer, der einem unaufmerksamen Schüler etwas verdeutlichen wollte. »Was ich wirklich brauchte, war etwas, das dich überzeugte, den Stein mit dir herumzutragen, damit ich dich im Auge behalten konnte.«

Obwohl Renai genau das bereits vermutet hatte, schmeckte die Wahrheit immer noch bitter. »Du hast also die ganze Zeit für diese Schlampe Cordelia gearbeitet.«

Er tippte mit einem Fingerknöchel spielerisch auf Renais Nasenspitze. »Allmählich kapierst du es! Aber ... Schlampe? Wirklich? *Zwietracht* ist eine Göttin der uranfänglichen Nacht, also bringe ihr ein wenig Respekt entgegen.«

»Wenn sie so göttlich ist«, sagte Renai, »wozu braucht sie dann eine Lusche wie dich?« Trotz seiner Schmerzen lachte Leon hinter der Hand des Ghouls, der ihn festhielt. Regal murmelte ebenfalls etwas, und da sie wusste, dass Renai sie nicht verstehen konnte, zwinkerte sie, um ihre Unterstützung zu zeigen.

»Wie alles andere, Renaissance Raines, hast du auch das in den falschen Hals gekriegt. *Zwietracht* benutzt nicht mich, sondern ich benutze sie. Verstehst du? Wir haben dir nur die Wahrheit gesagt. Es zieht ein Sturm auf.«

Renais Magen krampfte sich bei seinen Worten zusammen. Die Hurrikansaison endete in einem Monat, aber jeder in der Stadt wusste, wie mächtig ein verspäteter Hurrikan sein konnte. Ein Teil ihrer Angst musste sich in ihrem Gesicht gezeigt haben, denn Elderflower winkte, als wollte er eine Mücke verscheuchen.

»Nein«, sagte er, »keine vorübergehende Kollision von Wind und Flut. Die Zerstörung, die dieser Sturm erwecken wird, ist stärker als der kleine Hauch von Magie, den du in dir trägst, und verheerender als jeder Wirbelsturm. Es ist die Art Sturm, die das Antlitz der Erde reinigen wird. Um ihn zu überleben, und das habe ich entschieden vor, muss ich sehen, was kommt. Keine Menge an gestohlenem Glück kann das bewerkstelligen. Für diese Art von Vorwissen«, er deutete mit dem Daumen auf die bewusstlose Frau hinter ihm auf dem Tisch, »braucht man die Augen eines Orakels.« Elderflowers Tonfall ließ absolut keinen Zweifel. Er meinte es wörtlich. Opal war nicht nur der Köder, um Renai hierherzulocken, sie war auch der Lohn für seine Dienste für Cordelia.

Diese Erkenntnis gab den Ausschlag in Renais innerem Kampf, und als die Wut sie ganz erfüllte, stieg auch die Kraft ihres Geistes. Sie ließ den Sturm aus sich herausströmen. Die Wucht war eine weitere Belastung für die Nähte, die ihr getrenntes Selbst zusammenhielten, ein Schmerz, dessen scharfes Stechen fast angenehm war. Sie ließ zu, dass sich die Kraft des Sturms aufbaute, die Ghoule schwankten und taumelten im Wind, um das Gleichgewicht zu halten, und …

Sie spürte, wie die Kraft schneller aus ihr herausströmte, als sie es beabsichtigt hatte, schneller, als sie es jemals zuvor getan hatte. Elderflower fletschte die Zähne zu einem Lächeln, das mehr ein Knurren war. Er hob eine Hand und zeigte ihr den Siegelring aus Messing und Eisen an seinem Zeigefinger. Er trug das Siegel des Salomons – ein Sechseck, umgeben und beschriftet mit den Worten der Bindung, die der alte König benutzt hatte, um Geistern, Dschinns und Dämonen zu befehligen. Es glühte hellrot auf, als es den Sturmgeist aufnahm. Renai versuchte, danach zu greifen, um den Sturm aufzuhalten, aber es war zu spät. Die letzten Fetzen des Geistes, der seit ihrer Wiederauferstehung in ihr gelebt hatte, flossen aus ihr heraus und in Jack Elderflowers Ring.

»Schachmatt«, sagte er und rieb die Hände aneinander. »Obwohl ich eher das Gefühl habe, Schach zu spielen, während ihr drei euch mit Dame vergnügt. Es war alles direkt vor eurer Nase. Es gibt nur einen Grund, warum der Junge für uns den Revolver tragen muss. Und es gibt nur einen Ort, an den wir ihn schicken könnten. Und du hast nie …«

Er verstummte seufzend und stemmte die Hände in die Hüften. »Du hast dem nichts hinzuzufügen? Keine wüsten Drohungen, kein Flehen um Gnade? Ich muss zugeben, dass ich auf eine etwas anregendere Unterhaltung gehofft hatte. Schließlich kann ich die beiden da nicht reden lassen.« Er deutete auf Regal und auf Leon. »Der eine ist die Stimme von New Orleans, die andere eine bösartige Fotze, aus deren Mund ich nie wieder ein Wort hören will.« Regal schrie etwas in die Leichenhand ihres Ghoul-Häschers. Die Worte waren erstickt, aber die Bedeutung war klar. Jetzt erinnerte sich Renai endlich an den Kampf gegen die Loa im Audubon Park, wo sie ein mächtiges magisches Machtwort von Jude Dubuisson gelernt hatte. Es war dasselbe Wort, das Regal früher an diesem Tag geschrien hatte, als sie gegen eine von Geistern beseelte Marionette gekämpft hatte.

»Ich verstehe nicht viel von Dame oder Schach«, erwiderte Renai.

Elderflower verzog das Gesicht und klimperte angewidert mit den Wimpern. »Nein, versteh doch, es war nur eine Metapher …«

»Weil meine Familie immer nur Herz gespielt hat«, sagte sie und lächelte ihn an. Sie wusste, dass es nur funktionierte, wenn sie daran glaubte. »Und bei uns zu Hause hat man nie triumphiert, bevor die letzte Karte gespielt war, sonst hat es einen doch noch im letzten Moment mit diesem Miststück erwischt.« Dann schrie sie das Wort aus dieser seltsamen unbekannten Sprache, das sie und Regal beide von einem Urgott gelernt hatten, das magische Machtwort, dessen Kraft Regal in die Holzmaserung eines Kinderbaseballschlägers gebunden hatte, als wäre es ein Zauberstab.

Das Wort, das *brennen* bedeutet.

Flüssiges Feuer sprudelte aus dem Ende von Regals Baseballschläger, schoss in einem Bogen über die hölzernen Picknicktische und den Boden des erhöhten Stegs und landete vor den Füßen einer Handvoll Ghoule, von denen keiner genug Bewusstsein besaß, um vor den tosenden Flammen zurückzuweichen. Sie standen unnatürlich still, während sie verbrannten. Elderflower wirbelte herum und streckte die Hand aus, die den Ring aus Messing und Eisen trug. Rauch strömte aus dem Ring, teilweise grau wie Morgennebel und teilweise schwarz wie Öl.

Renai wartete nicht, um mit anzusehen, wie Elderflower das Feuer zu stoppen gedachte. Sie krümmte den

Rücken und verdrehte ihr Handgelenk, winkelte es so ab, dass die Klinge ihres schwarzen Messers, nachdem sie ins Nirgendwo gegriffen und es herausgezogen hatte, den Unterarm des Ghouls, der ihren Arm hielt, durchtrennte. Ein Rauschen des Windes und ein lautes Platschen sowie der modrige Gestank des Stumpfes verrieten ihr, dass ihr die Zeit ausging und Elderflower fast Erfolg mit seiner Bemühung hatte. Sie schlug um sich, schnitt in die andere Hand, die sie festhielt, dann fiel sie auf die Knie. Als sie den stechenden Schmerz fühlte, tränten ihr die Augen. Sie schob die Klinge zurück an ihren Platz im Nirgendwo und kramte hastig in der Tasche ihrer Jacke.

Erneut wurde sie von einem Ghoul hochgezerrt. Er hatte seine tote Hand um ihren Hals gelegt. Sie griff nach seinem Handgelenk, eine unwillkürliche Reaktion, weil ihr Körper sich wehrte, obwohl ihr Verstand wusste, dass es hoffnungslos war. Renai starrte in seine milchigen seelenlosen Augen. Mit der anderen Hand kramte sie weiter in ihrer Tasche, fand die Medizinflasche und zerquetschte das dünne Plastik in ihrer Faust, statt mit dem Sicherheitsverschluss zu kämpfen. Sie versuchte, sich nicht vorzustellen, wie die Hand an ihrem Hals dasselbe mit ihrer Kehle tat. Sie riss die Zigarette mit dem Daumennagel auf und tastete in den Tabakblättern nach dem dünnen Edelmetallsplitter.

Eine weitere Hand umklammerte ihr Handgelenk, diese war warm und pulsierte vor Leben. Renai drehte sich um und blickte in Jack Elderflowers leere weiße Augen. Er grinste. Ein Blick über die Schulter zeigte die qualmenden, schwelenden Tische und das Deck. Alles war durchnässt, nachdem er einem Dämon oder einem Schatten oder einem Dschinn – wie auch immer er diese gestaltlose Kreatur des Willens und der Magie nennen mochte, die er unter sein Kommando gezwungen hatte – befohlen hatte, die Flammen von Regals Schläger mit einer Welle Sumpfwasser zu löschen. Leon und Regal kämpften verzweifelt gegen den Griff ihrer Ghoule an, aber Renai wusste nur zu gut, dass man gegen die Toten nichts ausrichten konnte.

Elderflower zwang Renai, die Hand aus der Tasche zu nehmen, und drehte ihren Arm so, dass er sehen konnte, was in ihrer Faust war. Vielleicht zum ersten Mal sah Renai einen echten Ausdruck in seinem Gesicht: Überraschung. »Eine Zigarette? Ist das dein Ernst? Wolltest du mir vielleicht Krebs anhexen?«

Renai holte tief Luft, um ihm zu antworten, und stellte zu ihrer Freude, wenn auch nicht zu ihrer Überraschung, fest, dass sie keine Atemprobleme hatte. Der Ghoul hielt sie zwar am Hals fest, drückte aber nicht zu. Sie täuschte trotzdem Widerstand vor, keuchte ein wenig und flüsterte den Text von »I Kissed a Girl«, so leise, dass Elderflower sie nicht richtig verstehen konnte. Prompt beugte er sich vor und grinste noch grässlicher als der Leichnam, der ihren Hals umfasst hielt. »Irgendwelche letzten Worte?« Er beugte sich zu ihr und ließ ihren Arm los, um sich hinter ihr auf das Geländer zu stützen. »Auf diesen Moment habe ich lange gewartet.«

»O ja, du hast schon viel zu lange gewartet«, stimmte Renai zu und verdrängte jeden Anflug von Schwäche aus ihrer Stimme, »entschieden zu lange.« Dann rammte sie ihm den Metallsplitter in den Nacken, den Splitter von dem, was einmal eine ganze Glücksmünze gewesen war. Den Splitter des Glücks, der nur den Moment seines Todes beinhaltete. Er blinzelte einmal und riss die Augen gerade lange genug auf, um Renai zu zeigen, dass seine Augen einen sehr schönen Blauton hatten. Dann sackte er zu Boden, nachdem er endlich das Ende seines langen, langen Lebens erreicht hatte.

Regal und Leon schrien beide, ihre Stimmen wurden von den Ghoulen, die sie noch immer festhielten, gedämpft. Soweit sie es beurteilen konnte, feierten sie ihren Sieg, denn sie glaubten, was Elderflower behauptet hatte. Sie dachten, er hätte die Kontrolle gehabt, und sein Tod würde bedeuten, sie hätten diese Runde gewonnen. Renai lächelte grimmig, aber sie wusste, was sie nicht wussten und nicht wissen konnten, nämlich dass ihr Kampf noch lange nicht zu Ende war. Sie wandte den Kopf ab, als die beiden immer verzweifelter gegen den Griff der Ghoule kämpften. Sie wollte die Erkenntnis nicht in ihren Gesichtern sehen, als sie realisierten, was selbst Elderflower nicht gewusst hatte: dass diese Ghoule von einer anderen Macht beseelt waren als die Geister, die er befehligt hatte.

»Du kannst uns jetzt gehen lassen.« Renai sprach zu dem Ghoul vor ihr, aber sie wusste, dass sie alle mit derselben Stimme sprechen und alles hören würden. »Ich weiß, dass du diesem Arschloch nicht wirklich gehorchen wolltest.«

Die Hand, die Renais Hals umklammerte, entspannte sich gerade so weit, dass sie sich losreißen konnte, und obwohl sie wusste, dass alles, was dem Ghoul Schmerzen bereiten konnte, schon vor Tagen gestorben war, trat sie ihm, so fest sie konnte, gegen das Schienbein. Es bewirkte nichts, aber sie fühlte sich besser. Regal befreite sich von ihrem Häscher, dann Leon, der sogleich taumelte und eine Hand an seine Seite presste. Regal half ihm, indem sie seinen Arm über ihre Schulter legte, und obwohl sein Gesicht schmerzverzerrt war, richtete er sich halbwegs auf.

Es war unheimlich, mitten in einem Berg von Leichen zu stehen. Es bestand kein Zweifel daran, dass kein Leben in ihnen war. Sie waren zu still, zu leer. Und etliche von ihnen stanken erbärmlich.

»Würdest du uns vielleicht verraten, was zum Teufel hier los ist?« Regals Stimme war heiser von ihrem vergeblichen Geschrei. »Ich dachte, dieses Lachtäubchen da drüben hätte all diese Zombies kontrolliert!«, keuchte Leon wütend. »All diese wandelnden Leichen, die angeblich etwas ganz anderes sind als Zombies.«

»Das dachte er auch«, sagte Renai. »Er dachte, sie würden ihm deshalb gehorchen.« Sie kniete nieder und zog den Ring aus Eisen und Messing von Elderflowers schlaffem Finger. In dem Moment, als sie ihn in der Hand hielt, spürte sie, wie der Sturm wieder in sie überging, kraftvoll, zitternd und mächtig angepisst. Sie ließ ihn wüten, auch wenn es schmerzte, und war überrascht, wie sehr sie seine Präsenz vermisst hatte.

»Wisst ihr, es gibt zwei Arten von Ghoulen.« Sie stand

auf. »Da gibt es die makelbehafteten. Die kürzlich verstorbenen, die von einem Überbleibsel ihres früheren Selbst belebt werden. Als ihr mich beschworen habt und sagtet, ihr hättet ein Ghoul-Problem, dachte ich, wir hätten es damit zu tun. Die Pomps konnten ihre Toten nicht rechtzeitig einsammeln, und deren Geister wurden verdorben. In dem Fall hätte Elderflower mit seinem Ring die Geister beherrschen können, die all diese Körper belebt haben.« Sie zuckte mit den Schultern. »Aber dann hätte ich als Psychopomp auch die Macht haben müssen, sie niederzuschlagen. Das konnte ich jedoch nicht. Also war es die andere Art von Ghoulen, die durch eine gezielte Magie beseelt werden.«

Renai bahnte sich einen Weg durch die unbewegliche Menge der Toten und erschauderte, jedes Mal wenn ihre Flügel einen von ihnen berührten. Sie sah nach Opal, die vom Sumpfwasser ein wenig feucht war. Ansonsten schien es ihr gut zu gehen, abgesehen natürlich davon, dass sie entführt worden und bewusstlos war. Sie hob den Flammenwerfer und Leons Trompete auf, die Elderflower zurückgelassen hatte, und gab sie ihren, nun ja, Freunden zurück, denn so konnte sie die beiden wohl nennen. Obwohl sie seit Sal schon lange keine Freunde mehr gehabt hatte.

»Versteht ihr …?« Sie sprach zu ihnen, richtete ihre Worte aber an die Ghoule um sie herum, an die Kraft, die sie beseelte, »ich habe den Fehler gemacht zu denken, dass der Ghoul, mit dem ich in der Leichenhalle gesprochen habe, allein war. Nur eine Botschaft, kein Soldat. Jetzt wird mir klar, dass die ganze Zeit jemand anderes mit im Spiel war. Und da wir jetzt alle so vertraut miteinander sind, warum kommst du da nicht raus, damit wir von Angesicht zu Angesicht reden können?« Sie hielt den Ring hoch. »Wir können das auch auf die harte Tour machen.«

Der Mund jedes Ghouls klaffte auf, und zischendes flüsterndes Lachen hallte durch die Nachtluft.

»Das Geräusch werde ich sicher nicht so schnell vergessen«, sagte Leon und zuckte zusammen, als Regal ihm den Ellbogen in die Seite rammte.

Der Ghoul, der Renai am nächsten stand, ein übergewichtiger weißer Mann in einem schönen dunklen Anzug und mit einer hässlichen unpassenden Krawatte, sackte auf die Knie und kippte dann auf den Rücken. Die ganze Luft kam in einem gurgelnden resignierten Seufzer aus seiner Lunge. Etwas bewegte sich im hinteren Teil seiner Kehle, zappelte und wand sich aus seinem Mund, kletterte die geschwollene Zunge des Toten hinauf und über seine dicken blutleeren Lippen. Zuerst war es nur eine dunkle Form im Augenwinkel, ein Trick des Lichts, dann wurde es eine Kakerlake, lang, dick und glänzend schwarz. Bei ihren zitternden Fühlern überkam Renai sofort ein Gefühl von Abscheu.

Die Kakerlake breitete die Flügel aus und flatterte hoch, nahm Kurs auf Renai. Die schrak zurück und grunzte unwillkürlich. Nicht so sehr aus Angst, sondern vielmehr aus dem dringenden Bedürfnis, nicht von ihr berührt zu werden. Die Kakerlake schwebte einfach ein paar Meter weiter. Einer nach dem anderen fielen die Ghoule um sie herum zu Boden, keuchten und würgten ihre eigenen Kakerlaken aus. Die landeten neben der ersten Kakerlake, erst nur eine Handvoll, dann eine Wolke, dann ein Schwarm. Sie kamen von überallher, zwängten sich unter der Tür des Cafés hervor, strömten zwischen den losen Brettern zu ihren Füßen herauf, sanken von den Ästen über ihnen herab. Sie klammerten sich in einer wimmelnden grotesken Masse aneinander. Erst zwei Stümpfe und ein Stamm, dann zwei spindeldürre Gliedmaßen, dann beulten sie sich oben zu einer Knolle. Schließlich wurde es offensichtlich, dass sie nicht nur eine Plage waren, sondern das Faksimile einer Person.

Der Person, die Renai an Judes Kartentisch hatte sitzen sehen.

Wie Puzzleteile, die an ihrem Platz einrasteten, hörten alle Insekten schlagartig auf, sich zu bewegen, und wenn Renai ihre Augen zusammenkniff und den Blick auf unscharf stellte, statt der vielen einzelnen Teile das Ganze sah, stand da eine große nackte Frau vor ihr. Ihre Haut war von dem glänzenden, feucht schimmernden Schwarz der Kakerlakenflügel, so dünn, dass sie über ihren Knochen spannte. Ihr Kopf war kahl und ihr Bauch ungesund vorgewölbt, das Indiz für Unterernährung. Die Illusion waberte jedoch ständig, durch einen zuckenden Fühler hier oder eine Kakerlake dort, die ihren Platz verließ. Renai bemerkte, dass nicht alle Ghoule ihre animierenden Kakerlaken ausgespuckt hatten: Mindestens fünf von ihnen blockierten noch immer den Ausgang.

»Sprecht«, forderte der frauenförmige Kakerlakenhaufen sie auf. Ihre flüsternde dissonante Stimme kam nicht über ihre regungslosen Lippen, sondern aus ihrem ganzen Körper. »Ihr habt unsere Aufmerksamkeit.«

Regal reagierte – natürlich – zuerst. »Seid ihr ein Haufen Käfer, der sich für einen Menschen hält? Oder ein Mensch, der sich in einen Haufen Käfer verwandelt hat? Denn ich habe in meiner Laufbahn wirklich schon verdammt harte Flüche flachgelegt, aber das hier …«

Der Kakerlakenhaufen drehte sich zu Regal um, bewegte sich aber nicht, sondern wechselte nur von einer unbeweglichen Pose zur anderen. »Wir sind die Totenfresser«, sagte sie. »Wir sind das, was verschlingt. Wir sind Cafard.«

Renai wollte antworten, aber in diesen Worten lag eine so seltsame unausgesprochene Drohung, dass sie nicht wusste, was sie sagen sollte. Es folgte eine lange unbehagliche Stille, in der Renai das Fehlen der Geräusche von der Menge im Zoo auffiel. Offenbar hatte er bereits die Tore geschlossen.

»Cool«, sagte Regal, »cool-cool-cool. Aber das beantwortet meine Frage nicht wirklich …«

»Warum hat Cordelia euch hierher befohlen?«, unterbrach Renai sie. Etwas, das Elderflower gesagt hatte, nagte schon die ganze Zeit an ihr. »Welchen ›Sturm‹ will sie beschwören?«

Das Wesen fuhr abrupt, fast aggressiv von Regal zu Renai herum. Hätte sich ein Mensch so bewegt, hätte Renai es Wut genannt. »Niemand befiehlt uns hierher. Wir sind immer hier. Das Hier ist unseres. Unseres zum Essen.« Bevor Renai fragen konnte, was das bedeutete, richtete Cafard einen anklagenden Finger auf Leon und Regal. »Sie haben das Festmahl gestohlen. Unser Essen. Tot, sterbend, unser. Sie nahmen es. Jetzt hungern wir. Bald werden wir schlemmen.«

Renai neigte den Kopf, damit sie zu ihren Freunden sprechen konnte, ohne den Blick von Cafard abzuwenden. »Irgendeine Idee, wovon sie sprechen?«

Leon wollte antworten, konnte aber nur »Die Stadt« sagen, bevor er leise stöhnend abbrach. Regal klopfte ihm auf die Schulter und sprach für ihn. »Ich und Jude und das alte Wrack hier sind das Herz und die Seele von New Orleans«, sagte sie. »Ich prahle nicht, ich meine es wörtlich. Diese ganze ›Die-Scheiße-kocht-hoch-Scheiße‹, in die du vor ein paar Jahren verwickelt wurdest? Genau darum ging es. Die Stadt wieder zum Leben zu erwecken, nachdem der Hurrikan sie fast umgebracht hat.«

Und jetzt sitzt Jude in einem Spielzimmer voller Götter der Zerstörung und voller Sturmgötter, die die zweite Runde einläuten wollen, dachte Renai. *Oder zumindest er wollte das.* Sie ballte die Fäuste, und der Eisen- und Messingring des Alchemisten grub sich in ihre Handfläche. Dann fiel ihr etwas anderes ein. »Wie passt ihr in Cordelias Plan?«, fragte sie Cafard. »Denn was auch immer sie euch anbietet«, sie deutete auf den am Boden ausgestreckten Leichnam von Jack Elderflower, »so löst sie ihre Versprechen ein.«

»Wir machen keine Pläne, wir machen nichts. Streit verspricht ein Festmahl, und wir folgen nur, solange wir essen.«

»Aber warum?« Renais Stimme klang selbst in ihren Ohren heiser. »Wo soll das enden? Wie viel müsst ihr noch zerstören, um satt zu sein?«

»Kein Warum. Kein Ende. Nur uns. Wir sind, was verschlingt. Ist alles.«

»Und wenn ihr alles verschlungen habt und nur noch

euch selbst fressen könnt, was dann?« Tränen liefen aus Renais Augen, und obwohl sie wusste, dass es hier keine Bekehrung geben würde, keinen Sieg außer – vielleicht – das Überleben, konnte sie nicht anders, als es verstehen zu wollen. Es war die mitfühlende Seite in ihr, die nicht in der Lage war, die Existenz bodenloser Gier gänzlich zu akzeptieren. »Wenn ihr die ganze Welt verschlingt«, sie hasste den flehenden Ton ihrer Stimme, »welchen beschissenen Sinn hat das dann?«

Cafards zischendes Lachen war ihre einzige Antwort. Renais Wut flammte auf so wie auch die des Geistes. Seine Blitze knisterten begierig an ihren Fingerspitzen und dehnten die juckenden Fäden, die sich durch ihre Haut zogen, bis sie brannten. Ihr war klar, dass sie diesen Teil seiner Macht beherrschen sollte, dass sie damit nichts lösen konnte. Sie verstand, dass ein Teil des Sturms der Wind war, der Samen zu neuen Weiden und Regenwolken zu dürregeplagter Erde trug, genauso wie die zerstörerischen Stürme Gebäude in Trümmer legten. Sie wusste, dass Überschwemmungen den Boden ebenso oft bereicherten und wieder fruchtbar machten, wie sie Häuser wegspülten. Sie erkannte, dass Blitze die Kraft des Sturms repräsentierten, die nur vernichten konnte, wusste, dass dieser Impuls in ihr ein Echo von Cafards zerstörerischer Natur war. Und es war ihr egal.

Sie ließ ihn frei.

Der Blitz brach aus ihr heraus, so plötzlich und freudig wie ein Orgasmus, ein Blitz aus Brillanz und sengender Hitze und Donner, der von ihrer Handfläche ausströmte und in Cafards Mitte einschlug, sie durchbohrte, sich verzweigte, um die noch stehenden Ghoule in seine Umarmung zu reißen. Sie schrie auf vor Freude und Schmerz und Reue und Erleichterung gleichzeitig; aber betäubt von dem unmittelbar darauffolgenden Donnerschlag, spürte sie nur die Anstrengung dieses Schreis in ihrer Kehle. Die Erleichterung war so stark, so intensiv, dass sich die Wut des Sturms in ihr augenblicklich beruhigte, gesättigt und tief in ihrem Bauch zusammengerollt, eine plötzliche Leere, die einen seltsam angenehmen Schmerz hinterließ.

Renai sank auf die Knie, in ihren Nasenlöchern stank verbranntes Ozon, sie hatte ein Heulen in den Ohren, und ihre Glieder fühlten sich träge an. Sie begnügte sich damit, darauf zu warten, bis sich ihre Augen erholten und der grellrote Streifen in ihrem Gesichtsfeld verblasste. Als das geschah, fiel es ihr schwer zu glauben, dass die Verwüstung, die sich ihr bot, ihr eigenes Werk war. Wo Cafard gestanden hatte, lag nur noch ein kleiner Haufen verbrannter Kakerlakenpanzer. Die meisten waren von dem Blitz ausgelöscht worden, mit dem sie die Zerstörungsgöttin getroffen hatte. Sie hatte einen ähnlichen Effekt auf die Ghoule gehabt, das farnartige fraktale Muster elektrischer Verbrennungen zog sich über ihr Fleisch. Cafards Macht war aus jedem Einzelnen herausgebrannt.

Renai erhob sich langsam und zögernd. Sie erwartete, dass die Kanalisierung von so viel Energie sie ausgelaugt hatte, aber das Gegenteil war der Fall. Sie hatte Schmerzen, aber es fühlte sich an wie der Endorphinrausch, den sie nach einem intensiven Lauf verspürte. Lächelnd drehte sie sich zu Regal und Leon um, ihren Freunden, der Magierin und der Stimme von New Orleans, und sie sah etwas in ihren Augen, was nur der Teil von ihr zu sehen gewohnt war, der all die Jahre in dieser Welt gelebt hatte: Angst.

Jetzt sind wir zum Tod geworden, dachte Renai.

Regal zeigte auf sie, und in dieser seltsam postkoitalen Ruhe nach dem Blitz erwartete Renai fast, dass ein Fluch folgen würde, eine Verhexung, die sie, um ehrlich zu sein, wahrscheinlich verdient hatte. Aber es passierte nichts dergleichen. Regal gestikulierte mit ihrem Finger und sagte etwas, das durch das anhaltende Heulen in ihren Ohren gedämpft wurde. Als Renai verstand, was sie meinte, blickte sie nach unten, hielt die Arme vor sich und sah, dass an jedem Handgelenk einer der Fäden, die ihre Seele zusammenhielten, zerrissen war.

KAPITEL DREISSIG

Als sie einander wieder hören konnten, wussten weder Renai, Leon noch Regal genau, was sie sagen sollten. Sie waren umringt von Leichen, Leon konnte ohne Hilfe kaum stehen, und Renai fiel buchstäblich auseinander.

Sie spürte, wie aufgewühlt Regal war und dass sie offenbar überlegte, auf welchen Aspekt dieser Situation ihr einzigartiger Shit-Talk am besten passte. Vielleicht hatte sie aber auch einfach zu viel Angst vor der Macht, die Renai entfesselt hatte, um Lust auf Scherze zu haben. Renai hatte keine Ahnung, was der anderen Frau durch den Kopf ging; sie war eine Psychopomp, keine Gedankenleserin. Das brachte sie auf die Idee, nach Opal zu sehen. Sie war besorgt, weil das Orakel trotz all der Aufregung nicht aufgewacht war. Soweit sie es beurteilen konnte, war Opal nicht verletzt, abgesehen vielleicht von der extrem wirksamen Betäubung, die Elderflower ihr verpasst hatte.

Zu Renais und Regals Überraschung brach Leon das Schweigen. »Da hast du mir ja mal wieder einen schönen Schlamassel eingebrockt.« Er lehnte sich gegen die Kante des Picknicktisches, zu dem Regal ihn mehr oder weniger geschleppt hatte. Der Anflug eines Grinsens zupfte an seinen Mundwinkeln, aber er schien es unterdrücken zu wollen, als schmerzte ihn ein Lächeln mehr als die gebrochenen Rippen, die er sich mit Sicherheit eingehandelt hatte. Er blickte von Regal zu Renai und wieder zurück, und seine Belustigung wich Enttäuschung. »Hat denn keiner von euch jemals Laurel und Hardy gesehen?« Er schien zu hoffen, dass wenigstens eine der beiden widersprechen würde.

»Oh, ich habe die Anspielung verstanden«, sagte Regal. »Nur vergesse ich einfach manchmal, wie alt dein Rentnerarsch ist.«

Leon wedelte mit der Hand, als wäre ihr Spott ein übler Geruch. »Nur junge Leute denken, alt zu sein, wäre eine Beleidigung. Dabei wird auch euer ganzer neuer Scheiß alt. Wie dieses Klasseauto und mein Instrument wurde auch ich auf Langlebigkeit konstruiert.«

»Wer sind Lau-wie-auch-Immer und Hard-D?« Renai wusste nicht genau, worüber sie redeten, aber sie war sich ziemlich sicher, dass die beiden Unbekannten kein Hip-Hop-Duo waren. Sie hatte ohnehin nur die Hälfte von dem gehört, was Leon und Regal gesagt hatten, weil sie damit beschäftigt gewesen war, Opal zu untersuchen, als wüsste sie, was sie täte. Das Leben von Menschen zu retten, war schließlich nicht ihre Spezialität. Sie beugte sich dicht zu Opals Hals herunter. Dort fand sich etwas wie eine Einstichstelle, so klein, dass es nur ein Insektenstich gewesen sein konnte.

Leon seufzte spöttisch, aber dann wurde sein Stöhnen echt. Er umklammerte seine Seite und sog scharf die Luft ein. »Das war vor deiner Zeit«, erwiderte er nach einem

Moment. »Und apropos – Zeit ist etwas, wovon wir nicht allzu viel haben. Vielleicht sollten wir uns auf die anstehende Aufgabe konzentrieren.«

»Und was wäre das genau?«, fragte Renai. Dann winkte sie Regal zu sich. »Kannst du mal kurz herkommen?«

Leon deutete auf die am Boden liegenden Leichen, die Cafard zurückgelassen hatte. »Ich kümmere mich um die hier«, sagte er. Er hatte recht, sie konnten nicht einfach all die Leichen jemand anderem zum Aufräumen überlassen. Während der Durchschnittsmensch über das Übernatürliche hinwegschaute, weshalb die Toten tagelang in New Orleans umherwandern konnten, ohne eine Panik auszulösen, war an diesen Leichen nichts mehr ungewöhnlich. Abgesehen davon, dass sie alle am nächsten Morgen von irgendeinem unglücklichen unterbezahlten Zooangestellten gefunden werden würden. Renai nickte, wusste aber keine Antwort. Stattdessen zeigte sie Regal das Mal an Opals Hals.

»Ja, das ist die Einstichwunde einer Nadel«, bestätigte Regal und verzog das Gesicht, als hätte sie in etwas Fauliges gebissen. »Gut aufgepasst. War klar, dass dieses verdammte Arschloch Frauen betäuben würde.« Sie kramte in ihrem Seesack. »Hilf du Leon«, sagte sie. »Ich mach das schon.«

Renai ging zu Leon, die Hände in den Jackentaschen vergraben. Ironischerweise waren tote Götter, ehemals besessene Leichen, die nicht mehr identifiziert werden konnten, weil sie älter waren als ihre Sozialversicherungsnummer, und Ähnliches genau die Art von Problemen, derer sich ein Aasgeiergott wie Cafard normalerweise annahm. Und ihre Lösung war genauso grotesk, wie man es sich vorstellte. Daran, wie Leon die herumliegenden Leichen musterte und mit den Fingern auf die Ventile seiner Trompete tippte, erkannte sie, dass er über ein magisches Lied nachdachte, das von Nutzen sein könnte.

»Irgendeine Idee?« Ihr wurde klar, dass sie nicht die geringste Ahnung hatte, wie seine Magie funktionierte. Sie war nicht vergleichbar mit den Kräften, die einem Psychopomp von den Thronen verliehen wurden, oder mit der Potenz, welche die Loa in die Kräuter und Pulver eines Gris-Gris-Beutels mischten. Ebenso wenig ähnelte sie den magischen Fähigkeiten von Regal und Elderflower. Leons Magie war keine Kraft, die in ihm lebte, wie Renais Sturm; sie war er selbst auf eine fundamentale Weise, mehr göttlich als menschlich.

Vielleicht machte genau das ja den heiligen Johannes den Eroberer aus.

»Ich hätte eine Melodie, die Tote erweckt, aber ich weiß nicht, ob sie bei denen da funktioniert.« Er verschwieg, dass er vielleicht gar keinen Ton spielen konnte, da er kaum richtig Luft holen konnte. Aber das spielte ohnehin keine Rolle. In diesen Körpern war nichts, was hätte erweckt werden können. Denn selbst die winzigsten Fetzen von Stimmen hatte Cafard verschlungen, als sie sie in Besitz genommen hatte.

Das brachte Renai auf eine Idee.

Sie nahm den Stapel Spielkarten heraus, die einst die Geister flüchtiger Toter gewesen waren. Vielleicht konnte sie einen in seine geisterhafte Form zurückverwandeln. Da sie die zerstörerische Magie eines Psychopomp bisher allerdings nur instinktiv eingesetzt hatte, hatte sie keine Ahnung, wie sie das bewerkstelligen sollte. Sie starrte eine Karte an, als könnte die ihr sagen, was sie tun sollte. Ihre mattschwarze Oberfläche schillerte wie Rabenfedern und reflektierte wie ihr zerbrochener Spiegel. Sie versuchte, sie sich als ein Origami vorzustellen, etwas, das sich entfalten konnte wie ihre Flügel, oder als ein Loch, in das sie hineingreifen konnte wie in das Nirgendwo, in dem sich ihr Spiegel verbarg. Sie erreichte nur, dass ihre Flügel zitterten, als wollten sie sich ausbreiten wie ihre Gegenstücke in der Unterwelt, und das Messer tauchte immer wieder in ihrer Hand auf.

Also rief sie sich in Erinnerung, wie sie diese Geister überhaupt verwandelt hatte. Sie bat den Geist in sich um Wind. Eine schwache Brise war alles, was er so kurz nach der Erzeugung eines Blitzes aufbringen konnte. Dann schnippte sie die Karte in die Luft, um sie mit ihrer geborgten Magie zum Tanzen zu bringen. Sie dachte daran, was sie jetzt war, eine Abgesandte des Todes, und dass Cafard von sich gesagt hatte, sie wäre eine Kreatur, die nur zerstören konnte. Also verdichtete sie ihren Wind zu einem scharfen schneidenden Ding, drückte mit ihrer letzten Kraft auf die Spielkarte und stellte sich vor, wie sie die Karte Stück für Stück, Schicht um Schicht zerstörte. Als würde sie Berge zu Tälern abtragen, Felsen zu Sand erodieren.

Die schwarze Spielkarte löste sich in eine graue Wolke aus feinem Pulver auf, die die Gestalt einer Person annahm. Ihre Teile wirbelten herum wie ein Mückenschwarm.

Renai konnte nicht unterscheiden, ob diese Gestalt

im Leben ein Mann oder eine Frau gewesen war, groß oder klein, dick oder dünn, schwarz oder weiß oder ob sie einer anderen Ethnie angehört hatte. Im Grunde war die Essenz eines Menschen keines dieser Dinge, nur das Glück hatte ein Genus, nur der Körper hatte ein Geschlecht, Sexualität und eine Hautfarbe. Nur in dieser Welt spielten diese Dinge eine Rolle. Im Tod entkam man solchen Definitionen, obwohl die meisten Seelen einige dieser Eigenschaften in sich trugen, diejenigen, an die sie sich erinnerten, die sie schätzten, die ihr Leben am meisten beeinflusst hatten.

Indem sie dieses verlorene Stückchen Essenz aus dem Spukhaus an der Canal zerstört und neu geformt hatte, hatte Renai alles weggewischt, was die Seele im Leben gewesen war, und nur die ihr innewohnenden Qualitäten übrig gelassen – Freundlichkeit oder Hartnäckigkeit, Leichtsinn oder Geiz. Die konnte ihr niemand nehmen, nicht einmal der Tod. Als Renai erkannte, was genau sie getan hatte, schämte sie sich so sehr, dass es ihr fast den Magen umdrehte. *Du kannst es nicht wiedergutmachen*, dachte die Stimme ihrer Großmutter in ihr. *Du kannst nicht mehr zurück. Also heb dir deinen Wutanfall für jemanden auf, der ihn braucht.*

»Warum bin ich hier?« Die Stimme des Geists klang wie das weiße Rauschen eines Fernsehgeräts. Es erinnerte Renai an die Deadline.

Sie zeigte auf eine der Leichen, den dicken Mann, den Cafard zuerst verlassen hatte. »Wir wollen, dass du diese Leiche übernimmst«, sagte sie, »und sie zurück in die Leichenhalle bringst, aus der sie entwendet wurde.«

»Woher wissen sie, wohin sie gehen müssen?«, erkundigte sich Leon.

»Wenn sie erst einmal im Körper sind, im Gehirn und in den Augen, empfinden sie alles nach, was der Körper im Leben und im Tod erlebt hat. Sie werden es wissen.«

»Scheiße«, sagte Regal gedehnt und stellte sich neben sie. »Der Plan ist verdammt raffiniert, Fünkchen. Mit einer richtigen Schleife obendrauf.«

»Habe ich eine Wahl?«, fragte der Geist, als hätte er nur die Worte gehört, die Renai direkt zu ihm gesagt hatte.

Die juckenden roten Fäden in Renais Fleisch begannen zu brennen, als sie sich in beide Richtungen gleichzeitig anspannte. Ein Teil von ihr schämte sich für das, was sie getan hatte, und wollte diese Geister einfach loslassen, so gebrochen und verloren sie auch waren. Der andere Teil wusste, dass sie einfach ihren Willen über diesen Schatten ausüben und ihn dazu bringen könnte zu tun, was sie wollte. Sie zauderte, bis sie sich ins Gedächtnis rief, dass sie sich den Luxus innerer Debatten nicht leisten konnte. Ebenso wenig hatte sie Zeit für eine Gewissenskrise. Also schloss sie einen Kompromiss mit sich selbst. »Ja, du hast die Wahl«, sagte sie und breitete die anderen schwarzen Karten zu einem losen Fächer aus. »Du tust, was ich dir sage, oder du bist wieder Herz Sechs.«

Das Stückchen Essenz – der Schatten – dessen, was einmal eine vollständige Identität gewesen war, wirbelte einen Moment in der Luft. Vielleicht wog er seine Optionen ab, brauchte Zeit, um Renais Angebot zu verarbeiten, obwohl er es nicht ablehnen konnte. Und schließlich wählte er den Weg des geringsten Widerstands. Wie ein

Vogelschwarm, ein Schnattern von Staren, wölbte sich der Schatten und wurde flacher und dicker und dünner und rollte sich dann zu einer wirbelnden Ranke zusammen. Diese senkte sich auf den weißen Mann im Anzug, drang in seinen Mund, und seine Lunge rasselte lange und unheimlich, als er einatmete.

Der Mann, nein, der Ghoul öffnete die Augen und kam taumelnd auf die Füße. Regal beugte sich vor und flüsterte in Renais Ohr. »Was soll diesen Scheißhaufen davon abhalten, seine zweihundertplus Pfund verrottetes Fleisch auf eine Spritztour mitzunehmen und …« Sie pfiff und deutete mit der Hand ein startendes Flugzeug an. »Direkt nach Vegas zu verduften?«

»Du«, gab Renai zurück, ohne sich die Mühe zu machen, ihre Stimme zu senken. »Und zwar damit.« Sie hob Eldenflowers Eisen- und Messingring mit dem Siegel Salomons hoch. Das erlaubte dem Träger, Geister zu befehligen. Nachdem Regal ihn genommen hatte, zog Renai eine weitere Karte aus ihrer Hand und unterdrückte einen Seufzer. Sie war jetzt schon müde, wusste aber, dass sie noch einiges zu erledigen hatte, bevor sie sich ausruhen konnte. »Okay«, sagte sie, »wer ist der Nächste?«

Während Renai schließlich mit den Kartenschatten alle Ghoule, die Cafard aufgegeben hatte, reanimiert hatte, hatte Regals Instant-Nüchtern-Pflaster seine Arbeit getan. Opal war wieder bei Bewusstsein. Regal war mit ihr spazieren gegangen, zum einen, um einen klaren Kopf zu bekommen, und zum anderen, um nicht das grausame Einerlei der Reanimation mit ansehen zu müssen, das Renai in den letzten Stunden durchgezogen hatte. Sie hatte gerade das verbleibende knappe Dutzend Karten wieder in die Pappschachtel zurückgesteckt, als Regal und Opal zum Holzsteg zurückkamen.

»Einen hast du übersehen.« Leon nickte zu der Leiche von Jack Elderflower, die Jeans und ein T-Shirt trug. Im Tod war er ebenso enttäuschend und nervig wie im Leben. Renai hatte gehofft, dass sein Körper angesichts seines extremen Alters zu Staub zerfallen würde wie in einem Zombie-Film. Wie die anderen Leichen konnten sie auch ihn nicht einfach dem Zoopersonal zur Entsorgung überlassen, aber im Gegensatz zu diesen einst belebten Leichen gab es keinen Ort, an dem man Elderflower irgendwie erwartet hätte. Ganz zu schweigen davon, dass Renai gut darauf verzichten konnte, dass irgendeinem abtrünnigen Geist all der schreckliche Scheiß in die Finger fiele, der im Kopf des toten Alchemisten herumschwirrte.

Außerdem war sie mit Jack Elderflower noch nicht fertig.

»Um den kümmere ich mich«, erklärte Renai. »Ihr zwei bringt Opal hier raus.«

»Was hast du vor, Fünkchen?«, wollte Regal wissen.

Zum ersten Mal, seit sie wieder bei Bewusstsein war, sprach Opal Brennan: »Sie wird mit ihm machen, was er mit mir machen wollte«, sagte sie. »Sie wird seinen Arsch über das Geländer den Alligatoren zum Fraß vorwerfen.« Regal und Leon redeten beide gleichzeitig, aber Opal hob eine Hand. »Verarscht mich nicht. Ich bin eine

Hellseherin, schon vergessen? Ich weiß genau, warum er mich hergebracht hat. Und auch, was er vorhatte.« Sie rieb sich die Handgelenke, die von den Fesseln noch wund waren. »Tu, was du tun musst, aber mach es schnell, bitte. Meine Frau wartet zu Hause auf mich.«

Es gab nichts mehr zu sagen. Regal reichte Opal ihren Seesack, schlang sich Leons Arm über die Schulter, und dann humpelten die drei davon und ließen Renai mit dem Zauberer allein, der sich Elderflower nannte. Mit seinem Leib und seiner Seele.

Die auf einen Psychopomp warteten.

Regeln waren eben Regeln, selbst für erbärmliche, gefühllose Bastarde wie ihn. Es spielte keine Rolle, wie viele Menschen er verletzt hatte, wie viele Leben er in seinem Streben nach Unsterblichkeit geopfert hatte, egal, wie viele Jahrhunderte er von den Thronen gestohlen hatte. Selbst für ihn war der Tod nicht das Ende. Also zog sie sich die Kapuze ihrer Lederjacke über den Kopf, steckte ihre Dreads hinein und sprach, bevor ihre Bedenken sich meldeten, das Geisterwort. Obwohl sie jetzt ein ganzer Mensch war, funktionierte es zum Glück genauso wie vor den Hallows: Ihre Vision verschob sich zu violetten Schattierungen, und sie spürte diese seltsame summende Spannung auf ihrer Haut. Renai kniete sich neben ihn. Sie war froh, etwas tun zu können, was sie beherrschte. Als ihre Hände in ihn glitten, schmerzte es kaum noch.

Natürlich gab es dort kein Glück mehr. Er hatte es verbraucht, um seinem Tod zu entgehen, oder es bei einem Deal mit einem Geist eingetauscht wie Ramses. Aber seine Stimme und seine Essenz fand sie genauso wie in jedem anderen Toten. Seine Stimme nahm die Form eines Apfels an, als sie sie aus seinem Körper herauszog. Sie schmeckte rauchig und pfeffrig und essigartig zugleich und erfüllte sie mit einer fast beängstigenden Vitalität. Das war allerdings nicht überraschend. Sie hatte erwartet, dass der Alchemist eine beträchtliche Menge an Macht angehäuft hatte. Immerhin konnte der Bastard Geister befehligen. Das ging nur mit viel Magie.

Anders als bei den anderen kürzlich Verstorbenen, die sie einsammelte, ließ Renai bei ihm jedoch keinen Rest von Stimme zurück. Sie konnte nicht riskieren, dass seine Essenz oder einer der Schatten, die während der Hallows in der Stadt umherwanderten, in seinen Körper eindrangen und ihn als Ghoul auferstehen ließen, bevor die Alligatoren sich satt gefressen hatten. Und sie wollte auch nicht, dass seine Erinnerung noch Macht hatte, wenn er nicht mehr da war. Obwohl sie sich dabei wie Cafard fühlte, verzehrte Renai deshalb seine ganze Stimme, mitsamt dem Apfelgehäuse.

Was sie allerdings überraschte, war, dass er sich in ein vollständig identisches Abbild seines lebenden Selbst verwandelte, als sie seine Essenz freisetzte – bis hin zu einer geisterhaften Version seines Eisen- und Messingrings. Für diesen Prozess benötigten die frisch Verstorbenen normalerweise die ganze Reise zur Ersten Pforte. »Ich schätze, du hast so viel Zeit deines Lebens damit verbracht, diese Geister zu befehligen und die Dämonen in deinen Computern zu beschwören, dass du wusstest, was dich erwartet, was?« Sie war nicht schadenfroh, wirklich nicht. Sie behandelte ihn nur wie jeden der halb bewussten, halb schlafenden Toten, an die sie gewöhnt war.

Ja, flüsterte Elderflower, in jenem unausgesprochenen Gedankengespräch, das Tote führen können, *und ich weiß auch, was jetzt kommt.*

Renai versuchte, ihren Schock darüber zu verbergen, wie schnell Elderflower auch diesen Trick beherrschte, den die Toten normalerweise erst herausfanden, wenn sie schon weit in der Unterwelt waren. Sie war heilfroh, dass sie seine Stimme komplett aufgegessen hatte. »Ja«, sagte sie, »und das wäre?« Sie sprach absichtlich laut, obwohl sie die Worte auch denkend hätte kommunizieren können so wie er. Denn sie wusste, dass ihre Stimme, die durch seine Stimme aufgeladen war, seine Essenz erschüttern würde wie ein Donner, der Glasscheiben klirren ließ.

Ohne einen Obolus, um Charons Gebühr zu bezahlen, werde ich als ruheloser Schatten auf der Erde umherwandern. Schließlich werde ich mich selbst vergessen und genau die Art von schwachsinnigem plapperndem Dämon werden, deren Willen ich zu meinen eigenen Zwecken unterwandert habe.

Renai steckte die Hände in die Taschen ihrer Jacke und nickte, täuschte Traurigkeit vor, als ernstes Eingeständnis, dass er recht hatte. Als hätte sie nicht selbst sein Leben beendet. Beinahe hätte sie mit ihrem Kampfstiefel auf dem Boden gescharrt, aber das wäre wohl übertrieben gewesen. Sie wusste, was als Nächstes kam, sowohl von ihm als auch für ihn.

Oder, flüsterte Elderflower, *wir machen einen Deal.*

Renai presste die Lippen zusammen, um ihr Lächeln zu kaschieren. »Was hast du dir da so vorgestellt?«

Ich habe eine Ampulle bei mir zu Hause. Etwas Besonderes, das ich für Notfälle aufbewahre. Du steckst mich zurück in meinen Körper, schüttest mir den Inhalt der Phiole in den Mund und gehst. Es wird eine Stunde oder so dauern, bis es wirkt. Ich habe keine Magie mehr, ich habe gesehen, wie du sie verzehrt hast. Ich verschwinde, und du siehst mich nie wieder. Ich schwöre es.

Als ob sein körperloser Arsch irgendetwas Verbindliches schwören könnte, dachte sie. »Was ist für mich dabei drin?«, fragte sie laut.

Ich sage dir, wo du Ramses St. Cyr finden kannst.

»Gegenangebot«, sagte Renai. »Ich bringe dich durch die Pforten hinunter in das Gefängnis, das im tiefsten Teil der Unterwelt liegt. Dort landen die Dämonen, die du beschworen und versklavt hast, nachdem ich sie aus deinen Computern befreit habe. Ihr habt euch bestimmt viel zu erzählen.«

Und Ramses?

Renai zuckte mit den Schultern. »Ich weiß, wo er hingeht.« Sie kniete sich hin und durchsuchte Elderflowers Taschen. Sie fand einen Geldclip voller Zwanziger, den sie an sich nahm, und etliche Amulette und Talismane, mit denen sie nichts zu tun haben wollte. Die legte sie wieder zurück und packte dann Elderflower unter den Achselhöhlen. Der Alchemist war schwerer, als sie erwartet hatte, aber sie war fest entschlossen. Es platschte befriedigend, als er auf dem mit Entengrütze bedeckten Wasser aufschlug.

Sie wandte sich wieder dem Geist von Elderflower zu. Der hatte die Arme verschränkt und sah sie hochmütig an. *Ich habe nicht Jahrhunderte damit verbracht, der Umar-*

mung des Todes zu entgehen, nur um von irgendeinem Hinterwäldler dorthin geschleppt zu werden. Ich werde meine Chance unter den Lebenden nutzen.

Ah, dachte sie, *da ist der Rassismus, auf den ich gewartet habe. Das macht den nächsten Teil umso leichter.* Sie packte Elderflower am Oberarm, sowohl mit ihrem Willen als auch mit ihrer Hand. Er versuchte, sich loszureißen, was nur zeigte, dass er es noch nicht kapiert hatte.

»Tut mir leid.« Sie konnte sich nicht verkneifen, ihn mit den Worten zu bedenken, die er bei ihrer ersten Begegnung gesagt hatte. »Wir verhandeln nicht. *Friss oder stirb* ist die Devise.«

Und so führte und zerrte Renai Jack Elderflower aus dem Audubon-Zoo zu Leons Auto. Sie hatte seine Stimme in ihren Adern und seine Essenz an ihrer Seite. Sie war sein Psychopomp, und er war ihr Toter.

Das kam ihr vorzüglich zupass.

Renai realisierte erst, dass sie gehofft hatte, ihr Motorrad würde noch auf dem neutralen Boden warten, als sie an der Zufahrt zum St. Louis Cemetery Nr. 1 aus Leons Auto stieg und sah, dass Kyrie nicht mehr da war. Sie hoffte nur, dass sich Kyrie auf den Hallows vergnügte und nicht irgendwo auf einem Abschlepphof eingesperrt worden war. Sie hatte es geschafft, Leon und Regal zu überzeugen, sie am Friedhofstor herauszulassen, nachdem sie Opal bei ihr zu Hause abgesetzt hatten. Die Seherin war nicht gerade begeistert darüber gewesen, dass sie nun auch die Toten sehen konnte, als Renai mit Elderflower am Auto auftauchte. Beide, Regal und Leon, hatten darauf bestanden, dass Renai ihre Hilfe noch bräuchte.

»Ich weiß euer Angebot zu schätzen, wirklich«, sagte sie und beugte sich durch das Fenster der Beifahrerseite, um Regal am Aussteigen zu hindern, »aber wo ich hinwill, könnt ihr nicht mitkommen. Außerdem könnte Leon sich umbringen, wenn er mit seinen kaputten Rippen seine Trompete bläst, und dich brauchen wir, um die Scheiße mit dem Ring zu kontrollieren.« Sie wartete auf die widerwillige Zustimmung der beiden, bevor sie fortfuhr. »Wo wir gerade dabei sind, die hier sind für dich.« Sie hielt Regal das Kartenspiel hin, in dem die letzten flüchtigen Geister gefangen waren. »Mit diesem Ring kannst du den Geistern befehlen, jede beliebige Form anzunehmen, Hunde, Vögel, was auch immer. Sie sind zwar keine Psychopomps, aber wenn du auf der Jagd nach ein paar Käfern Hilfe brauchst …«

Regal nahm ihr das Spiel ab und steckte es in die Tasche ihres Kostümmantels. »Ich bin dir weit voraus, Schwester. Diese Ghoule sind so gut wie erledigt.«

Renai drehte sich so, dass sie Leon sehen konnte, und deutete auf den »Froschkönig«-Rucksack auf der Rückbank. »Wenn es euch nichts ausmacht, würde es mich freuen, wenn ihr den an Allerseelen für mich mitbringen würdet …« Die Worte blieben ihr im Hals stecken, und sie konnte nicht zu Ende sprechen. »Für Celeste«, sagte sie schließlich. »Da sind ein paar Dinge drin, die ich ihr gerne geben würde.«

Dinge, die ich sicher aufbewahren möchte, dachte sie.

»Verlass dich drauf«, sagte Leon und kaschierte seine schmerzverzerrte Grimasse mit einem Grinsen. »Egal ob Regen oder Sonnenschein, ich werde da sein. Und du passt auf dich auf, hörst du?«

»Mach ich.« Sie zog den Kopf aus dem Fenster und richtete sich zu ihrer vollen Größe auf. »Ich werde mich um alles kümmern.« Das galt ihr selbst. Sie wartete, bis Leon den Gang einlegte und losfuhr, bevor sie ihre Stimme erhob. »He, Regal?«

»Ja?«

»Wirf deine Chance nicht weg!«

Die Magierin von New Orleans lehnte sich aus dem Beifahrerfenster, als der Wagen davonfuhr, und zeigte Renai die ausgestreckten Mittelfinger. »Ich wusste, dass ich dich mag!«, rief sie, dann waren sie verschwunden. Renai stand an den Toren zur Unterwelt, in der Jacke, die sie von den Thronen bekommen hatte, und mit einer Glücksmünze in der Tasche. Sie war, abgesehen von der frisch verstorbenen Seele, die darauf wartete, zu ihrer gerechten Belohnung geführt zu werden, ganz allein.

Mit anderen Worten, genau dort, wo sie hingehörte.

Und auch Oussou war da, wo er hingehörte: auf dem Boden neben der ersten Pforte. Er war auf der Seite zusammengesunken und vor Trunkenheit ohnmächtig geworden. Wenigstens bedeutete seine Anwesenheit, dass die Pforten wieder offen waren. Renai ergriff Elderflowers geisterhafte Hand und baute sich vor dem Loa auf. Dann stieß sie ihn mit der Spitze ihres Kampfstiefels an. Als er nicht reagierte, wiederholte sie es, ein wenig fester. Er schnarchte nur noch lauter.

Ein paar weiße Typen, die vorbeikamen, riefen ihr trunkene Anzüglichkeiten zu. Diese abrupte und erschreckende Störung beschleunigte ihren Puls, bis sie um die Ecke gebogen waren. Sie hatte fast vergessen, wie es war, mit dem Rücken an einer Wand zu lehnen und ein nicht allzu distanziertes, aber auch nicht allzu einladendes Lächeln vorzutäuschen. Sie dachte an die Aura des Desinteresses, die die Hälfte von ihr auf der lebendigen Seite der Dinge umgab, und fragte sich, ob es fehlende Erinnerungen und die Auflösung des Selbst wert waren, die dabei halfen, sich nie wieder von etwas so Banalem wie einem betrunkenen Schwanz bedroht zu fühlen.

Dass dieser Gedanke dazu führte, dass sie Oussou etwas grober wach rüttelte, war seine Schuld. Er hatte immerhin so tief in die Flasche geschaut, dass er seine Arbeit nicht mehr machen konnte. War es eigentlich schon so spät? Sie warf einen Blick auf ihre Uhr, das billige Cartoon-Ding, das irgendwie den Blitzeinschlag überlebt hatte und das Regal ihre »Insektenfalle auf epischem Niveau« nannte. Es war bereits weit nach Mitternacht, womit offiziell der Feiertag Allerheiligen eingeläutet war.

»Was zum Teufel ist mit dir los?« Sie ging in die Hocke und zerrte Oussou in eine sitzende Position. »Hast du dich vielleicht zu Tode gesoffen …?« Sie erstarrte, und ein Anflug von Panik durchströmte sie bei diesem Gedanken. Dann erinnerte sie sich, dass sie ihn hatte schnarchen hören und das Heben und Senken seines Brustkorbs unter ihren Händen spüren konnte. Er war also nicht tot. Der Rum schwappte in der Flasche, die er selbst im

Schlaf fest umklammerte. Sie war noch fast voll. Also war er auch nicht betrunken. Er schlief nur. Da verstand sie.

Renai schob Oussou wieder mit dem Rücken an die Außenmauer des Friedhofs, wobei sie darauf achtete, dass er sich nicht den Kopf an den Ziegeln stieß. Sie hatte geplant, die Glücksmünze, die sie die ganze Zeit bei sich trug, zu benutzen, um sich mit Elderflower im Schlepptau am Hüter der Pforte vorbeizuschummeln, an allen Loa, wenn es sein musste. Sie würde tun, was nötig war, um auf die unterste Ebene der Unterwelt zu gelangen, um endlich vor den Thronen zu stehen und sie anzuflehen, ihr zu sagen, was sie wegen Ramses und Cordelia und all dem Mist, der vor sich ging, unternehmen sollte. Aber Oussou schlief den Schlaf der Toten, und sie hatte nichts, womit sie ihn aufwecken konnte. Und nur eine Sache, die sie kannte, vermochte einen Gott so ruhigzustellen.

Der Caduceus.

Sie packte Elderflowers Hand und führte sein stummes Wesen durch die Erste Pforte. Auch wenn sich die Welt der Lebenden und die Unterwelt während der Hallows überschnitten, Regeln waren Regeln. Jetzt wusste sie endlich mit absoluter Gewissheit, wo sie Ramses St. Cyr finden würde. An dem einzigen Ort, von dem Cordelia sicher sein konnte, dass Renai ihn nicht würde finden können. Der Ort, zu dem sein Weg, Renais Weg, jedermanns Weg die ganze Zeit geführt hatte.

Zu den Thronen, auf denen der Tod zu Gericht saß.

In dem Moment, in dem Renai die Erste Pforte durchquerte, erfuhr sie, dass die Hallows zwar eine Überschneidung zwischen der Unterwelt und der Welt der Lebenden zuließen, dass aber einige Dinge immer noch anders waren. Ihre Flügel zum Beispiel, starre, dekorative Anhängsel in der Welt der Lebenden, entfalteten sich zu dem wogenden lebendigen Gewebe, das sie in der Unterwelt gekannt hatte. Sie schaffte es gerade noch, Elderflowers geisterhafte Hand zu packen, dann schwebte sie auch schon durch den Himmel.

Zuerst machte sie sich Sorgen, dass es schwieriger werden würde, wenn ihre Flügel sie jetzt, ganz und vollständig, tragen mussten. Als ob die Teile von ihr, die nur in der lebenden Welt existiert hatten, hier ein echtes Gewicht hätten. Sie stellte jedoch fest, dass das Gegenteil der Fall war. Die Flügel reagierten besser, waren gehorsamer und stärker. Sie erhob sich höher als je zuvor und sah, wie sich ganz New Orleans unter ihr ausbreitete. Der unheimliche Nebel der Unterwelt war durch die Hallows aufgelöst worden.

Überall waren Geister zu sehen, nicht nur Schatten einst lebender Menschen, die durch die Straßen liefen. Hier erkannte sie die schemenhaften Umrisse eines blühenden schwarzen Viertels, dessen Hauptstraße von hundertjährigen Eichen gesäumt war, die gefällt worden waren, um Platz für eine Autobahnüberführung zu schaffen. Dort erhoben sich die undeutlichen Umrisse eines Opernhauses, das abgebrannt und wiederaufgebaut und erneut abgebrannt war. So vieles war zerstört worden, manchmal um Platz für etwas Besseres zu schaffen, aber viel öfter waren die Gründe Unterdrückung, Unfälle, Vernachlässigung oder Gier. Der tödliche Sturm regte sich in ihr – bereit, Feuer mit Feuer, Macht mit Macht zu begegnen.

Der Sturm suchte einfach jemanden, dem er die Schuld geben konnte.

Renai fegte aus dem Himmel hinunter in den Garten des Holt Cemetery. Nibos Blumenpracht breitete sich wie ein geisterhafter Strauß über den Friedhof aus. Der Loa selbst schlief tief und fest, an den Stamm seines Baumes gelehnt. Die Zweite Pforte stand weit offen. Renai zog Elderflower hindurch, ignorierte seine geflüsterten Fragen und erhob sich erneut in die Luft. Sie hüpfte über die Stadt, sauste durch die Pforten immer tiefer in die Unterwelt, in Plumajs Buch, durch Bridgettes Altar, vorbei an Babacos Party und dann durch die Tür von Barrens Straßenbahn.

Jeder Loa, den sie schlafend vorfand, machte sie hektischer, jede offen stehende Pforte drängte sie, so schnell wie möglich zu den Thronen zu gelangen. Wenn der Caduceus sogar Barren überwältigen konnte, der unter anderem auch der höchste unter den Gheden war, kannte die Macht des Stabs vielleicht keine Grenzen. Renai schwankte zwischen zwei Zuständen: der Hoffnung, dass sie endlich auf dem richtigen Weg war, dass sie Ramses vielleicht noch vor dem Ende der Hallows und ihrem brüchigen Kompromiss finden würde, und der Verzweiflung darüber, dass es vielleicht schon zu spät sein mochte.

Nachdem sie die Sechste Pforte am Ende der Canal

Street durchquert hatte, während die Dunkelheit dem Sonnenuntergang folgte und sich die Friedhöfe um sie herum erhoben, brauchte Renai ihre ganze Selbstbeherrschung, um sich von der Letzten Pforte unter dem Fluss abzuwenden. Ihre Instinkte schrien ihr zu, weiterzugehen, in Richtung des Gefängnisses zu fliegen, wo sie und Sal Cross so knapp entkommen waren. Sie landete, der Sturm in ihr toste, ihr Herz klopfte, und Elderflowers Geist zappelte hilflos in ihrem Griff. Sie wünschte sich fast, Cross wäre hier, nur damit sie etwas von dieser Wut, dieser Kraft, die in ihr tobte, herauslassen konnte.

Aber es war niemand da, nur die kahlen Faksimiles von Bäumen und die Wände aus Eis, die in der Hitze der lebenden Welt qualmten. Sie ließ etwas von der Kraft des Sturms entweichen, eine heftige Windböe, die die massiven Türen aus gefrorenem Stein aufstieß und die Dunkelheit dahinter offenbarte. Sie schob Elderflower darauf zu und ließ ihn los, mit ihrer Hand, wenn auch nicht mit ihrem Willen. »Hier steigst du aus«, sagte sie.

Ich kann dir helfen, flüsterte Elderflower. *Ich weiß Dinge.*

»Ich weiß auch Dinge«, gab Renai zurück. »Zum Beispiel weiß ich, dass du dich bereitwillig auf die Seite einer Göttin der Zerstörung gestellt hast. Obwohl du wusstest, dass sie einen unschuldigen Jungen zu einem Schicksal verdammen würde, das schlimmer als der Tod ist. Und vorhatte, noch mehr Unheil in eine Welt zu bringen, die bereits voll davon ist. Ich weiß, dass du eine Frau gegen ihren Willen genommen hast, nur weil du stärker bist als sie, und dass du die Absicht hattest, ihre Macht zu stehlen und sie völlig zu zerstören. Ich weiß, dass du jahrelang Macht auf Kosten anderer angehäuft, Seelen korrumpiert, spioniert, gestohlen, gelogen und erpresst hast und dass du bei alldem nicht mehr Schuld empfunden hast, als wenn du einen Käfer zerquetscht hättest.« Sie lächelte, und obwohl es sich gut anfühlte, wusste sie, dass es eine schreckliche Grimasse war.

»Jetzt bist du der Käfer, und ich bin der Stiefel«, sagte sie. »Und ich weiß auch, dass du deinen Arsch besser durch diese Türen bewegst, bevor ich auf die Idee komme, richtig gemein zu werden.«

Als er weg war und die Pforte geschlossen wurde und sie sich wieder in der Luft befand, spürte Renai, wie ihre andere Seite an den Fäden zerrte, ihre mitfühlende Seite, der Teil von ihr, der versuchte zu verstehen. Es war eine Warnung. Sie musste vorsichtig sein und darauf achten, wie stark sie den Sturm in sich wachsen ließ. Als Nächstes flog sie in Richtung des Flusses, der Throne und ihrer letzten, verzweifelten Hoffnung und ließ den Sturm anschwellen. Es tat weh, aber Schmerz war etwas, womit sie leben konnte.

Nichts, was sie nicht hätte aushalten können.

KAPITEL EINUNDDREISSIG

Wenn du dich am Rande des Flusses Styx wiederfindest, kannst du nur hoffen, dass dir deine Lieben eine Münze in den Mund gesteckt haben, den Obolus, Charons Lohn dafür, dass er dich hinüberrudert. Das Gleiche gilt für Urschanabi, den Fährmann auf dem Fluss Hubur. Wenn das Wasser des Vaitarna in deinen Augen klarer, süßer Nektar zu sein scheint, dann freue dich, denn du hast ein gutes Leben gelebt, aber wenn du einen Fluss aus Blut siehst, dann wisse, dass du zu Naraka hinüberschwimmen musst, um deine Sündhaftigkeit tilgen zu lassen. Preise Ojizô-sama, der die Seelen der verlorenen Kinder an den Ufern des Sanzu-Flusses beschützt. Bete, wenn du Manannán mac Lir triffst, dass er sich damit zufriedengibt, dich in seinem Boot ohne Segel zu den Gesegneten Inseln zu bringen, und er nicht übellaunig ist und seinen düsteren Mantel trägt.

Bevor wir von der Erde kamen, kamen wir aus dem Wasser, und so müssen wir immer das Wasser von diesem Leben in das nächste überqueren.

Auf dem Grund des Mississippis liegt, verborgen in den Tiefen des schlammigen Wassers und fast vollständig begraben unter jahrhundertealten Schichten von Schlick, ein Schiff. Manche sahen einen Schaufelraddampfer, andere ein Hochseeschiff mit hohem Kiel. Renai erinnerte es immer an die Autofähren, die früher den Fluss kreuzten, eine breite Konstruktion aus Estrich, Geländern und Metallstegen: ein schwimmender Parkplatz. Natürlich war sie schon einmal hier gewesen, aber selbst als Psychopomp hatte sie es sich nicht zur Gewohnheit gemacht.

Nicht einmal die Abgesandten des Todes waren scharf darauf, ihnen zu begegnen.

Sie musste das Geisterwort benutzen, um zum Schiff zu gelangen. Nachdem sie alle sechs vorherigen Pforten durchschritten hatte, brauchte ihr lebender Körper Sauerstoff. Aber sobald sie auf den Grund des Flusses hinabgestiegen und weit genug in den Bauch des Schiffes geklettert war, wich das Wasser zurück, und sie konnte ihre Kapuze zurückschlagen. Hier war eine Barriere errichtet worden, um den Thronsaal trocken zu halten und ihr Luft zum Atmen zu geben. Sobald Renai in die Blase kalter Luft tief unten im Schiff trat, spürte sie, wie die Kraft des Sturms von ihr abfiel. Zuerst dachte sie, es wären Angst und Vorfreude, die den Zorn verdrängten, oder irgendein Schutzwall, den die Throne eingerichtet hatten, um feindliche Mächte in Schach zu halten. Aber nach einem Moment erkannte sie: Es lag einfach daran, dass der Sturm ein Geist war, dem die Gegenwart des Todes Angst einflößte.

Geht mir nicht anders, dachte sie, an die angespannte Präsenz in ihrem Innern gerichtet. *Vielleicht nicht aus denselben Gründen, aber ich fürchte mich auch.*

Renai zog die Flügel ein, teils aus Sorge, dass die Kälte ihnen schaden könnte, teils weil sie zu sperrig für die enge Wendeltreppe waren, die hinunter in den Thronsaal führte. Obwohl sie die starren flugunfähigen Versionen ihrer Flügel auch hier offenbar nicht abwerfen konnte. Sie atmete in ihre Handflächen und machte sich auf den Weg die Treppe hinunter. Schließlich mündete das Treppenhaus in einen leeren Raum, so groß wie eine Lagerhalle und ebenso spärlich eingerichtet. In der Mitte rauschte wie ein Tornado eine Wassersäule von der Decke herab und verschwand in einem klaffenden Loch im Estrich. Auf der gegenüberliegenden Seite dieser Wassersäule standen zwei riesige leere Stühle, die aus einem einzigen Stück Holz geschnitzt waren. Sie waren schwarz, und es war schwer zu erkennen, ob sie einfach nur aus dunklem Holz geschnitzt, mit Ruß oder getrocknetem Blut bedeckt oder von Schatten verhüllt waren.

Wie der Tod selbst waren die Throne vieles auf einmal.

Renai näherte sich ihnen. Ihr Herz pochte so stark, dass ihr das Schlucken schwerfiel. Sie ballte die Fäuste, immer wieder, sooft sie es auch bemerkte und sich zwang, sie zu entspannen. Es waren nicht nur die Throne selbst, die sie zögern ließen, sondern auch die gefräßige Bestie, die auf dem Grund dieser Grube lebte, in welche die Throne jene Essenzen warfen, die es bis hierher geschafft hatten, sich aber nicht das Recht verdienen konnten, in die Fernen Länder weiterzuziehen. Das klaffende Loch auf dem

Grund der Unterwelt war der Schlund, und das Ungeheuer, das dort lebte, nannte man, in gedämpftem Ton, den Verschlinger. Vergessenheit.

Die Leere der Throne kümmerte Renai nicht. Der Tod war unsichtbar. Aber sie war überrascht, dass sie allein hier war. Hatten Ramses und Cordelia ihr Spiel schon beendet? Wurden sie bereits vom Verschlinger ausgelöscht? Kam sie zu spät?

Sie griff ins Nirgendwo nach ihrem Spiegel und wandte sich von den Thronen ab. Sie hielt den polierten Stein so, dass sie das Spiegelbild der Throne auf seiner Oberfläche sehen konnte. An diesem Ort stieg Rauch von ihrem Spiegel auf, schwarz wie Öl und süßlich wie Weihrauch. Es dauerte einen Moment, bis sie die auf den Thronen sitzenden Figuren sehen konnte, ihre Unermesslichkeit war schwer zu erfassen, wahrzunehmen, vor allem da ihr Spiegel zerbrochen war und sie nur einen funktionierenden Griff zur Verfügung hatte. Als sie die beiden sah, keuchte sie, aber das Geräusch wurde von der tosenden Säule vor ihr verschluckt.

Das Spiegelbild zeigte einen männlichen Gott auf dem einen und eine Göttin auf dem anderen Sitz. Sie bewegten sich, gleichzeitig getrennt und eine Einheit. Der Mann trug dicke Gewänder und Sandalen, hielt einen Speer in der einen und ein kurzes Zepter in der anderen Hand. Ein buschiger lockiger Bart beherrschte sein Antlitz, und ein vertrocknetes runzliges Loch markierte die Stelle, an der eines seiner Augen sein sollte. Seine blasse Haut schimmerte kränklich grün. Die Frau trug ein langes, ärmelloses rotes Kleid, das sich an ihren Körper schmiegte. Es war schwer zu sagen, ob sie zwei oder vier Arme hatte und ob es Schatten oder Frostbeulen waren, die ihre Beine verfärbten. Ihre Wangen waren blass, vielleicht von der Kälte des Todes, vielleicht von der Totenschminke, und sie trug einen Tierschädel auf dem Kopf wie einen Helm.

Sie waren der Tod, und jeder, beide, alle saßen zusammengesackt auf ihren Stühlen, das Kinn auf die Brust gesenkt.

Schlafend.

Sie hatte es verpasst.

Das Verstehen regte sich in ihr wie etwas Körperliches, wie das Gefühl im Bauch und im Innenohr bei einem schnell hinabrasenden Aufzug. Nur bewegte sich um sie herum kein Metallkasten, sondern die gesamte Schöpfung. Die Throne waren der Dreh- und Angelpunkt der gesamten Unterwelt, die Macht, die Psychopomps wie ihr Autorität verlieh, die Richter, die das Leben nach dem Tod definierten. Sie hatten von Anfang an eine physische Anziehungskraft auf ihre Gedanken ausgeübt. Renai hatte gedacht, sie wären für ihre fehlenden Erinnerungen verantwortlich, für die verschlossenen Pforten, für das Verschwinden von Ramses, und auch, dass sie hinter Cordelias Verschwörung steckten. Das Einzige, was sie nicht verstand, war, ob der verfluchte Revolver eine Gabe sein sollte, um einen Gefallen zu erbitten, oder eine Waffe, die sich gegen den Tod selbst richtete.

Wie sich herausstellte, waren sie nur weitere Hüter der Pforten, an denen man sich vorbeischummeln konnte.

Denn die allerletzte Pforte stand zwischen den Thronen – in Form eines in ihr Holz geschnitzten Türrahmens, der sich wie ein Möbiusband um sich selbst drehte und verdoppelte, oder ein tiefer Schatten, der sich nach hinten in einen Flur erstreckte, der länger war als der Raum selbst, oder nur ein Trick der Holzmaserung, ein Muster, das der Verstand sah, obwohl keines wirklich existierte. Der Tod war Führer, war Schiedsmann der Gerechtigkeit, war eine Reise, aber der Tod war auch dies, der Wächter der letzten Pforte zwischen der Erde und den Kommenden Welten. Diese Pforte stand weit offen, genau wie die vorherigen sechs, was bedeutete, dass das, was immer Cordelia plante und wohin auch immer sie Ramses St. Cyr geschickt hatte, jenseits des Todes lag.

In den Fernen Ländern.

Mit einem grimmigen Lächeln, das Salvatore stolz gemacht hätte, folgte Renai dem Weg. Zuerst war sie nur eine Frau in einem Korridor. Es war wie in einem Hotel spät in der Nacht, diese seltsame Gleichförmigkeit, die unheimliche Stille, die aggressiv sterile Sauberkeit. Die Teppiche waren in einem weichen Elfenbeinton, den nur jemand wählen würde, der sie nie reinigen musste, die Wände in einem satten Dunkelblau. Es gab keine Türen, keine Lampen – obwohl der Flur selbst von Licht durchflutet war. Nichts wies darauf hin, dass außer ihr jemals jemand diesen Flur benutzt hatte. Er erstreckte sich, soweit sie sehen konnte, in beide Richtungen, ohne einen Beweis zu liefern, dass sie jemals woanders gewesen wäre als an diesem Ort.

Vielleicht war sie das auch nicht. Vielleicht war alles, was sie wusste oder erlebt hatte, nur ein Traum gewesen, einer von vielen, aus denen sie aufgewacht war und die sie erneut träumte, während sie diesen ungeheuren, ewigen Weg von überall nach nirgendwo entlangging. Oder von nirgendwo nach überall. Vielleicht gab es keinen Unterschied zwischen diesen beiden Orten.

Sie lief weiter. Manchmal schien der Gang sich zu krümmen, als würde sie gleich etwas Neues erblicken, etwas anderes.

Manchmal war sie sich sicher, dass der Boden aus Wolken bestand und die Wände einfach nur Himmel waren und dass sie immer höher stieg. Aber sie wagte es nie, die Hand auszustrecken, um sich zu überzeugen.

Manchmal war sie sich sicher, dass sie sich tief unter der Erde befand und weiter hinabstieg und eine gewaltige Kaverne in der Mitte ihr Ziel wäre.

Manchmal hatte sie das Gefühl, dass sie nicht Meilen zurücklegte, sondern durch die Zeit schritt, durch die Geschichte, auf dem Weg zu dem einzig wahren Ende der Zeit: ihrem Anfang.

Und manchmal war sie nur eine Frau, die über einen Flur ging.

Dann, ohne Warnung oder ersichtlichen Grund, endete der Flur. Sie stand vor einer einfachen roten Holztür. Sie griff nach der Klinke, und die Farbe brachte sie auf den Gedanken, dass all das hier ein Trick von Jude Dubuisson war. Dass er die ganze Zeit dahintergesteckt hatte. Aber dann erkannte sie, dass es der falsche Rotton war. Es war eher ein feuriges Orangerot. Ein Dämmerungsrot, wie der Anblick eines hellen Mittagshimmels, den man durch die Haut und die Adern der geschlossenen Augenlider betrachtet. Schließlich wurde ihr klar, dass es nicht *wie* diese Farbe war, sondern es war Farbe, keine Tür, die sie öffnete. Sie schlug die Augen auf, und das Licht war so hell und rein und klar, dass sie nur noch Weiß sah.

Es schmerzte nicht, dieses blendende Licht; wenn überhaupt, beruhigte es sie, linderte das schwache Stechen ihrer Nähte, dämpfte das Tosen des Sturms, beruhigte den ständigen Kampf gegen sich selbst. Sie wartete dort, sonnte sich im Licht, bis sich ihre Augen an dessen Intensität gewöhnt hatten. Sie wartete und wartete, und schließlich blickte sie an sich hinunter und sah, dass ihre Augen sich längst angepasst hatten, dass sie nicht geblendet war, sondern dass es nichts zu sehen gab. Nur reiner, leerer weißer Raum, der sich in alle Richtungen ins Unendliche erstreckte. Sie stand auf nichts, drehte sich im Kreis und erkannte, dass sie aus dem Nichts kam, machte einen einzigen zögerlichen Schritt in eine zufällig gewählte Richtung und sah, dass sie sich auf nichts bewegte.

Es gab nur das hier, was sie bei sich trug: ihre Kleidung, die Medaille um ihren Hals, die Glücksmünze und das Geld von Elderflower in ihren Taschen. Sie überlegte, ob sie nach dem Spiegel oder ihrer Klinge greifen sollte, aber der Gedanke, aus dem Nichts ins Nichts zu greifen, bereitete ihr Übelkeit. Und bei der Vorstellung, sich vor die Füße zu kotzen, ihre Körperflüssigkeiten aus sich herausströmen zu lassen, flatterte ihr Herz ängstlich in ihrer Brust.

Sie sorgte sich um die Münze um ihren Hals, schloss die Augen und tat ihr Bestes, um nicht in Panik zu geraten. »Findest du das einschüchternd?«, fragte sie in die Leere. Sie hatte keine Ahnung, ob jemand sie tatsächlich hörte, aber es fühlte sich gut an, die Stille zu brechen, also sprach sie weiter. »Ich habe schon Tod und Auferstehung erlebt. Ich habe alles ertragen, womit das Leben als schwarze Frau mich konfrontiert hat, und dazu noch ein Nachleben als Seelensammlerin. Ich habe es mit gefallenen Engeln und Betrügergöttern, einer Bande von Untoten und einem Kakerlakenmonster aufgenommen. Ich bin hier, und ich bin unversehrt, aber es war ein verdammt harter Weg bis hierher. Also hilf mir oder lass es bleiben. Aber wenn ich das hier allein machen muss, dann kommst du mir, wer auch immer du bist, besser nicht in die Quere!«

»Wenn Sie das alles durchgemacht haben, Ma'am«, ertönte eine Stimme hinter ihr, die sie zu erkennen glaubte, »dann gehe ich Ihnen wohl besser zur Hand.«

Renai wirbelte herum und sah einen grobschlächtigen weißen Mann. Jedenfalls hatte die Haut seiner Hände, Arme und Beine den rötlichen Braunton eines Weißen, der fast die ganze Zeit in der Sonne verbracht hatte. Er hatte den behaarten Kopf und Hals eines braunen Mischlingshundes, trug einen verbeulten, vom Kampf gezeichneten stählernen Brustpanzer, dazu einen Lederrock und Sandalen, die nur noch aus Lederstreifen bestanden. An seinem Gürtel hing ein kurzes Schwert mit breiter Klinge, und auf dem Rücken trug er eine Art Schild geschnallt. Er hatte den gleichen bodenständigen Chalmette-Akzent wie der Psychopomp, der ihr Mentor, ihr Freund gewesen war. Wegen der Stimme und der hündischen Züge traten Renai bei seinem Anblick die Tränen in die Augen.

»Salvatore?« Sobald sie seinen Namen aussprach, war ihr klar, dass sie sich irrte. Sal war nicht einfach nur verschwunden, er war vernichtet worden. Sie hatte das, was von ihm übrig war, in ihren Händen gehalten.

»Sall-wa-tor-eh«, korrigierte der Soldat ihre Aussprache. »Aber nein, Ma'am. Ich habe keinen Anspruch darauf, mich als irgendjemandes Retter zu bezeichnen.« Er schenkte ihr ein hündisches Grinsen, das dem von Sal so ähnlich war, dass ihr das Herz wehtat. »Ein Freund von mir hat diesen Titel sozusagen gepachtet, wenn Sie verstehen, was ich meine.« Er streckte eine massive schwielige Hand aus, so wie ein Hund, der gelernt hatte, Pfötchen zu geben. Renai musste trotz des nagenden Verdachts in ihrem Hinterkopf grinsen. Sie sagte sich, nur weil Cordelia sie verraten hatte, musste das ja nicht jeder tun.

Und dann hörte sie die Stimme ihrer Großmutter: *Du legst mich nur einmal rein, Kind. Du nimmst mich nur einmal auf den Arm.* Als sie die Hand des Riesen schüttelte, erwartete sie eine weiche Berührung mit schlaffen Fingern. Das machten die meisten großen Männer, als hätten sie Angst, ihre zarten weiblichen Knochen zu zerquetschen. Oder sie drückten brutal zu, weil sie sich durch Stärke und Dominanz definierten. Zu ihrer Überraschung gab er ihr einen festen, prägnanten Händedruck, ebenso kräftig, wie sie ihn drückte, und ließ dann los.

»Mein Name ist Menas.« Er verlagerte sein beträchtliches Gewicht, sodass er breitbeinig und selbstbewusst dastand. »Die meisten Leute nennen mich Cur.« Er deutete auf seine Hundeschnauze. »Stört Sie das? Bei manchen Menschen löst das einen hysterischen Anfall aus, aber diese Nase macht das Aufspüren so verflixt einfach, dass ich sie meistens aufsetze. So habe ich auch Sie gefunden.« Er sah sich in dem weißen Nichts um sie herum um. »Hier ist schon länger niemand mehr vorbeigekommen, als mir lieb ist.«

In dem Moment, als er »verflixt« sagte, akzeptierte Renai endlich, dass Cur trotz seines Akzents und des Hundekopfes und ihrer fast augenblicklichen Sympathie für ihn nicht ihr Salvatore war. Wer auch immer er sein mochte. »Der Hundekopf ist in Ordnung«, erwiderte Renai. »Eigentlich sogar tröstlich. Du erinnerst mich an jemanden. Mein Name ist Renaissance, aber all meine Freunde nennen mich Renai.«

Curs Ohren zuckten, und er legte sie fast flach an den Kopf. »Dann darf ich Sie Renai nennen, Ma'am?«

Sie lachte und nickte. »Sicher.«

»Toll!« Sein hündisches Grinsen wurde so breit, dass seine Zunge heraushing. Dann stellten sich plötzlich seine Ohren wachsam auf, und seine Miene zeigte eine hündische Emotion, die sie nicht lesen konnte. »Aber jetzt muss ich Ihnen ein paar Fragen stellen, Ma… Renai.« Seine Stimme wechselte so schnell von freundlich, fast entschuldigend zu streng und befehlend, dass Renai es für einen Scherz gehalten hätte, wenn er nicht mit der geübten Bewegung eines Polizisten, dessen Hand sofort zum Griff seiner Waffe gleitet, den Schwertknauf ergriffen hätte. »Warum sind Sie hierhergekommen, statt direkt dorthin zu gehen, wo Sie hingehören? Und Sie sagen besser die Wahrheit. Ich kann Lügen wittern. Machen Sie keine Dummheiten.« Er schnupperte an der Luft, ein raues keuchendes Geräusch. »Nein, warten Sie. Sie haben immer noch einen lebenden Körper, und Sie haben eine Glücksmünze hierhergebracht. Das ist schlimm, richtig schlimm. Sollen Sie überhaupt hier sein?«

»Ehrlich gesagt, bin ich mir nicht einmal sicher, wo hier ist«, antwortete Renai. »Ich bin eine Psychopomp und versuche, jemanden zu finden. Einen Jungen namens Ramses St. Cyr.«

Dann erzählte sie ihm alles oder zumindest alle Details, von denen sie glaubte, dass er sie brauchte. Dass Ramses hätte sterben sollen und einen Deal gemacht hatte, um sein Leben zu verlängern, dass er etwas Wichtiges gestohlen hatte und an eine üble Bande geraten war, dass sie ihn finden musste, bevor es so schlimm wurde, dass ihm nicht mehr zu helfen wäre. Sie schilderte alles schnörkellos und auf den Punkt, da sie befürchtete, Cur zu verwirren, wenn die Erzählung zu kompliziert wurde. »Das ist meine Geschichte«, sagte sie schließlich und hoffte, dass die Kurzfassung der Ereignisse nicht den Ruch von Lügen aufwies. »Meinst du, du kannst mir helfen?«

»Ich wünschte, ich könnte es, Ma'am«, erwiderte Cur. Er ließ die Ohren hängen, und seine traurigen Augen schimmerten feucht. »Wenn Sie etwas von ihm hätten, sodass ich Witterung aufnehmen könnte, gäbe es keinen Ort, an dem ich ihn nicht aufspüren würde. Aber ohne das«, er zuckte mit den Schultern, »nütze ich Ihnen nichts.«

Irgendetwas regte sich in Renais Hinterkopf, etwas, das er vorhin von sich gegeben hatte. »Warte«, sagte sie. »Du hast gesagt, du hast mich aufgrund meines Geruchs gefunden. Hat dich jemand geschickt, um mich zu suchen?«

»Ja.« Er schob seine Hand unter den Brustpanzer, zog eine dünne Schriftrolle heraus und hielt sie ihr hin. Es war das Stück Papier, das sie Elderflower gegeben hatte. Das sie mit ihrem richtigen Namen unterschrieben und mit einem Tropfen ihres Blutes besiegelt hatte.

Es überlief Renai kalt, denn es gab nur eine Person, die Cur dies hätte geben können.

»Sie sagte, ich sollte Sie aufmischen, wenn Sie auf unserer Seite auftauchen«, fuhr er fort. »Angeblich wären Sie eine Unruhestifterin. Aber sie ist gemein. Kennen Sie das? Manche Menschen klingen nett, aber in Wirklichkeit machen sie sich über einen lustig.« Renai nickte, um ihm zu zeigen, dass sie das in der Tat kannte. »So ist sie. Ich bin nur gekommen, um Sie zu finden, falls Sie noch schlimmer wären als sie. Aber keine Sorge, ich werde Sie nicht rausschmeißen. Sondern Ihnen helfen, so gut ich kann, nur um sie wütend zu machen. Denn bloß weil sie etwas sagt, heißt das noch lange nicht, dass ich darauf hören muss. Sie hat keine Macht über mich.«

Renai spürte, wie Hoffnung in ihr aufkeimte. »Meinst du, du könntest die Frau finden, die dir das gegeben hat? Sie ist eine dieser Bösen, die meinen Freund in Schwierigkeiten bringen will.«

Cur kratzte sich hinter einem Ohr. »Ich könnte es versuchen«, sagte er, »aber es würde eine Weile dauern, und Sie scheinen es eilig zu haben.« Er zuckte entschuldigend mit den Schultern. »Sie ist eine von den ganz Gerissenen«, erklärte er. »Sie wechselt häufig ihre Gestalt. Das verwirrt den Geruch.«

Es war ja klar, dass es nicht so einfach sein würde. Renai dachte angestrengt nach und versuchte, ihre Spekulationen über Cordelias Pläne und das wenige, das sie über die Fernen Länder wusste, in Einklang zu bringen. Sie brauchte Hilfe. Sie brauchte einen Führer. Sie brauchte, wie er es genannt hatte, »einen ganz Gerissenen«.

»Cur, kennst du einen Gott namens Hermes?«

»Klar«, erwiderte er. »Was ist mit ihm?«

»Weißt du, wo ich ihn finden könnte?«

»Das weiß ich, Ma'am Renai.« Er zog sein Schwert – eine kurze breite Klinge, die derart schwer aussah, dass sie zwei Hände brauchen würde, um die Waffe überhaupt anzuheben. Die Schneide war so scharf und glänzend, wie Cur zerzaust und schäbig war. Er schnitt damit in einer einzigen fließenden Bewegung eine grobe Türöffnung in die Luft. Ein klaffendes Loch tauchte in der weißen Leere dieses Ortes auf. Renai wäre froh gewesen, überhaupt irgendetwas anderes durch dieses Loch sehen zu können, aber dass es eine Straßenecke in der Innenstadt von New Orleans war, war ein willkommener, wenn auch überraschender Anblick. »Wir können leider nicht direkt zum Olymp gehen, fürchte ich«, meinte Cur. »Aber ich habe uns so nah herangebracht, wie es nur ging.« Er schob das Schwert in die Scheide und deutete mit der Hand in Richtung Tür.

»Nach Ihnen, Ma'am Renai.«

Renai wusste von dem Moment an, als sie durch die Tür trat, dass sie sich weder in der Welt der Lebenden noch in der Unterwelt befand.

Okay, es war definitiv New Orleans, Ecke Poydras und St. Charles, den blauen Schildern an den mit baumelnden Mardi-Gras-Perlen behängten Ampelmasten nach zu urteilen. Aber es war keine Version der Stadt, die sie kannte. Sie nahm den süßen berauschenden Duft wahr wie ein Magnolienbaum nach einem starken Regen, sie konnte es sogar in der Luft spüren, das Kribbeln der Vorfreude, als wartete sie auf den Beginn eines Umzugs in den Straßen.

Dieses New Orleans war ruhig, aber nicht still. Irgendwo spielte eine Blaskapelle oder vielleicht auch eine Marschkapelle, irgendetwas mit Hörnern und Trommeln und einem prahlerischen jubelnden Takt. Die Straßen waren menschenleer, und es gab keinen Verkehr, aber sie hörte das dröhnende Brummen einer Straßenbahn, das Sprühen der Funken beim Kontakt mit den Leitungen über ihr. Sie wollte hier warten, bis die Straßenbahn vorbeifuhr, für den Fall, dass Barren auf dem Fahrersitz saß, für den Fall, dass der Zauber des Caduceus nur vorübergehend war. Aber Cur stolperte hinter ihr durch das Loch in der Luft und zeigte auf den massiven Bürokomplex namens One Shell Square hinter ihr.

»Da entlang«, sagte er.

One Shell Square war ein massiver Monolith aus Kalkstein und Glas und das höchste Gebäude der Stadt. Es war ihr erster echter Wolkenkratzer und noch lange nach seinem Bau das höchste Gebäude des Südens. Sein Sockel nahm einen ganzen Stadtblock ein, und es erhob sich fünfzig Stockwerke über die Straßen von New Orleans und überragte die anderen massiven Bürokomplexe der Innenstadt. Die oberste Etage war höher als der Gipfel des Mount Driskill, Louisianas einzigem Berg. Renai musste den Kopf in den Nacken legen, um zur obersten Etage zu sehen. Deren Fenster waren doppelt so groß wie die der darunterliegenden Stockwerke.

Es war ihr bis zu diesem Moment nicht in den Sinn gekommen, aber sie musste zugeben, dass es eine gewisse Logik hatte: Wo sonst in New Orleans würde ein Olympier sein Zuhause haben?

Sie beeilte sich, Cur einzuholen, der drei der breiten Steinstufen, die zur Eingangstür führten, auf einmal nahm. Nicht um anzugeben oder aus Hast, sondern einfach wegen seiner langen Beine. Drinnen folgte sie ihm über die glänzenden Marmorböden und die glitzernden teuren Requisiten eines jeden First-Class-Bürokomplexes: Glas und Chrom und Flachbildschirme. Verarmte Menschen, fand Renai immer, wirkten alle auf ihre individuelle Art pleite. Geld dagegen sah immer aus wie Geld.

Cur führte sie in Richtung der Aufzüge, von denen jeder nur eine bestimmte Zahl von Stockwerken bediente. Aber er ging an ihnen vorbei, selbst an denen, die von der Lobby in die Stockwerke vierzig und höher fuhren.

Stattdessen blieb er an der hinteren Wand stehen, einer schmucklosen Fläche aus dunkelgrauem Marmor, die so reflektierte wie ihr eigener Spiegel. Ohne seine Schritte zu verlangsamen, zog Cur das Schwert und richtete die Spitze auf die Wand. Sie berührte ihren Zwilling, der sich auf der Marmoroberfläche spiegelte, und glitt dann in den Stein wie in weiche Butter.

Renai dachte zuerst, der Soldatengott würde den Stein in zwei Hälften schneiden, aber als sie genauer hinsah, erkannte sie, dass er die Klinge einfach in einen haarfeinen, fast unsichtbaren Riss gesteckt hatte. Als das Schwert bis zum Griff verschwunden war, stemmte Cur sein Gewicht dagegen, und die massiven Steinplatten spalteten sich auf und trennten sich knirschend. Er schob das Schwert zurück in die Scheide und packte die Ränder. Die Muskeln in seinen Armen tanzten auf eine Art, bei der etwas in Renais Bauch zuckte. Er war zwar nicht wirklich ihr Typ, aber bei dieser Art von Auftritt fragte sich ein Mädchen schon, wie er wohl ohne Hundegesicht aussah und ob sein Körper unter der Rüstung auch so straff war. Sie nagte an ihrer Lippe und kostete diese Gedanken noch ein Weilchen aus, während er die versteckten Aufzugtüren öffnete.

Im Inneren befand sich nur ein Knopf, der nicht beschriftet war. Klar. Ein Aufzug wie dieser führte nur nach ganz oben.

Die Türen öffneten sich mit dem leisen musikalischen Klimpern eines Windspiels. Sonnenlicht strömte durch die Türen, ein warmer Schein, der den Duft von Lorbeerbäumen mit sich brachte. Renai trat allein aus dem Aufzug. Cur hatte gesagt, er würde zurückbleiben und ihr die Tür aufhalten. Sie befand sich auf einem üppigen grünen Rasenteppich. Am Rande des Daches wuchsen genug Bäume, um den Eindruck einer lauschigen Lichtung zu erwecken, aber nicht genug, um den Blick auf die Stadt zu versperren, die sich unter ihr ausbreitete. Von hier oben sah Renai den geschlängelten rostbraunen Flusslauf, die ausgedehnte Stadt aus rotem Backstein, grauem Beton und spiegelndem Glas, die flachen grünen Plätze von Parks und Friedhöfen, alles angelegt wie die Teile eines riesigen Spiels.

In der Mitte des Dachs befand sich ein kurzer Halbkreis aus Marmorsäulen, gerippt und verziert und mit Kappen versehen, die, wie Renai wusste, bestimmte Namen hatten, an die sie sich nicht erinnerte. Ihr alter Geschichtslehrer hatte eine ganze Woche lang diese Begriffe behandelt, dafür dann aber später im Jahr die gesamte Bürgerrechtsbewegung übersprungen. Der Innenraum dieses Freilufttempels war mit losem Kies ausgelegt worden, der unter ihren Füßen angenehm knirschte, als Renai hineinging. Die zwölf lehnenlosen Stühle darin waren wie ein flaches großes U aus Stein geformt. Über ihnen hing jeweils ein Schimmer in der Luft.

Als sie sich dem am weitesten links befindlichen näherte, löste sich der Schimmer in der Luft in eine Leier auf: ein Musikinstrument von der Größe und Form eines

Jagdbogens, aber mit mehreren parallelen Saiten wie eine Harfe statt mit einer senkrechten, die zum Anlegen eines Pfeils verwendet wurde. Obwohl Renai eine schöne, wenn auch nicht ausgebildete Stimme hatte, beschränkte sich ihre musikalische Begabung darauf, den Takt in der zweiten Reihe halten zu können. Trotzdem rief die Leier nach ihr, und ihre Finger zuckten vor Verlangen, ein Lied auf den silbernen Saiten zu spielen. Es war ein wunderschönes Instrument, aus Knochen oder Horn, in welches das Bild eines über den Himmel gleitenden Wagens eingraviert war. Renai merkte, dass sie danach greifen wollte, und steckte stattdessen die Hände in die Taschen.

Sie folgte dem Kreis der Stühle und entdeckte der Reihe nach einen Bogen aus Silber und einen Köcher mit Pfeilen, die Statue einer Eule, die einen gefiederten Helm trug, einen kurzstieligen Hammer und eine Zange, eine Weizengarbe, die wie Gold glänzte, ein Zepter mit einem Kopf, der wie das gekräuselte Auge einer Pfauenfeder geformt war, einen Donnerkeil, einen Dreizack, einen einschüchternden Speer mit gezackter Klinge, einen mit Fransen besetzten Spitzenschleier, einen weit geschwungenen Kelch und auf dem letzten Platz ganz rechts den Hermes-Caduceus. Sie griff danach, und wie sie erwartet hatte, glitten ihre Finger hindurch. Es war jedoch eine ebenso überzeugende Illusion wie all die anderen Insignien, dreidimensional und mit Details und einem Schatten darunter, der sich verschob, während er sich langsam um seine Achse drehte.

»Was machst du denn hier?«, fragte eine Stimme hinter ihr.

Sie drehte sich um. Da war er, der Gott, der sich Mason nannte. Er lehnte an einer Säule, mit Hakennase, leicht gebräunter Haut und elegant von Kopf bis Fuß. Zu dem zweireihigen rot karierten Anzug, der eigentlich nicht so gut aussehen dürfte, wie es der Fall war, trug er ein schwarzes Hemd mit Krawatte und ein Paar hochglanzpolierte schwarze Schuhe mit roten Flügeln. Doch anders als alle Betrügergötter, die sie bisher getroffen hatte, lächelte er nicht.

»Ich habe mich gerade gefragt, ob dieser Platz besetzt ist.« Sie konnte der Versuchung nicht widerstehen.

»Geistreich.« Hermes blickte auf seine Fingernägel, als fände er sie hochinteressant. »Aber ich hoffe wirklich, dass du nicht den ganzen Weg hierhergekommen bist, nur um diesen Witz zu reißen.«

»Ich habe deinen Caduceus gefunden, Ma's Sohn.« Sie sprach seinen Namen so aus, um ihm zu zeigen, dass sie seine wahre Identität herausgefunden hatte. Erst danach merkte sie, dass die Feststellung bezüglich des Caduceus wahrscheinlich ein besserer Knalleffekt gewesen wäre.

Er schaute sie mit gespielter Gleichgültigkeit an, was ihr verriet, dass ihm das, was er sagen wollte, tatsächlich sehr, sehr wichtig war. »Und wo könnte er wohl sein?«

»Ramses St. Cyr hat ihn noch.«

Er stieß sich von der Säule ab und kam direkt vor ihr zum Stehen, ohne den Zwischenraum zu überqueren oder ein Geräusch auf dem Kies zu machen. Er war einfach erst dort und dann hier, schneller, als Renai blinzeln konnte. Sie zuckte zurück und ärgerte sich dann, dass sie überhaupt darauf reagiert hatte. »Und warum, meine kleine, liebe süße Finsternis, hast du einem sterblichen Kind erlaubt zu behalten, was mir gehört?«

Renai spürte seine Wut so deutlich, dass sie etwas von ihrer Angst nahm und ihren eigenen Sturm hervorlockte, sich zu zeigen. Nicht genug, um ihr Zugang zu seiner Macht zu verschaffen, aber gerade so viel, um dem subtilen verführerischen Glanz seiner honigbraunen Augen widerstehen zu können. »Ich hatte keine große Wahl«, sagte sie. »Was ich erklären werde, sobald wir die Bedingungen unseres Deals neu verhandelt haben.«

Daraufhin lächelte Hermes, allerdings alles andere als wohlwollend. »Und warum, im Namen von Zeus' ewig geschwollenem Schwanz, sollte ich so etwas Dummes tun?«

Renai breitete die Arme aus, als wollte sie alles um sie herum umfassen. »Schau, wo wir sind. In den Fernen Ländern. Ich bin ganz allein hierhergekommen, Betrüger. Wenn du meine Hilfe willst, um deinen kleinen Zauberstab zurückzubekommen, solltest du mit einem besseren Angebot aufwarten.«

Hermes wandte sich zur Seite, kippte die Hüften und neigte den Kopf, um sie schräg anzusehen. »Oh, jetzt bist du also die große Nummer, was? Arbeitest du an deiner Karriere?«

Renai gefiel sein Ton nicht. Gott oder nicht, so durfte er nicht mit ihr reden, nicht, wo sie schon so weit gekommen war. Der Sturm erhob sich jetzt voll in ihr, genug, dass sie seine Kraft ergreifen und etwas von ihm loslassen konnte. Ein Blitz knisterte in ihrer Faust, und, ja, es tat weh. Ihre Nähte spannten sich, als sie sich gegen die rein destruktive Hälfte ihrer selbst wehrte. Aber die Mühe war es wert. Hermes richtete sich hastig auf und trat einen Schritt zurück. Seine Augen bewegten sich so schnell, dass sie nicht ganz sicher war, ob sie es wirklich gesehen hatte. Aber sein Blick war kurz zu dem Donnerkeil auf dem Stuhl in der Mitte der Reihe gezuckt, der einen Tick höher stand als alle anderen.

»Ich glaube, da hast du mich mit jemandem verwechselt«, sagte sie.

Hermes hob abwehrend die Hände. Und seine Stimme klang beschwichtigend, als er antwortete. »Entschuldigung«, sagte er. »Ich denke, du wirst mir zustimmen, dass uns beiden die Umstände ziemlich zusetzen. Ich bin sicher, dass wir uns gegenseitig helfen können. Also, was kann ich für dich tun?«

»Ich muss der Macht des Caduceus widerstehen können. Ich habe keine Chance gegen Ramses, wenn er mich ausknocken kann, sobald er mich sieht.« Bis zu diesem Moment hatte sie gehofft, dass das Geisterwort sie lange genug verbergen würde, um an Ramses heranzukommen. Aber wenn Hermes sie gegen die Wirkung des Stabes immun machen könnte, wäre das noch besser. »Tu das für mich, und wir sehen weiter.«

Er machte eine kurze Bewegung mit den Fingern. »Okay«, sagte er, »erledigt. Und jetzt sag mir, wieso, zum Teufel, dieses Kind mein Eigentum so lange in seinem Besitz haben konnte.«

Renai hob eine Braue. »Ernsthaft? Das ist deine beste ›Fauler Zauber‹-Nummer?«

Hermes lächelte gequält. »Okay«, räumte er dann ein.

»Ich gebe es zu, ich habe nichts gemacht. In Wahrheit kann ich nichts mehr für dich tun.« Renai spürte, wie ihre Hoffnung sank, was sich auf ihrem Gesicht gezeigt haben musste, denn Hermes hob hastig die Hand. »Ich kann nichts mehr tun, weil der Caduceus nur einmal wirkt. Er kann dich in den Schlaf schicken. Er kann dich aus dem Grab erwecken. Aber er kann nicht beides. Du bist bereits immun.« Er deutete mit einem Nicken in Richtung des Fahrstuhls. »Ebenso wie dieser unsägliche Trottel von einem Leibwächter.«

Renai dachte sofort an alle Hüter der Pforten, an die Throne, die unter den Bann des geflügelten Stabes geraten waren. »Wenn er dich also einmal in den Schlaf versetzt hat, kannst du nie wieder aufwachen …«

Hermes unterbrach sie kopfschüttelnd. »Nein, man kann rückgängig machen, was er bewirkt hat, aber auch nur einmal. Sobald du ihn mir zurückgibst, werde ich alle Streiche ungeschehen machen, die dieser kleine Scheißer sich geleistet hat.«

»Streiche? Hast du nicht aufgepasst?«

Hermes leckte sich die Lippen und holte tief Luft, bevor er antwortete. »Da mein Stab während der Hallows frei in dieser Stadt sein Unwesen trieb, hielt ich es für klug, mich eine Weile woanders aufzuhalten. Samhain in Dublin ist echt geil, nebenbei gesagt. Ich hatte ganz vergessen, wie viel Spaß es macht, Amadan Dubh zu sein. Warum, was war denn los?«

Renai erzählte es ihm. Wie Ramses den Caduceus fand und seinem Schlafzauber verfiel, was dem Dämon, der in ihn gefahren war, erlaubte, die Kontrolle über Hermes'

Stab zu übernehmen. Wie er ihn dann benutzte, um die Pforten der Unterwelt zu stürmen, obwohl er noch lebte, wie er sogar den Tod mit der Magie des Caduceus in Schlaf versetzte, wie er sich in die Fernen Länder schlich und wer weiß wohin noch, bewaffnet mit dem Stab und dem verfluchten Revolver. All das war Teil des Plans einer Frau, die sich Cordelia nannte.

»*Eris!*« Hermes sprach den Namen aus wie einen Fluch. »Natürlich die verdammte Eris.« Als Renai nicht angemessen beeindruckt schien, fuhr er fort: »Hast du jemals vom Trojanischen Krieg gehört? Weißt du, wie er anfing?«

»Klar, Helena von Troja. Die Griechen sind gekommen, um sie zu stehlen, richtig?«

Hermes drehte die Hand in der Luft. »Falsch. Die Griechen gingen nach Troja, um sie zurückzuholen. Paris hat Helena ihrem Mann, König Menelaos, abspenstig gemacht, weil Aphrodite ihm versprochen hatte, dass diese seine Frau werden würde.«

Renai sog scharf die Luft ein. »Sie haben einen Krieg angefangen, weil irgendeinem König Hörner aufgesetzt wurden? Die Weißen sind echt am Arsch.«

Hermes gluckste. »Sie waren griechisch, nicht weiß, aber trotzdem … Jedenfalls, das Wichtigste ist, dass Aphrodite Paris versprochen hat, die schönste Sterbliche der Welt würde seine Frau werden. Weil er in einem Wettbewerb den Richter spielen und entscheiden musste, welche von drei Göttinnen den goldenen Apfel der Unsterblichkeit verdient hätte. Eris hat ihm den Apfel überhaupt erst zugespielt, und das nur, weil sie nicht zu einer Hochzeit eingeladen worden war.« Er schüttelte den Kopf, wehmütig, als wäre die Zerstörung einer ganzen Zivilisation die Art von Bockmist, den jeder in seiner Jugend mal verzapft.

»Du scheinst eine Menge darüber zu wissen«, stellte Renai fest.

»Wer, glaubst du wohl, hat Paris den Apfel gebracht?« Hermes zuckte mit den Schultern. »Ich versuche nur zu sagen, dass man sie nicht umsonst *Zwietracht* schimpft. Ihre ganze Existenz dreht sich darum, brüskiert zu werden oder etwas nicht zu bekommen, was sie will, und dann aus Wut alles niederzubrennen. Wenn du nicht aufpasst, könnte dieser Ort hier der nächste sein.«

»Warum? Wurde sie wieder nicht zu einer Hochzeit eingeladen?«

»Viel schlimmer. Eris hatte früher einen anderen Namen: Echidna. Ihr Geliebter war ein Gott namens Typhon; als er hier in New Orleans weilte, nannte er sich Mourning.«

Plötzlich fügten sich alle Teile zusammen. Mourning hatte hinter dem Konflikt mit Jude Dubuisson vor fünf Jahren gesteckt. Er war der Drahtzieher des Komplotts gewesen, bei dem ihr eigener Tod ein Kollateralschaden gewesen war. Sie war bei der letzten Konfrontation nicht dabei gewesen, aber so, wie sie es verstanden hatte, war Jude der Einzige, der davongekommen war.

»Oh, verdammt!«, stieß Renai hervor.

»›Oh, verdammt‹ trifft's genau. Soweit ich gehört habe, hat Jude Mournings Arsch in den Tartarus verfrachtet. Müsste ich wetten, würde ich sagen, Eris ist dorthin unterwegs, um ihren Loverboy rauszuhauen.«

»Wie können wir sie aufhalten?«

»Wir?«

»Der Caduceus fällt unter deine Verantwortung, nicht wahr? Und diese gottverdammte Waffe auch, jetzt, wo ich darüber nachdenke. Solltest du sie nicht bewachen? Und du willst wirklich nichts unternehmen?«

Hermes stützte das Kinn in die Hand und legte einen Zeigefinger auf die Lippen. Als bäte er um Ruhe, während er über seine Antwort nachdachte. »Da du gleich losrennst und dich umbringen lässt«, sagte er schließlich, »werde ich dir etwas verraten, was ich sonst niemandem erzähle. Es gibt einen Grund, warum ich so unruhig geworden bin, als dieser blöde geflügelte Stab verschwunden ist. Er ist mein Schicksal. Meine Vorsehung. Wenn ich sterbe, wird der Caduceus mich führen. Also nein, ich werde ganz sicher nicht in ein Höllengefängnis hereinplatzen, das für die schlimmsten Monster der Schöpfung errichtet wurde, um einen Dämon zu jagen, der mit einer Waffe herumhantiert, die Götter tötet und das magische Artefakt schwingt, dem prophezeit ist, meine Existenz zu beenden. So werde ich den Rest der Hallows ganz sicher nicht verbringen. Aber dir wünsche ich viel Spaß dabei. Bring mir meinen Caduceus zurück, und wenn du überlebst, dann fällt mir sicher auch was Nettes für dich ein.«

Renai wandte sich von ihm ab, von seinen Lügen und seinen Versprechungen, von seinem Versagen und seiner Feigheit. »Cur«, rief sie, »öffne uns ein Tor zum Tartarus!« Ob dieser Ort ihm keine Angst bereitete wie Hermes oder ob er auf die Entschlossenheit in ihrer Stimme reagierte, er tat jedenfalls, ohne zu zögern, was sie verlangte.

Hier dämmerte es bereits, doch auf der anderen Seite der Tür, die Curs Klinge in die Luft geschnitten hatte, herrschte tiefste Nacht. Selbst aus dieser Entfernung konnte Renai die Kälte spüren, die von der anderen Seite hereinströmte.

»Du hast vergessen, die wichtigste Frage zu stellen«, rief Hermes ihr nach.

Sosehr es sie auch wurmte, ihm diese Genugtuung zu gewähren, sie konnte das Risiko nicht eingehen, dass er vielleicht tatsächlich etwas Wichtiges zu sagen hatte. Also blieb sie stehen und drehte sich zu ihm um. »Und was für eine Frage wäre das?«

»Wie du Immunität dagegen errungen hast, dass der Caduceus dich in den Schlummer zwingt. Dein Bewacher da drüben fiel damals unter den Bann meines Stabes, als er noch ein Wachhund war. Ich habe ihn schlafen gelegt, damit Herakles eine Aufgabe erfüllen konnte, und ich habe ihn aufgeweckt, als unser Held wieder da war, wo er sein sollte.« Dann grinste er boshaft und grausam. Er konnte einfach nicht aus seiner Haut – er war ein Mistkerl, das wusste Renai. Genauso wenig wie Cordelia – oder Eris – etwas dagegen tun konnte, alles zu zerstören, was sie berührte. Es lag in ihrer Natur. »Aber als du deinen Deal mit den Thronen gemacht hast, um Jude eine zweite Chance zu geben, war ich es, den sie geschickt haben, um dich von den Toten zurückzubringen.«

Renai wandte sich ab, ohne darauf zu warten, was er noch sagen wollte. Denn das wusste sie bereits. Sie war durch die Tür in die kalte Nacht des Tartarus getreten, bevor er die Chance hatte, es auszusprechen. Aber die Erkenntnis hatte sich bereits in ihr Herz gefressen.

Ramses konnte sie mit dem Caduceus vielleicht nicht mehr in ewigen Schlaf versetzen, aber er konnte ihn benutzen, um damit ihre Wiederauferstehung unmöglich zu machen.

KAPITEL ZWEIUNDDREISSIG

Das New Orleans auf der anderen Seite der Öffnung war ein zerbrochener Spiegel. Eisiger Wind peitschte den Müll über die Straßen und wehte den heißen, ranzigen Gestank von Ausscheidungen in einer verstopften Kanalisation durch die Stadt. Der Verkehr auf der nahen Interstate dröhnte, ein konstantes Brausen, das einen nicht losließ, selbst wenn das Heulen von Sirenen oder das scharfe stoßweise Knallen einer Halbautomatik sich für einen Moment in den Vordergrund der Aufmerksamkeit schob. Sie stand auf dem rissigen, welligen Asphalt der Straße, deren Sediment weggespült worden war. Die Küste rückte jedes Jahr näher. Die einzige Beleuchtung, eine flackernde, zischende Straßenlaterne über ihr, glitzerte auf den Scherben des zerborstenen Sicherheitsglases zu ihren Füßen. Wahrscheinlich stammten sie von einem eingeschlagenen Autofenster irgendeines armen Bastards. Irgendwo schrie eine Frau, schrill und aus voller Kehle. Unmöglich zu erkennen, ob es trunkener Jubel oder Angst war, aber es brach beunruhigend abrupt ab. Anderswo stießen tiefe Stimmen in kurzen gutturalen Konsonanten Vulgaritäten oder Drohungen oder beides aus.

Und vor ihr, das Gravitationszentrum des ganzen Elends, die gedrungene, hässliche Masse des Orleans Parish Prison.

Wie der Olymp im obersten Stock des One Shell Square war das Ferne Land Tartarus ein unheimliches Spiegelbild des Gefängnisses in der lebenden Welt. Ein Bauwerk aus Stein, Stacheldraht und Gitterstäben. Als Renai jetzt dort neben Cur stand, ihrer Erinnerung nach ähnlich unbehaglich wie damals neben Sal in der Unterwelt, erwartete sie fast, dass Cross auftauchen und sie beschuldigen würde, einen Gefängnisausbruch zu inszenieren. Das würde gut passen, denn genau wie in der Oubliette der Unterwelt standen auch die massiven Tore des Tartarus offen. Das mit Stacheldraht bewehrte Tor schwang im Wind hin und her.

Wenigstens brauchte sie hier nicht das Geisterwort, um hineinzukommen.

Cur stand neben ihr, eine Hand am Griff seines Schwertes, die andere hielt bereits seinen Schild. Das Fell in seinem Nacken war gesträubt, und er zitterte vor Anspannung. Sie war sich nicht sicher, wie viel von ihrem Gespräch mit Hermes er gehört hatte oder wie viel er über das wusste, was ihnen bevorstand. Andererseits, die Atmosphäre sprach für sich. Renai wollte die Hand auf seine Schulter legen, überlegte es sich dann aber anders. »Alles klar bei dir?«, erkundigte sie sich. »Das hier ist nicht dein Kampf. Ich kann verstehen, wenn du nicht bleiben willst.«

»Mir geht's gut«, erwiderte er. »Ich sagte, ich würde helfen, und das werde ich. Ich halte mein Wort.«

Sie war sich nicht sicher, ob Cur sie damit beruhigen wollte oder ob er subtil auf etwas anspielte, was sie getan hatte. *Wahrscheinlich Ersteres,* dachte sie. *So richtig subtil ist mein Kumpel eher nicht.*

»Okay«, sagte sie, »sehen wir nach, ob jemand zu Hause ist.«

Die Korridore des Tartarus waren ein Labyrinth, schlimmer als der seltsame, endlose Korridor, durch den Renai gegangen war, um in die Fernen Länder zu gelangen. Dieser Ort war eine Monotonie aus Stein und flackernden Lichtern und rechten Winkeln. Sie und Cur waren gefühlt stundenlang gelaufen; nur die beißende Kälte bewahrte sie davor, ihr blödes Spitzenkleid durchzuschwitzen, und nur Curs ständige Versicherung, dass sie nicht im Kreis liefen, gab ihr die Kraft weiterzugehen.

Sie hatten keine einzige Tür gefunden, keine einzige Zelle, nur endlose Verzweigungen identischer unmöglicher Gänge. An jeder Weggabelung hatte sie Cur gefragt, ob er etwas wittere. Die ersten beiden Male hatte er verneint, aber sie wusste, dass das nicht ganz stimmte. Beim dritten Mal sagte er, er röche an diesem Ort nur Schmutz und Tod.

Danach fragte sie nicht mehr.

Nachdem sie an so vielen Gabelungen, dass Renai aufgegeben hatte, sie zu zählen, immer in die gleiche Richtung abgebogen waren, wie man es angeblich in einem Labyrinth tun sollte, blieb Cur plötzlich stehen und blickte in den anderen Gang. »Was ist?«, fragte sie.

»In dieser Richtung … ist etwas …« Er brach ab, als wäre er sich nicht sicher, ob er seine Gedanken aussprechen sollte. »… etwas Bekanntes«, sagte er dann. Er schaute zu ihr zurück, die Schnauze halb geöffnet. »Zeig mir, was du bei dir hast!« Seine Stimme hatte wieder diesen knappen befehlenden Ton angenommen.

Sie griff in ihre Taschen, erschrocken darüber, wie sehr sich die Fäden der Nähte an ihren Handgelenken gelöst hatten, und grub alles aus, was ihr in dieser oder einer anderen Welt geblieben war: eine Münze, die das Glück eines Menschen von der Wiege bis zur Bahre festhielt, die zerbrochenen Reste eines Seh-Steins. »Nein«, sagte er und deutete auf die Handytasche mit dem Reißverschluss, die sie fast vergessen hatte. »Was ist da drin?«

Sie wollte sagen, sie sei leer, aber noch bevor sie es aussprach, wurde ihr klar, dass sie falschlag. Sie öffnete den Reißverschluss der Tasche und nahm den kleinen Zettel heraus, den Seth ihr damals im Pal's gegeben hatte, wo das alles begonnen hatte. Eine winzige Schriftrolle, auf der Ramses' Name stand. Genau wie der Zettel, durch den Cur ihre Fährte in diesem weißen Nirgendwo am Rande der Fernen Länder gefunden hatte. Cur schnupperte daran, wandte sich in den anderen Korridor, witterte noch einmal und sagte dann, ohne sich umzudrehen: »Folge mir!«

Das tat sie.

Cur beschleunigte seine Schritte, und nach ein paar Kurven joggte er los. Als sie die Sackgasse und die Zellentür erreichten, rannten sie. Renai brauchte nur einen Moment, um wieder zu Atem zu kommen. Sie war dankbar für all die Nächte, in denen sie Meile um Meile gelaufen war, um die Energie der überschüssigen Stimmen, die in ihr pochten, zum Verstummen zu bringen. Sie strotzte immer noch vor Kraft von Elderflowers jahrhundertealter Stimme, die sie konsumiert hatte, aber sie wollte ihre Energie sparen, weil sie wusste, dass sie kurz davor war, Ramses zu finden und all dem ein Ende zu setzen. Sie wusste, dass sie jedes Quäntchen Kraft und Willen brauchen würde, um sicherzustellen, dass es nicht auch ihr Ende war.

Die Zellentür, ein eisernes ganz aus Gitterstäben bestehendes Tor, bildete den größten Teil der Wand und zeigte nur Schatten, die die Ausdehnung des Raumes verbargen. Die Witterung von Ramses' Namen hatte Cur hierhergeführt, obwohl sie zuvor nur kahle Wände gefunden hatten. Aber irgendetwas an diesem Raum fühlte sich dennoch sonderbar an. Warum sollte Ramses in einer Zelle eingesperrt sein? Hatte Cordelia ihn ebenfalls verraten, ihn vielleicht gezwungen, den Platz mit Mourning zu tauschen? Waren sie so weit gekommen, nur um jetzt herausfinden zu müssen, dass sie schon verloren hatten?

Schritte schlurften durch die Dunkelheit, eine Gestalt bewegte sich zwischen den Schatten. Und dann schoben sich zwei Hände durch die Gitterstäbe, Unterarme, die sich mit einer Vertrautheit dagegen lehnten, die von Jahren, nein Jahrhunderten erzählte. Hände, gezeichnet mit den einfachen skizzenhaften Gefängnistätowierungen,

Hände, die mit dem satten Dunkelrot von Erde gefärbt waren. Hände, die Renai erkannte.

Es war nicht Ramses' Geruch auf dem Papier, dem Cur gefolgt war. Sondern der von Seth.

Renais verwirrte, frustrierte Panik dauerte nur ein paar Herzschläge. Dann drückte der Gott mit den roten Händen sein hässliches Gesicht gegen die Gitterstäbe und warf ihr ein zahnloses Grinsen zu. »Du willst also deine Gefälligkeit einfordern?«

Sie hob eine Braue. »Du siehst nicht so aus, als wärst du in der Lage, jemandem zu helfen.«

Er warf einen Blick auf die Gitterstäbe seines Käfigs und kicherte. »Nein, wohl nicht«, erwiderte er. »Aber der Schein kann trügen.«

»Als wenn du nur zum Schein eingesperrt wärst? Als ich dich das letzte Mal gesehen habe, warst du frei wie ein Vogel und hast mit einem Haufen anderer zwielichtiger Typen Karten gespielt. Wo sind sie, in der Zelle nebenan?«

Seth schüttelte den Kopf. »Keine Ahnung, von welchem Spiel du sprichst.« Er winkte gleichgültig ab. »Aber du hast dem Jungen geholfen, nicht wahr? Deshalb bist du hier? Um mir zu sagen, dass die Sache endlich erledigt ist?« Seth' Verhalten war so vertrauensvoll, er gierte so sehr nach Informationen, dass es Renai aus dem Gleichgewicht brachte. Das war einfach nicht logisch. Er hatte Ramses geholfen, also hatte er indirekt auch Cordelia geholfen. Warum sah er sie dann nicht als Gegnerin an?

Falls Cordelia den Caduceus oder den verfluchten Revolver brauchte, um Mourning aus dem Tartarus zu befreien, wie war Seth dann entkommen? Und warum war er jetzt wieder hier?

Seth wartete auf eine Antwort, und sie konnte ihm nur die Wahrheit sagen. »Eigentlich«, sagte sie, »bin ich hergekommen, um ihn zu suchen und um zu verhindern, was immer er und Cordelia planen. Und um ihn zu töten, wenn es sein muss.«

Widerstreitende Gefühle zeigten sich auf Seth' hässlichem Gesicht, Verwirrung, Enttäuschung, Müdigkeit und Verzweiflung, alles gleichzeitig. »Ihn aufhalten?«, flüsterte er dann. »Warum solltest du ihn aufhalten wollen?«

»Er hat Hermes' Caduceus und einen Revolver, der einen Gott töten kann. Was auch immer sie damit vorhaben, es kann nichts Gutes sein.« Cur stand mit dem Rücken zu ihnen und blickte in die Richtung, aus der sie gekommen waren. Er knurrte drohend bei ihren Worten. Offensichtlich waren einige dieser Informationen neu für ihn.

»Aber …« Seth hielt inne und verengte die Augen. »Wie kommst du darauf, dass er hier ist? Und was haben sie deiner Meinung nach vor?«

»Sie wollen Mourning freilassen.«

Seth ließ den Kopf mit einem dumpfen Schlag gegen die Gitterstäbe fallen und stieß ein leises Stöhnen aus. Es musste wehgetan haben.

»Was? Was habe ich verpasst?«

Er sah sie mitleidig mit seinen ziegenartigen Augen an. »Gar nichts, Renaissance«, erwiderte er. »Denn Cordelia *ist* Mourning.«

KAPITEL DREIUNDDREISSIG

Mourning, sagte Seth, sei nur ein Name für einen grundlegenden Aspekt der Realität: Konflikt, Streit, Zwietracht. Als Jude den Teil von Zwietracht, der Loki, Raven und Luzifer gewesen war, an diesen Ort verbannt hatte, hatte er unbeabsichtigt den Teil freigesetzt, der Eris, Inanna und Lilith gewesen war. Cordelia war Mournings Schatten, seine Petwo-Hälfte, so wie Cross die andere Hälfte von Legba war. Im Unterschied zu Cross und Legba jedoch arbeiteten Cordelia und Mourning zusammen, ergänzten sich gegenseitig, während sie sich gleichzeitig die Waage hielten.

Denn Streit liebte nichts so sehr wie noch mehr Streit.

Als Cordelia Seth in seiner Zelle gefunden hatte, erzählte sie ihm, was sie in den Jahrhunderten, die sie hier war, geplant hatte. Sie hatte von einer Waffe gehört, die die Macht habe, einen Gott zu töten, und sie wollte damit das erreichen, was Seth in all der Zeit nicht geschafft hatte.

»Und das wäre?«, hatte Renai gefragt.

»Apep zu töten. Die Verkörperung der bösartigen Zerstörung.«

Seth hatte, anders als die meisten anderen Götter,

seine Identität nie hinter einem falschen Namen versteckt. Seth war der ägyptische Gott des Chaos der Wüste. Seine Aufgabe war es, die Sonnenbarke, die jede Nacht durch die Unterwelt fuhr, vor der riesigen bösartigen Schlange Apep zu schützen, die sie verschlingen wollte. Ohne die Sonne würde alles Leben enden. Seth gab zu, dass er als Gottheit wild und zerstörerisch gewesen war, ein Gott der Veränderung und des Endes, aber niemals, so schwor er, sei er böse gewesen.

»Das heißt«, er starrte auf seine Hände, »vielleicht ein Mal. Ich habe meinen Bruder getötet und seine Körperteile über ganz Ägypten verstreut.« Er grinste kurz, und der Tonfall seiner Stimme veränderte sich. »Ich habe seinen Schwanz den Fischen im Nil vorgeworfen.« Er zuckte mit den Schultern, wurde wieder sachlich. »Das war vielleicht böse. Aber möglicherweise ist es auch böse, die Frau deines Bruders zu ficken. Vielleicht haben wir beide am Ende falsch gehandelt.« Er schüttelte den Kopf, und seine seltsamen langen Ohren baumelten hin und her. »Aber das ist alles Wasser auf die Mühlen der Vergangenheit. Der Punkt ist, ich weiß, dass ich in meinem Leben Fehler gemacht habe, aber die Welt ist heute anders als früher. Jetzt ist man entweder ordentlich und regelkonform und damit ein Guter, ein Heiliger, wie dein Junge da«, er deutete mit einem Nicken auf Cur, »oder man ist ein Abweichler, ein Problem und folglich böse. Dann stecken sie dich hier rein.«

Deshalb wollte Cordelia Apep töten. Sie hatte Seth davon überzeugt, dass die Welt sie für böse hielt, weil sie im Chaos nur die Art von Zerstörung sahen, die das

Ende der Welt bedeutete. Und nicht die Art von Zerstörung, die festgefahrene Regeln oder unterdrückerische Regime hinwegfegte. Aus diesem Grund hatte er eingewilligt, ihr zu helfen. Cordelia hatte ihn aus seinem Käfig befreit, und er hatte Renai seine Botschaft überbracht, um sicherzustellen, dass Ramses, oder vielmehr der Dschinn, das Wesen aus heiligem Feuer, von dem Seth vermutete, dass es in Ramses gefahren war, befreit würde, um Apeps Kreislauf des Bösen ein für alle Mal zu beenden.

»Aber du liegst falsch«, sagte Renai, »du liegst vollkommen falsch.«

»In Bezug auf was?«

»Auf Cordelia. Ramses. Alles. Aber vor allem in Bezug auf diese verdammte Waffe.«

»Ich verstehe nicht.«

»Der Revolver funktioniert nicht so, wie du es dir vorstellst. Er hat keine Macht und tötet keine Götter mit Kugeln. Er ist *verflucht*, damit er niemals benutzt werden kann. Er zieht die Sünde von jedem, der sie berührt, in sich hinein und beraubt ihn des Wunsches, die Waffe überhaupt zu benutzen. Wird sie jedoch von einem Gott oder einem Geist berührt, der seine ganze Daseinsberechtigung durch Bösartigkeit pervertiert hat, wie ein gefallener Engel, dann ›tötet‹ sie ihn, indem sie seine böse Essenz in sich hineinzieht. Ich habe das selbst miterlebt.« Selbst hier, vor einer Gefängniszelle stehend, in der ein Gott des Chaos in der buchstäblichen Hölle schmorte, schüttelte sich Renai bei dem Gedanken an jene Nacht. Damals war sie in den Fängen eines gefallenen Engels gewesen und hatte zu jedem Gott gebetet, der sie hörte, dass Jude Dubuissons Plan funktionierte. »Was immer Cordelia mit dem Revolver vorhat, es ist nicht das, was sie dir weisgemacht hat. Man kann das Böse nicht mit noch mehr Bösem bekämpfen.«

Sie versuchte, sich an das Zitat von Martin Luther King über die Nacht zu erinnern, die ohnehin schon sternenlos sei, als ihre Gedanken von einem Donnerschlag unterbrochen wurden. Sie hielt das zischende Geräusch zuerst für Regen, aber dann merkte sie, dass es von Seth kam. Es war das Flüstern von Wüstendünen, die vor einem Samum davonrauschten. Seth stand mitten in seiner Zelle, umhüllt von Blitzen, seine Hände vor Wut zu Fäusten geballt. Ihr eigener Sturm schrumpfte vor dem Unwetter des Chaosgottes. Seth' Sturm war eine chaotische Bestie, ein Mahlstrom, unendlich viel mächtiger als der Geist, der in Renai lebte. Es war schwer zu glauben, dass sie demselben Zweck dienten, weil sie sich unterschieden wie eine Handgranate und eine Atombombe.

Und ausgerechnet ihn hatte sie aufgebracht.

Gerade als sie dachte, er würde gleich explodieren, schluckte Seth seine Wut mit einem einzigen Atemzug herunter. Er öffnete die längs geschlitzten Augen, und Renai sah nur Schmerz, Trauer und Wut in ihnen. Eine tätowierte Faust schob sich durch die Gitterstäbe seiner Zelle. Als er sie öffnete, glitzerte ein einzelnes Sandkorn auf seiner schwieligen rot gefleckten Handfläche. »Ich kann diesem Käfig nicht allein entkommen«, sagte er. »Er wurde gebaut, um mich zu halten. Aber ich kann dir meine Kraft geben. Meine Stärke. Du wirst sie brauchen, um Cordelia zu besiegen.«

Renai griff danach, instinktiv, hungrig, aber als sie sie berührte, kam der Schmerz. Eine Spur aus Feuer raste über ihren Körper, und ihre Nähte wurden noch stärker strapaziert als zuvor. Nur eine Hälfte von ihr wollte diese Macht, das war klar. Die tödliche Hälfte. Nahm sie die Macht an, akzeptierte sie diese Rolle, war das alles, was sie jemals sein würde, die Zerstörerin, die Leben nahm, alles niederriss. Der andere Teil von ihr, die Unterwelthälfte, die Mitgefühl empfand, die nur zerstörte, um zu verändern, die nur vernichtete, was nicht repariert werden konnte, dieser Teil von ihr würde sterben.

Vielleicht musste sie dieses Opfer bringen. Vielleicht lähmte das Mitleid sie, machte sie schwach. Wenn sie Seth' Kraft zu ihrer eigenen hinzufügte, wäre sie keine gebrochene bemitleidenswerte Parodie eines Psychopomps mehr; sie wäre eine Göttin.

Der Moment zog sich in die Länge, und obwohl ihre Gedanken sich überschlugen, fühlte sie sich vollkommen ruhig. Sie dachte an Jude, der ihr beschrieben hatte, wie es war, ein Gott zu sein, an Elderflower und an alles, was er für die Unsterblichkeit geopfert hatte. Sie stellte sich vor, was Celeste ihr in diesem Moment sagen würde, oder Sal oder ihre Mutter, ihre Großmutter. Sie erinnerte sich daran, wie es war, nur ein halbes Selbst zu sein, eine Aufgabe, keine Person. Sie sah das Lächeln aller Götter, denen sie je begegnet war, und sie hätte nicht sagen können, dass auch nur einer von ihnen wirklich glücklich gewirkt hatte.

Sie zog die Hand zurück, und der Schmerz ließ nach, obwohl er nicht völlig abebbte. Sie fühlte ihn am ganzen

Körper. Die Entscheidung, Seth' Angebot abzulehnen, hatte sie fast so viel gekostet, wie es anzunehmen. »Nein«, sagte sie. »Was ich von dir brauche, ist keine Macht, sondern Wissen. Information.«

Seth nickte, traurig, aber nicht sonderlich überrascht. Als er die Faust um das Sandkorn schloss, fragte sie sich unwillkürlich, ob sie die richtige Wahl getroffen hatte. »Apep schläft am Fuße des ewigen Baumes«, sagte er, denn es gab nur eine Frage, die sie stellen musste. »Im Garten Eden.«

KAPITEL VIERUNDDREISSIG

Cur führte sie durch die Korridore des Tartarus hinaus. Die Magie des Ortes hinderte ihn daran, einfach einen Durchgang nach Eden aus den Mauern zu schneiden. Er hatte nicht ein Wort gesagt, seit sie mit Seth gesprochen hatte. Renai wusste nicht, ob er konzentriert, wütend oder einfach nur der starke schweigsame Typ war. Nach einer Weile ertrug sie die unangenehme Stille nicht mehr. Wenn er sie verraten wollte, dann besser jetzt, als wenn sie Cordelia gegenüberstand.

»Warum hilfst du mir wirklich?«, erkundigte sie sich. »Und komm mir nicht damit, es läge daran, dass Cordelia gemein zu dir war. Ich kann eine Lüge riechen.«

Sein breites Hundegrinsen wirkte tröstlich, nicht nur weil es genauso aussah wie das von Sal. Er zögerte einen Moment, bevor er antwortete. Aber er schien nicht nach Worten zu suchen; die Wahrheit war ihm wohl eher peinlich. Schließlich tippte er sich im Gehen an die Brust, direkt auf die Kuhle unter dem Halsansatz. »Sie haben Ihr ganzes Leben lang um meine Hilfe gebeten, Ma'am. Und jetzt bin ich endlich am richtigen Ort, um Ihnen etwas Gutes zu tun.«

Renai griff an ihren eigenen Hals, an die Stelle, auf die

er gedeutet hatte. Ihr Finger berührte das Medaillon, das ihre Mutter ihr gegeben hatte. Und das ihre Tante Celeste gesegnet hatte. Den heiligen Christophorus, den Schutzpatron der Reisenden, der Fährleute und der Stürme. Sie lächelte, und eine wohlige Wärme erfüllte sie, wie sie sie seit sehr langer Zeit nicht mehr gespürt hatte. Sie fühlte sich beschützt. Und rechtschaffen in dem Sinne, dass sie dem ihr bestimmten Weg folgte, dass sie ihre Bestimmung erfüllte. Sie war vor fünf Jahren wiedererweckt worden, aber dies war das erste Mal seit ihrer Ermordung, dass sie sich wirklich lebendig fühlte.

Sie hatte Hunderte von Seelen zu ihrer gerechten Belohnung geführt, aber dies war das erste Mal seit einer gefühlten Ewigkeit, dass sie sich nicht verloren vorkam.

Als Renai mit Cur aus den Pforten des Tartarus trat, war es laut ihrer billigen Uhr schon weit nach Mitternacht. Obwohl sie zwei Welten von dem Ort entfernt waren, an dem das irgendwie von Bedeutung sein konnte, hatte sie New Orleans gewissermaßen noch nie verlassen. Angesichts dessen, wie ihre Nähte schmerzten und brannten, wann immer sie sich bewegte, hatte sie das Gefühl, dass die Uhr recht hatte: Es war Allerseelen. Der letzte Tag der Hallows.

Und ihre letzte Chance, die Dinge richtigzustellen.

KAPITEL FÜNFUNDDREISSIG

Die Welt ist ein Baum. Es könnte eine Esche, eine Eiche, eine Feige, ein Iroko, eine Ceiba oder ein fantastischer vielfarbiger Baum sein, den kein sterbliches Auge je gesehen hat.

Yggdrasil und Ashvattha, der Baum des Lebens und der Baum der Morgenröte und der Baum der Menschlichkeit.

Riesig und ewig, beschützend und nährend, verletzlich und unbeweglich und unergründlich. Ob wir seine Luft vergiften oder seine Wurzeln nähren, wir und unsere Kinder und die Kinder unserer Kinder müssen es mittragen, denn im großen weiten Universum gehört nur dies eine uns.

Die Welt ist ein Baum.

Cur schnitt ein Loch in diese Welt, und Renai trat hindurch in unberührtes idyllisches Tageslicht. Ihr Ziel überraschte sie. Als Seth ihr erzählt hatte, dass Apep unter einem ewigen Baum in einem Garten schlief, hatte sie als Erstes an die uralte Eiche im Audubon Park gedacht, die die Einheimischen den Baum des Lebens nannten. Stattdessen hatte Cur sie zum Kreisverkehr am Wisner Boulevard gebracht, gegenüber der langen gepflasterten Straße, die zum New Orleans Museum of Art führte.

»Du bist sicher, dass wir am richtigen Ort sind?«, fragte sie.

Sie hatte keine Ahnung, wie ein Hund es schaffte, empört auszusehen, aber der Ausdruck auf Curs Gesicht war genau das. Er bedeutete ihr mit einem Ruck seiner Schnauze, sich umzusehen. Sie drehte sich um und erwartete, die Rassistenarsch-Statue von Rassistenarsch Beauregard auf – höchstwahrscheinlich – seinem Rassistenarsch-Gaul zu sehen, stattdessen stand dort jedoch ein leerer Steinsockel. Sie wollte schon fragen, was es da zu sehen gebe, als sie das Schnarchen hörte.

Auf der anderen Seite des Sockels lag ein Engel auf dem Rücken im Gras. Er schlief den verzauberten Schlummer des Caduceus, und ein Schwert mit brennender Klinge lag auf dem Gehwegstreifen neben seiner ausgestreckten Hand.

Wir sind wohl doch am richtigen Ort, dachte sie.

»Nachdem er den Menschen vertrieben hatte, stellte Gott, der Herr, geflügelte Engel an das östliche Ende des Gartens Eden, zusammen mit einem feurigen, wirbelnden Schwert, um den Zugang zum Baum des Lebens zu verhindern«, erklärte Cur. Er deutete auf die Straße, die in den Stadtpark führte; die Säulen, die auf beiden Seiten standen, schienen größer zu sein, als Renai sich erinnerte, eher Barrieren als Markierungen. Wie ein massives Tor, das jetzt offen stand. »Eden«, sagte er und setzte dann hinzu: »Der Baum des Lebens.« Er deutete mit dem Finger irgendwo in den etliche Hektar großen Stadtpark.

Am Anfang verlief ihr Spaziergang durch Eden genauso angenehm, wie das Flanieren im Paradies sein sollte. Sie schlenderten über einen breiten ausladenden geraden Weg. Er bestand aus zwei gepflasterten Fahrspuren, die durch einen breiten grasbewachsenen neutralen Boden getrennt waren und die direkt zum NOMA in der Welt der Lebenden führten. Der Weg wurde durch federndes elastisches Moos abgegrenzt, das sich durch die Wiese des Gartens zog. Die Äste der Bäume hingen tief von Früchten, und überall blühten Blumen in Rot-, Orange- und Violetttönen. Zu ihrer Rechten führte eine mit Klee überzogene Lichtung zu einem See, dessen Oberfläche sich in der Brise kräuselte und dessen Wasser so klar und hell war, dass es frisch und rein sein musste.

Renai atmete tief ein, sog die berauschende duftende Luft bis in ihre Lungenspitzen und fühlte, wie sich ihre Muskeln entspannten, ihre Glieder lockerten und streckten, wie ihre Flügel darum bettelten, entfaltet zu werden, damit sie sich in der Wärme der Sonne aalen konnten. Vor ihnen, wo sich in der Welt der Lebenden der kantige und säulenartige Eingang zum Museum befände, erhob sich eine massive Kristallblase über den Bäumen. Ein göttliches Treibhaus, die utopische Behausung einer zukünftigen Zivilisation oder etwas, das Renai sich nicht einmal vorstellen konnte – was auch immer es war, es war schön, großartig und perfekt. Der moosbewachsene Pfad führte zu dem Bauwerk, um es herum und daran vorbei, und es erfüllte Renai mit Traurigkeit, dass sie nicht hineingehen würden. Der Baum, den sie suchten, war woanders. *Trotzdem,* dachte sie, *es ist einfacher, als ich es mir vorgestellt habe.*

Obwohl sie sie nicht laut ausgesprochen hatte, bedauerte sie die Worte, sobald sie sich in ihrem Kopf gebildet hatten.

Die süßlich duftende Brise nahm zu, die Temperatur sank, und der Druck fiel so schnell, dass Renais Ohren knackten. Sie erinnerte sich daran, dass ihre Sittsamkeit nur von einem weißen Spitzenkleid vor der Welt gewahrt wurde. Sie schloss den Reißverschluss ihrer Jacke, weil sie wusste, was als Nächstes kam. Dunkle Regenwolken, in denen bereits Blitze zuckten, zogen über sie hinweg und legten sich wie ein Leichentuch über die Welt. Der Regen ergoss sich in einem tosenden Wolkenbruch, so stark, dass Renai kaum mehr Curs Gestalt erkennen konnte. Er trat vor sie, den Schild erhoben, und knurrte so laut, dass sie es mehr fühlte als hörte, als er sein Schwert zog. Es war eine süße Geste, aber irgendwie auch dumm. *Was will er tun,* dachte sie, *will er den Regen erstechen?* Sie stellte sich auf Zehenspitzen, um ihm ins Ohr zu schreien.

»Los, zum Baum!«, schrie sie. »Es ist alles umsonst, wenn wir sie nicht aufhalten!« Cur stellte keine Frage, widersprach nicht, sagte nicht, dass sie Schutz bräuchte, und warf ihr nicht einmal einen kurzen Blick zu, um sich zu überzeugen, ob sie sich wirklich sicher war. Er nickte nur kurz und stürmte dann in den Wolkenbruch hinaus.

Seine Zuversicht übertrug sich auf sie, sie fühlte sich stärker und selbstsicherer, als sie wirklich war. Das war auch gut so, denn sie würde ihren ganzen Mut brauchen, wenn sie sich an dem Sturmgott dort oben vorbeibluffen wollte. Wenigstens bedeutete dieser Hinterhalt, dass sie noch Zeit hatten. Denn wenn Cordelia bereits bewerkstelligt hätte, weswegen sie hergekommen war, warum sollte sie dann noch versuchen, sie aufzuhalten?

Es ist sicher gut, dass ich Seth' Macht abgelehnt habe, dachte sie, breitete die Flügel aus und stemmte sich gegen die Wucht des Windes. *Ich könnte es nicht ertragen, wenn wir gleich stark wären oder so.* Ihre Flügel knallten so laut wie ein Pistolenschuss, obwohl sie sie wie Messer in den Wind hielt, um seine Kraft zu kontrollieren, damit sie nicht einfach zerfetzt wurden oder sie vom Boden hochrissen, bevor sie bereit war. Trotz der sarkastischen Gedanken, mit denen sie sich geißelte, hielt sie ihr Gesicht zu den bedrohlichen Wolken empor und lächelte. *Lass sie nie sehen, dass du in Schweiß gerätst,* hörte sie die Worte ihrer Mutter, und die Stimme ihrer Großmutter sagte: *Sie können dir nur sagen, wer du bist, wenn du es ihnen glaubst.* Und Sal sagte ihr: *Mach diesen Scheißkerlen die Hölle heiß, Raines.*

Also griff sie ins Nirgendwo nach ihrer zerbrochenen Glasklinge und ließ sich von den Winden hinauf ins Zentrum seiner Wut tragen.

Als Renai vollkommen von den Wolken umhüllt wurde, war ihr erster Gedanke, dass das Innere einer Gewitterwolke sich genau wie der dunkle Nebel der Unterwelt anfühlte, nass und kalt und windig und seltsam vertraut. Dann zuckte ein Blitz an ihr vorbei, ein weiß glühender

Balken aus zischender Gefahr, und ihr zweiter Gedanke war: *Scheiße, von wegen genauso!*

Sie griff nach dem Geist in ihrem Inneren, aber er wich zurück, eingeschüchtert durch die Demonstration der Macht, die sie umgab. Sie hatte sich an den Gedanken gewöhnt, dass die Magie in ihr lebendig war, ein Geist, der auf seine eigene begrenzte Weise so bewusst war wie Kyrie oder Psychopomps. Es enttäuschte sie, als sie jetzt erkannte, dass er auch ein verdammter Feigling war.

Ein zweiter Blitz zuckte an ihr vorbei, dann ein dritter, und jeder kam ihr näher als der letzte. Dann hagelte es, ein hämmernder Regen aus Eiskugeln, die hart genug waren, um ihr blaue Flecken zu schlagen, wenn sie auf ihrem Körper auftrafen, wo er nicht durch das dicke Leder der Jacke geschützt war. Renai biss die Zähne zusammen und stieg höher, kämpfte sich Zentimeter um Zentimeter gegen den böigen Wind voran. Sie war eher neugierig auf ihren Gegner als wirklich ängstlich.

Eins war sicher: Wer auch immer er war, er war dabei, einen gottverdammten Hurrikan heraufzubeschwören.

Nach ein paar Augenblicken, die sich wie Stunden anfühlten, hörte Renai Stimmen im Wind. Es waren ein Mann und eine Frau, die in kurzen scharfen Silben sprachen, grunzten und fluchten. Renai konnte nicht unterscheiden, ob sie fickten oder kämpften, aber was es auch sein mochte, es war verzweifelt und real. Als sie sich weiter in Richtung der Stimmen bewegte, durchbrach sie die Wolkendecke und stieg in den kristallklaren Himmel darüber.

Zwei Sturmgötter aus Judes Kartenspiel waren miteinander verkeilt. Die wütende Frau mit mehreren Armen, die um ihren Kopf wirbelten, und der Mann mit dem gefiederten Kopfschmuck. Sie schlug immer wieder auf ihn ein, und jeder Schlag löste ein Donnergrollen aus. Er hielt ein glühendes Beil in der Hand, und jedes Mal wenn er es nach ihr schleuderte, zuckten Blitze auf.

Renai warf einen Blick auf die beiden und schob ihr Messer zurück ins Nirgendwo. Es würde ihr gegen diese zwei nichts nützen, egal, wie scharf es auch sein mochte. Renai hatte keine Ahnung, wie Cordelia diesen Streit herbeigeführt hatte, wie sie die beiden in diesem Moment und an diesem Ort in einen Konflikt hineingezogen hatte. Aber ganz sicher wusste Cordelia, dass Renai keine Möglichkeit hatte, sie abzuwehren oder Frieden zwischen ihnen zu stiften. Jedenfalls nicht rechtzeitig.

Sie trennten sich und stürzten sich wieder aufeinander, heulten mit Stimmen wie Orkanstürme, schlugen mit Fäusten, Füßen und Ellbogen, mit allem, was sie hatten, wütend aufeinander ein. Nichts konnte gegen eine solche Zerstörungswut bestehen. Nichts konnte diese Art von Gewalt aushalten. Nichts konnte eine derart grimmige Wut löschen.

Trotzdem musste Renai es versuchen.

Sie streckte die Hand nach dem Geist in ihr aus, nicht nach seiner Kraft, sondern nach seinem Wissen. Sie spürte die Ähnlichkeit zwischen ihrem Geist und dem tosenden Sturm unter ihr. Dieselbe große wirbelnde Wut, dasselbe Verlangen nach Zerstörung, und unter all dem derselbe Schmerz. Beide Götter, Tlaloc und Guabancex, flüsterte ihr Geist ihr die Namen zu, formten den Sturm nach ihrem Willen, gossen Kraft und Magie hinein und zwangen ihn, diese Magie in Form von Wind und Blitzen zurückzugeben. Aber dabei wurde der Sturm gezwungen, sich selbst zu zerreißen. Seine ganze Existenz bestand aus diesem Moment, dieser flüchtigen Ewigkeit des Schmerzes und der Angst und der Aggression, wissend, dass er sich in Vergessenheit auflösen würde, wenn er diesen Göttern nicht länger von Nutzen war. Und so fürchtete und ersehnte er diesen Moment mit gleicher Leidenschaft.

Renai tastete nach der mitfühlenden Seite von sich selbst, spürte, wie ihre Nähte beunruhigend locker wurden, fühlte einen Schmerz, als ihr Selbst begann auseinanderzureißen. Als ob das ständige Hin-und-her-Schwanken zwischen ihren beiden Ichs ihre Nähte so sehr gelockert hätte, dass sie sie mit jeder Anstrengung ein Stück weit mehr schwächte. Sie ignorierte es, selbst als sie auf dem Wind tanzte und dem Hagel sowie den Blitzen des Konflikts der Sturmgötter auswich. Sie ignorierte ihren eigenen Schmerz und die Gefahr, in der sie sich befand, und konzentrierte sich auf den anschwellenden Wirbelsturm unter ihr, auf seinen zerbrechlichen, zarten Geist. Durch den Geist in ihrem Inneren erreichte sie ihn, fragte ihn, warum die Götter kämpften.

Es war das erste Mal in der Existenz des Hurrikans, dass jemand ihn fragte, anstatt ihm zu befehlen.

Es, nein, *sie* war nicht immer ein Hurrikan gewesen. Teile von ihr waren Elderflower-Dämonen gewesen, Geister der Drähte, die ausgesandt worden waren, um Bruchstücke und Fetzen von Informationen und Geheimnisse zu stehlen, die sie in ihrem Geist festhielt, wie sehr dieser auch brennen mochte. Andere Teile von ihr waren Psychopomps gewesen, diese stillen wabernden Lichtfetzen, die die Essenzen der frisch Verstorbenen über den Pfad der Unterwelt führten. Davor waren sie Schatten und Formen gewesen, abgeworfene Überreste von Bedauern und Torheiten der Menschen, die zu einem denkenden, fühlenden Bündel Magie zusammengefügt und in der Oubliette eingesperrt wurden, bis ein höheres Wesen sie aufrief. Davor, als die andere Hälfte ihres Wesens schlief, abgelenkt, betrunken oder unachtsam war, war sie lebendig gewesen.

Einen einzigen herzzerreißenden Augenblick sah Renai das ganze System vor sich. Die Menschen wuchsen, lebten und starben in all ihrer wunderbaren Komplexität, dann trennte die Unterwelt sie auf. In die Teile, die etwas verdienten, und die Teile, denen bestimmt war zu dienen. Götter und Psychopomps und Magier und Priesterinnen und Alchemisten, jeder, der den Willen und die Stimme und das Verlangen hatte, diese Geister zu befehligen, konnte die anderen durch die Kontrolle eines Zwangs verbiegen, verdrehen und brechen, der tief und grausam und völlig unbewusst war. Meister, denen nicht einmal bewusst war, dass sie sich Sklaven hielten; Sklaven, die ohne das Machtwort des Meisters nicht existieren konnten.

Renai dachte daran, was sie den Geistern angetan hatte, die sie in Spielkarten verwandelt hatte, sie dachte an all die Toten, denen sie geholfen hatte, ihre Schatten abzuwerfen, und ihr wurde fast übel. Es schmerzte, schlimmer als alles, was sie je gefühlt hatte, als sie erkannte, wie mitschuldig sie in diesem System von Folter und Herrschaft und Schmerz gewesen war. Das Verstehen löste Wut in ihr aus, einen rechtschaffenen Hass auf all die Jahrhunderte hierarchischen Schwachsinns.

Und so fanden tief in ihrem Inneren Renais Wut und ihr Mitgefühl endlich eine gemeinsame Basis.

Ihr eines und ihr anderes Selbst verbanden sich zu einer Ganzheit, die sich unfassbar gut, unzerstörbar und vollständig anfühlte. Sie wusste – endlich –, wer sie war. Weder nahm sie Leben, noch verzieh sie Sünden, sondern sie war eine Befreierin – eine Sprengerin von Ketten. Das Garn ihrer Nähte löste sich von ihrer Haut und wirbelte im Wind davon.

»Was möchtest du sein?«, fragte sie den Wirbelsturm. »Wenn du irgendeine Art von Geist oder Schatten oder Dämon oder Dschinn sein könntest, wofür würdest du dich entscheiden?«

Der Sturm antwortete, in dieser flüsternden Nichtstimme der Toten. Renai streckte die Hand aus, nicht um zu zwingen, nicht um zu kontrollieren, sondern um zu gewähren. Sie nahm den Orkan in die Arme und zerstörte den Sturm völlig, zerschmetterte ihn, um etwas Neues zu schaffen. Was sie tat, unterschied sich nicht so sehr von dem, was die kämpfenden Götter taten, nur dass die beiden den Gedanken und der Magie der Geistesfetzen ihren Willen aufzwingen mussten, damit sie die Form von Winden und Wolken und Blitzen annahmen, während Renai nur darum bat. Wo die Götter die Magie an sich reißen mussten, floss sie ihr bereitwillig zu. Schneller und immer schneller, als der Orkan merkte, dass sie ihr Versprechen hielt.

Nichts, was sie hätte sagen oder tun können, hätte Tlaloc und Guabancex von ihrem Kampf ablenken können, aber ganz sicher bemerkten sie, wie ihre Macht schwand. Im selben Moment wandten sie sich beide gegen sie. Ihr Konflikt war angesichts der Bedrohung ihrer Autorität, die sie darstellte, vergessen. Blitze zuckten. Der Wind heulte.

Und verschwand in dem Häufchen Asche in Renais Händen.

Sie wusste nicht, ob die beiden verstanden, was da geschah, oder ob sie erkannten, dass Renai etwas getan hatte, was sie selbst in ihrer langen Existenz noch nicht gesehen hatten. Sie warfen jedenfalls nur einen einzigen Blick darauf und verschwanden. Renai schwebte am Himmel, gehalten von ihren Flügeln – die ebenfalls ein Geist waren, einem Zweck unterworfen, den er nicht freiwillig erwählt hatte. Aber nicht von ihr versklavt. Sie versprach ihnen allen, dass sie ihre Chance bekommen würden. Sie sammelte die letzten Überreste des Sturms ein, der Himmel wurde wieder hell wie zuvor, und die Sonne wärmte ihre Haut. Dann verwandelte sie die letzten Windstöße in einen Lederbeutel für die Asche, die einst ein großer und zorniger Orkan gewesen war. Es kam ihr in den Sinn, dass sie fast dasselbe, wenn auch unbewusst, mit den Resten von Salvatores Essenz getan hatte. Sonst wären die Fetzen seiner Persönlichkeit zu einem Schatten geworden, einem Sklaven. Sie schwor sich, auch ihn zu befreien.

Sie würde sie alle befreien.

KAPITEL SECHSUNDDREISSIG

Renai sank wieder in den Garten Eden hinab. Sie hatte sich endlich gefunden und war gleichzeitig völlig verloren. Zum ersten Mal in ihrem Leben hatte sie Frieden mit dem geschlossen, wer und was sie war, aber sie hatte keine Ahnung, wo in dem riesigen, vielleicht unendlichen Garten sie gelandet war.

Der moosbewachsene Pfad war nirgends in Sicht. Sie klappte den Flügel-Geist zurück ins Nirgendwo, jetzt bat sie ihn, statt ihm zu befehlen, drehte sich willkürlich in eine Richtung und marschierte los. Während sie sich durch das idyllische Unterholz des Gartens kämpfte, griff sie nach den Geistern in ihrer Nähe, zunächst nach dem in ihren Flügeln, dann nach der lebendigen Magie in ihrer Lederjacke, dann nach dem Geist des Sturms, der in ihrem Leib schlief. Sie fragte nach dem Leben und Tod der Geister, nach ihrem Dienst. Die Flügel und die Jacke dankten ihr für ihre Fürsorge, wollten aber lieber so bleiben, wie sie waren, statt sich zu verändern. Ihre Flügel, erfuhr Renai, hatten einst Arke gehört, der Botin der Titanen. Der Sturm schwieg, aber Renai wusste, dass der Geist sie hörte.

Eine Dryade, die ihr Gespräch belauscht hatte und

von Renais Leidenschaft für die Geister um sie herum beeindruckt war, löste sich von ihrem Baum und bot Renai an, sie zu führen. Sie folgte der Baumnymphe in einer Art Trance, wie im Rausch eines Läufers, schwankend zwischen Verständnis und Wut, einer Balance, die sie nicht wirklich aufrechterhalten konnte, die zu erhalten aber keine große Anstrengung erforderte. Es dauerte eine Weile, bis Renai den Pfad erreichte, den ihr die Dryade angekündigt hatte. Und noch länger, um zu der riesigen Eiche zu gelangen, in der Welt der Lebenden eine der vielen Duell-Eichen im City Park. In Wahrheit jedoch hatte sie sehr viel länger gebraucht hierherzukommen, als sie gedacht hätte.

Tage und Welten und Leben weiter, als sie je zu gehen gedacht hätte.

Die riesige Eiche breitete die Äste in allen Himmeln aus und erstreckte ihre Wurzeln in jegliche Höllen. Im Schatten ihres Laubdachs lag Cur auf dem Rücken, eines seiner Augen war schwarz und blau angelaufen und geschwollen, Blut sickerte aus seinem Mund, und eine gewaltige sechsbeinige Stute hielt ihn mit ihren Hufen am Boden fest. Irgendwie kam das schwarze Ross Renai vertraut vor. Auf einer nahen Steinbank saß Cordelia, ein Bein über das andere geschlagen, und wippte mit dem Fuß. Sie war träge, schön und schrecklich.

Sie drehte sich um, als Renai sich ihr näherte, und ein Lächeln flog über ihr Gesicht, so strahlend, dass Renai hätte schwören können, es sei echt. »Da bist du ja endlich«, begrüßte Cordelia sie. »Wir dachten schon, wir müssten ohne dich weitermachen, nicht wahr, mein Lieber?«

Ihr Begleiter antwortete weder, noch lächelte er. Er war so still, so bedrohlich und so falsch wie jeder Ghoul. In seinen Augen brannte Feuer. In einer Hand hielt er einen alten hässlichen Revolver, in der anderen einen kurzen Stab, in den zwei Schlangen eingraviert waren und der von einem Paar ausgestreckter Flügel gekrönt wurde.

Tage und Welten und Leben weiter, als sie je zu kommen gedacht hätte, aber schlussendlich hatte Renai Ramses St. Cyr gefunden.

KAPITEL SIEBENUNDDREISSIG

Die Cherokee nennen sie Uktena, die riesige gehörnte Schlange, die über schreckliche Macht verfügt und in deren Stirn ein magischer Edelstein sitzt. In der Bibel ist es lediglich »die Schlange«, die Eva zum Biss in die verbotene Frucht verführt. Für die Kelten war er Cernunnos, manchmal Schlange, manchmal Mensch, aber immer mit mächtigen Widderhörnern auf dem Kopf. Bei den Sumerern hieß er Ningishzida, die alte Schlange, die zuweilen einen Menschenkopf trug. Im alten Ägypten nannten sie ihn Apep, die gigantische Schlange, die jeden Tag versuchte, die Sonne zu verschlingen, um die Quelle des Lichts und des Lebens zu zerstören. Bei den Griechen wand sich der riesige Python im Zentrum der Erde. Die Nordmänner kannten ihn als Níðhöggr, den schrecklichen Drachen, der ständig an den Wurzeln Yggdrasils, des Weltenbaums, nagt.

Gehörnt, riesig, bösartig und unbarmherzig. Die Schlange, die die Welt verschlingen wird.

Renai stand mit den Händen in den Taschen ihrer Lederjacke da, verkrampfte die Zehen in ihren schwarzen Kampfstiefeln und wartete darauf, dass die Axt fiel.

Cordelia hatte alles, was sie brauchte. Den Jungen. Die Waffe. Den Stab. Sie hatte reichlich Zeit hier verbracht, allein mit dem Baum und, wie Renai vermutete, der Schlange Apep, die sich um seine Wurzeln geschlungen hatte. Sie hatte auf Renai gewartet. Sie hatte all die Zeit und Energie in diesen Plan gesteckt, der sie zu diesem Moment geführt hatte. Aber Cordelia hatte ihren Plan doch sicher nicht nur aus Schadenfreude bisher nicht in die Tat umgesetzt, damit Renai hier auftauchte und alles mit ansehen musste.

»Es war so anstrengend, auf dein Eintreffen zu warten«, sagte Cordelia. »Du weißt, dass ich nicht gerade eine geduldige Gottheit bin.«

Verdammt, dachte Renai, *vielleicht wollte sie ja doch nur triumphieren.*

Cur kämpfte stöhnend unter den Hufen des Pferdes. »Es tut mir leid, Renai. Ich habe es versucht.«

Cordelia krümmte einen Finger, und die Stute stampfte auf Curs Brust, obwohl sie gleichzeitig schnaubte, als wollte sie das nicht wirklich tun. *Interessant.* »Wenn er noch einmal das Wort ergreift, zerquetsche ihn!« Cordelias höfliche Maske bekam Risse und enthüllte etwas Kaltes, Grausames darunter. Dann lächelte sie, und die Maske war wieder am Platz. »Weißt du, du warst ein sehr schwer zu bändigender kleiner Todesgeist«, fuhr sie fort. »Jedes Mal wenn ich dachte, ich hätte dich in die richtige Richtung gelenkt, bist du woanders hingegangen. Es war ziemlich störend.«

»Tut mir leid, dass ich dir so viel Ärger mache«, erwiderte Renai.

»Ich habe nicht gesagt, dass du Ärger machst, Liebes. Ich bin eine Göttin des Chaos. Ich blühe auf, wenn es Ärger gibt. Du hast mich abgelenkt.« Sie wackelte mit den Fingern, und eine Nagelfeile erschien in ihrer Hand. Sie widmete sich in aller Ruhe einem ihrer Fingernägel. »Ich hätte dich ein- oder zweimal beinahe gegen diese Magier-Kleine ausgetauscht. Ich möchte behaupten, dass sie erheblich effektiver gewesen wäre als du, aber gut, jetzt sind wir eben hier. Wir müssen uns mit dem begnügen, was wir haben, nicht wahr?« Sie schnippte mit den Fingern, fast so, als dirigierte sie gelangweilt ein Orchester, und Ramses, vielmehr der Dämon in ihm, hob die Waffe und richtete sie auf Renai.

»Warte«, sagte Renai, die jetzt mit dem Dämon sprach, dem verlorenen und gequälten Geist, von dem Ramses besessen war. »Eine Sekunde.« Sie hatte unwillkürlich die Hände gehoben. Eine instinktive Reaktion, wenn jemand eine Waffe auf einen richtete. Sie trat langsam näher, und ihr Herz hämmerte vor Aufregung. »Ich weiß nicht, was sie dir über diese Waffe erzählt hat, aber sie ist verflucht. Sie wird dich in sich hineinziehen und dich für immer dort gefangen halten.«

Der Dämon lachte. »Glaubst du, ich weiß das nicht?« Dank Ramses' kieksender Stimme klang die Herablassung überaus unangenehm. »Ich baue sogar darauf. Das eine, wonach ich mich nach Jahrhunderten der Sklaverei sehne, ist das Vergessen. Und ich werde alles tun, was nötig ist, um es zu bekommen.« Er schwenkte den

Lauf der Waffe. »Und jetzt kannst du stehen bleiben. Ich merke sehr wohl, dass du dich an mich heranschleichst.«

Renai blieb stehen, fast nah genug, um sich auf ihn zu stürzen. Wenn sie den Dämon aus Ramses' Körper reißen konnte, bevor er abdrückte, konnte sie das alles vielleicht verhindern.

Aber dafür musste sie ihn ablenken. Sie wandte sich an Cordelia. »Was ist denn so besonders an Regal und mir? Wieso bekommst du, was du willst, wenn du uns tötest?«

Cordelia kicherte. »Hältst du mich wirklich für einen naiven Bösewicht aus einem Groschenroman? Soll ich dir etwa meinen Plan verraten, wo ich so kurz davor bin, ihn umzusetzen?« Sie tippte mit der Nagelfeile gegen ihre Lippen und tat, als müsste sie nachdenken. »Nein, eher nicht.« Sie bewegte sich wie Rauch – diffus, schnell und unverwundbar. Dann manifestierte sie direkt neben Renai, schob ihre Hand in die Tasche der Jacke und tanzte davon, bevor Renai reagieren konnte. Eine halbe Sekunde zu spät hielt sie das Messer mit der schwarzen Klinge in der Hand. Cordelia hob eine Braue, lächelte aber. »Sagen wir einfach«, meinte sie und hielt die Glücksmünze hoch, damit Renai sehen konnte, was sie genommen hatte, »dass ihr beide Zugang zu einer bedeutenden Quelle davon habt.«

Das Verstehen drohte sie zu überwältigen. »Jude«, sagte Renai. »Du wolltest, dass ich Jude herbringe.«

Cordelia zuckte unbeeindruckt mit den Schultern und grinste spöttisch. »Seine Anwesenheit wäre erwünscht gewesen, ja, aber das macht nichts. Ich habe, was ich brauche. Tu es.«

Alles geschah auf einmal. Renai sprang auf den Dämon zu, der die Pistole hob und mit einem Lächeln »Peng!« rief, vermutlich weil er erwartete, dass sie zurückweichen würde. Das tat sie jedoch nicht. Stattdessen reagierte die Jacke und schützte sie. Die Kapuze umhüllte ihren Kopf gedankenschnell, und die Magie des Geisterwortes wirkte, ohne dass sie es hätte äußern müssen. Renai griff in Ramses' Brust und suchte nach der schattenhaften Substanz des Dämons. Der Schmerz des Fluchs betäubte ihre Finger und machte sie unbeholfen. Ihre Hände schlossen sich um etwas, ein winziges zerbrechliches Stückchen Essenz, als sie das ohrenbetäubende Knallen des Revolvers hörte. Cur heulte auf, und Cordelia lachte, ein entzücktes melodisches Geräusch.

Renai stand auf und versuchte, nicht hinzusehen. Sie wusste, dass sie zu spät gekommen war.

Ramses lag ausgestreckt auf den Wurzeln der Eiche, mit einem kleinen sauberen Loch in der Schläfe. Die andere Seite seines Kopfes war eine blutige Wunde. Rauch kräuselte sich aus der Mündung des Revolvers, und der Dämon war verschwunden, eingesaugt in die verfluchte Waffe, genau, wie er es gewollt hatte. Und auch Ramses war tot, gestorben durch eine Schusswunde, wie die Deadline es vorhergesagt hatte. Nur das Timing war nicht ganz stimmig gewesen.

Das Geräusch entrang sich Renai ohne Vorwarnung, ein Laut der Trauer, ein kehliges gequältes Wimmern, unbeherrscht und ohne Worte. Sie kniete an seiner Seite und weinte um ihn, barg das viel zu kleine Essenzbündel, das sie ihm entrissen hatte, an der Brust und schrie, bis ihre Kehle rau war, das Wehklagen einer Psychopomp um ein Leben, das sie nicht hatte retten können.

Renai gewährte sich nur einen Moment für ihre Tränen. Cordelia schien sich damit zu begnügen, diese Trauer zu beobachten, sie auszukosten. Der Schmerz über den Verlust von Ramses verebbte nicht, das würde er noch lange nicht, aber er schwächte sich genug ab, sodass Renai wieder funktionieren konnte. Sie stand auf und drückte den Fetzen Essenz mit einer Hand an ihre Brust, während Cordelia grinsend Blitze aus ihrer anderen Hand knistern ließ. Sie hatte den Sturmgeist nicht bitten müssen, ihr seine Kraft zu leihen: Er kam brüllend an die Oberfläche, begierig darauf, ihr zu helfen. »Warum?«, fragte Renai heiser. Sie schmeckte Blut in ihrer Kehle, aber sie schluckte und sprach weiter. »Sag mir, warum.«

Cordelia spreizte die Hände. »Aus demselben Grund, aus dem der Skorpion den Frosch sticht«, sagte sie. »Es ist meine Natur.«

Ein einzelner Funke, ein Bruchteil der zerstörerischen Kraft in ihr, versengte die Erde zu Cordelias Füßen. »Das ist nicht gut genug.« Renai war so voller unbändiger Wut, dass sie das Gefühl hatte, der Boden bebte bei jedem ihrer Schritte.

Cordelia verzog verärgert das Gesicht. »Also schön. Der Grund ist, dass diese Welt kaputt ist. Das weißt du genauso gut wie ich. Deshalb hast du dich zerrissen. Wie kannst du diese Welt lieben, wo es hier so schrecklich viel Mist gibt? Du hast es doch selbst gesehen. Alles an dieser Welt, von der Art, wie die Götter die Geister für ihre eigenen Zwecke pervertieren und kontrollieren, bis hin zu den monströsen Untaten, die diese Sterblichen aneinander begehen, wieder und wieder und wieder. Kinder, die sterben, weil sie kein sauberes Trinkwasser haben, während eine ganze Nation in ihres pisst. Der Reichtum einer ganzen Welt in den Händen einiger weniger, während sich alle anderen um das Kleingeld streiten, das ihnen durch die Finger rinnt. All die Legionen, die ihr Leben lang jeden hassen, der auch nur ein wenig anders ist. Wegen der Hautfarbe, dem Geschlecht, ihrer Liebe, ihrem Glauben, ihrer Heimat. Als ob sie in unseren Augen nicht alle so aussehen.« Sie deutete auf die Essenz in Renais Armen.

»Du weißt, dass ich recht habe«, fuhr Cordelia fort. »Du bist schließlich der Tod in einem hübschen Kleid. Du und ich sind ein Waldbrand, der das ganze tote Holz wegfegt. Wir sind das unvermeidliche Ende aller Dinge. Diese Welt zu zerstören, ist keine böse Tat, Renai. Es ist eine Gnade.«

Renai holte tief Luft und ließ den Blitz wieder los. »Du hast recht«, sagte sie. »Du hast absolut recht.« Sie öffnete den Reißverschluss ihrer Jacke und schob Ramses' Essenz hinein, wo sie sicher war.

Cordelia legte den Kopf schief, wie sie es getan hatte, als sie noch ein unscheinbarer kleiner brauner Vogel war. »Wie bitte?«

»Du hast mich überzeugt«, sagte Renai. »Mir praktisch den letzten Anstoß gegeben. Wir sind im selben Team, richtig? Das unvermeidliche Ende steht bevor, genau wie du gesagt hast. Ich wünschte nur, du hättest diese Rede schon vor einer Woche gehalten.«

Cur begann zu knurren und mahlte mit den Zähnen. Seine Augen glühten vor Wut und Hass. »Verräter!«, brüllte er. »Unhold!«

Cordelia blickte ihn kurz an und wandte sich dann mit zusammengekniffenen Augen an Renai. »Was hat er denn für ein Problem?«

»Er kann Lügen wittern«, erklärte Renai. »Deshalb weiß er, dass ich die Wahrheit sage.« Sie bückte sich und hob den Caduceus auf. Seine Macht pochte wie ein Herzschlag in ihrer Hand. Sie streckte die andere Hand zu dem sechsbeinigen Pferd aus, und sie erkannte durch die Macht einer Psychopomp die Stute als das, was sie war. Sie bat sie wortlos um ihr Vertrauen. »Schlepp diesen Idioten zum Osttor«, befahl sie der Stute, »und töte ihn.« Kyrie, das gewaltige Pferd, trat Curs Schwert weg, damit er es nicht erreichen konnte, packte seinen Brustpanzer mit dem massiven Kiefer und schleifte ihn weg, während er brüllte und fluchte. Dann drehte sich Renai zu Cordelia herum und zwang sich zu einem Lächeln. »Was jetzt?«

Die Göttin des Chaos studierte Renai eine Weile angespannt. Renais Beine zitterten, während sie darauf wartete, ob sich ihr Vabanquespiel auszahlte, ob ihr ehrlicher Wunsch, die Welt, die die Throne errichtet hatten, niederzureißen, genügte, dass Cordelia ihr vertraute. Cur hatte sie immerhin damit getäuscht. Schließlich lächelte die Göttin und drohte ihr spöttisch mit dem Finger.

»Wusste ich doch, dass du Potenzial hast«, sagte sie.

»Jetzt beschwören wir Apep. Er wird ein Gefäß benötigen, also benutzen wir dies«, sie hielt die Glücksmünze hoch, die sie Renai gestohlen hatte, »und dies«, sie streckte die andere Hand aus und wartete darauf, dass Renai ihr den Caduceus gab, »um den lieben verstorbenen Ramses St. Cyr wiederauferstehen zu lassen. Nur dass jetzt Apep in ihm wächst.«

»Das ist alles?«

Cordelias Augen verengten sich wieder. »Was meinst du?«

»Das alles nur für eine Person?«

Die Chaosgöttin grinste. »Was hast du erwartet? Eine Schlange von der Größe einer Stadt? Einen Asteroiden, der vom Himmel stürzt? Die Zerstörung einer ganzen Welt in einer blutigen Nacht voller Wehklagen?« Sie schüttelte den Kopf und lächelte nachsichtig. »Du denkst immer noch zu sehr wie eine Sterbliche, Renaissance. Du denkst, der Teufel ist ein Drache, ein Schatten über dir, der herabstürzt, deine Stadt niederbrennt und mit deinen Kindern in seinem Bauch davonfliegt. Oder er wäre das dunkle Flüstern in deinem Kopf, das dir befiehlt, deinen Nachbarn zu töten. Die Wahrheit ist, er muss ihnen nur sagen, dass der Nachbar anders ist. Dass sein Essen komisch riecht, dass er erfolgreicher ist oder dass er will, was sie haben. Dann tun sie es für ihn. Und wenn sie mit der Arbeit des Teufels fertig sind, laden sie ihn in die Herzen deiner Kinder ein.« Sie lächelte. Ihre Freude war wie die manische Fröhlichkeit eines Feuers, das von einem Gebäude zum nächsten springt. »Heute ist es dieser Junge in dieser Stadt, Renaissance, aber Apep ist schon überall. Es werden die kleinen Dinge sein. Vertrauen in jene, die sie wählen, um sie zu führen. Der Glaube an ihre Freunde. Mitgefühl für jene, die ihnen am nächsten sind, und für die, die am weitesten weg sind. Ein Riss hier, ein Bruch dort, überall, bis einer nach dem anderen allein ist, wütend und verängstigt, und jeder schuld ist, nur nicht er selbst. Sie werden die Menschen im Stich lassen, wenn ein Hurrikan eine ganze Gemeinde zerstört. Sie werden ihre Gedanken und Gebete schicken, wenn in einem Konzert geschossen wird. Oder in einem Kino. Oder einer Schule. Sie werden Demagogen und Soziopathen und Vertreter der reinen, uneingeschränkten Gier wählen. Und wenn dann die Flammen lodern, werden sie sich gegenseitig die Schuld zuschieben.«

Cordelia lächelte, die Zunge zwischen den Zähnen eingeklemmt, als könnte sie ihr Glück darüber, eine solche Zerstörung zu initiieren, gar nicht fassen. »Wir müssen diese Welt nicht zerstören, Liebes. Das tun sie für uns.«

Renai biss sich in die Innenseite ihrer Wange, um nicht zu schreien. Der Sturm wirbelte in ihr herum, wartete auf ihre Führung, bereit zu handeln. Es kostete sie ihre ganze Selbstbeherrschung, jedes Gramm ihres neu gefundenen Gleichgewichts, um den Sturm nicht direkt in Cordelias Gesicht zu entfesseln. Nach ein paar Atemzügen hatte sie sich einigermaßen erholt. »Also, wie funktioniert das? Gibt es ein Beschwörungsritual oder …?«

Cordelia kicherte und stieß Renai spielerisch gegen die Schulter. »Ach, sei nicht dumm«, sagte sie. »Hast du wirklich geglaubt, ich würde mich darauf verlassen, dass du zur Vernunft kommst? Oder dass ich dir die Details meines Plans verrate, wenn du die Chance hättest, mich aufzuhalten? Das Blut eines Opfers auf den Wurzeln des Weltenbaums ist alles, was wir brauchten. Apep ist bereits hier.«

In diesem Moment erkannte Renai, dass das Zittern unter ihren Füßen stetig zugenommen hatte und es jetzt, wo sie still dastand und nicht von der Wut des Sturms erfüllt war, noch deutlicher zu spüren war. Ihre Beine hatten nicht vor Angst gezittert. Die Erde selbst bebte.

Das Gras unter der Eiche öffnete sich, und braune Erde schob sich darunter hervor. Zwei scharfe Spitzen brachen zuerst durch, glatt, hart und glänzend, nicht mit Schuppen, wie Renai erwartet hatte. Die Eiche knarrte und ächzte, weil ihre Wurzeln verschoben wurden, vielleicht aber auch vor Qual.

Dann schob sich Apep in den Garten Eden.

Seine Schuppen waren strahlend weiß, als wäre er nie dem Sonnenlicht ausgesetzt gewesen, und zwei dicke schwarze Hörner krönten seinen flachen breiten Kopf. Sein Körper war etwa halb so dick wie der von Cur, aber als er sich jetzt zur vollen Größe aufrichtete, war er doppelt so lang. Er strahlte Bedrohung aus wie ein Ofen Hitze, er roch nach Weihrauch, nach verbranntem Fleisch, nach Opfern und vergossenem Blut. Das brachte Renai auf eine Idee. Aber sie würde nur eine Chance haben.

»Ich hatte ihn mir größer vorgestellt«, erklärte sie.

Die Verkörperung chaotischer böser Zerstörung reagierte nicht auf ihre Bemerkung, aber Cordelia warf den Kopf zurück und lachte. Das war der Augenblick für Renai, um zu handeln.

Alles, was sie seit ihrer Auferstehung getan und ertragen hatte, hatte sie zu diesem Moment geführt: die Spaltung und Wiedervereinigung ihres Selbst, jede Seele, die sie von ihrem Schatten getrennt hatte, jeder Kampf mit der zerstörerischen Wut des Sturmgeistes in ihr, jeder Blick auf ihre Familie, den sie mithilfe ihres Spiegels erhascht hatte, jeder Fetzen Stimme, den sie konsumiert hatte, jeder Moment, in dem sie sich eine Veränderung ihres Lebens gewünscht hatte, selbst wenn es das Ende wäre.

Vor allem jedoch erinnerte sie sich daran, dass sie Cross sein Schattenselbst in einem zerbrochenen Stück polierten Steins hatte zeigen können.

Sie griff ins Nirgendwo nach ihrem Messer und nach dem Spiegel, zog beide gleichzeitig heraus, in jeder Hand eins. Sie legte sie aneinander, behutsam, um die Kanten nicht abzusplittern, aber so schnell, dass die beiden zerbrochenen Hälften sich zusammenfügten, als Cordelia gerade erst fragte, was sie vorhatte.

Damit sie überhaupt eine Chance hatte, musste der Spiegel heil sein, wie ihre Seele. Er musste groß genug sein, stark genug, um Apep, dem ältesten, bösartigsten Wesen der Schöpfung, zu zeigen, dass es einen anderen Weg gab.

Aber sie hatte keine Magie, die heilen oder wiederherstellen konnte. Sie war Zerstörung, Verkörperung des unvermeidlichen Endes, eine Abgesandte des Todes. So weit entsprach ihre Vereinbarung mit Cordelia der Wahrheit. Sie konnte nicht erschaffen, sondern vielmehr wiederherstellen, Schöpfung durch Zerstörung. Sie konnte nur hoffen, dass der Geist, der in diesem Spiegel lebte, sich versöhnen wollte, wie die beiden zerbrochenen Teile ihrer selbst. Und sie musste darauf setzen, dass ihr Wille ausreichte.

Sie konnte nur hoffen.

Renai ließ den Sturm der Zerstörung, der Veränderung aus sich entweichen. Apep schaute auf sie herab, neugierig, aber unbekümmert. Er war so übermächtig, dass er ohne Angst direkt in ihren Spiegel starrte. Der Sturm fegte in einem Sturzbach aus ihr heraus, ein Tornado, ein Hurrikan. Sie dachte an all die Ungerechtigkeiten und Demütigungen, die sie ertragen hatte. Apep und Cordelia hatten sich ihre Stadt für ihr Werk der Zerstörung ausgesucht, und so vergalt sie es ihnen mit jeder Zerstörung, die diese Stadt je erlebt hatte.

Die Zerstörung all der Leben, die in dieser Stadt während der Sklaverei vernichtet wurden, die Zerstörung ihrer Geschichte selbst; die Lüge, dass die Sklaverei hier irgendwie anders wäre, da ja »sogar freie Farbige Sklaven besaßen«; die Zerstörung, die eine Gesellschaft ausbrütete, die Menschen erlaubte, andere zu besitzen.

Die Zerstörung von Vierteln, die überflutet und nie wieder aufgebaut wurden, die abgerissen wurden, um Platz für »Stadtentwicklung« zu schaffen, Viertel, die wegen ihrer Armut zermalmt und mit dem Glanz der Gentrifizierung überlackiert wurden.

Die Zerstörung ganzer Generationen von Männern, die durch den Wolf der beschissenen Bildung, der Drogen, der Gewalt und der Inhaftierung gedreht wurden. Ihr Verstand, ihre Gesundheit und ihr Blut wurden ihnen genommen und wie Getreide in den Schweinetrog gefüllt. Die Spreu, die übrig blieb, wurde auf den Komposthaufen geworfen, als Dünger für mehr Nachschub für den Fleischwolf.

Die Zerstörung jeder Frau, die sie je gekannt hatte, die häppchenweise verzehrt wurde, aus Sorge um ihre Sicherheit, indem man ihr vorschrieb, wie sie sich kleiden und wen sie lieben sollte, dass sie sich nicht in der Öffentlichkeit betrinken und ihren Drink nicht unbeaufsichtigt lassen sollte, dass sie niemals allein nach Hause gehen, nie zu viel oder zu wenig lächeln, nie um eine Gehaltserhöhung bitten oder undankbar sein sollte. Man sagte Frauen, sie wären Schlampen, wenn sie sich hingaben, und tötete sie, wenn sie es nicht taten. Jeder Zentimeter ihres Körpers gehörte jeden Tag ihres Lebens jemand anderem und wurde abgebissen, zerkaut und verschluckt.

Renai beschwor jeden Moment, in dem diese Stadt sie enttäuscht, ihr das Herz gebrochen, sie bedroht, beschämt, verachtet, missbraucht, vernachlässigt, gehasst, zerstört, sie ermordet hatte – jeden einzelnen Moment, und verwandelte sie in heftigen heulenden Wind, in die Stimme des Hurrikans.

Sie forderte mit dieser zerstörerischen Stimme, dass Apep in ihren Spiegel schauen und erkennen solle, sie flehte, dass er sich ändern wolle. Ihre Magie, ihre Wut und ihr Bedürfnis schlugen auf Apeps Schuppen, seine Hörner und seine Augen ein.

Sie konnte nur hoffen, dass es genügen würde.

Seine Augen gaben als Erstes nach. Erst waren sie

rot, nach einem Blinzeln waren sie blau. Danach blätterten die weißen Schuppen auf seinem Kopf ab, wurden von der Wut von Renais Sturm weggefegt. Erst eine, dann eine ganze Handvoll und anschließend eine Welle von seinem Kopf hinunter über seinen Körper bis zur Schwanzspitze. Unter den weißen Schuppen lagen rote, dunkel wie frisches Blut, das aus einer Wunde quoll, orange wie das Feuer des Sonnenuntergangs am Himmel, gelb wie Ringelblumen auf einem Feld, grün wie Entengrütze, die sich wie ein dichter Teppich über das Wasser ausbreitete, blau wie der Golf bis zum Horizont kurz nach einem Sturm, indigoblau wie der Himmel kurz vor der Morgendämmerung, violett wie die Handabdrücke, die die ersten Künstler an Höhlenwände schmierten.

Renai gab dem Sturm ihre ganze Kraft, die gesammelte Macht des Geistes, der er sich gern hingab, sich aufopferte und schließlich zu einem Nichts erlosch. Nicht einmal ein Lufthauch blieb übrig. Es fühlte sich an wie Tage und doch wie weniger als eine Sekunde. Sie gab alles, und ihre Kraft verließ sie in dem Moment, als Cordelia Magie in ihre Richtung schleuderte. Eine goldene Welle von Magie, die den Obsidianspiegel irreparabel in fingergroße Splitter überall verteilte und Renai zu Boden schleuderte. Sie zuckte bei der Landung zusammen, erwartete, auf dem harten Boden oder noch härteren Wurzeln aufzuschlagen. Aber ihr Aufprall wurde durch etwas ziemlich Weiches abgefedert.

Die weichen Windungen einer Schlange.

Cordelia stand über ihr. Von ihren Fäusten stiegen Rauch und Verderben auf, und sie atmete stoßweise.

»Ich werde das genießen!«, zischte sie. Doch bevor sie die Chance bekam, die beabsichtigte Zerstörung zu entfesseln, bäumte sich Apeps Gegenstück auf. Ein Diamant saß in der Mitte seiner Stirn, regenbogenfarbene Schuppen glitzerten auf seinem Leib. Er war in jeder Hinsicht das Gegenteil von Apep.

»Cordelia, ich möchte dir Damballah Wedo vorstellen«, verkündete Renai, »den Loa der Schöpfung.«

Die Chaosgöttin schaute zu ihm hoch und kreischte vor Wut und Hass, Flammen loderten an ihren Händen, Klingen blitzten, und ihre Augen hatten die Dunkelheit der Ewigkeit. Sie war die Verkörperung des Hasses, der gestörten Ordnung, das Gift im Brunnen, das Messer in der Dunkelheit. Sie hatte Menschen und Götter getötet, einen Psychopomp namens Salvatore, und kreischte jetzt sogar vor Wut im Angesicht reiner Güte.

Damballah lachte.

Es war kein grausames oder spöttisches Lachen, sondern das eines Wesens, welches die Schöpfung ganz gesehen und Freude daran gefunden hatte. Renai fühlte, wie sich ein Knoten in ihr auflöste. Sie hatte nicht gemerkt, dass sie daran festhielt. Es war etwas jenseits aller Wut.

Verzweiflung. Seit ihrer Auferstehung lebte sie mit diesem Knoten in ihrem Inneren, der Angst, dass die Welt jeden Tag ein bisschen schlechter wurde. Dass ihr nur eine kurze Gnadenfrist gewährt worden war und später Schlimmeres folgen würde. Als Damballah lachte, löste sich dieser Knoten auf.

Renai spürte, wie ihr Tränen über die Wangen liefen,

und wusste nicht, ob sie aus Dankbarkeit, Erleichterung oder einfach nur aus purer, unbändiger Freude weinte.

Cordelia schrumpfte. Sie rollte sich in sich selbst zusammen, die Hände zu Fäusten geballt, die Arme über dem Kopf, in der Taille abgeknickt, die Knie fest an die Brust gezogen. Ihr goldenes Kleid umhüllte sie, schrumpfte mit ihr, hinderte sie daran zu entkommen. Sie verschwand kreischend in der Bedeutungslosigkeit. Als Damballah Wedo die großen gefiederten Schwingen ausbreitete und sich in den Himmel erhob, war von der Göttin der Zwietracht nur ein goldener Apfel übrig geblieben, der im unberührten Gras von Eden lag.

TEIL VIER

WIE OBEN, SO UNTEN

EPILOG

Am Abend des 2. Novembers, dem Allerseelenfest, versammelte sich eine schwarze Familie auf dem St. Louis Cemetery Nr. 1 um eine kleine Gruft mit der Aufschrift CROCKER. Es war das Grab, in dem eines Tages die Asche von Celeste Dorcet und ihrer Schwester Rosamonde Raines liegen würde, und es enthielt, soweit die Familie Raines wusste, bereits die Asche von Rosas Tochter Renaissance. Sie waren gekommen, weil Celeste sie darum gebeten hatte, obwohl es seit dem frühen Tod einer der Ihren böses Blut in der Familie gegeben hatte. Nachdem sie den Grabstein gewaschen und frische Blumen auf den Sockel gelegt hatten, standen sie in beklommenem Schweigen da, während Celeste immer wieder einen Blick über die Schulter auf den Eingang warf, als erwartete sie, dass noch jemand käme. Schließlich wurden sie durch einen plötzlichen sanften Regenguss ins Haus getrieben, der aus dem Bauch einer geflügelten Schlange rieselte, die über ihnen kreiste, ein Wesen, das nur Celeste hätte sehen können, selbst wenn einer der anderen nach oben geblickt hätte. Im Geiste der Versöhnung wurde Celeste zum Abendessen eingeladen.

Erst als sie nach Hause kam, fand die ehemalige Voodoo-Königin von New Orleans das Abbild in ihrer Handtasche, ein einfaches Bildnis aus Zweigen, Schnüren und Haaren. Einst war es mit rotem Garn zusammengehalten worden, jetzt dagegen war es verschmolzen wie versteinertes Holz.

Die Familie, die das Grab herrichtete, sah die andere Gruppe nicht, die sich versammelt hatte, um erstere zu beobachten. Obwohl die zweite Gruppe nahe genug bei ihnen stand, um sie berühren zu können, lagen in Wirklichkeit Welten zwischen ihnen. Dem großen, schlaksigen schwarzen Mann mit seinem dunklen Anzug, der kleinen weißen Frau mit zu Stacheln gegelten Haaren in einem »Legend of Zelda«-T-Shirt und Jeans, dem dunklen sechsbeinigen Pferd, dem schlanken kreolischen Mann mit dem schiefen Grinsen, der eine »Stars and Moons«-Weste trug und es irgendwie brachte, und einer jungen schwarzen Frau in einer Lederjacke mit Haaren, die schillerten wie die Federn eines Raben.

»Also, Arschgesicht«, sagte Regal zu Jude, »verrate mir noch einmal, warum mein Fünkchen hier nicht ihr glänzendes neues Schwert nehmen und es dir so weit in dein enges verkniffenes Arschloch schieben sollte, bis du dich damit rasieren kannst?«

Jude lachte, ein tiefer honigsüßer Ton. »Ganz einfach, Queens, wie ich schon sagte. Ich habe euch geholfen, so gut ich konnte.«

»Du hast uns erzählt, du würdest ein Kartenspiel veranstalten, das in Wirklichkeit nie stattgefunden hat.« Leon klang geduldig und enttäuscht zugleich. »Deine ›Hilfe‹ war eine Illusion. Ein Trick.«

»Ja, aber nur so konnte ich Renai einen kleinen Blick darauf werfen lassen, mit was für Widerlingen sie es zu tun bekäme!« Jude hob genervt die Hände. »Habt ihr vergessen, dass ich ein verdammter Betrüger bin? Andeutungen und Irreführung sind mein Ding. Und – hallo? Haben wir vielleicht auch vergessen, dass Eris mit den Petwo-Gegenstücken der Leute rumgemacht hat? Wollt ihr wirklich meine dunkle Seite kennenlernen? Also, ich musste mich da raushalten.« Sein Grinsen war ganz und gar das eines Betrügers. »Aber ich habe die Sturmgötter wirklich so lange hingehalten, wie ich konnte.« Er wackelte mit den Augenbrauen, um anzudeuten, wie er dieses Kunststück vollbracht hatte. Das verriet Renai zumindest ein wenig darüber, warum Tlaloc und Guabancex so erbittert gegeneinander gekämpft hatten, als sie ihnen begegnet war. »Außerdem: Glaubt ihr denn wirklich, ich würde einen zweibeinigen Kakerlakenhaufen in mein Spielzimmer lassen?« Er verzog ungläubig das Gesicht. »Wirklich? Ich müsste es ausräuchern und ganz von vorne anfangen.«

Regal wollte noch etwas sagen, aber Renai legte ihr eine Hand auf den Arm. »Regal, es ist in Ordnung. Wenn der Glücksgott von New Orleans nicht zugeben kann, dass er Angst hatte, sollten wir ihn nicht zwingen. Du weißt, wie empfindlich männliche Egos sein können.«

»He, mal langsam jetzt!«, wandte Leon ein, während Jude seine Fingerspitze ableckte und so tat, als notierte er einen Punkt auf einer imaginären Anzeigetafel.

»Sturmficker.« Regal bedachte Jude mit einem Kopfschütteln, bevor sie ihm den Rücken zukehrte und ihre Aufmerksamkeit auf Renai richtete. »Ich kann nicht glauben, dass du ein magisches Schwert bekommen hast und ich einen magischen Ring. Dieses Halloween war wirklich das beste Dungeons-&-Dragons-Abenteuer aller Zeiten. Und der heilige Christophorus war wirklich nicht sauer, dass du sein Schwert genommen hast?«

Renai zuckte mit den Schultern. »Er hat es mir liebend gern überlassen, als ich sagte, er könnte das Flammenschwert des Engels behalten. Der Engel dagegen dürfte ziemlich sauer gewesen sein, als er aufgewacht ist und die Waffe weg war. Aber, he, wenn man bei der Arbeit pennt, was darf man dann erwarten?«

»Und der Revolver? Und Hermes' Stab?«

Renai gefiel die Gier in Regals Augen nicht sonderlich. Sie mochte Witze über magische Gegenstände in Rollenspielen machen, aber die Magierin von New Orleans war der Anhäufung von Macht nicht abgeneigt. Renai hatte ihnen allen von den Auswirkungen ihres Kampfs mit Cordelia erzählt. Sie hatte Cur und Kyrie – das sechsbeinige Pferd war die wahre Form ihres Motorrads – aufgesucht, um ihnen mitzuteilen, dass sie doch keine Unterstützung brauchte. Cur, Gott segne ihn, hatte nicht bemerkt, dass ihre Hinwendung zur dunklen Seite ein Trick gewesen war, bis Kyrie das Flammenschwert gepackt und es ihm, mit Pferderotze verschmiert, in die Hand gedrückt hatte.

»Als ich mich auf die Suche nach dem verfluchten Revolver und dem Caduceus gemacht habe, waren sie schon weg«, erklärte sie. »Wahrscheinlich hat sich Damballah darum gekümmert.«

Das war allerdings gelogen. Die Klinge des heiligen Christophorus konnte in den Händen eines Psychopomps so ziemlich alles zerstören. Sie hatte den Revolver in zwei Hälften zerhackt und die Teile an zwei entgegengesetzten Enden des Gartens Eden verscharrt. Cordelias goldenen Apfel hatte sie in die Mitte des Sees von Eden geworfen, wo ihn, so hoffte sie, niemand jemals finden würde.

Mit dem Caduceus hatte sie andere Pläne.

»Klingt, als hättest du dir eine Pause verdient.« Leon nickte mit einem Blick auf die Essenz des Kindes in ihren Händen. »Aber wie es aussieht, bist du schon wieder bei der Arbeit.«

»Das ist Ramses St. Cyr«, sagte Renai. Sie wob die Essenz in der Hand und gurrte sie förmlich an. »Ihm war bestimmt, noch vor seinem ersten Geburtstag zu sterben. Seine Mutter betete zu viel, ohne darauf zu achten, wer ihre Gebete erhörte, und war bereit, mit jedem einen Deal einzugehen, der auftauchte. Das Kind lebte in seinem eigenen Geist eingesperrt, und der Dämon, der ihm das Schicksal stahl, übernahm auch sein Leben. In gewisser Weise lebte er also das Leben, was ihm zugedacht war.« Renai war sich nicht sicher, wie Cordelia Ramses' Namen ein zweites Mal in Plumajs Buch geschmuggelt hatte. Das herauszufinden stand weit oben auf ihrer To-do-Liste.

»Also bringst du ihn jetzt auf die andere Seite?« Leon klang irgendwie traurig bei dieser Vorstellung.

»Nein«, sagte Renai und bat Kyrie mit einer leichten Berührung, sich zu neigen, damit sie auf ihren Rücken klettern konnte. »Ich bringe ihn nach Hause.«

Spät in der Nacht stand Renai im Schlafzimmer ihrer älteren Schwester Claire, während sie und ihr Partner schliefen. Die Magie der Jacke machte sie unsichtbar, unhörbar und unberührbar, und doch flüsterte sie, als sie die Geister, die sie dort gesehen hatte, um Erlaubnis bat, sie zu befreien. Früher hätte sie versucht, ihnen ihren Willen aufzuzwingen, und vielleicht hätte es auch funktioniert, vielleicht auch nicht, aber sie hätte gespürt, wie ein Knoten in ihr, von dem sie nie wirklich wusste, ein wenig fester wurde. Auf ihre Bitte hin jedoch floss alles wie von Zauberhand zusammen.

Auf der Kommode vor ihr lag die Glücksmünze, die sie seit Tagen mit sich herumgetragen hatte. Es war diejenige, mit der Cordelia Ramses' von Apep besessene Leiche hatte auferstehen lassen wollen. Sie war mit ein wenig Zerstörungsmagie gesäubert und befreit worden. Die pralle reife Feige war fast zehn Jahre lang Ramses St. Cyrs unbenutzte Stimme gewesen, voller Magie und Süße. Der Lederbeutel mit den Fetzen von Salvatores Essenz, seinem schroffen Humor und seiner Affinität zur Kunst sowie seiner Loyalität und Entschlossenheit. Und die Säuglingsessenz von Ramses St. Cyr.

Tränen liefen ihr über die Wangen, als sie alle erlöste. Denn ihre Magie war und blieb eine der Zerstörung.

Während sie ihre Arbeit tat, führte sie jeden in ihre neuen Formen, die gewundenen Zöpfe aus Stimme, Essenz und Glück, die eine lebende menschliche Seele bildeten, nicht Sal oder Ramses oder den verlorenen Geist oder irgendeinen von ihnen, sondern etwas von ihnen allen, dazu mit einer neuen Chance, einem neuen Leben. Sie trug dieses delikate, unmögliche magische Wesen zu ihrer Schwester, in welcher der Keim eines neuen Lebens wuchs, der auf die Gottheit wartete, deren Aufgabe es war, neu geschmiedete Seelen in das unbeseelte Fleisch im Mutterleib zu liefern. Nicht alle Träger waren Störche, einige von ihnen allerdings schon. Sie fühlte, wie die Seele angenommen wurde, fühlte den Moment, als er von einem »Könnte« zu einem »Werde« wurde. Dann ließ Renai sie allein.

Im Haus von Juliette St. Cyr stand sie neben dem Bett einer Frau, die seit Tagen nicht mehr als eine Stunde am Stück geschlafen hatte. Eine Frau, die von Sorgen gequält wurde, welche sich erst bestätigen würden, wenn die Polizei kurz nach Sonnenaufgang die Leiche ihres Sohnes im Stadtpark fand. Es war eine Frau, die noch viele Jahre zu leben und einen Weg vor sich hatte, der nicht leichter werden würde. Eine Frau, die ängstlich und schlaflos an die Decke starrte, mit Augen, die nur glaubten, keine Tränen mehr vergießen zu können.

Renai wedelte mit dem Caduceus über Juliettes Gesicht und gewährte der Frau den Balsam des Schlafes.

Dann nahm Renai einen Lederbeutel aus ihrer Tasche, der mit Asche gefüllt war. Von einem Geist, der einst ein Hurrikan gewesen war, einem Geist, der darum gebeten hatte, dies werden zu dürfen. Behutsam wickelte sie die Seidenhaube auf, mit der Juliette schlief, schüttete die Asche auf ihr Haar und massierte sie sanft in die Kopfhaut der trauernden Frau. Sie spürte, wie der Geist in Juliettes Träume eindrang und ihr eine Vision des Babys schenkte, das in Claire Raines' Bauch wuchs, die Seele ihres eigenen Kindes, das eine zweite Chance bekam. Dann flüsterte der Aschegeist Juliette etwas über Waffengewalt und Selbsthilfegruppen und die entsetzlichen Statistiken zu, zu denen ihr Sohn gerade beigetragen hatte. Sie wäre nicht die einzige Mutter, die einen Sohn verloren hätte, flüsterte er weiter. Ihre Familie war nicht die einzige, die von der Gewalt in dieser Stadt getroffen wurde, Tag um Tag, Stunde um Stunde.

Es gebe Gruppen, denen sie sich anschließen könnte, flüsterte die Asche. Sie müsse diese Last nicht allein tragen, es sei kein Schmerz, den nur sie schultern müsse. Sie könnte es nutzen. Was könnten sie erreichen, all diese trauernden, wutgeplagten Mütter, wenn sie mit einer Stimme sprechen würden?

In ihren Träumen begannen Juliette und ein Geist aus Asche gemeinsam, Pläne zu schmieden.

In der Wohnung von Regal Constant stand Renai peinlich berührt in Regals Schlafzimmer. Weder die Magierin von New Orleans noch Leon schliefen. Ganz im Gegenteil. Zum Glück hatte Regal den Messing- und Eisenring abgenommen, bevor sie und Leon … eben vorher. Renai nahm ihn vom Nachttisch, steckte ihn in ihre Tasche und ging.

Renaissance Raines beobachtete, wie die Sekunden auf ihrer billigen Comic-Uhr auf Mitternacht zutickten, und wartete auf das Ende der Hallows. Sie stand neben Kyrie am Ende der Canal Street, umgeben von Friedhöfen, lehnte sich gegen die solide muskulöse Masse des warmen Pferdegeistes und hoffte, ihre Präsenz würde genügen, um das sechsbeinige Pferd bei ihr in der Welt der Lebenden zu halten, statt dass es mit den anderen Geistern und Schatten in die Unterwelt hinüberging.

Mitternacht. Ein vietnamesischer Mann an der Straßenbahnhaltestelle verschwand, als sich die lebende Welt und die Unterwelt trennten. Renai hoffte, dass er den Weg nach Hause fand. Aber es war jetzt die Aufgabe von jemand anderem, ihn dorthin zu führen. Sie spürte, wie sich die Welten auseinanderzogen, und zum ersten Mal seit fünf Jahren blieb sie ganz. Neben ihr schnaubte Kyrie mit aufeinanderklatschenden Lippen. Das machte sie, wenn sie frustriert war. Oder amüsiert. Oder gelangweilt. Renai war immer noch dabei, den Unterschied herauszufinden. Sie tätschelte Kyrie aus Dankbarkeit die Flanke; schließlich hatte sie dem Pferdegeist nicht befohlen, bei ihr zu bleiben. Sie hatte ihn nur darum gebeten.

Sie hatte bereits entschieden, dass sie nicht mehr zu ihrer Aufgabe als Psychopomp zurückkehren konnte. Nicht so, wie die Throne die Dinge handhabten. Sie wollte kein Teil dieses Systems sein. Sie wollte die Schatten nicht von der Essenz trennen, wenn sie wusste, was ihnen bevorstand. Sie war nicht tot, sie war auch nicht wirklich lebendig, war kein Pomp mehr und ganz sicher keine Göttin. Aber sie war auch nicht mehr im Zwiespalt. Sie hasste Teile dieser Stadt so sehr, um sofort alles abzureißen, was falsch an ihr war, ohne einen Moment der Nostalgie oder des Zögerns. Gleichzeitig liebte sie die Stadt innig genug, um wirklich nur die Teile abzureißen, die es verdienten, und das auch nur, damit etwas Besseres nachwachsen konnte. Sie wusste nicht, wie sie das nennen sollte. Götter konnten nur eins sein, gütig oder bösartig, kreativ oder zerstörerisch, aber sie war zu beidem fähig. Wie die zwei Seiten einer Münze.

Sie nahm den Messing- und Eisenring Jack Elderflowers aus der Tasche und zog das Schwert des heiligen Christopherus. Sie drückte den Ring gegen die Schneide und durchtrennte fast ohne Kraftaufwand das in das Metall eingravierte Siegel Salomons. Sie zerstörte vorsichtig, kontrolliert. *Wie lautet das Wort dafür?*, fragte sie sich. Leon würde es wissen; er mochte große Worte genauso wie sie.

Geister strömten wie Rauch aus dem zerbrochenen Ring, verlorene, verwundete, verzweifelte Wesenheiten. Geister und Dschinns und Gespenster und Schatten. Für sie waren sie alle verlorene Seelen. Sie wirbelten um sie herum und sprachen mit dieser flüsternden Nichtstimme, die zu hören sie gelernt hatte.

Bist du sie?

Hast du uns befreit?

Bist du sie?

Kannst du mich wirklich nach Hause schicken? Bist du diejenige, die hilft?

»Ja«, antwortete Renai lächelnd. »Ich bin es. Ich bin diejenige, die hilft.«

Wenn der Tod kommt, nimmt er alles: Ambitionen, Nächstenliebe, gemeinsame Scherze, Geheimnisse. Alles ist verloren. Wenn der Tod kommt, lässt er nichts zurück: Dein schiefes Lächeln, das Timbre deiner Stimme, die Vergebung, die du nie aussprechen konntest, alles ist fort. Yama und Odin, Orcus und Erlik, Mara und Mictecacihuatl und das Schweigen eines nicht schlagenden Herzens. Sie sind Jäger und Fallensteller, sind Bestien und Raubtiere, sind Aasfresser und Naturgewalten. Der Tod pirscht sich an uns heran, jagt uns, wartet auf uns und ist schon immer in uns. Der Tod ist eine Tür und eine Brücke und ein Führer und ein Mund und ein Übergang und ein Ende. Er ist die eine Erfahrung, die jeder und alles erleben muss. Mikroben und Helden, die alte Eiche und die Zikade, die ihre Hülle auf der Rinde zurücklässt, Götter und Kinder und Städte und Ideen und Väter und Mütter und Länder und Sterne und ich und du. Alles stirbt, und alles endet, und das ist alles.

Dennoch.

Überall, wo der Tod wandelt, folgt das Leben. Alles, was der Tod nimmt, gibt das Leben einem anderen.

Sie ist Asase Yaa. Onuava. Demeter. Coatlicue. Phra Mae Thorani. Er ist Kokopelli. Makemake. Geb. Lono. Sie pflanzen die Samen in die Erde und die Kinder in den Mutterleib. Sie gebären Götter und die ersten Sterblichen und den Kosmos und das Meer. Sie geben ihr Leben, um die Erde zu bewässern, um reichlich Wild für die Jagd zu schenken, um die Sonne am Himmel zu halten. Sie sind der Himmel. Sie sind die Sonne. Sie sind die Knospen des neuen Wachstums im Frühling und nach einem Feuer und nach einer Flut und im Schatten eines havarierten Atomreaktors. Sie sind überall dort, wo sie, wie wir schworen, nicht sein können, in den wärmeabgebenden Schloten der Tiefsee, in den Einsen und Nullen der Informatik, in den fossilen Aufzeichnungen des Mars. Der Tod kann ein Leben beenden oder Leben oder dieses Leben oder jedes Leben.

Aber nicht *das* Leben.

So wie sich das Versprechen des Todes immer wieder erfüllt, so wird auch das Angebot zu leben immer wieder erneuert.

Während der Tod jedoch stets nur ein Ende verspricht, bietet das Leben die Hoffnung auf einen neuen Anfang.

DANKSAGUNG

Zweite Bücher sind harte Arbeit, und dieses drohte mich in zwei Teile zu zerreißen. Was folgt, ist eine unvollständige Liste von Danksagungen an Familie, Freunde und all die freundlichen Seelen, die mir geholfen haben, mich wieder zusammenzuflicken.

Dank gilt meinem Lektor, John Joseph Adams, für seine stetige Begeisterung für diese Welt und dafür, dass er mich durch die Tiefen der verschiedenen Entwürfe dieses Romans geführt hat. Mögen deine Steaks immer auf Spießen stecken.

Meiner Lektorin Erin DeWitt, dem Coverdesigner Will Staehle, Michelle Triant, Hannah Harlow, Dani Spencer, Beth Burleigh Fuller und allen anderen bei HMH für ihre unermüdliche Arbeit.

Meinem Agenten, Seth Fishman, dafür, dass er in der Lage ist, in die Zukunft zu blicken und sich gleichzeitig auf die Gegenwart zu konzentrieren.

Seinem Assistenten Jack Gernert, Anna Worrall, Will Roberts, Rebecca Gardner, Ellen Coughtrey und allen anderen bei Gernert danke ich für ihre Unterstützung dabei, diese Worte unter so viele Augen und in so viele Ohren wie möglich zu bringen. Michelle und Bryan

Camp sr., Rose Camp, Bryndon Camp, Bryttany und Keith Wogan, Gerri und Ed Merida, Mary Anne Iles, Abigail und Michael Labit, Becky Merida und Hal Harries danke ich dafür, dass ihr eine so wunderbare, hilfreiche Familie seid.

Bev Marshall, Amanda Boyden, Joseph Boyden, Jim Grimsley, Mary Rosenblum, Stephen Graham Jones, Connie Willis, George R. R. Martin, Gavin Grant, Kelly Link und Chuck Palahniuk danke ich für die vielen Schreiblektionen über all die Jahre. Ich habe beim Schreiben dieses Buches immer wieder auf eure Weisheit zurückgegriffen.

Alex Jennings, Alys Arden, Bill Lavender, Bill Loefehlm, Candice Huber, Casey Lefante, Chris Bowes, Danielle Smith, Greg Herren, Henry Griffin, Les Howle, Lish McBride, Nancy Dixon, Neile Graham, Nick Mainieri, Niko Tesvich, Susan Larson, Tawni Waters, Tracie Tate und Wayne Rupp danke ich für die unmerkliche und unersetzliche Art und Weise, in der ihr alle mich und meine Arbeit geprägt habt.

Der Clarion-West-Klasse von 2012: Alyc Helms, Blythe Woolston, Brenta Blevins, Carlie St. George, Cory Skerry, Georgina Kamsika, Greg Friis West, Helen Marshall, Henry Lien, Indrapramit Das, James Harper, James Herndon, Kim Neville, Laura Friis West, Huw Evans, Nik Houser und Sarah Brooks. Ihr seid alle redaktionelle Stimmen in meinem Kopf und Nähte in meinem Herzen.

Michael Thomas, ich wäre nicht in der Lage, irgendetwas davon zu tun, ohne dass du mich immer wieder antreibst, besser zu werden. Ich bin dankbar, dein Freund zu sein.

Zum Schluss und wie immer danke ich meiner Frau Beth Anne. So schwer, wie mir dieses Buch gefallen ist, weiß ich, dass es für dich noch härter war. Du gibst mich nie auf, lässt mich nie Kompromisse eingehen, wankst nie in deiner Unterstützung oder deinem Glauben an mich. Ich weiß nicht, wie du das machst, aber ich bin dir dankbar. Auch wenn dies nicht das Buch ist, von dem du hofftest, dass ich es als Nächstes schreibe, ist deine Präsenz auf jeder Seite zu spüren. Und obwohl ich diese Worte allein geschrieben habe, bist du immer bei mir und wirst es immer sein.